JUSTIN TRAVIS CALL

Sohn der Sieben

JUSTIN TRAVIS CALL

SOHN DER SIEBEN

ROMAN

Deutsch von Hans Link

penhaligon

Die Originalausgabe erschien 2019 unter dem Titel
»Master of Sorrows (The Silent Gods 1)« bei Gollancz, London.

FSC® www.fsc.org
MIX
Papier aus verantwortungsvollen Quellen
FSC® C014496

Verlagsgruppe Random House FSC® N001967

1. Auflage

Redaktion: Alexander Groß
Umschlaggestaltung und -illustration: Isabelle Hirtz, Inkcraft
unter Verwendung mehrerer Bilder von Shutterstock.com
(Peter Larimer; gdvcom)
Karte/Illustrationen: © Andreas Hancock
HK · Herstellung: sam
Satz: GGP Media GmbH, Pößneck
Druck und Bindung: GGP Media GmbH, Pößneck
Printed in Germany
ISBN 978-3-7645-3165-2

www.penhaligon-verlag.de

Sich selbst abhandengekommen, soll er jene leiten, die so tun, als seien sie abhandengekommen.
Sich selbst unbekannt, sollen die Blinden ihn aufspüren und ihn beim Namen nennen.
Für die Ehre, ihm den Namen gegeben zu haben, soll die Verkünderin Gnade erflehen, und Gnade soll ihr zuteilwerden.
Und dies sind die Worte ihrer Prophezeiung:

Nachfahre der Götter, doch von Menschen gezeugt.
Sieben trachten, ihn zu führen. Sieben graut es vor seiner Hand.
Gebunden von den Alterslosen, durchkreuzt der Älteste seinen Weg.
Der verkrüppelte König leitet ihn. Die Welt fürchtet seinen Zorn.

Sohn der sieben Väter. Kind von keinem.
Meister der Sorgen. Der Fleischgewordene.
Klingensinger. Elster. Phönix. König.
Blutherr. Ringschlange. Ende aller Dinge.

Wehe denen, die ihn erwecken, denn groß wird ihre Vernichtung sein.
Wehe denen, die ihm folgen, denn groß wird ihr Opfer sein.
Wehe denen, die gegen ihn kämpfen, denn durch seine Hand werden sie gebrochen.
Und wenn die Schweigenden Götter erwachen, dann weint, Kinder, denn das Ende ist nah.

»Sohn der sieben Väter«, Auszug aus dem *Buch Terra*

Prolog

Die Schreie der Frau wurden leiser und vom Weinen eines Neugeborenen abgelöst. Auf diesen Moment hatte Sodar gewartet. Er strich sich das blaue Gewand glatt und trat kurz nach dem Ältesten Tosan in das beigefarbene Zelt.

Sodar blinzelte, um seine Augen an das schwache Licht zu gewöhnen. Zu dieser Stunde waren keine Kerzen notwendig, aber die Zeltbahnen ließen auch nicht allzu viel Licht durch.

In einer Ecke des Geburtszeltes sprach der Älteste mit seiner Frau, Lana – einer der beiden Weisfrauen, die bei Aegens Niederkunft geholfen hatten. Es hatte den Anschein, als habe sie den hageren Mann aus irgendeinem Grund aufgehalten, ehe er sich der eben Mutter Gewordenen und ihrem Baby nähern konnte, und der Priester war dankbar, dass ihm das einen Moment allein mit Mutter und Kind gewährte. Er trat in die Mitte des Zeltes und sah eine ältere Weisfrau das glitschige Baby halten, eine Decke achtlos um dessen Leib gelegt. Er musste seinen Drang unterdrücken, sogleich zu dem Säugling hinüberzueilen. Stattdessen zügelte er seine Freude darüber, dass Tuors Geschlecht fortgesetzt worden war, und trat mit einer äußeren Ruhe an die Mutter heran, die seine innere Aufregung Lügen strafte.

Es war eine schwere Geburt gewesen. Aegen lag noch immer auf der Gebärmatte, ihr bleiches Gesicht von schweißdurchtränkten Löckchen umrahmt. Sodar wollte die erschöpfte Frau nicht wecken. Aber irgendetwas an ihr brachte sein Inneres in Aufruhr.

Sie atmet nicht, begriff er.

Sofort kniete sich der Priester neben sie. Er rüttelte an ihren Schultern, flüsterte ihren Namen zuerst und schrie ihn dann. Einen Moment später spürte er Lana hinter sich, die ihm ihre feuchten roten Hände auf den Unterarm legte.

»Sie ist tot, Bruder Sodar.«

Sodar zuckte vor der Berührung der Weisfrau zurück. Er rieb sich die Stelle, an der sie ihn mit ihren blutigen Fingern angefasst hatte, und spürte, wie das Blut feucht an seiner runzligen Haut klebte.

»War es das Kind?« Die Worte kamen nur mühsam hervor, als er seinen Blick nun dem Baby zuwandte.

Tosan hatte den Säugling der zweiten Weisfrau abgenommen – einer knochendürren Alten namens Kelga – und hielt das Neugeborene in den Händen, aber statt es sich an die Brust zu drücken, hielt er es auf Armeslänge von sich weg und starrte voller Abscheu auf das Bündel.

»Ältester Tosan?«

Der hagere Älteste schaute nicht auf. »Das Kind«, sagte Tosan. »Sodar, er ist ein Sohn des Keos.«

»Er ist *was*?«

Tosan hielt dem blau gewandeten Priester den Säugling hin. »Das Kind«, wiederholte er und hob die Decke an, »ist ein Sohn des Keos.«

Sodars Herz hämmerte vor Entsetzen. Die durchdringenden blauen Augen des Kindes erweckten seine Aufmerksamkeit – ein Segenszeichen des Gottes Odar –, aber er sah nichts, was es rechtfertigen würde, das Kind einen Sohn des Keos zu nennen. Ein Büschel hellblonden Haares bedeckte den Kopf des Säuglings, und er wirkte insgesamt wenig auffällig. Sodar legte die Stirn in Falten und wollte gerade Tosans Urteil infrage stellen, als sich das Baby bewegte und die Hände hob.

Nein. Seine Hand. Eine Hand.

»Bei den Göttern«, fluchte Sodar.

Tosan deckte den Säugling wieder zu. »Aegen hat das Kind ausgetragen. Sie war das Gefäß des Keos, und die Gefäße des Keos müssen zerbrochen werden.«

Lana nickte zur Bestätigung der Worte ihres Mannes, und die Aufmerksamkeit des Priesters wanderte zu den blutigen Händen der Weisfrau und dann zu der toten Frau – und jetzt sah er es: Ein dunkelroter Fleck sammelte sich auf der Gebärmatte unter ihrem Schädel.

Sie haben sie umgebracht, durchzuckte es Sodar. *Sie haben Aegen umgebracht, und ich war nicht zur Stelle, um es zu verhindern.*

»Bring dieses Ding weg«, sagte Tosan und reichte den Säugling an Lana weiter. »Du weißt, was zu tun ist.«

Die Weisfrau verneigte sich, und ihre braunen Zöpfe schwangen über ihren Rücken. »Die wilden Tiere des Keos sollen die Söhne des Keos verschlingen.«

»Stell sicher, dass er auch wirklich tot ist. Die wilden Tiere werden nicht vor Einbruch der Nacht zum Fressen herauskommen.«

»Ältester Tosan«, ergriff Kelga das Wort und trat einen Schritt auf den Angesprochenen zu. »Lana möchte vielleicht lieber in die Akademie und zu Eurer neugeborenen Tochter zurückkehren. Ich könnte den Säugling für sie in den Wald bringen.«

Tosan strich sich über seinen dünnen schwarzen Ziegenbart. »Lana?«

»Die Weismädchen können sich an meiner Stelle um Myjun kümmern, solange ich fort bin«, sagte Lana, wischte sich ihre blutverschmierten Hände an der Schaffelldecke des Säuglings ab und tauchte die Decke dann in die Blutlache. »Aber es wäre schön, etwas Gesellschaft zu haben.«

Tosan nickte. »Der Dichtwald ist noch nie ein sicherer Ort gewesen. Du wärst gut beraten, wenn du eine Begleitung hättest, mit der du dir die Nachtwache teilen kannst.« Er warf einen Blick auf das blutige Bündel in Lanas Armen, dann wischte er sich sorgfältig die Handflächen an seinem grauschwarzen

Umhang ab. »Auch der Vater ist ein Gefäß des Keos. Warte, bis er gefesselt ist, und bring den Säugling dann in den Wald.«

Tuor, dachte Sodar. Er wusste, dass der Schmied jetzt bestimmt draußen wartete, um sein Kind zu sehen. *Ich kann ihn nicht im Stich lassen … aber ich kann nicht ihn und auch das Neugeborene retten.*

»Ich bitte um Entschuldigung, dass ich Euch hergebeten habe, Sodar«, wandte sich Tosan an den Priester und hob die Zelttür an. »Heute wird es für Euch kein Kind zum Segnen geben.« Er hatte das Zelt schon halb verlassen, als er innehielt. »Ich denke jedoch, Ihr solltet bleiben. Es wäre gut für die Dorfbewohner zu sehen, wie ihr Priester ein Gefäß des Keos zerbrecht.«

Sodar senkte den Blick und zwang sich, sowohl seine Zunge als auch sein Temperament zu zügeln. »Vergebt mir, Ältester Tosan, aber ich muss ablehnen. Meine Kräfte sind nicht mehr die, die sie einst waren.«

Der Älteste schnaubte und verließ das Zelt. Sodars Antwort überraschte ihn offensichtlich nicht. Kelga machte sich daran, die Decken einzusammeln, die sich auf Aegens Gebärmatte türmten. Kurz darauf hörte Sodar Tosan etwas rufen, das das Getuschel der versammelten Menschenmenge übertönte. Das Zelt wackelte, während sich schnelle Hände daranmachten, es abzubauen. Licht flutete herein, als das Zelt um Sodar und die beiden Weisfrauen herum zusammensackte. Einige Bauern begannen, die einzelnen Zeltwände voneinander zu trennen, und plötzlich lag Aegen für alle Augen sichtbar vor der Menge.

»Aegen?«

Weniger als einen Steinwurf entfernt riss Tuor entsetzt die Augen auf.

»Aegen!« Tuor eilte an die Seite seiner toten Frau, nahm sie in die Arme und drückte ihren schlaffen Leib an seine Brust. »Aegen, Aegen …«, wiederholte er, einen Talisman gegen die blutige Wahrheit in seinen Armen.

Hinter dem Schmied trat Tosan an den Ältesten Winsor heran, den Ältesten der Ältesten, sowie an ein halbes Dutzend Meister der Akademie. Die Meisteravatare hatten ihre traditionellen blutroten Kittel an, während Winsor das rot-schwarze, mit den entsprechenden Rangabzeichen versehene Gewand eines Rektors trug.

»Fesselt das Gefäß des Keos«, befahl Winsor. »Fesselt und zerbrecht es. Wir dürfen nicht zulassen, dass sich die Verderbnis seiner Gefäße ausdehnt.«

Tuor schaute von Aegens blutüberströmtem Leichnam auf und suchte nach dem Kind, das seine Frau während der vergangenen neun Monate in ihrem Schoß getragen hatte. Er entdeckte die Schaffelldecke in Lanas Armen, gerade als Sodar vor ihn hintrat, sodass er den Säugling nicht sehen konnte.

Ihre Blicke trafen sich, und in diesen Sekunden versuchte der Priester, all das zu übermitteln, was er nicht auszusprechen wagte.

Ich werde ihn beschützen. Ich verspreche es. Ich werde ihn beschützen.

Tuor war bloß noch ein einziges Bündel aus Kummer und Zorn, aber dann schien es, als verstünde er. Nachdem der stämmige Mann nur Momente zuvor noch alle Muskeln angespannt hatte, bereit, um seinen Sohn zu kämpfen, übergab er ihn jetzt in Sodars Obhut. Etwas geschah zwischen den beiden Männern – es war ein stummes Lebewohl, dessen Tiefe nur ein trauernder Vater empfinden konnte.

Und dann hatten sich auch schon die Meisteravatare auf ihn gestürzt. Tuor hielt sie sich lange genug vom Leib, dass er die tote Aegen sanft auf den Boden legen konnte, dann wich er zurück und stieß die ersten Männer weg, die ihn packen wollten. Sodar und die beiden Weisfrauen blieben hinter der Meute zurück, als sich nun auch die übrigen Meisteravatare ins Getümmel stürzten, Tuors Arme und Beine festhielten und ihn mit straffen Seilen fesselten. Selbst gefesselt und machtlos, wie er war, zappelte der Schmied immer noch mit Händen und Füßen und wand sich gekrümmt über den Boden, bis er seine leblose Frau erreicht hatte. Er bedeckte sie mit seinem breiten Körper, um sie vor dem zu schützen, was nun kommen sollte.

Es stand nicht in Sodars Macht, seinem Freund zu Hilfe zu eilen. Aber Tuor hatte sich geopfert, um seinen Sohn zu retten, und Sodar hatte geschworen, ihn zu beschützen, daher hielt er den Blick unverwandt auf das Bündel in Lanas Armen gerichtet und blieb den beiden Weisfrauen dicht auf den Fersen. Sie hatten bereits den Rand des Dorfplatzes erreicht, als er Winsors greise Stimme hörte, die sich vergebens bemühte, sich über das Gebrüll der Menge zu erheben. Einen Moment später ertönte stattdessen Tosans dröhnender Bariton.

»Ein Sohn des Keos ist unter uns geboren worden«, rief Tosan. »Unsere Pflicht ist klar! Die wilden Tiere des Keos sollen die Söhne des Keos verschlingen. Aber wir haben die Bürde – nein das Vorrecht –, das Gefäß des Keos zu zerbrechen!«

Einige Dorfbewohner quittierten diese Worte mit Jubel, und es fiel Sodar schwer, nicht stehen zu bleiben und nachzusehen, wer da gejubelt hatte. Er wusste, welcher Anblick sich ihm bieten würde, wenn er jetzt zurückblickte, denn er hatte es schon früher miterlebt: Die Dorfbewohner sammelten in diesem Moment Steine, und dann würde allzu bald das Zerbrechen des Gefäßes beginnen.

Sodar zwang sich, sich abzuwenden. Während er gezögert hatte, hatten Lana und Kelga den Platz verlassen. Als die beiden in östlicher Richtung das Dorf durchquerten, folgte ihnen Sodar in unauffälligem Abstand. Er überquerte die Straße und hörte Tuors Schreie, die das Gebrüll der Menge nur weiter anstachelten. »Reinigt uns vom Schmutz!«, gellte eine Stimme. »Gezücht des Keos!«, rief ein anderer, alles begleitet von einem fauchenden Sprechgesang: »Zerbrecht-ihre-Knochen!«

Sodar zwang sich weiterzugehen und versuchte, keine Einzelstimmen aus der tobenden Meute herauszuhören. Mit wachsender Entfernung vermischten sich die Schreie zu einem misstönenden mörderischen Lärm, und dann erklang vor ihm ein neues, anderes Heulen. Dieses war hoch, anhaltend und durchdringend – die Laute eines hungrigen Säuglings, voller Angst und allein.

Aber das würde nicht mehr lange so bleiben. Denn Sodar war auf dem Weg zu ihm.

Lana lag still am Rand der Waldlichtung, und ihr Atem hob und senkte sich stetig – sie tat, als würde sie schlafen. Zu ihrer Rechten sah sie, wie sich Kelgas gebeugte Umrisse vom Sternenhimmel abhoben. Die knochendürre alte Weisfrau ging auf und ab, ihre Aufmerksamkeit auf den Säugling gerichtet, den sie in der Nähe eines Gestrüpps aus Schlehdornbüschen abgelegt hatten, doch da war eine ängstliche Nervosität in Kelgas Bewegungen, die Lana beunruhigte.

Zuerst hatte sie gedacht, dass das alte Mütterchen ihr einfach hatte helfen wollen. Das wäre auch nur zu verständlich gewesen, schließlich hatte Lana erst vor einem Monat eine Tochter geboren, und es war ungewöhnlich für Weisfrauen, schon so bald darauf wieder der Hebammentätigkeit nachzugehen. Aber es war ja auch nicht so, als hätte Lana am letzten Erntezug teilgenommen – das wäre selbst für ihren robusten Körper zu viel gewesen. Den Tod eines Sohnes des Keos zu überwachen war dagegen kaum anstrengend. Lana brauchte nur wach zu bleiben, bis die wilden Tiere des Dichtwaldes kamen, angelockt von den Schreien des Kindes und dem Blut auf der Decke des Säuglings.

Doch Kelga hatte hartnäckig darauf bestanden, beim Tod des Kindes dabei zu sein. Das überraschte Lana; nicht weil die ältere Weisfrau schwach und gebrechlich gewesen wäre – Lana hatte die alte Vettel Herausforderungen erdulden sehen, mit denen andere Weisfrauen nicht fertiggeworden wären –, sondern weil

Kelga selbstsüchtig und einzelgängerisch war und sich durchweg nicht um andere kümmerte. Lana hatte sogar den Verdacht, dass Kelgas verdrießliche Art der Hauptgrund gewesen war, warum Weismeisterin Kiara sie aufgefordert hatte, dieses Mal nicht am Erntezug teilzunehmen.

Doch nun war Kelga hier und hatte sich erboten, zusammen mit Lana Wache zu halten. Ja sie hatte sogar darauf bestanden, die erste Wache selbst zu übernehmen. Anfänglich hatte Lana abgelehnt, aber Kelga hatte schließlich ihren Kopf durchgesetzt.

Statt zu schlafen, sah Lana zu, wie Kelga zunehmend rastlos wurde, während sich der Wald verdunkelte, und als sich die ältere Frau an einen Baumstamm lehnte, spürte Lana, wie das kalte Kribbeln des Grauens über ihren Rücken kroch. Mit Einbruch der Nacht hatte sich in Lana eine vernunftmäßig nicht zu erklärende Angst breitgemacht. Sie konnte nicht verstehen, woher diese Furcht kam, daher bekämpfte sie sie auf die einzige Art, mit der sie sich zu behelfen wusste: indem sie Kelga beobachtete und vorbereitet war. In ihrer einen Faust hielt sie eine Handvoll Pilzsporen, in der anderen ihr Erntemesser – dasselbe Stilett, das sie zuvor Aegen in den Schädel gerammt hatte.

Sie hörte das leise Rascheln vorsichtiger Füße, die auf die trockenen Ästchen und Blätter hinter ihr traten, und spannte die Muskeln an. Plötzlich wurde ihr klar, dass Kelga sich bewegt hatte.

»Warum stellt Ihr Euch schlafend?«

»Weil ich den Tod fürchte«, hauchte Lana.

»Es ist klug zu fürchten, was wir nicht verstehen«, erwiderte Kelga mit knarrender Stimme. »Aber der Tod kommt zu uns allen.«

»Bringt Ihr ihn jetzt mit Euch?«

Das Lachen der alten Frau war trocken und heiser, und Lanas Angst wuchs. Sie lockerte ihre Decke und bereitete sich auf den Angriff vor. Sie wusste, dass er kommen würde.

»Ihr hättet mich das Kind nehmen lassen sollen«, sagte Kelga.

Lana drehte sich unter ihrer Decke herum und dachte über Kelgas Worte nach, als es ihr plötzlich dämmerte. »Du bist eine Tochter des Keos. Eine Magd des Todes. Die Gerüchte, dass es eine Spaltung gibt … sie sind wahr.«

»Ich bin keine Magd«, erwiderte Kelga mit ruhiger Stimme. »Der Tod ist mein Schatten. Er folgt mir, wohin ich auch gehe … und er ist jetzt hier und ruft nach dem Kind.«

Das Weinen des Knaben war verstummt, und es schien, als habe ihn endlich der Schlaf überwältigt. Lana schaute zu dem Säugling im Hain hinüber.

»Und er ruft auch nach Euch.«

Kelga schlug zu. Der Dolch sauste so schnell und mit solcher Wucht herab, dass Lana kaum ausweichen konnte. Die Klinge bohrte sich tief in ihre Schulter und verfehlte nur knapp ihre Brust. Sie krümmte sich, riss sich vom Messer los und warf Kelga die Pilzsporen ins Gesicht.

Die alte Frau schrie und kratzte sich im Zurückfallen mit ihren knochigen Händen Wangen und Augen – aber die Sporen waren sehr wirksam, würgten sie, brachten sie zum Schweigen.

Lana rappelte sich mühsam hoch und stolperte in die Mitte der Lichtung. Sie wusste, dass die Sporen in Kelgas Kehle schnell wachsen und sich ausdehnen würden, bis sie Kelgas Luftröhre zerquetschten und das alte Weib erstickten, daher machte sich Lana das Mondlicht zunutze, um den Schaden zu begutachten, den ihr die alte Frau zugefügt hatte.

Die Wunde war tief. Schlimmer noch, Lana hatte den Muskel zerfetzt, als sie sich von Kelgas Messer losgerissen hatte. Wenn sie die Blutung nicht sofort stillte, würde sie den Rückweg nicht überleben. Lana riss einen Streifen von ihrer Decke ab, ein Ende zwischen den Zähnen, und machte sich daran, ihren verletzten Arm zu umwickeln.

»Eure Instinkte sind vorbildlich«, krächzte Kelga.

Lana drehte sich um und sah Kelga auf die mondbeschienene Lichtung taumeln. Erbrochenes hing an den Lippen der Weisfrau, doch sie atmete ohne Mühe. Offenbar hatte Lana schlecht gezielt. Statt die alte Frau zu ersticken, hatten die Sporen Kelgas Augen in Mitleidenschaft gezogen: Sie waren nun getrübt und von der gleichen Farbe wie Kelgas knochenbleiches Haar. Lana wich vor der wahnsinnig gewordenen Weisfrau zurück und bemerkte, dass Kelga ihr mehr mit den Ohren als mit den Augen folgte.

»Du bist eine blinde Verräterin, Kelga, und die Salbung, die du erhalten hast, damit du Chaenbalu finden kannst, ist nun zunichtegemacht worden. Du kannst nie wieder ins Dorf zurückkehren.«

Kelga lachte gackernd und erhob ihre entstellte Stimme. »Ich habe auch nie vorgehabt zurückzukehren. Ich habe mein ganzes Leben lang auf diesen Neugeborenen gewartet, und ich werde ihn für immer aus diesem hinterwäldlerischen Dorf fortbringen.« Sie kroch näher an Lana heran, ihr Messer immer noch angriffsbereit gezückt.

Lana wich zurück und eilte zu dem Kind am Rand des Hains. Was immer Kelga vorhatte, sie wollte den Säugling am Leben erhalten, und sie hatte nicht geleugnet, eine Tochter des Keos zu sein. Lanas beste Aussicht auf Erfolg bestand darin, das Kind auf der Stelle zu töten. Zielstrebig hastete sie auf es zu.

Wenn ich es töte, überlegte sie, *sind ihre Pläne durchkreuzt, und ich kann nach Chaenbalu zurückeilen.* Es war der sicherste Weg. Lana verspürte keinerlei Verlangen, gegen die alte Frau zu kämpfen. Sie war jetzt blind, aber Lana konnte nur noch von einem Arm Gebrauch machen, und sie hatte keine Ahnung, welche Tricks die alte Vettel womöglich noch auf Lager hatte.

Kelga spürte Lanas Absichten und versuchte, sie einzuholen, aber Lana kam ihr zuvor. Fest und gezielt stach sie mit ihrem Stilett zu.

Die Klinge traf nur auf Luft und Erde. Das Baby war fort.

Lana drehte sich um und suchte nach ihm, aber von dem Neugeborenen war nirgends eine Spur zu entdecken.

Einen Moment später stürzte sich Kelga schreiend auf sie und hieb auf sie ein. Ihr gekrümmtes Messer beschrieb eine weit ausholende Bewegung, während Lana rasch zurückwich, um nicht von der Klinge getroffen zu werden. Im gleichen Moment traf Kelgas leere Hand Lanas Brust und schleuderte sie in das Schlehengestrüpp hinter ihr. Dutzende der spitzen schwarzen Nadeln durchstachen ihre Schenkel, ihren Rücken und ihre Arme, und die gekrümmten, zwei Zentimeter langen Dornen der Schlehen hielten sie fest. Lana kämpfte, um sich aus dem Gestrüpp zu befreien, doch weitere scharfe Stacheln gruben sich tief in ihr Fleisch. Sie schrie auf – ein Heulen aus Angst, Frustration und Schmerz, das zu einem spuckenden Husten wurde, als die Dornen ihre Brust immer stärker einschnürten.

Kelga kam auf sie zugehumpelt, eine Silhouette im Mondlicht, bis ihre ausgestreckte Hand den Schlehenstrauch berührte. Ihre milchigen Augen starrten zum Himmel empor, und sie senkte ihr Ohr in Richtung Lana. Kelga kicherte gackernd, dann beugte sie sich hinab, um sich den Säugling zu holen, der nicht mehr da war.

»Was hast du mit ihm gemacht?«, blaffte Kelga. Ihr Kopf drehte sich herum, als versuche sie, den Säugling mit einem sechsten Sinn ausfindig zu machen. »Wo ist das Gefäß?«, schrie sie.

Lana wollte lachen, doch es kam nur neues Husten heraus. Stattdessen spuckte sie die Frau an und schmeckte Blut. »Keos hat ihn sich geholt«, knurrte sie. »Ich hoffe, er holt dich ebenfalls.«

»Es gibt schlimmere Arten zu sterben als durch Blutverlust und Schlehendornen«, fauchte Kelga und streckte die Hand mit ihrem gekrümmten Messer aus, bis es Lanas Brust traf. »Wo ist das Kind?«, fragte sie scharf. Das Messer bohrte sich in Lanas Fleisch, bis sie einen blutigen Schrei ausstieß.

Ein massiver Stab wurde aus der Dunkelheit geschwungen, traf Kelga am Rücken und ließ die Weisfrau in die Knie gehen. Heulend wirbelte die alte Frau herum, dann riss sie den Arm hoch und zeigte mit knochigen Fingern auf ihren unsichtbaren Angreifer.

»Bàsaich!«

Der Stab flammte silbern auf und verblasste dann zu einem dumpfen Schimmer in der Dunkelheit. Lana kniff blinzelnd die Augen zusammen, versuchte, ihren Retter zu erkennen, und erschrocken sah sie den Dorfpriester auf die mondbeschienene Lichtung treten.

»Sodar?« Sie traute kaum ihren Augen, erst recht nicht, als sie das Schaffellbündel in den Armen des alten Mannes sah. »Was … was tut Ihr da?«

Der Priester kam auf Kelga zu, sein Stab kampfbereit, und die blinde Frau wich über die dicht mit Klee bewachsene Lichtung zurück. Sobald Sodar nah genug war, um sie mit seinem Stab treffen zu können, warf Kelga ihr Messer nach dem Bauch des Priesters. Er schlug die Klinge mit einer Drehung seines Kampfstabs beiseite, dann ließ er das massive Eichenholz auf den Kopf der Frau niederkrachen. Kelga brach unter dem Hieb zusammen, und Sodar hob den Stab noch einmal, diesmal hoch über seinen Kopf, bereit, den Schädel der alten Frau zu zertrümmern. Aber sie bewegte sich nicht mehr. Sodar zögerte, dann ließ er die hölzerne Waffe sinken und wandte sich wieder Lana zu.

Lana hörte das verfluchte Baby in der Schaffelldecke krähen. »Schnell«, keuchte sie und schmeckte Blut. »Ihr müsst mir helfen, den Sohn des Keos zu vernichten und die Akademie zu warnen. Töchter des Keos sind in den Kreis der Weisen eingedrungen.«

Der Priester rührte sich nicht. Stattdessen starrte er Lana mit stechenden Augen stirnrunzelnd an. »Es steht Euch nicht zu,

Forderungen zu stellen, Lana ban Tosan.« Er warf einen kurzen Blick auf die bewusstlose alte Frau. »Ihr habt gesagt, Kelga habe die Fähigkeit verloren, nach Chaenbalu zurückzukehren.« Lana nickte, dann hustete sie, und helles Blut benetzte ihre Lippen. »Aber sie könnte dennoch zurückkehren«, fuhr Sodar fort, »wenn sie einen Führer hätte.«

Ein heftiger Druck legte sich um Lanas Brust, und sie keuchte auf. »Wer würde denn ausgerechnet sie zurückbringen? Sie wollte … den Sohn des Keos retten.«

»Und genau deshalb lasse ich sie am Leben.« Der Priester richtete den Blick wieder auf Lana. »Aber Ihr hättet den Jungen genauso schnell getötet, wie Ihr Aegen getötet habt.« Sodar schüttelte den Kopf, und sein grauweißer Bart strich dabei fast zärtlich über das Gesicht des Neugeborenen. »Wenn Kelga nicht ins Dorf zurückkehren kann, stellt sie auch keine Bedrohung dar. Mit Odars Segen findet sie vielleicht sogar aus dem Dickicht des Dichtwaldes heraus, bevor die wilden Tiere sie verschlingen. Doch bei dir sieht es anders aus. Denn wenn ich dich am Leben lasse, würdest du uns beide verraten.«

Lana blinzelte. Ihre Sicht trübte sich zunehmend, und Blut sickerte ihr aus dem Mund.

»Ich hatte befürchtet, dich töten zu müssen«, fuhr Sodar fort, »aber es scheint, als hätte mir Kelga das abgenommen.«

Die kühlen grauen Augen des Priesters hielten Wacht, während die Welt um Lana herum kälter wurde, und sie begriff, dass sie hier sterben würde, ohne ihren Mann und ihre Tochter je wiederzusehen. Sie sackte zurück, und diesmal konnte nicht einmal das Stechen der Schlehendornen sie wieder wecken.

TEIL 1

Am einunddreißigsten Tag des Drittmondes, hundert Jahre nach dem Tod von Myahlai dem Täuscher, kamen die Götter und ihre Kinder zusammen, um den Tag zu feiern, da das Böse aus Luquatra vertrieben worden war. Und in den Tagen, die diesem hundertsten Jahrestag vorausgingen, sah Keos das Glück all ihrer Anhänger, und er schlug vor, dass er, Lumea und Odar sich ihren Anbetern beim Feiern anschließen sollten.

Doch Odar, der älteste und weiseste der Götter, war dagegen, weil er der Meinung war, dass es kein guter Gedanke sei, sich in die fröhliche Feier ihrer Kinder zu mischen. Stattdessen schlug Odar vor, dass sich die Götter am nächsten heiligen Festtag gegenseitig beschenken sollten – und so kam es zum ersten großen Regaleus.

Es war nun zwei Tage vor dem festgelegten Datum, als Keos sich tief in Gedanken versunken seinem älteren Bruder näherte. Odar, der das Ungemach seines Bruders spürte, fragte, was ihn quäle.

Und Keos antwortete: »Es handelt sich um das Geschenk für unsere Schwester. Was vermag man einer Göttin zu geben, die selbst der Sonne gebieten kann? Alle Dinge trachten danach, ihr Freude zu bereiten, und es mangelt ihr an nichts; das Glück unserer Schwester ist vollkommen.«

Und Odar antwortete: »Erfreut sich eine Mutter denn nicht an den Gaben ihrer Kinder? Dann lass uns Lumea schenken, was sie und ihre Anbeter mit Freuden miteinander teilen mögen.«

Und Keos erschienen diese Worte weise, und er fragte: »Hast du ein Geschenk für unsere Schwester?«

Und Odar erwiderte: »Nein, denn ich besitze weder die Begabung noch die Fertigkeit, um eines zu erschaffen. Aber vielleicht ist es vom Schicksal bestimmt gewesen, dass du am heutigen Tage zu mir gekommen bist, denn du bist begabt in allen Fertigkeiten, und ich hatte mir überlegt, Lumea und ihren Kindern eine aus Lehm gebrannte Flöte zu schenken, denn sie alle ergötzen sich an Gesang und Tanz.«

Und Keos war erfreut, diese Worte zu hören, denn er war in der Tat mit einem mächtigen Talent in allen Dingen gesegnet, die t'rasang *betrafen; er verfügte über die Macht, Dinge zu formen, die aus Lehm und Stein geschaffen waren, aus Metall und Holz und aus Blut und Knochen. Und so geschah es, dass Keos und Odar übereinkamen, ein gemeinsames Geschenk für ihre Schwester Lumea zu schaffen.*

Als nun aber Keos sich an seine Schmiede in Thoir Cuma setzte, wurde der Gott des t'rasang *von Zweifel und Zögern geplagt, denn er betrachtete Lehm als niedere Substanz, nicht tauglich, um daraus die wunderschöne Flöte zu schaffen, die er für seine Schwester ins Auge gefasst hatte. Also schmiedete Keos die Flöte statt aus Lehm aus purem Gold, heraufbefördert aus den tiefsten Erzadern der Welt. Als er fertig war, zeigte Keos die Flöte Odar, und dieser sah die Veränderungen, die Keos vorgenommen hatte. Und Odar war nicht erzürnt und gab der goldenen Flöte seinen Segen.*

Am Tag vor dem Fest kam Lumea zu Keos und fragte ihn, welches Geschenk sie denn ihrem Bruder machen könnten. Und Keos erinnerte sich an die Weisheit Odars und sagte: »Erfreut sich nicht ein Vater an den Gaben seiner Kinder? Dann lass uns Odar schenken, was er und seine Kinder mit Freuden miteinander teilen mögen.«

Und Lumea fragte: »Welches Geschenk würdest du unserem Bruder geben? Denn er ist über sein Alter hinaus weise, und seine Kinder sind allzeit gesegnet.«

Und Keos erwiderte: »Ich bin im Geheimen zu unseren Anbetern gegangen und habe ihre Werke betrachtet, ja selbst die Werke der Kinder Odars, und ich habe ein Geschenk erblickt, das unseres Bruders würdig wäre: einen Stab, der den Bejahrten zur Anerkennung ihrer Weisheit verliehen wird und den Königen, um ihre Macht und Herrschaft zu symbolisieren.«

»Ja«, pflichtete Lumea ihm bei. »Lass uns einen Stab für unseren

älteren Bruder machen, denn ist ein Gott nicht ein König unter seinem Volke? Und ist er nicht weise über sein Alter hinaus? Und vielleicht werden sogar noch seine Kinder diesen Stab schwingen und ihn als ein Zeichen der Segnungen Odars und seiner Gunst ansehen.« Und so entschieden Keos und Lumea, den Stab des Odar zu schaffen.

Nun war es Lumeas Wunsch, dass der Stab aus Holz gefertigt werden sollte, denn sie fand große Freude an den Wäldern Luquatras, am Duft der Kirschblüten und an der kräftigen Eiche, und ihre Anhänger tanzten häufig auf den Waldwiesen. Aber als sich Keos zu seiner Schmiede begab, befielen ihn erneut Zweifel, und er fürchtete, dass, wenn der Stab aus Holz gefertigt würde, Odar ihn mit Lumeas goldener Flöte messen und eifersüchtig sein würde. Also schmiedete Keos Odars Stab statt aus Holz aus dem kostbarsten Silber, heraufbefördert aus den tiefsten Erzadern Luquatras. Als er fertig war, zeigte Keos Lumea den Stab, und Lumea sah die Veränderungen, die Keos vorgenommen hatte. Und Lumea war nicht erzürnt und gab dem silbernen Stab ihren Segen.

Dann kam der Tag, an dem sich die Götter gegenseitig ihre Geschenke überreichen wollten. Sie beschlossen, dass Lumea ihr Geschenk als Erste erhalten sollte, daher traten Keos und Odar vor und reichten ihr die goldene Flöte. Und als die Göttin das ausnehmend schöne Instrument sah und spürte, dass sowohl Keos als auch Odar ihre Macht hatten hineinfließen lassen, weinte sie Tränen des größten Glücks. Als Zeichen, dass sie ihr Geschenk annahm, hob Lumea die Flöte an die Lippen und spielte das lieblichste Lied, das die Welt je vernommen hatte, und eine lieblichere Melodie ist seither nicht wieder erklungen, mit Ausnahme einer einzigen. Sie spielte mit Freude, Leidenschaft und Leben und legte ihr Herz und ihre Seele in die Flöte, erfüllte sie mit lumen, *bis sie erglühte und all jene, die ihre Musik hörten, von ihr in Bann gezogen wurden.*

Als das Lied zu Ende war, trat Lumea zurück und dankte ihren Brüdern für das wunderbare Geschenk, das sie ihr und ihren Anhängern gemacht hatten.
Dann überreichten Lumea und Keos den Silberstab, und als Odar ihn sah, verstand er seine Bedeutung und wurde von Demut erfüllt. Er nahm das Artefakt in die Hände, spürte seine Macht und war erfreut. Er sagte: »So wie dieser Stab die Kraft von Keos und die Liebe von Lumea in sich trägt, so will ich meine eigene Tugend in ihn hineingeben.«
Mit diesen Worten hob Odar den Stab über den Kopf und beschwor die Macht von quaire, *des Geistes von Luft, Wasser und Eis. Und als er fertig war, erglänzte der Silberstab in einem Ehrfurcht gebietenden Schimmer, der noch stärker war als der des puren Silbers, aus dem ihn Keos geschmiedet hatte.*
Dann sagte Odar zu seinen Geschwistern: »So wie ihr mir diesen Stab geschenkt habt, so schenke ich ihn nun meinen Anhängern, auf dass sie sich seiner in Weisheit und Wahrheit bedienen mögen. Er soll ein Zeichen der Segnungen Odars und meiner Gunst sein.« Und Keos und Lumea waren erfreut.
Dann kam die Zeit für Keos, sein Geschenk zu empfangen. Mit großer Sorgfalt legte Odar seinen Stab nieder und nahm seinen Platz neben Lumea ein. Dann trat Lumea vor, öffnete den Mund und begann zu singen. Und es wurde gesagt, dass kein Ohr jemals so wundersame Dinge gehört habe, wie Lumea sie für Keos sang; und keine menschliche Zunge kann die Worte formen, die sie sang; noch kann ein Mensch das Glück erfassen, welches die Seelen jener erfüllte, die ihr Lied vernahmen.
Als Lumea nun aber mit dem Lied fertig war, trat sie zurück und schaute ihren Bruder an, flehentlich auf seinen Beifall bedacht. Doch da war nichts in Keos' Zügen; da waren weder Freude noch Lachen, weder Leben noch Liebe. Stattdessen war er verwundert, und eine Traurigkeit erfüllte ihn, die sich zuerst in Ungläubigkeit verwandelte und dann in kalten Zorn. Und

Keos hob das Gesicht, sah seine Geschwister an und fragte: »Ist das alles, was ihr für mich habt, meine Familie?«
Und Lumea antwortete: »Dies ist dein Geschenk.«
Und Keos war erzürnt und sagte: »Ich habe größte Anstrengungen unternommen, um euch Geschenke zu machen, mein Bruder und meine Schwester. Ich habe die tiefsten Adern der Welt nach ihren kostbarsten Erzen durchforscht und mächtig an meiner Schmiede gearbeitet, auf dass ihr euch an euren Geschenken erfreuen möget. Und eurerseits schenkt ihr mir nichts als ein Lied?«
Dann trat Odar vor und antwortete: »Nein, denn dies ist kein bloßes Lied, Bruder. Ich habe lange daran gearbeitet, seine Worte auszuwählen, die heilige Worte der Macht sind; und deine Schwester hat daran gearbeitet, dass seine Musik dem Herz Leben und dem Geist Licht bringen möge. Es ist unser Geschenk an dich, und sein Wert übersteigt den von bloßem Gold und Silber.«
Aber Keos war von Zorn erfüllt und wandte sich ab, entfremdete sich von seinen Geschwistern. Und von dieser Zeit an hieß es, dass das Schenken großes Unheil mit sich brächte.

»Das Erste Regaleus«, Auszug aus dem *Buch Odar*

Und Keos kehrte an seine Schmiede in Thoir Cuma zurück, wo seine Verbitterung ihn aufzehrte und er jeden Trost verweigerte. Sobald er dort angelangt war, stieg er hinab in das Herz von Luquatra und durchforschte seine Tiefen auf der Suche nach einem Metall, das kostbarer war als Gold. Und in den Tiefen der Berge, in den großen Abgründen unter der Erde, fand Keos ein Überbleibsel von aqlumera, *dem Element, aus dem die Welt geschaffen wurde. Und es war sowohl Feuer als auch Eis, Flüssigkeit und Metall; und ihm*

entstammten die drei Älteren Götter, und aus ihm hatten sie Luquatra erschaffen.
Und Keos nahm das aqlumera, *legte es auf seine Schmiede und schuf für sich selbst das Werkzeug, das er am meisten begehrte: einen Hammer. Denn sein Glück war am größten, wenn er Dinge des* t'rasang *erschuf. Und er nannte ihn die Hand des Keos, denn er ließ viel von seiner Macht in den Hammer fließen.*
Und viele Jahrhunderte verstrichen seit dem ersten Regaleus, und die Bewohner von Luquatra wurden in großem Maße von den Göttern gesegnet. Und sie wurden im Stolz ihrer Herzen und in den Traditionen ihrer Kulturen erhoben, sowohl die Dariten wie die Ilumiten und ebenso die Terraner. Und Zwistigkeiten erhoben sich unter den Menschen, was Fragen von Lehre und Herrschaft betraf, und sie gaben sich Könige und errichteten untereinander Königreiche. Und so endete das Zeitalter der Götter, und es begann das Zeitalter der Könige.
Als nun Odar und Lumea die Veränderungen sahen, die über ihre Völker gebracht worden waren, gingen sie hinab zu ihren Anhängern, gaben ihnen Ratschläge und unterwiesen sie darin, friedfertig und demütig zu sein. Und je besser diese Menschen auf sie hörten, desto mehr wurden sie gesegnet. Und die Flöte der Lumea und der Stab des Odar wurden an viele der Ilumiten und Dariten weitergereicht. Und diese wurden Daltas genannt oder Kindgötter, denn sie machten von den Artefakten der Götter Gebrauch und waren gesegnet mit göttlicher Macht.
Aber die Terraner wurden während dieser Zeit von Keos nicht beraten oder unterwiesen, denn sein Zorn verzehrte ihn immer noch. Und seine Kinder wurden zu einem kriegerischen Volk, das zu Wildheit und Sinneslust neigte. Und statt Werkzeuge und Instrumente zu fertigen, begannen sie, Waffen und Rüstungen zu schmieden, und putzten sich mit allen möglichen feinen Gewändern und Schmuckstücken heraus. Und als Keos sich

endlich von Thoir Cuma erhob und auf die Werke seines Volkes schaute, war er nicht erzürnt, sondern froh. Und er wurde ein launischer Gott, der dazu neigte, jene zu segnen, die Kraft und Schönheit besaßen, und seine Gunst jenen zu schenken, die gut kämpften und voller Leidenschaft waren.
Und es begab sich, dass viele Jahre verstrichen waren, wahrhaftig, es waren sogar sechshundert Jahre verstrichen seit dem ersten Regaleus. Und es waren siebenhundert Jahre seit dem Tag, da Myahlai, die Inkarnation der Entropé, aus Luquatra verbannt worden war.

»Der Sturz des Keos«, Auszug aus dem *Buch Odar*

Kapitel 1

»Annev! Wach auf.«

Annev rollte sich von der Stimme weg, doch ein heftiger Stoß in die Rippen ließ ihn vollends erwachen.

»Autsch!«

»Steh auf«, zischte Sodar und stupste Annev ein zweites Mal. »Du kommst sonst zu spät zum Unterricht.«

Annev fuhr hoch und warf den Berg von Decken von sich. »Ich bin wach! Ich bin auf!« Er sprang aus dem Bett und erschauderte, als seine Füße den eiskalten Boden berührten. Dann streckte er sich, erschauderte noch einmal und atmete den strengen Geruch von Schweiß ein, vermischt mit dem Duft nach Stroh, Erde und Zimt. Naserümpfend gähnte er.

Da die Fensterläden geschlossen waren, kam das einzige Licht von der flackernden Kerze gleich draußen vor seiner Schlafzimmertür. Sobald sich seine verschlafenen Augen an die Dunkelheit gewöhnt hatten, sah er den Priester vor sich stehen, den Stab in der Hand.

»Komm schon!«, blaffte Sodar. Dann zögerte er, und seine Züge wurden weicher, als er Annev in seiner Unterwäsche betrachtete. »Du brauchst heute die Kapelle nicht zu fegen. So wie es aussieht, hast du ja kaum Zeit, dich zu waschen.«

Trotz der Kälte grinste Annev. »Ich habe genug Zeit«, sagte er, öffnete die Truhe neben seinem Bett und zog einen fleckigen beigefarbenen Kittel und ein entsprechendes Paar Kniehosen heraus. Der ungebleichte Stoff war einst beinahe weiß gewesen, aber jetzt wirkten seine Akademiegewänder eher braun.

»Wie du meinst«, erwiderte Sodar und bedeutete ihm, sich zu beeilen. »Wasser, Herd, Kessel. Wenn du fertig bist …«

»Ich weiß, ich weiß.« Annev zog seine Kniehose an. »Die Fallen überprüfen und die Kapelle fegen. Jeden Tag das Gleiche.«

»Fast jeden Tag«, korrigierte Sodar. Als Annev aufblickte, sah ihm Sodar in die Augen. »Heute ist die erste Regaleusnacht. Und morgen ist der Prüfungstag. Der letzte Prüfungstag.« Die Worte hingen in der Luft, schwer und bedeutungsschwanger.

Annev nickte, und sein Gesicht wurde ernst. »Ich habe es nicht vergessen.«

Sodar sah ihn an. »Gut. Dann beeil dich. Ich mache so lange die Wassersäcke für dich fertig. Wenn du dann Wasser holen gehst, fange ich zu zählen an, sobald du diesen Raum verlässt.« Der Priester ging.

Prüfungstag, dachte Annev und schnürte seine Kniehose. *Die letzte Prüfung des Urteils.* Während der nächsten drei Tage war Regaleus, das Fest, das den Beginn des Frühlings anzeigte, und das bedeutete, dass morgen für Annevs Klasse die letzte Gelegenheit war, die Prüfung abzulegen – die letzte Möglichkeit für sie alle, sich den Avatartitel zu verdienen.

Annev wog seine Aussichten ab, sich endlich seinen Titel zu sichern – und seufzte.

Die Akademie hielt für die Schüler am Ende eines jeden Monats eine Prüfung ab, deren Sieger sofort vom Akolythen des Glaubens zum Avatar des Urteils befördert wurde. Monat für Monat konnte das nur einem Schüler gelingen, und nachdem sie nun an vierzehn Prüfungen teilgenommen hatten, hatte sich weniger als die Hälfte von Annevs Klassenkameraden den begehrten Rang verdient. Es hätten mehr sein können, aber wer Avatar geworden war, war deshalb noch nicht von einer Teilnahme auch an der nächsten Prüfung des Urteils ausgeschlossen. Daher traten Jungen, die bereits gewonnen hatten, immer wieder gegen jene an, denen das bisher noch nicht geglückt war.

Es ist ungerecht, dachte Annev – nicht zum ersten Mal. *Vor allem da mein Erntejahrgang der größte ist, den es je an der Akademie gegeben hat.*

Annev gürtete seinen Kittel und zog seine weichen Lederstiefel an. Während er sie schnürte, dachte er an seine beiden Freunde – einen mageren Knaben namens Therin und einen pummeligen kleinen Jungen namens Titus –, von denen sich bisher ebenfalls keiner den Avatartitel verdient hatte. Der Gedanke an sie schmerzte Annev, denn er führte ihm vor Augen, dass er in der letzten Avatarprüfung auch gegen seine beiden Freunde antreten würde. Es schien zudem unwahrscheinlich, dass einer von Annevs Freunden gewinnen würde, denn keiner von ihnen tat sich im körperlichen Kampf besonders hervor. Therins Stärken waren vielmehr Heimlichkeit und Hinterlist, während Titus einfach nicht mithalten konnte. Titus, fast zwei Jahre jünger als Annevs übrige Klassenkameraden, war erst durch einen späteren Erntezug an die Akademie gekommen und dann aufgrund seiner Begabungen in den weniger körper- und kampfbetonten Wissensbereichen, wie sie die Ältesten lehrten, also in Geschichte, Haushalten, Landwirtschaft und Arithmetik, in Annevs Klasse versetzt worden. Aber dieses Überspringen der Klassen war an eine Bedingung geknüpft gewesen: Konnte Titus die Prüfung zum Avatar des Urteils nicht mit seinen älteren Klassenkameraden zusammen bestehen, bekäme er überhaupt keinen Abschluss.

Kein Schüler war je der Akademie verwiesen worden, doch jenen, die die Prüfung des Urteils nicht bestanden, blieb es verwehrt, jemals Meisteravatare zu werden. Stattdessen wurden sie Kastellane, und für Annev gab es keine größere Strafe: Kastellane konnten sich niemals für den höchsten Rang eines Ältesten der Akademie qualifizieren, sie durften die Akolythen nicht unterrichten, sie durften nicht heiraten, und sie waren im Grunde nichts als Diener der Meister und der Ältesten; ihren Launen ausgeliefert, mussten sie sklavisch alle Aufgaben erledigen, die der Meister der Arbeit als für sie passend erachtete.

Doch das war noch nicht einmal das Schlimmste. Das nämlich bestand darin, dass Avatare, sobald sie Meister geworden waren, auf Einsätze zur Beschaffung von Artefakten ausgesandt wurden, während die Kastellane Chaenbalu niemals verlassen durften. Sie verbrachten ihr ganzes Leben als Gefangene des Dorfes.

Besonderes Mitleid hatte Annev immer mit Markov, einem Kastellan, der den größten Teil seiner Tage damit verbrachte, Meister Narach dabei zu helfen, die Artefakte im Gewölbe der Verdammnis zu katalogisieren. Einige Jahre zuvor hatte in Chaenbalu eine Seuche gewütet, der viele Menschen zum Opfer gefallen waren, darunter ein großer Teil der älteren Schüler, Weisfrauen und Meisteravatare der Akademie. Markov war einer der wenigen Glücklichen gewesen, die zwar krank geworden waren, aber überlebt hatten. Bedauerlicherweise war er zu krank gewesen, um an den meisten Prüfungen seiner Ernte teilzunehmen, und als er endlich wieder ganz gesund war, war seine Chance dahin gewesen.

Annev zog ein Paar schwarzer Handschuhe hervor, starrte sie an und bemerkte, dass der linke abgenutzter war als der rechte. Er zuckte die Achseln, warf den zweiten Handschuh in seine Truhe zurück und zog den abgetragenen Handschuh bis an den Ellbogen hinauf. Er trug nicht immer nur einen einzelnen Handschuh, aber doch oft genug, dass es die Meister und die Ältesten inzwischen als eine persönliche Eigenart hinnahmen.

Bekleidet und bereit ging Annev in die Küche, wo Sodar ihm zwei dicke lederne Wassersäcke zuwarf. Annev fing sie reflexartig auf.

»Eins«, begann der Priester. »Zwei …« Noch bevor Sodar bei drei angelangt war, war Annev auch schon durch die Küchentür verschwunden und rannte an den Bankreihen der Kapelle vorbei, um dann die Tür nach draußen aufzureißen. Er stolperte in der fast völligen Dunkelheit, richtete sich gerade rechtzeitig wieder auf, um nicht hinzufallen und sich das Knie aufzuschlagen, und flitzte in den frühen Morgen hinaus.

Annevs Arbeitsablauf war jeden Tag der gleiche: zum Brunnen in der Mitte des Dorfes laufen und dann mit so viel Wasser zurückrennen, wie er tragen konnte. Unterdessen saß Sodar in aller Gemütsruhe in der Küche und zählte die Sekunden bis zu Annevs Rückkehr. Das Ganze war als Ergänzung zu Annevs Akademieausbildung gedacht, aber während des ersten Jahres hatte Annev kaum mehr darin gesehen als eine zermürbende Pflicht. Er hatte sich so lange darüber beklagt, dass Sodar schließlich ein Spiel daraus gemacht hatte.

»Bring genug Wasser mit, um den Krug dort zu füllen«, hatte Sodar gesagt und auf einen großen Tontopf in der Ecke der Küche gedeutet. »Du muss ihn gefüllt haben, bevor ich bis fünfzehnhundert gezählt habe.«

»Und was bekomme ich, wenn ich das mache?«, hatte ein frecher achtjähriger Annev gefragt.

»Du darfst es trinken.«

Annev hatte die Stirn in Falten gelegt. »Das kann ich jetzt auch tun.«

»Nicht mehr, nein.« Und Sodar hatte abgewartet, bis Annev seine Worte verarbeitet hatte.

»Du willst mir nicht erlauben, unser Wasser zu trinken?«, hatte Annev ungläubig ausgerufen. »Das Wasser, das ich dir bringe? Das Wasser, das ich tragen muss?«

Sodar hatte gelächelt. »Langsam kapierst du es.«

Und es war auch kein Scherz gewesen. Am Tag nachdem Sodar sein kleines Spiel vorgeschlagen hatte, hatte sich Annev auf dem Rückweg zur Kapelle absichtlich Zeit gelassen. Damals hatte er das Wasser noch in Eimern getragen und gedacht, wenn er nur schön langsam ginge, würde er weniger Wasser verschütten und kein zweites Mal gehen müssen. Darin hatte er recht gehabt – er hatte den Wasserkrug bis an den Rand füllen können –, aber da hatte Sodar schon bis zweitausend gezählt. Als Annev dann Anstalten machte, sich eine Kelle Wasser zu schöpfen, war Sodars Stab auf seine Hand gekracht und hatte die Kelle quer durch den Raum geschleudert.

»Autsch!«, hatte Annev geschrien und sich seine geschundene Hand gerieben. »Bei Odars Eiern! Was habe ich denn getan?«

»Hüte deine Zunge!«, hatte ihn Sodar getadelt und nach der Kelle gegriffen. »Und du weißt ganz genau, was du getan hast. Regeln sind Regeln. Kein Wasser aus dem Krug.« Und damit hatte sich die Sache. Kein Wasser zum Trinken oder um sich Gesicht und Hände zu waschen. An jenem Morgen hatte er das Haus besonders früh verlassen – durstig und stinkend –, sodass er vor dem Unterricht noch am Dorfbrunnen haltmachen und einige Hände voll Wasser schöpfen konnte.

Seither hat er sich kaum einmal mehr verspätet.

Während Annev durch das schwache Licht der beginnenden Dämmerung auf den Brunnen zuspurtete, schlang er sich die breite Lederschlinge um den Hals und legte sich die leeren Wassersäcke auf den Rücken.

Diese Säcke waren sein Einfall gewesen, und er war auf diese Idee besonders stolz. Nachdem er monatelang Blasen an den Händen gehabt und außerdem einige Male gestolpert war und das Wasser aus den Eimern verschüttet hatte, hatte sich Annev an den Dorfgerber Elias gewandt und gefragt, ob er denn einen wasserdichten Sack für ihn anfertigen könne. Am Ende der Woche hatte Annev zwei dieser Säcke gehabt und das Wasser nach Hause gebracht, bevor Sodar bis fünfzehnhundert hatte zählen können.

»Gut gemacht«, hatte Sodar schließlich gesagt, nachdem Annev das Wasser zwei Wochen lang beizeiten zurückgebracht hatte. »Schauen wir mal, ob du den Krug füllen kannst, bevor ich bei dreizehnhundert bin.«

Und so ging es weiter. Jahr um Jahr. Jedes Mal wenn Annev eine Methode fand, seine Zeit zu verbessern, setzte Sodar die Grenze herunter, bis zu der er zählte. Als Annev schneller darin wurde, das Wasser aus dem Brunnen hochzuziehen, sank die Zahl auf zwölfhundert. Als sich seine Ausdauer verbesserte, wurde sie erneut niedriger, und als es Annev gelang, im Rennen so über den Boden zu gleiten, dass die Wassersäcke nicht mehr gegeneinanderstießen, senkte Sodar die Zahl auf tausend herab.

Annev begann mit seiner eigenen Zählung, sobald er den Brunnen erreicht hatte. Nachdem er sich beide Säcke über die Brust gehängt hatte, trat er gegen den Riegel, durch den die Handkurbel festgehalten wurde, und lauschte dann, wie der Eimer in die nassen Tiefen hinabpolterte. Sobald es unten aufspritzte, schlug er auf die Kurbel und begann sie zu winden.

»Eins. Zwei. Drei. Vier. Fünf. Sechs. Sieben.« Nach neunzehnmaligem kräftigem Kurbeln tauchte der Eimer aus der Dunkelheit auf. Annev ließ den Arretierriegel wieder fallen, griff über den Brunnenrand und tauchte das eine Ende seiner Schlinge in den Eimer. Sobald der erste Sack voll war, schnürte er ihn fest zu und trat wieder gegen den Riegel, sodass der Eimer erneut in die Dunkelheit hinabsauste. Er drehte die Kurbel gerade zum achten Mal, als etwas auf der anderen Seite des Dorfplatzes seine Aufmerksamkeit erregte. Annev blickte auf und sah im gleichen Moment ein gelbes Kleid und eine weiße Schürze in Greusiks Schusterwerkstatt verschwinden. Sein wildes Kurbeln verlangsamte sich.

Betrachtet mich da jemand?, fragte er sich. Es konnte nicht Greusiks Frau gewesen sein – sie war nicht der Typ, um einem Jungen nachzustellen, und sie besaß nichts Leuchtenderes als das rotbraune Kleid, das sie für ihre Besuche in der Kapelle anzog –, aber es hätte womöglich Myjun sein können.

Die Tochter des Rektors hatte vor über einem Monat ein gelbes Kleid getragen, als sie Annev in die Gasse hinter der Bäckerei gewinkt hatte. Myjun hatte ihn an die Wand gelehnt, und während sein Herz wie verrückt hämmerte, hatte sie ein Stückchen Kreide aus ihrer Schürze gezogen und seine Hand gegen die roten Ziegelsteine gedrückt. Mit von ihm abgewandtem Blick hatte sie sorgfältig die Umrisse seiner Hand an die Mauer gezeichnet. Als sie damit fertig war, war sie ganz rot geworden, und er hatte ihr die Kreide abgenommen und nun ihre Hand so an die Wand gelegt, dass die Umrisse ihrer beiden Hände einander berührten, und dann hatte er langsam ihre Finger auf dem Ziegelstein nachgezeichnet. Dabei hatte er sich ihren Duft, die Rundung ihres Kinns und das Gefühl ihrer warmen Haut an seiner tief eingeprägt. Eine Woche später hatte der Regen die Kreide von der Mauer der Bäckerei gewaschen, aber Annevs Blick blieb immer noch an der Stelle der Ziegelsteine hängen, wo die weißen Linien gewesen waren.

Annev schreckte zusammen, als der Eimer gegen den Brunnenrand schlug und Wasser herausschwappte. Er ließ den Riegel wieder fallen, befüllte seinen zweiten Wassersack und schaute dann abermals zur Tür des Schusters hinüber, in der Hoffnung, es noch einmal gelb aufblitzen zu sehen.

Nichts.

Er wirbelte auf dem Absatz herum und raste zurück zur Kapelle.

Der Rückweg ging viel langsamer vonstatten, aber Annev hatte herausgefunden, dass die Wahrscheinlichkeit zu stolpern sank, wenn er beim Laufen seine Schritte zählte. Es waren genau eintausend und elf Schritte zurück zur Kapelle am Waldrand, und Annev verbrachte jeden einzelnen dieser Schritte damit, an Myjun und an den Freundschaftsring zu denken, den er ihr eines Tages schenken zu können hoffte. Mit einem Lächeln im Gesicht stürmte er durch die Vordertüren und überblickte eine Kapelle, die zwar groß genug war, um Chaenbalus regelmäßige Gottesdienstbesucher zu beherbergen, aber immer noch kleiner als das staubige Kirchenschiff der Akademie. Während er seine Wassersäcke weiter fest umklammert hielt, eilte er durch den Mittelgang, sprang auf das Altarpodest und stürmte durch die Tür dahinter, die direkt in die Priesterwohnung führte.

»Neunhundertdreiundsechzig … Neunhundertvierundsechzig …«

»Ich bin da!«, keuchte Annev, als er in die Küche platzte, und schlang sich die Wassersäcke vom Hals. Sodar zeigte auf den leeren Tonkrug in der Ecke des Raums und zählte weiter. Annev stöhnte, während er zugleich zum Krug weitereilte und ihn mit dem Inhalt seiner Säcke zu füllen begann.

»Neunhunderteinundsiebzig«, beendete Sodar sein Zählen, als Annev die leeren Wassersäcke vor sich hinwarf und erschöpft zu Boden sank. »Du wirst langsamer, Annev. Letzte Woche bin ich nie auch nur bis achthundert gekommen.«

Annev merkte, dass er trotz seines Keuchens lächelte. »Ja.« Er lachte. »Ich bin aufgehalten worden.«

»Was hast du denn gemacht, das dich aufgehalten hat?«

»Mir schien, als hätte ich Myjun beim Schuster gesehen.«

»Mmmh.« Sodar zupfte an seinem Bart. »Das wäre wohl eine Erklärung.« Er nahm die hölzerne Kelle vom Kaminsims und löffelte Wasser in den Kessel, der über der lodernden Herdstelle hing. »War sie es wirklich?«

»Keine Ahnung. Ich glaube schon. Sie hat sich hinter Greusiks Tür geduckt, gerade als ich die Wassersäcke befüllt habe.«

Sodar schüttelte den Kopf. »Und was würde wohl dein Rektor sagen, wenn er dich dabei ertappen würde, wie du seiner Tochter nachschmachtest? Hm? Es ist schon schlimm genug, dass sich eure Wege in der Akademie kreuzen. Wenn du anfängst, ihr auch noch außerhalb des Zuständigkeitsbereichs ihres Vaters nachzulaufen, und das ohne sein Wissen …«

Annev ließ sich auf einen Stuhl fallen. »Tosan kann mich mal«, erklärte er.

»Annev!« Sodar fuhr herum und verschüttete dabei etwas von dem Wasser. »Tosan ist der Älteste der Ältesten und das Oberhaupt der Akademie. Zeig ein wenig Respekt.«

»Meinetwegen«, erwiderte Annev. »*Ältester* Tosan kann mich mal …« Er sah dem Priester in die Augen und bemerkte, dass sie kalt wie Eis waren. Er schluckte. »Entschuldigung, Sodar. Ich mache mir nur … ich mache mir Sorgen wegen der Prüfung morgen.«

Sodar wandte sich wieder seinem Kessel zu. Im gleichen Moment glaubte Annev, ein unterdrücktes Lachen von ihm zu hören.

Annev lächelte. Was auch immer Sodar sagen mochte, Annev wusste, dass zwischen dem Priester und dem Rektor keine Liebe herrschte. Die Kluft zwischen der Priesterschaft und der Akademie ging zurück auf einen Bruch, der sich bereits vor Jahrzehnten ereignet hatte – lange bevor Sodar nach Chaenbalu gekommen war –, aber die Spannungen hatten sich dadurch verschärft, dass Annev bei dem Priester in die Lehre ging, und Sodar unternahm keinerlei Anstrengungen, für eine Art Ausgleich zu sorgen. Manchmal hatte Annev den Eindruck, dass er den Konflikt sogar eher noch anstachelte.

Als der Kessel voll war, reichte Sodar die Kelle an Annev weiter. Annev schöpfte sich sogleich Wasser aus dem Tonkrug und nahm mehrere lange Züge davon. In der Zwischenzeit stapfte Sodar durch die Küche und suchte Teeblätter und Zimtstangen zusammen. »Wenn du nach den Fallen siehst, dann stell sie nicht neu auf – und lös bitte alle aus, die noch nicht ausgelöst worden sind.« Er warf Teeblätter und Zimtstangen in den Kessel.

»Aber nicht die Vogelfallen«, sagte Annev und legte die Kelle auf den Kaminsims zurück.

»Doch, auch die Vogelfallen. ›An meinem heiligen Tag sollst du kein Tier verzehren, nicht Vieh, nicht Fisch noch Geflügel.‹«

»Aber wir haben heute nicht Siebttag«, wandte Annev ein.

»Nein, aber es ist die erste Nacht des Regaleus«, sagte Sodar und warf eine Handvoll gemahlener Zichorienwurzeln in den Kessel. »Außerdem wirst du mir, wenn sich der morgige Tag auch nur annähernd so gestaltet wie all die anderen Prüfungstage, morgen früh nicht von Nutzen sein. Da bist du dann so abgelenkt, dass du die Hälfte deiner Pflichten nicht richtig erledigst, sodass ich selbst ranmuss.« Er schüttelte den Kopf. »Wir wollen uns schon heute auf morgen vorbereiten, und deshalb sollst du alle Fallen auslösen.«

Der mahnende Hinweis auf die morgige Prüfung – und Sodars Anspielung auf sein früheres Versagen – löste bei Annev ein Stirnrunzeln aus und machte ihn mürrisch.

»Wenn es im Buch Odar heißt, dass wir an heiligen Tagen keine Tiere essen sollen, warum essen wir dann am Siebttag trotzdem Geflügel und Fisch?«

»Weil der Siebttag ein normaler heiliger Tag ist. Kein heiliger Festtag wie Regaleus.«

Die Falte zwischen Annevs Brauen vertiefte sich. »Aber sollten wir nicht trotzdem …«

»Annev, willst du dich jetzt wirklich mit mir über den Unterschied zwischen heiligen Tagen und Festtagen streiten?«, fragte Sodar. »Das Konzil von Neven nan Su'ul hat das im Dritten Zeitalter versucht. Es gibt ganze Bücher über das Thema, und das meiste davon ist Bockmist.«

Annev klappte die Kinnlade herunter, doch der Priester tat, als bemerke er es nicht. Ein Lächeln huschte über seine Züge, während er sich auf die Zubereitung seines Tees konzentrierte.

»Die Wahrheit ist«, fuhr Sodar fort, »dass auch ich durchaus mal ein wenig scheinheilig sein kann, aber im Gegensatz zu so manchen meiner Brüder versuche ich, das nicht zu verheimlichen.« Mit funkelnden Augen sah er wieder zu Annev. »Doch dir geht es jetzt gar nicht um heilige Tage oder das Buch Odar, nicht wahr? Es geht nicht einmal darum, ob du deine Pflichten erfüllst.«

Annev sah dem Priester in die Augen, biss die Zähne zusammen und wagte nicht zu antworten.

Sodar musterte ihn einen Moment lang. »Du wirst deine Sache gut machen, Annev. Was auch immer geschieht, ich bin stolz auf dich.«

Annev nickte knapp und lief rot an. »Sicher«, sagte er mit zugeschnürter Kehle. »Also werde ich alle Fallen auslösen. Sonst noch etwas?«

Sodar rührte die im Kessel treibenden Blätter um. »Du brauchst kein Brennholz mehr zu hacken. Wir haben genug für das ganze Wochenende, und es wäre mir lieber, wenn du heute früh dran wärst.«

»Ich habe hier immer noch jede Menge Zeit, bis ich zum Unterricht muss.«

»Nicht wenn du vorhast, dich umzuziehen und dir das Gesicht zu waschen. Es ist so schmutzig, dass es deinen Kittel fast schon wieder weiß erscheinen lässt.«

Annev zwang sich zu einem Lachen und rieb sich mit der Hand über die Wange. Dort war ohne Frage Schmutz, auch wenn er sich nicht sicher war, ob dieser Schmutz nun von seinen Fingerspitzen oder von seinem Gesicht stammte. »Also schön«, sagte er schließlich. »Ich werde mich beeilen, wieder nach Hause zu kommen.« Und er lief davon, bevor Sodar ihm noch irgendwelche weiteren Aufgaben zuweisen konnte.

Kapitel 2

Die Tür hinten in der Küche hatte einst direkt nach draußen geführt, aber als Annev älter geworden war, hatte Sodar dort einen behelfsmäßigen Anbau aus Holz errichtet, der, weit über die Hintertür hinausreichend, einen Raum umschloss, der groß genug war, dass Annev darin trainieren konnte. Der Holzschuppen beherbergte außerdem eine Vielzahl von Waffenattrappen, eine Übungspuppe, Brennholzstapel, einen unterirdischen Rübenkeller sowie einen kleinen Abort.

Als Annev den verdunkelten Raum betrat, schnappte er sich seine Jagdtasche und seine Jagdmesser von ihren Haken an der Wand, dann warf er einen Blick zum Abort in der hinteren Ecke des Schuppens. Mit einem Seufzen lief er hinüber zum Hockkasten und entfernte den mit Exkrementen gefüllten Topf, der darunter versteckt war. Das Gefäß weit von sich weggestreckt, verließ er den Schuppen und trabte die Viertelmeile bis zum Rand des Waldes, wo er den Topf in das Gehölz entleerte, das ihm eigens zu diesem Zweck diente. Nachdem das erledigt war, stellte er den Topf ab und stapfte in den Wald hinein, gespannt, welche Tiere ihm womöglich in seine Fallen gegangen waren.

Nachdem er ein Dutzend Schritte in den Dichtwald hineingegangen war, blieb Annev stehen, um den würzigen Duft der Lichtung einzuatmen, die er nun erreicht hatte, und den vertrauten Anblick der Bäume und die Geräusche des Waldes auf sich wirken zu lassen. Er betrachtete die hohen Nadelbäume mit ihren immergrünen Zweigen, die sich von den Eichen und Buchen abhoben, an denen immer noch die toten Blätter des Winters hingen. Die würden sie erst hergeben, wenn neue Knospen sprossen, um deren Platz einzunehmen. Er lief unter den Bäumen hindurch zu einem der Wildwechsel, die tief in den Wald hineinführten, und rannte den halb zugewachsenen Pfad entlang zu seinen ersten Fallen.

Binnen einer halben Stunde waren Annevs Bemühungen durch einen Fasan, zwei feiste Eichhörnchen und ein noch feisteres Kaninchen gekrönt. Er machte sich auf den Rückweg zum Dorf und war schon fast wieder in Sichtweite des Waldrandes, als er einen seltsamen tiefschwarzen Fleck bemerkte, der sich um eine Gruppe von Kiefern gelegt hatte. Annev starrte in die dunklen Schatten hinein und sah, wie sie sich bewegten, wo das Licht durch das Blätterdach des Waldes herabdrang.

Solche »Schattenteiche« waren im Dichtwald selten, aber Annev war tief im Waldinneren bereits auf einige andere gestoßen. Doch er hatte nie mit einem davon Berührung gehabt, und das hier war der erste, der ihm so nahe beim Dorf begegnete.

Seine Jagdtasche sicher über der Schulter, ging Annev zu einem nahen Schlehdornstrauch hinüber, bückte sich und hob einen Stein auf, der halb so groß war wie seine Handfläche. Er wog ihn in der Hand, schaute zu dem wallenden Fleck aus Dunkelheit hinüber und schleuderte sein Wurfgeschoss von sich.

Der Stein verschwand mit einem gedämpften Zischen im dichten Gras und in den nebelhaften Schatten. Annev starrte auf die Stelle, wo die Dunkelheit den Stein verschluckt hatte. Nach einigen Sekunden gab er ein Schnauben von sich. Er wusste nicht, was er eigentlich erwartet hatte, aber er hatte auf etwas Aufregenderes gehofft und nicht darauf, dass schlicht gar nichts passierte. Schlimmer noch, die Fremdartigkeit des Schattenteichs lockte ihn noch immer.

Den Blick nach wie vor auf den in unruhiger Bewegung befindlichen Schattenteich gerichtet, bückte sich Annev, um einen zweiten Stein aufzuheben, und plötzlich durchzuckte ein greller

Schmerz seine Hand. Mit einem Fluch ließ er den Schlehenzweig los, in den er versehentlich gegriffen hatte, und spannte die Finger seiner verletzten rechten Hand an. Er sah, wie sich zwei rote Punkte auf der Haut bildeten. Um ein Haar hätte er sich das Blut an seinem Kittel abgewischt, konnte sich jedoch gerade noch rechtzeitig stoppen, bevor er das beige Leinen noch stärker verschmutzte.

Annev ließ seinen Blick über die Erde und die den Waldboden bedeckenden trockenen Kiefernnadeln schweifen, bis er einen weiteren grauen Stein entdeckte, fast doppelt so groß wie der erste. Er schob den Dornenzweig zu seinen Füßen beiseite, hob den Stein auf, wischte sich seine blutige Hand daran ab und ließ die kühle Oberfläche den Schmerz in seinen pochenden Fingern lindern. Dann schleuderte er den Stein in die Leere. Er verschwand in der Schwärze.

Eine Weile geschah nichts. Dann sah Annev einen leisen Schauder von Dunkelrot über die Oberfläche des Schattenteichs pulsieren. Dieses farbige Vibrieren war so schwach, dass er es fast übersehen hätte. Mit zusammengekniffenen Augen versuchte Annev, sich darauf zu konzentrieren, aber der Hauch von Farbe war bereits wieder verschwunden. Die Oberfläche des Schattenteichs lag glatt und ungestört vor ihm, genauso wie vor seinem Steinwurf.

Annev bis die Zähne zusammen. Er wusste, dass er nun lieber gehen sollte, aber stattdessen wagte er sich bis an den Rand des Schattenteichs vor. Sein Herz hämmerte ihm in der Brust, doch er zwang sich, seinen Fuß in die Schwärze hineinzusetzen. Als noch immer nichts geschah, trat Annev langsam ganz ins Innere. Seine Haut wurde kalt, als er in den undurchsichtigen Teich aus Schatten hineinwatete. Im Vorwärtsgehen leckten die Schatten an seinen Knien und dann an seinen Hüften – es war beinahe so, als watete er bei Nacht in den Mühlteich hinein –, aber dann wurde die Dunkelheit kälter, und Annev hatte den deutlichen Eindruck, dass irgendetwas oder irgendjemand ihn beobachtete.

Es gelang ihm, noch für einen Moment die Nerven zu behalten, dann ergriff er hastig und voller Angst die Flucht.

Sobald er die Dunkelheit hinter sich gelassen hatte, machte sich Annev heftige Vorwürfe. Er war hier allein im Wald, und der Schattenteich war nicht kühler als jedes andere Fleckchen Schatten. Nichts, was einem einen Schrecken einjagen sollte. Doch selbst während er sich das einschärfte, beunruhigte Annev der Schattenteich mehr, als er es sich eingestehen mochte. Er warf noch einen letzten Blick zurück auf die Schatten, dann erschauderte er und eilte nach Hause.

»Hast du den Nachttopf geleert?«, fragte Sodar, nachdem Annev in die Küche getreten war.

»Ja«, antwortete Annev, froh darüber, dass er das inzwischen geleerte Gefäß in den Abort zurückgebracht hatte, bevor er seinen Jagdbeutel aufgehängt und die Priesterwohnung betreten hatte.

»Gut. Wasch dich, iss etwas, und dann testen wir deine Magie.«

Annev stöhnte. »Das haben wir erst letzte Woche gemacht.«

»Wir sollten es eigentlich jeden Tag tun«, entgegnete Sodar und schenkte sich Tee ein. »Aber ich bin zu sehr mit meiner Übersetzung des *Speur Dún* beschäftigt gewesen.« Er seufzte, zupfte sich an seinem Bart und trank einen Schluck Tee. »Doch ich habe vor, mich diesbezüglich zu bessern. Außerdem sollte dir jetzt, wo wir Regaleus haben, mehr Glück dabei beschieden sein, einen Zugang zu deiner Magie zu finden.«

Annev rieb sich heftig seine verletzte Hand in dem kalten Wasser, wusch das verbliebene Blut weg und spritzte sich dann einige Tropfen ins Gesicht. »Ist die Magie um Regaleus herum immer stärker?«, erkundigte er sich, während ihm Wasser vom Gesicht tropfte.

»So habe ich es beobachtet.« Sodar warf ihm ein Handtuch zu.

»Vielleicht erklärt das die Schattenteiche.«

»Schattenteiche?«

Annev nickte und warf Sodar das nun feuchte Handtuch wieder zurück. »Die Orte im Dickicht des Dichtwaldes, wo sich die Schatten zusammenballen. Wie dunkle Teiche.«

»Ja, du hast sie schon früher erwähnt, wenn auch nicht unter diesem Namen. Hast du heute einen dieser Teiche gesehen?«

Annev rieb den bis an seinen Ellbogen reichenden Handschuh, der seinen linken Arm bedeckte, und nickte. »In der Nähe des Waldrandes.« Er machte eine Pause und fuhr dann fort: »Ich habe noch nie einen so nah beim Dorf gesehen.« Er erinnerte sich daran, wie die Dunkelheit ihn an der Haut hatte frösteln lassen, und ein Schauer überlief ihn. Als er aufblickte, sah er, dass der Priester ihn musterte.

»Diese Schattenteiche«, hakte Sodar nach, den Blick weiter unverwandt auf Annev gerichtet. »Du hast zuvor noch nie nahe an sie herankommen können.« Annev nickte. »Also bist du nie mit ihnen in Berührung getreten?«

Annev zuckte die Achseln. »Nein, eigentlich nicht. Heute bin ich nah genug herangekommen, um ein paar Steine hineinzuwerfen, aber es ist nichts passiert.« Einen langen Moment spürte Annev den Blick des Priesters auf sich lasten, und ihm wurde klar, dass Sodar wusste, dass er ihm nicht die ganze Geschichte erzählt hatte. Schließlich gab der alte Mann ein Brummen von sich und wandte sich wieder seinem Tee zu.

»Ich habe diese Schattenteiche selbst nie gesehen«, erklärte Sodar und nahm einen langen Schluck aus seinem Becher, »aber du hast vielleicht recht, was den Grund betrifft, warum sie gerade jetzt auftauchen. Der Dichtwald hat eine eigentümliche Verbindung zum Schattenreich, und diese Verbindung wird während Regaleus stärker. Das Ganze könnte harmlos sein, aber ich würde mich an deiner Stelle trotzdem davon fernhalten.« Sodar wartete auf Annevs Antwort. Als der nur nickte, drohte ihm der Priester mit dem Zeigefinger. »Ich will es dich laut sagen hören, Annev.

Versprich mir, dass du nicht mehr in die Nähe dieser Schattenteiche gehen wirst.«

Annev schluckte. »Ich verspreche es.«

»Sehr schön«, erwiderte Sodar und trat an seine Schlafzimmertür. »Gut, wenn die Magie des Dichtwaldes heute Morgen also stärker ist, erwarte ich, dass deine Magie ebenfalls stärker sein wird. Wir haben nicht genug Zeit, deine Glyphen zu testen, also versuchen wir es lieber mit dem Sack …« Er setzte sich hin und zog einen ausgeblichenen grünen Beutel aus seinen langen Gewändern.

Annev warf sich stöhnend auf den Stuhl, der Sodar gegenüberstand. Als der Priester ihn daraufhin mit einem Stirnrunzeln bedachte, setzte er ein Lächeln auf und wählte seine Worte mit geheuchelter Begeisterung.

»Lass ihn sehen, den unergründlichen Sack der Enttäuschungen!«

Sodar lachte spöttisch, dann warf er den leeren Beutel auf den Tisch. Annev schob ihn über die verschlissene Tischplatte, löste die Schnur und griff mit der rechten Hand hinein.

»Bei mir funktioniert es nie.«

Sodar zuckte die Achseln. »Vielleicht ist es heute ja anders.«

»Na klar. Vielleicht wird mir heute die Hand abgeschnitten.«

Sodar nahm lächelnd einen Schluck Tee. »Schwerlich. Ein Verstecksack taugt nichts, wenn sein Besitzer jedes Mal, wenn er hineingreift, ein Körperglied verliert. Wie dem auch sei, du musst einen Gegenstand erst loslassen, bevor der Sack ihn sich holen kann.«

Annev hantierte nachdenklich an dem Stoff herum. »Warum kann ich die Artefakte benutzen, die die Meister uns während des Unterrichts geben, schaffe es aber nicht, diesen Sack funktionieren zu lassen?«

»Weil ein Artefakt so abgestimmt werden kann, dass es entweder allgemein bei jedem funktioniert oder bloß bei gewissen

Menschen oder auch nur bei jemand ganz Bestimmtem. Die Meister und die Ältesten gehen davon aus, dass niemand an der Akademie Magie wirken kann, daher geben sie euch die allgemeinen Artefakte – die Sachen, von denen jeder Gebrauch machen kann. Aber dieser Verstecksack ist so eingestellt, dass sich nur jene seiner bedienen können, die das entsprechende Talent haben, was bedeutet, dass es mehr Mühe macht, ihn funktionieren zu lassen.«

Annev gab ein Brummen von sich. »Was soll ich herausziehen?«

Sodar lehnte sich auf seinem Stuhl zurück und strich sich über den Bart. »Dein Frühstück. Wenn du es findest, darfst du es essen.«

»Das ist nicht komisch, Sodar.«

»Das soll es auch nicht sein.«

»Moment mal«, erwiderte Annev. »Du meinst das ernst? Du hast mein Frühstück da reingelegt?« Der Priester nickte. »Aber … ich habe bisher noch nie irgendetwas aus diesem Sack gezogen. Willst du mich verhungern lassen?«

»Ich lasse dich nicht verhungern. Dein Frühstück befindet sich direkt vor dir in diesem Sack. Niemand hält dich davon ab, es dir zu nehmen.«

Annev runzelte die Stirn, aber er stöberte in dem leeren Sack herum. Er kam sich immer wie ein Idiot vor, wenn er versuchte, Magie zu wirken, und heute war es nicht anders.

»Es würde mir helfen, wenn du mir verraten würdest, was ich darin finden soll.«

»Schinken.«

Annev zögerte, unsicher. »Du hast keinen Schinken gebraten. Sonst hätte ich es gerochen.«

Sodar grinste. »Das ist richtig, aber ich habe vor ein oder zwei Jahren ein paar Scheiben Kochschinken hineingesteckt. Der sollte noch gut sein.«

Annev fuhr bei dem Gedanken zusammen, seine Finger womöglich in einen Haufen ranziges Fleisch zu schieben. Er zog die Hand aus dem Sack und warf seinem Mentor den leeren Beutel hin.

»Ich glaube dir nicht.«

Der Priester zuckte die Achseln. »Dann bleibt eben mehr für mich übrig.« Er griff hinein und zog eine dicke Scheibe Schinken heraus.

Annev riss die Augen auf, als er Sodar das heiße Stück Fleisch kauen sah. Ihm wehte der unverwechselbare Dufthauch von Fett und gegartem Fleisch entgegen, und sein Magen knurrte.

»Gib mir den Beutel.«

Sodar schob den Sack über den Tisch, während er seinen letzten Bissen verzehrte und sich dann die Finger sauber leckte.

Annev griff nach dem Beutel und schob die Hand wieder hinein. Diesmal stellte er sich dabei einen Teller vor, auf dem sich knuspriger Schinken türmte.

»Sag mal«, fragte er, während er in dem grünen Stoff herumfummelte, »wie bleibt der Schinken heiß? Vergeht in dem Sack denn keine Zeit?«

»Etwas in der Art, ja. Der Urheber des Sacks scheint ihn mit einem Parallelraum verbunden zu haben, in dem die Zeit sehr langsam vergeht. Ich glaube, das ist einer der Gründe, warum das Artefakt so gut erhalten ist.«

Annev musterte den fadenscheinigen Stoff mit zweifelnder Miene. »Sieht für mich etwas verschlissen aus.«

»Da hast du wahrscheinlich recht. Aber wie alt sieht der Sack denn eigentlich aus?«

Annev zuckte die Achseln und versuchte, sich auf das Gefühl zu konzentrieren, wie es wäre, plötzlich einen heißen Schinken in den Händen zu halten. »Keine Ahnung. Vielleicht hundert Jahre?«

»Versuch's mal mit drei- oder viertausend Jahren.«

Annev hörte auf, an sein Frühstück zu denken, denn die Ungeheuerlichkeit von Sodars Behauptung jagte alle Gedanken an Schinken aus seinem Schädel. »Das wäre ja ungefähr während des Zeitalters der Könige?«

»Ja. Möglicherweise noch früher.«

»Aber woher weißt du das? Wie kannst du dir da sicher sein?«

Sodar griff nach dem Sack, und Annev ließ ihn los, fand sich damit ab, heute Morgen hungrig zu bleiben.

»Weil«, antwortete der Priester, »ich eines Tages hineingegriffen habe, um eine Münze herauszuziehen.« Sodar demonstrierte es, indem er seine runzlige Hand in den Sack schob. »Mir waren einige Tage zuvor ein paar Münzen hineingefallen, aber ich wollte nur Brot kaufen, daher war es mir egal, welche Münze ich herausfischen würde.« Sodar nahm die Hand aus dem Sack und ließ einen verformten Kupferpfennig auf den Tisch fallen. »Stell dir meine Überraschung vor, als ich den da gesehen habe.«

Annev griff danach. Die Münze war schwerer als erwartet, an den Rändern uneben und nicht ganz rund. Vorder- und Rückseite waren ein wenig abgenutzt, aber er konnte darauf den Stab Odars ausmachen, der ein windgepeitschtes Meer von einem blitzdurchzuckten Himmel teilte. Inmitten der Wellen entdeckte Annev die verblassten Buchstaben »U-R-R-A-N«. Er drehte den Pfennig um und erblickte eine bösartig wirkende Abart des Rabenschnabelhammers: teils Schmiedewerkzeug, teils Kriegshammer. Die mit einem langen Griff versehene Waffe schwebte bedrohlich über einem qualmenden Amboss.

»Keos«, flüsterte Annev und ließ die Münze fallen. Der Kupferpfennig rollte wackelnd über die Tischfläche, um dann vor Sodar umzukippen.

»Keos, fürwahr«, bestätigte Sodar und hob die Münze auf.

»Ich habe noch nie etwas Derartiges gesehen«, hauchte Annev. »Ist sie daritisch oder terranisch?«

»Beides.« Sodar drehte die Münze um. »Die Nationen von Daroea und Terra haben während des Zeitalters der Könige für eine kurze Zeit eine gemeinsame Währung gehabt – im Zweiten Zeitalter.«

»Aber wie soll das das Alter des Sacks beweisen können? Wenn die Münze älter als der Sack ist, könntest ja du oder sonst irgendein Münzensammler sie hineingeworfen haben.«

Sodar machte eine unbestimmte Bewegung, die halb Nicken, halb Achselzucken war. »Diese Münzen wurden bereits im Zweiten Zeitalter wieder aus dem Verkehr gezogen, daher halte ich es für unwahrscheinlich, außerdem ist da auch noch das hier.« Sodar stülpte den Sack um. Annev musterte den Stoff, bis er sah, was Sodar ihm zeigen wollte: Die Buchstaben »U-R-R-A-N« waren in die Naht gestickt.

»Was bedeutet das?«

»Nicht was. *Wer.* Der Terraner, der die Prägeform für diese Münze geschmiedet hat, ist derselbe Mann, der diesen Sack erschaffen hat. Der talentierteste Kunstmeister seiner Zeit – ein Meister unter den Meisterkunsthandwerkern, dessen Hingabe an seine Kunst ohne Beispiel war –, und er wurde zu Beginn des Zweiten Zeitalters geboren. In den frühen Jahren seiner Laufbahn drückte er jedem Artefakt, das er schuf, seinen Stempel auf. Die Welt sollte wissen, was seine Hände geschmiedet und hergestellt hatten.« Sodar drehte die Münze geschickt zwischen den Fingern. »Doch als Urran älter wurde, begriff er, dass er in der Welt nur flüchtige Spuren hinterlassen konnte, daher gab er die Herstellung von Artefakten auf, um sich der Geistlichkeit anzuschließen.«

»Er wurde ein Bluthherr?«

»Ja und nein. Blutherren sind eine Untergruppe von Terranern, die jenes besondere Talent besitzen, aber wir Dariten neigen dazu, sie alle über einen Kamm zu scheren. Streng genommen blieb Urran ein Meisterkunstwerker, aber es heißt, er gab sein Handwerk auf, um von nun an an sich selbst zu arbeiten und sich zu einem besseren Menschen zu machen.«

»Und«, setzte Annev dazu an, Sodars Ausführungen zu Ende zu führen, »da er aufgehört hatte, Artefakte zu fertigen, bedeutet das, dass der Sack und die Münze ungefähr zur selben Zeit hergestellt worden sind.«

»Genau.« Sodar stellte sein Drehen der Münze ein und hielt sie so, dass die verblassten Lettern das Licht des Raums widerspiegelten.

»Was wurde aus Urran, nachdem er der Geistlichkeit beigetreten war?«

Sodar schnippte mit den Fingern, und die Münze verschwand. »Das ist eine Geschichte für ein andermal.«

Annev schnaubte, als sich Sodar über den Tisch beugte und die Münze hinter Annevs Ohr hervorklaubte. Er verdrehte die Augen, und der Priester lächelte.

»Du stöhnst, aber selbst Tricks haben ihren Platz.« Sodar warf den Kupferpfennig zurück in den grünen Sack, den er an Annev weiterreichte. »Zeig du mir einen Trick. Zieh Urrans Pfennig wieder heraus.«

Annev nahm den Sack in die linke Hand und spähte hinein, dann seufzte er und schüttelte den Kopf. »Ich kann es nicht, Sodar. Ich kann den Schinken nicht finden, und ich werde auch die Münze nicht finden. Ich wäre ja schon glücklich, wenn ich nur ein Bällchen Fusseln herausziehen könnte.«

»Ich würde auch die Fusseln nehmen.«

Annev schnaubte erneut, steckte aber die Hand hinein und fischte für ein Weilchen in dem Sack herum. Nach einigen Sekunden zog er die Hand wieder heraus. »Du weißt, wie sich das anfühlt, ja? In einem leeren Sack herumzustöbern? Es ist …«

»Der Inbegriff von Vergeblichkeit?«

»Ich wollte sagen, dumm.«

Sodar wedelte herablassend mit der Hand. »Konzentriere dich

einfach darauf, den Pfennig zu finden. Erinnere dich an sein Gewicht. Wie er aussah. Wie er sich in deiner Hand angefühlt hat.«

Annev vollführte eine Kreiselbewegung mit der Hand. »Ein sehr alter Pfennig. Verstanden. Ich sehe ihn jetzt vor mir.«

»Du hast mitbekommen, dass ich ihn dort hineingeworfen habe. Er wartet nur darauf, dass du ihn herausziehst.«

Annev ließ die Hand einige weitere Male durch das Innere des Sacks wandern, dann hielt er plötzlich inne. Seine Augenbrauen schossen in die Höhe, und ein Ausdruck des Erstaunens glitt über seine Züge. »Ich glaube, ich habe ihn«, flüsterte er und zog langsam die Hand aus dem heuschreckengrünen Sack.

Sodar beugte sich vor, den Blick fest auf Annevs geballte Faust gerichtet. »Wirklich? Gut gemacht, mein Junge! Gut gemacht. Zeig mal her.« Er hielt die ausgestreckte Hand unter Annevs Faust und sah zu, wie Annev sie öffnete.

Und nichts fiel heraus.

Sodar zog die Brauen zusammen, dann schaute er auf und bemerkte, dass Annev nur mit Mühe das Lachen zurückhalten konnte. Als ihre Blicke sich trafen, brach der Junge in lautes Gelächter aus.

»Erwischt!«, kicherte Annev. »Tut mir leid, Sodar, aber das war einfach zu leicht.«

Der alte Priester gab einen mürrischen Grunzton von sich und schnappte sich den Sack wieder. »Wenn du das hier ernster nehmen würdest, hättest du mehr Erfolg.«

»Wenn ich auch nur den geringsten Erfolg hätte, würde ich es vielleicht tatsächlich ernster nehmen«, konterte Annev. Er erhob sich vom Tisch. »Behalt dein Frühstück. Ich muss mich beeilen. Wenn ich zu spät zu Dorstals Unterricht komme, wird er mich womöglich gar nicht erst zu der morgigen Prüfung zulassen.«

Sodar nickte und stand ebenfalls auf. Dann legte er Annev die Hand auf die Schulter. »Sei heute vorsichtig. Ich habe gesehen, wie streitlustig ihr Jungs vor dem Prüfungstag werdet – allen voran Fyn. Ein guter Dieb gewinnt keine Kämpfe, er vermeidet sie.«

»Wir sind keine Diebe, Sodar. Wir sind Avatare.«

Sodar schnaubte. »Ich sehe da kaum einen Unterschied, aber zumindest gibt es offensichtlich *irgendetwas*, das du ernst nimmst.« Er griff nach seinem Becher und dem leeren Sack. »Du bist ein besserer Avatar als jeder andere in deiner Klasse, Annev, selbst wenn sie dir den Titel noch nicht verliehen haben – und selbst wenn sie es überhaupt niemals tun. Du brauchst niemandem irgendetwas zu beweisen.«

Annev dachte an die Prüfung. Er und seine Freunde arbeiteten für gewöhnlich zusammen, um gemeinsam zu siegen, aber morgen … *Titus, Therin oder ich. Wir sind ein Gespann … aber nur einer von uns kann siegen …*

Und dann war da der Freundschaftsring, der in seinem Zimmer versteckt war – der Ring, den er Myjun in der letzten Nacht des Regaleus zu schenken hoffte. Als Annev Sraon gebeten hatte, ihn zu schmieden, war er davon überzeugt gewesen, dass er selbst einer der ersten Schüler sein würde, die die Prüfung zum Avatar des Urteils bestanden – eine Voraussetzung von entscheidender Wichtigkeit, denn schließlich war es nur Avataren gestattet, Frauen den Hof zu machen, und nur Meisteravatare und Älteste durften heiraten. Einfach gesagt: Wenn Annev die morgige Prüfung des Urteils nicht bestand und Kastellan werden musste, würde er auf einen Schlag sowohl Myjun als auch seine Zukunft an der Akademie verlieren.

Das durfte nicht geschehen. Annev durfte morgen auf keinen Fall durchfallen. Er weigerte sich entschieden, ein Kastellan zu werden. Seine Entschlossenheit steigerte sich zur Unerbittlichkeit: Er würde seinen Freunden sagen, dass sie morgen auf sich gestellt sein würden. Das war nur gerecht. Jeder Akolyth würde über sein eigenes Schicksal entscheiden.

Noch ein anderer Gedanke geisterte in Annevs Hinterkopf herum: Er könnte seine Freunde auch hintergehen und für seine Zwecke missbrauchen. Er könnte Titus und Therin gegenüber behaupten, dass sie drei immer noch gemeinsame Sache machten – dass sie zusammen den Sieg davontragen könnten –, und dann könnte er sich gegen sie wenden, sobald die Prüfung es erforderlich machte.

Die Idee krampfte Annev den Magen zusammen, obwohl er sich zugleich eingestehen musste, dass genau das wohl die schlaueste Vorgehensweise wäre – was nahelegte, dass es wahrscheinlich auch die richtige Strategie wäre.

Annev sah wieder zu Sodar hinüber, und in seinen Gesichtszügen kämpften die widersprüchlichsten Regungen miteinander. Er schluckte.

»Richtig«, sagte er. »Ich muss nichts beweisen.«

Kapitel 3

Ältester Dorstal ging vor der Klasse auf und ab, und sein schwarzes Gewand raschelte bei jedem Schritt. Spärliches Morgenlicht fiel durch ein kleines Glasfenster und vermochte kaum sein von einer Kapuze umhülltes Gesicht zu erhellen.

Auf einem erhöhten Tisch rechts von Dorstal waren zwölf Stäbe aus Metall oder Holz ausgelegt. Zu seiner Linken saßen zwölf halbwüchsige Jungen in drei Reihen hintereinander an mit dunklen Flecken überzogenen Tischen. Fünf der Jungen trugen erdbraune Kittel, die sauber und mit satten Farben gefärbt waren; die übrigen, unter ihnen Annev, waren in verschiedene Beigetöne gekleidet.

»… argumentieren manche, dass die meisten magischen Stäbe harmlos seien«, setzte Dorstal seinen Vortrag fort, »da sie für die Heilung gedacht sind oder zu normalen weltlichen Arbeiten wie dem Waschen von Kleidern und dem Wasserkochen dienen. Aber diese simplen Zwecke lassen sich sehr schnell missbrauchen.« Dorstal hielt in seinem Auf und Ab vor einem Akolythen in einem schmutzig beigen Kittel inne.

Im hinteren Teil des Raums gähnte ein großer Junge in einem braunen Kittel. Zwei seiner Klassenkameraden – ebenfalls in Braun – unterdrückten ein Lachen.

Dorstal schenkte ihnen keine Beachtung. »Deshalb müsst ihr auf der Hut sein, wenn ihr Artefakte jedweder Art sicherstellt. Im Laufe der Jahre haben die Avatare und Meister von Chaenbalu die meisten der Zauberstäbe im nordwestlichen Daroea einsammeln können, darunter etliche der größeren und der dunklen

Stäbe, die am gefährlichsten sind, aber selbst der bescheidenste Stab kann töten, wenn ihr nicht vorsichtig seid.«

Im hinteren Teil der Klasse hob Annev die Hand. Der Älteste Dorstal wandte den Blick von ihm ab und trat hinter den Tisch mit den magischen Artefakten. Annev wartete, die Hand immer noch erhoben.

»Also, ich habe soeben die Einteilung der Stäbe erwähnt.« Dorstal nahm ein Stück Kreide aus seiner Tasche und zeichnete damit auf die Schiefertafel, die in die Wand des Klassenzimmers eingelassen war. »›Größere Stäbe‹ bezieht sich auf solche mit immenser Macht.« Dorstal zeichnete auf die beiden Seiten der Tafel je einen Stern. Der erste war groß, der zweite viel kleiner. »Der Ausdruck ›groß‹ kann sich auf die Fähigkeit des Stabes selbst beziehen, aber für gewöhnlich bedeutet er eine Beschreibung seiner Macht« – er machte einen Kreis um den großen Stern – »seiner räumlichen Reichweite« – er zeichnete eine getüpfelte Linie zwischen die beiden Sterne – »oder seiner zeitlichen Reichweite.« Dorstal zeichnete einen zweiten und dann einen dritten Stern über den kleineren Stern. »Viele Stäbe sind also groß, weil ihr Einfluss über lange Zeit anhält – in manchen Fällen unendlich lange.« Er klopfte zweimal gegen den kleinen Stern. »Und einige wegen ihrer Macht, ihrer Intensität oder weil sie über weite Entfernungen hinweg wirksam sind.« Dorstal klopfte mit einer schwungvollen Gebärde auf die getüpfelte Linie, dann wandte er sich der Klasse zu. Er warf einen Blick auf Annevs immer noch erhobene Hand und richtete seine Aufmerksamkeit auf die ausgelegten Stäbe. »›Dunkler Stab‹ dagegen ist der Ausdruck für jeden Zauberstab, dessen einziger und ausschließlicher Zweck darin besteht, Schaden zuzufügen, zu verletzen oder das Handeln anderer zu beeinflussen.«

»Ältester Dorstal«, sagte Annev.

»Was ist, Akolyth Ainnevog?«, blaffte Dorstal.

Annev ließ die Hand sinken. »Ich verstehe, warum wir die größeren Stäbe und die dunklen Stäbe sicherstellen.« Annev wählte seine Worte mit Bedacht. »Aber wenn der Besitzer eines ganz gewöhnlichen Stabes nur ein Holzfäller oder eine Wäscherin ist, was wäre so schlimm daran, ihm oder ihr zu erlauben, den Stab zu behalten? Sie tun niemandem etwas zuleide, warum also sollten wir da …«

Der große Junge, der zwei Plätze links von Annev saß, stöhnte. »Gib's auf, Annev. Sie schicken nur Avatare zur Beschaffung von Artefakten aus, und nach dem morgigen Tag wirst du ein Kastellan sein.« Der Zwischenrufer, Fyn, beugte sich um den Schüler herum, der zwischen ihnen saß, und starrte Annev an. »Dafür werde ich sorgen«, flüsterte Fyn mit glänzenden Augen.

Annev hätte dem jungen Avatar am liebsten gar keine Beachtung geschenkt, aber in den Worten des brutalen Schlägers schwang etwas sehr Ernstgemeintes mit, das ihm zu naheging, um es zu ignorieren. Fyn hatte so etwas bereits einige Male getan, hatte sich anderen Schülern in den Weg gestellt und sie ausgestochen und dadurch vier der vierzehn bisherigen Wettkämpfe gewonnen – womit er nur um einen Platz hinter dem Akademierekord zurücklag.

Vor der Klasse stehend, machte Dorstal für alle den Eindruck, als hätte er an einem in Essig getränkten Waschlumpen saugen müssen, aber Annev ließ nicht locker und schenkte Fyns Spott und Dorstals missbilligendem Blick keinerlei Beachtung.

»Ältester Dorstal, Ihr habt gesagt, dass wir die Artefakte an uns nehmen, weil Menschen sie missbrauchen. Aber woher wissen wir denn, dass sie sie missbrauchen? Wir gehen einfach davon aus, dass sie schlechte Menschen sind, und das ist ungerecht.« Dorstals Augen loderten ergrimmt, und Annev rutschte in seinem Stuhl zurück. »Es erscheint ungerecht«, korrigierte Annev leise. »Jedenfalls mir.«

»Es braucht für dich auch gar keinen Sinn zu ergeben, Akolyth«, entgegnete Dorstal schroff. »Und selbst wenn du morgen den Titel des Avatars erringst, braucht es noch immer keinen

Sinn für dich zu ergeben. Die Pflicht eines Avatars ist es, gefährlichen Menschen gefährliche Artefakte wegzunehmen. Fragen der Moral werden von den Ältesten entschieden.«

Falls in Dorstals Erklärung ein Tonfall mitschwang, der signalisieren sollte, dass das Thema hiermit erledigt sei, so hörte ihn Annev zumindest nicht.

»Aber was ist mit Stäben der Heilung?«, beharrte Annev. »Die sind nicht gefährlich. Warum sollte ich – warum sollten *wir* – sie von Heilern rauben?«

»Die Magie«, sagte Dorstal mit kalter Stimme, »ist seit Jahrhunderten verboten. Magie ist böse. Menschen, die ihre Magie nicht aufgeben, sind Gesetzlose. Auch sie sind damit böse und machthungrig.« Er musterte Annev und suchte in seinem Gesicht nach fortbestehendem Widerspruch. »Magie jeder Art ist gefährlich, ganz gleich, wer von ihr Gebrauch macht. Unsere Aufgabe ist es, andere zu beschützen, indem wir die magischen Artefakte im Gewölbe der Verdammnis sichern, unter der Obhut des Ordens der Ältesten.«

Als Nächstes wollte Annev fragen, warum die Meister und die Ältesten in der Akademie Artefakte zu Ausbildungszwecken einsetzen durften, es anderen aber nicht gestatteten, ihre Kranken oder Verletzten zu heilen. Doch er spürte, dass das ein Streit war, den er nicht gewinnen konnte. Wenn er das Thema weiter auswalzte, würde er Dorstal nur provozieren, und Annev konnte keine Strafe riskieren, die womöglich seine Teilnahme an der morgigen Prüfung gefährdete. Wortlos gab er die Auseinandersetzung auf, und Dorstals gerunzeltes Gesicht glättete sich wieder. Der Älteste nickte knapp und kehrte zu den Stäben auf dem Tisch zurück.

»Sobald ihr einmal eingesehen habt, dass ausnahmslos alle Stäbe gefährlich sind«, fuhr Dorstal fort und sah Annev streng an, »müsst ihr lernen zu erkennen, ob der Stab, den ihr raubt, magisch ist oder nicht. Manchmal ist ein Stab einfach nur ein

Stab, so wie manche Stöcke einfach Stöcke sind. Wenn sie keine Magie in sich tragen, sind sie auch keine Artefakte.« Dorstal ließ den Blick über die Klasse wandern. »Während eurer gesamten Ausbildung an der Akademie hat man euch gelehrt, den Unterschied zwischen einem Artefakt und einem gewöhnlichen, nicht magischen Gegenstand zu erkennen. Wir werden heute, vor eurem letzten Prüfungstag, den nächsten Schritt tun.« Er wandte seinen Blick den Jungen in den beigen Gewändern zu. »Mal sehen, ob ihr herausfinden könnt, ob diese Stäbe hier magischer Natur sind« – er deutete auf die Stäbe auf dem Tisch – »und wenn ja, was sie bewirken.« Dorstal krümmte den Zeigefinger und gab einem mageren Jungen in einem schmutzigen Kittel ein Zeichen. »Therin.«

Therin stolperte von seinem Stuhl und trat eilig an die Seite des Ältesten. Er vermied es, sich die Stäbe anzusehen, und warf Annev ein schiefes Lächeln zu. Dorstal blickte den schwarzhaarigen Jungen von oben herab an.

»Nimm einen der Stäbe in die Hand, Therin.«

Therin zögerte, musterte die ausgelegten Stäbe, streckte dann die rechte Hand aus und zögerte erneut, während seine Hand etwa dreißig Zentimeter über dem Tisch schwebte.

»Du kannst die Stäbe nicht prüfen, ohne sie zu berühren, Therin.«

Im hinteren Teil des Raums wurde Gelächter laut. Therin errötete verlegen und griff sich einen schmalen Eschenstab vom Tisch.

»Halte ihn richtig«, tadelte Dorstal. »Avatare dürfen keine Angst vor den Artefakten haben, die einzusammeln sie doch gerade ausgeschickt werden.« Einige weitere Klassenkameraden fielen in das Gelächter ein, aber Dorstal fuhr fort: »Du bekommst eine bessere Vorstellung davon, wozu der Stab in der Lage ist, wenn du vollen Kontakt zu ihm herstellst.« Therin zuckte zusammen, gehorchte jedoch. »Also. Was fühlst du?«

Trotz ihres Gelächters beugten sich die Schüler der Klasse mit ernsthaftem Interesse vor. Selbst Annev war neugierig darauf, was Therin spüren mochte. Sein Freund war nicht der Beste in magischer Bestimmung, aber auch nicht der Schlechteste. »Er ist magisch«, entschied Therin. »Das kann ich erkennen. Und er ist kalt. Sehr kalt.«

Dorstal zog seine Kapuze zurück, sodass sein kahler Kopf sichtbar wurde. »Was noch?«

Therins Schultern sackten herab. »Ich weiß es nicht. Was sollte ich fühlen?«

Dorstal riss Therin den magischen Stab aus den Fingern und balancierte ihn in seiner Handfläche. Er verharrte in dieser Haltung, holte kaum Luft und schwieg, während die Jungen mit angehaltenem Atem zuschauten. Schließlich legte er den Stab neben die anderen auf den Tisch.

»Das ist ein Stab des wahren Sehens«, erklärte Dorstal und sah Therin an. »Und ich habe den Verdacht, dass er sich deshalb kalt angefühlt hat, weil uns heute Nacht leichter Frost bevorsteht. Für jemanden, der von Geburt an mit dem Fluch der Magie beladen ist, wären die Einzelheiten offensichtlich gewesen, aber mit ein wenig Übung können auch die Reinen die wahre Natur eines Artefakts ermitteln.« Er machte eine Pause und sah den Jungen vor ihm an. »Du hast deine Sache gut gemacht, Therin. Das war sehr schwierig.« Der Junge warf sich wieder auf seinen Stuhl und seufzte vor Erleichterung. »Wer ist der Nächste?«

Vier Hände schnellten in die Höhe. Dorstal ließ seinen Blick über die Gruppe schweifen, dann entschied er sich für einen der Jungen, die sich nicht freiwillig gemeldet hatten.

»Fyunai.«

Fyn erhob sich von seinem Stuhl und ging breitbeinig nach vorn. Seine verfilzten braunen Locken schwangen träge hin und her. Er war groß, athletisch gebaut und gut aussehend.

Er war außerdem ein ganz gemeiner Hund, besonders Annev gegenüber.

Dorstal wartete, bis der stämmige Junge seinen Platz an dem langen Holztisch eingenommen hatte. »Such dir einen Stab aus, Avatar Fyunai.«

Fyn warf sich seine langen Locken über die Schultern und wählte einen Stab aus massivem Gold. Er umklammerte ihn mit einer Hand und schloss halb die Augen. Nach einigen Sekunden öffnete er sie wieder. »Der Stab ist magisch«, lautete sein Urteil. »Ich kann den Puls der Magie spüren. Aber er gibt mir auch das Gefühl, als sei meine Haut ganz roh und offen.« Er machte eine kurze Pause und sah dem Ältesten ins Gesicht, während er fortfuhr: »Es ist beinahe schmerzhaft … als sei der Stab eingesetzt worden, um Menschen wehzutun.« Er wartete auf eine Reaktion von Dorstal.

Der Älteste zuckte die Achseln. »Das könnte womöglich stimmen. Aber kannst du auch herausfinden, was der eigentliche Zweck des Stabes ist?«

Fyn zögerte. »Äh … Menschen zu foltern?«

Dorstal musterte Fyn für eine Sekunde und brach dann in Gelächter aus. Er lachte so heftig, dass seine Augen tränten. Dann begann er zu husten, ein trockener Husten, der sich schließlich in ein Ringen um Atem verwandelte. Der Älteste krümmte sich zusammen, die eine Hand vor den Mund gehalten, die andere in sein Gewand gekrallt, während seine Schüler mit einer Mischung aus Belustigung und Beunruhigung zusahen.

Dorstal bekam seine Atmung schließlich wieder unter Kontrolle. Er wischte sich über die Augen, lachte noch einmal ein bisschen und strich sich seine Kleider glatt. »Ja«, sagte er. »Sehr gut, Fyunai.« Der Älteste tätschelte dem Jungen die Schulter. »Es ist weder ein dunkler Stab noch ein größerer Stab, aber du hast wahrscheinlich recht damit, dass er einigen Menschen

Unbehagen bereitet hat.« Er streckte die Hand aus und nahm Fyn den Stab ab.

Fyn wechselte Blicke mit Jasper und Kellor, den beiden Freunden, die mit ihm zusammen hinten saßen, aber die Jungen zuckten nur die Achseln.

»Es ist ein königlicher Reinigungsstab«, erklärte Dorstal und beantwortete damit die unausgesprochene Frage. »Für Edelleute, die sich zu vornehm dünkten, um sich selbst das Hinterteil abzuwischen.«

Fyn verzog das Gesicht und wich vom Tisch zurück. Er wischte sich die Hand vorne an seinem braunen Gewand ab und eilte zurück zu seinem Platz.

Dorstal kicherte in sich hinein, während er wartete, bis Fyn sich wieder gesetzt hatte. Dann verflog sein Lächeln. »Akolyth Ainnevog.«

Der Rest der Klasse drehte sich zu Annev um, als er sich erhob, und Fyn, Jasper und Kellor flüsterten etwas hinter seinem Rücken. Annev schenkte ihnen keine Beachtung, wollte sich ausschließlich auf die vor ihm liegende Herausforderung konzentrieren.

Außer dem goldenen Stab lagen noch vier weitere Metallstäbe auf dem Tisch. Von diesen, da war sich Annev ziemlich sicher, waren zwei aus Silber und einer aus Bronze. Was den letzten betraf, konnte er es nicht sagen. Vielleicht Eisen.

Annev konnte weder Herkunft noch Zusammensetzung von irgendeinem der sieben Holzstäbe ermitteln. Einige waren heller, andere dunkler. Einige waren fleckig, andere nicht. Der einzige, den er zu erkennen glaubte, war der Stab, den Therin gewählt hatte, aber aus der Nähe war er sich auch da nicht sicher.

»Such dir einen Stab aus, Annev.«

Annev hob die Hand über die ausgelegten Stäbe und wollte gerade nach dem Eisenstab greifen, da kribbelten plötzlich seine Finger, und er spürte etwas anderes in der Ecke des Schreibtisches: Da war ein polierter Stock aus Palmrohr, dem gleichen biegsamen ilumitischen Holz, aus dem auch die Stöcke waren, die Annev bei seinen Trainingsstunden mit Meister Edra und bei seinen Übungskämpfen mit Sodar benutzte. Er griff danach.

Das Kribbeln wurde stärker, und Annevs Arm begann zu pochen. Das Gefühl war schmerzhaft, aber zugleich auch angenehm; er wollte lachen, er wollte weinen. Doch am meisten wollte er plötzlich etwas zerstören – das Blut aus Dorstals Körper saugen oder Fyn an die Wand schmettern und sein Gehirn über die grauen Steine spritzen lassen. Und da war noch mehr – mehr als nur dieses Gefühl von Wut und das selbstsüchtige Verlangen, sich seinen niederen Impulsen hinzugeben. Denn darüber hinaus spürte er auch die Gegenwart von ungenutzter Macht, und er fühlte, wie ein verborgener, schweigender Teil von ihm selbst nach dieser Macht greifen und den Zweck dieses Stabes seinem Willen unterwerfen wollte.

Annev keuchte auf und ließ den Stab auf den Tisch zurückfallen. Dorstal stand wartend da.

»Es ist … ähm …«

»Es ist was, Annev?«

»Es ist … ein dunkler Stab. Er verursacht Schmerz.«

Dorstal rümpfte verächtlich die Nase und bedeutete dem Jungen, wieder Platz zu nehmen. Annev zögerte einen Moment, innerlich tief erschüttert. Schließlich drehte er sich um und setzte sich hin.

»Ich bin überrascht, Annev«, sagte Dorstal und rückte die Stäbe auf dem Tisch zurecht. »Das ist ein sehr einfach zu erkennender Stab.« Der Älteste seufzte und griff nach dem Stab aus Palmrohr. »Das ist ein Stab der Heilung.«

Es klopfte leise an der Tür, und Dorstal legte den Stab beiseite und ging aufmachen. Ein Mann in mittleren Jahren mit ausgeprägtem Kinn wartete im Flur. Sein kurz geschorenes Haar war leuchtend rot, die gleiche Farbe wie sein Kittel.

»Meister Edra«, grüßte Dorstal.

»Ältester Dorstal.« Der rothaarige Mann machte eine leichte Verbeugung, dann spähte er ins Klassenzimmer hinein. »Heute ist der letzte Tag für die meisten dieser Jungen, nicht wahr?«

»Dürfte so sein, ja«, antwortete Dorstal und sah die Klasse mit einem enttäuschten Gesichtsausdruck an.

Edra gab ein Brummen von sich. »Wir treffen uns heute nicht in dem Raum, wo die Übungskämpfe normalerweise stattfinden, daher habe ich mir gedacht, ich sammle diese Bande schon mal ein, bevor wir uns mit Benifews Klasse treffen.«

Dorstal machte eine wedelnde Handbewegung in Richtung der Jungen. »Dann mal los. Folgt Edra.«

Alle zugleich sprangen sie von ihren Stühlen auf und strömten aus dem Raum.

Kapitel 4

Annev stapfte hinter seinen Klassenkameraden her durch den steinernen Flur und brütete besorgt über ein halbes Dutzend Dinge gleichzeitig. Er war zunehmend nervös wegen der morgigen Prüfung des Urteils und fürchtete ein Versagen fast ebenso sehr wie die Unvermeidlichkeit, seine Freunde zu verraten. Doch diese Ängste wurden irgendwie von seinem Erlebnis mit dem Heilstab aus Palmrohr überschattet: Warum hatte er sich so gewaltlüstern gefühlt, als er den Stab in der Hand gehalten hatte? Warum hatte er Dorstal und Fyn schreckliche Dinge antun wollen?

Ein Stab der Heilung sollte so etwas nicht bewirken, grübelte Annev. *Der Zweck dieser Stäbe ist es, Wunden zu salben und Verletzungen zu heilen … doch ich wollte Dorstal alles Blut aus dem Leib fließen lassen.* Ein Aderlass konnte ohne Frage ein Verfahren zur körperlichen Kräftigung sein, und wenn er aus medizinischen Gründen vorgenommen wurde, war er an sich ja nichts Böses …

Aber ich wollte ihn nicht heilen, gestand sich Annev ein. *Ich wollte ihn umbringen. Ich wollte Fyn den Kopf einschlagen.* Annev biss sich auf die Lippen und versuchte vernunftmäßig zu erklären, was er im Klassenzimmer empfunden hatte. Hatte er die Fähigkeit des Stabs gespürt, Menschen zu heilen? Annev glaubte es nicht. Wenn eine solche Fähigkeit überhaupt vorhanden war, dann war das Vermögen des Stabes zu heilen von seinem bösartigeren Vermögen verdeckt worden. Während Annev darüber grübelte, was das bedeuten mochte, bemerkte er, eher unbewusst, dass Therin sich zurückfallen ließ, um sich zu ihm ans Ende der Schlange zu gesellen.

Könnte sich Dorstal im Zweck des Stabes geirrt haben?, überlegte Annev weiter. *Es könnte sich ja trotzdem um einen dunklen Stab handeln.* Aber wenn das die Wahrheit war, bedeutete es, dass Annevs Instinkte dem Wissen und der Erfahrung des Ältesten überlegen waren – und das bezweifelte Annev.

Bedeutete das auch, das Dorstal recht hatte und dass alle Magie in Wirklichkeit böse war?

Annev wollte – und konnte – das nicht glauben. Sodar hatte ihn gelehrt, dass Magie ein Werkzeug war, das man zum Guten wie zum Bösen einsetzen konnte, und Sodar war ein Magier. Würde Annev glauben, Magie sei von Natur aus böse, würde das zugleich bedeuten zu akzeptieren, dass Sodar böse war. Es entsprach einfach nicht der Wahrheit.

Damit blieb für Annev nur eine Antwort übrig: Die dunklen Impulse waren seine eigenen, nicht die des Stabs. Je länger Annev darüber nachdachte, desto mehr verstärkte sich sein Verdacht, dass das tatsächlich der Fall war – und desto schlechter fühlte er sich.

»Pech mit diesem Stab, hm?«

Annev schaute auf und sah, dass Therins Blick auf ihm ruhte. Im gleichen Moment fiel ihm wieder ein, was er bei der morgigen Prüfung zu tun hatte, und sein verräterisches Herz krampfte sich schuldbewusst zusammen. »Was?«, fragte er und tat, als habe er nicht gehört, was sein Freund gesagt hatte.

»Normalerweise bist du ziemlich gut in magischer Bestimmung«, unterstrich der nichts ahnende Therin. »Aber zu vermuten, dieser heilende Stab sei ein dunkler Stab gewesen … Junge, Junge. Da hast du aber ziemlich weit danebengelegen.« Annevs Wangen röteten sich. »Trotzdem ist natürlich Fyn der Trottel des Tages. Ein reinigender Stab. Ha! Unfassbar, dass jemand einen Klostock in ein magisches Artefakt verwandelt hat.« Er kicherte, dann brach er ab, plötzlich nachdenklich geworden. »Aber natürlich genial. Ich hätte nichts dagegen, mir nicht mit der Hälfte der Akademie einen Schwamm teilen zu müssen.«

Annev war immer noch tief in Gedanken versunken. Während die Klasse in das nächste Stockwerk der Akademie hinaufging, strich er mit den Fingerspitzen über die staubigen Wandteppiche. »Wie hat sich der Stab des wahren Sehens denn angefühlt?«, fragte er nach einer peinlich langen Pause.

Therin stülpte nachdenklich die Lippen vor. »Seltsam. Zuerst habe ich gedacht, er sei deshalb so kalt, weil er den ganzen Winter über im Gewölbe der Verdammnis gelegen hatte – deshalb habe ich auch nichts gesagt. Ich wollte nicht dumm erscheinen. Aber dann habe ich dieses Kribbeln in den Armen und im Rücken gespürt. Als sei ein Fenster geöffnet worden und ein eisiger Wind würde über meine Haut wehen … nur dass da gar kein Wind war.« Er schüttelte den Kopf, dann schaute er zu Annev. »Was hast du gefühlt, als …«

»He«, fiel ihm Annev ins Wort, um der Frage auszuweichen. »Da kommt Titus!« Vor ihnen hatten ihre Klassenkameraden und Meister Edra zu einer Gruppe von Schülern aufgeschlossen, die von dem Ältesten Benifew mit seinem flaumdünnen Haar angeführt wurde.

Therin sah mit einem Raubtiergrinsen im Gesicht zur anderen Klasse hinüber und hatte seine Frage bereits wieder vergessen. »Hm«, brummte er. »Ich werde es genießen, Dickus heute zu besiegen.«

Annev schüttelte den Kopf. »Nur weil Titus der einzige Mensch ist, den du beim Kampftraining mit ziemlicher Sicherheit besiegen kannst – und er zwei Jahre jünger ist als du.«

»Na und? Das zählt immer noch als Sieg.« Während er redete, schlängelte sich ein rundgesichtiger Junge mit weichen Wangen und flaumigem blondem Haar durch das Gedränge der braun und beige gekleideten Schüler. Er war kleiner als die anderen, und obwohl auch er einen schmutzigen beigefarbenen Kittel trug wie Annev und Therin, waren Titus' Kleider um einige Schattierungen heller als die der Übrigen.

»Was zählt denn immer noch?«, erkundigte sich Titus.

»Hallo, Dickus!« Therin zerzauste dem jüngeren Knaben sein lockiges blondes Wuschelhaar.

Titus stöhnte und schob Therins Hand weg. »Du weißt, dass ich es nicht ausstehen kann, wenn man mich so nennt.«

»Genau deshalb mach ich es ja«, erwiderte Therin gut gelaunt. »He, Annev sagt, es zählt nicht, wenn ich dich besiege, weil du so klein bist. Was meinst du dazu?«

Annev versetzte Therin einen Stoß, im Wissen, dass seine Worte, so wie Therin sie da aufgriff, Titus verletzen würden.

»Ist das wahr?«, fragte Titus mit schwacher Stimme.

»Nein! Ich habe gesagt, dass sich Therin für das Kampftraining immer nur dich aussucht, weil er niemanden seines eigenen Alters besiegen kann.«

Titus' Miene hellte sich auf. »Ach so. Das stimmt. Das kann er nicht.«

Therin streckte ihm die Zunge heraus.

Ein Dutzend Schritte entfernt verabschiedete sich der schwarz gewandete Älteste Benifew von Meister Edra, und der Meister der Waffen mit dem feuerroten Haar verschränkte seine kräftigen Unterarme vor der Brust. Er ließ seinen Blick über die versammelten Knaben schweifen.

»Das heutige Waffentraining findet auf der Dachterrasse statt«, erklärte Edra, »gefolgt von einem Sondertraining mit Meister Duvarek in der Kirche.«

Ein Murmeln erhob sich – Übungen mit dem Meister der Schatten waren selten.

»Ruhe!«, blaffte Edra. Die meisten der Jungen verstummten, und plötzlich war laut Fyns Stimme zu hören.

»… ständig irgendwo weg oder betrunken …«

Annev drehte sich um und sah, dass Fyn mit Jasper und dem hakennasigen Kellor gesprochen hatte. Auch ein bulliger Avatar aus Titus' Klasse hatte sich den dreien angeschlossen und kicherte vernehmlich in die Stille hinein. Edra richtete den Blick auf ihn.

»Etwas, das du gern auch uns anderen erzählen möchtest, Brinden?«

»Ähm …« Brinden schüttelte den Kopf.

Edra nickte und richtete seinen vernichtenden Blick auf die übrigen Schüler. »Zum heutigen Waffentraining«, sagte er. »Ich habe zwei Dutzend Waffen aus der Waffenkammer mitgebracht. Einige sind in gutem Zustand, aber andere sind verbogen, zerbrochen oder stumpf. Sobald ihr einmal dort draußen seid, werdet ihr mit allem kämpfen müssen, was gerade vorhanden ist.« Er lächelte. »Die Schüler, die als Erstes auf der Nordterrasse sind, dürfen sich ihre Waffen aussuchen. Die letzten müssen nehmen, was übrig bleibt. Die sechs, die sich heute am besten schlagen, bekommen bei der morgigen Prüfung einen Vorsprung.« Wieder lächelte er, sodass alle seine Zähne zu sehen waren. »Los!«

Wilde Energie durchströmte Annev, als eine Gruppe von Avataren auf das nächste Treppenhaus zurannte. Therin machte Anstalten, ihnen zu folgen, aber Annev hielt ihn an der Schulter fest.

»Ich kenne einen schnelleren Weg.«

Annev schlüpfte an der Schar von Jungen vorbei, die alle die Stufen hinaufstürmten, und bemerkte, dass noch ein anderer Avatar auf die gleiche Idee gekommen war. Der Junge rannte vor Annev den Weg entlang, den auch Annev nehmen wollte. Sein kinnlanges Haar fiel nach hinten und ließ eine Narbe erkennen, die ihm quer über die eine Seite seines Gesichts lief.

»Kenton!«, knurrte Annev mit erhobener Stimme. Der Junge mit dem rabenschwarzen Haar hielt sich normalerweise abseits von den anderen – er trainierte mit Duvarek, beinahe genauso wie

Annev mit Sodar trainierte –, aber vor sechs Monaten hatte Annev Kenton dazu überreden können, sich seiner kleinen Freundesgruppe anzuschließen. Sie vier – Therin, Titus, Annev und Kenton – hatten abgemacht, dass sie zusammenarbeiten würden, bis sie sich alle ihre Avatartitel verdient hatten. Doch sobald Kenton seine Prüfung des Urteils bestanden hatte, hatte er sein Versprechen gebrochen, den anderen Akolythen die kalte Schulter gezeigt und sich sogar mit Fyn angefreundet. Kenton jetzt zu sehen sorgte bei Annev außerdem für neue Gewissensbisse, schließlich plante er, Titus und Therin bei der morgigen Prüfung auf ganz ähnliche Weise zu verraten wie zuvor Kenton sie.

Kenton reagierte nicht auf Annevs Ruf und lief stattdessen sogar noch schneller, rannte einen Flur entlang und stürmte eine zweite Treppe hinauf. Annev war ihm dicht auf den Fersen und hatte ihn schon fast erreicht, als der Junge mit der Narbe im Gesicht plötzlich einen schweren Bildteppich von der Wand riss. Fast ohne nachzudenken, rollte sich Annev unter dem sperrigen Wandbehang hindurch und sprang auf der anderen Seite wieder hoch. Kenton drehte sich um, fluchte und bog um die Ecke.

So läuft das also mit dir, dachte Annev. Er hörte Flüche hinter sich, als Therin und Titus von dem schweren Wandteppich aufgehalten wurden, und bevor Annev um die Ecke bog, sah er noch, wie Fyn und seine Lakaientruppe von Speichelleckern Titus und Therin beiseitestießen, damit sie vorbeilaufen konnte. Annev rannte den Flur noch schneller entlang.

Ich kann ihnen jetzt nicht helfen, sagte er sich, angespornt von der Aussicht, Kenton noch einzuholen. *Ich muss weiter.* Der dunkelhaarige Junge erreichte eine Stelle, wo ein anderer Flur abzweigte; er zögerte, dann wandte er sich nach rechts und verschwand aus Annevs Gesichtsfeld. Instinktiv wandte sich Annev nach links.

Die beiden Flure liefen rechts und links um die oberen Schlafsäle herum und trafen sich dann wieder, sodass Kenton und

Annev einander wieder begegnen würden, bevor sie die Zinnen und die Dachterrasse erreichten. Doch der Unterschied war der, dass sämtliche jüngeren Schüler die Zimmer im Flur auf der rechten Seite hatten, während fast alle Zimmer im linken leer standen. Annev hoffte, dass Kenton anderen Schülern würde ausweichen müssen und deshalb auf seinem Weg zum Dach aufgehalten wurde, während sich Annev nur um den mürrischen Meister Duvarek zu sorgen brauchte – den einzigen Bewohner des linken Flurs –, der in weniger als einer Stunde in der Kirche eine Sonderübungsstunde abhalten sollte und somit wahrscheinlich bereits dort war.

Annev begriff das alles in der kurzen Zeit der zwei Herzschläge, die er brauchte, um sich nach links zu werfen. Mit dem dritten Herzschlag verspürte er den Rausch des Erfolgs. Und mit dem vierten prallte er mit voller Wucht gegen den am Boden knienden Meister der Schatten. Annev hatte noch versucht, den Aufprall abzumildern, indem er sich über den knienden Duvarek hinweg abrollte, aber genau in diesem Moment hob der Meister den Kopf, was zur Folge hatte, dass er mit dem Gesicht gegen Annevs Bauch prallte. Die Wucht des Zusammenstoßes warf Duvarek nach hinten und ließ den Kopf des Meisters gegen den mit einem dünnen Teppich belegten Boden krachen. Annev wirbelte im Fallen herum und schlug mit der Schulter auf, während seine Hüfte in der Lache des Erbrochenen des Meisters landete. Einen Moment lang lagen sie beide auf dem Boden, außer Atem und bedeckt mit Duvareks ehemaligem Mageninhalt.

Annev stöhnte und erhob sich unbeholfen auf die Knie.

»Keos«, fluchte Duvarek. Der verwahrlost wirkende Meister wollte noch etwas hinzufügen, drehte dann aber stattdessen den Kopf weg und übergab sich ein zweites Mal auf den Teppich.

Annev krabbelte rückwärts und versetzte Duvarek unbeabsichtigt noch einen Tritt, während er sich bemühte, sowohl von dem Meister als auch von der Lache am Boden wegzukommen.

Als er zu dem Schluss gelangte, einen sicheren Abstand zwischen sich und den Mann gelegt zu haben, rappelte er sich hoch und sah, dass jetzt ein dunkler feuchter Fleck seine rechte Seite bedeckte und von seinen Rippen bis an den Oberschenkel reichte. Annev hätte sich vielleicht Sorgen um seinen Kittel gemacht, aber er sah, dass die dunkle Stelle bereits zu verblassen begonnen hatte und sich nun mit dem Schweiß und dem Schmutz vermischte, mit dem sein Kittel ohnehin befleckt war.

Nichts jedoch wird diesen Geruch verbergen können.

Mit einiger Anstrengung rutschte Duvarek von dem besudelten Teppich herunter und drückte die Schläfe gegen den kühlen Steinboden.

»Verfluchte … brennende … Knochen.«

Annev blinzelte, und ihm kam der Gedanke, dass er vielleicht besser davonlaufen sollte, bevor der Meister ihn erkannte. Dann drehte Duvarek den Kopf, und Annev begriff, dass es dafür zu spät war. Sein Gesicht war aufgedunsen, sein Haar schwarz und ungebärdig, und unter seinen wässrigen Augen lagen dunkle Ringe. Auch er blinzelte nun und richtete den Blick auf Annev.

»Zum Teufel noch mal, Akolyth Annev?«

Annev schluckte. Er hörte die anderen Avatare den Flur hinunterrennen, den vorhin Kenton genommen hatte. Als ihre Schritte zu verhallen begannen, platzte Annev mit dem Ersten heraus, was ihm in den Sinn kam. »Es tut mir leid, Meister Duvarek! Ich bin zum Unterricht gerannt. Ich darf mich nicht verspäten, sonst schließen sie mich womöglich von der morgigen Prüfung des Urteils aus.«

»Ich sollte dich am besten gleich jetzt ausschließen«, nuschelte Duvarek und hielt sich den Kopf.

»Ich muss bei dieser Prüfung antreten, Meister Duvarek. Sie ist meine letzte Chance.«

Der Meister der Schatten verzog das Gesicht, als hätte die Erwähnung der Prüfung etwas in ihm wiedererweckt, das er zuvor mit Met zu ertränken versucht hatte. Er richtete sich auf, wischte sich den Mund ab und schnippte die feuchten Bröckchen Erbrochenes von den Fingern, sodass sie an die Wand spritzten. Dann richtete er den Blick wieder auf Annev.

»Na schön, lauf.« Der Meister strich sich über seinen Kittel, um dann mit derselben klebrigen Hand durch sein zerzaustes schwarzes Haar zu fahren. »Ich werde mich in einer Stunde um dich kümmern.«

Annev machte, dass er zum Dach hinaufkam.

Kapitel 5

Annev verfluchte noch immer sein Pech, als er die Dachterrasse erreichte. Warum musste er von allen Menschen ausgerechnet mit Duvarek zusammenstoßen? Der Meister der Schatten wurde am häufigsten zu Einsätzen zur Beschlagnahme von Artefakten ausgeschickt – eine Aufgabe, die Annev ganz offen auch für sich anstrebte –, und er hatte den Meister gerade in eine Lache seines eigenen Erbrochenen gestoßen. Kenton hatte Privatstunden bei ihm erhalten, nachdem er sich seinen Titel verdient hatte, und Annev bezweifelte, dass er jetzt noch eine Chance hatte, ein ähnliches Vorrecht gewährt zu bekommen.

Er ist jenseits des Dichtwaldes gewesen – ist nach Banok und nach Luqura gegangen. Er war sogar schon hoch oben im Norden. Ich will das auch. Ich will genauso sein wie er.

Ein Bild von Duvarek, wie er in seinem eigenen Erbrochenen gelegen hatte, blitzte vor Annevs geistigem Auge auf, und er korrigierte seinen letzten Gedanken. *Ich will besser sein als er. Wie werde ich zu einem Mann, an den sich die Akademie wendet, wenn ein Artefakt sichergestellt werden muss?*

Annev kannte nicht die ganze Antwort auf diese Frage, doch der erste Schritt dazu war offensichtlich: Er musste die morgige Prüfung des Urteils bestehen – um jeden Preis. Das würde all die Türen öffnen, die ihm gegenwärtig verschlossen waren. Er konnte alles haben, aber nur wenn er die Prüfung bestand, und heute kam ihm diese Möglichkeit immer unwahrscheinlicher vor.

Annev war der Letzte, der zu Meister Edras Unterrichtseinheit eintraf. Er huschte um die versammelten Schüler herum und war sich mit allen Sinnen bewusst, dass er nach Duvareks Erbrochenem stank. Er ließ den Blick über die Menge gleiten. Nach den eleganten Übungswaffen zu urteilen, die Fyn und Kenton in Händen hielten, waren sie die Ersten gewesen, die das Dach erreicht hatten. Er musterte rasch die übrigen Schüler auf der Terrasse und stellte fest, dass die meisten der Jungen in Braun eine gute Waffe ergattert hatten – ein Holzschwert, eine lederumwickelte Axt, einen Übungsknüppel. Edra stand in ihrer Mitte auf einem erhöhten Podest, teilte die Gruppe der zuerst eingetroffenen Knaben zu Paaren ein und erklärte ihnen, wo sie kämpfen sollten.

Im Gegensatz zu den Avataren in ihren braunen Gewändern trugen die beige gekleideten Akolythen vorwiegend die primitiveren Waffen. Annev entdeckte Therin und Titus, die abseits der Menge standen. Therin hielt ein schmutziges Seil in den Händen, während Titus mit einem kleinen Jutesack ausgestattet war. Lemwich, ein weiterer Akolyth aus Titus' Klasse, stand zwischen Annevs beiden Freunden und der größten Gruppe von Knaben. Annev lief zu ihnen hinüber.

»Ist irgendetwas übrig geblieben?«

»Nichts Gutes«, antwortete Therin. »Wir sind gerade erst hier angekommen.«

»Da sind noch zwei Panzerhandschuhe«, berichtete Titus und zeigte auf eine dunkle Ecke des Daches, »aber deren Kettenglieder sind zerrissen.«

»Und verrostet«, ergänzte Lemwich und drehte ein kleines Messer in seinen riesigen Händen. »Ich würde meine Finger da nicht reinstecken wollen.«

»Deine Hände würden wahrscheinlich auch gar nicht hineinpassen«, bemerkte Therin und musterte den stiernackigen Akolythen.

»Wahrscheinlich nicht.«

»Das ist alles?«, fragte Annev. »Nur die Handschuhe?« Titus nickte. »Was hast du in deinem Sack?«

»Ein paar Wurfspieße«, antwortete Titus. »Aber sie sind aus Holz und zu leicht, und sobald ich sie einmal geworfen habe, bin ich unbewaffnet.«

»Dann solltest du dein Ziel besser nicht verfehlen«, kommentierte Therin und boxte dem anderen Jungen gegen den Arm. »He, meinst du, Edra erlaubt uns, uns bessere Waffen zu nehmen, wenn welche von den anderen Jungen ausscheiden?«

»Vielleicht. Wahrscheinlich«, sagte Annev. »Wie schafft man es denn, dass der Gegner ausscheidet?«

»›Ihr müsst euren Gegner besiegen oder ihm einen Schlag versetzen, der tödlich wäre‹, hat er gesagt. Doch Edra muss den Schlag sehen; wenn er sich also gerade in dem Moment abwendet, wo Titus jemanden mit einem seiner Wurfspieße trifft, hat Dickus Pech gehabt.«

Titus nickte. »Ich nehme an, genau das ist der Grund, warum niemand die Spieße gewählt hat.«

»Klingt plausibel«, erwiderte Annev und musterte die Kettenhandschuhe in der Ecke. »Tja, wir werden wohl irgendwie klarkommen müssen, bis uns bessere Waffen zur Verfügung stehen.« Er lief zu den Handschuhen hinüber, schnappte sie sich und kehrte zu seinen Freunden zurück. Als er wieder neben ihnen stand, kam ihm eine Idee. »He, Therin. Was hältst du davon, wenn wir dein Seil auseinanderschneiden und uns damit zwei Bolas oder Kettengewichte machen?«

»Indem wir die Seile an deine Handschuhe binden?« Annev nickte und Therin zuckte die Achseln. »Ich hätte lieber ein Messer, aber ein beschwertes Seil ist immerhin besser als ein Seil allein.«

»Großartig.« Annev tippte Lemwich auf die Schulter. »He, Lem. Kann ich mir mal dein Messer borgen?«

Der massige Akolyth starrte auf den winzigen Eisensplitter in seinen Händen. Nach langem Zögern hielt er Annev die Klinge mit dem Griff voran hin. »Du gibst es mir wieder zurück.« Es war keine Frage.

»Ganz bestimmt«, versicherte Annev. »Danke.« Er ließ die Kettenhandschuhe fallen und machte sich daran, das Seil in zwei Hälften zu zerschneiden. So stumpf das Messer war, der geflochtene Hanf gab nach einigen Bemühungen nach. Annev beobachtete, wie Edra eine weitere Gruppe von Jungen zu Paaren ordnete, und sorgte sich, dass ihn der Meister aufrufen könnte, bevor er fertig war. Geistesabwesend rutschte ihm das Messer von dem halb zerteilten Seil, und er ließ es fallen. Annev fluchte, griff nach einer Hanfschlinge und begann an anderer Stelle von Neuem mit seinen Sägebewegungen, sorgfältig darauf bedacht, dass diesmal jeder Schnitt saß. »Fertig!«, rief er schließlich und riss das Seil in zwei Stücke. Das eine warf er Titus hin und das andere Therin. »Bindet die Seile an die Panzerhandschuhe. Sorgt dafür, dass sie fest sind.« Er wollte Lemwich gerade das Messer zurückgeben, da zögerte er, weil ihm eine Idee kam. »He, Lem. Willst du stattdessen Therins Kettengewicht?«

Lemwich verzog das Gesicht. »Das ist ein Seil, keine Kette – und ich will mein Messer zurück.«

»Du wirst nicht nah genug an deinen Gegner herankommen, um es einsetzen zu können.«

Der größere Junge wirkte nicht überzeugt, aber Therin sprang auf und streckte ihm die Waffe hin, die er gerade hergestellt hatte.

»Schwing das Ding mal, Lem! Mit deiner Kraft könntest du jemandem damit vermutlich das Gesicht abreißen.« Er schüttelte den rostigen Panzerhandschuh am Ende des Seils.

Lemwich reckte das Kinn in die Höhe, dann griff er langsam und unsicher nach der improvisierten Waffe. »Ich habe noch nie mit Kettengewichten trainiert – und mit Seilen auch nicht.«

»Schwing es einfach.« Therin grinste. »Wenn du es schaffst, dass sich jemand darin verfängt, kannst du auf ihn eindreschen, bis er kapituliert.«

Ein winziges Lächeln ließ ein Grübchen im Gesicht des größeren Jungen auftauchen. »Und was ist, wenn mein Gegner sich nicht im Seil verfängt?«

»Dann kannst du es erneut schwingen«, erklärte Therin verschmitzt.

Lemwich lachte spöttisch auf, griff aber nach dem Seil mit dem Panzerhandschuh. Versuchsweise schwang er das Seil einmal herum und ließ den Metallhandschuh mit einem dumpfen Aufprall ins Dach unter ihnen krachen. Annev zuckte zusammen. Rote Rostblättchen stoben durch die Luft und wurden vom Wind davongetragen. Lemwich hob das Seil erneut und musterte den Handschuh.

»In Ordnung.« Er nickte Annev zu. »Behalt du das Messer.« Der Junge trat vor, um sich ins Gedränge rund um den Meister der Waffen zu mischen. Therin unterdrückte ein Lachen.

»Was ist?«, fragte Titus.

Therin sah Annev immer noch grinsend an. »Willst du es ihm sagen?«

»Vielleicht zerbricht der Handschuh ja nicht einmal«, erklärte Annev. »Du hast gesehen, dass er gerade gehalten hat.«

»Aber du hast einen Schnitt in das …«

»Annev!«

Annev schaute auf und sah, dass Therins Gelächter die Aufmerksamkeit ihres Lehrers erregt hatte. Er reichte Therin das Messer und ließ sich von Titus das verbliebene Seilgewicht geben. Als er auf Edra zulief, hörte er, wie Therin Titus eine Erklärung zuflüsterte.

»Annev«, sagte Edra, als er nahe genug herangekommen war. »Dein Partner ist Janson. Südostecke. Los.«

Annev eilte davon und verjagte jeden Gedanken an Lemwich und seine Waffe weit in seinen Hinterkopf, um sich ganz darauf zu konzentrieren zu siegen.

Janson, dachte er. *Schnell. Drahtig. Mag Finten und Kniffe.* Er schob sich an der Menge vorbei und sah seinen braun gekleideten

Gegner lässig am Rand des Daches stehen. Der dunkelhäutige Avatar schaute über die mit Zinnen versehene Brüstung in die Ferne, eine Axt mit kurzem Griff auf der Schulter.

»Hübsche Aussicht.«

»Ja«, pflichtete Annev ihm im Näherkommen bei. »Man kann bis zu den Wachtürmen hinüberblicken.«

»Bist du bereit?« Janson drehte sich um. Er sah das Seil mit dem Handschuh in Annevs Händen und grinste.

Annev spannte die Muskeln an, und sein Herz begann wild zu pochen. Er musste diesen Kampf gewinnen. Er musste jeden Vorteil bei der morgigen Prüfung nutzen, den er bekommen konnte.

»Los, fangen wir an.«

Janson nickte knapp, dann schwang er seine lederumwickelte Axt und zielte auf Annevs Hals.

Annev duckte sich, wich aus und trat zur Seite, während er das Seil entrollte und das beschwerte Ende nach Jansons Füßen warf. Der Panzerhandschuh flog heraus, schlängelte sich um die Waden des anderen Jungen und wickelte das Seil einmal um seine Beine herum. Annev zerrte an dem Seil, und es zog sich straff und riss Janson die Beine zusammen, bevor sich der Junge nach Annevs heftigem Wurf wieder fangen konnte. Das belastete Bein des Avatars blieb stehen, während sein hinterer Fuß vorwärtsschoss und ihn aus dem Gleichgewicht brachte.

Mehr an Vorteil brauchte Annev nicht. Er machte einen raschen Schritt auf ihn zu, hob die Hand über die Schulter und griff nach dem Schaft von Jansons Axt. Ohne das Seil locker zu lassen, zog Annev die Axt nach vorn, über seinen Kopf hinweg und in Richtung Boden. Janson hielt seine Waffe fest, aber das Seil ließ seine Knie einknicken, und Annev riss ihn mühelos von den Füßen. Im nächsten Augenblick rollte Janson über Annevs Schulter und krachte gegen das steinerne Dach. Die Wucht des Aufpralls ließ alle Luft aus seiner Lunge entweichen.

Annev zog an der Axt und erwartete, sie losreißen zu können, aber Janson umklammerte sie keuchend. Annev zog erneut, dann fluchte er und trat dem Jungen gegen Arm und Schulter. Janson ließ seine Waffe erst los, als Annevs Stiefel auf sein Gesicht zielte. Statt zuzutreten, stellte Annev den Fuß auf den Hals des Avatars und hob die Waffe über den Kopf.

»Meister Edra!«, brüllte Annev, ohne seinen Gegner aus den Augen zu lassen.

Während Annev wartete, strampelte Janson unter seinem Stiefel und versuchte, Annevs Fuß von seinem Hals zu heben. Annev drückte ihn nur umso fester zu Boden, und als das nichts bewirkte, klopfte er mit der stumpfen Seite der Axt auf Jansons Finger.

»Meister Edra!«, rief er noch einmal.

»Lass ihn gehen«, rief Edra zurück. »Janson, du bist ausgeschieden. Annev, geh zu den anderen.«

Annev hob den Fuß. Sein Puls raste noch immer, doch als er sich umdrehte, um zu den anderen zu laufen, packte Janson seinen Knöchel und zerrte daran, und Annev fiel flach auf den Bauch. Er warf sich auf den Rücken, und das Blut hämmerte in seinen Ohren, aber der dunkelhäutige Avatar versuchte keine weiteren Tricks mehr.

»Du hast Glück gehabt«, sagte Janson, während er sich das Seil von den Beinen wickelte. »Du hast mich überrascht.«

Annev wollte ihn anfauchen, dass das Ganze Können gewesen sei, nicht Glück, aber ihm blieb nach seinem Aufprall auf den Boden noch immer die Luft weg. Stattdessen rappelte er sich hoch.

»Danke für die Axt.«

Als er zu Edra und den anderen Jungen hinüberging, sah er, dass Lemwich mit einem sommersprossigen Akolythen namens Alisander kämpfte. Der kleinere Junge war nur mit einem Holzsplitter bewaffnet – dem Überrest eines Kiefernzweigs, den er als primitiven Knüppel verwendet hatte. Soweit Annev erkennen konnte, hatte Alisander mit seinem Stock versucht, Lemwichs erste Attacke abzuwehren, aber die Wucht des geworfenen Panzerhandschuhs hatte das trockene Holz zerschmettert.

Als Annev Edra erreichte, war der Kampf vorüber.

»Lass ihn gehen, Lem! Alisander, du bist ausgeschieden.« Edra warf einen Blick hinab auf Annev. »Annev, du kannst als Nächstes gegen Lemwich antreten. Südterrasse.«

Annev hatte ein flaues Gefühl im Magen, als er auf den Akolythen zuging, dem er noch Minuten zuvor geholfen hatte. Er blieb ein Dutzend Schritte von ihm entfernt stehen, und Lemwich lächelte ihn an.

»Hat ziemlich gut funktioniert«, bemerkte Lemwich und zog das Seil und den Panzerhandschuh zu sich heran. »Hat Ali jedenfalls eine Mordsangst eingejagt. Was ist denn mit deinem passiert?«

»Du meinst mein Seilgewicht?«, fragte Annev. »Ich habe es liegen lassen. Ich war der Meinung, die Axt wäre eine Verbesserung, bis ich erfahren habe, dass ich gegen dich kämpfen würde. Da fehlt mir die Reichweite.«

»Hm. Von Alis Zweig ist nicht mehr viel übrig, daher werde ich dieses Ding wohl weiter benutzen.« Lemwich rollte das Seil zusammen, und der Panzerhandschuh schlitterte über das Dach. »Es ist ein Jammer, dass ich dich damit schlagen muss.« Bevor Annev eine Erwiderung herausbringen konnte, schoss ihm das Seilgewicht auch schon entgegen, und der Panzerhandschuh flog auf sein Gesicht zu. Annev hob seine Axt, hielt sie mit beiden Händen umfasst und duckte sich.

Die Waffe krachte gegen den Axtgriff, und ihr Schwung bewirkte, dass sich das Hanfseil mit dem Panzerhandschuh fest um den Griff wickelte. Annev spannte die Muskeln an, umfasste die Axt fester und spürte dann, wie Lem am anderen Ende des Seils zog. Mit zuckenden Schultern stemmte er sich gegen einen weiteren, stärkeren Ruck, der ihn fast umgerissen hätte. Er zog in die andere Richtung und geriet aus dem Gleichgewicht, doch Lem zerrte ihn näher heran. Annev zog noch fester und versuchte, das Seil zu zerreißen, das er vorhin halb durchgetrennt hatte, aber es zerriss nicht. Lem grinste und wuchtete Annev näher heran. Annev war kurz davor, das Tauziehen mit Lemwich zu verlieren, als plötzlich doch das Seil riss. Die geflochtenen Schnüre flogen davon und ließen den Panzerhandschuh um Annevs Axt gewickelt zurück. Ein halbes Dutzend Schritte entfernt starrte Lemwich belämmert auf die schlaffe Seilrolle in seinen Händen.

Annev zögerte nicht. Er stürzte sich auf Lemwich und nutzte die Schockstarre seines Gegners aus. Der Junge hob instinktiv die Hände, das ausgefranste Hanfseil noch immer in seinen dicken Fingern, nur dass Annev den Fäusten des Knaben gar keine Beachtung schenkte und sich vielmehr duckte und die Axt um Lems Bein hakte. Gleichzeitig rammte er die Schulter in den Bauch des größeren Jungen, sodass dieser das Gleichgewicht verlor. Lemwich sprang nach hinten und versuchte, wieder festen Halt zu bekommen, doch Annev fuhr fort, ihn unerbittlich zu bedrängen, sodass Lemwich erneut zurückweichen musste.

Lemwich musste verlieren. Annev würde dafür sorgen, dass er verlor.

Wieder warf sich Annev mit vollem Gewicht gegen den großen Akolythen – den größten und stärksten in seinem Erntejahrgang – und zwang ihn zurückzuweichen. Lemwich versuchte, den Ansturm abzuwehren, dann gab er ein Grunzen von sich, blieb plötzlich stehen und fasste nach Annevs Kittel.

Nein!, brüllte Annev im Geiste. Wenn der viel größere Junge ihn zu fassen bekam, war er erledigt.

Annev machte einen Satz zurück, riss seinen Kittel los, zerrte seine Axt nach oben und hob dadurch Lemwichs Bein unter ihm hoch. Mit einem wütenden letzten Stoß warf Annev den Jungen um.

Lemwich fiel nach hinten, stürzte auf die Kante der Brüstung. Annev begriff sofort, dass die Brüstung der Grund gewesen war, warum Lemwich stehen geblieben war. Er hatte sich gegen sie gestemmt, bis Annev ihn umgeworfen hatte. Lems Augen weiteten sich, als er nun über die Außenwand der Akademiemauer in die Tiefe zu kippen drohte. Er zappelte wie eine auf dem Rücken liegende Schildkröte, dann rutschte er Richtung Abgrund.

»Nein!«, schrie Annev und stürzte zu seinem Klassenkameraden.

Und dann war der Junge fort, kippte über die Kante in die Tiefe, und die Seilrolle glitt hinter ihm über die Brüstung. Annev ließ seine Axt fallen und griff danach, dann warf er eine Seilschlinge um die nächste Zinne, bevor sich das Seil im nächsten Moment jäh straffte. Annev hörte Lemwich aufheulen und spürte, wie ihm das Seil durch die Finger glitt. Fluchend wirbelte er herum, schlang sich das Seil um die Hüften und stemmte die Beine gegen die beiden nächsten Zinnen.

»Hilfe!«, schrie Annev. »Meister Edra! Hilfe!«

Da war nichts außer ihm und dem Seil, während er sich mit den Beinen gegen die Zinne stemmte und eine gefühlte Ewigkeit lang Lems Gewicht hielt. Die Laute der kämpfenden anderen Jungen drangen wie aus weiter Ferne an seine Ohren, während sich das Seil immer fester um ihn schnürte. Annev brüllte wieder. Und noch einmal. Und das Seil drohte, ihm ganz durch die Hände zu rutschen, verbrannte sie, und die rauen Fasern schnitten in sein Fleisch. Er versuchte, es fester zu packen, aber es gelang ihm nicht. Seine Füße rutschten über die Zinne, und er spürte, wie Lemwich am anderen Ende des Seils zappelte. Annev schrie auf, als ihm noch ein weiteres Stück Seil durch die Finger schlüpfte. Lemwich war einfach zu schwer, um ihn festzuhalten. Annev spürte, wie das Ende des geflochtenen Hanfseils seine Hände erreichte und …

»Götter!«, fluchte Edra und packte das Seil, bevor es weggleiten konnte, zerrte daran. Als das schwere Gewicht von ihm abfiel, stürzte Annev zu Boden, doch sogleich griff er nach dem Seil und unterstützte Edras Kraft mit seinem Körpergewicht. Andere Schüler erschienen, von Annevs Schrei angelockt, und eine kurze Weile später hatten sie den Akolythen zurück zur Terrasse gezogen. Lemwichs verkrampfte, blutleere Finger und sein breites Gesicht erschienen über den Zinnen der Brüstung, und er wurde über die Mauer in Sicherheit gezogen.

Annev ließ das Hanfseil fallen und sackte zu Boden. Er schaute zu Lemwich hinüber, und der Junge reagierte mit einem langen, langsamen Nicken des Dankes. Dann blickte Annev auf und sah, dass der Meister der Waffen ihn zornig anfunkelte.

»Ein Unfall?«

Annev nickte. »Ich habe versucht …«

»Du hast versucht, ihn zu retten«, sagte Edra. »Ich weiß. Ich habe es gesehen. Ich habe keine Ahnung, wie es dazu gekommen ist, dass er über diese Brüstung fallen konnte.«

Annev sah zu Lemwich hinüber, der Annevs Blick stumm erwiderte.

Edra beobachtete ihre gewechselten Blicke und nickte. »Ich will mal annehmen, dass es ein Unfall war, verursacht durch Nachlässigkeit« – er fasste Annev fest ins Auge – »oder Unfähigkeit.« Er schaute zu Lemwich hinüber. »So oder so, ich denke, dieser Unfall schließt euch beide davon aus, einen Vorteil für die morgige Prüfung erringen zu können.«

Annev machte ein langes Gesicht, genauso wie Lem.

Edra nickte, mit ihrer Reaktion zufrieden. »Lemwich, geh zu den Jungen, die einen Kampf verloren haben.« Der größere Akolyth stand auf, verneigte sich und lief dann zu Janson und den anderen hinüber. Annev machte Anstalten, ihm zu folgen, aber Edra hielt ihn auf. »Genug gekämpft für heute, Annev. Geh hinunter zur Kirche und hilf Meister Duvarek.«

»Aber … ich bin bereits ausgeschlossen. Warum schickt Ihr mich dann weg?«

Edra knirschte mit den Zähnen. »Annev, das hier war eine ernste Angelegenheit. Es muss klare Konsequenzen geben, sonst wird der nächste Schüler vielleicht noch weitergehen.« Er brach ab, abgelenkt von Kenton, der im Begriff stand, mit einem anderen Jungen, der ihm gar nicht als Gegner zugewiesen worden war, eine Rauferei anzuzetteln. »Und dann passiert so was wie das da«, murmelte Edra und spuckte aus. »Dieser verdammte Typ mit der Narbe. Er macht immer Probleme.« Er richtete seinen Blick wieder auf Annev. »Verstehen wir uns?«

»Meister Duvarek«, wiederholte Annev und verzog das Gesicht. Er verspürte keinerlei Verlangen, diesen Mann so bald nach ihrem Zusammenstoß an diesem Morgen wiederzusehen, aber es schien, als habe er keine andere Wahl.

»Kein Grund zur Sorge«, sagte Edra, der die Ursache für Annevs Angst falsch gedeutet hatte, in tröstendem Tonfall. »Duv ist gar nicht so übel – jedenfalls sobald man sich an den Geruch gewöhnt hat.« Er grinste, dann klopfte er Annev auf die Schulter. »Wie dem auch sei, betrachte die Sache nicht als Strafe. Betrachte es vielmehr als eine weitere Gelegenheit, dir für die morgige Prüfung einen Vorteil zu verdienen.«

Annev blickte vom Boden auf. »Eine weitere Gelegenheit?«

Edra entfernte sich von Annev und ging auf die beiden Streithälse zu, die immer mehr in Rage gerieten. »Keine Fragen mehr. Geh einfach!«

Kapitel 6

Annev erreichte die hohen eisenbeschlagenen Türen der Kirche und drückte dagegen. Statt zu quietschen, schwangen die schweren Portale auf lautlosen Angeln nach innen auf, und Annev musste seine Erinnerungen an den einst so vernachlässigten Raum sofort korrigieren. Er trat ein und war gleich noch überraschter von dem, was er sah.

Die hohe Kuppeldecke des Kirchenschiffs war einst voller Spinnweben gewesen. Jetzt fielen Dutzende sauberer schwarzer Vorhänge von der Decke zum Boden, verschluckten das Licht der Buntglasfenster und unterteilten den Raum in zahlreiche neu geschaffene Korridore: An manchen Stellen bildeten zusammengenähte breite Tuchbahnen lange, nachgeahmte Wände, an anderen Stellen waren die Vorhänge schmal und kaum breiter als dreißig bis sechzig Zentimeter. Die Tuchbahnen begannen alle erst am Rand der Kirchenbänke, daher blieb der große Bereich am Eingang offen und unverhüllt, was es Annev erlaubte, die ganze Breite des alten Kirchengebäudes abzuschreiten und auch die anderen Veränderungen auszumachen, die Duvarek vorgenommen hatte.

Annev wusste von früheren Besuchen, dass die Kirche fünfundvierzig hölzerne Bänke beherbergte, mit zwei Gängen dazwischen, die die Bänke in drei Bereiche von jeweils fünfzehn Reihen unterteilten. Diese Bänke wurden jetzt von den langen schwarzen Vorhängen verborgen, die bis an die Rückseiten der Bänke und in den Gängen bis ganz zum Boden herabhingen. Als Annev den hinteren Teil des Raumes abschritt, sah er, dass die mittleren und die östlichen Bankreihen mit hölzernen Brettern bedeckt worden waren, wodurch breite erhöhte Ebenen entstanden, über die jemand hinweggehen konnte.

Dieser höher gelegte neue Boden war jedoch unvollständig; als Annev genauer hinschaute, bemerkte er mehrere Löcher zwischen den Brettern, ein jedes breit genug, dass jemand hindurchkriechen oder hineinfallen konnte. In etwa der Hälfte dieser Fälle reichten die Stoffbahnen, die in diese Löcher hineinhingen, bis zum Boden. Annev kniete sich hin, spähte unter die Bänke und sah, dass die Bänke zusammen mit den Stoffbahnen unter dem zweiten Boden ein eigenes abgeteiltes Labyrinth aus Gängen bildeten.

»Hallo?«, rief Annev und kehrte zum Eingang zurück. »Meister Duvarek?«

Ein Klappern und Knarren von Holz antwortete ihm von der westlichen Seite des Kirchenschiffes. Er ging auf das Geräusch zu und sah, dass in diesem Teil der Kirche zwar die Vorhänge aufgehängt, die Bänke jedoch noch nicht abgedeckt worden waren. Es lehnten noch immer Dutzende von Brettern an der Wand.

»Was ist?«, ertönte Duvareks Stimme hinter den Vorhängen.

»Meister Edra hat mich hergeschickt, damit ich Euch helfe.«

»Gut«, kam die gedämpfte Antwort. »Dann hilf mir, den Rest der Bänke abzudecken.«

Annev, der den Meister der Schatten immer noch nicht sehen konnte, trat zu den an der Wand lehnenden Brettern und hob eines der splitterigen Dinger hoch. Das Holz war fast verfault, von Schmutz bedeckt und leicht feucht.

»Steh nicht einfach so da«, befahl Duvarek, der nun neben ihm auftauchte. »Schnapp dir ein paar Bretter und hilf.«

Annev zögerte und fragte sich, ob der Mann ihn wohl erkannt hatte, aber Duvarek schien ganz auf seine Aufgabe konzentriert zu sein. Er sah zu, wie der Meister drei der schmutzigen Bretter hochhob, die Vorhänge beiseiteschob und zwischen die Bankreihen stapfte.

Annev griff widerwillig nach einem Brett. Als er das Holz bewegte, huschte ein schwarzer Käfer unter dem Stapel hervor und verschwand unter dem nächsten Vorhang. Annev biss die Zähne zusammen, packte fester zu und folgte Duvarek.

»Meister Murlach hat sich das gute Holz für die Prüfung morgen unter den Nagel gerissen«, erklärte Duvarek, als er erneut neben Annev auftauchte. »Ich habe bekommen, was übrig geblieben ist. Soll mir recht sein. Wir verbolzen oder nageln ja nichts. Leg einfach die Bretter auf die Bänke und sieh zu, dass keine Lücken entstehen.«

»Ja, Meister«, sagte Annev, wuchtete sich die schmuddeligen Bretter auf die Schulter und schob sich seitwärts zwischen den Bänken hindurch, wobei er die Stoffbahnen wegdrückte, die ihm den Weg versperrten. Als er die gegenüberliegende Seite der Kirche erreicht hatte, brachte er die Bretter so in Position, dass sich jedes über die Rückenlehnen dreier Bänke erstreckte, und legte die Bretter eng an die von Duvarek bereits platzierten. Als er aufschaute, trat der drahtige Meister der Schatten gerade mit einem weiteren Stapel Holz aus den Vorhängen hervor.

Duvarek musterte die Bretter mit anerkennender Miene. »Sieht gut aus. Mach so weiter. Das hier muss alles fertig sein, bevor Edra mit deiner Ernte herunterkommt.«

Annev nickte, erleichtert darüber, dass Duvarek ihn immer noch nicht erkannt hatte.

»Und versuch, mich nicht mit einem dieser Bretter zu treffen«, fügte Duvarek hinzu und kehrte in den vorderen Teil der Kirche zurück. »Du hast mich heute schon einmal geschlagen, und ich habe keine Lust, noch einen zweiten Hieb abzukriegen.«

Annevs Wangen glühten, aber er tat wie geheißen. Die beiden machten sich ans Werk, schlängelten sich schweigend durch die herabhängenden Stoffbahnen, hoben die halb verfaulten Bretter hoch und deckten die Oberseiten der verbliebenen Bänke ab. Als sie ungefähr zwei Drittel der Arbeit erledigt hatten, begriff Annev, dass ihnen das Holz ausgehen würde, bevor sie die restlichen Bänke alle abgedeckt hatten. Ungefähr zur gleichen Zeit hörte Duvarek damit auf, die Bretter auszulegen, stieg auf die behelfsmäßige Bodenebene, die sie errichtet hatten, und schritt in dem Labyrinth von Stoffbahnen hin und her. Wann immer der Meister zu einem Brett kam, das wippte, wenn er darauf trat, entfernte er es. Sobald er eine Armladung Bretter beisammenhatte, fügte er sie dem verbliebenen Holzstapel hinzu. Während Annev weiter den falschen Boden auslegte, sah er, wie Duvarek im hinteren Teil der Kirche verschwand und mit einigen schwarzen Stofffetzen zurückkehrte. Der Meister nähte sie flink an die Stoffbahnen, die über den neuen Löchern im Boden hingen, und schon bald sah auch der westliche Teil der Bänke ähnlich aus wie die Bänke in der Mitte und im Osten.

Eine halbe Stunde später waren sie mit ihrer Arbeit fertig. Annev ging neben Duvarek zwischen den langen schwarzen Vorhängen hindurch und schaute sich um. Er zog an einer der Stoffbahnen und sah zu, wie sie sich lautlos in der Luft wiegte.

»Sollen wir denn an ihnen hochklettern?«

Duvarek grinste und wischte sich die Hände an seinem fleckigen Kittel ab. »Vielleicht.«

Annev zog eine Braue hoch, dann musterte er die Bretter, die auf den Bänken lagen. Er testete einige von ihnen mit der Hand und stellte fest, dass ein Teil der Bretter immer noch wackelte oder kippte, wenn er sie auf der falschen Seite belastete. »Die sind nicht besonders sicher«, stellte er fest, während er auf die Mitte der Kirche zuschlenderte.

»Es ist dir also aufgefallen.« Der Meister der Schatten folgte Annev. Ab und zu verrückte er ein Brett um einige Zentimeter.

Annev ging auf die andere Seite des Raums hinüber und schaute zu den runenbedeckten Wänden und den großen Glasfenstern hinauf. Licht fiel durch die immer noch staubigen Scheiben, aber ein großer Teil davon wurde von den dunklen Stoffbahnen abgefangen, die etwa zwei Meter von den Fenstern entfernt hingen. Im Zentrum der Kirche, wo die mittlere Bankreihe bedeckt worden war, war es viel dunkler, und selbst in den Bereichen, in denen man etwas sehen konnte, machten es die schwarzen Bahnen unmöglich, in alle Richtungen weiter als einige wenige Schritte zu blicken.

Annev begab sich in den rückwärtigen Teil des Raumes, und als er die Bankreihen hinter sich ließ, bemerkte er, dass das Altarpodest größtenteils von den herabhängenden Stoffbahnen frei war. Annev stieg die Stufen hinauf und ging, ohne nachzudenken, auf den steinernen Altar in der Mitte der erhöhten Fläche zu. Er zuckte zusammen, als er sah, dass die Wassermulde um den Altar herum ausgetrocknet war, und er fragte sich, warum die Ältesten es zugelassen hatten, dass die Kirche nicht mehr benutzt wurde.

Annev drehte eine Runde um den Altar und bemerkte die Unterschiede zwischen diesem Altar und demjenigen Sodars. Der heilige Graben, der um ihn herumlief, war hier in den Boden des erhöhten Podests eingelassen und riesig – weit genug, damit ein Priester am Altar in der Mitte stehen konnte, und doch tief genug, dass sich ein erwachsener Mann in die leere Mulde hätte legen können. Im Gegensatz dazu schmiegte sich bei Sodars Altar der Graben direkt um den Altar selbst und war nur etwa zwei bis drei Zentimeter tief. Während Sodars Altar bloß geringfügig verziert war, war in den Altar der Akademie eine verwirrende Vielzahl von Runen und Symbolen eingraviert, darunter Piktogramme und ein kleines Bild; es war beinahe so, als hätte sich der Handwerker, der den Altar gefertigt hatte, nicht von demjenigen ausstechen lassen wollen, der die Wände der Kirche geschmückt hatte, und hätte daher jedes Symbol von der Wand übernommen – jede Glyphe und jede Rune im

Raum – und irgendwie einen Weg gefunden, alles auf den Altar zu zwängen.

Annev trat wieder vom Altar weg und stolperte in einen Haufen schwarzer Tücher hinein, die sich in der Nähe des Altarpodests auftürmten. Er stieß mit dem Fuß dagegen und sah, dass es der gleiche Stoff war, aus dem auch die Stoffbahnen bestanden, die überall in der Kirche hingen. Allerdings waren es nur Reste, die nicht dazu taugten, aufgehängt zu werden.

Am anderen Ende der Kirche öffnete sich knarrend das Eingangsportal. Annev schaute hinüber, aber ihm war der Blick auf den Eingang versperrt. Stattdessen hörte er das leise Stapfen Dutzender Stiefel, die in den Raum geströmt kamen.

Annev hüpfte vom Altarpodest herunter und ging seitlich an der Kirchenwand entlang nach vorne. Er kam gerade rechtzeitig im Eingangsbereich an, um zu sehen, wie sich Edra und Duvarek die Hand schüttelten. Annevs Ernte war ebenfalls eingetroffen, und die Schüler hatten sich rings um die beiden Meister aufgestellt. Annev ließ seinen Blick über die Gesichter der Jungen schweifen und sah mehrere mit frischen blauen Flecken – Brinden hatte sogar eine blutige Nase –, aber es schien keiner die Aufmerksamkeit Meister Arans oder der Weisfrauen der Akademie zu benötigen. Zu Annevs Erleichterung hatte sich Lemwich offenbar ebenfalls erholt. Er entdeckte Titus und Therin hinten in der Gruppe.

»Ihr seht schlimm aus, Duv«, bemerkte Edra, als Annev vorbeiging.

Duvarek zuckte die Achseln. »Zu viel getrunken. Verschlafen. Das Übliche.« Der Meister der Schatten drängte sich zwischen den Jungen hindurch und schloss die Tür zur großen Kirche.

»Das Übliche«, wiederholte Edra und nickte. Er bemerkte Annev. »Hast du geholfen?«

Der Meister der Schatten antwortete für ihn. »Ja. Er hat es wiedergutgemacht, dass er mich heute Morgen umgerannt hat.«

»Was?«

»Nichts«, sagte Duvarek und nickte Annev zu. »Das ist Vergangenheit.«

Edra schaute zwischen Duvarek und Annev hin und her und seufzte dann. »Na schön. Annev, ich werde Bruder Sodar wissen lassen, dass du die Hälfte des heutigen Kampftrainings versäumt hast. Du kannst es heute Abend mit ihm nachholen, vor der Predigt.« Annev senkte den Kopf, aber Edra war noch nicht fertig. »Ich werde ihm außerdem mitteilen, dass du während des Trainings Lemwich das Leben gerettet hast. Vielleicht wird er dann schonend mit dir umgehen.«

Annev blickte auf und zwang sich zu einem angedeuteten Lächeln. Es war Edras Art und Weise, das Thema Lemwich abzuschließen; auch wenn Sodar Annev niemals schonen würde, ganz gleich, was Edra sagte.

»Vielen Dank, Meister Edra.« Annev gesellte sich zu seinen Freunden. »Wie ist es gelaufen, nachdem ich weg war?«

»Schrecklich«, murmelte Therin durch seine dick geschwollene Lippe hindurch. »Aber besser als bei Titus.«

Titus nickte zustimmend. »Sie haben uns gegeneinander kämpfen lassen. Therin hat gewartet, bis ich all meine Spieße geworfen hatte, dann hat er mir sein Messer an die Kehle gesetzt. Natürlich hat ihn anschließend Kellor besiegt.«

Annev musste lachen. »Also, wer hat den Vorteil für die morgige Prüfung an Land gezogen?«

»Wer glaubst du denn?« Therin zeigte in die Richtung von Fyn und seine Freunden. »Brinden, Jasper, Kellor, Fyn. Sie alle haben es geschafft.«

»Und Kenton«, fügte Titus hinzu. »Janson war der beste der Verlierer, daher hat er den sechsten Platz gekriegt.«

Das wird ja immer schlimmer und schlimmer, dachte Annev, und ihm wurde klar, dass das sein Platz gewesen wäre, wäre er nicht ausgeschlossen worden. Wieder ging Edra an ihm vorbei, eine kleine Kiste unter dem Arm. Annev runzelte die Stirn und fragte sich, was wohl darin war. Bevor er sich jedoch bei Titus oder Therin danach erkundigen konnte, ergriff Edra das Wort.

»Heute geht es darum, eure Kampfausbildung mit euren Fähigkeiten zur heimlichen, verstohlenen Vorgehensweise zu kombinieren«, begann Edra und ließ den Blick über die versammelten Schüler wandern. »Duv und ich haben uns für heute etwas Besonderes überlegt, denn für viele von euch wird das jetzt eure letzte Unterrichtsstunde bei uns sein.« Er schaute zu Duvarek hinüber. »Wo sind die Weismädchen?«

Duvarek zuckte die Achseln, doch im gleichen Moment wurden die Kirchentüren geöffnet, und zwei Weisfrauen kamen herein. Die erste war stämmig und in mittleren Jahren und trug dunkelrote Röcke; die zweite war dünn, Mitte zwanzig und hatte eine ernste Miene aufgesetzt.

»Weisfrau Nasha«, sagte Edra und verneigte sich. »Wir haben gerade über Euch gesprochen.«

Die rundliche Frau mit dem mütterlichen Gesicht warf einen naserümpfenden Blick auf das befleckte Gewand des Meisters, während ihre Gefährtin die herabhängenden Vorhänge und die mit Brettern bedeckten Bankreihen musterte. Sie nickte bedächtig.

»So dürfte es gehen.«

Nasha schnüffelte mürrisch, dann klatschte sie zweimal in schneller Folge in die Hände, und eine Gruppe junger Frauen betrat die Kirche.

Annev riss verblüfft die Augen auf, als die Mädchen eine nach der anderen in den Raum kamen. Als er ihre Gesichter erkannte, beschleunigte sich sein Herzschlag.

Es ist ihre Klasse, schoss es ihm durch den Kopf. *Es ist wirklich ihre Klasse.*

Den anderen Avataren und Akolythen erging es kaum anders. Ausnahmslos allen Jungen der Ernte verschlug es die Sprache, dass sich ihre Altersgenossinnen zu ihnen gesellten. Die strenge Trennung zwischen den von den Ältesten und Meistern betreuten männlichen Schülern und den weiblichen Schutzbefohlenen der Weisfrauen wurde nur selten aufgehoben, daher war der Raum plötzlich wie mit Elektrizität aufgeladen.

Was Annev betraf, so versuchte er, einen Blick auf jede der jungen Frauen zu erhaschen, als sie eintraten. Er erkannte Malia mit ihrem schwarzen geflochtenen Haar. Lydia mit ihren kühlen grauen Augen und den violetten Röcken. Treu mit ihren strohhellen Haaren und der sommersprossigen Haut. Und hinter ihr, in einem hellgelben Kleid und einer weißen Schürze, folgte Myjun.

Kapitel 7

Die junge Frau stand neben ihrer blonden Freundin, ihr kastanienbraunes Haar zurückgebunden, die Hände gefaltet. Als sie sich im Raum umschaute, blieb ihr Blick länger auf Fyns hübschem Gesicht ruhen.

Annev biss die Zähne zusammen, aber dann kreuzten sich seine und Myjuns Blicke, und seine Eifersucht war vergessen. Sie strahlte ihn an und schien ihn schon ansprechen zu wollen, doch dann beherrschte sie sich. Immer noch mit einem Lächeln auf den Lippen, winkte sie ihm unauffällig zu.

»Sie ist hübsch, nicht wahr?«

Auch Therin starrte Myjun an.

»Haare hell wie die Sonne«, schwärmte Therin weiter. »Und diese Sommersprossen! Nur so ein paar Tupfen auf ihrer Nase und ihren Wangen – als würde ihre Haut in Flammen stehen.«

Ach so, dachte Annev und lockerte seine Fäuste. *Er meint Treu.*

Therin grinste das Mädchen an. »Was glaubst du, warum sie hier sind? Trainieren wir mit ihnen?« Ihm kam eine Idee, und er verzog das Gesicht. »Sollen sie womöglich gegen uns kämpfen?«

Die Frage traf Annev wie ein Eimer mit Eiswasser. Er schaute wieder zu Myjun hinüber und sah, dass alle jungen Frauen stramme Haltung angenommen hatten und zu einer älteren Frau blickten, die den letzten vier Weismädchen in die Kirche gefolgt war. Sie hatte braunes Haar mit grauen Strähnen und trug ein anthrazitfarbenes Kleid. Annev kannte sie vom Sehen; meist beriet sie sich mit dem Ältesten Tosan, und sie hatte offensichtlich eine hohe Stellung innerhalb der Weisfrauen inne.

»Meine Damen. Darf ich euch bitten, euch zu euren männlichen Altersgenossen zu gesellen«, wies sie die Mädchen an und glitt zu Duvarek hinüber, die Hände vor der Brust zu einem kleinen Dach geformt. Die acht jungen Frauen strömten an der Gruppe halbwüchsiger Jungen vorbei und stellten sich ihnen gegenüber in einer Reihe auf. Annev richtete den Blick auf Myjun und sah die engen schwarzen Beinkleider, die unter ihren wallenden gelben Röcken hervorlugten. Er blinzelte, und ihm wurde bewusst, dass alle Weisschülerinnen die gleiche enge schwarze Einheitskleidung trugen.

Sie tragen unter ihren Alltagskleidern Ernteuniformen …

Während die Mädchen vor den männlichen Schülern Aufstellung nahmen, spürte Annev, wie eine starke Veränderung in der allgemeinen Stimmung vor sich ging. Myjun wählte den Platz ihm gegenüber, und ihr Blick traf seinen. Sie schaute schnell weg, aber nicht ohne zuvor ein verschmitztes Lächeln um ihre Mundwinkel spielen zu lassen. Annev holte tief Luft, atmete dann langsam aus und versuchte, sich zu konzentrieren.

Duvarek wandte sich dem Meister der Waffen zu. »Wollt Ihr erklären, worum es geht, während ich zu Narach gehe, um die Stäbe zu holen? Es widerstrebt ihm so sehr, wenn sie das Gewölbe verlassen, dass ich sie ihm förmlich aus den Händen werde reißen müssen.«

»Natürlich. Ich habe die Marken bei mir.« Edra ließ seine Schultern kreisen und trat an den Platz des Meisters der Schatten, der durch die vordere Kirchentür davoneilte.

»Der Zweck dieser Übung besteht darin, eure Fähigkeit zur heimlichen und verstohlenen Vorgehensweise zu prüfen – euer Vermögen, unentdeckt zu bleiben und anderen zu entfliehen, wenn ihr wertvolle Gegenstände bei euch tragt.« Er ließ den Blick über die versammelten Akolythen, Avatare und Weisschülerinnen gleiten und stellte Blickkontakt zu Annev und einigen seiner Klassenkameraden her. »Ihr Jungen kennt eure Pflicht.

Tausende verfluchter magischer Artefakte sind immer noch auf der Welt verstreut, und viele von ihnen werden ihren Weg in die Umgebung von Luqura finden. Odar hat uns mit der Aufgabe betraut, diese Artefakte ausfindig zu machen und sie im Gewölbe der Verdammnis einzuschließen. Aber wir können sie nicht mit Gewalt in unseren Besitz bringen. Erfolg erfordert Heimlichkeit, Täuschung und Verschlagenheit. Weismeisterin Kiara?«

Die ältere Weisfrau trat vor und ließ ihren Blick ebenfalls über die Gruppe schweifen. Annev hielt den Atem an, als ihre Aufmerksamkeit kurz auf ihm ruhte.

»Meine Damen, unsere Schwestern tragen gerade in diesem Moment die nächste Ernte von Akolythen zusammen. Wenn sie nach Chaenbalu zurückkehren, werden wir diese Neugeborenen aufziehen und sie für ihre zukünftige Bestimmung als Avatare des Urteils ausbilden. Heute setzen wir eure Ausbildung für die eigentliche Ernte fort. Es ist eine gefährliche Mission, und ihre erfolgreiche Durchführung ist ein wesentlicher Bestandteil eurer Rolle als Weisfrau. Ein Versagen hier, unter diesen kontrollierten Bedingungen, deutet darauf hin, dass ihr für die Strapazen des Erntezugs untauglich seid. Habe ich mich verständlich ausgedrückt?«

Die Weisschülerinnen senkten alle die Köpfe, und Annev verspürte einen Anflug von Grauen, als ihm klar wurde, dass auch sie ihre eigenen Herausforderungen zu bestehen hatten, wollten sie in der Akademie vorankommen. Es war ein seltsamer Blick hinein ins Innere von Myjuns Welt.

Er wusste, dass unter den Weisfrauen und in ihrem Kreis der Weisen eine Geheimhaltung herrschte, die über alles hinausging, was für die Meister und die Ältesten üblich war, und dass ihre vorrangige Pflicht darin bestand, Säuglinge aus Luqura herzuholen, damit sie an der Akademie als Akolythen, Avatare und Weisschülerinnen aufgezogen werden konnten. Er hatte keine Ahnung, wie sie das bewerkstelligten, und auch keine Vorstellung von ihrer Hierarchie oder der Ausbildung, die zu absolvieren war, um zu einer anerkannten Weisfrau zu werden. Er nahm an, dass die Entführung von Säuglingen in vielfacher Hinsicht härter sein musste als das Rauben magischer Artefakte – ein Baby war schließlich lebendig, und Eltern ihr Kind zu rauben war genauso eine seelische wie eine körperliche Herausforderung –, aber Annev wusste auch, dass die Ernte nur ein kleiner Teil ihrer Tätigkeit war, auch wenn davon immer voller Ehrfurcht die Rede war. Wenn die Meister und Ältesten erklärten, wie neue Akolythen an die Akademie gelangten, behaupteten sie stets, deren Mütter hätten ihre Kinder freiwillig Odar übergeben, damit sie fortan seinen geheimen Zwecken dienen konnten. Von Titus einmal abgesehen, glaubten jedoch nur wenige, dass das stimmte. Der Rest, Annev eingeschlossen, bemerkte die Verletzungen, die die Weisfrauen bisweilen von ihren Erntezügen davontrugen, und vermutete, dass sich hinter alledem etwas viel weniger Unschuldiges verbarg. Doch niemand sprach offen darüber.

Die Tür im hinteren Teil der Kirche schwang auf, und Duvarek kehrte zurück, eilig gefolgt von Kastellan Markov in seinem lohfarbenen Kastellansgewand und dem greisen Meister Narach. Sie gesellten sich zu Meister Edra im vorderen Teil des Raums. Markov trug eine schwarz lackierte Kiste. Edra stellte die nicht lackierte kleine Kiste, die er selbst mitgebracht hatte, auf den Boden, öffnete sie und zog eine Faustvoll Holzscheiben heraus, die an geflochtenen Bändern hingen. Er machte sich daran, die miteinander verhedderten Schnüre zu entwirren.

»Jeder und jede von euch – Avatare, Akolythen und Weisschülerinnen – bekommt eine von diesen hier.« Edra löste eine Holzscheibe von den übrigen und hob sie hoch, sodass alle Schüler sie sehen konnten. »Die heutige Prüfung dauert eine Stunde, und wer am Ende dieser Stunde mehr als eine dieser Marken in seinem Besitz hat, hat die Prüfung bestanden.« Er ließ die Scheibe sinken. »Wer nur eine oder gar keine hat, ist durchgefallen.« Die

Schüler und Schülerinnen gaben murmelnd zu erkennen, dass sie verstanden hatten, und Edra machte sich daran, die Marken zu verteilen.

Der Meister der Schatten bedeutete Markov, die schwarze Kiste zu öffnen, und zog einen schlanken Holzstab heraus. Eine Hälfte war schwarz und die andere mit einem leuchtenden Gold bemalt. Annev bemerkte, dass Duvarek sorgfältig darauf bedacht war, das schwarze Ende nicht zu berühren.

Duvarek hob den Stab hoch, damit alle ihn sehen konnten. »Das hier ist ein Stolperstock.«

»Ein Stab der Lähmung!«, korrigierte Narach. Seine Stimme war mürrisch und gereizt. »Der Meister der Geheimnisse benennt die Artefakte im Gewölbe, und Ihr solltet ihm Respekt bezeugen, indem Ihr deren richtigen Namen verwendet.«

Duvarek räusperte sich. »Der Stolperstock«, wiederholte er, »lähmt, was immer er berührt.« Er hob den Stab hoch und hielt ihn zwischen Daumen und Zeigefinger. »Man umfasst ihn am goldenen Griff – dieser Teil ist gefahrlos. Doch wenn man jemanden mit dem schwarzen Ende berührt, wird der berührte Teil seines Körpers erschlaffen. Gold heißt halten, schwarz heißt schlaff. Seht zu, dass ihr euch nicht versehentlich selbst lähmt.« Duvarek gab Markov ein Zeichen. »Wir zeigen es euch mal.«

Markov machte einen sichtlich unwilligen Eindruck.

»Komm schon, Kastellan.« Duvarek bleckte grinsend seine Zähne und sah den ängstlichen jungen Mann herausfordernd an.

Markov schaute zu Narach hinüber, und der runzelige Meister bedeutete ihm vorzutreten. »Nur zu. Je eher die Sache beendet ist, desto eher können wir zurück ins Gewölbe.«

Markov stellte die Kiste mit Stäben beiseite, ließ die Schultern herabhängen und trat gehorsam vor.

»Krempel deinen Ärmel hoch … den Arm ausgestreckt … gut.« Duvarek ging einmal um Markov herum. »Die Lähmung klingt nach einigen Stunden wieder ab, sie kann aber auch nur eine Stunde anhalten, wenn man jung und gesund ist.« Duvarek hob den Stab und klopfte damit auf Markovs rechten Ärmel. Der Junge zuckte zusammen, aber nichts geschah. Duvarek pikste ihm ins Bein, in die Brust und in die Rippen. Wieder geschah nichts. »Der Stab wirkt erst, wenn man die nackte Haut berührt. Und wenn ihr das tut …« Duvarek tippte auf Markovs nackten Arm, und der fiel schlaff an Markovs Seite herunter.

Ein interessiertes Raunen erhob sich unter den Avataren.

»Kastellan Markov, hat das wehgetan?«

Der Kastellan zog seine unversehrte Schulter hoch. »Es ist unangenehm, aber nicht schmerzhaft.« Duvarek sah Edra an, der hinter Markov trat.

»Berührt eine nackte Gliedmaße, und sie erschlafft«, fuhr Duvarek fort. »Berührt Kopf, Hals oder Wirbelsäule, und der ganze Körper wird gelähmt.« Markov sah, was nun kommen würde, und schloss ergeben die Augen. Duvarek tippte mit dem Stab auf Markovs Rückgrat, und der junge Mann zuckte zusammen, aber nichts geschah. Der Kastellan entspannte sich sichtlich.

»Vergesst nicht«, dozierte Duvarek, »es muss die nackte Haut sein.«

Der Meister berührte Markov am Hals, und der Kastellan sackte zusammen, fiel schlaff in Meister Edras wartende Arme. Einer der Akolythen schnappte hörbar nach Luft, während einige der Avatare zu murmeln begannen. Edra zog den Kastellan an die Seite des Raums und lehnte ihn an die Wand.

Duvarek warf den Stab zurück in die Kiste. »Ihr bekommt, neben der Marke, die ihr bereits erhalten habt, zusätzlich jeder einen Stab. Ihr habt eine Stunde Zeit, um so viele Marken wie möglich einzusammeln, idealerweise mit Hilfe von List und Heimlichkeit statt durch körperlichen Kampf. Lähmt eure Mitschüler und schnappt euch ihre Abzeichen.« Duvarek sah Edra an. »Habe ich alles erklärt?«

»Fast alles«, antwortete Edra. Er griff hinter sich und zog einen kleinen, an einer Lederschnur befestigten Schlüssel hervor. »Avatare und Akolythen legen morgen ihre Prüfung ab. Derjenige von euch, der die meisten Abzeichen sammelt, bekommt das hier.« Er wedelte mit dem eisernen Schlüssel vor den Akolythen und Avataren. »Ich werde euch nicht verraten, wofür er ist – ihr seid alle klug genug, ein Schloss zu öffnen –, aber der Besitz dieses Schlüssels verschafft euch bei der morgigen Prüfung des Urteils einen Vorteil.«

Noch ein Vorteil! Annevs Blick fixierte den Schlüssel, und er war plötzlich viel wachsamer als zuvor. *Vielleicht könnte das Fyns Vorsprung wettmachen.* Er nickte vor sich hin, fest entschlossen. Er würde diesen Schlüssel ergattern.

Duvarek griff nach der schwarzen Kiste. »Das ist alles. Jungs, holt euch eure Stäbe bei mir ab und verteilt euch dann in der Kirche.« Er richtete seinen Blick auf die Weisschülerinnen. »Meine Damen, ihr lasst euch eure von Weisfrau Kiara geben. Ihr wartet alle auf das Signal meiner Pfeife, bevor ihr anfangt.«

Kapitel 8

Therin und Titus folgten Annev durch das Labyrinth der herabhängenden Stoffbahnen.

Im Vorbeilaufen spähte Therin zu den Vorhängen empor. »Sollten wir uns nicht verstecken? Wir könnten an den Vorhängen hinaufklettern und uns auf jeden fallen lassen, der vorbeigeht.«

»Oder wir könnten uns unter den Bänken verstecken«, sagte Titus von hinten. »Ich glaube nicht, dass ich mich eine Stunde an diese Vorhänge klammern könnte.«

»Später«, erwiderte Annev, während er sich einen Weg zu dem Altarpodest im rückwärtigen Teil der Kirche bahnte. »Unsere Kittel fallen in der Dunkelheit zu stark auf. Wenn wir heimlich zu Werke gehen wollen, müssen wir sie irgendwie verdecken. Wir sollten auch versuchen, mehr von unserer Haut zu bedecken. Und ich habe schon eine Idee.« Er kletterte die Stufen zum Podest hinauf und ging zum Altar.

»Wie sollen wir das denn machen?«, fragte Therin, der einige Schritte hinter ihm ging.

Annev blieb neben dem Haufen schwarzer Stoffstreifen hinter dem Altar stehen. »Mit denen hier.« Er warf Therin einen der Fetzen zu. »Wickel dich darin ein – Beine, Arme, Leib. Bedecke alles, was du bedecken kannst, aber vor allem deinen Kittel.« Er warf auch Titus einen Stofffetzen zu.

Therin machte sich daran, sich die Stoffstücke um die Beine zu wickeln. »Weißt du, wenn wir diese Dinger in kleinere Streifen reißen würden, könnten wir sie uns um Hände und Gesicht wickeln. Niemand könnte uns lähmen!«

Annev umhüllte seinen Körper mit dem ausgesonderten Stoff. »Das habe ich mir auch schon gedacht. Sie könnten uns wahrscheinlich dazu bringen, die Stäbe fallen zu lassen, wenn sie unsere Finger berühren, doch wenn sie uns zwischen die Augen stechen müssen, um uns zu lähmen, haben wir ihnen gegenüber einen großen Vorteil.«

»Aber das macht es schwerer, sich zu bewegen«, wandte Titus ein, während er sich sorgfältig schwarzes Tuch um den Arm wickelte. »Schwerer zu klettern oder unter die Bänke zu kriechen.«

»Lass um deine Gelenke etwas Spiel«, sagte Annev und spannte die Muskeln seines Arms an. »Das sollte helfen.«

Sie umwickelten ihre Gliedmaßen, Lenden, Hände und Gesichter und halfen einander, wenn es nötig war.

Vom anderen Ende der Kirche ertönte ein durchdringender Pfiff.

»Es geht los«, sagte Therin mit gesenkter Stimme und schob seinen Stab unter seine Tuchumhüllung. Er schaute auf den goldenen Griff hinunter, der unter seinen schwarzen Lumpen hervorlugte, und schnalzte missbilligend mit der Zunge. »Der wird aber auffallen, wenn wir uns von den Vorhängen herabschwingen.« Er schob Stoff darüber, sodass nun auch der goldene Griff bedeckt war. »So ist es besser.«

»Du willst wirklich an den Vorhängen hinaufklettern?«, fragte Titus.

»Na klar. Wir brauchen ja nicht gegen irgendjemanden zu kämpfen, wir müssen sie nur überraschen. Wahrscheinlich eine der wenigen Gelegenheiten, bei denen ich gegenüber jemandem wie Fyn einen Vorteil habe.«

Annev schob seinen Stab der Lähmung unter die Tücher an seiner Hüfte. »Einer von uns sollte zur Decke hinaufklettern und feststellen, ob wir irgendjemanden entdecken können. Wenn ja, kann er den beiden anderen ein Zeichen geben.«

»Ich kann hochsteigen, wenn du versprichst, die Marken mit mir zu teilen«, erbot sich Therin. »Ich kann ja niemanden lähmen, wenn ich als Späher fungiere.«

»Geht klar.« Annev sah Titus an. »Kommst du mit? Wenn wir uns an die Vorhänge am Rand des Altarpodests halten, kann sich niemand von hinten an uns heranschleichen.«

Der jüngere Knabe atmete stoßweise aus und nickte. »Ja«, sagte Titus und zwang sich zu einem Lächeln. »Ich kann nicht allzu lange an diesen Vorhängen baumeln, aber ich werde mein Bestes geben.« Er schob seinen Stab der Lähmung in die Tücher um seine Hüfte – und sackte sofort zu Boden.

»Verdammt, Titus!«, fluchte Therin und sprang von seinem Freund weg. »Was hast du getan?«

»Titus?« Annev kniete neben seinem am Boden liegenden Freund nieder und ahnte bereits, was geschehen war.

Titus runzelte die Stirn und richtete den Oberkörper auf. Er versuchte sich umzudrehen, aber seine Beine machten nicht mit. Sein Gesicht wurde blass. »Ich glaube … ich habe meine Beine gelähmt.«

Therin bemühte sich, leise zu sprechen. »Ist das dein Ernst?«

Titus nickte mit tränenden Augen. Annev zog vorsichtig den Stab der Lähmung unter den Tüchern seines Freundes hervor. »Ich kann sie überhaupt nicht mehr bewegen. Ich bezweifle, dass ich überhaupt noch in eines dieser Verstecke hineinkriechen kann.«

Plötzlich hallte das leise Knarren von Metallringen, die gegen die Holzstangen rieben, durch die Kirche und ließ alle drei Jungen aufschauen. Stoffbahnen zuckten und wellten sich um sie herum, und einer der Vorhänge in der Nähe des Podests blähte sich sanft. Therin leckte sich angespannt die Lippen und sah Annev an. »Alle sind in Bewegung. Ich darf nicht hier auf freiem Feld erwischt werden, da hätte ich keine Chance.«

Annev nickte verständnisvoll. »Geh. Ich bleibe bei Titus.«

Therin sah Annev an, als sei er wahnsinnig. Doch statt zu widersprechen, zuckte er die Achseln. »Viel Glück.« Dann rannte er los, sprang vom Rand des Altarpodests und griff nach einem der herabhängenden Vorhänge. In Sekundenschnelle war der magere Akolyth an der Stoffbahn emporgeklettert und schwang sich in das Labyrinth hinein.

Titus streckte seine Marke hoch. »Du solltest auch nicht hierbleiben, Annev. Nimm die und geh – ich brauche sie nicht.«

Annev zögerte. Er wollte diese Marke – er brauchte sie, wenn er den Schlüssel gewinnen wollte –, aber er fand den Gedanken unerträglich, sich die Notlage seines Freundes zunutze zu machen. Er verfluchte diese Gefühle, denn er wusste, dass er sich keine Gewissensbisse leisten durfte, wenn er Titus und Therin dazu benutzen wollte, ihm morgen zum Sieg zu verhelfen.

»Komm schon, Annev«, fuhr Titus fort, der das Zögern seines Freundes tugendhaften Motiven zuschrieb. »Wir wissen beide, dass ich nicht aus dem Holz bin, aus dem man Avatare schnitzt, aber du bist es. Du verdienst es. Mir wird ohnehin jemand anders die Marke wegnehmen, und da wäre es mir lieber, wenn du sie hättest.«

Annev lächelte seinen Freund dankbar an. Vielleicht brauchte er seine Freunde doch nicht zu verraten, um morgen zu siegen. Vielleicht würden sie ihm sogar helfen. Er schob den zweiten Stab der Lähmung in seine Tücher und griff dann nach Titus' Marke. Im gleichen Moment bewegten sich die Vorhänge am Rand des Podests. Er zögerte. Irgendwo in der verhüllten Kirche schrie ein Junge auf. Schritte folgten, dann rief ein anderer Junge etwas.

»Annev?«

Statt die Marke an sich zu nehmen, drückte sie Annev seinem Freund wieder in die Hand. Er grinste.

»Behalt das Ding. Ich habe eine Idee.«

Kapitel 9

Fyn ließ sich von den Vorhängen herabfallen wie ein Schatten, landete weich auf gebeugten Knien, die Fingerspitzen sanft auf dem Boden abgestützt, geschickter konnte man den Aufprall eines großen Körpers nicht auffangen. Er erstarrte, lauschte angespannt auf Geräusche. Als er nichts hörte, erhob er sich und ging zu den Stufen hinüber, die auf das Altarpodest hinaufführten. Ein halbes Dutzend Marken hing um seinen Hals, und er hielt einen Stab der Lähmung in jeder Hand. Nachdem er die still daliegende Altarfläche einer Musterung unterzogen hatte, bemerkte er den am Boden liegenden Titus, trabte zu ihm hinüber und stach dem Akolythen mit einem seiner Stäbe in die Brust.

»Bist erwischt worden, hm?«

Titus bewegte sich weder, noch antwortete er.

Fyn lächelte, beugte sich vor und klopfte dem Jungen auf die Brust. »Ich nehme an, du warst mit deinen Freunden zusammen, und als du dann gelähmt warst, haben sie dich im Stich gelassen. Oder vielleicht haben sie dich ja selbst gelähmt und dir dann deine Marke abgenommen?« Fyn klopfte auf die Holzabzeichen, die um seinen Hals hingen. »Das hätte jedenfalls ich getan. Aber es ist eine gute Strategie – sich in den höher gelegenen Teil des Raums zu begeben. Sich einzumummeln. Schlau.«

Fyn kniete sich neben den zusammengesackten Titus, und seine langen Filzlocken fielen dem jüngeren Knaben übers Gesicht, während er dem Jungen mit seinem Stab in Hals und Stirn pikste. Titus zuckte zusammen, dann erschlaffte er am ganzen Körper.

Fyn grinste. »Vorsicht schadet nie. Vielleicht sollte ich dir noch einen Extraklaps versetzen, um auf der sicheren Seite zu sein.« Er beugte sich vor, drückte einen seiner Stäbe gegen Titus' Nase und sah, wie der kleinere Junge mit heftig zuckenden Augenlidern unkontrolliert zu blinzeln begann. Fyn beobachtete Titus' verkrampftes Gesicht, dann zog er den Stab weg. »Ein guter Trick. Würde ich mir gerne noch einmal ansehen.« Ganz langsam senkte Fyn die Spitze seines Stabes, bis er sich gegen Titus' Wangenknochen drückte. Titus' Mundwinkel zuckte. Fyn drückte fester zu und zog Kreise auf seiner Wange, bis die Augen des Akolythen starr wurden.

Ein Schrei und Kampfeslärm ertönten aus der Kirche. Fyn schaute über seine Schulter zu den herabhängenden Vorhängen zurück, dann nahm er den Stab weg.

»Genug herumgespielt.« Fyn schob eine Hand unter die Tücher, die Titus' Brust bedeckten, und tastete nach einer Marke. Er grinste, als er das Abzeichen des jüngeren Knaben fand.

»Du hast also wirklich nur so getan, als seist du gelähmt.« Er zog die Marke unter Titus' Tüchern hervor und riss sie ihm mitsamt der Schnur vom Leib. »Riskant, aber …«

Fyns Kopf flog nach hinten, als ihm Annev mit einem Stab der Lähmung in den Nacken stach. Er sackte zusammen und wäre beinahe vornübergekippt, aber Annev stieß ihn zur Seite, ehe er mit seinem vollen Gewicht über den kleineren Titus fallen konnte. Fyns Körper verdrehte sich, dann kippte er in die leere Wasserrinne, in der Annev versteckt gewesen war.

Annev fühlte den Puls seines Freundes. »Alles klar, Titus?«

Der blonde Junge blinzelte, bewegte sich ansonsten jedoch nicht.

»Ein zweimaliges Blinzeln bedeutet ja, okay?« Titus blinzelte zweimal, und Annev stieß einen Seufzer der Erleichterung aus. »Tut mir leid, dass ich so lange gebraucht habe, um mich an Fyn anzuschleichen. Ich hatte gedacht, einer der anderen Avatare würde nach hier hinten kommen, aber ich hätte wissen sollen, dass sich Fyn die Zeit nehmen würde, jemanden zu foltern, der einen hilflosen Eindruck macht.«

Annev stellte sicher, dass Titus bequem lag, dann sprang er in die leere Wasserrinne und rollte Fyn auf die Seite. Das Gesicht des Avatars war starr, doch seine Augen waren voller Hass. Annev spürte, wie auch ihn die Wut überkam; er wollte Fyn wehtun – ihm absichtlich wehtun, so wie Fyn Titus wehgetan hatte. Einen Moment lang kämpfte er mit diesem Impuls und stellte sich vor, den Stab in Fyns Mund oder auf seine Augen zu pressen, es dem Jungen mit gleicher Münze heimzuzahlen und zuzusehen, wie es sich für ihn anfühlte.

Dann nahm Annev einen der Stäbe, die Fyn fallen gelassen hatte, und aus einer plötzlichen Anwandlung heraus drückte er die schwarze Spitze auf das Kinn des Jungen. Fyns Kiefer klapperte unter der Macht der geheimen Magie des Stabes.

»Du bist nie damit zufrieden, einfach zu siegen«, flüsterte Annev dem Jungen ins Ohr. »Du musst dazu auch immer noch gemein sein.« Er ließ den Stab weiter hinabgleiten und stieß ihn Fyn in den Hals. Der Junge atmete krampfhaft aus, und ein wilder Blick trat in Fyns Augen. Dann begann er zu würgen – ein ersticktes Gurgeln hinter zusammengebissenen Zähnen. Annev hielt den Stab fest an Ort und Stelle und bemerkte, dass er den gleichen Ansturm von Gefühlen empfand wie wenige Stunden zuvor, als er den Stab der Heilung in Händen gehalten hatte.

»So fühlt es sich an, gefoltert zu werden, Fyn«, fuhr Annev fort. »Machtlos zu sein. Es ist beängstigend, nicht wahr? Jemandem ausgeliefert zu sein, der stärker ist als man selbst.« Annev drückte fester zu und empfand eine freudige Erregung, als die Brust des größeren Jungen in Wellen der Panik krampfhaft zu zucken begann.

Ich könnte ihn töten, dachte Annev. *Ich bin schon dabei, ihn zu töten.*

Mit einem Ruck ließ Annev den Stab fallen und zog die Hand zurück. Fyns Atmung normalisierte sich, obwohl seine Augen weiterhin vor Angst geweitet waren.

Annev empfand Scham und Schuld, aber auch ein Gefühl der Macht. Es war wiederum dem ähnlich, was er empfunden hatte, als er den Stab der Heilung in Händen gehalten hatte. Als hätte er gerade erst angefangen zu verstehen, was die Stäbe zu tun imstande waren. Ein Teil von ihm brannte darauf, tiefer einzutauchen – die Grenzen der Magie des Stabes zu erkunden –, aber jetzt war nicht der richtige Zeitpunkt dafür. Jetzt musste er erst einmal diese Prüfung hinter sich bringen.

Annev griff nach den Stäben der Lähmung, die Fyn fallen gelassen hatte, dann schob er alle vier Stäbe unter seine Tücher, sorgsam darauf bedacht, dass sie seine Haut nicht berührten. Sobald er beide Hände frei hatte, klopfte er Fyn ab und nahm das halbe Dutzend Abzeichen an sich, die um den Hals des Jungen hingen. Er nahm auch Titus' Marke aus Fyns Hand und hängte sich alle sieben zu seiner eigenen.

Annev stand auf und sah, dass Fyn ihn beobachtete. Er verspürte denselben Ansturm von Gefühlen wie zuvor – Zorn, Rachsucht, Macht –, doch statt sie zu verdrängen oder ihnen nachzugeben, machte Annev sie sich zu eigen, machte sie sich nutzbar und lenkte sie in einen einzigen Antrieb um: den Wunsch, andere zu beschützen.

Annev neigte sich zu Fyn hinunter, bis sich fast ihre Nasen berührten. »Tu meinen Freunden niemals wieder weh – sonst werde ich dich beim nächsten Mal wirklich töten.«

Fyn blinzelte, außerstande, die Angst in seinen Augen zu verbergen, und Annev spürte, wie sich etwas Bedeutsames zwischen ihnen veränderte. Ein kleiner Teil von ihm war begeistert darüber, während ein größerer Teil sich Sorgen machte, er könnte sein Versprechen eines Tages wahrmachen müssen. Er hoffte aufrichtig, dass es niemals dazu kommen würde.

Annev stemmte sich aus dem Graben und ging zurück zu Titus. Wortlos zog er sich zwei von Fyns Abzeichen vom Hals und schob sie in den Kittel des Jungen. Titus blinzelte ihn hektisch an.

»Ist schon gut, Titus. Ich habe immer noch sechs Abzeichen von Fyn – und vielleicht werde ich sie ja nicht behalten können. Dir zwei zu überlassen ist eine Art Notfallplan.« Er lächelte und war sich nicht sicher, ob er sich selbst belog oder nur seinen Freund. So oder so, nachdem er mit Titus' Hilfe Fyn hatte besiegen können, war sich Annev nicht mehr sicher, ob er seine Freunde wirklich hintergehen musste, um vorwärtszukommen. Vorerst konnte er einfach jene unterstützen, die ihrerseits ihn unterstützten. »Komm«, sagte er. »Ich verstecke dich, damit dich niemand sonst mehr behelligen kann.«

Annev zog den gelähmten Jungen zu dem nahen Haufen aus schwarzen Lumpen und warf sie über Titus. Dabei achtete er darauf, dass sein Freund auch atmen konnte. Zufriedengestellt kehrte er zum Altar zurück. Er war auf halbem Weg dorthin, als ein plötzliches Zittern durch die schwarzen Vorhänge vor dem Podest ging. Mit aufgeregt pochendem Herzen sprang Annev über den Graben, der den gelähmten Fyn verbarg, und ging hinter dem Altar in die Hocke. Er zog zwei Stäbe der Lähmung aus seinem Kittel, spähte um den Altar herum und wartete.

Stille. Reglosigkeit. Er wartete eine lange Minute mit angehaltenem Atem und wollte gerade sein Versteck wieder verlassen, als sich die Stoffbahn bewegte, die über die mittlere Bankreihe herabhing – nicht unten am Saum, sondern hoch oben. Annev schaute auf und sah ein verhülltes Gesicht zu ihm herabspähen. Der Schüler ließ seinen Blick über das erhöhte Podest und den Altar schweifen und entdeckte Annev im gleichen Moment, in dem Annev ihn entdeckte. Sie sahen einander wie erstarrt an. Dann zog der maskierte Schüler die schwarzen Stofffetzen über seinem Mund weg.

»Annev?«, flüsterte er mit kaum vernehmlicher Stimme.

»Therin?« Annev stand auf und rannte an den Rand des Altarpodests. »Ich hätte nicht erwartet, dass du zurückkommen würdest«, flüsterte er mit genauso leiser Stimme.

Therin grinste, dann rutschte er bis zur Hälfte des Vorhangs hinab, an den er sich geklammert hatte. »Wollte ich eigentlich auch nicht, aber ich habe gesehen, dass Fyn in diese Richtung gegangen ist, und da wollte ich ihm möglichst zuvorkommen.« Er blickte sich um. »Wo ist er?«

Annev schob die beiden Stäbe wieder unter seine Tücher zurück. »Er ist im Ring von Odar.«

»Du hast seine Marken?«, fragte Therin beeindruckt.

Annev nickte und klopfte auf seine Brust, wo er sich die sechs Marken gesichert hatte. Er trat an den Rand des Podests, bis er auf Augenhöhe mit Therin war, aber bevor er seinen Freund danach fragen konnte, wie es ihm ergangen war, schoss ein dunkelhaariger Junge in braunem Gewand unter der mittleren Bankreihe hervor, stürzte sich auf Annev und schlug nach seinem Gesicht.

Annev sprang vom Rand des Podests zurück und schaffte es mit Müh und Not, Kentons Stab mit seiner im Handschuh steckenden Linken abzuwehren. Dann stolperte er zurück, einem Gegenangriff ungeschützt ausgeliefert. Der Avatar mit dem Narbengesicht erkannte seine Gelegenheit, sprang auf das Podest und bedrängte Annev. Im gleichen Moment ließ sich Therin von seiner erhöhten Position fallen und schlug mit seinem Stab auf Kentons Hals. Der Avatar ging in die Knie, sein Stab fiel ihm aus der erschlafften Hand, und er sackte aufs Gesicht.

Therin stieß seinen gefallenen Klassenkameraden mit dem Stiefel an und grinste. »Kenton zuvorzukommen ist fast genauso gut, wie Fyn zu erledigen.« Er sah zu Annev auf. »Und er verdient es, weil er sein uns gegebenes Versprechen gebrochen hat.«

»Ganz meine Meinung.« Annev trat an die Seite seines Freundes, während Therin Kenton seine Marken abnahm. Es waren fünf, und Therin stieß ein leises, beifälliges Zischen aus, als er sie sich um den eigenen Hals hängte.

»Das macht jetzt sieben Abzeichen bei mir. Wie viele hast du?«

»Sechs«, antwortete Annev und bedauerte es kurz, dass er Titus zwei überlassen hatte.

»ZWANZIG MINUTEN!«, brüllte Edra. Es klang gedämpft durch die überall in der Kirche aufgehängten Stoffbahnen hindurch.

Therin grinste Annev an und schüttelte seine Abzeichen. Annev erwiderte das Lächeln, zeigte seine eigenen Marken vor und schob sie dann in die Tücher, die er sich um die Brust gewickelt hatte.

»Wir müssen nur sicherstellen, dass wir die hier behalten können, das ist alles«, flüsterte Annev und zog sich in die Sicherheit des Altars zurück. »Wen hast du dort draußen gesehen?«

Therin folgte Annev und blieb für einen Moment stehen, um den gelähmten Fyn unten im Wassergraben anzugrinsen. »Die Hälfte der Klasse ist ausgeschieden. Ich habe einige von ihnen sich unter den Bänken verstecken sehen, wahrscheinlich mit nur einem Abzeichen, aber die anderen liegen gelähmt überall in der Kirche verteilt.«

»Wie Fyn«, sagte Annev und machte eine Kopfbewegung zu dem bewegungslosen Jungen.

»Ja, und Titus.« Therin blickte sich um. »Wo ist er?«

Annev lächelte. »Du solltest Titus noch nicht abschreiben. Als ich ihn das letzte Mal gesehen habe, hatte er zwei Abzeichen.«

Therin lachte und legte Annev den Arm um den Nacken. »Dickus hat jemandem sein Abzeichen abgenommen? Mit gleich zwei gelähmten Beinen?« Er schüttelte den Kopf. »Entweder du lügst, oder dieser Junge hat mehr Tricks auf Lager als eine Ringschlange.«

Annev zuckte die Achseln und versuchte, nicht zu den schwarzen Stofffetzen hinüberzuschauen, wo sein Freund versteckt war.

»Titus wird dich vielleicht noch überraschen.« Er sah sich auf dem Podest um und fragte sich, ob sie hierbleiben und warten sollten, bis die anderen sie ausfindig machten, oder ob sie sich in das Labyrinth wagen und den Versuch unternehmen sollten, weitere Marken zu erbeuten. Wahrscheinlich wäre es sicherer zu warten – Fyn hatte recht gehabt, der höher liegende Teil des Raums hatte durchaus seine Vorteile –, aber Annev fragte sich, ob überhaupt jemand zu ihnen herkommen würde; die Prüfung war fast vorüber, und jene, die Abzeichen hatten, dürften ein großes Interesse daran haben, sie auch zu behalten. Aber Annev wollte mehr – er brauchte noch mehr von diesen Marken, wenn er den Schlüssel gewinnen wollte, der ihm bei der morgigen Prüfung des Urteils einen Vorteil verschaffen würde.

»Hast du irgendwelche von den Weismädchen gesehen?«, fragte Annev, der plötzlich an Myjun denken musste.

Therin machte kopfschüttelnd einen Schritt zurück. »Keine einzige. Vielleicht verstecken sie sich – oder vielleicht sind sie alle gleich am Anfang gelähmt worden. Es ist ja nicht so, als könnten sie sich in diesen Kleidern versteckt halten.«

Annev fühlte ein erregtes Kitzeln, als er an die Möglichkeit dachte, womöglich in der Dunkelheit auf Myjun zu stoßen, doch er schüttelte den Kopf. »Weismeisterin Kiara hat es so klingen lassen, als könnten sie keine anerkannten Weisfrauen werden, wenn sie diese Prüfung nicht bestehen. Ich habe keine Ahnung, wie gut sie in Sachen List und Heimlichkeit sind, aber sie haben mit Duvarek und dem Kreis der Weisen trainiert, seit sie kleine Kinder waren. Sie können nicht so viel schlechter sein als wir.«

»Also … willst du nach ihnen suchen?«

»Warum?«, fragte Annev. »Willst du es?«

Therin zuckte die Achseln, obwohl ein schelmisches Funkeln in seinen Augen lag. »Auf diese Weise könnten wir uns vielleicht weitere Abzeichen sichern …«

»Und wo genau, meinst du, werden wir sie finden?«

»Ich habe keine Mädchen von Vorhängen baumeln sehen, also vermute ich, sie stecken unter den Kirchenbänken.«

Annev, der an Therins Logik nichts auszusetzen hatte, nickte. »Geh voran.«

Die beiden schritten bis zum Rand des Podests und gingen an der kurzen Treppe vorbei, um stattdessen lautlos auf den Kirchboden hinabzuspringen. Bei der ersten Bank blieben sie stehen, und Annev zeigte erst auf Therins Augen und dann auf die Vorhänge, um seinem Freund zu bedeuten, dass er von oben Wache halten sollte, während er selbst den Boden unter den Bänken erkundete.

Annev beugte sich hinunter und spähte sorgfältig unter die mittleren Bänke. Größtenteils sah er nichts als Dunkelheit, auch wenn hier und da ein schwaches Rechteck aus Licht auf die Stellen hindeutete, wo oben ein Brett aus der Abdeckung fehlte. Er lauschte gespannt, hörte jedoch nichts. Schließlich erhob er sich wieder, ging zum östlichen Teil der Bänke hinüber und tat dort das Gleiche. Diesmal hörte er in der Dunkelheit ein leises Rascheln.

Er winkte Therin zu sich. »Dort drin versteckt sich jemand«, flüsterte er mit angehaltenem Atem. »In der Nähe der hintersten Reihe.« Therin hob seinen Stab, das Gesicht grimmig entschlossen. Annev machte ihm sein Vorhaben mit Handzeichen klar. »Wir teilen uns auf. Kommen dann von hinten. Überraschen sie.« Therin nickte.

Annev ließ sich unter die beiden ersten Bänke gleiten. Therin tat es ihm nach, in der Dunkelheit sofort beinahe unsichtbar. Ohne ein weiteres Wort trennten sie sich voneinander und glitten durch die Schatten, auf der Jagd nach Lauten, die die Stille durchbrachen.

Kapitel 10

Als er das Ende der neunten Bank erreichte, näherte sich Annev behutsam einer etwa einen halben Meter breiten Öffnung in der Bretterabdeckung über ihnen. Ein schwarzer Vorhang reichte bis zum Boden herab und ließ eine Art vorgetäuschte Wand entstehen. Annev blieb direkt dahinter stehen und lauschte aufmerksam auf das Geräusch irgendeiner Bewegung. Doch die Stille war vollkommen und wurde nur von Edras rauer Stimme durchbrochen – sie war nun viel näher als zuvor –, als er rief: »ZEHN MINUTEN!«

Auf der anderen Seite des Vorhangs ließ sich ein leichtes Schleifen von Stoff auf Holz vernehmen. Annev glitt lautlos zurück und zog den breiten Stoffstreifen, der um seinen Hals hing, so über sein Gesicht, dass er ihm Mund und Nase bedeckte. Ein weiteres fast unhörbares Rascheln drang an seine Ohren, und er zog einen seiner Stäbe der Lähmung aus dem Kittel. Der Vorhang über ihm straffte sich, als nun jemand an dem schwarzen Stoff zog, und Annev griff an: Er hob den Vorhang an und stach mit der schwarzen Spitze nach der kletternden Schülerin.

Das Weismädchen stockte nicht einmal, als der Stab völlig harmlos von ihrer bedeckten Wade abprallte, und Annev betrachtete die junge Frau voller Ehrfurcht. Verschwunden waren der leuchtende Rock und die helle Bluse, übrig geblieben nur ein zweckdienliches, maßgeschneidertes schwarzes Gewand, das die junge Frau von Kopf bis Fuß umhüllte: ihre Ernteuniform, durch die sie in den Schatten perfekt getarnt war.

Als Annev überrascht zurückwich, schwang sich die junge

Frau an ihrem Vorhang nach vorn und ließ ihre in Schlappen steckenden Füße vorschnellen. Sie traf Annev hart am Unterarm und schlug ihm seinen Stab der Lähmung aus der Hand.

Annev rollte sich ab und zog einen zweiten Stab aus seinen Tüchern.

Die Weisschülerin ließ sich aus dem Vorhang fallen und landete lautlos auf dem Boden. Annev sah ihr in Stoff gewickeltes Gesicht. Ihre braunen Augen waren in dem schwachen Licht, das durch das Loch über ihnen fiel, gerade noch zu erkennen.

Nicht Myjun, dachte Annev. Er war gleichzeitig erleichtert und enttäuscht – und fest entschlossen, sie zu betäuben. Irgendwie.

Das Weismädchen legte den Kopf schräg und beobachtete, wie Annev Kampfposition einnahm. Sie zögerte kaum merklich, dann schienen ihre Augen unter ihrer Maske zu blitzen. Sie wirbelte herum und täuschte einen Angriff auf seine Linke vor. Annev verlagerte das Gewicht, als wollte er ausweichen, aber stattdessen fing er ihren Angriff auf seine Rechte ab. Das Mädchen riss seinen eigenen Stab hervor, dessen Spitze Annevs verhüllten Wangenknochen streifte.

Annev sprang instinktiv zurück, dann verfluchte er sich dafür, dass er sie nicht einfach gepackt hatte, als sie ihm nah gewesen war. Er war stärker – davon war er überzeugt –, aber es hatte den Anschein, dass sie schneller war, was ihn irritierte.

Das Weismädchen griff ihn unverzagt erneut an, schlug seine rudernden Arme beiseite und stach nach seinen Augen.

Annev ließ sich fallen, rollte sich ab und trat nach der jungen Frau, um ihrem nächsten Angriff zuvorzukommen. Sein Schwung traf den ihm entgegengestreckten Fuß des Weismädchens, und seine Angreiferin wirbelte herum und geriet ins Schleudern. Es verschaffte Annev nur einen kurzen Moment lang Luft, aber er nutzte diese halbe Sekunde, um sich unter die nächstbeste Bank zu rollen. Er entdeckte dort seinen heruntergefallenen Stab der Lähmung, ließ ihn jedoch liegen und zog es vor, Abstand zwischen sich und seine in Tücher gehüllte Gegnerin zu bringen.

Annev kroch zum Ende der Bank und schaute hinter sich; das Weismädchen pirschte sich in der fast völligen Dunkelheit an ihn heran. Hinter ihr nahm Annev eine schwache Bewegung wahr, und er machte eine zweite schwarz gekleidete Gestalt in der Dunkelheit aus. Er überlegte, dass es sich vielleicht um Therin handeln könnte, der das Weismädchen fangen wollte, so wie sie beide es ursprünglich geplant hatten, aber dann passierte die Gestalt einen Lichtstrahl, und er sah, dass es sich um ein zweites Weismädchen handelte.

Verdammter Mist!

Annev steckte seinen Stab weg, rollte sich unter den Bänken hervor und rannte in das Labyrinth aus Stoffbahnen hinein, die den Gang zwischen der östlichen und der mittleren Bankreihe verdunkelten. Jetzt war nicht die Zeit für Heimlichkeit – er wurde gejagt.

Annev stürmte zwischen den herabhängenden schwarzen Vorhängen hindurch, schob eine weitere Stoffbahn beiseite und erreichte die mittlere Bankreihe. Er ging in die Hocke, um sich in den Raum unter den Abdeckbrettern zu hechten, aber die am Boden liegenden Umrisse von Lemwich und zwei weiteren Avataren versperrten ihm den Weg. Fluchend sprang er stattdessen auf den höher gelegten zweiten Boden in der Mitte der Kirche.

Die Bretter unter seinen Füßen bewegten sich ein wenig und knarrten, als er landete, wodurch sie allen verbliebenen Schülern seine genaue Position vermeldeten. Prompt ließ sich ein Avatar mit sandfarbenem Haar namens Horus aus den Vorhängen über ihm fallen, und sein Stab der Lähmung glitt über Annevs Nacken und Rücken. Die schwarzen Tücher schützten ihn gegen den plötzlichen Angriff des Avatars, und so wirbelte Annev herum und ließ seine ausgestreckte Handfläche in das Gesicht des

Avatars krachen. Der Junge taumelte zurück, und Annev versetzte ihm einen zweiten Schlag auf die Brust und ließ seine Hand dann nach oben fahren, schnappte die Marke des Jungen und zog sie ihm über den Kopf.

Ein leises Knarren und das gedämpfte Auftreten weiterer Füße näherten sich. Er wirbelte herum, versetzte Horus einen Tritt gegen die Brust und rannte über die Bretter davon, die über die mittleren Bankreihen gelegt waren. Hinter ihm brüllte der braun gekleidete Avatar trotzig auf, immer noch von dem Tritt torkelnd, den Annev ihm versetzt hatte. Doch er blieb auf den Beinen und setzte zur Verfolgung an, anscheinend ohne die Weismädchen hinter ihm zu hören.

Annev rannte einen der Tücherkorridore entlang, und während er über die Bretter auf den Kirchenbänken sauste, hängte er sich zugleich Horus' Abzeichen um den Hals. Im Laufen versuchte er, im Geiste einen Lageplan der Lücken zu erstellen, die er Duvarek zwischen den Bodenbrettern hatte einfügen sehen, dann näherte er sich einer großen solchen Öffnung im Zentrum der Kirche.

Aufs Höchste angespannt, schob er den nächsten dicken Vorhang beiseite, erspähte das erwartete Loch in dem neu geschaffenen zweiten Boden und machte einen Satz. Er schaffte es nur mit Mühe über das Hindernis, das für alle anderen völlig unerwartet kommen musste. Er rannte Richtung anderes Ende der Bänke weiter, doch als er die Bretter hinter sich klappern hörte, warf er einen Blick über die Schulter zurück und sah, dass Horus nun den gleichen breiten Zwischenraum erreicht hatte. Der Junge zögerte eine Sekunde am Rand des unerwarteten Abgrunds, und sofort streckten sich zwei in Tücher gehüllte Hände nach ihm aus. Die nackten Finger schlugen gegen die eine Wade des Jungen und sein anderes Knie und lähmten dadurch die Bewegung seiner Beine auf die gleiche Weise, wie es ein Stolperstock tun würde. Der Avatar ging mit einem Stöhnen zu Boden, kippte in das Loch und wurde sofort unter die Bodenbretter gezogen.

Gute Götter!, dachte Annev und betrachtete das Holz der Bretter unter ihm plötzlich mit größerem Misstrauen als zuvor. *Sie sind gut. So gut, dass sie nicht einmal Stäbe brauchen, um uns auszuschalten.*

Annev verlangsamte seine Geschwindigkeit, schob eine zweite Stoffbahn beiseite und achtete darauf, einen Sicherheitsabstand vom Rand der Bretterfläche zu wahren. Aus einer dumpfen Ahnung heraus ging er in die Hocke und sprang in den zweiten Gang hinein. Auf halbem Weg bekam er mitten im Flug einen herabhängenden Vorhang zu fassen und schwang sich an ihm das restliche Stück zur westlichen Bankreihe hinüber. Als er den Vorhang losließ, machte er einen Sprung zurück, der ihn auf die Bretter beförderte, und sah ganz deutlich zwei Hände, die auf der Suche nach seinen Beinen vorn unter der westlichen Bankreihe hervorschossen.

Therin hatte recht. Sie verstecken sich unter den Bänken, und sie arbeiten zusammen, um uns einen nach dem anderen auszuschalten.

Annev vermutete, dass sie Therin bereits erwischt hatten. Mit ihren Ernteuniformen, die den größten Teil ihrer Körper bedeckten, waren die Mädchen fast völlig vor den Stäben geschützt; wenn Therin nicht in seinem Versteck geblieben war, dürften sie ihn sich an der Ostwand geschnappt haben. Es war nur eine Frage der Zeit, bis sie auch Annev zur Strecke bringen würden.

Sie haben sich nicht getrennt so wie wir, begriff Annev und kam sich dumm vor. *Sie haben zusammengehalten, sodass keiner von uns sie sich einzeln vornehmen konnte.* Es war überaus clever und völlig im Einklang mit den Wettkampfregeln. Außerdem ließ es Edras Vorhaben, den Gewinner des Tages zu belohnen, wie eine Posse erscheinen. Die Avatare und Akolythen wären besser beraten gewesen, wenn sie zusammengearbeitet hätten, aber sie waren sämtlich dazu ausgebildet worden, alle Prüfungen als Wettkämpfe zu betrachten. Selbst Annev, der anfänglich noch versucht hatte, mit Titus und Therin zusammenzuarbeiten, war in diese Falle getappt.

Eine der Weisschülerinnen schlüpfte in den westlichen Gang hinaus, offensichtlich auf der Suche nach dem Schüler, der der Falle der Mädchen ausgewichen war, und obwohl er vor einem Hintergrund aus Schwarz in den Schatten hockte, erspähten ihre scharfen Augen Annevs in Tücher gehüllte Gestalt.

»FÜNF MINUTEN!«, bellte Edra vom vorderen Teil der Kirche her.

Das Weismädchen zog seine schwarze Gesichtsverhüllung ein Stück herab und ließ ihr blondes Haar und ihr sommersprossiges Gesicht erkennen. »Noch zwei übrig!«, rief Treu über ihre Schulter zurück. »Einer ist vor mir, auf der westlichen Bankreihe!«

Verdammt!, dachte Annev, verbarg sich hinter einer Stoffbahn und kletterte in die Vorhänge. Kurz fragte er sich, ob das bedeutete, dass sie Fyn gefunden hatten, aber nicht Titus, oder vielleicht hatten sie auch Titus gefunden, und Therin war immer noch dort draußen. Beide Möglichkeiten bedeuteten, dass mindestens einer seiner Freunde die heutige Prüfung bestehen würde, aber es bedeutete genauso …

Ich bin der Einzige, der noch übrig ist, den sie fangen können! Wenn außer ihm nur Titus übrig war, hatte Annev den Schlüssel gewonnen. Und wenn nur Therin übrig war, dann hatten sie beide gleich viele Marken. Der Gedanke erfüllte Annev mit einem kurzen Moment der Hochstimmung, dann erinnerte er sich daran, dass die Schülerinnen nun wussten, wo er sich befand, und ihm alle acht Weismädchen auf den Fersen waren.

Auf halbem Weg zur Decke hinauf sah Annev drei weitere Weismädchen hinter den Stoffbahnen auftauchen oder unter den westlichen Bodenbrettern hervorkommen. Annev hing reglos von seinem Beobachtungsposten herab; die gegen den Vorhang gepressten Fußgelenke hielten ihn fest. Als er Luft holte, rief Treu von unten: »Er ist hier! Über mir!«

Annev fluchte. Es war ein Fehler gewesen, hier zu pausieren, um neue Kraft zu schöpfen. Er machte einen Sprung durch die Luft, packte den nächsten Vorhang und schwang sich von Stoffbahn zu Stoffbahn, bewegte sich mit nicht unbeträchtlicher Geschwindigkeit auf den Ausgang zu.

Ich muss noch höher hinaufkommen, wurde Annev bewusst. *Es war klug von Fyn gewesen, sich auf das Podest hinaufzubegeben, und Therin und ich hätten besser dort bleiben sollen. Vielleicht kann ich mich hinter den Dachsparren verstecken.*

Annev machte sich daran, höher hinaufzuklettern, doch plötzlich ließ sich eine fünfte schwarz gekleidete Weisschülerin von oben herabgleiten und schleuderte ihn auf den Bodenaufbau hinunter. Annev knallte in die Bretter, und Sekunden später ließ sich das Weismädchen direkt vor ihn fallen. Ohne auf seine geprellten Rippen und seine schmerzende Schulter zu achten, rollte sich Annev ab, trat dem Mädchen gegen die Brust und sprang auf, während die junge Frau nach hinten stürzte. Er tat so, als wollte er sich nach rechts wenden, dann wich er nach links hinter einen Vorhang aus und rannte zurück, über die westlichen Bänke und auf das Altarpodest zu.

Ich kann mir mein Wissen zunutze machen, ging es Annev durch den Kopf, und er rief sich die Positionen der einzelnen Bretter und Zwischenräume ins Gedächtnis. *Ich habe geholfen, das Ganze aufzubauen. Ich weiß, welche Bretter Fallen sind. Ich muss nur noch ein paar Minuten lang durchhalten, ohne mich in die Enge treiben zu lassen.*

Annev lief lautlos auf die Mitte des falschen Bodens zu, bei dessen Bau er geholfen hatte. Als sich ihm zwei Weismädchen näherten, glitt er hinter einen Vorhang und wich aus, während sie an ihm vorbeirannten. Er griff in seinen Kittel und zog zwei seiner drei verbliebenen Stäbe der Lähmung hervor; dann wäre er beinahe gestolpert, als er feststellte, dass alle bis auf eine der Scheiben um seinen Hals verschwunden waren.

Wie das …? Und dann begriff Annev: *Therin … als er mir den Arm um den Hals gelegt hat. Dieser Schweinehund hat sie gestohlen!* Vor Enttäuschung hätte Annev beinahe laut gezischt.

Verdammt! Jetzt kann ich nicht mehr gewinnen. Wenn Therin immer noch dort draußen ist, hat er gewonnen – und wenn er geschnappt worden ist, nachdem wir uns getrennt haben, hat er meine Marken verloren. Annevs Blut kochte, und er nahm das sich gegebene Versprechen, morgen mit seinen Freunden zusammenzuarbeiten, wieder zurück.

Nein, dachte er dann, ein wenig ruhiger. *Ich werde doch mit ihnen zusammenarbeiten, genau wie ich es gesagt habe. Aber ich werde sie mir zunutze machen. Ich werde mir mit ihrer Hilfe einen Vorteil verschaffen … und sie dann fallenlassen. Titus hat bereits eingestanden, dass er keinen guten Avatar abgeben wird, und Therin hat meine Hilfe jetzt nicht mehr verdient. Ich bin auf mich allein gestellt.*

Aber trotz allem musste Annev erst einmal diese Prüfung siegreich beenden. Er hatte jetzt nur noch eine Scheibe – trotz all seiner Bemühungen –, und wenn er sich nicht mindestens noch ein weiteres Abzeichen besorgte, hatte er die Übung nicht bestanden und sich den Vorteil durch die Lappen gehen lassen, den Edra dem Gewinner versprochen hatte. Er musste zum Angriff übergehen, und da ihm nur noch weniger als fünf Minuten blieben, musste er das sofort tun.

Schritte hämmerten über die Bretter vor Annev, als das letzte Weismädchen vor ihm auftauchte. Annev überraschte sie und rannte an ihr vorbei, dann wich er um Haaresbreite einem zweiten Mädchen aus, was ihm nur gelang, weil nun beide Mädchen gleichzeitig herumwirbelten und sich gegenseitig behinderten, während sie versuchten, Annev hinterherzujagen. Annev rannte weiter, sprang dabei über einen schwierigen Bereich des Bodens hinweg, von dem er wusste, dass dort die Bretter nicht richtig auflagen.

Das erste Mädchen hatte ihn mittlerweile erreicht und stürzte sich auf ihn. Sie hielt keinen Stab in der Hand, aber ihre Finger schossen wie Scheren auf Annevs Rückgrat zu. Annev hatte ihre Attacke vorausgeahnt und wich aus, ließ sich mit voller Wucht auf das Brettende unter ihm fallen. Das Brett wippte in die Luft, sodass Annev zwischen die Kirchenbänke fiel, während das Mädchen hoch in die Luft geschleudert wurde.

Das recht kleine Mädchen drehte sich im Flug, bekam einen Vorhang zu fassen und riss die Stoffwand mit sich herab. Annevs Hände schossen nach vorn und schleuderten beide Stolperstöcke nach der jungen Frau, die sich aus dem Vorhang zu befreien versuchte. Der erste schwarz-goldene Stab prallte gegen die Brust des Mädchens, aber dann klatschte die schwarze Spitze des zweiten Stabes gegen ihre unbedeckte Wange, und sie brach zusammen.

Annev hörte die zweite Weisschülerin näher kommen. Er ging in der Dunkelheit unter den Bänken in die Hocke, zog seinen dritten Stab hervor und wartete. Eine Sekunde später passierte sie die Öffnung zwischen den Brettern, und Annev griff an, packte sie am Bein und schleuderte sie voller Wucht auf die Kirchenbank neben ihm. Ihre Blicke trafen sich gerade in dem Moment, als Annev ihr mit seinem letzten Stab der Lähmung auf die nackte Stirn tippte und sie erschlaffte. Annev starrte sie an und begriff plötzlich, dass er keinen blassen Schimmer hatte, wo sie ihr hölzernes Abzeichen verborgen hatte.

»Entschuldige«, raunte er dem Mädchen zu, zog das Tuch von ihrem Gesicht und schob die Finger an ihrem Hals hinab, um nach der Marke zu suchen. Aber da war keine Spur davon, und er hatte keine Zeit. Er durchsuchte das Mädchen, das er zuerst betäubt hatte, auf die gleiche Weise und fand immer noch nichts. Von irgendwo in der Nähe hörte er die Rufe der anderen Weismädchen. Annev warf einen Blick auf den flach hingestreckten Leib der zweiten jungen Frau, schluckte und tastete sie Stück für

Stück ab. Seine behandschuhte Linke und die nackten Fingerspitzen seiner Rechten glitten in einer sanften Streichbewegung an ihren Schlüsselbeinen herunter und dann unter ihre Brüste. Nichts. Er ließ die Hände über ihre Hüften wandern, auf der Suche nach irgendwelchen verräterischen Ausbuchtungen. Die Rufe der Weismädchen kamen immer näher, als er die Hände nun unter das am Boden liegende Mädchen gleiten ließ und endlich eine Verdickung in ihrem Kreuz ausmachte.

Mit einer weiteren geflüsterten Entschuldigung schob Annev die Hand unter die Tücher und bekam ihre Holzscheiben zu fassen. Seine Finger streiften die weiche Haut des Mädchens, bevor er die vier versteckten Marken hervorzog. Er zögerte, betrachtete die Abzeichen und fragte sich, ob er sie alle nehmen oder ob er ihr zwei lassen sollte, wie er es bei Titus getan hatte.

Die Zeit ist fast abgelaufen. Wenn Therin immer noch irgendwo da draußen ist, dann hat er gewonnen – ich kann ihn nicht schlagen. Aber ich kann die Prüfung bestehen … und ich kann dafür sorgen, dass sie es auch tut.

Annev kniete sich auf die Fersen, da sah er die Lider des Mädchens flattern – oder hatte sie ihm zugezwinkert? Er schüttelte den Kopf, dann hielt er alle vier Marken hoch, damit sie sie sehen konnte. Um ihr seine Absichten klarzumachen, nahm er zwei in seine rechte Hand und legte die anderen wieder in das Kreuz der jungen Frau zurück. Erst in dem Moment, als er sie losließ, während seine Finger noch immer ihre Haut berührten, erkannte Annev das Mädchen verspätet.

Myjun.

Er riss die Hand zurück.

»DIE ZEIT IST ABGELAUFEN!«, rief Edra. »Ende. Kommt alle zurück zum Eingang der Kirche.«

Annev blickte hinunter in Myjuns kühle grüne Augen.

Sie starrte zurück, und diesmal war ihr Augenzwinkern unverkennbar.

Kapitel 11

Wenige Sekunden nachdem Edra verkündet hatte, dass die Zeit abgelaufen sei, zog Duvarek an einem langen Seil im Eingangsbereich der Kirche, und sämtliche Stoffbahnen rollten sich von den Balken an der Decke ab und fielen zu Boden. Licht durchflutete den Raum, und man konnte sehen, wer gelähmt und wer noch beweglich war.

Annev stellte sicher, dass Myjun bequem lag, dann erhob er sich widerstrebend aus seinem Versteck zwischen den Bänken. Er sah sich um. Sechs Weismädchen standen im Umkreis von einem Dutzend Schritte um ihn herum, aber es war kein einziger Avatar oder Akolyth zu sehen.

»Oh«, murmelte Edra am anderen Ende der Kirche. Weismeisterin Kiara und die beiden anderen Weisfrauen lächelten Edra an, offensichtlich wenig überrascht. Der Meister der Waffen räusperte sich. »Eine kleine Planänderung«, bellte er. »Räumen wir das Schlamassel erst einmal auf. Weismädchen, helft Meister Duvarek bitte dabei, die Vorhänge aufzurollen. Avatare …« Er hielt inne, sah Annev an, zuckte dann die Achseln und fuhr fort: »Avatare, Ältester Narach hat einen Stab, der eure Lähmungen heilt. Sobald er euch damit berührt hat, sammelt ihr die Bretter zusammen und lehnt sie an die Wand.«

Es brauchte einige Zeit, aber sobald Narach die Gelähmten aus ihrer Starre befreit hatte, wozu er sich eines halb golden und halb weiß bemalten Stabes bediente, gingen die Arbeiten schnell voran.

Bei den Jungen, die durch die Druckpunktangriffe der Mädchen gelähmt worden waren, konnte Narachs Stab nichts ausrichten, daher gesellte sich Weismeisterin Kiara an seine Seite, um Daumen und Fingerknöchel in die Gelenke der betroffenen Avatare und Akolythen zu drücken. Die meisten erlangten das Gefühl fast unmittelbar zurück, auch wenn Therin von den Mädchen offenbar besonders schlimm zugerichtet worden war und zusätzliche Hilfe benötigte. Kiara rief daher die dritte Weisfrau – Tonja – herbei, und gemeinsam übten sie Druck auf Therins gelähmte Glieder aus. Er keuchte laut und zuckte hin und her, als sie an ihm drehten und zogen. Dann ertönte ein vernehmliches Knacken, das Annev noch von der anderen Seite der Kirche her hören konnte, und Therin sackte zusammen. Er war nicht in der Lage, beim Aufräumen zu helfen, aber als die Stoffbahnen und die Bretter weggeschafft worden waren, konnte Therin immerhin wieder stehen.

Er vermied jeden Kontakt mit Annev.

Annev war bereits eifrig damit beschäftigt, Bretter hochzuheben und sie zur Wand zu tragen, als er bemerkte, dass die anderen Schüler ihn anstarrten, und sich daran erinnerte, dass er immer noch mit Tüchern eingemummt war. Er streifte sich die Stofffetzen vom Leib und legte sie zum Häufchen der übrigen Lumpen auf dem Altarpodest. Verspätet erinnerte er sich dabei an Titus. Er durchstöberte den Haufen von Tüchern, zog seinen gelähmten und blinzelnden Freund hervor und rief nach Narach. Erst nach mehreren Berührungen mit dem Stab der Genesung konnte Titus seine Glieder wieder bewegen.

»Das ist eigenartig«, sagte Narach und steckte den Stab zurück in sein Gewand. »Normalerweise muss ich sie nur ein einziges Mal mit dem Stab anstupsen. Bei diesem Fyn ist es das Gleiche gewesen.«

Titus zuckte die Achseln, ohne auf Narachs unausgesprochene Frage einzugehen.

Sobald alles aufgeräumt war, forderten Edra und Duvarek die Schüler auf, sich in einer Reihe hinzustellen, um ihre Abzeichen zu zeigen und über ihre Vorgehensweise in der Kirche Bericht zu erstatten. Auch die Weismädchen stellten sich in einer Reihe auf, aber Kiara machte keinerlei Anstalten, sie einen vergleichbaren Bericht erstatten zu lassen. Stattdessen nahmen sie und die beiden Weisfrauen Plätze neben Edra und Duvarek ein und verfolgten stumm das Geschehen.

Die Avatare machten den Anfang, und ihre Berichterstattung sollte für sie eigentlich eine Gelegenheit sein, ihr überragendes, heldenhaftes Können darzulegen – heute indes handelte es sich mehr um eine Zurschaustellung ihrer Demütigung, als nun ein jeder von ihnen erläutern musste, wie er den Weismädchen zum Opfer gefallen oder von Fyn überwältigt worden war. Kenton war es besser ergangen als den meisten anderen. Doch auch er musste eingestehen, dass er gegenüber Therin den Kürzeren gezogen hatte, und damit war es mit jedem Respekt bald vorbei, den er sich verdient hatte.

Für Fyn kam es noch viel schlimmer. Als er aus dem Ring von Odar gezerrt worden war, hatten sich sogleich zahlreiche Finger auf ihn gerichtet, und ein wahrer Chor aus geflüsterten Mutmaßungen war laut geworden. Als er schließlich an die Reihe kam, hielt er sich lange mit der Wiedergabe seiner Erfolge auf, um dann mit verdrießlicher Stimme zu berichten, wie er Titus gefunden und bewegungsunfähig gemacht hatte – wobei er sowohl verschwieg, dass der Junge bereits gelähmt gewesen war, als auch, dass er ihn gefoltert hatte. Er beendete seinen Bericht mit dem Hinweis darauf, dass sich Annev im Ring von Odar versteckt gehalten und ihn überrascht hätte, als er sich vorbeugte, um Titus' Abzeichen zu nehmen. Seine Worte kamen der Wahrheit nahe genug, dass Annev darauf verzichtete, sie zu korrigieren, und er genoss es zu sehen, dass er in der Hochachtung der anderen gestiegen war. Das Beste von allem war das Lächeln, das Myjun kurz aufblitzen ließ, als sich Annevs blaue Augen mit ihren grünen trafen. In diesem Moment durchlebte er die Sekunden noch einmal, die sie in den Schatten der Kirche miteinander verbracht hatten.

Nach den Berichten der Avatare kamen die Akolythen an die Reihe. Therin überraschte alle Anwesenden, indem er den Anfang machte. Er hatte Alisander oben an den Dachbalken betäubt und dann Kenton auf dem Altarpodest bewegungsunfähig gemacht. Bevor er weitersprach, richtete der den Blick auf seine Füße, um dann verlegen zu Annev hinüberzusehen. »Ich bin nicht stolz auf das, was ich als Nächstes getan habe«, fuhr er fort. »Ich habe Annev nicht betäubt, aber ich habe unsere Freundschaft ausgenutzt, um seine Marken zu stehlen. Wir hatten beide fast gleich viele Abzeichen, und ich wollte gewinnen. Letztlich hat es dann überhaupt keine Rolle gespielt, weil die Weismädchen mich fast unmittelbar danach geschnappt haben.« Er zuckte die Achseln. »Ich hatte dreizehn Abzeichen, und ich hätte noch mehr gehabt, wenn ich mit Annev zusammengearbeitet hätte. Stattdessen habe ich mich versteckt, weil ich Angst hatte, meinen Vorteil zu verlieren, und Treu und Malia haben mich ausfindig gemacht.« An dieser Stelle machte Therin eine Pause, ein breites Grinsen legte sich über seine Züge, und alle Zerknirschtheit war plötzlich aus seinen Zügen verschwunden. »Aber verdammt! Was für ein Abgang!«

Die meisten der Avatare und Akolythen lachten über Therins nicht allzu reumütiges Geständnis. Selbst Duvarek gab ein spöttisches Schnauben von sich, brachte seine Heiterkeit indessen unter Kontrolle, als ihn Kiara böse anfunkelte.

Annev beobachtete währenddessen die Weisschülerinnen und bemerkte, dass Treu, Malia und Myjun miteinander tuschelten. Alle drei lachten über irgendeinen geheimen Scherz.

»Genug!«, rief Edra und richtete einen kritischen Blick auf den Akolythen. »Danke für deinen Bericht, Therin, wenngleich wir an der Akademie gemeinhin einen respektvolleren Umgang mit unseren Altersgenossen pflegen. Jetzt, da du wieder auf den

Beinen bist, solltest du Kastellan Markov helfen, die Bretter und die Vorhänge in den Lagerraum unter der Prüfungsarena zurückzutragen.«

Mit einem drollig wirkenden Blick starrte Therin den Stapel splitteriger Bretter und die Haufen schwarzer Tücher an, die sich seitlich an der Kirchwand auftürmten. Er schluckte, als er das Ausmaß der Arbeit begriff, die nun vor ihm lag, dann zuckte er die Achseln. »Das war es wert«, sagte er mit einer galanten Verbeugung vor den Weismädchen, die, wie Annev wusste, vor allem Treu galt. Bevor ihn Edra erneut tadeln konnte, setzte sich der drahtige Akolyth in Bewegung, lud sich einen Haufen schwarzer Tücher auf und eilte hinter Markov her, der bereits seinen zehnten Marsch hinunter in die Lagerräume unternahm.

Die anderen Aussagen nahmen nicht viel Zeit in Anspruch, denn viele Akolythen hatten kaum etwas anderes getan, als sich unter den Bänken zu verstecken, bis sie von den Weismädchen aufs Korn genommen worden waren. Als Titus an die Reihe kam, überraschte er alle, indem er die beiden Abzeichen unter seinem Kittel hervorzog.

»Du hast bestanden?«, fragte Edra ungläubig. »Wie? Fyn hat dich außer Gefecht gesetzt und dir dein Abzeichen abgenommen.«

»Aber er hat nicht erwähnt, den Jungen in einem Haufen Lumpen abgelegt zu haben«, meldete sich Kiara zu Wort und blickte zu Titus. »Ich nehme an, hinter dieser Geschichte steckt noch mehr, als Avatar Fyn uns hat wissen lassen.«

Duvarek stimmte ihr nickend zu. »Warum hast du in diesem Stoffhaufen gesteckt?«

Keos, dachte Annev. *Vielleicht hätte ich die Abzeichen doch lieber behalten sollen …*

Titus richtete seinen Blick auf Annev. »Annev und ich. Wir …«

»Spuck's ruhig aus«, blaffte Edra. »Du hast bestanden. Ich will nur wissen, wie.«

»Entschuldigung, Meister Edra. Die Wahrheit ist … ich bin gelähmt worden …«

»Titus war der Köder«, ging Annev dazwischen und trat neben Titus. »Er hat vorgegeben, gelähmt zu sein, und ich sollte jeden in einen Hinterhalt locken, der ihn entdeckte. Nur dass Fyn auf der Hut war und ihn wirklich gelähmt hat.« Er sah zu Titus hinüber und hoffte, dass der Junge nicht erwähnen würde, dass er sich versehentlich selbst gelähmt hatte. »Fyn hat erraten, dass sich Titus nur verstellt hat, und ich habe ihn betäubt, als er abgelenkt war.«

Edra wog Annevs Worte ab und nickte bedächtig, dann sah er blinzelnd zu dem erhöhten Podest mit dem Altar am anderen Ende der Kirche hinüber. »Dann hast also du Fyn in den Ring von Odar fallen lassen.« Der Meister sah Annev an, und dieser nickte. »Hat etwas Frevlerisches, einen gelähmten Menschen dort hineinzustoßen. Vor allem für einen Diakonus.« Annev senkte den Kopf, weil er keine Antwort darauf wusste, und Edra wandte sich wieder an Titus. »Und wie bist du unter diese Lumpen gekommen?«

»Sie dienten der Tarnung. Um unsere Kleidung zu verdecken …«, sagte Titus und wickelte einen schwarzen Stoffstreifen von seinem Körper.

»Die meine ich nicht«, unterbrach Edra. »Ich meine, wie bist du unter diesem Stoffhaufen gelandet? Fyn hat dich gelähmt und dir dein Abzeichen abgenommen. Aber jetzt hast du zwei Abzeichen. Wie kann das sein?«

Titus' Stimme wurde leiser. »Annev hat mich dort versteckt, mit meinem Abzeichen sowie einem weiteren, das er Fyn abgenommen hatte.«

»Womit ein Rätsel gelöst wäre«, sagte Edra. Er nickte, entließ Titus und richtete den Blick auf Annev. Er, Duvarek und Kiara musterten ihn schweigend. Annev wandte den Blick ab und zupfte verlegen an dem Handschuh, der seine linke Hand bedeckte.

»Akolyth Ainnevog«, sagte Edra. »Du bist der Letzte. Erklär selbst, was du gemacht hast.«

Annev tat wie geheißen. Er war sich darüber im Klaren, dass aller Augen auf ihm ruhten. Er spürte Fyns und Kentons böse Blicke, als er berichtete, wie er sie geschlagen hatte. Er spielte Therins Diebstahl herunter, weil er ihn zu diesem Zeitpunkt ja noch nicht bemerkt hatte, und erläuterte ihren gemeinsamen Plan, die Weismädchen in die Enge zu treiben.

Kiara schnaubte, unterbrach jedoch nicht, bis Annev erwähnte, wie er Myjun und die anderen Weisschülerin bezwungen hatte. Sie gab ein Knurren von sich. »Sie hat vier Abzeichen bei sich getragen, aber du hast ihr nur zwei weggenommen.« Die Weismeisterin starrte ihn an, und ihre grauen Augen glitzerten. »Hattest du auch mit ihr Mitleid, so wie mit dem dicken Jungen?«

Annev begriff plötzlich, dass es vielleicht ein Fehler gewesen war, Myjun und Titus Marken zu überlassen. Er schüttelte den Kopf. »Ich hatte mit beiden kein Mitleid. Titus hat sich seine Marken verdient, indem er Fyn abgelenkt hat.«

»Und Myjun?«

Annev spürte Myjuns Blick auf sich, sah sie aber nicht an. »Titus hat mir geholfen, Fyn zu besiegen. Therin und ich haben ge meinsam Kenton besiegt, und wenn Therin mir meine Abzeichen nicht geklaut hätte, hätten wir uns vielleicht noch einige weitere verschaffen können.«

»Unwahrscheinlich«, sagte Kiara, »und auch unerheblich, da ich dich schließlich nach Myjun gefragt habe.«

»Aber genau darauf will ich doch hinaus.« Annevs Selbstvertrauen wurde größer. »Ich habe meine Sache gut gemacht, weil ich mich mit meinen Freunden verbündet habe – jedenfalls solange ich das konnte –, und Eure Weismädchen haben ihre Sache gut gemacht, weil sie alle zusammengearbeitet haben. Myjun war ein Teil davon. Sie hat den Kampf gegen mich verloren, aber sie hat als Teil ihrer Gruppe erfolgreiche Arbeit geleistet. Ihr all ihre Abzeichen abzunehmen hätte das nicht widergespiegelt.« Kiara überraschte ihn, indem sie lachte – nicht höhnisch, sondern mit ehrlicher Heiterkeit.

Das überraschte auch Edra und Duvarek, und als Kiara das Wort ergriff, lag ein leises Lächeln auf ihrem Gesicht. »Euer Akolyth ist ebenso redselig wie talentiert, und er hat meine Theorie bewiesen, wie wichtig es ist zusammenzuarbeiten, so wie *ich* es meinen Schülerinnen beibringe. Die treue Verbundenheit und gegenseitige Unterstützung unter unseren Schwestern macht uns stark.« Kiara sah Edra vielsagend an. »Euren Avataren wäre es besser ergangen, wenn sie mehr solche Bündnisse geschmiedet hätten.«

»Mag sein«, räumte Edra ein, »aber das heute war keine Gruppenübung. Wir wollten uns einen Eindruck verschaffen, wie gut jeder Schüler auf sich allein gestellt zurechtkommt.«

»Und jetzt habt ihr eure Antwort«, entgegnete Kiara. »Schlecht nämlich. Eure Avatare mögen einander besiegt haben, aber nicht ein einziger hat meine Schülerinnen überwältigt.« Sie machte eine gewichtige Pause und musterte Annev. »Bis auf diesen einen – der zwei überwältigt hat und dabei noch nicht einmal ein Avatar ist.« Die Weismeisterin mit den grauen Augen legte nachdenklich die Fingerspitzen aneinander, fügte jedoch nichts hinzu.

Meister Narach kam auf die anderen Meister zugeschritten, die schwarze Kiste mit den Stolperstöcken in seinen von Altersflecken übersäten Händen.

»Ich habe alle Stäbe bis auf zwei wieder«, sagte er und stellte die Kiste auf den Boden, um sich seine bleichen, tränenden Augen abzuwischen. »Kein Schüler darf den Raum verlassen, bis ich sie alle habe. Wenn sie auch nur einen einzigen verlegt haben …«

»Wir werden die Stäbe schon finden, Narach«, Duvarek tat die offenkundige Beunruhigung des betagten Meisters der Geheimnisse mit einer geringschätzigen Handbewegung ab, »sodass Ihr Eure kostbaren Artefakte wieder einschließen könnt.«

Narach bedachte seinen Kollegen mit der vollen Wucht seines vernichtenden Blicks. »Stellt meine Geduld nicht auf die Probe, Meister Duvarek, oder ich werde Euch vielleicht nicht so schnell wieder erlauben, für eine Lektion Artefakte zu benutzen.«

»Diesmal seid Ihr damit auch nicht sonderlich schnell bei der Hand gewesen«, erwiderte Duvarek, »aber wir werden natürlich nach Euren kostbaren Stäben suchen.«

Narach humpelte grummelnd davon und murmelte, dass er Markov anweisen würde, ihnen bei der Suche zu helfen.

Meister Narachs Gegenwart machte Annev immer leicht nervös. Er hatte Mitgefühl mit dem mürrischen alten Mann, der unter den jüngeren Meistern oft wie ein Ausgestoßener wirkte, aber er und Ältester Tosan benutzten beide seherische Artefakte, um zu überprüfen, ob nicht irgendwelche Schüler, Meister oder Älteste verbotene magische Gegenstände verbargen, und Annev musste sich bewusst davon abhalten, an seinem Handschuh herumzuspielen, wenn der Meister der Geheimnisse in der Nähe war.

Kiara schürzte nachdenklich die Lippen. »Akolyth Ainnevog, warum bist du eigentlich kein Avatar?«

Annev war sich unsicher, wie er antworten sollte. »Weil … weil ich die Prüfung des Urteils nicht bestanden habe?«

»Du verfügst offensichtlich über die dazu notwendigen Fähigkeiten.« Sie machte eine Pause und blickte die beiden Meister neben ihr an. »Was immer ihr in der Vergangenheit unternommen habt, es funktioniert jedenfalls nicht. Ich schlage vor, dass ihr eure Strategien noch einmal überdenkt.« Sie nickte Edra und Duvarek zu.

Weismeisterin Kiara empfahl sich und ging zur Tür, Nasha und Tonja dicht hinter ihr, gefolgt von den acht Weismädchen, die nun wieder adrett in ihren Kleidern steckten, jedes einzelne Haar dort, wo es hingehörte. Narach nahm sie am Ausgang in Empfang und untersuchte jede von ihnen mit seinen magischen Hilfsmitteln; erst dann durften sie die Kirche verlassen.

Annev zupfte an dem Handschuh der Täuschung, den Sodar für ihn angefertigt hatte. Der Priester hatte ihm im Laufe der Jahre mehrere solche Handschuhe gemacht, doch inzwischen war das täuschende Gewebe, das Sodar aus dem Gewölbe hatte mitgehen lassen, fast aufgebraucht. Annevs gegenwärtiger Handschuh war abgenutzt, aber er würde ihn trotzdem vor Tosans und Narachs seherischen Künsten beschützen. Er holte tief Luft und zwang sich, den magischen Handschuh wieder loszulassen.

Es ist alles in Ordnung. Er wird meinen Arm niemals sehen. Sie werden mir niemals befehlen, den Handschuh auszuziehen. Es ist alles in Ordnung.

»Ich würde sagen, wir sind mit deinem Bericht fertig, Annev«, erklärte Meister Edra kurz angebunden. Duvarek war bereits gegangen und hatte die anderen Avatare und Akolythen angewiesen, dabei zu helfen, die Bretter und Vorhänge wegzuräumen. »Da du Duvarek beim Aufbauen geholfen hast, darfst du jetzt in deine Kapelle zurückkehren. Hilf Sodar, die Predigt für heute Abend vorzubereiten.«

Annev ärgerte sich, so davongeschickt zu werden. *Es ist, als würde ich für meinen Sieg bestraft, statt belohnt zu werden.* Der Gedanke rief Annev Edras Schlüssel wieder ins Gedächtnis.

»Ganz wie Ihr wünscht, Meister Edra. Und wann bekomme ich den Schlüssel, den Ihr dem Gewinner versprochen habt?«

Edra war mit seinen Gedanken bereits woanders. »Morgen. Für heute bist du fertig.«

Annev nickte und hatte nicht zum ersten Mal das Gefühl, dass Edra wütend auf ihn war. *Vielleicht findet er, dass mit Therin und*

Titus zusammenzuarbeiten so etwas wie schummeln gewesen ist. Was immer der Grund für Edras Verstimmung war, Annev schwieg und wandte sich zum Gehen.

»Meister Narach«, rief Edra. »Annev muss jetzt seinen religiösen Pflichten nachgehen. Kommt und überprüft ihn, damit er zurück in seine Kapelle gehen kann.«

Da ist es wieder einmal, dachte Annev. *Nicht Sodars Kapelle. Nicht die Dorfkapelle.* Meine *Kapelle.* Annev bezweifelte, dass sich Edra irgendetwas dabei gedacht hatte, aber seine Wortwahl gefiel ihm trotzdem nicht. Es war, als nehme der Meister eine bewusste Trennung zwischen Annev und all den anderen vor, die, im Unterschied zu ihm, in der Akademie lebten und schliefen. Er runzelte die Stirn, hielt jedoch den Mund und wartete, bis Narach mit seiner Durchsuchung der Weismädchen fertig wurde.

»Und um Odars willen«, blaffte Edra, »zieh diesen albernen Handschuh aus.«

Kapitel 12

Annevs Magen flatterte schrecklich.

»Was …«, setzte Annev an, und jäh aufsteigende Angst verschlug ihm die Sprache. Er schluckte und setzte von Neuem an: »Bitte entschuldigt, wie war das, Meister Edra?«

»Zieh diesen verdammten Handschuh aus«, wiederholte Edra mit müder Stimme. »Es ist ein lächerlicher Tick, der dir bei der heutigen Übung wahrscheinlich einen Vorteil verschafft hat. Ich hätte dir gleich vorhin befehlen sollen, ihn abzulegen.«

Panik machte sich in Annevs Magengrube breit. Er nickte, sprachlos vor Entsetzen, und nestelte an dem Handschuh herum. Er schälte sich den dünnen schwarzen Stoff von Ellbogen und Unterarm und zog dann den ganzen Handschuh herunter. Dabei schaute er über die Schulter, um abzuschätzen, wie viel Zeit ihm noch blieb. Er hätte sich fast in die Hose gemacht, als er sah, dass der Meister sich ihm bereits mit seiner schwarzen Kiste voller magischer Stäbe näherte.

Der Meister der Geheimnisse warf erst Edra einen finsteren Blick zu, seine Lippen zu einer dünnen Linie zusammengepresst, um dann auch Annev grimmig anzufunkeln. »Kapellendienst, ja? Bleib, wo du bist.« Meister Narach stellte seine Kiste mit den Stäben auf den Boden und klopfte sich die Taschen ab. »Na, wo hab ich ihn denn jetzt …?«

Edra blickte gen Himmel. »Das ist doch wohl nicht Euer Ernst.«

Narach spuckte aus und schaute böse. »Es ist mein voller Ernst. Ich bin zu alt für diesen Unsinn von wegen Meisteravatar.

Man hätte mich schon vor Jahrzehnten zu einem Ältesten machen sollen.«

Annev schluckte, und sein Herz schlug schneller. Er schaute zwischen Edra und dem Meister der Geheimnisse hin und her und versuchte möglichst zu verbergen, wie groß seine Angst war, dass sein Geheimnis gleich entdeckt werden würde.

Narach hatte gerade damit angefangen, all seine Taschen umzustülpen, als Duvarek hereinkam.

»Was macht der denn da?«

Edra verlor offensichtlich allmählich die Geduld. Er wandte sich zur Seite und sagte knapp und deutlich: »Er hat die fehlenden Stäbe noch immer nicht gefunden – und jetzt hat er seinen Seherstein verlegt.«

»Er hat ihn doch gerade eben noch gehabt! Ich habe gesehen, wie er damit die Weisfrauen durchsucht hat.« Duvarek wandte sich an Meister Narach. »Habt Ihr ihn vielleicht in die Kiste gelegt?«

Narach blinzelte den Meister der Schatten an. Dann öffnete er den Mund, um etwas zu sagen, brach jedoch sofort wieder ab und richtete den Blick auf die schwarze Kiste zu seinen Füßen. »Das glaube ich nicht …« Er verstummte, kratzte sich seine von Bartstoppeln bedeckte Wange und beugte sich vor, um die Kiste zu öffnen.

Der schwarze Kasten war voller schwarz-goldener Stäbe der Lähmung. Auch der Stab der Genesung befand sich darin. Narach griff nach ihm und stocherte damit in dem Kasten herum. Er durchwühlte die Stolperstöcke, bis er einen durchscheinenden weißen Stein fand, der mit einem Lederriemen umwickelt war.

»Huch«, sagte Narach, steckte seinen Stab durch den Lederriemen und zog den Seherstein aus der Kiste. »Ich muss ihn da reingeworfen haben, nachdem ich die Weismädchen abgesucht hatte.« Der Meister hob den milchig-trüben Stein an sein rechtes

Auge und spähte hindurch. Sogleich schimmerte der Stein auf und wurde klar wie Kristall.

Annev drehte sich leicht zur Seite, sodass sein linker Arm ein wenig hinter seinem Körper hing. *Bitte, Gott. Bitte, Odar. Bitte, Allvater. Mach, dass Narach meinen Arm nicht sieht. Bitte, bitte, bitte.* Sein Herz hämmerte in seiner Brust, und seine Gedanken rasten. Er brauchte etwas – irgendetwas –, um Narach daran zu hindern, seine Hand zu untersuchen.

»Wie funktioniert das denn eigentlich, Meister Narach?«, entfuhr es Annev mit geheucheltem Interesse. »Kann jeder mit dem Seherstein umgehen, oder ist er nur für jene mit einer Anlage für Magie?«

Narach räusperte sich mürrisch und nahm den Stein wieder von seinem Auge weg. »Natürlich kann jeder mit ihm umgehen. Ich selbst besitze selbstredend nicht die geringsten magischen Fähigkeiten.« Narach schnaubte unwirsch, als sei schon die bloße Unterstellung ungeheuerlich – was sie, wie Annev annahm, ja auch tatsächlich war. Jeder, bei dem magische Fähigkeiten festgestellt wurden, galt schließlich als ein Kind des Keos und wurde gesteinigt – oder an einen Baum gefesselt und den wilden Tieren des Dichtwaldes zum Fraß überlassen.

Meister Narach reichte Annev den flachen Stein. »Schau durch den dünnen Teil in der Mitte«, forderte er ihn auf. Er genoss Annevs unerwartetes Interesse sichtlich. »Dann wird er in der Mitte durchsichtig – ja, einfach so, so wie jetzt. Jetzt schau dir die Stäbe in diesem Kasten an. Gut. Was siehst du?«

Annev schloss das eine Auge und blickte mit dem anderen durch den Stein des wahren Sehens. Als er den Inhalt des schwarzen Kastens begutachtete, sah er, dass die Stäbe der Lähmung jetzt eine Art wirbelnden Nebel aus violettem Licht ausstrahlten, der durch die Kiste der Artefakte strömte, aus ihr herausquoll und sie umgab.

»Donnerwetter«, murmelte Annev aufrichtig fasziniert.

Narach nickte, dann streckte er die Hand aus und verlangte wortlos das Artefakt zurück.

Annev versuchte, ihn hinzuhalten. »Bräuchte Kastellan Markov nicht vielleicht etwas Hilfe bei der Suche nach den Stäben?«

Narach ließ die Hand sinken und überlegte. »Nun ja …«

»Du hast den Wettkampf gewonnen«, blaffte Duvarek. »Genieße lieber deine Belohnung, statt dich freiwillig für eine Kastellansarbeit zu melden.«

Edra nickte. »Das ist Arbeit für die Jungs in den lohfarbenen Kitteln, Annev. Lass dich von Meister Narach mit dem Seherstein untersuchen und mach, dass du von hier wegkommst.«

Annev biss die Zähne zusammen und gab den Stein widerwillig zurück.

Narach hob den Stein an die Augen. »Die Arme bitte zur Seite.«

Annev streckte sie langsam aus, da kam ihm eine neue Idee. »Könnte man nicht den Stein nehmen, um nach den Stäben zu suchen?«

Narach nahm die Steinlinse vom Auge und runzelte die Stirn. »Ein guter Gedanke, Akolyth Annev. Ich bezweifle allerdings, dass es auf diese Entfernung funktioniert, aber trotzdem … hm.« Der Meister der Geheimnisse wandte sich von Annev ab und spähte durch seinen Seherstein ins Innere der Kirche hinein. Nach einem Moment machte sich ein leises Lächeln auf seinem runzligen Gesicht bemerkbar. Den Stein immer noch vor dem Auge, wandte er sich rufend an Markov: »Markov, du Idiot! Dritte Reihe. Linke Seite. Ja … nein, von mir aus links. Dritte Reihe von hinten. Genau.«

Annev zitterte regelrecht vor Erleichterung, als Markov einen Stab hochhob.

»Heilige Silberstange!« Narach strahlte. »Keine Ahnung, warum ich nicht früher darauf gekommen bin, es so zu machen.« Erneut hob er den Seherstein vors Auge und lächelte abermals.

»Ich sehe jetzt auch den letzten. Gut.« Annev hatte sich bereits darangemacht, sich seinen Handschuh wieder überzuziehen.

»Verschwinde«, sagte Meister Edra.

Annev verneigte sich, erschrocken darüber, wie knapp er einer Entdeckung entkommen war. Er schluckte die Galle hinunter, die ihm in die Kehle gestiegen war, und zwang sich, betont gelassen zur eisenbeschlagenen Doppeltür der Kirche zu schlendern. Er öffnete das Portal und musste plötzlich zurückspringen, als der Meister der Arbeit eilig in den Raum trat.

Als der tintenbespritzte Mann den Meister der Schatten bemerkte, winkte er ihm zu. »Duvarek! Geht Euch waschen und umziehen. Ihr macht Euch heute Abend zusammen mit Meister Keyish auf den Weg nach Banok.«

Annev blieb an der Tür stehen und lauschte. Er hörte Duvarek stöhnen.

»Es ist die erste Nacht des Regaleus, Carbad. Kann das nicht warten?«

Carbad schüttelte den Kopf. »Heute Abend. Janak hat einen dunklen Stab ausfindig gemacht.«

Duvarek fluchte. »Na schön. Lasst mich zuerst noch etwas essen. Ich habe heute noch keinen einzigen gottverdammten Bissen zu mir genommen.« Die beiden Männer traten durch die offene Tür, und Annev schlüpfte hinter ihnen hinaus, erfüllt von ungeheurer Erleichterung. Er zwang sich, langsam den Flur entlangzugehen, und überprüfte doppelt, dass sein Handschuh auch fest an seiner Hand steckte, aber sobald er die Ecke umrundet hatte, spurtete er durch die Flure und beeilte sich, den beengenden Mauern der Akademie zu entfliehen.

Während Annev durch die schwach beleuchteten Flure hastete und sich dabei genauso auf seine Erinnerung wie auf seine Augen verließ, rasten seine Gedanken. Er staunte darüber, wie schnell der Tag verstrichen war und wie ihn dabei die ständige Aufregung vorangetrieben hatte. Er hatte Lem gerettet, Fyn verprügelt, war von Therin verraten worden und hatte Myjun berührt. Er hatte außerdem bei einer schwierigen Aufgabe gewonnen, die eigentlich unmöglich zu gewinnen war, und sich für die morgige Prüfung des Urteils einen geheimnisvollen Vorteil verschafft. Sicher, er sollte jetzt etwas essen und sich ausruhen, aber in seinen Gedanken überschlugen sich die aufregenden Ereignisse des Tages, und seine Füße waren trotz seiner Müdigkeit leicht und flink.

Annev rannte durch den großen Saal und auf die massiven Doppeltüren zu, die den Eingang zur Akademie schützten. Er hatte das Mittagessen mit Sodar verpasst, aber der heutige Unterricht hatte früher als gewöhnlich geendet, daher würde er den Priester trotzdem überraschen, wenn er jetzt schon nach Hause kam.

Annev passierte den bogenförmig gewölbten Torweg der Akademie, in dem sowohl die inneren als auch die äußeren Türen offen standen, dann hastete er halb rennend, halb schlitternd die ausgetretenen Steinstufen zum Hauptplatz von Chaenbalu hinunter.

Während Annev so den Schatten der Akademie entfloh, überfluteten ihn die vertrauten Bilder und Gerüche von Chaenbalu. Hier draußen, von den Dorfbewohnern umgeben, hatte Annev das Gefühl, dass ihm seine Doppelfunktion an der Akademie und in der Kapelle neue Kraft gab. Seine Stellung als Diakonus brachte ihm so manche Vorteile, und Annev musste zugeben, dass er den Wechsel zwischen der Akademie und der Kapelle genoss – es war ein kleines Privileg, das keinem anderen Schüler außer ihm zukam.

Auf der anderen Seite des Dorfplatzes hörte er das gedämpfte Schlagen eines Hammers, der Leder bearbeitete. Das Geräusch kam aus dem Schuppen des Schusters. Auf der anderen Seite der Schusterwerkstatt zogen gerade Rafela und ihr griesgrämiger Ehemann Lorn einen Laib frisch gebackenes Brot aus dem Ofen. Der Duft ließ Annevs Hunger wachsen.

»Tag, Annev!«

Annev drosselte sein Tempo und sah den einäugigen Dorfschmied mit einem schweren Block Roheisen auf der Schulter über den Platz gehen. Der dunkelhäutige Mann blieb kurz stehen, um das Metall von der einen Schulter auf die andere zu wuchten.

»Tag, Sraon!«

»Heute spät dran fürs Mittagessen? Oder haben die Ältesten dich bereits müde gemacht?«

Annev blieb stehen. Es freute ihn immer, den Schmied zu sehen und seinen seltsamen, singenden Akzent zu hören. Sodar bezeichnete seinen Akzent als »wirres Nauthron«, obwohl das Annev wenig sagte; in einer Gemeinschaft, die derart von der Außenwelt abgeschirmt war, erfreute er sich an allem, was neu und ungewöhnlich war. Die Augenklappe, die sein fehlendes Auge verdeckte, unterschied Sraon zusätzlich von dem, was die meisten Dorfbewohner als normal erachteten.

Und so hatte Annev ihn naturgemäß schnell ins Herz geschlossen. Er grinste ihn an. »Beides, nehme ich an. Ich habe die Prüfung der Meister bestanden, daher haben sie mich heute früher nach Hause geschickt.«

»Potzblitz! Doch nicht *die* Prüfung?«

Annev schüttelte den Kopf. »Die ist morgen. Heute war das eher so was wie eine … Übungsprüfung.«

Sraon brummte etwas Unverständliches und verlagerte den Eisenblock wieder auf die andere Schulter. »Na schön. Ich hoffe, du bestehst. Wäre ein Jammer, wenn ich diesen Ring ganz umsonst geschmiedet hätte.« Annev biss sich auf die Lippen, und Sraon lachte, als er es sah. Dann wandte er sich um und steuerte seine Schmiede an der Ostseite der Akademie an.

Wahrscheinlich hätte ich ihm besser nicht so viel über Myjun erzählen sollen, überlegte Annev. Er hatte ein wenig zu offen mit Sraon geredet, als der Schmied den Freundschaftsring für Myjun gefertigt hatte. Er bezweifelte, dass der Schmied Annevs Geheimnis irgendjemandem weitersagen würde, aber wenn es Annev am morgigen Tag nicht gelang, sich seinen Avatartitel zu verdienen, dann wüsste Sraon, welchen Verlust Annev damit erlitten hatte, und bei dem Gedanken wurde ihm unbehaglich zumute. Er musste vorsichtiger im Umgang mit seinen Geheimnissen sein, sorgfältiger in der Auswahl derjenigen, die er in sie einweihte.

Er umrundete die Mauern der Akademie, bis er den Brunnen in der Mitte des Dorfes erreichte. Von dort aus sah Annev Sraons offene Schmiede, und dahinter, ganz im Osten am äußersten Rand von Chaenbalu, konnte er Sodars Kapelle ausmachen. Annev lief darauf zu, vorbei an der ersten Häuserreihe und am Zuhause des Schmieds. Er verlangsamte seine Schritte, dann duckte er sich in den schmalen Durchgang, der Sraons Schmiedewerkstatt vom Schusterhaus trennte. Sobald er zurück auf der Straße war, lief er wieder schneller, nur um von einem anderen unerwarteten Gruß überrumpelt zu werden.

»Annev!«

Er wirbelte auf dem Absatz herum und kam ruckartig vor der Person zum Stehen, die ihn da angesprochen hatte. Plötzlich schlug sein Herz sogar noch heftiger als während seines schnellen Laufs. Er lächelte.

»Hallo, Myjun.«

Kapitel 13

Die Begegnung mit Myjun war für Annev sowohl eine Überraschung als auch eine Riesenfreude. Ein Beben durchlief ihn, als sie ihm ein Lächeln zuwarf. Dann überkamen ihn Gewissensbisse, weil er sie ohne ihre Erlaubnis berührt hatte.

»Du bist gegangen, ehe ich mich entschuldigen konnte«, sagte Annev.

»Entschuldigen?«

Annev nickte. »Dafür, dass ich dich berührt habe … in der Dunkelheit. Ich habe nur nach den Abzeichen gesucht. Ich wollte wirklich nicht …« Er schluckte, wusste nicht recht, was er da zu sagen versuchte. »Ich würde dir nie wehtun.«

»Ich war nicht gekränkt.« In Myjuns Stimme schwang unbeschwerte Belustigung mit. »Du hast einfach versucht zu siegen, wolltest für die morgige Prüfung jeden möglichen Vorteil erringen.«

Annev nickte, dankbar, dass Myjun verstand. »Und wie steht es damit, dass … dass ich dir die zwei Abzeichen gelassen habe? Ich glaube nicht, dass das Kiara gefallen hat.«

Myjuns Lächeln verwandelte sich in ein schelmisches Grinsen. »Nein … aber ich hatte gehofft, dass du genau das tun würdest.«

»Ach ja?«

Der schelmische Ausdruck sprang auch auf Myjuns Augen über. »Natürlich. Ich wollte, dass meine Weisschwestern gewinnen, aber ich wollte auch nicht, dass du verlierst. Deshalb habe ich Coshry ein Bein gestellt und mich von dir lähmen lassen.«

»Ein Bein gestellt? Moment … du hast mich dich lähmen *lassen*?«

Myjun warf sich das Haar zurück, offenbar belustigt über die Frage. »Hast du denn etwas anderes gedacht?«

»Nun … ja.«

Sie lachte. »Du bist süß, Annev. Ja, ich habe mich von dir lähmen lassen. Ich habe darauf gebaut, dass du mir ein paar Marken überlassen würdest – und auch das hat funktioniert.«

Annev schüttelte den Kopf. Myjun war ihm die ganze Zeit einen Schritt voraus gewesen. Es schmälerte seinen Sieg irgendwie, doch er hatte trotzdem das Gefühl, ihn verdient zu haben.

»Ja«, pflichtete er ihr bei, »es hat alles funktioniert.« Er beugte sich näher zu ihr hin, dann besann er sich und schaute sich um, um sich zu vergewissern, ob auch niemand Zeuge ihres vertraulichen Wortwechsels wurde. »Jetzt sag mal«, begann er, und ein Lächeln lag auf seinem Gesicht, »warum bist du hier draußen statt bei den Weisfrauen?«

»Ich musste die Schuhe meines Vaters von Greusik abholen gehen.« Myjun wedelte mit ihrem linken Arm, und Annev sah, dass sie ein Paar große Ledersandalen in der Hand hielt. In der anderen Hand hatte sie einen mit einem Tuch abgedeckten Weidenkorb. Der Geruch von warmem Brot drang aus dem Korb, und Annevs Magen knurrte.

»Du bist schnell gewesen. Ich bin den ganzen Weg bis hierher gerannt.«

»Ich hatte gehofft, dass ich dir vielleicht begegnen würde.«

»Oh«, sagte Annev, überrascht und erfreut. »Nun gut, hier bin ich.«

»Ja. Hier sind wir.«

Einen Moment lang standen sie in verlegenem Schweigen da, während er versuchte, sich irgendetwas einfallen zu lassen, was er zu ihr sagen könnte.

»Also … gehst du dir heute Abend die Regaleuspredigt anhören?«

»Natürlich! Dann werde ich dich ja in deinen geistlichen Röcken zu sehen bekommen. Das gefällt mir sehr. Viel besser als die schmutzige Einheitskleidung, die euch die Meister tragen lassen.«

Annev nickte, unsicher, ob Myjun damit auf seinen Status als Akolyth anspielte oder ob sie die tatsächliche mangelnde Sauberkeit seiner Garderobe meinte. »Da bekomme ich wirklich mal die Gelegenheit, mich in Schale zu werfen.«

»Oh! Da fällt mir etwas ein.« Myjun nahm die Sandalen unter den anderen Arm und wühlte in ihrer Tasche herum. »Ich habe etwas für dich.« Dann zog sie aus den weichen Falten ihrer weißen Schürze ein langes rot-goldenes Stück Stoff hervor.

Ein Handschuh.

»Ich habe ihn für dich genäht.« Ein breites Lächeln wanderte über seine Züge, als sie ihm den Handschuh hinhielt. »Frohes Regaleus.«

Annev nahm den Handschuh behutsam von ihr entgegen. Er war aus leuchtend rotem Tuch gefertigt. Oberhalb des Ellbogens begann sich ein goldglänzender Schwanz aus gelben Fäden abzuzeichnen, die sich in Spiralen um den Handschuh wanden und sich zum Körper eines Phönix verbreiterten, der auf dem Unterarm prangte. Das Gesicht des Vogels war auf die Rückseite der Hand gestickt. Der Phönix hatte den Schnabel weit geöffnet, die Zunge leckte den linken Daumen hinauf.

»Er ist wunderschön. Danke. Ich habe auch etwas für dich – für den letzten Regaleustag.«

Myjuns Lächeln erfüllte ihr ganzes Gesicht. »Danke – und ich bin sehr froh, dass er dir gefällt. Ich war mir nicht sicher, ob ich einen oder zwei für dich machen sollte, aber du scheinst an deiner linken Hand viel öfter einen zu tragen.« Annev rieb sich schüchtern die linke Hand, überrascht, dass es Myjun aufgefallen war. Plötzlich runzelte sie die Stirn und spitzte die Lippen zu einem rosa Schmollmund. »Treu behauptet, du würdest deshalb nur einen Handschuh tragen, weil du dir in der Akademie die Hand verbrannt hast und sie dich zwingen, es zu verstecken – so wie bei Kenton und seiner Narbe.«

»Nein«, antwortete Annev vorsichtig. »Weder Brandwunden noch Narben.«

»Ich weiß. Zumindest weiß ich, dass deine Hand nicht vernarbt ist.« Sie biss sich auf die Unterlippe, und ihre Augen blitzten schelmisch, als sie die Hand ausstreckte und seinen Handschuh berührte, um die Linien seiner Fingerspitzen entlangzufahren, bevor sie ihm behutsam den Handschuh herunterzog.

Annev schnappte nach Luft, als seine nackte Hand herausglitt, dann unterdrückte er den Drang, sie zu verdecken. Myjun streichelte lächelnd seine nackte Haut, während sie seine Hand aufmerksam in ihrer drehte.

»Siehst du. Unversehrt. Vielleicht kann ich ja eines Tages auch den Rest untersuchen?«

Annev zog verwirrt den Kopf ein. Myjun spürte seine Aufregung und nutzte die Gelegenheit, um Annev den Phönixhandschuh über die linke Hand zu streifen. Er passte wie angegossen.

»Er ist wunderschön«, sagte er.

Myjun nickte und ließ ihn los. »Wie dem auch sei, ich wusste seit dem Tag hinter der Bäckerei, dass deine Hand nicht entstellt ist. Das habe ich auch Treu erklärt – ich habe gesagt, deine Hand sei vollkommen in Ordnung –, aber sie will mir erst glauben, wenn sie sie selbst gesehen hat.« Sie schüttelte den Kopf, und ein Ansatz von Unbehagen regte sich in Annev. »Es ist eine solche Schande, so abscheulich, jemanden zu sehen, der entstellt ist«, fuhr Myjun fort, »aber Treu liebt nun mal Klatsch und Tratsch. Es ist wie mit Sraons Auge. Vater sagt, wenn er nicht der einzige Schmied im Dorf wäre, hätte der Rat ihn schon vor Jahren fortgejagt. Es wäre einfacher, wenn sein Lehrling etwas taugen würde, aber anscheinend kann er kaum Metall formen – er taugt nur für die Arbeit mit dem Hammer, weißt du –, und jetzt sagt Vater, er würde selbst das noch vermasseln.« Sie schnalzte missbilligend mit der Zunge, ohne Annevs Unbehagen zu bemerken. »Also müssen wir uns zunächst einmal damit abfinden, einen Gezeichneten als Schmied zu haben. Schwer begreiflich, dass wir auch nach über einem Jahrzehnt noch niemand Geeigneteren gefunden haben als Sraon, aber so ist es nun mal.«

Annev schüttelte langsam den Kopf und legte seine Finger auf den Phönixhandschuh, um unauffällig daran zu ziehen. »Sraon leistet gute Arbeit. Außerdem hat er das Auge im Kampf gegen die Ungeheuer von der Insel Cunnart verloren. Er hat mir die Geschichte hundertmal erzählt. Es ist nichts Schändliches an seiner Verletzung.«

»Natürlich ist sie schändlich, Annev«, widersprach Myjun. Ihr Tonfall war sachlich und entschieden. Mit langsamen Schritten setzte sie sich Richtung Akademie in Bewegung. Annev folgte ihr. Seine Augen wurden unvermindert von ihr angezogen, auch wenn ihre Worte ihn erschaudern ließen. »Es ist ein Zeichen von Odar. Seine Art und Weise, getarnte Kinder des Keos aufzudecken.« Sie warf den Kopf herum, sodass ihr das lange braune Haar über die Schultern fiel. »Wenn man jemanden wie ihn verteidigt oder sich gar mit ihm anfreundet, sagt das eine Menge aus. Du bist zu gutmütig … und du solltest vorsichtig sein. Mein Vater sagt, die Kinder des Keos seien falsch und hinterlistig, würden immer ihr wahres Wesen verbergen und die Freundlichkeit anderer ausnutzen. Es beunruhigt mich, dass Sraon mit dir über sein Leben vor seinem Eintreffen in Chaenbalu redet, diese Geschichten aber niemanden sonst wissen lässt. Findest du das nicht seltsam?«

»Nun …« Myjun legte die Stirn in Falten, während sie mit ernstem Gesicht darauf wartete, Annevs Meinung zu hören. Er schluckte. »So viel hat er nun auch wieder nicht mit mir darüber gesprochen. Er hat nur gesagt, dass er in Odarnea das Schmiedehandwerk gelernt hat. Und dass er auf der Insel Cunnart gegen Keokum gekämpft hat.«

Myjun neigte den Kopf zur Seite und verengte die Augen zu Schlitzen. »Woher willst du wissen, ob er dir auch die ganze Wahrheit sagt?« Sie machte eine Pause und fuhr mit gesenkter Stimme fort: »Er ist von Odar gezeichnet worden. Vielleicht hat er die Oger sogar selbst von Cunnart weggeführt, damit sie sich an daritischen Säuglingen gütlich tun konnten.«

Annev lachte. »Das ist doch albern. Er ist ein guter Mensch, Myjun. Ich sehe ihn jeden Siebttag.«

»Er ist ein *Schmied*, Ani.« Sie trat näher an ihn heran, und ihre Schultern berührten sich. Nach einigen Sekunden schaute sie zu ihm hoch. »Wie die Terraner, verstehst du? Sie beten Keos an, und sie sind *alle* Schmiede.«

Annev kratzte sich am Kopf. Er verspürte den Drang, Myjun zu widersprechen, ihr zu erklären, was Sodar ihm über die Terraner beigebracht hatte, doch er verkniff es sich. »Hör mal, Sraon kommt aus dem Norden. Die Terraner leben in den alten Ländern – draußen im Osten. Und überhaupt, Sraon kommt wirklich jeden einzelnen Siebttag in die Kapelle. Manchmal kommt er sogar während der Woche her, um mit Sodar zu beten. Er huldigt definitiv Odar, Myjun. Nicht Keos.«

Myjun zog abschätzig die linke Schulter hoch. »Vater sagt, dass die Söhne des Keos dergleichen tun, um die Menschen zu täuschen. Und er muss es schließlich wissen.«

Annev verlangsamte seine Geschwindigkeit. Er begriff, dass er sie niemals würde überzeugen können; Myjun schien alles zu glauben, was ihr Vater, der Älteste Tosan, ihr sagte – ganz gleich, wie weit hergeholt es war. Diese erste Erkenntnis zog eine zweite, eisige nach sich: Myjun würde ihn niemals wirklich als den akzeptieren, der er war, sobald sie sein Geheimnis einmal kannte. Annev verlagerte sein Gewicht von einem Fuß auf den anderen und entschied, dass er nichts mehr zu sagen hatte.

»Ich muss mich auf die Predigt heute Abend vorbereiten.« Er griff nach Myjuns Hand, beugte sich förmlich darüber und küsste sie sacht. »Danke für den Handschuh. Du wirst dein Geschenk in der letzten Regaleusnacht bekommen.«

Myjun biss sich auf die Lippen, dann erschien ein Lächeln auf ihrem Gesicht, und sie zog die Hand zurück. »Lass meinen Vater nicht wissen, dass wir Geschenke austauschen. Er ist Traditionalist – er glaubt, dass es Unglück bringt.« Sie drückte sich die Sandalen an die Brust. »Aber darf ich dir ein Geheimnis verraten?«

»Was immer du willst.«

Sie beugte sich verschwörerisch vor. »Ich glaube, er ist altmodisch«, flüsterte sie, so nah, dass er ihren Atem auf der Wange spürte. »Er nimmt manche Dinge viel zu ernst.« Sie zwinkerte ihm zu. »Mach's gut, Annev.«

»Du auch …« Er zögerte und genoss ihren Namen auf seinen Lippen. »Myjun.«

Sie wandte sich zum Gehen, trottete über den halben Dorfplatz und blickte dann ein letztes Mal über ihre Schulter zurück. »Das ist aufregend gewesen«, sagte sie, gerade laut genug, dass er es hören konnte, »so mit dir allein in der Kirche zu sein.«

Bevor Annev reagieren konnte, war sie auch schon die steinernen Stufen zur Akademie hinaufgeeilt und bald nicht mehr zu sehen.

Annev seufzte. Seine Haut war ganz heiß, und seine Gedanken rasten. *Sie ist so schön,* dachte er und starrte noch immer zu den Treppenstufen, *und doch ist manches von dem, was sie sagt …*

Er wusste nicht, was er von ihr halten sollte. Manchmal wenn Myjun sprach, kam es ihm so vor, als würde er Tosans Worte aus ihrem Mund hören. Worte, mit denen er in keiner Weise einverstanden war. Doch bei anderen Gelegenheiten war es, als würde er mit Honig gemischtes Wasser trinken, wenn er ihr zuhörte … und nichts erschien ihm besser und richtiger.

Kapitel 14

»Ich frage mich, was Ältester Tosan wohl dazu sagen würde, dass Akolyth Ainnevog mit seiner Tochter Geschenke austauscht.« Die höhnische Stimme riss Annev aus seinen Gedanken, und als er sich umdrehte, sah er Fyn durch die Gasse schleichen. »Vielleicht erzähle ich ihm aber auch einfach nur, dass ich euch dabei erwischt hätte, wie ihr euch geküsst habt.«

Annevs gute Laune war plötzlich wie weggeblasen. »Warum erzählst du es Tosan denn nicht wirklich und findest es heraus?«, entgegnete er herausfordernd. »Dann kann er seine Tochter fragen, ob du auch die Wahrheit gesagt hast. Ich glaube, da würde ich dann gerne dabei sein.«

Fyn warf ihm einen wütenden Blick zu, und Annev bemerkte, dass der Junge seinen braunen Kittel gegen andere Kleidung eingetauscht hatte. »Du meinst immer, du seist besser als wir, nicht wahr?«, knurrte Fyn mit zusammengebissenen Zähnen.

»Es gibt so ein paar Dinge, in denen bin ich tatsächlich besser, Fyn.«

Fyn lachte, doch es war ein freudloses Lachen. »Du hältst dich ja für so schlau, hm? Dich an mich heranzuschleichen, mich zu quälen. Diese Abzeichen deinem unscheinbaren kleinen Freund zuzustecken.«

»Du hast Titus zuerst gequält«, entgegnete Annev. Er hatte nicht die Absicht, klein beizugeben.

Fyn rümpfte die Nase. »Ohne deine Hilfe – also ohne zu betrügen – hätte er diese Prüfung niemals bestanden. Er wird ein

Kastellan werden, wie er es verdient, und du wirst mich in einem fairen Kampf nie besiegen können.«

Aha, dachte Annev, *er ist hier, um mir zu zeigen, wo mein Platz ist. Großartig.*

»Du wirst morgen bei der Prüfung des Urteils durchfallen«, fügte Fyn hinzu. »Dafür werde ich sorgen – denn niemand besiegt mich. Nicht du. Und auch sonst keiner.«

Annev biss die Zähne zusammen. Fyn wollte um jeden Preis einen Kampf, und er wusste genau, wie er Annevs Blut in Wallung bringen konnte. Schlimmer noch, Annev spürte, dass Fyns Provokationen bei ihm nicht ohne Wirkung blieben.

»Das werden wir morgen vermutlich herausfinden, Fyn«, erwiderte Annev mit betont gelassener Stimme. »Aber jetzt muss ich erst einmal Sodar helfen, die Vorbereitungen für …«

»Du glaubst wohl, nur weil du in der Kapelle dieses Tattergreises deine Arbeiten zu erledigen hast, bist du besser als wir Übrigen? Du bist ja so ungeheuer wichtig. Du darfst alles infrage stellen …«

»Das stimmt nicht, Fyn. Ich habe meine Pflichten …«

»Und du findest, das bedeutet, dass du tun kannst, was immer du willst. Dass die Regeln für dich irgendwie nicht gelten.« Der größere Junge ging erregt auf und ab, schloss die Hände zu Fäusten und öffnete sie wieder.

»Fyn«, sagte Annev. Sein wachsender Ärger drohte den Sieg über seine Vernunft davonzutragen. »Es war ein langer Tag, und auf mich wartet immer noch Arbeit.« Er drehte sich um und ging in Richtung Kapelle davon.

Komm mir ja nicht nach, dachte Annev und beschleunigte seinen Schritt. *Du hast gesagt, was du zu sagen hattest. Ich bin keiner von euch. Lass es damit gut sein.*

»Genau davon rede ich ja gerade«, rief Fyn und machte sich daran, Annev zu verfolgen. »Genau davon! Du meinst, du kannst tun, was immer du willst. Dir nehmen, was immer du willst.

Verschwinden, wann immer du willst.« Er lief los, machte einen Bogen und blieb vor Annev mitten auf der ringförmigen Straße stehen, versperrte ihm den Weg. »Du läufst durch die Gegend und machst Tosans Tochter schöne Augen. Du *folterst* Menschen, und dann stellst du dich am Siebttag in deinen feinen Röcken vor uns hin, als seist du so viel heiliger als wir Übrigen. Und du trägst diesen dummen Handschuh«, er zeigte auf Myjuns Geschenk, »nur um sicherzustellen, dass du dich von allen anderen abhebst. Als seist du zu gut, um mit dem gleichen *Dreck* in Berührung zu kommen wie wir Übrigen.«

Wenn du nur wüsstest, Fyn.

»Ich habe mir heute selbst ein Versprechen gegeben«, fuhr Fyn fort und zog zwei Stöcke aus Kaliholz hinter seinem Rücken hervor. »Kannst du erraten, worum es dabei ging?«

Blut und Knochen, dachte Annev. *Das darf doch nicht wahr sein.*

»Lass mich raten«, erwiderte Annev, wich seitwärts in eine Gasse aus und ließ auf der Suche nach einer Fluchtmöglichkeit den Blick umherschweifen. »Dich dafür zu rächen, dass ich dich in diesen Graben geworfen habe?«

Fyn lächelte. »Das mit dem Graben kann ich verzeihen. Die Folter … weniger.« Er ließ die sechzig Zentimeter langen, im Feuer gehärteten Stöcke wirbeln und näherte sich Annev. »Du hast gesagt, du würdest mich umbringen, wenn ich deine Freunde anrühre. Wie wäre es, wenn ich stattdessen *dich* umbringen würde?«

Annev wurde schwindlig, und er begriff plötzlich, wie falsch er die Situation eingeschätzt hatte. Er schaute von den Kalistöcken zu Fyn, und ihm wurde klar, dass der Junge Blut sehen wollte, ganz gleich was Annev unternahm.

Verdammt.

Er hatte drei Möglichkeiten:

Sich entschuldigen und hoffen, dass Fyn die Entschuldigung

annahm – praktisch ein Ding der Unmöglichkeit, ja geradezu lachhaft.

Oder er konnte kämpfen und sich von dem Avatar zu blutigem Brei schlagen lassen. Das würde Fyns Blutdurst vielleicht vorübergehend stillen … aber es bestand die Möglichkeit, dass Fyn ihn dabei tatsächlich umbringen würde.

Oder er konnte kämpfen, um zu siegen … Ihre Auseinandersetzungen waren immer weiter eskaliert, und Annev befürchtete, dass eine ernsthafte Verletzung oder der Tod von einem von ihnen womöglich die einzig dauerhafte Lösung darstellte. Angesichts dieser Aussichten zog Annev es vor, eher sein Leben zu bewahren als das von Fyn.

Er seufzte. *Na gut. Wollen wir uns mal durch die Liste durcharbeiten.*

»Fyn. Es tut mir leid, dass ich dich mit dem Stab der Lähmung fast erstickt habe. Ich habe da eine Grenze überschritten, und das war falsch von mir. Es war ein Versehen, dass ich so weit gegangen bin. Ein Unfall.«

»Ein Unfall?«, wiederholte Fyn kalt. »Mir schien es mehr wie die Rache dafür, dass ich deinen Freund mit dem Stab gepikst habe. Bist du dir auch sicher, dass es wirklich ein Unfall war?«

»Ich hatte nicht vor, so weit zu gehen«, beharrte Annev, obwohl er wusste, dass das streng genommen nicht ganz die Wahrheit war. Er spähte die Gasse hinab und sah, dass sie auf eine der breiteren Straßen führte, die ringförmig um den Dorfplatz herum angelegt waren.

Vierte Möglichkeit, überlegte er. *Zur Kapelle rennen.* Er schob sich behutsam näher an die Gassenabzweigung heran.

Fyn schüttelte den Kopf, und seine langen Filzlocken schwangen vor seinen Augen hin und her. »Sicher. Manchmal gibt es eben Unfälle. Kein Problem. Ich lass dir das durchgehen, klar. Lass dich mal wieder ungeschoren davonkommen. So wie du auch immer mit allem anderen durchkommst.«

»Es war wirklich keine Absicht, Fyn.«

Fyn ließ seine Kaliholzstöcke mehrmals in schneller Folge aufeinanderschlagen. »Ich befürchte nur, dass gleich noch ein anderer Unfall passieren wird. Es dürfte dir morgen leider nicht gut genug gehen, um an der Prüfung teilnehmen zu können.«

Wie aufs Stichwort erschienen Brinden, Kellor und Jasper hinter Annev und versperrten die Straße. Wie Fyn hatten sie ihre braunen Kittel ausgezogen und waren unauffällig gekleidet.

Vielleicht kann ich das zu meinem Vorteil wenden.

Annev blieb stehen, versuchte nicht weiter, sich zu der Gassenabzweigung zu schleichen. Er konnte nirgendwohin davonlaufen, und seine Entschuldigung war nicht angenommen worden. Als ihn die Jungen umzingelten, krampfte sich sein Magen zusammen, und sein Herz begann zu rasen. Er holte tief Luft. Sollte er zuerst angreifen und den winzigen Vorteil nutzen, der ihm noch geblieben war? Oder sollte er abwarten und versuchen, ihre Angriffe gegeneinander auszuspielen?

Annev schaute zwischen Fyn auf seiner Linken und den drei näher kommenden Avataren auf seiner Rechten hin und her. Die Gasse war gut drei Meter breit, mit Mauern vor und hinter Annev. Er saß in der Falle.

Es würde ein Gemetzel geben.

Kapitel 15

Fyn täuschte einen Hieb in Annevs Gesicht vor, dann schnappte er sich den schwarzen Handschuh, den Annev in der Hand hielt. Annev versuchte, ihn sich zurückzuholen, aber Fyn machte einen Schritt nach hinten und zerriss den Handschuh in zwei Hälften. Dann zerriss er die zwei Stücke erneut, ließ die einzelnen Fetzen in den Straßendreck fallen und stampfte mit seinen Stiefeln auf den mit Magie belegten Stoff.

»Was meint ihr, Jungs? Ist er jetzt lohfarben genug? Sieht mir immer noch allzu sehr nach Braun aus.« Annevs Hand griff nach dem zerfetzten Handschuh der Täuschung, aber Fyn kam ihm zuvor, ließ den Fuß vorschnellen und hätte Annev um ein Haar im Schritt getroffen.

Er sprang ein Stück zurück in Richtung von Japser und Brinden und konnte dabei Jaspers Versuch, seinen Arm zu fassen zu bekommen, nur mit knapper Not ausweichen. Stattdessen packte er nun seinerseits Jaspers Arm und setzte seinen Schwung dazu ein, sich den linkischen Jungen über die Schulter zu werfen und ihn in Brinden hineinknallen zu lassen.

»Los, schnappt ihn euch!«, rief Fyn, als beide Jungen zu Boden stürzten.

Kellor kam auf ihn zugeeilt, und Annev wirbelte herum, machte einen Rundumtritt und traf ihn mitten ins Gesicht. Der Junge stolperte, und Blut spritzte aus seiner Habichtsnase. Er schüttelte den Kopf, versuchte, seine Fassung zurückzugewinnen. Inzwischen hatte sich Brinden wieder hochgerappelt.

Annev rannte auf das Gebäude vor ihm zu, lief die Wand hinauf, stieß sich ab, überschlug sich rückwärts und flog über den angreifenden Brinden hinweg. Brinden stolperte, krachte mit dem Kopf voraus gegen die Steinwand und stürzte zu Boden. Annev landete weich auf den Füßen, die Knie gebeugt und zum Angriff bereit.

Ein Sirren in der Luft erregte seine Aufmerksamkeit, und als er sich halb umdrehte, sah er ein wirbelndes Wurfgeschoss auf sein Gesicht zufliegen. Annev duckte sich, hob den Arm, um seinen Kopf zu schützen, und der Kalistock prallte vom Phönixemblem an seinem Unterarm ab und rollte über die staubige Straße, während der zweite Stock auf ihn zugeschwirrt kam. Annev warf sich auf den Bauch, wich der wirbelnden Waffe gerade noch aus und begriff zu spät, dass er auf eine Finte hereingefallen war. Fyn stürzte sich auf ihn und rammte ihm sein Knie so fest in den Rücken, dass sämtliche Luft aus Annevs Lunge wich. Er hustete, zu Boden gepresst und außerstande zu atmen.

Während sich Annev mit aller Kraft wehrte, sammelte sich der Rest von Fyns Bande johlend um sie und sah zu, wie Fyn Annevs Gesicht in die festgetretene Erde schmetterte. Benommen schmeckte er Staub und Blut. Er versuchte sich freizuzappeln, wurde aber mit Tritten gezwungen, sich zu fügen.

»Nehmt ihm seinen anderen Handschuh ab!«, brüllte Fyn.

Annev spürte, wie Myjuns Phönixhandschuh von seinem Arm glitt, dann hörte er Kellor lachen, als er Fyn den Handschuh zuwarf.

»Jetzt kannst ebenfalls du mit Dreck in Berührung kommen, so wie wir anderen auch«, knurrte Fyn. Die Jungen drehten Annev um, und Fyn schnappte sich eine Handvoll Erde, presste sie in Annevs Mund und zwang sie seine Kehle hinunter. Annev schluckte etwas davon und drohte am Rest zu ersticken, während ihn Fyns Gewicht immer noch niederdrückte.

»Gefällt dir das?«, flüsterte Fyn und beugte sich dicht zu Annevs Ohr hinab. »Jetzt weißt du, wie das ist. Sich nicht bewegen zu können. Nicht atmen zu können.« Er legte die Hand über Annevs Gesicht, sodass sie seinen Mund und seine Nase bedeckte und das wenige an Luft abschnürte, was dem Jungen noch geblieben war. Ein panischer Ausdruck trat in Annevs Augen. »Jetzt weißt du, wie es sich anfühlt«, sagte Fyn mit leuchtenden Augen. »Du bist nicht wie der Rest von uns, Annev – nein, du bist viel schlimmer. Du bist ein Akolyth. Und morgen, wenn du und deine Freunde durch die Prüfung des Urteils gefallen seid, werdet ihr Kastellane sein. Du wirst wie alle anderen auch in der Akademie schlafen müssen, und statt an jedem Siebttag Predigten zu halten, wirst du unsere Wäsche durch die Gegend tragen und die Toiletten schrubben.«

Annev bekam keine Luft mehr, er würgte und zappelte, rang verzweifelt nach Atem. Seine Sicht trübte sich, und der Sauerstoffmangel ließ seine Lunge brennen, aber er bekam Arme und Beine nicht frei, und Fyns Hand umfasste seinen Mund wie ein Schraubstock.

Er bringt mich um, ging es Annev durch den Kopf, während sich die Welt um ihn herum verdunkelte. *Ich werde hier sterben.*

»Ich könnte dir die Schande ersparen, ein Kastellan zu werden«, erklärte Fyn und sprach damit aus, was Annev dachte. »Ich könnte deinem Leben gleich jetzt ein Ende machen.« Er umfasste den um sein Leben ringenden Annev fester und sah zu, wie sich Annevs Lider flatternd schlossen. Dann beugte er sich dicht zu ihm herab. »Oder ich könnte dich am Leben lassen. Und dann, wenn du Kastellan geworden bist und Myjun *mich* heiratet, können wir zusammen darüber lachen, für wie ach so besonders du dich immer gehalten hast.«

Myjun.

Beim Klang ihres Namens wallte Annevs Blut auf, und die Vorstellung, sie könnte Fyn Annev vorziehen und anstelle des in Schande gefallenen Kastellans den nun allein heiratswürdigen Avatar wählen, brachte es zum Kochen. Ein plötzlicher Wutausbruch ließ seine Augen aus den Höhlen treten, als er sich diesen Verrat vorstellte, und ein Kribbeln lief seinen linken Arm hinauf. Er spürte, wie tief unten in seinem Inneren etwas freigesetzt wurde.

Mit einem gewaltigen Ausbruch von Energie riss Annev den Kopf aus Fyns Griff, schmetterte die Stirn in Fyns Nase und spuckte dem Avatar steinigen Schlamm ins Gesicht. Tausend Sterne tanzten durch sein Gesichtsfeld, als er seinen rechten Arm losriss und Jasper einen Faustschlag ins Gesicht versetzte. Er kämpfte darum, auch seinen anderen Arm freizubekommen, aber Brinden hielt ihn unerbittlich fest.

Mit einem Brüllen rammte Fyn Annev die Faust in den Wangenknochen, sodass die Haut aufplatzte und Annevs Kopf zurück auf den Boden krachte. Annev blinzelte benommen, während Jasper seinen linken Arm erneut packte und fest zu Boden drückte. Fyn schlang Annev seine fleischigen Hände um den Hals und drückte zu.

»Ich sollte dich töten«, knurrte Fyn, während ihm Blut vom Gesicht rann. Seine Brust hob und senkte sich schwer, als er Annev die Luftröhre zusammenquetschte, »aber wenn ich das täte, könnte ich dich ja nicht mehr quälen. Jeden Tag. Für den Rest deines Lebens.« Er ließ los und schlug Annev mit dem Handrücken ins Gesicht. Annev schnappte keuchend nach Luft, dankbar für den Schlag, der ihm die Möglichkeit zum Atmen gab. Fyn klaubte den herabgefallenen Phönixhandschuh aus dem Dreck. »Den hier werde ich behalten.« Er drückte sein volles Gewicht auf Annevs Bauch und Brust. »Ich glaube nicht, dass Myjun etwas dagegen haben wird. Jeder, der zu schwach ist, um auf ein solches Geschenk aufzupassen, hat es auch nicht verdient. Außerdem tragen Kastellane lohfarbene Sachen. *Nur* lohfarbene.« Er ließ sich brutal auf Annevs Brust fallen, sodass seine Rippen schmerzhaft knackten, dann stand er auf.

Annev hustete und rollte sich zusammen, rang keuchend darum, seine gequälte Lunge wieder mit Luft zu füllen. Er bemerkte kaum, dass Fyn seine weggeworfenen Kaliholzstöcke aufhob. Der Rest der Bande war in fröhlicher Jubelstimmung, und sie klopften Fyn auf die Schulter, bevor sie alle davongingen.

»Fröhliches Regaleus!«, johlte Jasper.

Wider besseres Wissen, gegen jeden Instinkt, der ihn mahnte, liegen zu bleiben, stand Annev langsam und sturköpfig auf und blickte dem davongehenden Fyn nach.

»Es macht dir zu schaffen, weil es wahr ist«, flüsterte er.

Die Jungen blieben stehen und drehten sich langsam zu ihm um. »Was hast du gesagt?«, fragte Fyn mit kalter Stimme.

»Ich bin besser als du«, fuhr Annev fort und hob dabei kaum die Stimme. »Deshalb bist du so verärgert. Ich bin besser als du.« Diesmal hob er die Stimme und schrie, sodass das ganze Dorf es hören konnte. »Ich bin ein besserer Avatar, Fyn – und du weißt es! Das ist der Grund, warum Myjun mich mag. Und warum du mich nicht in einem ehrlichen Kampf ohne Hilfe besiegen kannst. Du hast Angst vor mir – und die solltest du auch haben!«

Jasper, Brinden und Kellor starrten Annev mit offenem Mund an, dann richteten sie den Blick auf ihren Anführer. Fyn sah finster zu Annev hinüber, und seine Fäuste bebten vor Zorn.

Trotz seiner Schmerzen und obwohl es reiner Wahnsinn gewesen war, was er da gerade getan hatte, musste Annev unwillkürlich grinsen, als sich Fyns Wut in einer Art Urschrei Luft machte. Der Junge griff an, die Kalistöcke hoch erhoben.

Annev trat seinem Angriff frontal entgegen, duckte sich unter zwei wilden Stockhieben hinweg, und dann knallte Fyn in ihn hinein. Die Kalistöcke fielen in den Dreck, während sich die beiden Schüler auf dem Boden wälzten und miteinander rangen.

Nach wenigen Sekunden gewann der größere Junge die Oberhand und drückte Annev unter sich zu Boden. Er ließ die Faust gegen Annevs Kopf krachen und wollte ihn dann erneut würgen, aber Annev war schneller und wehrte Fyns Angriff mit der rechten Hand ab. Der Avatar umklammerte Annevs Handgelenk und bog seine Hand zurück, bis ein durchdringendes Knacken zu hören war und Annev vor Schmerz aufheulte.

Fyn ließ Annevs Handgelenk fallen. »Tut mir leid«, knurrte er, ohne dass es auch nur eine Spur nach Entschuldigung klang. »Es war ein *Unfall.*« Er schaute auf den blutüberströmten, schmutzigen Jungen hinab, schnaubte verächtlich und stand auf. »Du solltest die Verletzung besser von jemandem begutachten lassen, Annev. Es wäre ein Jammer, wenn sie dich daran hindern würde, bei der Prüfung morgen anzutreten.«

Fyn sammelte seine Kalistöcke ein und trat Annev dann zum endgültigen Abschied noch ein letztes Mal in die Rippen. Annev hustete und rollte sich zu einem Ball zusammen. Blut tropfte von seinen Lippen, und er sah der Bande mit einem halb geöffneten Auge nach, als sie verschwand. Selbst als er sich sicher war, dass sie endlich fort waren, blieb er weiterhin reglos am Boden liegen. Er konzentrierte sich auf seine Atmung und drückte sich die verletzte Hand an die Brust, bis er sich schließlich auf die Seite rollen und sich aufsetzen konnte. Dann erhob er sich taumelnd.

Ihm tat alles weh. Seine Stirn pochte vor Schmerz, und seine Wange brannte. Sein Hals kratzte, und sein Handgelenk war offensichtlich gebrochen. Trotzdem konnte sich Annev ein Lächeln nicht verkneifen, als er seine geballte linke Faust von seinem schmerzenden Magen wegnahm.

Er hielt den purpurroten Handschuh in den Fingern.

Kapitel 16

Der Innenraum der Kapelle hatte sich im Lauf der Jahre nur sehr wenig verändert. Die harten Kiefernholzbänke und der gepflasterte Boden, von all den sitzenden oder knienden Gläubigen glatt gescheuert, wurden täglich gereinigt, entweder von dem alten Priester oder von seinem jungen Diakonus. Kein Krümel Dreck und kein Stäubchen beschmutzten den heiligen Ort.

Im Gegensatz zur Kirche der Akademie bedeckten hier weder Zierrat noch Schnitzwerk die Wände. Selbst der schlichte Steinaltar – der mit dem eingravierten Stab Odars, den geheimen Symbolen des *quaire* sowie der Wasserrinne um den Sockel eindeutig daritischer Herkunft war – war verglichen mit dem Altar der Akademie ausgesprochen bescheiden. Trotzdem war Annev aufgefallen, dass die wenigen Gravuren am Altar alle auf hintergründige Weise mit Sodars einzigartiger Interpretation der daritischen Überlieferung, Doktrin und Götterverehrung in Einklang standen.

Die Kapelle wirkte einfach und schlicht, genau wie es Sodar beabsichtigte.

Als Annev, sein gebrochenes Handgelenk an die Brust gedrückt, in die Küche stolperte, erwartete er, den Priester dort oder in seinem Zimmer zu finden, mit den Vorbereitungen zu seinen Regaleusgottesdiensten beschäftigt. Doch als Annev die privaten Gemächer des Priesters betrat, sah er, dass Sodars Bett ordentlich gemacht, sein Schreibtisch aufgeräumt und seine Kleidertruhe verschlossen war, aber Sodar selbst war nicht da.

»Sodar?«, rief Annev. *Wo ist er?,* fragte er sich, und seine Beunruhigung wuchs zusammen mit seinem Schmerz.

Sodar konnte Annevs Handgelenk in Ordnung bringen – der Zaubererpriester hatte schon schlimmere Verletzungen geheilt. Anderenfalls hätte Annev genauso gut in der Gasse liegen bleiben können, blutend, zerschunden und mit einer in Trümmern liegenden Zukunft. So aber, solange er auf Sodars Hilfe rechnen konnte, musste Annev vorerst nur irgendwie mit seinen körperlichen Verletzungsschmerzen zurechtkommen, die, als er sich zur Kapelle geschleppt hatte, zu einem dumpfen, quälenden Pochen abgeebbt waren. Wenn er sich bückte oder mit dem Arm irgendwo anstieß, wurde die Qual allerdings höllisch. Annev wusste, dass Sodar da Abhilfe schaffen konnte ... doch sein Mentor war verschwunden.

Er würde sich selbst um seine Verletzungen kümmern müssen. Annev ging in die Küche zurück, griff mit seiner unversehrten Hand nach der Schöpfkelle, füllte eine Schale mit Wasser und machte sich so ruhig und gelassen wie möglich daran, Gesicht und Arme zu reinigen. Er konnte das volle Ausmaß seiner Gesichtsverletzungen nicht sehen, aber er fühlte keinen lockeren Zahn und glaubte auch nicht, dass die Wunden würden genäht werden müssen.

Sein Handgelenk war da eine ganz andere Angelegenheit. Der geringste Stoß jagte Wogen der Pein durch seinen Körper. Er zwang sich, in seiner Kleidertruhe zu wühlen, bis er ein altes Hemd fand, aus dem er eine Schlinge machen konnte. Es dauerte eine Weile, mit nur einer Hand und seinen Zähnen die Knoten festzuzurren, und sein Wunschdenken ließ ihn immer wieder zur Tür blicken in der Hoffnung, dass Sodar zurückkehrte. Als der Priester nach geraumer Zeit immer noch nicht aufgetaucht war, kramte Annev nach etwas Essbarem, fand ein Stück gesalzenes Fleisch und einen Brotkanten und kaute daran. Mit vollem Bauch und immer dicker anschwellendem Handgelenk begab sich Annev schließlich erneut auf die Suche nach dem alten Mann. Als er auf dem Weg nach draußen den Holzschuppen durchquerte, sah er, dass die Fällaxt fehlte.

Im Moment hackt er kein Holz, überlegte Annev. *Das könnte ich hören … aber warum sonst sollte er die Axt mitgenommen haben?* Es ergab keinen Sinn, und es weckte Annevs Besorgnis. Er war erschöpft, zerschunden und litt Schmerzen, außerdem war er nach dem langen Tag völlig ausgelaugt. Er wollte, dass sein Mentor ihn heilte, oder, falls das nicht möglich war, sich hinlegen und sich in den Schlaf weinen.

Aber er konnte nur geheilt werden, wenn er Sodar fand.

Mit zusammengebissenen Zähnen zog Annev sein Jagdmesser vom Haken und verließ den Schuppen. Er ließ die Tür hinter sich zuknallen und nahm Kurs auf die nächstgelegenen Bäume am Rand des Dichtwaldes. Als er die Bäume erreicht hatte, blieb er stehen, um zu lauschen, hörte jedoch nichts Ungewöhnliches, daher schlich er sich in die Düsternis des Waldes und suchte weiterhin aufmerksam nach etwaigen Anzeichen seines Mentors. Er war noch nicht tief ins Waldesinnere vorgedrungen, als er Sodars Axt an einem Baumstamm lehnen sah.

Er ist hier gewesen, dachte Annev, *aber wohin ist er gegangen? Und warum hat er die Axt hier zurückgelassen?* Annev grübelte darüber nach. Wenn Gefahr in der Luft läge, hätte der Priester eine bessere Waffe mitgenommen. Wenn sie Holz bräuchten, hätte er es gehackt. Stattdessen lehnte die Axt auf eine Weise an dem Baum, als habe Sodar sie mit Bedacht dorthin gestellt, um sie dann wieder abzuholen, wenn er von jener geheimen Besorgung zurückkehrte, die ihn in den Dichtwald geführt haben mochte.

Er hat die Axt mitgenommen, damit er behaupten kann, er habe Holz gehackt, begriff Annev. *Aber wen versucht Sodar zu täuschen?*

Annev unterdrückte seine Schmerzen und schlich sich, so vorsichtig und geschickt, wie es ihm momentan möglich war, tiefer in den Dichtwald hinein. All seine Sinne waren hellwach, hielten

Ausschau nach irgendwelchen Anzeichen eines Kampfes oder nach Hinweisen darauf, dass Sodar hier gewesen war. Er drückte sich den Arm fest an den Leib, damit er ihn sich nicht irgendwo anstieß, und versuchte, im Vorwärtsgehen so unauffällig wie möglich zu sein. Er gab sich beträchtliche Mühe, trockene Blätter und Schlammpfützen zu meiden und stattdessen über Steine, Moos und festgedrücktes offenes Gelände zu schleichen. Er kam sich dabei albern vor – besonders für den Fall, dass mit Sodar alles in Ordnung war –, aber er war eben beunruhigt. Während sich Annev langsam durch den Wald bewegte, hörte er im Geiste Sodars so oft wiederholte Mahnung: »Sei immer vorsichtig, vor allem im Dichtwald. Es ist ein wilder, ungezähmter Ort, der ganz friedlich wirkt. Das Gleiche gilt auch für die Akademie, wo immer Augen spähen und Ohren lauschen. Sei auf der Hut. Die Gefahr kommt ohne Vorwarnung.«

Sodar hatte sich stets sehr vage ausgedrückt, wenn Annev ihn danach gefragt hatte, was das für Gefahren sein könnten, auch wenn Annev angenommen hatte, dass der Priester meinte, es würde Ärger geben, wenn die Ältesten von seinem Arm erfuhren. Als Sodar von den Gefahren des Dichtwaldes gesprochen hatte, war Annev davon ausgegangen, dass er Bären und Wildschweine meinte. Jetzt aber, wo Annev den Wald nach seinem Mentor durchkämmte, begann er sich zu fragen, ob der alte Mann vielleicht doch etwas anderes im Sinn gehabt hatte. Sodar war absolut unnachgiebig gewesen, als er von Annev verlangt hatte, sich von den Schattenteichen fernzuhalten, und Annev hatte in der unnatürlichen Dunkelheit ein Frösteln verspürt. Könnte Sodar in einen solchen Teich geraten sein? Er schaute sich aufmerksam um, musterte die von Bäumen und Büschen geworfenen natürlichen Schatten, erschauderte dann und ging weiter.

Als er einen von Steinblöcken übersäten Hügel hinaufgestiegen war, hörte er jemanden etwas ausrufen. Es klang wie Sodars Stimme. Sofort wechselte er die Richtung und steuerte die Stelle an, von der die Stimme gekommen war, aber nun war nichts mehr zu hören. Er verlangsamte die Geschwindigkeit und spitzte die Ohren.

»*Fünfzig* Kunstmeister?«

Annev runzelte die Stirn. Es war Sodars Stimme, aber sie klang so bekümmert …

»Das kann nicht sein«, fuhr Sodar fort. »Das ist … unmöglich.«

»Ich versichere dir, es ist wahr.«

Annev schob sich ganz langsam näher an die Stimmen heran, sorgsam darauf bedacht, keinen der beiden seine Anwesenheit ahnen zu lassen. Er schämte sich, dass er nicht sofort losgelaufen war, um den Priester um Hilfe zu bitten, aber nun brannte er vor Neugier und wollte wissen, was der Grund für Sodars seltsames Verschwinden und etwaige Täuschungsmanöver seinerseits war. Als er nah genug war, um ihr Gespräch mithören zu können, blieb er stehen und hielt nach einem stämmigeren Baum Ausschau. Er war sich nicht sicher, ob er in seinem Zustand klettern konnte, aber er hatte oft genug trainiert, schwierige Tätigkeiten nur mit einer Hand auszuüben – wenn auch zugegebenermaßen für gewöhnlich mit seiner rechten Hand und nicht mit der linken.

Annev näherte sich einer Gruppe dickstämmiger Silberahornbäume und wählte denjenigen aus, der sich vermutlich am leichtesten besteigen ließ. Vorsichtig zog er sich auf den untersten Ast hinauf, dann bewegte er sich halb gehend, halb kletternd die verwachsenen Äste empor, bis er eine Stelle erreicht hatte, von der aus er eine gute Sicht auf Sodar und seinen Gesprächspartner hatte. Er setzte sich in die breite Beuge eines knotigen Astes und lauschte gespannt auf das, was die Männer unter ihm beredeten.

Der Fremde trug einen dicken braunen Umhang und saß an einem kleinen Lagerfeuer. Sodars alter Teekessel stand zwischen den Kohlen, seine linke Seite zerbeult, weil Annev ihn einmal hatte fallen lassen. Die feuchten Stiefel des Mannes trockneten auf einem flachen Stein am Feuer, und ein Hauch von Dampf stieg von ihnen auf. Der Fremde nippte von einer Tasse, die er in beiden Händen hielt, und Annev bemerkte ein Häufchen zur Seite gelegter Pfeile in der Nähe auf dem Boden.

Sodar ging vor dem Feuer auf und ab und murmelte halblaut vor sich hin.

»Wir sind im Laufe der letzten zwei Jahrtausende immer weiter ausgeblutet und haben Mitglied um Mitglied verloren«, sagte der Fremde und stellte seine Tasse ab. Er griff nach einem seiner Stiefel, steckte die Hand hinein, verzog dann das Gesicht und rückte beide Stiefel näher ans Feuer. »Aber dieser plötzliche Rückgang verläuft einfach zu schnell. Das geht nicht mit rechten Dingen zu.«

Sodar beschleunigte seine Schritte. »Nur noch fünfzig Kunstmeister«, hauchte er. »Aber es sind fast tausend gewesen – und achtzig von ihnen waren Alterslose. Und unsere Zahl war im Anstieg begriffen. Doch jetzt sagst du, dass es nur noch weniger als fünfzig Kunstmeister *insgesamt* gibt?« Sodar stellte sein Auf und Ab ein und sah den Fremden an. »Wie viele Alterslose sind noch übrig?«

Der Mann seufzte. »Uns mit eingerechnet …?« Er zählte an den Fingern ab. »Sieben.«

»Sieben?«

Annev spitzte die Ohren, um Sodars Stimme zu verstehen, die kaum mehr als ein Flüstern war. Der Priester ließ sich auf einen großen Steinblock am Feuer sinken und starrte ins Leere.

Wovon reden sie?, fragte sich Annev. *Was ist ein Kunstmeister – oder ein Altersloser?*

»Sieben«, wiederholte der andere, »zuzüglich der ungefähr vierzig, die es niemals schaffen werden, dem Bund der Alterslosen beizutreten – aber viele der Brüder sind untergetaucht, daher sind die Zahlen ungenau. Es könnten noch weniger oder auch mehr sein.« Der Mann rieb sich die Hände.

Sodar schüttelte den Kopf. »Sieben«, wiederholte er mit gedämpfter Stimme. Er blickte auf. »Morgenstein?«

»Tot.«

»Balhamel?«

Der Fremde schüttelte den Kopf, und Sodar sackte ein Stück in sich zusammen.

Einen Moment später hob er den Kopf wieder, und sein Gesichtsausdruck war noch ernster geworden. »Du hast gesagt, sieben Alterslose. Was ist mit dem Wanderer?«

Der andere Mann schien darüber nachzudenken. »Acht, wenn du ihn mitzählst, aber ich versuche, das nicht zu tun. Nach allem, was ich weiß, ist er vor Jahrzehnten gestorben.«

Sodar nickte. »Was ist passiert, Arnor? Sind die Brüder in den Krieg gezogen? Ich habe gemeint, Reeve …«

»Nein, kein Krieg. Jedenfalls nicht die Art Krieg, wie wir ihn kennen.« Arnor kratzte sich seine stoppeligen Wangen. »Die Gilden sind allzu uneins, haben sich immer mehr zerstritten – du weißt ja, wie es in den beiden letzten Jahrzehnten war.« Sodar nickte. »Nun, es ist noch schlimmer geworden. Viel schlimmer. Vor ungefähr drei Jahren haben sie begonnen, sich gegenseitig zu bedrohen – der übliche Verfolgungswahn hat sich gegen die Geistwanderer und Sturmrufer gerichtet, außerdem gab es Zwistigkeiten unter den anderen –, aber wenige Monate danach begannen ganze Enklaven zu verschwinden. Zuerst haben wir es nicht gemerkt, und als wir dann endlich versucht haben, der Sache auf den Grund zu gehen, waren alle Dionach Tobar südlich der Kaleiberge nicht mehr da. Tot oder verschwunden.«

»Aber der Hohe Rat muss doch etwas bemerkt haben? Erzdionach Kadmon und Erzdionach Levi stammen beide aus Tir Reota.«

»Sie gehörten zu den Ersten, die von der Bildfläche verschwunden sind. Niemand hat es bemerkt – nicht einmal Reeve –, bis der Rat zusammengetreten ist. Die Boten, die wir ausgeschickt haben, um Nachforschungen anzustellen, sind nie zurückgekehrt.«

»Unglaublich«, hauchte Sodar kopfschüttelnd. »Die Vorstellung, dass es so schnell gehen konnte …«

»Genau. Wir haben eine Bedrohung von außen vermutet. Vielleicht einige Inquisitoren oder irgendwelche anderen terranischen Kunstmeister, die nach Süden gegangen waren. Aber die Patrouille, die wir auf den Hauptstraßen ausgeschickt haben, hat nichts gefunden, während die Boten, die wir zu den Enklaven gesandt haben, nie zurückgekommen sind.« Arnor stand auf, dann nahm er den Saum seines Umhangs in die Hand und griff damit nach dem Griff des siedend heißen Kessels, um sich Tee nachzuschenken. »Wir haben erst vor einem Jahr begriffen, dass das Problem *innerhalb* der Bruderschaft liegt«, fuhr er fort und blies auf seine Tasse. »Da hat dann der Krieg der Splittergruppen begonnen. Zuerst waren es vornehmlich politische Streitigkeiten, und die Gilden haben untereinander um den Rest an Kontrolle konkurriert, der ihnen noch verblieben war. Das hat sich geändert, als einige Radikale, die sich selbst die Vorreiter der Wahrheit nennen, versucht haben, die Macht an sich zu reißen. Sie haben den größten Teil des Hohen Rates ausgeschaltet, bevor die Übrigen sich gut genug zusammengeschlossen hatten, um sie aufzuhalten, aber fast alle Beteiligten wurden getötet, und die Anwerbung von Neumitgliedern für die Bruderschaft ist seither vollkommen eingestellt. Die vier Gilden haben jetzt zu große Angst, um zusammenzuarbeiten, und viele Brüder sind mittlerweile untergetaucht. Reeve hat versucht, sie aus ihren Verstecken zu locken, damit wir uns neu organisieren können, aber nur die Schildträger haben ihn empfangen.«

»Was ist mit deiner eigenen Gilde? Die Atembrecher werden doch bestimmt auf dich hören.«

Arnor schüttelte den Kopf. »Wir haben immer eine Politik

der Isolation verfolgt, und das gereicht uns jetzt zum Nachteil. Diejenigen, die ich habe ausfindig machen können, ziehen es vor, in Ruhe gelassen zu werden, und ohne irgendetwas, worüber er obrigkeitliche Macht ausüben könnte, ist der Hohe Rat praktisch nicht mehr existent.«

»Fünfzig«, wiederholte Sodar noch einmal und schien Arnor gar nicht zu hören. Er schüttelte den Kopf. »Von Hunderttausenden. Die wahre Religion Odars fast ausgelöscht.« Er starrte in die kleiner werdenden Flammen des Lagerfeuers und schnaubte. »Wir haben uns selbst zugefügt, was Keos und seine Blutherren nie geschafft hätten.«

Arnor stellte seine leere Tasse ab und zog seine feuchten Stiefel wieder an. »Es tut mir leid, der Überbringer schlechter Neuigkeiten zu sein, Sodar. Aber wir brauchen dich. Reeve hat mich hergeschickt, um dich zu bitten, zurück in den Norden zu kommen. Es gibt dort immer noch viele, die sich an dich erinnern. Du könntest jemand sein, um den sich die Leute scharen – als jemand, der sich aus all der Politik und dem Blutvergießen herausgehalten hat.«

»Nein. Meine Aufgabe hier ist von entscheidender Bedeutung. Nicht nur für die Bruderschaft.« Sodar richtete den Blick auf das Feuer. »Was ich mache, tue ich für die ganze Welt.«

Arnor starrte Sodar an und nickte zögerlich, obwohl er offensichtlich anderer Meinung war. »Ich verstehe«, sagte er. »Nun, es ist eine Menge passiert, und Reeve wollte sichergehen, dass du unsere Situation begreifst. Er hat sich auch nach dem Jungen erkundigt. Wollte wissen, ob seine magischen Fähigkeiten herangereift sind. Wenn du ihn mit nach Quiri zurücknehmen würdest, könnte er beim Orden ausgebildet werden.« Sodar schüttelte den Kopf, doch Arnor fuhr trotzdem fort. »Welche Vorteile du hier auch finden magst, ich bin überzeugt, wir könnten dir dort Entsprechendes bieten.«

»Nicht in Sachen Sicherheit.«

Arnor gab ein Schnauben von sich, dann redete er unbeirrt weiter. »Wir brauchen dich, Sodar. Offen gesagt überrascht es mich, dass dich Reeve jetzt, wo nur noch so wenige Alterslose übrig sind, nicht gezwungen hat, zu uns zu kommen und dich dem Hohen Rat anzuschließen.«

»Ich *bin* Ratsmitglied«, betonte Sodar, den Blick in die Ferne gerichtet. »Aber meine Aufgabe beansprucht zu viel Zeit und Aufmerksamkeit. Sie gestattet es mir nicht, aktiv teilzunehmen.«

»›Gestattet‹ es nicht?« Arnor lachte spöttisch. »Jetzt, wo der Orden derart dezimiert ist, wirst du doch sicherlich …«

»Nein«, sagte Sodar und richtete den Blick auf Arnor. »Solange Reeve selbst nicht herkommt, um mich zurückzurufen – solange er mich nicht zu einer Rückkehr *zwingt* –, werde ich hierbleiben und meine Aufgabe erfüllen. Wie ich es all die Jahre über getan habe.«

Arnors Fäuste ballten sich und öffneten sich wieder. Doch schließlich biss er die Zähne zusammen und nickte. »Weiß Odar, wir brauchen dich – ich bin mir sicher, du könntest einige der anderen dazu bewegen zurückzukehren, wahrscheinlich sogar unsere Anzahl verdoppeln –, aber wenn du wirklich hierbleiben musst …« Er zuckte die Achseln. »Ich halte nichts von der Vorstellung, dass ein einziger Knabe wichtiger sein soll als eine ganze Religion – aber ich habe auch nicht vor, mit einem Erzdionachen zu rechten.«

Sodar musterte den Mann vor sich mit traurigen Augen. »Bürde mir nicht die Last dieses Titels auf, Arnor. Hier bin ich Bruder Sodar und sonst nichts weiter.«

Arnor brummte mürrisch. »Dann gibst du mir also die Erlaubnis, dir zu widersprechen?«

»Nein.«

Arnor nickte. »Na schön. Bevor ich gehe, solltest du über eines im Bilde sein: Man hat mich verfolgt, als ich Quiri verlassen habe. Den ganzen Weg bis hinunter zum Vosgar.«

Sodar erhob sich halb von seinem Sitzplatz, und eine konzentrierte Aufmerksamkeit trat in seine Augen. »Was? Du hättest das gleich am Anfang berichten sollen. Wie ging das vonstatten?«

»Es war ein Eidolon, und ich habe es getötet.«

»Du meinst eine Schattenbrut? Bist du dir sicher?«

Der andere Mann sah Sodar ausdruckslos an.

»Natürlich bist du dir sicher.« Sodar zupfte an seinem zotteligen Bart. »Und du hast das Ding getötet? Gut, gut.« Er kratzte sich nachdenklich am Kinn. »Irgendeine Verbindung zwischen dem Eidolon und dem Verschwinden der Kunstmeister?«

»Diese Frage habe ich mir auch gestellt«, sagte Arnor. »Aber mir fällt kein einziger Bruder ein, der ein Eidolon beschwören könnte. Ich bin auch schon früher verfolgt worden – zumeist von Brüdern, die Gruppen der anderen Gilden angehörten –, aber das jetzt war das erste Mal, dass sich mir eine Schattenbrut an die Fersen geheftet hat. Ich sehe da nur keine Verbindung.«

Sodar brummte. »Also können wir annehmen, dass ein Priester des Schattengottes das Eidolon ausgeschickt hat. Oder jemand, der magische Leere wirken kann. Warum ist es dir gefolgt?«

»Vielleicht hat ja jemand herausbekommen, dass ich untergetauchte Brüder aufsuche. Ich kann es nicht mit Bestimmtheit sagen, aber ich finde, es ist ein seltsamer Zufall, dass ich zugleich auch auf dem Weg zu dir war.«

»Da bin ich ganz deiner Ansicht«, erwiderte Sodar besorgt.

Arnor klopfte ihm auf die Schulter. »Vielleicht ist es aber auch wirklich ein Zufall. Die anderen Brüder halten dich für tot. Auch ich selbst habe nicht gewusst, dass du noch am Leben bist, bis mir Reeve den Befehl gegeben hat, dich ausfindig zu machen – und das war selbst mit Hilfe seiner Anweisungen schwierig.«

»Ja«, sagte Sodar, »der Schutzbann, der um das Dorf gelegt ist, hält Fremde und Besucher fern. Solange deine Augen nicht mit *aqlumera* gesalbt wurden, kannst du das Dorf nicht sehen – und das bedeutet, dass auch das Dorf dich nicht sehen kann.«

»Aqlumera?«, wiederholte Arnor, und seine Augen weiteten sich. »Nun, das allein ist schon ein Geheimnis, das zu schützen sich lohnt.«

»Ja. Sieh zu, dass auch du es tust.« Er schwieg für einen Moment. »Die Pfeile waren eine schlaue Methode, um meine Aufmerksamkeit zu erregen«, fuhr er fort. »Woher hast du gewusst, wohin du sie schießen musstest?«

»Ich hatte keine Ahnung.« Arnor lachte und sammelte seine Geschosse auf. »Aber Reeve hat mir sehr konkrete Hinweise gegeben. Er hat mir sogar eine alte Landkarte überlassen, die du einmal für ihn gezeichnet hattest – auch wenn ich nicht behaupten kann, dass sie mir wirklich geholfen hat, da ich wahllos in den Wald geschossen habe. Kaum wahrscheinlich, dass ich all meine Pfeile wiederfinde.« Er zog einen Rucksack hinter dem Baumstamm hervor, auf dem er gesessen hatte. »Wie dem auch sei, ich habe die Schattenbrut erwähnt, weil mir klar war, dass du davon würdest erfahren wollen, aber ich glaube, ihr seid hier absolut sicher. Ich bezweifle, dass irgendjemand speziell nach dir sucht, und sie werden dich auch nicht einfach so zufällig entdecken.« Arnor zog seinen unbespannten Bogen hinter demselben Baumstamm hervor, warf die Pfeile in seinen Rucksack, schulterte ihn und wog den Bogen in der Hand, als sei es ein Wanderstock.

Sodar strich sich nachdenklich über den Bart. »Wo hast du das Eidolon erledigt?«

»Im Vosgar. Ich habe, kurz nachdem ich Quiri verlassen hatte, die Vermutung gehabt, dass ich verfolgt wurde, habe aber nicht gewusst, wer oder was es sein könnte, bis ich direkt vor dem Dichtwald war. Ich bin weiter nach Süden abgebogen, in der Hoffnung, meinen Verfolger abzuschütteln, und schließlich musste ich das Ding töten.«

»Darüber bin ich froh.« Sodar holte tief Luft und atmete dann langsam wieder aus. »Klingt ganz danach, als gäbe es dort draußen immer noch eine Menge Gefahren, aber Chaenbalu bleibt ein Ort der Zuflucht.«

»Ich werde es Reeve ausrichten«, sagte Arnor. Sie gaben einander zum Abschied die Hände, und Arnor hielt Sodars Hand noch einen Moment länger als nötig fest. »Bist du dir auch wirklich sicher, dass du nicht mit mir nach Quiri zurückkehren kannst? Bei den Göttern, wir brauchen dich einfach, und es wäre gut, noch einen weiteren Alterslosen in der Nähe zu haben.«

Sodar lächelte, schüttelte jedoch den Kopf. »Vielleicht wenn Annev älter ist. Für den Moment und solange sein Arm und seine Magie ein Geheimnis bleiben, ist das hier der sicherste Ort, den ich kenne. Meine Zeit mit ihm ist eine Bürde, die zu tragen sich lohnt.«

Bürde? Annevs Hand klammerte sich fest um den Ast unter ihm, um ihm Halt zu geben. *Bin ich denn wirklich eine Bürde für ihn?* Er hatte oft genau dieses Gefühl gehabt, aber es schmerzte, nun auch wirklich zu wissen, dass der Priester ihn als eine Art Pflicht ansah, um die er sich zu kümmern hatte.

Er betrachtet mich immer noch als ein Kind, begriff Annev. *Nicht als Mann. Würde er mir vertrauen, würde er sich nicht in den Wald davonstehlen und so tun, als hacke er Holz, um auf diese Weise seine Geheimnisse zu schützen. Dieser Fremde … Arnor … er weiß mehr über Sodar als ich.* Diese Wahrheit weckte in Annev ein Gefühl der Übelkeit, ja, es wurde ihm regelrecht schwindlig, und allein die Tatsache, dass er sich am Ast festhielt, verhinderte, dass er zu Boden stürzte.

Wer in ganz Chaenbalu – auf der ganzen Welt – kannte Annev besser als Sodar? Niemand. Doch hier tauchte plötzlich ein Fremder auf, der alle Geheimnisse Sodars kannte. Sein ganzes früheres Leben. Annev hingegen war sein Leben lang mit Lügen abgespeist worden – über Sodars Vergangenheit, über den Charakter ihrer Freundschaft, über die Motive, derentwegen der Priester Annev großgezogen hatte –, und er war naiv genug gewesen, das alles zu glauben.

Damit war jetzt Schluss.

Arnor nickte. »Na gut. Viel Glück, Sodar. Ich beneide dich nicht.«

»Ich dich auch nicht«, erwiderte Sodar. »Glaub mir, ich wäre froh, wenn ich es riskieren könnte, Chaenbalu zu verlassen.« Arnor klopfte dem Priester auf den Rücken, und Sodar umarmte ihn fest. »Gehab dich wohl, mein Freund. Richte Reeve meine besten Grüße aus und sieh zu, dass er meine Abschrift der Übersetzung des Speur Dún bekommt.«

»Das werde ich. Gehab dich wohl, Bruder Sodar.«

Sie trennten sich, und Arnor verließ entschlossenen Schrittes die Lichtung. Sodar atmete langsam aus, dann machte er sich daran, den Teekessel und die Tassen einzupacken und das Lagerfeuer zu löschen.

Annev drückte sich sein gebrochenes Handgelenk an die Brust und sah ihm traurigen Herzens zu, dann kletterte er mit steifen Gliedern vom Baum herunter. Er schlich sich von der Lichtung weg und ging schweigend zurück zur Kapelle. Seine körperlichen Schmerzen erschienen ihm wie ein Widerhall seines seelischen Kummers.

Annev hatte sich auf der Suche nach Tröstung in die Kapelle begeben, war aber stattdessen auf ein Rätsel gestoßen. Dann hatte er die Kapelle auf der Suche nach seinem Freund und Mentor verlassen, hatte stattdessen jedoch zwei Fremde gefunden: einen, dem er noch nie begegnet war, und einen, den er bisher zu kennen geglaubt hatte.

Er hatte sich noch nie so allein gefühlt.

Kapitel 17

Annev ging benommen in der Kapelle auf und ab, und der Schmerz in seinem Handgelenk wetteiferte mit dem Leid in seinem Herzen.

Was hat er noch alles vor mir verborgen gehalten? Wie viel von dem, was er mir erzählt hat, waren Lügen?

Annev wusste, dass Sodar Geheimnisse hatte, über die er nicht redete – er musste so heimlichtuerisch sein, um mit seiner Magie unter den Augen der Meister und Ältesten überleben zu können –, aber bis heute hatte Annev dennoch geglaubt, alles Wichtige über Sodars Vergangenheit zu wissen.

Während seiner siebzehn Jahre mit dem Priester hatte sich Annev Stück für Stück eine grobe biografische Skizze des Mannes zusammengefügt. Er wusste, dass Sodar seine magische Befähigung als kleiner Junge in Odarnea entdeckt hatte, an einem Ort und zu einer Zeit, als die Leute den Verfluchten mit einer Spur mehr Nachsicht begegnet waren. Man hatte ihn gemieden, ihn aber nicht hingerichtet oder in die Verbannung geschickt, und schließlich hatte sich ein reisender Kaufmann Sodars erbarmt und ihm gestattet, sich ihm anzuschließen. Sodar hatte das Angebot angenommen, und durch den Kaufmann hatte er Mentoren gefunden, die ihn sowohl in der Religion als auch in der Magie unterrichtet hatten. Mit vierzehn war er der Priesterschaft beigetreten, und mit einundzwanzig hatte ihn ein in der Nähe lebender Kriegsheld gebeten, sein klösterliches Zuhause zu verlassen, um sein spiritueller Ratgeber zu werden. Sodar hatte sich bereiterklärt, und mit der Zeit ergab es sich, dass er mittels seiner

Magie jene beschützte, die dem Banner seines Herrn folgten. Er hatte sogar an einigen Schlachten teilgenommen – dieses Detail hatte Sodar dazu veranlasst, Annev seinen mit Kerben versehenen Schild zu zeigen.

Wie hat er noch gleich geheißen? Kopfspalter? Zahnbrecher …? Annev konnte sich bei bestem Willen nicht erinnern; er war zu aufgeregt gewesen, die Waffe zu sehen, zu versessen darauf, sie in der Hand zu halten oder gar mit ihr zu trainieren.

Aber Sodar hatte es ihm nicht erlaubt; er wollte, dass die Vergangenheit vergangen blieb, und hatte behauptet, dieses Leben hinter sich gelassen zu haben, als er wieder in das Kloster in Banok zurückgekehrt war, auch wenn er einräumte, zuvor vieles über Kriegskunst und die große weite Welt erfahren zu haben. Vom Kloster aus war er schließlich von den Ältesten aus Chaenbalu angeworben worden, um ihren bisherigen Priester zu ersetzen. Das war bereits vor Jahrzehnten gewesen – nach der Zählung der meisten Menschen vor einem ganzen Leben –, daher war es nur zu verständlich, wenn er Einzelheiten vergessen oder keine Lust gehabt hatte, bestimmte Punkte näher auszuführen.

Doch jetzt erst hatte Annev seine Lügen als solche erkannt, und er wollte wissen, wie umfangreich sie wirklich waren. Zu den Fragen, die er schon lange als beantwortet betrachtet hatte, gesellte sich nun eine Reihe neuer hinzu. Was war das für eine geheime Bruderschaft? Wer waren Arnor und Reeve? Was war ein Erzdionach? Ein Kunstmeister? Ein Altersloser? Und was hatte das alles mit ihm, Annev, zu tun?

Er war gerade in sein Zimmer gegangen, um sich hinzulegen, als er Sodar zurückkehren hörte. Er hatte darüber spekuliert, ob der Priester denn wohl tatsächlich mit Brennholz wieder auftauchen würde, und das nun vernehmliche, dumpf klappernde Aufschlagen von Scheiten, die in das Trockenregal fielen, war ihm Antwort genug.

Annev war eigentlich noch nicht bereit für die Begegnung mit Sodar, aber der Priester musste sein Handgelenk heilen; der Schmerz und die Schwellung wurden immer größer, und wenn die Verletzung nicht bald behandelt wurde, würde Annev morgen nicht antreten können. Er stand auf, ging durch die Küche und öffnete die Hintertür.

Der Priester hatte die Axt an ihren Platz zurückgestellt und stapelte Holzscheite auf.

»Wir hätten kein zusätzliches Brennholz gebraucht.«

Die Bemerkung war ihm herausgerutscht, ehe er den Tonfall seiner Stimme hatte unter Kontrolle bringen können, und Sodar neigte den Kopf zur Seite und spähte mit zusammengekniffenen Augen in den verdunkelten Eingangsbereich hinein, wo Annev stand. »Alles in Ordnung mit dir, Annev?«

Annev schluckte, außerstande zu antworten, ohne seine Gefühle durchklingen zu lassen. Statt zu sprechen, trat er in die Lichtstrahlen, die durch die Löcher im Dach des Schuppens fielen, und hob seinen verletzten Arm: Das geschwollene Handgelenk war in einem unschönen Winkel verdreht, und die Haut hatte sich verfärbt und eine fleckige Violetttönung angenommen.

»Große Götter!«, rief Sodar und trat zu ihm, um die Verletzung zu untersuchen. »Was ist passiert? Wer hat dir das angetan? Was sind das für Prellungen an deinem Hals?«

Annev zuckte zusammen, als der Priester sein gebrochenes Handgelenk und seine blauen Flecken untersuchte. Er wusste nicht genau, was er antworten sollte, aber es stellte sich heraus, dass er gar nichts zu sagen brauchte.

»Es war dieser Junge, dieser Fyn, nicht wahr? Er und seine Freunde.«

Annev blinzelte. »Ja.«

Sodar führte Annev ins Haus. »Wusste ich's doch. Ich habe gesehen, wie sie dich während des Trainings gepiesackt haben. Es ist einfach abscheulich von ihnen.«

»Was?«, fragte Annev, ehrlich überrascht. »Wann denn?«

Der Priester setzte ihn an den Tisch. »Vor einem Monat. Als das Eis gerade so weit getaut war, dass sie euch Runden durch den Mühlteich haben schwimmen lassen. Sie haben dich immer wieder unter Wasser gedrückt, wenn die Meister nicht hingeschaut haben. Aber ich habe es gesehen.« Sodar bedachte die Verletzung mit einem bekümmerten Zungenschnalzen, dann verschwand er in seinem Schlafzimmer. Er kam mit einer Tontasse und einem Stück Holzkohle zurück, tauchte die Tasse in den Wasserkrug neben der Herdstelle und trug beides zum Tisch. »So viel Gewalt«, sagte er, tunkte die Kohle ins Wasser und zeichnete dann eine Glyphe auf Annevs Unterarm. »Man sollte eigentlich meinen, sie wären vorsichtiger, da doch morgen die Prüfung stattfindet.« Als Annev nur ein Ächzen von sich gab, hielt Sodar inne und sah ihm in die Augen. »Nur dass das hier gar nicht im Unterricht passiert ist, nicht wahr?«

Annev konnte nicht lügen, und als er nicht sofort reagierte, hatte Sodar seine Antwort. Er öffnete den Mund, um noch etwas anderes zu fragen, sah aber davon ab, als ein Klopfen an der Vordertür der Kapelle zu hören war.

»Wer kann das sein?«, fragte sich Sodar laut. »Es ist noch zu früh für die Gottesdienstbesucher.« Er legte das Wasser und die Kohle beiseite und öffnete dann die Tür der Priesterwohnung. »Bitte entschuldige, Annev. Ich bin gleich wieder da.«

Annev zwang sich zu nicken, dann sah er Sodar nach, wie er in die Kapelle hinüberging. Während Sodar durch den Mittelgang schritt, die Vordertür öffnete und mit jemandem auf der anderen Seite sprach, versuchte Annev, seinen Ärger auf den Priester neu anzufachen. Doch als Sodar mit einem Sack unter dem Arm zurückkehrte, musste Annev zu seinem Leidwesen entdecken, dass die rohe Gewalt seiner Gefühle von seiner Neugier zurückgedrängt wurde.

»Wer war das?«, fragte er.

»Yohan, der Kerzenmacher.« Sodar stellte den Sack auf den Tisch. »Er hat uns einige Duftkerzen für die Regaleuspredigt heute Abend gebracht.«

»Das war … nett von ihm.«

»In der Tat«, pflichtete Sodar ihm bei und griff in den Sack. »Er ist normalerweise ein echter Sauhund.«

Annev musste trotz seiner Schmerzen lachen, dann brach er ab, als Sodar plötzlich aufschrie und den Sack mit Kerzen fallen ließ.

»Was ist los? Was ist passiert?«

»Dieser verfluchte Kerzenmacher«, schimpfte Sodar und hob den heruntergefallenen Sack vorsichtig auf. »Er hat etwas Scharfes drin liegen lassen.« Er griff hinein, diesmal behutsamer, und zog einen schmalen Glassplitter heraus, der zwischen die Kerzen gefallen war. Er legte ihn auf den Tisch und schnalzte missbilligend mit der Zunge. »Wie es so schön heißt: ›Schenken bringt Unheil.‹«

Annev rutschte auf seinem Stuhl hin und her und erinnerte sich daran, dass es zu seinem Streit mit Fyn gekommen war, nachdem er Myjuns Regaleusgeschenk angenommen hatte.

»Glaubst du das wirklich?«

Sodar zuckte die Achseln und leckte sich das Blut von seinem Daumen. »Sag du es mir. Als mir Yohan die Kerzen gegeben hat, hat er zugleich auch eine Nachricht von Meister Edra überbracht.« Annev versuchte, sich sein Unbehagen nicht anmerken zu lassen, als Sodar das feuchte Stück Holzkohle nahm und eine zweite Glyphe in die Innenfläche seiner verletzten Hand zeichnete. »Edra wollte sich versichern, dass du heute Nachmittag ein Übungstraining mit mir absolviert hast, was darauf hinweist, dass er wohl nichts von deiner Verletzung weiß.« Der Priester zog fragend eine seiner buschigen Augenbrauen hoch. »Würde es dir etwas ausmachen, mir zu erklären, was es mit der Sache auf sich hat?«

Annev stöhnte. Er hatte sein Edra gegebenes Versprechen vergessen. »Ich habe die Hälfte des Waffentrainings verpasst.«

»Aber nicht deswegen«, erwiderte Sodar und machte eine Kopfbewegung hin zu Annevs gebrochenem Handgelenk.

»Nein. Ich habe … Meister Duvarek geholfen. Das ist alles.«

Sodar nickte. »Wir können trainieren, sobald dein Handgelenk geheilt ist.« Er tauchte die Holzkohle wieder ins Wasser und zeichnete dann eine dritte Glyphe in die Mitte von Annevs Handgelenk.

Der Druck ließ Annev zusammenzucken, aber Sodars Berührung war leicht und zielsicher.

»Ich werde den Bruch vollkommen heilen, da deine Prüfung schon morgen ist. Ich kann es nicht zulassen, dass du wegen dieser Raufbolde durchfällst.« Annev nickte dankbar. »Aber die blauen Flecken im Gesicht lasse ich, wie sie sind«, fuhr Sodar fort. »Es würde sonst verdächtig wirken.« Sodar begutachtete sein Werk und schaute dann auf. »Erkennst du diese Glyphen?«

»Die auf meinem Handgelenk ist das Symbol für Heilung. Die beiden anderen sind …« Er zögerte.

»Symbole fürs Verbinden«, ergänzte Sodar. Er zeigte auf die Runen auf Annevs Handfläche und auf seinem Unterarm. »Es sind die beiden Hälften derselben Glyphe. Voneinander getrennt gezeichnet, können sie zwei Dinge zusammenbinden – zumindest für eine gewisse Zeit. Das sollte den Knochen helfen, schneller zusammenzuwachsen, vor allem in Verbindung mit den Worten des Heilens.«

Annev verstand und nickte. Der Priester legte die Kohle auf den Tisch, umgriff Annevs verletztes Handgelenk mit beiden Händen und schloss die Augen.

»Man spricht zuerst die Worte des Heilens«, sagte Sodar, die Augen immer noch geschlossen. »Das Verbinden kommt als Zweites.« Er holte tief Luft und atmete dann aus. Während er sprach, untersuchten seine Daumen mit sanftem Druck Annevs gebrochenes Handgelenk. *»Slànaich is cuplaich. Cuplaich le slànachadh.«*

Fasziniert sah Annev zu, wie die verschmierten nassen Linien der Kohle aufleuchteten und sich sein Handgelenk kaum merklich wieder richtete. Die Feuchtigkeit verdunstete schnell und hinterließ nur trockenes schwarzes Pulver auf Annevs Haut. Sodar blies auf diese Asche, und sie wirbelte davon. Kein Mal war auf Annevs Haut zu sehen, wenn man von Sodars blutigem Daumenabdruck einmal absah. Annev rieb den Abdruck weg und bemerkte erfreut, dass selbst die lila Prellung verblasst war, sodass das Handgelenk nun ganz sauber und von rosa Farbe war. Er bewegte vorsichtig seinen rechten Arm und das Handgelenk. Als er keinen Schmerz verspürte, schüttelte er die Gliedmaße, machte eine Faust und hämmerte damit auf den Tisch.

Sodar nickte. »So gut wie neu.«

Annev war verblüfft. »Das hat gar nicht wehgetan. Normalerweise brennt es erst und schmerzt danach.« Wieder schüttelte er die Hand. »Ich habe gar nichts gespürt. Funktioniert eine vollständige Heilung normalerweise so?«

Sodar summte vor sich hin. »Nein. Wenn überhaupt, hätte der Schmerz stärker sein sollen, weil dein Körper mit beschleunigter Geschwindigkeit geheilt wurde.« Er tippte sich ans Kinn. »Doch dergleichen kommt vor. Die Wirksamkeit eines Zaubers hängt von mehreren Faktoren ab, und einige davon können die zurückbleibenden Schmerzen beeinflussen.«

»Welche zum Beispiel?«

»Nun …« Sodar dachte nach. »Daritische Magie funktioniert meist besser, je größer das Verständnis für die Worte der Macht ist, für die Glyphen und ihre Bedeutung. Ein mächtiger und erfahrener Zauberheiler kann Wunder wirken, wo ein anderer mit dem gleichen Zauber vielleicht nur einen verstauchten Zeh kuriert.«

»Aber du hast vor zwei Tagen meine gebrochenen Rippen geheilt«, wandte Annev ein. »Das hat sich angefühlt, als würdest du sie alle noch mal brechen. Ist dein Verständnis für Magie seither gewachsen?«

»Das bezweifle ich.«

»Also, was hat sich geändert?«, hakte Annev nach.

»Ich bin mir nicht sicher. Der Gefühlszustand des Magiers oder des Zauberempfängers kann einen Zauber bisweilen verstärken oder auch behindern, aber das ist für das Zaubersingen typischer als für das Glyphensprechen.«

»Zaubersingen?«

Sodar nickte. »Ilumitische Magie. Ich bin mir sicher, dass ich das schon mal erwähnt habe. Die Ilumiten setzen Musik und Gefühle ein, um ihre Zauber zu wirken. Bei den Terranern nennt man es Nigromantie.«

»Ich erinnere mich an das alles. Aber du hast nicht gesungen, und keiner von uns ist ein Ilumit.«

Sodar zögerte für einen Sekundenbruchteil, dann nickte er. »Richtig. Ganz richtig.«

Da, durchzuckte es Annev. *Er verbirgt etwas. Aber was ist es, was er mir verschweigt?*

»Gut«, sagte der Priester und wechselte das Thema, »du bist geheilt. Hast du schon etwas gegessen?«

»Ein wenig.«

»Schön. Zeit fürs Kampftraining also. Und danach essen wir dann richtig.«

Annev stöhnte, außerstande, die Frustration zu verbergen, die der Gedanke an einen weiteren Kampf bei ihm auslöste. Er hatte in Edras Unterrichtsstunde gekämpft und dann in Duvareks Unterricht. Und dann wieder mit Fyn auf der Straße. Er verspürte keinerlei Verlangen nach einem Übungskampf mit Sodar, vor allem da er ihm einfach nur ein paar Fragen stellen wollte.

»Können wir das nicht mal überspringen? Ich habe nicht viel von Edras Unterricht verpasst – und was ich an Kampftraining versäumt habe, das habe ich außerhalb des Unterrichts mehr als wettgemacht.« Er deutete auf die Beulen, Kratzer und blauen Flecken, die noch immer sein Gesicht, seinen Hals und seine Arme bedeckten.

»Man könnte auch anders argumentieren und sagen, dass genau diese blauen Flecken beweisen, dass du noch mehr Übung brauchst.«

Annev brauste entrüstet auf. »Das ist ungerecht. Fyn war bewaffnet und hat mich zusammen mit seinen Freunden angegriffen. Wenn wir allein gewesen wären, hätte ich ihn besiegen können.«

Nicht jedes Mal, musste sich Annev im Stillen eingestehen, *aber wahrscheinlich doch in der Hälfte der Kämpfe. Vielleicht.*

Sodar zuckte gleichgültig die Achseln. »Wenn Gefahr auf dich zukommt, so kommt sie im Allgemeinen gut vorbereitet. Du kannst nicht erst deine Freunde aufsuchen und deine Waffen wählen. Du musst für diesen Moment vorausplanen – ihn schon erwarten – und keine Ausreden vorschieben, wenn du scheiterst.«

»Das ist ja so ungeheuer … mitfühlend von dir.«

Der Priester zog seine Augenbrauen hoch. »Jetzt werd nicht kindisch. Wenn ich dir erlaube, dich auszuruhen, nur weil du geschunden und erschöpft bist, helfe ich dir damit nicht. Und würde ich dir eine Schonfrist einräumen, wenn das niemand sonst tut, was würde ich dir damit beibringen?«

Annev seufzte. »Also kämpfen wir?«

Sodar zuckte erneut die Achseln. »Du kannst dich ausruhen, wenn du es willst …« Annev erhob sich vom Tisch. »Aber in diesem Fall kann ich dir dein Geschenk nicht geben.«

Annev zuckte überrascht zusammen. »Welches Geschenk denn?«

»Das, was ich dir zu Regaleus geben wollte.«

Annevs Hand glitt in seine Tasche und berührte den roten Handschuh. »Oh. Ich hab nur gedacht … du sagst immer, Regaleus sei ein verfluchter Feiertag. Wir machen uns nie gegenseitig Geschenke.«

»Nun ja, du hast schon so viele Feiertage ohne ein Geschenk hinter dich bringen müssen, dass ich einfach das Gefühl hatte, du würdest heute eines verdienen.« Sodar lächelte, einen Anflug von Traurigkeit in den Augen. »Wenn du willst, kannst du es ein … Geburtstagsgeschenk nennen.«

»Warum?«, fragte Annev. »Habe ich denn heute Geburtstag?«

Sodar geriet ins Stottern. »Ich habe nicht … Hör mal, nenn es, wie immer du willst. Jedenfalls wirst du es nicht bekommen, es sei denn, wir kämpfen heute Nachmittag ein paar Runden.«

Annev dachte darüber nach. Dann nickte er. »Na schön, alter Mann. Wenn du so scharf auf eine Tracht Prügel bist, lass uns kämpfen.«

Kapitel 18

Annev riss die Tür zum Holzschuppen auf und hüpfte die drei kurzen Stufen hinunter. Am Waffenständer im rückwärtigen Teil des Raums angekommen, schnappte er sich eine hölzerne Axt und nahm sein schartiges Kurzschwert von der Wand. Sodar stöhnte.

»Nicht die schon wieder. Seit drei Monaten wählst du jedes Mal diese Kombination.«

Annev zuckte die Achseln. »Ich mag sie.«

»Du kämpfst gern zweihändig«, verbesserte Sodar.

»Nein«, korrigierte wiederum Annev. »Ich mag es, wenn ich mich mit meiner Axt einhaken, damit zuschlagen und andere entwaffnen kann – und ich mag die Länge des Kurzschwerts. Ich kann damit sehr nah herankommen, aber ich habe trotzdem noch eine gewisse Reichweite.«

Sodar zog ein Langschwert aus dem Waffenständer. »Beweise es.«

Bevor Annev antworten konnte, griff der Priester an, sprang auf ihn zu und stach nach ihm. Annev wich aus. Sein linker Fuß trat zurück, und seine Axt hakte sich in die Schwertklinge, zog sie zur Seite. Dann machte er einen Satz nach vorn und zielte auf Sodars Rippen.

Aber Sodar war nicht da. Stattdessen hatte er sich von Annevs Zugbewegung mitnehmen lassen, sich unter sein Schwert gerollt und sich hinter Annev hingekniet.

Er ist so schnell. Wie kann ein alter Mann nur so schnell sein? Der Gedanke brachte all die offenen Fragen wieder in Annevs

Bewusstsein zurück; das Gefühl, hintergangen worden zu sein. *Er muss zugeben, dass er gelogen hat – und mir sagen, was er vor mir verborgen gehalten hat.*

Er wirbelte nach links und machte eine tänzelnde Bewegung rückwärts, sodass er wieder vor Sodar stand. Er ließ seine Axt niederfahren, wollte Sodars Gegenangriff abfangen, aber der Priester überraschte ihn, indem er auf seinen herabsinkenden Arm zutrat; er packte Annev am Ellbogen, zog ihn zu sich herunter und sprang auf. Vom Schwung seiner Axt mitgezogen, wurde Annev in die Luft gehoben, und seine Brust rollte über Sodars Schultern. Er krachte auf den Rücken und ließ seine Axt fallen. Alle Luft wich aus seiner Lunge.

Sodars Langschwert tippte ihm auf die Brust.

»Der Vorteil von Kampfwerkzeug«, dozierte Sodar und sah Annev an, »besteht darin, dass du mit seiner Hilfe die Angriffe deines Gegners abwehren kannst, während du gleichzeitig selbst angreifst. Um das zu tun, müssen beide Hände stark und dominant sein. Sie müssen gleichzeitig arbeiten – unabhängig oder zusammen.« Er ließ sein Schwert sinken und streckte Annev die Hand hin. »Es ist eine schwer zu meisternde Kunst. Deshalb habe ich immer einen Stab bevorzugt – oder die Kombination von Schwert und Schild.«

Widerwillig griff Annev nach der Hand des Priesters und stand auf. »Aber mit einem Schild kann man sich nur verteidigen. Mit einer Axt in meiner schwächeren Hand kann ich gleichzeitig abwehren und angreifen.«

Sodar lächelte. »Ich bin mir nicht sicher, ob deine linke Hand die schwächere ist.«

Annev runzelte die Stirn. »Sie kann jedenfalls nicht meine dominante Hand sein – ich trainiere mehr mit rechts.«

Sodar zuckte mit den Schultern. »Du bist mit beiden Händen sehr geschickt – bist sogar Beidhänder –, aber ich glaube, dass du von Natur aus deine linke Hand bevorzugst.« Er ging zurück zum Waffenständer, legte das Langschwert weg und griff nach einem Kurzspeer. »Ein Schild kann sehr wohl auch zum Angriff eingesetzt werden – und das viel verlässlicher, als eine Axt verteidigen kann. Früher war der Schild sogar meine bevorzugte Waffe – das ist jetzt lange her, an einem anderen Ort, zu einer anderen Zeit.«

Da ist meine Gelegenheit, dachte Annev und hob seine Axt hoch. *Ich brauche ihm nur die richtige Frage zu stellen. Irgendetwas Harmloses …*

»Dein Schild. Ist das der, den du letzten Winter poliert hast?«

»Ganz genau.«

»Wie war noch mal sein Name?«

Sodar lächelte. »Zahnbrecher.«

Gut, dachte Annev. *Jetzt muss ich nur noch dafür sorgen, dass er auch weiterredet.*

»Aber es ist einfach nur ein Schild mit Kerben. Damit kann man niemanden verletzen – nicht so wie mit einer Axt.«

»Es ist mehr so etwas wie eine umgewandelte Armschiene, und theoretisch kann man damit durchaus jemanden verletzen.« Bei der Erinnerung rieb sich der Priester versonnen den Unterarm. »Wenn mein Kampfstab zerbrochen war oder ich mein Kurzschwert verloren hatte, habe ich mich durch viele Schlachten hindurchgekämpft, mit nichts als Zahnbrecher, um mich am Leben zu erhalten.«

»Wie hast du das geschafft? Und warum hast du ihn Zahnbrecher genannt?«

Sodar rammte seinen Speer in den Untergrund und stützte sich darauf. »Erinnerst du dich, wie der Schild ausgesehen hat?« Annev nickte. »Die in die Vorderseite geschnittenen Kerben – zu beiden Seiten des Handgelenks, neben den spitzen Stacheln – konnten ein auf mich eindreschendes Schwert auffangen. Wenn ich den Vorderarm nur im richtigen Winkel drehte, konnte ich damit entwaffnen, gegen wen ich auch immer kämpfte. Einige Male habe ich ihnen sogar das Schwert entzweigebrochen.«

»Zahnbrecher …«, sagte Annev.

Sodar nickte. »Die Stacheln an der Vorderseite eignen sich zum Angriff genauso wie zur Verteidigung. Man kann damit ebenso eine Klinge auffangen wie sie einem anderen ins Gedärm stoßen. Die Stacheln am unteren Rand waren für mich ideal, um Soldaten wegzustoßen, die von hinten anzugreifen versuchten. Mit einem Kurzschwert ging das allerdings immer noch besser, da ich Zahnbrecher in meiner schwächeren Hand trug.«

»Wann hast du ihn denn bekommen – und wer hat dir beigebracht, wie man mit ihm kämpft?«

»Ich habe ihn vor langer, langer Zeit erhalten.« Sodar zog den Speer aus dem Boden, trat einen Schritt zurück und wirbelte die Waffe in den Händen herum. »Und ich habe von vielen gelernt – Soldaten, Kriegern, Priestern.« Er schwang die Waffe nach Annev, Speerspitze voran.

Annev machte einen Satz zurück und wich dem Angriff mühelos aus. »Was war mit dem Kaufmann, der dich aus deinem Dorf mitgenommen hat?«

»Ich erinnere mich nicht an seinen Namen.« Sodar griff Annev nun mit dem hinteren Ende seines Speers an. »Die Menschen haben ihn in jeder Stadt anders genannt. Ich bezweifle, dass ich überhaupt je gewusst habe, wer er wirklich war.«

Das Gefühl kenne ich, ging es Annev durch den Kopf. Er wich einem weiteren Angriff aus und konterte dann mit einem eigenen.

»Aber du hast das Kämpfen gelernt, während du auf der Straße unterwegs warst?«

Sodar zuckte die Achseln. »Ich habe es auf den Straßen gelernt, ja.« Er schlug mit seinem Speer gegen die stumpfe Seite von Annevs Kurzschwert und suchte nach einer günstigen Gelegenheit, einen Treffer zu landen. »Und ich habe viel von den Männern gelernt, die die Karawane des Kaufmanns bewacht haben – Schwertführung, Beinarbeit. Es war eine gute Grundlage.« Er machte einen Satz auf Annev zu.

Annev hatte den Angriff vorausgesehen und parierte, dann ließ er seinen Gegenschlag folgen und hätte beinahe einen Treffer auf das Knie des Priesters gelandet.

»Das war knapp.«

Annev nickte, seine Waffen immer noch ausgestreckt. »Jetzt erzähl mal, wer hat dich den Umgang mit dem Speer gelehrt?«

Sodar zuckte die Achseln und begann, Annev zu umkreisen. »Ich habe mit dem Stab trainiert, als ich der Priesterschaft beigetreten bin. Speer und Stab sind eng miteinander verwandt.«

Annev biss die Zähne zusammen. Die Antwort überraschte ihn nicht – alle daritischen Priester waren dazu angehalten, mit dem Stab zu trainieren, aber Annev hatte auf mehr gehofft.

»Wer war dein Lieblingslehrer? Wen hast du zum Mentor gehabt?«

Statt zu antworten, ließ der Priester den Speer um sich herumwirbeln, ging in die Hocke und trat nach Annevs Beinen. Annev machte einen Sprung, überkreuzte seine Waffen vor der Brust und landete leichtfüßig auf dem Boden.

Als sich Sodar erhob, um es erneut mit ihm aufzunehmen, ließ Annev beide Waffen auf ihn herabsausen. Der Priester reagierte, indem er seinen Speer zwischen die Axt und das Kurzschwert knallte und so Annevs Angriff durchkreuzte. Er parierte den Axthieb und ließ den Knauf seines Speeres in Annevs Brustbein krachen. Der Junge taumelte zurück, rang nach Atem und ließ seine Waffen zu Boden fallen.

»Wie machst du so was nur?«

»Was mache ich?« Sodar richtete sich auf.

»Wie kannst du dich so schnell bewegen?« Annev zögerte und runzelte die Stirn. »Setzt du Magie ein, wenn wir kämpfen?«

Sodar schnaubte mürrisch. »Natürlich nicht. Das wäre gemogelt.«

Annev zog die Augenbrauen hoch. Er war nicht recht überzeugt, ob die Antwort des Priesters auch wirklich ehrlich war. Statt jedoch seinen Zweifeln Ausdruck zu verleihen, schnappte er sich Sodars Speer und warf ihn an die Wand. »Du wirst jetzt mit einer Waffe gegen mich kämpfen, die du nicht zu beherrschen gelernt hast.«

Sodar lachte. »Wer bildet hier wen aus?«

»Einverstanden?«

Der Priester zuckte die Achseln. »Wähl deinen Ruin. Ich kenne jede Waffe in diesem Schuppen.«

»Wunderbar«, sagte Annev. »Geh und hol dir den Wälzspieß.«

»Den Wälzspieß?« Sodar gab ein Prusten von sich. »Den habe ich zu Vorführzwecken angefertigt, nicht für Übungskämpfe.«

»Geh ihn dir holen«, verlangte Annev unnachgiebig.

Sodar war entrüstet. »Das ist eine Waffe für die schwere Kavallerie. Die Stange allein wiegt genauso viel wie du.«

»Du willst also nicht gegen mich kämpfen, es sei denn, du hast die Waffe zuvor zu beherrschen gelernt? Das scheint mir nicht gerecht.«

Sodar verdrehte die Augen, murmelte etwas von Geburtstagsgeschenken und stapfte dann zum Ende des Schuppens, wo die Piken und die sonstigen Stangenwaffen aufbewahrt wurden. Er zog eine Stange von fast drei Metern Länge heraus, mit einem schweren Holzkeil an einem Ende – die längste und schwerste im Gestell.

»Weißt du«, sagte Sodar, während er die Waffe in beiden Händen wog, »wenn Fußsoldaten das Ding hier gegen Reihen schwerer Kavallerie einsetzen mussten, haben es zwei Männer getragen.«

»Ich weiß«, erwiderte Annev. »Du hast außerdem gesagt, der Wälzspieß sei schwierig in der Handhabung, und es sei fast unmöglich, häufiger als einmal von ihm Gebrauch zu machen. Deshalb ist er dann von der Wälzzwille ersetzt worden.«

»Und genau deshalb hast du ihn jetzt ausgewählt.«

»Und genau deshalb habe ich ihn ausgewählt.«

Sodar nickte und umfasste den Spieß fester, sobald er dessen Schwerpunkt gefunden hatte. »In Ordnung. Du hast ein gutes Gedächtnis. Jetzt wollen wir mal sehen, ob du auch gute Reflexe hast.«

Der Priester näherte sich Annev, bevor dieser seine Waffen aufheben konnte, und schwang die unhandliche Stangenwaffe in Richtung von Annevs Kopf. Annev machte einen Satz nach vorn und tauchte unter dem schweren Keil hinweg, als die Stange in den Boden krachte. Er rollte sich zur Seite und schnappte sich im Aufspringen Axt und Kurzschwert.

»Nicht schnell genug, alter Mann!«

Mit einem Brüllen stemmte Sodar das hintere Speerende gegen seinen Fuß und hob den schweren Keil an der Spitze in die Höhe. Der unechte Axtkopf schwebte zwischen dem Priester und dem Akolythen und hielt Annev in Schach, um dann wieder auf ihn zuzuschwingen. Dieses Mal zielte er auf Annevs linke Hüfte. Annev warf sein ganzes Gewicht gegen den drei Meter langen Wälzspieß und rollte sich darüber hinweg.

Sodar, der Annevs Manöver vorausgeahnt hatte, war bereits dabei, die Stangenwaffe in einem Bogen nach oben zu schwingen, um sie dann gerade in dem Moment, als sich der Junge vom Boden erhob, in einer Kreisbewegung wieder auf Annev zuschießen zu lassen.

Statt erneut auszuweichen, sprang Annev nach vorn. Axt und Kurzschwert hoch erhoben, ließ er Griff und Klinge seiner Waffen über den Schaft des Wälzspeers gleiten, zog dann an beiden Waffen in seiner Hand und gab Sodars schwerer Stangenwaffe dadurch einen neuen Drehpunkt. Der Keil an der Spitze beschrieb einen weiten Bogen durch die Luft. Nachdem er Sodars

Schwung auf diese Weise umgelenkt hatte, trat Annev dicht an ihn heran und ließ dem Priester keinen Platz, um seinen Raumvorteil wiederzugewinnen.

Aber Sodar passte sich schnell an die veränderte Situation an. Statt Annev direkt zu bekämpfen, nutzte er seine Kraft, um seine Waffe mit größerer Wucht zu schwingen, und hob die Spitze des Spießes über seine Schulter. Die Stange drehte sich in seinen Händen, und Sodar rammte ihr hinteres Ende zwischen Annevs näher kommende Beine.

Ein weiteres Mal rollte sich Annev um den Spieß herum. Diesmal fiel er auf den Rücken, bekam einen schmerzhaften Schlag über die Innenseite seines Oberschenkels und knallte auf den Boden. Im Bruchteil eines Augenblicks war er wieder aufgesprungen, die Waffen für den nächsten Angriff erhoben.

Aber Sodar war zu schnell für ihn.

In der halben Sekunde, die Annev zum Aufstehen brauchte, hatte Sodar die Waffe einen vollen Kreis um den Drehpunkt seiner Hände und seiner Schulter beschreiben und den Keil dann wieder in die Höhe schießen lassen, Annev entgegen.

Annev trat vor, in der Erwartung eines Schlages von oben die Arme ausgestreckt, und er war überrascht, als der Holzkeil stattdessen in die Höhe raste. Der stumpfe Keil krachte in Annevs linken Arm und schleuderte sowohl den Jungen als auch seine Axt durch den Raum.

Sodar ließ seine Waffe fallen. Er keuchte vor Anstrengung. »Alles in Ordnung mit dir, Junge?«

Annev stöhnte, ließ sein Schwert fallen und drückte sich seinen verletzten Arm an die Brust. Als er hinabschaute und feststellte, dass sich ein riesiger blauroter Fleck unter seiner Haut bildete, fluchte er. Dann bemerkte er, dass die Hälfte der Verletzung mit Fäden aus Silber durchzogen war und sich ein metallischer Schimmer auf seiner Haut ausbreitete. Geschockt umklammerte er seinen Arm und brach in Tränen aus.

»Annev?« Sodar legte ihm die Hand auf die Schulter.

Annev starrte auf den verfärbten Fleck und beobachtete, wie weitere Teile der Haut ihre natürliche silbrige Färbung annahmen.

Sodar hob den verletzten Arm behutsam an und begutachtete den Schaden. »Oh. Das ist unerfreulich.«

»Unerfreulich? Du hast mir den Arm gebrochen, Sodar! Die Meister und die Ältesten werden es sehen – und dann werden sie Bescheid wissen. Jetzt kann ich die Prüfung des Urteils nicht mehr ablegen. Ich kann es nicht einmal riskieren, die Akademie zu betreten!«

Annev sah zu, wie sich die Farbe seines linken Unterarms bis hinunter zu den Fingerspitzen von einem fleischigen Rosa in ein leuchtendes metallisches Silber verwandelte. Er krümmte die Finger zur Faust, streckte seinen Unterarm aus und verfolgte, wie Blut aus der sich rötenden Prellung in die magische Prothese wirbelte, die er an seinem linken Arm trug. Kupferadern tranken das pulsierende dunkle Blut, das sich unter einer dünnen Schicht silbern geschuppter Haut ausbreitete.

Alle Gedanken an Sodars Unehrlichkeit waren wie fortgeblasen. Stattdessen saß er nur da, wie gelähmt von der einzigartigen, unleugbaren Wahrheit, die nun für aller Augen sichtbar geworden war.

Die Magie des künstlichen Körpergliedes, die er vor der Welt verborgen und die ihn jahrelang beschützt hatte, hatte schließlich doch versagt.

Kapitel 19

Annev ballte seine metallische Faust, außerstande, den Blick von der Realität seines jetzt enthüllten magischen Arms loszureißen.

Sodar betrachtete die silberne Gliedmaße mit einem Stirnrunzeln, und die Farbe seiner Wangen verriet die ängstliche Unruhe, die er offensichtlich verspürte. »Versuch, die Prothese abzulegen, bevor du ganz verzweifelst, Annev.« Sein Tonfall blieb hoffnungsvoll, wiewohl Annev auch den Unterton von Panik darin wahrnahm. »Leg sie ab, und wir schauen nach, wie schlimm es ist.«

Annev wischte sich hastig die Tränen weg und sah zu seinem Mentor auf. Sie einfach abnehmen – konnte es denn so leicht sein? Er verspürte einen Hoffnungsschimmer, als er die künstliche Gliedmaße mit der rechten Hand berührte. Die silbernen Schuppen fühlten sich unter seinen Fingerspitzen warm und glatt an – nicht die weiche Beschaffenheit von Haut, sondern etwas Fremdartigeres. Annev schob diesen Gedanken beiseite und packte die Prothese an ihrem hinteren Ende.

Er nahm das künstliche Glied kaum je einmal ab – es wäre fatal, ohne Prothese erwischt zu werden –, aber er hatte es in der Vergangenheit bei drei oder vier Anlässen getan. Trotzdem waren mehrere Jahre vergangen, seit er die Prothese das letzte Mal abgelegt hatte, und Annev packte die Panik, dass ihn die Magie diesmal womöglich im Stich lassen würde. Er drängte seine Ängste beiseite. Er hatte die Prothese seit langen Jahren in seinem Gebrauch; es war etwas anderes als ein magischer Stab oder ein Sack ohne Boden.

Er musste einfach nur loslassen.

Als spürte sie seine Notlage, stieß die Prothese einen beinah unhörbaren Laut aus, wie ein leises Seufzen. Eine Sekunde später fiel sie zu Boden.

Sodar umfasste Annevs Schulter und nickte. »Ich hätte das vorhersehen sollen. Es tut mir leid. Das Artefakt ist alt, und ein Großteil seiner Magie ist verflogen. Du hast es in deinem Gebrauch, seit du ein Baby warst.«

Annev hob den künstlichen Arm auf und untersuchte ihn auf Dellen oder Risse, sah aber nur die lila-kupferfarbenen Flecken am unteren Rand der Prothese. Doch noch während er den magischen Arm in der Hand hielt, begann dieser sich selbst zu heilen: Kupferfäden nahmen die blaurote Verfärbung der Prellung in sich auf und ließen die Flecken dahinschwinden, dann spann sich das Kupfer selbst zu Adern aus Silber und Gold. Die Umhüllung aus Silber, die die inneren Mechanismen der künstlichen Gliedmaße umgab, wurde undurchsichtig, und der Arm schien plötzlich wieder heil und ganz zu sein.

»Ich habe immer gedacht, nur Zauber würden ihre Magie verlieren. Artefakte sollten eigentlich ewig halten.«

Sodar zuckte die Achseln. »Einige tun es auch. Die meisten jedoch nicht. Nur die besten können den Verheerungen, die der Verschleiß und der Lauf der Zeit mit sich bringen, standhalten und ihre Macht bewahren.« Er streckte den Arm aus, berührte die Prothese und konzentrierte sich einen Moment lang. »Aber ich spüre, dass in diesem Arm noch immer eine Menge Magie steckt. Vielleicht war die Magie des Arms nicht stark genug, gleichzeitig seine wahre Natur zu verbergen und sich selbst zu heilen. Jetzt, da er wiederhergestellt ist, sollte er auch wieder in der Lage sein, sich zu tarnen.« Er musterte Annevs Hand genauer. »Da wir gerade von Tarnung sprechen … wo ist dein Handschuh der Täuschung?«

»Fyn und seine Freunde haben ihn zerstört«, antwortete Annev beschämt. »Ich habe die Einzelteile behalten, aber …« Er griff in seine Tasche, zog die zerrissenen und verdreckten Überreste seines vormaligen Handschuhs heraus und reichte sie Sodar.

»Ich verstehe.«

Der Priester hatte das Tuch der Täuschung vor fast zwei Jahrzehnten aus dem Gewölbe der Akademie gestohlen – eine durchaus lohnende Stippvisite, die ihnen außerdem noch Annevs magische Prothese und den Sack ohne Boden eingetragen hatte, den Sodar so sehr mochte –, aber der Vorrat an Tuch war inzwischen zur Neige gegangen. Alles an Tuch, was übrig geblieben war, waren die zerlumpten Handschuhe, die Annev als Kind getragen hatte, und die Fetzen, die Sodar aufgehoben hatte, nachdem er diese Handschuhe genäht hatte.

Annev konnte an seinem Gesicht sehen, dass den alten Mann ganz ähnliche Gedanken bewegten, als er die Überreste des zerfetzten Handschuhs einsteckte, aber Sodar verlor kein weiteres Wort über den Zwischenfall und entschied vielmehr, sein Schweigen für sich sprechen zu lassen. Er fuhr sich mit den Fingern durch die langen Haare seines Bartes, und ein grüblerischer Ausdruck trat in seine grauen Augen.

Annev musterte seinen linken Arm, der in der Mitte des Unterarms in einen glatten Stumpf auslief. Er hatte bisher herzlich wenig Zeit damit verbracht, die entstellte Gliedmaße in Augenschein zu nehmen, denn wann immer er seine Hand abgelegt hatte, hatte er eine vernunftmäßig nicht zu erklärende Panik in der Kehle aufsteigen gespürt, die ihn zu ersticken drohte.

Diese Missbildung – dieser *Fluch* – war Grund genug, dass seine Freunde, Mitschüler und Lehrer ihn zweifellos steinigen würden. Er verbrachte einen so großen Teil seines Lebens damit, seinen Fluch zu verbergen, dass ihm die Vorstellung, dessen Existenz könnte über sein Schicksal bestimmen, absurd erschien. Er hasste seine Missbildung, was seltsam war, da sie ihm nur selten Probleme machte. Aber die Möglichkeit einer Katastrophe stand immer im Raum, eine lauernde Bedrohung. Erneut spürte er Galle in seiner Kehle aufsteigen, und er wandte den Blick ab.

Annev erhob sich. Er holte tief Luft, dann drückte er die wieder instand gesetzte Prothese an den Armstumpf und zwang mit seiner Geisteskraft die Magie, ihre Wirkung zu tun. Ein vertrautes Kribbeln lief Annevs Arm hinauf, als sich die beiden Glieder verbanden und sich die silbrige Haut der Prothese in kurzer Zeit an Farbe und Beschaffenheit seiner eigenen Haut anpasste. Einen Moment später konnte er seine Ersatzfinger bereits wieder ballen und strecken, und als er aufschaute, stand Sodar vor ihm und lächelte übers ganze Gesicht.

»Und genau das ist der Beweis, dass du Magie wirken kannst.«

Annev schüttelte den Kopf. »Wir haben dieses Gespräch doch schon oft genug geführt. Mein Arm ist etwas ganz anderes.« Nun schüttelte Sodar den Kopf, doch Annev wechselte das Thema. »Als ich gedacht habe, der Arm sei gebrochen … ich hatte schon befürchtet, wir müssten Chaenbalu verlassen. Dass ich niemals ein Avatar sein würde. Niemals die Gelegenheit bekäme …« Er hatte sagen wollen, *mit Myjun zusammen zu sein*, aber er verkniff es sich. »Ich habe geglaubt, mein Leben sei vorüber«, sagte er schließlich.

Sodar schnaubte leise. »Es ist nicht einfach, Geheimnisse zu hüten, selbst wenn man sie schon sein ganzes Leben lang für sich behalten hat. Du kannst dir nie ganz sicher sein, wie andere darauf reagieren« – er legte Annev die Hand auf die Schulter und sah ihm in die Augen – »oder wie viel du ihnen erzählen darfst … wenn sie es herausfinden.«

Annev nickte und musterte den Priester, dann schlug sein Magen plötzlich einen Purzelbaum. »Du … du willst sagen, du hast es *gewusst*! Du hast gewusst, dass ich dich im Wald gesehen habe, zusammen mit Arnor.«

Sodar nickte. »Du hast deine Spur im Dichtwald gut verborgen, aber deine Verletzung hat dich wahrscheinlich behindert.

Außerdem hast du etwas vergessen.« Annev schüttelte verwirrt den Kopf, und der Priester drohte ihm spielerisch mit dem Zeigefinger. »Ich verfüge über magische Fähigkeiten.«

Annev merkte, dass er schon wieder wütend wurde. »Warum dann also die Verstellung? Warum hast du nicht einfach …«

»Gesagt, dass ich dich beim Spionieren erwischt habe?« Annev nickte, und Sodar hob die Hände, wie um zu zeigen, dass er dafür keine wirkliche Antwort hatte. »Ich war mir nicht sicher, wie viel du mitgehört hast, und ich hatte gehofft, dieses Gespräch vermeiden zu können. Als klar war, dass du genug mitbekommen hast, um dich aufzuregen, habe ich gehofft, du würdest mich von dir aus danach fragen. Das ist vielleicht etwas selbstsüchtig gewesen.«

Annev hatte Angst, dass ihm die Stimme versagte, und so schwieg er.

Der Priester ging zu den Stufen hinüber und setzte sich. »Ich nehme an, dass du das Gefühl hast, ich sei unehrlich zu dir gewesen.«

»Du hast mich belogen, Sodar.«

Die Augen des Priesters waren voller Mitgefühl. »Diese Lügen sollten dich beschützen. Die Wahrheit kann … kompliziert sein. Schmerzhaft. Eine Belastung. Dein Leben ist schon schwierig genug, mit diesen Raufbolden, den täglichen Pflichten und deiner Ausbildung an der Akademie – ganz zu schweigen von deinem Zusatzunterricht bei einem zwielichtigen alten Priester.«

»Sehr zwielichtig.«

Sodar neigte in gespielter Zustimmung den Kopf, doch als er aufschaute, war sein Blick ernst. »Mir geht es darum, dass du bereits Geheimnisse hütest – was deinen Arm angeht und deine magischen Fähigkeiten …«

»Ich besitze keine magischen Fähigkeiten«, wandte Annev ein, ohne sich von der erhobenen Hand des Priesters beirren zu lassen.

»Es gibt genug Dinge, um die du dir auch so schon Sorgen machen musst. Genügend gefährliche Geheimnisse. Du brauchst dir nicht auch noch meine aufzubürden.«

Annev schüttelte den Kopf und machte einen Schritt auf ihn zu. »Das ist ungerecht. Du weißt alles über mich, und ich weiß fast nichts über dich.«

»Nun, ich bezweifle, dass ich *alle* deine Geheimnisse kenne …«

Annev dachte plötzlich an die Schattenteiche, den Handschuh, den Myjun ihm geschenkt hatte, und an den Ring, den er ihr schenken zu können hoffte, sobald er die Prüfung des Urteils bestanden hatte.

»Aber«, fuhr Sodar fort, »ich verstehe, worauf du hinauswillst. In meinem Bemühen um Vorsicht habe ich vielleicht zu viel vor dir geheim gehalten. Lass mich das also ein wenig korrigieren. Was willst du wissen?«

Annev überlegte. »Warum bist du so schnell – und so stark? Das kann nicht nur Übung sein.«

Sodar lächelte. »Du glaubst immer noch, da sei Magie im Spiel.« Annev nickte. »Nun, du kommst der Wahrheit ziemlich nahe. Früher einmal, vor sehr langer Zeit, habe ich einen besonderen Segen empfangen, der meinen Geist und meinen Körper gestärkt hat – ich werde nicht so rasch müde wie die meisten Menschen, und mein Körper reagiert schneller auf die Anforderungen, die ich an ihn stelle. Dieser Segen ist mir bis heute erhalten geblieben.«

»Ist das der Grund, warum dich Arnor einen Alterslosen genannt hat?«

»Du hast das also gehört, ja?« Annev nickte, und Sodar seufzte. »Es hängt miteinander zusammen, aber es ist auch komplizierter. Da ist auch noch ein bisschen terranische Magie im Spiel, außerdem eine Menge Dinge, die ich selbst nach wie vor nicht verstehe. Wie dem auch sei, was Arnor und ich tun … das ist etwas, worüber ich jetzt nicht mit dir sprechen kann.«

Sodars Worte ärgerten Annev, und er erinnerte sich daran, wie er sich gefühlt hatte, als er Sodar im Wald belauscht hatte. »Es hat etwas mit mir zu tun, nicht wahr? Du hast Arnor gesagt, du müsstest dich um mich kümmern – dass du seinem Orden meinetwegen nicht helfen könntest. Weil du dich um mich kümmern musst.«

»Ja, und ich kann dir nicht erklären, warum – noch nicht. Wie gesagt, es ist meine Bürde, die ich tragen muss.«

»Aber so funktioniert das nicht, Sodar! Du willst, dass ich dir vertraue – wie einem Freund oder einem Vater –, aber ein Freund würde mich wie einen Gleichberechtigten behandeln, und ein Vater …« Annevs Stimme versagte und wurde dann leiser. »Ein Vater würde mich nicht als Bürde betrachten.«

Sodar umarmte ihn unvermittelt. »Wenn ich dich jemals wie eine Bürde behandelt habe«, sagte er und hielt den Jungen an seine Brust gedrückt, »dann deshalb, weil ich ein sehr schlechter Ersatz für deinen Vater bin. Ich habe mein Bestes getan, diese Leere in deinem Leben auszufüllen, und das nicht aus einem Pflichtgefühl heraus. Ich tue es, weil ich an dich glaube, Annev – mehr, als du selbst an dich glaubst –, und jede meiner Taten, an jedem Tag meines Lebens, bekräftigt diesen Glauben.«

Annev schwieg für eine längere Weile und leistete der Zuneigung des alten Mannes stummen Widerstand. Doch er konnte die Liebe des alten Mannes nicht leugnen – so energisch und überbehütend sie auch sein mochte –, und schließlich erwiderte er seine Umarmung.

»Bedeutet das, dass du mir mehr über deine Vergangenheit erzählen wirst?«, fragte Annev, dessen Gefühle immer noch aufgewühlt waren. »Von deiner Aufgabe … von mir?«

Der Priester zog ihn noch enger an sich. »Ich habe dir alles erzählt, was du im Moment wissen musst. Dir noch mehr mitzuteilen wäre …« Sodar seufzte, sein Atem ging tief und keuchend. »Sei einfach ein Junge, Annev. Genieße, was von deiner Kindheit noch übrig ist, denn schon der morgige Tag wird uns die Dinge rauben, die wir heute noch für selbstverständlich halten.«

»Aber du wirst alles erklären«, drängte Annev und lauschte auf den Herzschlag seines Mentors. »Eines Tages.«

»Eines sehr baldigen Tages. Nicht nur was meine Vergangenheit betrifft, sondern ich werde dir auch über einen Krieg berichten, der sich außerhalb der Grenzen dieses Dorfes abspielt.«

Annev zögerte. Ihn beunruhigte es noch immer, dass Sodar Geheimnisse vor ihm hatte, aber er war froh, dass der Priester ihm zu gegebener Zeit die Wahrheit sagen würde. »Also schön.«

»Gut.« Der Priester drückte ihn noch ein weiteres Mal. »Jetzt lass uns aufräumen und dann etwas essen.«

Annev nickte und ging seine Axt und sein Kurzschwert aufheben. Als er sich jedoch bückte und seine linke Hand ausstreckte, richtete sich seine Aufmerksamkeit auf die magische Prothese. »Weißt du«, begann er, während er die Waffen zu ihrem Ständer zurücktrug, »ich verstehe immer noch nicht viel von Magie – nicht einmal von den Artefakten, die zu beschaffen man uns aufträgt. Einmal abgesehen davon, dass sie uns beibringen, wie man sie ausfindig macht und dann zur Akademie befördert, erfahren wir von den Ältesten nichts darüber, wie und warum sie geschaffen wurden, geschweige denn, zu welchem Gebrauch sie ursprünglich gedacht waren.«

»Ich nehme an, sie haben das bisschen vergessen, was es da zu wissen gibt«, erklärte Sodar, während er den Wälzspieß in den hinteren Teil des Raums schleppte. »Ihre Lehren gründen sich auf Furcht und Aberglauben. Aber es gibt auch eine Wissenschaft der Magie, die so präzise und komplex ist wie Kunst und Schönheit – die beide kleinere Facetten einer umfassenderen und abstrakteren ›Wahrheit‹ sind. Das sind alles gute, wichtige Dinge. Allesamt wert, erkundet und verstanden zu werden.« Sodar schob den schweren Spieß in den Ständer hinein und drückte dann den Rücken durch. »Was willst du wissen?«

Annev hob seine linke Hand. »Hierüber möchte ich etwas wissen. Früher habe ich immer gedacht, ein Blutherr hätte sie für sich selbst angefertigt, doch sie kann ihre Größe und ihre Farbe an den Träger anpassen – ob er nun ein Erwachsener oder ein Säugling ist –, was mich auf die Idee gebracht hat, sie sei wahrscheinlich von Anfang an dazu gedacht gewesen, mit einem Kind zu wachsen … aber warum? Die Söhne des Keos helfen nie irgendjemandem.«

Sodar lachte. »Hat dich das die Akademie gelehrt? Die Terraner haben während des Ersten und des Zweiten Zeitalters härter gearbeitet als jede andere Rasse.« Sie gingen zurück in Richtung Küche. »Offen gesagt, ich glaube, die Prothese wurde als Geschenk für einen geliebten Menschen geschaffen, aber nicht von einem Blutherr. Sie könnte von einem Kunstwerker gefertigt worden sein, jemandem wie Urran.«

»Also«, sagte Annev, während er neben Sodar herging, »sind ihre Motive vielleicht anfänglich gut gewesen, aber … die Dinge liegen jetzt anders, richtig? Damals sind die Terraner gute Menschen gewesen, jetzt jedoch sind sie böse.«

»So wie jemand mit einer Behinderung früher gut gewesen ist, aber jetzt sind sie alle Anhänger des Keos? So wie Sraon? Wie du?«

Annevs Wangen röteten sich, als er sich dabei ertappte, dass er Myjuns Worte nachplapperte, und er stellte fest, dass er keine Antwort auf Sodars Frage wusste. Er blieb vor den Stufen zur Kapelle stehen und rieb sich den linken Ellbogen. »Nein, du hast recht. Es ist unerträglich, die Meister und Ältesten über Krüppel und über Magie reden zu hören, als sei beides ein Beweis für das Übel des Bösen. Ich würde es ihnen immer wieder so gerne sagen – es ihnen *zeigen* –, dass sie sich irren.« Er schüttelte den Kopf und spürte die Last seiner Geheimnisse. »Manchmal wünschte ich, ich könnte es den Leuten erzählen – sie mit eigenen Augen die Wahrheit sehen lassen. Stattdessen muss ich immer darüber lügen, was ich … wer ich bin.«

»Wem würdest du es denn gern erzählen?«

Sofort musste Annev an Myjun denken, aber die Erinnerung an ihre hässlichen Bemerkungen vertrieb diesen Gedanken schnell wieder. Sein Herz sagte ihm, dass sie ja nur die Worte ihres Vaters wiederholte; doch wünschte er, sich sicher sein zu können, dass sie anders empfinden würde, sobald sie Annevs Geheimnis erführe.

»Anderen Avataren«, erwiderte Annev nach einer gefühlt etwas zu langen Pause. »Dann würden sie mir vielleicht nicht mehr so zusetzen. Oder ich könnte es einigen der Dorfbewohner erzählen. Die Art, wie sie über die Ilumiten tratschen und über die Keokum und über Keos, wie sie Krüppel und Menschen mit Missbildungen abstempeln … Ich weiß nicht. Ich will ihnen zeigen, dass sie sich irren. *Ich* bin nicht böse. Vielleicht sind es diese anderen ja auch nicht.«

Sodar legte Annev den Arm um die Schultern, und sie stiegen die Stufen zur Priesterwohnung hinauf. »Du hast gute Absichten und ein gutes Herz, Annev, aber hast du vergessen, wie sie Sraon behandeln? Er ist ein wunderbarer Mensch mit einem gütigen Herzen und einer großzügigen Gesinnung, was sie jedoch nicht daran hindert, ihn und alles, was er berührt, zu verfluchen. Wenn auch nur einer von ihnen wüsste, dass dir ein Arm fehlt, würden sie es den Ältesten sagen, und man würde dich steinigen.« Sodar sah Annev in die Augen, todernst. »Du darfst es niemandem erzählen. Niemals.«

Annev nickte knapp.

»Gut.« Sodar drückte ihm die Schultern und öffnete die Küchentür. »Also, wie wär's, wenn wir jetzt erst einmal etwas essen – und dann kannst du deine Geschenke auspacken.«

Annev drehte sich um. »Gibt es denn mehr als eines?«

»Nur wenn du schnell machst.«

Annev raste ins Haus hinein.

Kapitel 20

Einige Minuten später saß Annev an Sodars bescheidenem Tisch, eine Schale mit einer kalten Mahlzeit vor sich. Beide senkten sie den Blick und saßen schweigend da. Einen Moment später hob Annev den Kopf und öffnete ein Auge, um zu seinem Gefährten hinüberzusehen.

»Du bist an der Reihe, Annev«, sagte Sodar, ohne sich zu bewegen.

Der Junge ließ den Kopf rasch wieder sinken und sprach die heiligen Worte, um nach dem Willen Odars den göttlichen Segen über ihr Mahl zu erflehen. Sobald er fertig war, schnappte er sich seinen Löffel vom Tisch und machte sich über den dicken Getreidebrei her. »Ich kann kalte Hafergrütze nicht ausstehen«, grummelte Annev und schob sich den nächsten übervollen Löffel in den Mund. »Besteht denn keinerlei Aussicht auf ein bisschen Fleisch?«

»Nein. Arnors Ansuchen um ein Treffen hat mich überrascht, daher hatte ich keine Zeit zu kochen.« Sodar rührte in seiner eigenen Schale. Dann zeichnete er eine Glyphe auf die Oberfläche seines Breis und flüsterte ein Wort. Sofort erhob sich Dampf über der Schale, und ihr Inhalt roch nach Ingwer und Muskatnuss.

»He!«, rief Annev und deutete auf den Dampf. »Warum hast du denn meinen nicht auch warm gemacht?«

Sodar zuckte die Achseln. »Du verfügst über Magie. Du kennst die Glyphe und die Worte der Macht. Wenn du eine heiße Mahlzeit willst, dann wärm sie dir selbst auf.«

»Aber ich kann nicht …«

»Doch«, unterbrach Sodar und zeigte mit seinem Löffel auf Annev. »Du kannst.«

Annev wollte nicht streiten, und so verdrehte er nur die Augen. Doch als Sodar seine Aufmerksamkeit wieder auf sein Essen richtete, zeichnete Annev schnell die Glyphe für Hitze auf die Oberfläche seiner Hafergrütze. Er musterte die Glyphe eingehend und fragte sich, ob das Symbol auch klar genug war und ob das Wasser in der Grütze genügte, um die Magie wirken zu lassen.

»Teasaich«, flüsterte Annev den uralten Namen für die Rune. Er stocherte prüfend mit seinem Löffel in der Schale und führte dann den Haferbrei an die Lippen … immer noch kalt.

Keine Überraschung.

Ein paar Minuten später war er mit dem Essen fertig und klatschte Schale und Löffel auf den Tisch. »Gut«, rief er, »und wann bekomme ich diese Geschenke?«

Sodar kratzte mit dem Löffel den Rand seiner eigenen Schale ab und hob dann mahnend den Zeigefinger. »Spül zuerst mal das Geschirr.« Wie um seinen Worten Taten folgen zu lassen, leckte er seinen Löffel sauber und stellte ihn zusammen mit seiner Schale in Annevs Schale. Annev stöhnte auf, trug sie aber gehorsam nach draußen, um sie im Wassertrog an der Außenseite des Übungsschuppens abzuwaschen.

Als Annev mit sauberen Schalen und Löffeln zurückkehrte, saß Sodar immer noch auf seinem Stuhl. Doch jetzt bedeckte ein großes rot-goldenes Tuch den Tisch. Bei seinem Anblick zuckte Annev zusammen, da es mit der detailgetreuen Gestalt eines Phönix bestickt war. Wieder musste Annev unwillkürlich an den Handschuh denken, den Myjun für ihn angefertigt hatte und den er zusammen mit seinem Werkzeug zum Knacken von Schlössern in der Tasche seines Kittels versteckt hatte. Er musterte das Tuch auf dem Tisch und bemerkte, dass es ungleichmäßig auf dem Holz lag und sich an manchen Stellen wölbte, als sei darunter ein flacher Gegenstand verborgen – oder auch mehrere.

»Es ist ein Phönix«, flüsterte Annev, immer noch überrascht über dieses merkwürdige Zusammentreffen von Umständen.

»Es ist das Emblem eines halkyonischen Ritters namens Breathanas. Es heißt, seine Feinde seien schon geflohen, wenn sie das Phönixbanner nur gesehen haben. Du bist zum Teil nach ihm benannt.«

Annev untersuchte das Fadengeflecht genauer und staunte erneut über die große Ähnlichkeit mit Myjuns Geschenk. »War Breathanas ein Kindgott – ein Dalta?«

»Warum fragst du?«

»Ältester Benifew hat mal gesagt, einige Gesichter der Daltas seien in die Mauern der Akademie gemeißelt worden. Er hat auch Breathanas erwähnt.«

»Er war ein Dalta«, antwortete Sodar bedachtsam. »Auch wenn seine Linie in den Jahren nach dem Verstummen der Götter praktisch ausgelöscht worden ist.«

Annev starrte das Banner noch eine Weile länger an. »Richtig«, sagte er dann, als er sich wieder erinnerte. »Nachdem die Waffen der Götter gestohlen worden waren.«

»Die *diamagi* waren keine richtigen Waffen«, korrigierte Sodar, »obwohl die Artefakte der Legende – die Flöte, der Stab und der Hammer – auch als Waffen eingesetzt wurden. Sie waren Werkzeuge, und wie jedes Werkzeug konnten sie ebenso dazu benutzt werden zu erschaffen wie zu zerstören. Aber jetzt genug von alledem. Du hast lange genug gewartet.« Sodar riss das rot-goldene Banner vom Tisch und deckte auf, was darunter verborgen war.

Auf dem Tisch lagen zwei außergewöhnliche Waffen: ein Handbeil, dessen Klinge von einem dicken Stück Rohleder umhüllt war, und ein Kurzschwert in einer reich verzierten silbernen

Scheide. Sein Griff war von der Parierstange bis zum Knauf in ein hellblaues Band gewickelt.

Annev griff nach dem Schwert und zog es aus der Scheide. »Sodar! Das ist ja unglaublich. Wie … Wo hast du das her?«

»Es hat mir gehört. Das Geschenk eines sehr, sehr alten Freundes, und jetzt gebe ich es dir.«

Annev strich mit dem Daumen über die Klinge. Die Schneide hatte keine Kerben und Risse, war vollkommen glatt – sogar leicht gerundet.

»Dein mächtiges Schwert ist stumpf, Sodar.«

Der alte Mann lachte. »Zunächst einmal ist der Name des Schwertes Gnade – und es ist jetzt dein Schwert. Zweitens soll es auch stumpf sein.«

Annev schob die Waffe in ihre Scheide zurück. »Für Übungskämpfe?«

»Zum Teil, ja.« Sodar griff nach dem Schwert und wickelte das hellblaue Band ab. Ein seltsames Symbol, ähnlich dem Buchstaben Ypsilon, war mit großer Sorgfalt in das Metall darunter eingearbeitet. Hier jedoch lag der Buchstabe auf der Seite, sein Ende und seine beiden oberen Arme nach oben gewölbt wie drei gebogene Krallen.

»Das ist eine Glyphe«, bemerkte Annev. »Für … für ›schneidend kalte Luft‹?«

Sodar nickte. »Es ist ein geheimes daritisches Symbol.« Er wickelte den Griff sorgfältig wieder ein. »Das hier ist ein Artefakt, Annev.«

Annevs Augen weiteten sich. »Wie mein Arm?« Sodar nickte. »Aber … ich darf keine Artefakte besitzen. Alle magischen Gegenstände kommen ins Gewölbe.«

Sodar winkte mit der Hand und bedeutete dem Jungen zu schweigen. »Deshalb soll es dir auch nur unter der Bedingung gehören, dass du es niemandem zeigst.«

»Ein Geheimnis?«

Sodar nickte.

Annevs leuchtend blaue Augen glitzerten für einen Moment hell auf, dann verdunkelten sie sich wieder. »Ein Geschenk, von dem ich keinen Gebrauch machen kann. Und ein weiteres Geheimnis, genau wie mein Arm.«

Sodar runzelte die Stirn. »Dein Arm würde dich umbringen, Annev. Aber das Schwert und das Beil kannst du für Übungskämpfe einsetzen. Und wenn du Chaenbalu eines Tages verlässt, werden sie dir beide nützlich sein.«

Annev nahm ihm das Kurzschwert aus der Hand. »Du hast es Gnade getauft?« Sodar nickte. »Wie geht man damit um?«

»Zieh das Schwert. Du musst es immer ziehen, bevor du seine Kräfte weckst, andernfalls könntest du die Scheide beschädigen.«

Annev zog die Waffe viel vorsichtiger heraus als beim ersten Mal.

»Jetzt konzentriere dich auf das Symbol, das du auf dem Heft gesehen hast. Stell dir vor, die Klinge wäre perfekt geschärft. Je feiner du sie dir vorstellst, desto schärfer wird sie.«

Annev zog eine Augenbraue hoch. »Ist das eine raffinierte Ausrede, um wieder einmal meine Magie zu testen?«

Sodar lachte. »Willst du es nicht einfach mal versuchen?«

Annev zuckte die Achseln und konzentrierte sich gespannt auf die Klinge. Nach einem kurzen Augenblick sah er Sodar an. »Woher weiß ich, ob es funktioniert?«

»Ich würde nicht mit dem Finger darüber streichen, um es herauszufinden, wenn du das meinst. Doch für gewöhnlich spüre ich eine Verringerung meines *quaire*: Ich werde durstig oder bin außer Atem, als hätte ich vergessen, Luft zu holen.«

Annev glaubte verstanden zu haben und nickte.

Der Priester legte ein Stück Kleinholz zum Feuermachen auf die Tischkante. »Fahr mit der Schneide über das Holzstück.«

Annev näherte sich dem Tisch, das Schwert in beiden Händen. Er musterte den Holzspan – er war fast dreißig Zentimeter lang, aber kaum zwei Zentimeter dick –, dann ließ er die Schneide des Schwertes auf den Span des Anstoßes niederkrachen. Das Holzstöckchen glitt seitlich heraus, rollte von der stumpfen Schneide des Schwertes weg und fiel klappernd auf den Boden aus festgestampfter Erde.

Annev sah Sodar verdrießlich an und bemerkte, dass sich der Priester alle Mühe gab, nicht in Lachen auszubrechen. »Ist das denn so witzig?«

Der Priester ließ die Hände sinken und lächelte immer noch. »Es ist ein *Artefakt*, Annev.«

»Das weiß ich.«

»Ja, aber du behandelst es wie ein Schwert – ein richtiges Schwert. So funktioniert die Sache nicht. Die Gestalt eines Artefakts dient dazu, es dem Benutzer leichter zu machen, sich seinen Zweck vorzustellen. Gnade hätte auch die Form eines Stocks oder eines Stabes haben können, aber eine flache Oberfläche – wie bei einem Schwert – macht es leichter, sich die Schneide der Waffe vor Augen zu führen.« Sodar griff nach dem Stückchen Holz und legte es wieder auf den Tisch. »Versuch es noch einmal, aber benutze die Klinge nicht, um das Holz zu zerschneiden. Stell dir die wahre Schneide vor – die Luft um die Klinge herum – und führ dir vor Augen, wie diese Luft das Holz zerteilt.«

Annev runzelte die Stirn, positionierte das Schwert jedoch wieder über dem Holz. Erneut schaute er zu Sodar hinüber, dann drückte er mit der Klinge fest auf den Holzspan.

Schneidend kalte Luft, dachte Annev und versuchte sich vorzustellen, wie das aussehen würde. *Aber Luft ist nicht scharf und schneidend ... sie ist formlos. Gestaltlos, wie der Wind.* Doch statt diese Gedanken laut auszusprechen, schnitt Annev mit dem Schwert über das Holz. Nichts geschah.

Mit düsterer Miene schaute er auf. »Das ist doch albern und dumm.«

Sodar schüttelte den Kopf. Seine Heiterkeit von eben war verschwunden. »Versuche, den Namen der Glyphe zu sprechen, während du es dir vorstellst. Das Wort lautet *géaraer.*«

»Hätte ich das nicht gleich beim ersten Mal so machen sollen?«

Sodar drehte zögernd die Hände hin und her. »Glyphensprechen ist eine irreführende Bezeichnung. Wir nutzen Glyphen, um unserer Absicht eine Form zu geben, aber die daritische Magie nährt sich aus zwei Dingen: *quaire* und Wörtern. Das *quaire* kommt von einem selbst – wenn der Zauber wirkt, verbraucht man Wasser oder Luft –, aber die Wörter können gesprochen oder einfach im Geist als Gedanke geformt werden.«

»Aber du sprichst die Wörter für gewöhnlich laut aus.«

»Ja, weil gesprochene Wörter wie Wasser sind. Sie strömen dir aus dem Mund und nehmen die Gestalt des Gefäßes an, in das du sie hineingegossen hast – sie sind verlässlich. Gedanken sind das Gegenteil. Sie sind wie Luft … immer in Veränderung; in dem Moment, wo wir sie geformt haben, treiben sie auch schon wieder davon. Aber da gesprochene Wörter als Gedanken *beginnen*, sind sie das Gleiche, genauso wie *quaire* sowohl Luft als auch Wasser ist.«

»Himmelswasser.« Annev begriff. »Also forme ich das Wort im Geiste und verleihe ihm dann eine Gestalt, indem ich es ausspreche.«

»Mehr oder weniger, aber vergiss nicht: Magie ist zugleich eine Kunst und eine Wissenschaft. Regeln können die Form festlegen, aber der Rest ist intuitiv.«

Annev fragte nicht weiter und stellte sich im Geiste das Wort vor, dann berührte er mit der Schwertschneide das Holz. Er sah zu Sodar auf, der nickte. *»Géaraer!«*, rief Annev und zog die Klinge über den Span. Mitten in seiner Schneidebewegung hielt er inne und betrachtete den Stock unter dem Schwert; das Holz blieb hartnäckig unversehrt. Annev fluchte.

Sodar griff nach dem Stück Holz und drehte es in den Händen. Ein schwacher Kratzer war in der Oberfläche zu erkennen. Er seufzte. »Keine Sorge, Annev. Wir werden deine innere Blockade eines Tages durchbrechen. Irgendwie.«

»Blut und Knochen! Deshalb kann ich diese Tests meiner magischen Fähigkeiten nicht ausstehen. Jedes Mal – jedes einzelne Mal – ist es eine Enttäuschung.« Er trat gegen den Stapel Brennholz. »Warum kann ich meinen Arm benutzen, aber nicht das hier?« Er wedelte mit dem Schwert in Sodars Richtung. »Es ist ungerecht!«

Sodar verschränkte die Arme vor der Brust. »Wie genau bringst du denn diesen Arm dazu, mit dir eins zu werden?«

Annev zuckte die Achseln. »Keine Ahnung. Ich gebrauche ihn schon so lange, dass ich gar nicht darüber nachdenke. Es ist einfach irgendwie … natürlich. Ich weiß, was passieren muss, und es passiert.«

»Interessant.« Sodar strich sich über den Bart.

»Was?«

»Gnade wurde von einem Dariten angefertigt, also wird seine Magie durch das Glyphensprechen entfesselt. Dein Arm wurde von einem Terraner mithilfe von Nigromantie geschaffen, also ist seine Mechanik … anders. Ich kann nicht erklären wie, da ich kein Kunstwerker bin, aber die terranische Magie verlangt typischerweise eine Geste oder eine andere körperliche Handlung.«

»Richtig.« Annev erinnerte sich. »Glyphensprechen funktioniert durch Wörter und Gedanken. Ilumiten machen von Musik Gebrauch. Terraner setzen Gesten ein.« Er blickte verwirrt auf seinen Arm hinab. »Aber, Sodar, ich tue nichts von alledem. Mein Arm … er funktioniert einfach. Wie die Stolperstöcke, die meine Klasse heute Morgen in der Kirche benutzt hat. Ich brauchte nicht darüber nachzudenken, wie ich diese Stöcke einsetzen muss.«

»Aber das waren gewöhnliche Artefakte, und dein Arm ist kein gewöhnliches Artefakt.«

»Du sagst, er sei nicht gewöhnlich, aber ich denke, er ist es. Ich wette, jeder Krüppel, dem eine linke Hand und ein halber Unterarm fehlen, könnte diese Prothese tragen.«

»Pah!« Sodar machte eine wegwerfende Handbewegung in Annevs Richtung. »Wer unterrichtet hier wen?«

Annev verbeugte sich knapp vor seinem Mentor und gab sich geschlagen, ohne jedoch einzuräumen, dass er sich vielleicht irrte. »Gibt es eine Möglichkeit, dass Menschen ohne Glyphensprechen, Zaubersingen oder Nigromantie von Magie Gebrauch machen?«

Sodar schnaubte. »Nur wenn du ein Keokum bist.«

»Ich bin definitiv kein Keokum.«

Sodar lachte über die Vorstellung, und selbst Annev musste bei diesem Gedanken lächeln. »Nein, du bist kein menschenfressender Oger und auch kein Drache. Aber es hat da ein paar wenige gegeben, die …« Sodar sah Annev eindringlich an. »Versuch es noch einmal, aber denk weder an die Magie noch an die Klinge. Lass auch die Rune und ihren Zweck beiseite. Konzentrier dich auf das, was das Schwert für dich tun soll.«

Annev biss sich in die Innenseite seiner Wange. *Na toll. Jetzt glaubt er auch noch, ich sei ein Keokum – ein von der Hand des Keos geschaffenes fühlendes, empfindendes Splitterstück.* Er schüttelte den Kopf, denn er fand das Ganze absurd. *Warum besteht er darauf, dass ich das hier mache? Mein Arm ist ein gewöhnliches Artefakt, und ich habe nun mal keine Anlage für Magie.* Annev blickte zu Sodar und setzte dazu an, diesen Gedanken in Worte zu fassen, doch dann sah er den Glanz in den Augen des alten Mannes und verkniff es sich.

Annev seufzte. Er würde es noch einmal versuchen, um Sodar glücklich zu machen. Er zog die Schultern nach hinten, beugte sich zuerst nach links, dann nach rechts und spürte, wie sich die

Muskeln über seinen Schulterblättern hin und her bewegten. Er richtete den Blick auf das Holz und erinnerte sich an das Fünkchen Hoffnung, das er in Sodars Augen hatte aufblitzen sehen, und es entfachte ein winziges Feuer in ihm. Entschlossenheit ersetzte seine Skepsis.

Vielleicht kann ich es doch, sagte er sich. *Es ist nur ein Stück Holz. Ich kann Holz zerspalten. Ich halte ein Schwert in der Hand, und, gütiger Odar, so ein Schwert sollte Dinge spalten können. Und ich hacke jeden Tag Brennholz. Das hier ist nichts anderes.*

Annev hob die Waffe, musterte den Holzspan und hielt die Klinge darüber.

Es ist nur Holz – und ich bin die Klinge; ich bin der Herr und Meister dieses Schwertes.

Annev blinzelte, ließ sein Schwert herabfahren … und schnitt eine ganze Ecke des Tisches ab.

Kapitel 21

»Gütige Götter!« Sodar ließ seinen Blick vom ramponierten Tisch hinunter zu dem durchsäbelten Holzspan und dem dreieckigen Stück Tischfläche auf dem Boden schweifen. Dann schaute er in Annevs bleiches Gesicht.

»Ich … ich … Das wollte ich nicht«, stammelte Annev und starrte auf die Stelle, wo zuvor die Ecke des stabilen Eichentisches gewesen war.

Sodar war genauso fassungslos wie er. »Nein. Nein, es ist schon in Ordnung – mehr als in Ordnung. Annev, das ist ja wunderbar. Der Tisch ist aus massiver Eiche! Diese Klinge ist noch nie so scharf gewesen.« Sodar begutachtete das Stück Holz, das auf dem Lehmboden lag. »Mach das noch mal.«

»Was?«

»Mach das noch mal, Annev. Aber diesmal …« Er verließ den Raum und ging in den Schuppen hinüber. Als er zurückkam, trug er einen großen unbehauenen Stein in beiden Händen. »Diesmal sollst du diesen Stein zerschneiden«, sagte er.

»Das ist unmöglich.«

Sodar setzte den Stein vor Annevs Füßen auf dem Boden ab. »Nichts ist unmöglich.« Er grinste Annev aufgeregt an. »Versuch es.«

Annev musterte nachdenklich den Stein. Konnte er das schaffen? Wenn das möglich war, was war dann noch alles möglich? Ein erregtes Kribbeln lief durch ihn hindurch, wie er es noch nie gespürt hatte, wenn er bisher seine Magie getestet hatte.

»Ich werde es versuchen.«

Sodar strahlte ihn an. Wieder hob Annev das Schwert und senkte die Klinge langsam Richtung Stein, während er darüber nachdachte, ihn zu durchschneiden. Einige Zentimeter über dem Stein stoppte er die Bewegung des Schwertes und holte tief Luft.

»Mach es diesmal langsam, Annev. Stell dir vor, was du vorhin empfunden hast, und mach dir diese Empfindung zunutze. Dieses Gefühl sollte die Macht des *quaire* sein – des Geistes von Luft und Wasser. Lass diese Macht sich auf den Stein ausweiten – aber überstürze nichts. Fühle einfach die Magie.«

Annev atmete bedächtig aus, während sich das Schwert dem Stein näherte … und wirkungslos von seiner Oberfläche abrutschte. Stirnrunzelnd sah er Sodar an.

Der Priester wedelte mit der Hand. »Vergiss alles, was ich gerade gesagt habe, und tu, was immer du beim ersten Mal getan hast.«

Annev gab ein Grummeln von sich, gehorchte jedoch. Er stellte sich vor, dass die Klinge ein Teil von ihm sei – eine Verlängerung seines Willens –, dann senkte er langsam das Schwert. Kurz bevor das Metall den Stein küsste, erschien eine zarte Linie auf der Oberfläche des Steins. Er hörte, wie Sodar der Atem stockte, und hielt inne.

»Mach weiter, Annev – aber beweg das Schwert diesmal nicht. Halte es still und konzentriere dich auf das Übergreifen der Magie. Finde sie. Mach sie dir zu eigen. Dann strecke die Schwertschneide aus, so wie du deinen Arm ausstrecken würdest.«

Diese neuen Anweisungen erschienen Annev ganz im Einklang mit dem, was er selbst empfand. Er starrte gebannt auf den Steinblock und spürte die Macht, die Sodar beschrieb, gerade eben außer seiner Reichweite.

Ich bin das Schwert, dachte Annev. *Ich bin die Luft und das Wasser, das Licht und das Feuer. Ich bin die Erde und ihr Blut.* Er spürte, wie sich das Kribbeln erneut in seinem Körper ausbreitete und sein linker Arm wärmer wurde. Er hielt das Schwert völlig still und konzentrierte seine Gedanken darauf, den Stein zu zerschneiden.

Er brach auseinander.

»Beim Stabe Odars«, fluchte Sodar und ließ sich schwer auf den Stuhl sinken. »Die Daltas sind zurückgekehrt!«

»Was?«

»Du hast den Stein durchschnitten, ohne vom Metall des Schwertes Gebrauch zu machen – ohne auch nur deine Klinge hindurchzuziehen! Das würde ich selbst niemals fertigbringen.« Der Priester bückte sich, hob den Stein hoch und enthüllte das volle Ausmaß von Annevs Schnitt: Er hatte eine über zwei Zentimeter tiefe Furche in den Boden gegraben.

»Wie funktioniert so etwas überhaupt?«, fragte Annev genauso verblüfft.

»Das Schwert ermöglicht es demjenigen, der es in der Hand hält, die Luft um ihn herum zu einer Art Schneide zu verdichten. Wenn ich sie benutze, kann ich die Schneide nur um ein winziges Stück magisch ausdehnen. Das ist immerhin mehr als genug, um damit zu kämpfen, und auch wenn ich niemals einen Stein durchschneiden könnte, ist sie bei mir doch immer extrem scharf gewesen. Aber nach dieser Furche im Boden zu schließen, sieht es so aus, als hättest du den Zauber sich mitten durch den Stein und dann auch noch in den Boden hinein erstrecken lassen – das sind über fünfzehn Zentimeter! Wirklich bemerkenswert.« Der Priester nahm Annev behutsam das Schwert aus der Hand. »Es ist außerdem sehr gefährlich«, fügte Sodar hinzu. »Wenn du dich nicht darauf konzentrierst, das Schwert scharf werden zu lassen, sollte die Magie eigentlich wieder verfliegen, aber …« Er testete die Schärfe der Waffe am Tisch, und nichts geschah; die Klinge war wieder stumpf geworden. Sodar schob das Schwert zurück in die Scheide und wog es bedächtig in den Händen. »Annev. Solltest du diese Magie versehentlich während unserer Übungskämpfe anwenden, würdest du mitten durch meinen Schildarm schneiden.«

»Ich würde so etwas nie im Leben …«

Sodar hob die Hand. »Nicht mit Absicht. Aber diese Magie funktioniert für dich anders. Ich muss mir die Glyphe lebhaft vorstellen und an das Wort der Macht denken. Ich hätte gedacht, du würdest mehr nach deinem Vater geraten – der ein Darit war – oder es vielleicht der ilumitischen Magie deiner Mutter nachtun, aber ich habe mich vollkommen geirrt. Deine Magie funktioniert …« Sodars Stimme verlor sich, aber Annev konnte trotzdem die Worte hören, die der Priester leise vor sich hin murmelte. »Wie die eines Dalta … oder eines Keokum.« Er schüttelte den Kopf. »Ich hatte nicht die geringste Ahnung, dass so etwas geschehen könnte. Zumindest vorläufig ist es womöglich ein Fehler gewesen, dir das Schwert zu geben.«

»Nein!«, rief Annev. »Du wünschst dir das schon seit Jahren! Du kannst mich nicht dafür bestrafen, dass es bei mir endlich geklappt hat!«

»Ich bestrafe dich nicht, Annev. Ich meine nur, es wäre besser, wenn ich …«

»Das kannst du nicht machen!«, protestierte Annev. »Nicht nachdem du es mir geschenkt hast. Ich habe bereits versprochen, es niemandem zu zeigen. Ich werde das Haus damit nicht verlassen. Ich werde es nicht einmal benutzen, aber bitte, nimm es mir nicht wieder weg.« Er senkte den Kopf, um die drohenden Tränen zu verbergen. »Es ist das Einzige, was du mir je geschenkt hast.«

Sodar stieß einen langen Seufzer aus und sah zwischen dem Schwert und dem Jungen hin und her. »Ich habe dir viele Geschenke gemacht, mein Junge. Das wichtigste davon ist dein Wissen.« Er machte eine Pause und wog sowohl das Schwert als auch seine nächsten Worte vorsichtig ab. »Aber wenn du von diesem Wissen Gebrauch machen willst, dann benutze es, um die Macht deines Schwertes im Zaum zu halten. Vielleicht kann ich dir dann erlauben, es zu behalten.«

Annev wischte sich hastig die Tränen weg und schaute in die grauen Augen seines Mentors. »Ich verspreche es.«

Sodar nickte. »Dann nimm Gnade, Annev. Aber mach keinen weiteren Gebrauch davon, bis wir die Art deiner Magie besser verstanden haben.« Er reichte Annev das Schwert. Der Priester trat mit ein paar schnellen Schritten an den Tisch und griff nach dem Handbeil. »Während der ganzen Aufregung haben wir Sraons Geschenk ganz vergessen.« Er reichte Annev das Handbeil.

Annev nahm das Beil in seine linke Hand und begutachtete das Futteral aus dickem Rohleder, das um die Klinge des Beils gegürtet war. Er öffnete die Schnalle. Die Klinge schien mit ähnlicher Kunstfertigkeit verziert wie die des Kurzschwertes, hier waren die Arbeiten aber noch raffinierter: Geometrische Sterne und Diamanten waren in das Blatt der Klinge graviert; sie formten ein dekoratives Muster und sorgten zugleich dafür, dass das Beil leichter in der Hand lag.

»Es ist wunderschön.«

»Ja, das ist es. Sraon hat eine Menge Arbeit darauf verwandt. Er will mir nicht verraten, wie viel, aber ich bin mir sicher, dass er schon vor dem Winter damit angefangen hat. Ein wirklich bemerkenswertes Geschenk.«

Annev schwang das Beil versuchsweise. »Kann ich es für meine Übungskämpfe nehmen?«

Sodar nickte. »Wenn du den Schutz auf der Klinge lässt. Ich würde es gerne vermeiden, dass du mir die Beine unter dem Leib weghackst.«

Annev lächelte. »Noch habe ich dich nicht besiegt.«

»Aber du bist mittlerweile nahe dran.«

Annev schüttelte den Kopf. »Ich bin einer der besten meiner Klasse … aber wann immer ich mit dir kämpfe, habe ich das Gefühl, dass du mir einfach nur nicht den Spaß verderben willst.«

»Es macht mir bloß Spaß, dich ein wenig aufzuziehen. In so ziemlich jedem kleinen Dorf hättest du das Zeug zum Waffenmeister – und in jeder mittelgroßen Stadt würdest du zum Krieger oder zum Waffengesellen taugen. Du verstehst die Grundlagen, es fehlt dir nur noch an Erfahrung.« Zur Betonung seiner Worte deutete er auf Annevs zerschundenes Gesicht. »Wie viele waren es?«

Die Frage überrumpelte Annev, aber er merkte, dass er, was den Kampf mit Fyn betraf, einfach nicht lügen konnte. »Vier.«

»Erzähl weiter.«

»Fyn hatte Kalistöcke. Trotzdem, ich glaube, ich hätte ihn besiegen können, aber …«

»Aber nicht alle vier?«

»Nein.«

Beide saßen für eine Weile schweigend da.

»Sodar«, ergriff Annev schließlich das Wort, nachdem er lange zu Boden gestarrt hatte. »Du hast meine Eltern erwähnt … und ihre Magie.« Sodar zuckte sichtlich zusammen, und Annevs Magen flatterte, aber er ließ sich nicht beirren. »Ich habe immer gedacht, du wüsstest nicht, wer meine Eltern waren.«

Sodars Lippen bewegten sich, als wolle er sprechen, aber ihm versagte die Stimme.

Er hat sie gekannt, begriff Annev, und Galle stieg in ihm auf. *Bei den Göttern. Sein Gespräch mit Arnor hat nur einen Bruchteil von alledem aufgedeckt, was er vor mir verborgen gehalten hat. Er hat mich mein ganzes Leben lang belogen.* Alle Gefühle der Kränkung und des Verrats, all der Zorn und die Enttäuschung stürmten erneut auf ihn ein. *Was hat er sonst noch verborgen? Welche anderen Lügen hat er mir erzählt?*

»Woher kennst du meine Eltern?«, hakte Annev nach. Seine Atmung ging schnell und flach. »Leben sie noch? Sind sie in Luqura?«

Sodar stand auf. »Annev. Nicht …«

»Haben sie mich wirklich einfach hergegeben, oder bin ich geraubt worden? Das haben uns nämlich einige der Ältesten gesagt – dass wir von untauglichen Eltern abstammen würden und die Akademie uns von ihnen fortgeholt habe, damit wir als Avatare dienen.« Er sah mit geweiteten Augen zu Sodar auf. »War das bei mir so? Welche Version ist wahr?«

»Annev«, begann Sodar und wählte seine Worte sehr sorgfältig. »Stell keine Fragen nach deinen Eltern.«

»Aber warum nicht?!«, rief Annev, während ihm Tränen über die Wangen liefen. »Wenn du weißt, wer sie sind, warum kannst du es mir dann nicht sagen? Warum nur musst du mich ständig belügen?«

Sodar sah Annev lange ins Gesicht, dann verharrte sein Blick auf der Armprothese des Knaben, um schließlich zu dem Schwert auf dem Tisch weiterzuwandern. Ein Teil seiner Anspannung fiel von ihm ab. Sodar setzte sich wieder auf seinen Stuhl und verschränkte die Hände vor dem Gesicht, als würde er beten. Einen Augenblick später schaute er auf.

»Manchmal können uns Lügen beschützen und Wahrheiten uns töten. Wenn du die Wahl zwischen beiden Möglichkeiten hättest, was wäre dir lieber?«

Annev wischte sich die Tränen von Wangen und Augen. »Ich verstehe nicht.«

»Dann atme tief durch und denk nach.«

Die schroffe Antwort ließ Annev innehalten und über seine nächste Antwort nachgrübeln. Er schluckte und brachte seine Gefühle unter Kontrolle. »Mein Arm ist eine Lüge, die mich beschützt«, sagte er dann. »Wenn die Ältesten es je erführen, würden sie mich töten. Aber die Wahrheit ist, dass ich …« *Verkrüppelt bin? Missgestaltet?* »… dass ich nur einen Arm habe«, zwang er die Worte heraus. »Dass ich … nicht ganz bin. Das ist die Wahrheit. Meine Behinderung macht mich zu einem Sohn des Keos, und sie kann mich töten.«

»Und du hast magische Fähigkeiten.«

»Was bedeutet, dass ich doppelt verflucht bin.«

Sodar schüttelte den Kopf. »Magie ist ein Segen, den nur wenige besitzen. Sei dankbar dafür. Dein Arm ist ebenfalls ein Segen. Odar hat dir in seiner Barmherzigkeit eine Prüfung auferlegt, die du zu bestehen hast, und diese Herausforderung wird dich stärker machen.«

»Es ist trotzdem eine Wahrheit, die mich töten kann«, erwiderte Annev. »Das ist es, was du mir zu sagen versuchst.«

Sodar klopfte mit dem in der Scheide steckenden Schwert auf den Tisch. »Dein ganzes bisheriges Leben ist eine Abfolge von Lügen gewesen, die dazu gedacht waren, dich zu beschützen, Annev. Du belügst die Ältesten, was deinen Arm und deine magische Begabung betrifft. Sie lügen darüber, wer du bist, woher du gekommen bist und was du hier machst.«

»Und wen belügst du?«

Annev bedauerte die Frage in dem Moment, in dem er sie ausgesprochen hatte, aber er konnte sie nicht wieder zurücknehmen, und als Sodar zögerte, war Annev ehrlich neugierig, was der Priester wohl antworten würde.

»Ich belüge alle«, sagte Sodar, und sein Tonfall hatte nichts Entschuldigendes an sich.

Die Worte des Priesters überraschten Annev nicht wirklich, doch er war trotzdem schockiert über Sodars Eingeständnis. »Wenn ich dich jetzt fragen würde«, setzte Annev an, »würdest du mir dann die Wahrheit sagen?«

Wieder zögerte der Priester. »Nein.«

»Warum nicht?«, fragte Annev mit scharfer Stimme.

»Weil ich nicht zulassen werde, dass dir ein Leid geschieht, Annev! Ich werde auf keinen Fall …« Er brach ab. »Ich werde nicht zulassen, dass es noch einmal geschieht.«

»Nicht zulassen, dass *was* noch einmal geschieht?« Mit jeder Frage wuchs Annevs Verwirrung, als sinke er in tiefes, dunkles

Wasser. »Sag es mir«, beharrte Annev und brachte seine Gefühle wieder unter Kontrolle. »Ich bin dein Schüler … dein Freund. Ich verdiene es, es zu wissen. Was verbirgst du vor mir?«

Sodar schüttelte den Kopf und sah Annev mit flehendem Blick an. »Nicht heute Abend, Annev. Es ist zu viel. Nicht heute Abend.«

Annev atmete tief durch, um sich zu beruhigen. So viele Geheimnisse. So viele Lügen. Warum sollte er irgendetwas glauben, das der Priester ihm sagte? Warum sollte er glauben, dass Sodar ihm überhaupt jemals die Wahrheit sagen würde?

»Wir müssen uns für Regaleus vorbereiten«, murmelte Annev langsam, das Gesicht immer noch rot vor Zorn. Er riss das Schwert und das Beil vom Tisch. Als Sodar zustimmend nickte, sah Annev ihn eindringlich an. »Aber dieses Gespräch ist noch nicht vorüber.«

Kapitel 22

Die Abendglocke läutete, und die Dorfbewohner begannen in Sodars winzige Kapelle zu strömen. Bauern, Krämer, Händler und Meisteravatare wünschten einander alle ein frohes Regaleus. Schon bald waren sämtliche Bänke besetzt bis auf die beiden ganz vorn, und wer jetzt noch kam, musste stehen.

Annev stand auf dem erhöhten Podest im vorderen Teil der Kapelle, den Altar hinter sich, während Yohans nach Lavendel duftende Kerzen links und rechts von ihm brannten. Über seinen sauberen Akolythenkleidern trug Annev sein liturgisches blaues Gewand, das von einem grauen Gürtel zusammengehalten wurde. Der lange Rock selbst war von einem einstmals tiefen Blau mit der Zeit zu einem dunklen Weißgrau verblasst. Außerdem trug Annev an seiner linken Hand den leuchtend roten Phönixhandschuh. Sodar hatte zunächst bezweifelt, dass das eine kluge Entscheidung sei – und seine Spekulationen über die Herkunft des Handschuhs angestellt –, aber als Annev seiner Missbilligung mit eisernem Schweigen begegnet war, hatte der Priester nachgegeben.

Während Annev zusah, wie die Sonne unterging und die letzten Dorfbewohner die Kapelle betraten, hob er mit beiden Händen einen silbern bemalten Stab in die Höhe und begann seinen Sprechgesang.

»Herr des Himmels, Gott über uns. Herr des Wassers, Gott unter uns. Erhöre unsere Gebete.«

»Erhöre unsere Gebete«, stimmte die versammelte Gemeinde mit ein.

Annev schlug einmal mit dem Ende des Stabs auf den Boden und reckte ihn dann wieder in die Höhe. »Gib uns Atem, auf dass wir atmen mögen«, betete er. »Gib uns Wasser, auf dass wir trinken mögen. Gib uns Wissen, auf dass wir dich erkennen mögen. Schöpfer des Himmels und der Meere. Gott des *quaire*. Gott des Himmelswassers. Fürsorger unserer Seelen und Hüter unserer Geheimnisse, erhöre unsere Gebete.«

»Erhöre unsere Gebete«, wiederholten die Versammelten.

Annev schlug noch zweimal mit dem Stab auf den Boden und schritt dann zur linken Seite des Podestes. Im gleichen Moment trat eine Gruppe von Ältesten unter der Führung des Ältesten Tosan – in seinem besten rot-schwarzen Gewand, die Ärmelaufschläge und der Kragen mit schwarzem Hermelinpelz besetzt – in den Raum und drängelte sich durch die Menge zu den leeren Bänken im vorderen Bereich.

Myjun folgte ihrem Vater. Ihr rotes Seidenkleid war mit schwarzem Satin bestickt, und ein schmales Silberkettchen hing um ihren Hals. Am Ende der Kette baumelte gleich über ihrem züchtig hohen Halsausschnitt ein winziger silberner Stab, ein Symbol des Stabes von Odar.

Tosan setzte sich in die erste Bank. Myjun nahm neben ihm Platz. Die anderen Ältesten schlurften hinter Tosan her und folgten seinem Beispiel.

»Odar, Allvater«, fuhr Annev fort. »Herr des Windes und der Luft und des Meeres, wir danken dir für das Wasser, das uns reinigt, und für den heiligen Geist, der uns erhebt. Vergib uns unsere Schuld, mit der wir uns gegenüber Gott und den Menschen beladen haben.« Annevs Blick wanderte zu Tosan, der unbeirrt geradeaus schaute, dann sah er für einen Moment zu Myjun hinüber. »Und führe uns nicht in Versuchung«, setzte Annev hinzu.

Ein scheues Lächeln stahl sich auf Myjuns Züge, und Annev lächelte zurück, bis sein Blick auf Tosan fiel und er feststellte, dass der Älteste der Ältesten ihn anstarrte. Myjuns Vater verschränkte die Arme vor der Brust und zog beide Augenbrauen hoch.

»Erhöre unsere Gebete«, sagte Annev schnell.

»Erhöre unsere Gebete«, wiederholten Tosan und Myjun zusammen mit den übrigen Dorfbewohnern.

Annev trat zurück und schlug dreimal mit dem Stab auf den Boden vor ihm. Als er das hintere Ende des Podests erreicht hatte und sich umdrehte, warf er einen letzten verstohlenen Blick auf Myjun und wäre dabei beinahe über seine eigenen Füße gestolpert. Er taumelte zurück und drohte über die Kante des erhöhten Podests zu kippen. Gerade als er merkte, dass sein Gewicht ihn nach hinten zog, kam ihm eine ausgestreckte Hand entgegen und gab ihm Halt. Annev sah sich um und bemerkte, dass Sodar hinter ihm stand.

»Entschuldige«, flüsterte Annev und machte einen Schritt von der Kante weg. Dann reichte er dem alten Priester den silbernen Stab.

An vielen Abenden trug Sodar lange Priesterröcke, die mit Symbolen bestickt waren, welche die unbekannten Tiefen des Meeres verkörperten. Heute Abend war sein Gewand nachtblau, fast schwarz, und makellos sauber, mit hellgelben Sternen darauf, die Odars unermessliches Wissen symbolisieren sollten. Vervollständigt wurde die Kleidung des Priesters durch einen dazu passenden spitzen Hut mit kleinen weißen Blitzen, Zeichen für die Größe von Odars himmlischer Macht.

»Konzentrier dich auf deine Arbeit«, flüsterte Sodar zurück, ohne die Lippen zu bewegen.

Annevs Wangen röteten sich, und er ging um den Priester herum zu seinem Stuhl auf dem rückwärtigen Teil des Podests. Als er sich, den Dorfbewohnern zugewandt, hinsetzte, sah er absichtlich nicht in Myjuns Richtung hinüber, was nicht ganz leicht war, da die junge Frau und ihr Vater direkt vor ihm saßen.

Sodar hob den Stab hoch über den Kopf und schlug damit dreimal auf das Podest unter seinen Füßen. Er wartete. Auch jene Dorfbewohner, die während Annevs eröffnendem Dankgebet weitergeredet hatten, hörten nun auf zu plappern, und Schweigen senkte sich über den Raum. Sodar hielt den Stab vor sich hin und ließ den Blick über die Gemeinde gleiten.

»Brüder und Schwestern«, erhob er nach einem langen Augenblick der Stille die Stimme. »Älteste und Meister der Akademie. Ich danke euch, dass ihr an diesem Siebttag mit uns betet, dem ersten Abend unserer dreitägigen Regaleusfeier. Der Tradition zufolge markiert diese Feier den fünftausendsiebzehnten Jahrestag jenes Tages, da Myahlai aus Luquatra verbannt wurde, und den viertausendneunhundertsiebzehnten Jahrestag des ersten Regaleus, den wir mit unseren gegenseitigen Geschenken würdigen. Freilich heißt es, dass Geschenke großes Unheil mit sich brächten – auch wenn wir voller Ehrfurcht von den ersten Geschenken sprechen und von dem Stab, den Odar empfangen und den Keos später verflucht hat.« Während er sprach, ging Sodar zur Mitte des Podests hinüber und legte den silbernen Stab auf den Altar. »Wir erinnern uns heute außerdem daran, wie Odar das Orakel schuf, ein Wesen aus reinem *quaire*; wie Lumea die Elfen schuf, Wesen aus reinem *lumen*; und wie Keos Fyoldar schuf, einen Gräuel aus purem *t'rasang*, der vierhundert Jahre lang Jagd auf die Gläubigen Odars und Lumeas machte. Das Buch Odar nennt diese dunkle Zeit den Sturz des Keos, eine Zeit, die erst mit dem Zerbrechen der Hand des Keos endete. An all das erinnern wir uns beim Regaleusfest, aber nach dem Verstreichen einer so langen Zeit ist es möglich, dass die Geschichte der Legende Platz gemacht hat und die Legende dem Mythos, bis nicht mehr klar ist, was wahr und was lediglich eine Geschichte ist.«

Annev spitzte die Ohren. *Er weicht vom üblichen Regaleusvortrag ab … Warum?*

Sodar winkte Annev heran. Wie abgesprochen ergriff Annev nun das gebundene Buch mit seinen dünnen Bronzeplatten, das hinter seinem Stuhl gestanden hatte, und trug es zu dem Priester hinüber. Als er sich wieder setzte, sah er verstohlen in Richtung Myjun, und ihre Blicke trafen sich. Er gab sich alle Mühe, nicht zu erröten.

Sie hat darauf gewartet, dass ich sie anschaue. Oder sie hat mich die ganze Zeit über angeschaut. Bei dem Gedanken flatterte Annevs Herz.

»Und deshalb müssen wir uns ständig der Schrift zuwenden, um uns die Wahrheit vor Augen führen zu lassen«, sprach Sodar weiter und hob den dünnen Stapel Bronzeplatten empor, damit die Menge ihn sehen konnte. »Das Buch Odar berichtet von vielen solchen Wahrheiten, etwa von der Erschaffung Luquatras, vom Zeitalter der Götter, vom Zeitalter der Könige, vom Zeitalter des Blutes und vom Zeitalter des Friedens. Diese Wahrheiten sind jahrtausendelang bis zum heutigen Tag weitergegeben worden … aber sie haben uns nicht völlig rein und ungetrübt erreicht.« Sodar legte das Buch neben den Stab auf den Altar.

Jetzt hat er sich definitiv von der Vorgabe abgewandt, dachte Annev. Nur wenige Dinge hätten ihn an diesem Abend von Myjuns Aufmerksamkeit ablenken können, aber die unerwartete Richtung, die Sodars Predigt eingeschlagen hatte, bewirkte genau das. *Worauf will er hinaus?,* fragte sich Annev.

»Über Jahrtausende hinweg hat die Priesterschaft die Zerstörung von Gorm Corsa betrauert, die Zerstörung der Bibliothek in Neven nan Su'ul und den Verlust unserer heiligsten Schriften, Historien und Prophezeiungen. Doch entgegen aller Wahrscheinlichkeit sind einige dieser Dokumente vor der Zerstörung bewahrt worden.« Sodar drehte sich um und gab seinem Diakonus ein Zeichen. Annev starrte ihn an, von den Gesten des Priesters verwirrt – und dann verstand er.

Beim Barte Odars … er will, dass ich das Speur-Dún-Manuskript hole!

Annev sprang auf, immer noch nicht sicher, ob er richtig geraten hatte. Er machte einen halben Schritt auf die Tür der Priesterwohnung zu, und Sodar nickte. Annev schluckte einen Fluch hinunter, dann stieg er vom Podest herab.

Sobald er durch die Tür der Priesterwohnung getreten war, rannte Annev durch die Küche in Sodars Zimmer hinüber, wo auf dem Bett des Priesters die tintenbespritzte Übersetzung lag. Annev klaubte sie von der Decke zusammen und lief zurück in die Kapelle, um Sodar den chaotischen Stapel von Papieren zu überreichen. Als er sich wieder setzte, hob Sodar die Dokumente hoch über den Kopf.

Nun ja, dachte Annev und krümmte sich innerlich, *die Sache dürfte interessant werden.*

»Vor einigen Jahrhunderten wagte sich eine Gruppe unserer Brüder nach Gorm Corsa, auf der Suche nach den verlorenen Dokumenten. Die meisten von ihnen überlebten die Reise nicht, aber jene, die zurückkehrten, brachten ein Dokument mit, das schon vor der Zerstörung von Neven nan Su'ul uralt gewesen war. Die Aufzeichnungen waren auf Messingplatten geschrieben, die große Ähnlichkeit mit diesen hatten.« Sodar hob die Bronzeplatten des Buchs Odar in seiner rechten Hand hoch und legte dann sowohl die Bronzeplatten als auch das Bündel Papiere auf den Altar. »Diese Platten wurden ins Kloster von Speur Dún gebracht und sorgfältig kopiert, auch wenn die Sprache der Platten ein Rätsel war. Die Worte waren daritischer Herkunft, aber die Glyphen bestanden aus einer obskuren Art von terranischen Piktogrammen. Das bedeutete, dass die Platten sowohl für Terraner als auch für Dariten nichts als unverständliches Kauderwelsch zu enthalten schienen – ein scheinbarer Makel, dem die Aufzeichnungen schließlich ihre Rettung verdankten. Tatsächlich bin ich der Überzeugung, dass dieses Buch die Zeiten nur deshalb so lange überdauert hat, weil niemand es zu lesen vermochte. Doch ehe eine vollständige Übersetzung des Manuskripts angefertigt werden konnte, wurde das Kloster in Speur Dún zerstört. Die meisten der dort befindlichen Dokumente gingen ebenfalls verloren.« Sodar nahm das Bündel Papiere vom Altar. »Aber einige wenige Abschriften haben überdauert.«

Tosan räusperte sich irritiert.

»Meine Einleitung diente dazu zu erklären, woher diese Schriften kommen. Ich werde nun gleich eine Geschichte der Ereignisse verlesen, die dem ersten Regaleus gefolgt sind – eine Geschichte, die wir alle gut kennen –, aber statt sie aus dem Buch Odar vorzulesen, werde ich diese Übersetzung zugrunde legen, die die Perspektive der Feinde unserer Nation zum Ausdruck bringt … der Terraner.«

Ein Chor gedämpften Gemurmels erfüllte die Kapelle, und die Falte zwischen Tosans Brauen vertiefte sich. Die Ältesten tuschelten miteinander, und die meisten dieser Bemerkungen waren an die Adresse des Ältesten Jerik gerichtet, der an der Akademie der für alte Geschichte zuständige Gelehrte war und nun mit versteinerter Miene dasaß.

»Bruder Sodar«, sagte Tosan mit abweisendem Blick. »Welchen Nutzen bringt es uns, terranische Lügen von der Kanzel gesprochen zu hören? Ich kann mir bereits denken, dass das Ganze Keos preisen und den Allvater verleumden wird. Das stinkt nach Ketzerei.«

Der Priester hob beschwichtigend die Hand. »Verurteilt nicht, was Ihr noch gar nicht gehört habt, Ältester Tosan. Vieles davon stimmt mit dem Buch Odar überein, aber es gibt viele Einzelheiten, die in unseren Aufzeichnungen nicht enthalten sind – Einzelheiten, von denen die Akademie profitieren könnte.«

»Profitieren?«, höhnte Tosan. »Ich sehe keinen Nutzen darin, Eurer Gemeinde Gotteslästerungen zu predigen.« Doch noch während der Rektor sprach, konnte Annev erkennen, dass Tosan die Frage abwog, ob an Sodars Worten nicht vielleicht doch etwas dran sein könnte. »Auf welche Weise soll die Akademie denn von diesem Dokument – dieser *Übersetzung* – profitieren können?«

Annev konnte Sodars Gesicht nicht sehen, aber nach der Art zu urteilen, wie sich der Rücken des Priesters straffte – nach der Art, wie er erwartungsvoll die Finger rieb –, wusste er, dass ein Funkeln in den Augen des alten Mannes lag.

Tosan gab Sodar genau die Gelegenheit, auf die er gewartet hatte.

»Die Terraner«, erklärte Sodar, »haben viele der Einzelheiten zu bewahren gewusst, die die Schöpfung des Orakels umgaben – eines der mächtigsten Artefakte, die je von Göttern oder Menschen geschaffen worden sind. Meine Übersetzung vermag zu erklären, worum es sich dabei genau handelt, warum Odar das Orakel geschaffen hat und – vielleicht am wichtigsten von allem – wo es aufbewahrt wurde.«

Annev konnte sehen, dass der Priester die volle Aufmerksamkeit des Rektors für sich gewonnen hatte.

»Wenn es die Akademie erlaubt«, fuhr Sodar fort und richtete das Wort an die versammelte Gemeinde, »würde ich heute Abend gern diese Übersetzung vorlesen. Sie enthält das eine oder andere kulturelle Vorurteil, wie Ältester Tosan bemerkt hat, aber ich bin überzeugt, dass die terranische Perspektive auch einige Wahrheiten zu enthüllen vermag, die im Buch Odar verloren gegangen sind.«

»Das ist im höchsten Grade unüblich, Sodar.« Die Beschwerde kam von Tosan, doch der Tonfall des Rektors ließ durchklingen, dass sein Einwand nur alibihaft vorgeschoben war. Nach einer kurzen Pause fügte der Älteste der Ältesten hinzu: »Ihr mögt fortfahren, aber nach Eurer Predigt müsst Ihr Eure Aufzeichnungen in die Akademie bringen, damit wir Eure Erkenntnisse wie auch die Methoden Eurer Forschung erörtern können.«

Sodar neigte den Kopf. »Es wäre mir ein Vergnügen, Ältester Tosan.« Er schob die Manuskriptseiten zusammen und legte dann die Bronzeplatten auf die losen Blätter.

»Bevor ich aus dem neuen Manuskript vorlese«, sagte Sodar und blätterte in den Bronzebögen, »möchte ich meiner Übersetzung einige Zeilen aus dem Buch Odar voranstellen.« Er räusperte sich. *»Und es begab sich, dass viele Jahre verstrichen waren, wahrhaftig, es waren sogar sechshundert Jahre verstrichen seit dem ersten Regaleus. Und es waren siebenhundert Jahre seit dem Tag, da Myahlai, die Inkarnation der Entropé, aus Luquatra verbannt worden war.«*

Sodar legte sein Manuskript auf die Platten, richtete den Blick auf die versammelte Gemeinde und begann.

TEIL 2

Und am sechshundertsten Jahrestag des Regaleus beglückte Odar in seiner Eitelkeit seine Kinder mit einer neuen Gabe: Mit Hilfe des Elements, dessen Sachwalter er war, hob der Ältere Gott seinen Stab und schuf ein Elementarwesen aus purem quaire. *Und Odar nannte es das Orakel und wies ihm einen Ort im Nordwesten von Odarnea an, wo die Dariten es oft aufsuchten, denn es hieß, das Orakel verfüge über den Geist Odars und könne die unausgesprochenen Fragen eines Bittstellers beantworten. Und das Orakel wurde von den Kräften des Keos und der Lumea gestärkt, denn Odar hatte das Orakel mit Hilfe seines Stabes geschaffen, und dem Stabe Odars wohnten noch immer die Segnungen des Keos und der Lumea inne.*
Und Lumea sah das Geschenk Odars und fand, dass das Orakel ein ihres Bruders würdiges Ding sei, um es seinen Kindern zu geben, und sie hatte den Wunsch, dem Beispiel ihres Bruders zu folgen, indem sie nun ihrerseits die Ilumiten beschenkte. Und so geschah es, dass die Göttin Wesen aus purem lumen *formte und sie unter ihr Volk aussandte. Und sie nannte sie Elfen, denn sie waren einfache Wesen aus Licht und Feuer, die Lumeas Volk große Freude brachten. Und die Göttin verteilte sie überall in den Tälern Ilumeas, auf dass sie allen, die ihnen begegneten, Licht und Liebe bringen mochten. Und die Seelen der Elfen wurden von den Kräften des Keos und des Odar gestärkt, denn Lumea beschwor die Elfen mit Hilfe ihrer Flöte, und die Flöte Lumeas trug noch immer die Segnungen ihrer Brüder in sich.*
Als nun Keos dieser Schöpfungen ansichtig wurde, war er erzürnt, denn er hatte den Stab und die Flöte für Odar und Lumea geschmiedet, und er erinnerte sich daran, dass seine Geschwister ihn mit ihrem Geschenk eines Liedes herabgewürdigt hatten. Fürwahr, und er sah, wie sie ihn nun verspotteten, indem sie ihren Kindern bedeutendere Schätze schenkten und dazu die Werkzeuge benutzten, die er für sie geschaffen hatte.

Also kehrte Keos in seine Schmiede zurück und mühte sich in langer Arbeit an ihren Feuern ab. Und mit der Kraft seines Hammers erschuf er ein gewaltigeres Elementarwesen als diejenigen seiner Geschwister, geschmiedet nach seinem eigenen Wesen und Bilde und getränkt mit großer Stärke und Kraft. Und Keos liebte den Golem und gab ihm einen Namen: Fyoldar.

Nun hatte der Hammer des Keos niemals den Segen Odars oder Lumeas empfangen, denn nachdem sie ihrem Bruder mit einem Lied beleidigt hatten, hatten die Götter es verabsäumt, das Geschenk zu segnen, das Keos für sich selbst machte. Und die Schöpfungen, die vom Hammer des Keos geschmiedet wurden, waren für die Dariten und Ilumiten widerwärtig, denn sie fanden, dass seinen Schöpfungen ohne lumen *der Geist fehle und ohne* quaire *die Klugheit. Gleichwohl frohlockte Keos, denn er wusste, dass ein vernunftloser Diener seinem Herrn gehorchen würde, und ein seelenloser Sklave würde in der Erfüllung seiner Pflichten nicht ermüden. Trotzdem wusste Keos, dass Fyoldar schrecklich anzusehen war, und er wusste, dass auch seine Geschwister ihn eine Abscheulichkeit nennen würden. Also schloss Keos den Golem unter den Wurzeln der Berge ein, in den großen Abgründen im Zentrum der Erde. Und für eine Weile blieb Fyoldar dort, vor den Augen von Odar und Lumea verborgen.*

Nun bekam Fyoldar, da er ein Geschöpf aus purem t'rasang *war, weder Hunger noch Durst wie Menschen oder Tiere, denn er konnte kein Wasser trinken, und weder Obst noch Gemüse stillte seinen Hunger: Nur Blut konnte Fyoldars Durst befriedigen, und nur durch Fleisch allein konnte sein Appetit gesättigt werden. Dazu kam, dass Fyoldar, wenn er das Fleisch von Tieren verzehrte, wild und grausam wurde, aber wenn Fyoldar das Blut von Menschen trank, tat sich sein Geist auf, und seine Gedanken wurden schlau und durchtrieben wie jene der Menschen. Und so geschah es, dass Keos aufgrund seiner Liebe zu Fyoldar und seines Zorns auf Lumea und Odar die Anbeter seiner Geschwister raubte und sie opferte, um den Hunger seines Fleischgolems zu stillen.*

Aber das war noch nicht alles. Denn mit der Schöpfung Fyoldars hatte Keos einen Hunger in sich selbst geweckt, einen Hunger, mehr Wesen aus purem t'rasang *zu erschaffen. Denn ungeachtet von Keos' Liebe zu Fyoldar sah er, dass der Golem nicht ohne Makel war, weil es ihm an Klugheit mangelte, an Schönheit und Anmut. Also zog sich Keos in die Abgründe unter seiner Schmiede in Thoir Cuma zurück und machte sich daran, im Geheimen zu arbeiten und viele Golems und geheime Geschöpfe zu schaffen, während er danach trachtete, ein vollendeteres Wesen aus Erdblut zu formen.*

Und er schuf Golems aus Stein und nannte die größten unter ihnen Klaklanrai. Er erschuf Golems aus Metall und nannte die größten unter ihnen Yarnach. Er erschuf geflügelte Golems und nannte den ersten unter ihnen Gargol. Und nach vielen Jahren harter Arbeit erschuf er Dortafola, den ersten großen Vampyr. Und in Dortafola fand Keos jene Schönheit und Anmut, nach der er gestrebt hatte.

Aber Odar und Lumea waren die Schöpfungen des Keos nicht unbemerkt geblieben, denn sie hatten gespürt, wie Luquatra bei jeder ihrer Geburten erbebt war, hatten das Heulen der Geschöpfe bei Nacht gehört und hatten gesehen, wie die Ungeheuer jene Dariten und Ilumiten jagten, die die Kinder des Keos verfolgten.

Als er dies sah, suchte Odar, der Gott des quaire, *der seit dem Vorabend jenes ersten Regaleus nicht mehr mit Keos gesprochen hatte, seinen jüngeren Bruder auf. Und Odar ermahnte Keos, seine Taten zu bereuen, tadelte ihn und drohte damit, dass, wenn Keos seine Schöpfungen nicht reuten, die Priester Odars Jagd auf die Kinder des Keos machen und Luquatra von diesem Makel reinigen würden.*

Aber Keos war klug, denn er erkannte die Scheinheiligkeit in den Worten seines Bruders, und er schalt ihn, indem er sagte: »Jagen deine Kinder nicht bereits die meinen? Wahrhaftig, und du unterstützt sie in ihrer Vergeltung, denn du nimmst an, dass ihre Sache eine gerechte ist. Aber ich habe die Verbrechen deiner Priester gesehen, und ich habe die Blutgier deiner Kinder gesehen – wie sie das Land begehren, das doch unser ist, und danach trachten, ihr Reich bis jenseits der Inseln des Meeres auszudehnen. Also glaube nicht, mir in dieser Angelegenheit Ratschläge erteilen zu können, denn die Klarheit deines Geistes ist von der Liebe zu deinen Kindern getrübt, und ich werde die meinen nicht opfern, um den deinen zu Gefallen zu sein.«

Und Odar ging fort, seine Absichten durchkreuzt, und er suchte die Hilfe ihrer beider Schwester Lumea und hoffte, dass sie ihrem Bruder vielleicht einen Ratschlag würde erteilen können. Und Lumea kam nach Thoir Cuma, um Keos im Namen ihrer Anbeter anzuflehen und auch im Namen Odars und seiner Anbeter, um Keos eindringlich zu bitten, damit aufzuhören, Geschöpfe zu erschaffen, die ohne Licht und Leben waren. Und Keos hörte Lumea zu, doch was sie vorbrachte, überzeugte ihn nicht.

Und Lumea nahm die Hand des Keos – wahrhaftig, ebenjene Hand, die Myahlai in der letzten Schlacht geschlagen hatte –, und sie weinte hinein. Und während sie so weinte, entdeckte Lumea die heimliche Verletzung ihres Bruders: eine geschwärzte Narbe und einen verkrüppelten Finger. Und als sich Lumea an die Kiefer Myahlais erinnerte – daran, wie die Zähne des Dämons Keos im Moment seines Sieges gebissen hatten –, begriff sie, dass Myahlais Gift auf ihrem Bruder lastete.

Dann sprach Lumea zu Keos: »Ich fürchte, dass der Makel Myahlais auf dir ruht, Bruder, denn als du mit dem Antigott gerungen hast, hat er dich da nicht mit seinem Gift verpestet?

Fürwahr, ist deine Hand nicht durch den Makel Myahlais verflucht worden?«

Und Keos lauschte auf diese Worte, und ein Unbehagen bemächtigte sich seiner, denn Myahlai – Inkarnation der Entropé, Vater des Bösen, des Todes und der Niedertracht – hatte Keos während der letzten Schlacht tatsächlich in die Hand gebissen. Und Keos hatte seine Wunde vor seinem Bruder und seiner Schwester verborgen, weil er Angst vor dem Makel hatte, der auf ihm lag, und nicht wusste, welche Folgen dieser Makel für ihn haben würde. Und Keos fügte sich demütig, lauschte den Worten seiner Schwester und erklärte sich bereit, sich Odars Ratschlag ein zweites Mal anzuhören.

Und Lumea wandte sich an Odar und legte ein Wort für Keos ein; erklärte, wie Keos der Makel des Zerstörers befallen hatte. Und sie überredete Odar, sie zu begleiten, um Keos gemeinsam noch einmal zu besuchen.

Nun war dies das erste Mal seit dem ersten Regaleus, dass die Götter zusammenkamen. Und nachdem sie der Verletzung Erwähnung getan hatten, die Keos während seines Kampfes mit Myahlai erlitten hatte, unterbreitete Odar Keos den Vorschlag, seine Golems zu zerstören, fürwahr, all die Schöpfungen, die Keos aus purem t'rasang *gefertigt hatte. Und Keos fügte sich Odars Bitte, wiewohl er um den Verlust seiner Schöpfungen trauerte. Nachdem Odar auf diese Weise Keos sein erstes Versprechen abgenommen hatte, verlangte er anschließend, dass der Gott des* t'rasang *seinen Hammer aushändigte. Denn Odar fürchtete die Schöpfungen, die seines Bruders Hand geschmiedet hatte, und er beneidete ihn um den Hammer des Keos, den Keos mehr schätzte als all seine anderen Schöpfungen.*

Aber dieser zweite Rat traf Keos ins Mark, denn er stempelte seine Tugenden zu Übeln und Lastern ab. Wahrhaftig, Keos war bereit gewesen, seine Schöpfungen zu zerstören, ebendie Dinge zu zerbrechen, die er geschmiedet und geliebt hatte, aber seinen

Hammer aufzugeben, das konnte es nicht ertragen. Denn Keos wusste, dass ihm während des ersten Regaleus ein Unrecht widerfahren war, und er wollte die Macht des Hammers nicht hergeben, weder an seinen Bruder noch an seine Schwester noch an irgendjemanden sonst.

So geschah es, dass sich Keos zum zweiten Mal weigerte, den Worten Odars Folge zu leisten, und zornig auf ihn war. Und Lumea flehte ihren Bruder an und schlang ihm die Arme um den Hals, und sie drang weinend in ihn, dass er doch von seinem Hass und seiner Halsstarrigkeit ablassen solle, doch Keos blieb ungerührt.

Und Odar sah, dass Keos unbeugsam war, dass er Sinn und Herz gegen ihn verhärtet hatte und seinem Flehen nicht nachgeben würde. Wahrhaftig, und Odar nahm das als ein Zeichen, dass Keos in der Tat mit dem Makel des Myahlai verpestet war. Und als er auf die Hand des Keos blickte, kam ihm der Gedanke, dass der nämliche Makel seinen Bruder aufzuzehren begonnen hatte, und Odar beschloss, dass diese Hand entfernt werden müsse.

Dann erhob Odar seinen Stab gegen Keos und zerschlug die Hand, in die Myahlai gebissen hatte. Und Keos' Handfläche zersprang in tausend mal tausend Stücke, und seine Finger wurden entzweigebrochen und auf die Erde geworfen.

Ein aus den Ruinen von Speur Dún geborgenes Fragment:
»Der Aufstieg des Fyoldar« aus dem *Buch Terra*,
übersetzt von Sodar Weir

Kapitel 23

Sobald Sodar seinen Segen beendet hatte, erhoben sich die Dorfbewohner und verließen die Kapelle, um zu ihren Höfen und Heimen zurückzukehren. Unterdessen drehten sich die versammelten Ältesten zu Tosan um, um sich einen Eindruck davon zu verschaffen, wie er wohl reagieren würde. Auch Annev drehte den Kopf, um festzustellen, was der Älteste der Ältesten sagen würde.

Tosan hatte die Arme vor der Brust verschränkt und streichelte sich gelassen sein Ziegenbärtchen. Als auch die letzten Dorfbewohner die Kapelle verließen, flüsterte er Myjun etwas zu, und Myjun nickte zur Antwort und folgte den Dorfbewohnern hinaus in die Nacht.

Sobald sie fort war, drehte sich Tosan mit gespanntem Blick zu Sodar um. »Vielen Dank für Eure Predigt, Bruder Sodar«, sagte er mit betont gleichgültiger Stimme. »Das war eine durchaus bemerkenswerte Geschichte. Diese verlorenen terranischen Aufzeichnungen, ganz zu schweigen von Eurer gelungenen Übersetzung … wirklich bemerkenswert.«

Sodar verneigte sich. »Ihr seid zu freundlich, Ältester Tosan.«

»Dann solltet Ihr meine Freundlichkeit mit Liebenswürdigkeit erwidern.« Tosan stand auf. »Kommt in mein Arbeitszimmer. Bringt das Manuskript und die Übersetzung mit.«

»Ich … Ganz wie Ihr wünscht, Ältester Tosan.« Sodar verbeugte sich ein zweites Mal, dieses Mal viel tiefer. »Wenn Ihr mir erlauben wollt, mich zunächst umzuziehen und meine Sachen zu holen.«

Tosan nickte, dann wandte er sich den Ältesten und Meistern zu, die dageblieben waren. Er deutete auf die Ältesten Jerik und Dorstal. »Bleibt und sorgt dafür, dass Bruder Sodar und Akolyth Ainnevog nicht aufgehalten werden.«

Kurze Zeit später klopfte die Gruppe an die Tür von Tosans Arbeitszimmer. Als die Tür geöffnet wurde, begrüßte sie der Meister der Arbeit.

»Ältester Tosan wird Euch im Lesezimmer der verbotenen Schriften empfangen. Ältester Dorstal, Ihr seid entlassen.«

Lesezimmer der verbotenen Schriften?, dachte Annev, während er Dorstal nachsah, wie er den Flur entlang zurückstapfte. *Ich frage mich, was das zu bedeuten hat.* Er folgte Carbad, Jerik und Sodar in die entgegengesetzte Richtung.

Während Sodar sein Manuskript zusammengepackt und die Kapelle verschlossen hatte, hatte Annev keine Zeit gehabt, mit ihm zu reden, vor allem da die Ältesten Jerik und Dorstal bereitstanden und darauf warteten, sie beide zur Akademie zu geleiten. Aber jetzt war Dorstal weg, und sie hatten sich wieder in Bewegung gesetzt. Annev ließ sich ein Stück zurückfallen und zupfte dann an Sodars langem Gewand. Der Priester verlangsamte seine Schritte, sodass sich der Abstand zwischen ihm und Jerik vergrößerte. Er neigte den Kopf leicht zur Seite und lauschte darauf, was ihm Annev zu sagen hatte.

»Warum möchte er mit uns sprechen?«, flüsterte Annev.

»Das Manuskript«, flüsterte Sodar zurück. »Er ist nicht glücklich darüber.«

»Aber warum auch ich?«

Sodar zuckte die Achseln.

»Du scheinst dir keine Sorgen zu machen«, bemerkte Annev nach einer langen Pause.

Sodar drehte sich weit genug um, dass Annev das Lächeln in den Zügen des alten Mannes sehen konnte. »Ich habe schreckliche Angst, Junge, aber ich bin auch vorbereitet. Ich habe dieses Treffen erwartet – ja, tatsächlich habe ich sogar darauf gehofft.«

Darauf gehofft? Annev wollte weitere Fragen stellen, aber jetzt verlangsamte Ältester Jerik seine Schritte, bis er wieder in Hörweite ihres Gesprächs war, und Annev hatte keine Gelegenheit mehr dazu.

Nach einigen Biegungen und Wendungen gelangte die Gruppe auf einen dunklen Flur, der in eine schmale, gewundene Treppe überging, die in die rückwärtige Mauer der festungsartigen Anlage hineingehauen worden war. Während all der Zeit, in der er jetzt schon die Korridore der Akademie durchwanderte, war Annev dieser Flur nie aufgefallen. Er nahm ihn genau in Augenschein und fragte sich, warum er ihn noch nie zuvor gesehen hatte. Schließlich entschied er, dass es wohl daran lag, dass die Dunkelheit und die Enge des Ganges ihn vor Blicken verbargen. Sie gingen im Gänsemarsch hintereinander, Carbad trug die Lampe. Schließlich erreichten sie eine Eisentür am Fuß der Treppe. Der Meister der Arbeit reichte die Lampe an Jerik weiter, dann holte er einen Schlüsselring hervor und schloss auf.

»Tretet ein.«

Ältester Jerik betrat den Raum mit dem bestimmten Schritt eines Mannes, der schon zuvor in diesem Zimmer gewesen war, doch Sodar blieb auf der Schwelle des Lesesaals stehen. Annev beobachtete ihn; sein Gesicht hob sich vor dem schummrigen Licht von Jeriks flackernder Öllampe ab. Der Priester zögerte nur für einen kurzen Atemzug, doch dieses Innehalten verriet eine Menge über sein wahres Unbehagen. Einen Moment später trat er ein. Annev folgte ihm, und Carbad nahm die Lampe wieder an sich und schloss von außen die Tür.

Annev blickte sich in dem schwach beleuchteten Raum um. Eine Öllampe flackerte auf einem kleinen Tisch weiter hinten. Der Rest des Zimmers war angefüllt mit Bücherregalen.

Eine Bibliothek, begriff Annev. Klein, aber sauber und trocken – und da war noch etwas anderes. Annev atmete den Duft von zerfallendem Pergament und abgenutztem Leder ein und war überrascht, dass er süß und moschusartig war.

»Berauschend, nicht wahr?«

Tosan trat hinter einem hohen Bücherregal hervor, eine kleinere Lampe in der einen Hand und einen Stapel dünner Bücher in der anderen. Er hob das in Leder gebundene Pergament an die Nase und schnupperte. »Was es wohl ist, das alte Bücher so köstlich riechen lässt – wie Mandeln ... oder Schokolade. Habt Ihr je Schokolade probiert, Ältester Jerik?«

»Nein.«

»Sodar?«

Der Priester zögerte. »Vor Jahrzehnten.«

Tosan nickte. »Ich sollte Duvarek oder einen der anderen Meister welche mitbringen lassen, wenn sie das nächste Mal ein Einsatz nach Quiri führt.« Jerik nickte, Sodar neigte höflich den Kopf, und Tosan geleitete sie alle zu dem Tisch im hinteren Teil des Raums. »Ich hatte die Unterlagen, die ich benötigte, nicht in meinem Arbeitszimmer, daher hielt ich es für das Beste, dass wir uns hier treffen«, fuhr Tosan fort und setzte die Bücher sowie die Lampe ab. »Das angenehme Aroma ist ein erfreulicher Nebeneffekt.« Er lächelte freundlich, und Annev ertappte sich dabei, dass er das Lächeln mit nur einem leisen Anflug von Beklommenheit erwiderte. Zu seiner Linken blieb die versteinerte Miene von Ältestem Jerik völlig ungerührt. Rechts von Annev strich sich Sodar schweigend über den Bart.

Soweit Annev sehen konnte, gab es keine Stühle im Raum, was seltsam schien, selbst für einen *verbotenen* Lesesaal.

Tosan nahm ein dünnes Tuch vom Tisch, legte es sich über seine nach oben gedrehte Handfläche und streckte die Hand dann Sodar hin. »Darf ich die Schrift sehen – das Original?«

»Natürlich.« Sodar zog das Bündel unter seinem Arm hervor,

schob die Blätter zusammen und reichte dem Rektor dann den Stapel dicker Pergamente.

Tosan studierte die Seiten und drehte sie vorsichtig und mit der Eleganz eines geübten Konservators um. »Ihr habt dieses Dokument jetzt seit … wie lange besessen? Seit fünfunddreißig … vierzig Jahren? Und Ihr habt es noch kein einziges Mal erwähnt«, sagte er schließlich. »Warum habt Ihr es heute Abend präsentiert, bei einer öffentlichen Predigt während des Regaleusfestes? Warum habt Ihr Eure Enthüllungen nicht in einem vertraulichen Rahmen an uns weitergegeben, damals, als Ihr sie entdeckt habt?«

Sodars Ängstlichkeit schien sich in Luft aufzulösen – und Annev verstand, warum: Es gab weniges, was Sodar mehr in gespannte Aufregung versetzte als ein Gespräch über das Speur-Dún-Manuskript, ganz gleich, wie die äußeren Umstände sein mochten.

»Ich muss mich entschuldigen, Ältester Tosan. Ich habe den entscheidenden Schlüssel zur Übersetzung erst vor einem Jahrzehnt entdeckt – und selbst dann konnte ich zunächst nur einige Wörter und Wendungen entziffern. Nichts davon hat einen Sinn ergeben. Es gibt Sätze, deren Sinn sich erst viel später im Manuskript erschließt. Es war unmöglich, den wahren Wert dessen zu erkennen, was ich da übersetzte. Ich habe erst vor wenigen Jahren begriffen, dass es sich um die terranische Übersetzung des ›Sturzes des Keos‹ handelt, wie er auch im Buch Odar enthalten ist – auch wenn das Ereignis im terranischen Bericht in zwei Teilen beschrieben wird: Die erste Hälfte behandelt den Aufstieg des Fyoldar und die zweite das Zerbrechen der Hand des Keos.«

»Und warum das Ganze gerade heute?«, blaffte Tosan.

»Die Übersetzung ist im Wesentlichen eine Erweiterung des Berichts vom ersten Regaleus. Welche Zeit wäre also besser dazu geeignet, sie weiterzuverbreiten, als das Regaleusfest selbst?«

»Das deutet darauf hin, dass Ihr die Übersetzung bereits seit einiger Zeit abgeschlossen habt. Wie lange schon? Vierzehn Tage? Ein Jahr?« Tosan schüttelte den Kopf. »Ihr hättet sie vor einem öffentlichen Verlesen erst einmal der Akademie vorlegen sollen.«

Sodar machte eine leichte Verbeugung. »Noch einmal, ich entschuldige mich. Ich gestehe, dass ich der Ansicht war, der von mir gewählte Abschnitt sei harmlos genug, und ich brannte darauf, diesen Teil an unsere Gemeinde weiterzugeben – aber ich sehe ein, dass das ein Fehler war.«

»In der Tat, das war es«, bestätigte Tosan. »Ihr hättet mir Eure Übersetzungsbemühungen schon vor Jahren zur Kenntnis bringen sollen. Falls Ihr es vergessen habt, ich war bereits Ältester in der Kunst versunkener Sprachen, ehe ich Rektor geworden bin.«

»Oh«, sagte Sodar und klang überrascht. »Ja. Das hatte ich tatsächlich vergessen.«

Annev hüstelte – er hatte viele Male mitbekommen, dass sich Sodar über die angeblichen Übersetzungsfähigkeiten des Rektors lustig gemacht hatte –, was ihm sogleich einen zornigen Blick von Tosan eintrug.

»Jetzt, da Ihr es erwähnt«, fuhr Sodar fort, »finde ich, wir könnten vielleicht zusammenarbeiten. Es gibt da immer noch einen Abschnitt, der sich mir nicht erschlossen hat.«

Eine weitere Lüge, dachte Annev. Diesmal gelang es ihm allerdings, seine Reaktion zu verbergen. *Sodar hat die Übersetzung des Speur Dún bereits im letzten Winter abgeschlossen. Danach hat er seine Freizeit darauf verwandt, eine Abschrift anzufertigen.*

»Nur einen einzigen Abschnitt?«, murmelte Tosan, ohne auf Sodars Vorschlag einzugehen oder ihn von sich zu weisen. Er lächelte, aber es war eher ein Zähneblecken. »Die Übersetzung von ketzerischen Schriften mag einem Priester mit reichlich Muße als lohnend erscheinen, doch ich betrachte sie als eine Verschwendung von Zeit und Mitteln der Akademie.«

»Selbst die Einzelheiten über die Geschenke zum sechshundertsten Regaleus?«

»Ihr meint das bisschen über das Orakel?«, höhnte Tosan. »In Eurer Übersetzung wird es kaum erwähnt und …«

»Ich bin davon überzeugt, dass die Aufzeichnungen noch weitere Details enthalten. Da wird eine Zisterne erwähnt.«

»Um Regenwasser zu sammeln?« Tosan rümpfte die Nase. »Ich bin nicht beeindruckt.«

Sodar trat einen Schritt näher vor den Rektor hin. »Eine Zisterne für Himmelswasser – für *quaire.* Ein Gefäß, um das Orakel zu beherbergen.«

Der Priester und der Rektor sahen einander unverwandt in die Augen, und Tosan wirkte verunsichert. Der Älteste strich sich über seinen Ziegenbart, zupfte ein paar widerspenstige Barthaare heraus und schnippte sie auf den gepflasterten Boden.

»Ihr glaubt, diese Zisterne ist … immer noch vorhanden und in Verwendung?«

Sodar kämmte sich mit den Fingern nachdenklich die langen weißen Strähnen seines eigenen Bartes. »Viele Artefakte aus dem Ersten und dem Zweiten Zeitalter lassen sich heute noch auffinden – dieses Manuskript zum Beispiel –, und ich würde doch denken, ein Artefakt, das Odar selbst geschaffen hat, müsste beständiger sein als andere.«

Tosan nickte, und ein Funkeln trat in seine Augen. »Ich wollte schon fragen. Dieses Manuskript …« Er hielt das Bündel Pergamentbögen hoch, das er sich von Sodar hatte geben lassen. »Diese Blätter hätten eigentlich Schaden nehmen sollen, wenn schon nicht vom Alter, dann aufgrund der Abnutzung durch den Gebrauch. Und was Ihr gerade gesagt habt …« Tosan lächelte. »Es handelt sich hierbei wirklich um ein Artefakt, nicht wahr?«

Annev hielt den Atem an: Sodar hatte einen Fehler gemacht, und Tosan hatte es bemerkt. Die Lügen des Priesters fielen langsam in sich zusammen.

Sodar runzelte die Stirn. »Es könnte wohl tatsächlich sein, dass …«

»Es ist so«, erklärte Tosan mit Bestimmtheit. »Genau deshalb sind die Piktogramme immer noch leserlich – sie sind mit Magie belegt worden, um so Abnutzung und Verfall zu verhindern.« Als Sodar nicht reagierte, schnalzte Tosan missbilligend mit der Zunge. »Ihr habt Artefakte vor der Akademie verborgen gehalten, Sodar. Diese Blätter gehören ins Gewölbe.«

»Aber angesichts der besonderen Natur der Magie ist es vielleicht …«

»Keine Sonderfälle«, sagte Tosan. »Keine Ausnahmen. Das Manuskript bleibt hier.« Er legte die Seiten auf den Tisch, wie um seine Worte zu unterstreichen.

»Ich verstehe.« Sodar senkte den Kopf. »Ganz wie Ihr wünscht.«

Tosan grinste. »Einfach so? Ihr wollt nicht darum kämpfen, Eure Übersetzung vollenden zu dürfen?« Als Sodar nichts erwiderte, lachte Tosan leise in sich hinein. »Nein. Ihr habt weitere Abschriften angefertigt, nicht wahr? Das Original wäre Euch lieber, aber genau genommen braucht Ihr es nicht, habe ich recht?«

»Meine Abschrift wäre für Euch ohne jeglichen Wert.«

Tosan musterte den Priester, dann senkte er den Blick auf das Manuskript in seinen Händen. »Glaubt Ihr wirklich, das Orakel hockt einfach so da? Einsam und verlassen irgendwo in Odarnea, wo es darauf wartet, dass der Richtige es ausfindig macht?«

Sodar zuckte die Achseln. »Nach dem, was ich durch die Übersetzung in Erfahrung gebracht habe … ja. Es ist wahrscheinlich, dass das Orakel noch immer irgendwo in der Wüste vergraben ist.«

»Vergraben? Also nicht verloren oder gestohlen.« Der Priester nickte, und Tosan fuhr mit spöttischer Stimme fort: »Erklärt mir das.«

Sodars Blick wanderte zwischen Annev und Ältestem Jerik hin und her, dann holte er tief Luft. »Die halkyonischen Ritter ...«

»... waren Ketzer«, blaffte Tosan.

Sodar lächelte. »Das ist allgemein bekannt. Aber sie haben das Orakel über die meiste Zeit des Dritten und des Vierten Zeitalters hinweg bewacht.«

Tosan sah zu Ältestem Jerik hinüber, und der nickte, wenn auch zögerlich.

»Weniger allgemein bekannt«, fuhr Sodar fort, »ist der Umstand, dass der Orden das Orakel nicht in seinem Besitz hatte, als die Himmelsfestung während des Fünften Zeitalters zerstört wurde. Fromm ergebene Priester und Schatzjäger haben seither nach dem Orakel gesucht, aber niemand hat es gefunden. Diese Übersetzung hier enthält eine detaillierte Beschreibung des ursprünglichen Standorts des Orakels – einer Zisterne in der Wüste von Odarnea, weit weg von den Siedlungen der Menschen. Ich bin davon überzeugt, dass das noch nicht alles ist, aber die Übersetzung ist mühselig.«

Tosan sann mit einem verschlagenen Ausdruck in den Augen über Sodars Worte nach. Er leckte sich die Lippen. »Und wenn nun eine Expedition ausgeschickt und das Orakel gefunden würde ... was dann?«

»Wir würden es zusammen mit dem Manuskript ins Gewölbe bringen. Ein Artefakt von dieser Macht ... mit dem Vermögen, die unausgesprochenen Fragen eines Menschen zu beantworten?« Sodar schüttelte den Kopf. »Ich sorge mich davor, was geschehen würde, wenn es in die falschen Hände fiele.«

»Ihr denkt in zu kleinem Maßstab, Bruder Sodar. Wenn es Odar für richtig gehalten hat, Menschen das Orakel zu geben, dann sollten die Menschen es auch benutzen. Wenn die Akademie in seinem Besitz wäre, würde sich der Erfolg unserer Anstrengungen, magische Gegenstände aufzuspüren, um ein Tausendfaches erhöhen. Wir könnten das Orakel dazu einsetzen, um andere magische Artefakte ausfindig zu machen. Wir könnten das Orakel befragen, wie wir an diese Artefakte herankommen können.«

Sodar zog seine buschigen Augenbrauen überrascht hoch. Annev vermutete allerdings, dass der Priester immer noch einem sorgfältig zurechtgelegten Plan folgte. »Das hatte ich nicht bedacht, aber ja. Die Übersetzung lässt darauf schließen, dass das Orakel tatsächlich dieses Vermögen besitzt.«

Tosan nickte, traf eine Entscheidung und machte dann eine Handbewegung zum Ältesten Jerik. »Lasst mir von Meister Narach sämtliche Unterlagen zum Orakel aus dem Gewölbe bringen – und stellt fest, ob Ihr eine alte Landkarte von Odarnea finden könnt. Falls ja, durchsucht sie nach jedweden Hinweisen auf das Orakel.« Jerik nahm seine Lampe und verließ den Raum, während sich Tosan wieder an Sodar wandte. »Wie bald könnt Ihr mit Eurer Übersetzung fertig sein?«

Der Priester zögerte, dachte über die Frage nach. »In ein paar Wochen? Vielleicht in einem Monat. Das Problem ist, dass die yomadischen Piktogramme der Interpretation sehr viel Spielraum lassen – vor allem wenn sie Gedanken auf Daritisch übermitteln –, und wenn ich nicht den exakten Standort des Orakels bestimmen kann, würde eine Expedition in die Irre gehen …« Er zuckte die Achseln. »Ich kann das Gebiet genau umgrenzen, aber die örtliche Geografie beeinflusst, wie die Piktogramme gedeutet werden müssen – und ich kann nicht fort von hier, ich muss mich um meine Gemeinde kümmern.« Er tippte sich ans Kinn. »Ihr selbst könntet eine solche Expedition anführen, aber das scheint mir unter Eurer Würde zu sein – und die Deutung der Piktogramme könnte … recht schwankend und unsicher sein.«

Tosan schwieg lange. Annev musterte das Gesicht des Rektors und konnte regelrecht sehen, wie sich die Gedanken des Ältesten einer Lösung entgegenarbeiteten.

»Ihr werdet gehen«, entschied Tosan schließlich. »Von einigen unserer Meister begleitet.«

Sodar runzelte die Stirn, wiewohl Annev das Gefühl hatte, dass das eigentlich genau das war, was er gewollt hatte. »Aber meine Gemeinde …«

»… wird noch immer hier sein, wenn Ihr zurückkommt.«

Sodar strich sich nachdenklich über den Bart. »Ich würde einen Gehilfen brauchen – ich bin nicht so agil wie Eure Meister. Und ich werde jemanden brauchen, der den Weg auskundschaftet und Bericht über das Gelände erstattet – einen Führer oder jemanden, der mit der Gegend vertraut ist. Gibt es irgendjemanden in Chaenbalu, der diesen Teil des Kontinents erforscht hat?«

»Ihr meint den Nordwesten von Odarnea?« Sodar nickte zur Antwort, und Tosan schüttelte den Kopf. »Wir schicken unsere Avatare nicht weiter nördlich als bis Quiri, aber das ist im Nordosten. Draußen im Westen … nein.« Er stutzte. »Kommt der Schmied nicht aus dieser Region?«

Sodar brummte nachdenklich. »Sraon stammt aus Innistiul, was noch weiter nördlich liegt … aber, ja. Er könnte das Gelände kennen.«

»Dann werdet ihr beide gehen«, entschied Tosan. »Die Aufzeichnungen bleiben hier in der Akademie. Meister Carbad wird Euch jetzt hinausgeleiten.«

Sodar nickte, dann sah er Annev an. »Und mein Diakonus wird mich begleiten?«

Tosan gab ein mürrisches Schnauben von sich. »Nein. Euer Diakonus ist ein Akolyth der Akademie. Ainnevog bleibt hier.« Sodar zog eine seiner weißen Augenbrauen hoch, aber falls er irgendwelche Einwände hatte, sprach er sie nicht aus.

»Also gut«, sagte der Priester. »Ich werde in die Kapelle zurückkehren und mich wieder meiner Übersetzung widmen.«

»Geht, macht das mit maximaler Zweckmäßigkeit. Annev, du bleibst hier.«

Sodar nickte, dann wandte er sich Annev zu. »Sei vorsichtig«, flüsterte er mir bedeutungsschwerer Stimme. Annev nickte zurück, und Meister Carbad verließ mit dem alten Priester den Raum.

Als sich die Tür hinter den beiden Männern schloss, raffte Tosan das Manuskript aus Speur Dún und seinen Bücherstapel zusammen. Er reichte Annev die Öllampe.

»Begleite mich in meine Gemächer, Akolyth Ainnevog. Wir können uns auf dem Weg unterhalten.«

Kapitel 24

Die beiden stiegen, Annev voran, die schmale Treppe hinauf. Als sie den Hauptflur erreichten, trat Tosan neben ihn und verlangsamte sein Tempo.

»Ich sehe, du trägst den Handschuh meiner Tochter«, bemerkte der Rektor schließlich.

Annevs Herz setzte einen Schlag aus. *Er weiß es. Natürlich weiß er es.*

Es war eine wagemutige Wahl gewesen, das purpurrote Kleidungsstück während des Regaleusgottesdienstes zu tragen – Sodar hatte Annev sogar davon abgeraten –, aber Annev hatte Myjun eine Freude machen wollen, und er hatte sich eingeredet, dass Tosan den Handschuh nicht erkennen würde. Eine dumme, überhebliche Entscheidung.

»Ja«, antwortete Annev, »Myjun hat ihn mir geschenkt.«

»Ein Regaleusgeschenk?«

»Einfach ein Geschenk«, sagte Annev ausweichend, weil er sich an Tosans Vorurteile gegenüber Regaleusgeschenken erinnerte.

Tosan seufzte. »Es enttäuscht mich, dass Myjun weiterhin dein Interesse an ihr ermuntert – und dass du meine Bitten, sie zurückzuweisen, missachtet hast. Sie ist nichts für dich, Ainnevog – aber das ist nicht der Grund, warum wir uns jetzt unterhalten. Ich möchte über die morgige Prüfung sprechen.«

»Die Prüfung des Urteils?« Annev war überrascht. »Was soll damit sein?«

Tosan verlangsamte seine Schritte noch weiter, während er seine Worte sorgsam abwog. »Weismeisterin Kiara hat mir berichtet, dass du weit unter deinen tatsächlichen Fähigkeiten eingestuft wirst. Sie meint, dass du von all deinen Klassenkameraden der Einzige seist, der in ihren Augen den Titel eines Avatars verdiene.«

Annev schlug angesichts des unerwarteten Lobes das Herz höher. »Weismeisterin Kiara ist sehr freundlich.«

»Nein«, antwortete Tosan und blieb mitten im Flur stehen. »Das ist sie nicht. Sie ist kalt, rücksichtslos, hochmütig und voller Niedertracht.« Er blieb kurz stehen, strich sich das Gewand glatt und setzte sich dann wieder in Bewegung. »Sie ist außerdem sehr intelligent«, fuhr er fort, »und aufmerksam. Eine sehr begabte Lehrerin. Wenn sie also eine ganze Klasse von Avataren kritisiert und nur einen einzigen meiner Schüler lobt, muss ich dem Beachtung schenken.«

Annev nickte, unsicher, was er sagen sollte. Er hatte auch keine Ahnung, inwiefern das alles mit der morgigen Prüfung zusammenhängen sollte. Doch bevor er den Mut zu einer Antwort aufbringen konnte, beendete Tosan seinen Gedankengang.

»Warum hast du dir deinen Avatartitel bislang noch nicht verdient?«

Die Frage überrumpelte Annev. *Warum habe ich mir meinen Titel nicht verdient?* Es lag bestimmt nicht daran, dass er sich nicht genügend Mühe gegeben hätte. In vielen Fällen trug sicher Fyns Einmischung die Schuld, aber Annev war bei mehreren Prüfungen des Urteils angetreten, in denen sich ihre Wege gar nicht gekreuzt hatten. Konnte er also ehrlich behaupten, dass Fyn sein einziges Hindernis war? War er überhaupt das größte Hindernis?

»Ich weiß es nicht«, antwortete Annev schließlich.

Sie bogen um die nächste Ecke im Flur und gingen schweigend weiter.

»Ich sage das nur ungern«, nahm Tosan nach einer langen Pause den Faden des Gesprächs wieder auf, »aber Weismeisterin Kiara hat recht – du hast tatsächlich das Talent, um ein Avatar des Urteils zu sein. Ich habe dich beim Training beobachtet, und ich bekomme Berichte von den Meistern und den Ältesten. Du bist ein intelligenter und tüchtiger Schüler. Ich hatte erwartet, dass du unter den Ersten sein würdest, die sich ihren Titel verdienen, doch du hast meine Erwartungen immer wieder nicht erfüllt. Es ist eine Beobachtung, die mich ärgert, vor allem wenn mich andere darauf hinweisen.«

»Das tut mir leid, Ältester Tosan.« Und Annev war überrascht festzustellen, dass er das auch ehrlich so meinte. »Ich werde mir mehr Mühe geben.«

»Nein«, sagte Tosan, »mangelnde Anstrengung trifft nicht den Kern des Problems.« Tosan nahm das Manuskript aus Speur Dún vom Bücherstapel, den er vor sich hertrug, und schüttelte es. »Er hält dich auf.«

»Sodar?«, fragte Annev verwirrt. Tosan nickte, was Annevs Erstaunen nur verstärkte: Was immer er an dem Priester auszusetzen hatte – Annev glaubte jedenfalls nicht, dass der alte Mann ihn daran hinderte, ein Avatar zu werden. »Nein«, widersprach Annev. »Sodar will selbst, dass ich die Prüfung des Urteils bestehe. Er hilft mir jeden Tag beim Trainieren. Ständig.«

Tosan lachte spöttisch. »Davon bin ich überzeugt, aber er bildet dich dazu aus, ihn einmal als Priester zu ersetzen, und nicht dazu, deine Rolle als Avatar zu erfüllen, geschweige denn als ein Meister oder ein Ältester dienen zu können.« Tosan durchwühlte die Pergamentbögen in seiner Hand und begutachtete die darin enthaltenen Piktogramme. »Willst du leugnen, dass er dich an seinen Ideen teilhaben lässt? Ideen, die dich vielleicht aufhalten oder an deiner Ausbildung zweifeln lassen?«

Annev dachte darüber nach und versuchte, sowohl sich selbst als auch dem Rektor gegenüber ehrlich zu sein, und seine Antwort fiel weniger bestimmt aus. In vielen Punkten stand Sodars Weltanschauung ohne Frage zu derjenigen der Meister und Ältesten im Widerspruch – daran hatte nie ein Zweifel bestanden –, aber Annev war noch nie zuvor der Gedanke gekommen, Sodar könnte womöglich wollen, dass er durch seine Avatarprüfung fiel. Doch andererseits hatte der Priester seine eigenen Pläne für ihn – geheime Pläne, von denen er Arnor berichtet hatte, die er aber gegenüber Annev nicht preisgeben wollte –, und es kam ihm unwahrscheinlich vor, dass diese Pläne beinhalteten, dass Annev für die Akademie gefährliche Einsätze erledigte. Ja Arnors Gespräch mit Sodar hatte sogar das Gegenteil enthüllt: Eines baldigen Tages würde Sodar vielleicht zu seinen Brüdern in Quiri zurückkehren, und dann würde er versuchen, Annev mitzunehmen.

»Sodar teilt viele seiner Kenntnisse mit mir«, sagte Annev und wählte seine Worte mit großem Bedacht, »aber nicht alles. Er unterstützt mich darin, ein Avatar zu werden, aber …«

»Aber er betrachtet dich als seinen Diakonus und würde es lieber sehen, wenn du der nächste Dorfpriester würdest.« Annev nickte, weil er sich nicht sicher war, was er sonst noch sagen sollte. Tosan seufzte. »Wir hatten einmal einen solchen Mann – Meister Flint. Er wollte die Akademie verlassen und sich der Priesterschaft anschließen. Am Ende wurde er Meister der Sorgen – und seine Pflichten wurden dadurch unendlich komplizierter.«

»Meister der Sorgen?«

»Ja. Ein alter Titel, der dem Meister der Religion vorbehalten und erloschen ist, als Sodar zum Dorfpriester wurde.«

»Und inwiefern komplizierter?«

Tosan schüttelte den Kopf. »Nach den mir bekannten Unterlagen zu schließen erinnert er mich an Sodar. Ein guter Mann vermutlich, aber einer, der nicht recht weiß, wem seine Treue zu gelten hat.«

»Wieso das denn?«

Tosan schnaubte, als läge die Antwort auf der Hand. »Bruder Sodar glaubt – wie auch Meister Flint vor ihm –, er könne den Bewohnern von Chaenbalu als spiritueller Mentor dienen, dass er sie, indem sie ihm von ihren Sünden berichten – ihren

Sorgen –, zu einem besseren Leben anleiten könne. Aber sag mir eins: Sollten die Bewohner Chaenbalus größere Angst vor dem Bösen in sich selbst haben oder nicht vielmehr vor dem Bösen, das außerhalb des Dorfes lauert?«

Plötzlich musste Annev an den Stab der Heilung aus Dorstals Klassenzimmer denken. Er erinnerte sich an sein Verlangen, dem Mann seinen Lebenssaft aus dem Leib spritzen zu lassen. Und Fyns Hirnmasse über die Wände zu verteilen.

»Ich meine, Menschen sollten ihre eigene Vernichtung fürchten … welche Form auch immer sie annimmt.«

Tosan lächelte. »Eine schlaue Antwort – und ich räume ein, dass es durchaus seinen Vorteil hat zu wissen, was in den Herzen unserer Dorfbewohner lauert. Aber eine solch doppelsinnige Herangehensweise hilft dir nicht, ein Avatar zu werden.«

»Ihr habt den Eindruck, dass meine Pflichten in der Kapelle mich abgelenkt haben?«

»Nein, ich glaube, Sodar lenkt dich ab.«

»Aber er hat mich in allem immer nur ermutigt«, betonte Annev noch einmal.

»Ja«, pflichtete ihm Tosan bei, »aber das Verhalten, zu dem er dich ermutigt, ist für deinen Erfolg nicht gerade förderlich.« Als deutlich wurde, dass Annev den Zusammenhang nicht erkannte, verlangsamte Tosan abermals seine Schritte, blieb stehen und wandte sich zu Annev um. »Du hast heute Nachmittag einem deiner Klassenkameraden geholfen, eine Prüfung zu bestehen. Der Junge war gelähmt, also hast du ihm zwei deiner eigenen Medaillons gegeben und ihn versteckt, damit sie ihm kein anderer abnehmen konnte.« Tosan neigte den Kopf zur Seite und fasste Annev ins Auge. »Ist das richtig?«

Annev war regelrecht beunruhigt darüber, wie viel Tosan wusste. »Ja, Ältester Tosan.«

»Hat es dein Freund verdient, diese Prüfung zu bestehen? Sind seine Fähigkeiten denen deiner Klassenkameraden so überlegen, dass er von der eigenständigen Lösung der Aufgabe ausgenommen werden sollte?«

Annev senkte den Kopf. »Nein.«

»Und meine Tochter?«

Annev schaute auf. Angesichts der Möglichkeit, dass Tosan ihn dabei gesehen haben könnte, wie er in der Dunkelheit der Kirche Myjun durchsucht hatte, krampfte sich sein Magen zusammen. Er sah Tosan fest in die Augen und suchte nach einer Antwort.

»Myjun hatte es verdient, diese Prüfung zu bestehen«, erklärte er schließlich. »Sie ist sehr tüchtig.«

Tosan ließ für eine längere Weile seinen Blick auf ihm ruhen. »Warum hast du dann deiner so überaus tüchtigen Gegnerin geholfen?«

Annev hielt es nicht gerade für angebracht zu sagen, dass er der Tochter des Rektors geholfen habe, weil er sie liebte. Doch als er jetzt zurückdachte, wurde ihm bewusst, dass das ja auch gar nicht der eigentliche Grund gewesen war, warum er ihr geholfen hatte; die Wahrheit war, dass er nicht einmal gewusst hatte, dass Myjun unter dieser Maske steckte, als er die Marken zurückgelassen hatte. Er hatte keinerlei Hintergedanken gehabt, sondern einfach nur versucht, freundlich zu sein.

»Ich würde sagen … ich wollte in beiden Fällen nicht der Grund für das Versagen eines anderen Schülers sein«, antwortete Annev und begriff im gleichen Moment, dass das die Wahrheit war. Tosan zog zweifelnd eine Braue hoch. »Ich hatte die Prüfung bereits bestanden«, fuhr Annev fort, »daher dachte ich, es sei nicht recht, wenn ein anderer Schüler …«

»Recht?«

»Hm?«

»Du hast gemeint, es sei nicht recht«, wiederholte Tosan. Annev nickte, und der Rektor murrte verächtlich. »Dann bist du ein doppelter Dummkopf.« Bevor Annev reagieren konnte, setzte der Älteste seinen Weg den Flur entlang fort. Annev musste fast rennen, um ihn einzuholen.

»Wartet«, sagte Annev. »Warum denn ein Dummkopf?«

Tosan schnaubte, ohne sein Tempo zu verringern. »Du hast Myjun geholfen, weil sie dir etwas bedeutet, genauso wie du diesem anderen Jungen geholfen hast, weil er dein Freund ist. Wenn du behauptest, dass du ihnen aus irgendwelchen verdrehten Moralvorstellungen heraus geholfen hast, dann bist du entweder ein Lügner – und ein Dummkopf, wenn du meinst, ich würde dir glauben –, oder Sodar hat dich schlimmer vergiftet, als ich gedacht hätte.« Er wirbelte herum und blieb ein weiteres Mal auf der Stelle stehen, und Annev musste sich an die Wand drücken, um nicht mit ihm zusammenzuprallen. »Also, was ist es nun?« Tosan funkelte ihn finster an. »Bist du ein verlogener Dummkopf … oder bist du einfach nur dumm?«

Ob das nun eine rhetorische Frage war oder nicht, Annev hatte keine Antwort darauf – er sah nicht ein, wieso es eine Dummheit sein sollte, anderen gegenüber freundlich zu sein, und er hatte nicht vor, sich dafür zu entschuldigen. Er wollte diesen Gedanken gerade laut aussprechen, als Tosan erneut das Wort ergriff.

»Du hast sie beleidigt, weißt du.«

Annev erstarrte, und seine Überzeugung, das Richtige getan zu haben, war plötzlich wie weggeblasen. Er erinnerte sich an Myjuns Bemerkung draußen vor der Akademie: Sie hatte gesagt, dass sie sich gefreut habe, als Annev ihr ihre Marken gelassen hatte – und dass sie die ganze Zeit über genau darauf gebaut habe –, aber was, wenn sie nur seine oder ihre Gefühle hatte schonen wollen? Was, wenn Tosan recht hatte und er Myjun durch seinen Versuch, ihr zu helfen, tatsächlich gekränkt hatte? Bei der Vorstellung durchlief es ihn eiskalt.

»Ich habe sie schwach wirken lassen. So wie Titus.«

Tosan nickte, sein Gesicht zu einer Maske erstarrt. »Und jetzt sage mir noch einmal, dass Sodar dich nicht behindert. Dass seine Prinzipien dich nicht davon abgehalten haben, dir deinen Avatartitel zu verdienen.«

Annev musterte das Gewebe des graublauen Läufers unter ihren Füßen. Er dachte zurück an all die Prüfungen des Urteils, an denen er teilgenommen hatte, insbesondere an jene Male, wo er seinem Ziel nahe gekommen war, aber trotzdem verloren hatte. Er erinnerte sich daran, wie die Schüler einander zum ersten Mal in einem abscheulichen Getümmel bekämpft hatten. Da hatte Annev versucht, Therin gegen Fyn zu helfen. Nur dass er den mageren Jungen mit seiner Unterstützung überrascht und sie sich dadurch gegenseitig behindert hatten. Ein andermal hatte er Titus auf eine vereiste Fläche emporgeholfen, als plötzlich Kellor über sie hergefallen war und sie beide hinabgestoßen hatte. Dann war da der Tag gewesen, an dem die Prüfungsarena mitsamt ihren unterirdischen Gängen voller Wasser gewesen war und die Akolythen die Aufgabe bekommen hatten, durch diese Tunnel zu schwimmen, um sich ihren Titel zu verdienen. Im Unterschied zu den meisten anderen hatte Annev seine Sache gut gemacht, doch statt die Angelegenheit zu Ende zu bringen und sich den Titel zu holen, war er zurückgeschwommen – zweimal –, um anderen zu sagen, wo sie in den Tunneln Luftansammlungen finden konnten. Dadurch hatte er kostbare Minuten verloren, und beim zweiten Mal hatte Kenton die Gelegenheit genutzt, vorauszuschwimmen und sich selbst den Titel zu verdienen.

»Ich war zu sehr damit beschäftigt, anderen zu helfen«, sagte Annev langsam. »Etwa Titus und Therin.«

»Und Kenton«, ergänzte Tosan. Annev schaute überrascht auf, und der Rektor nickte. »Es ist nicht das erste Mal, dass ich es mit kleinen Bündnissen unter Schülern zu tun habe. Aber jetzt sag mir eins: Hat es dir je geholfen, dass du deinen Freunde beigestanden hast? Kenton hat dich dazu benutzt, sich seinen eigenen Titel zu verdienen. Therin hat dich heute in der Kirche verraten, und Titus will nicht mal Avatar werden.« Er machte eine Pause und vergewisserte sich, dass seine Worte bei Annev die gewünschte Wirkung hinterlassen hatten. »Aber deine Nettigkeiten gegenüber deinen Klassenkameraden sind nur eine Facette des Kernproblems.«

»Sodar«, murmelte Annev. Er hatte begriffen, worauf der Älteste hinauswollte.

»Sodar. Der Einfluss des Priesters darf nicht unterschätzt werden. Wie er bist auch du wiederholt dadurch aufgefallen, dass du die Traditionen der Akademie infrage gestellt hast – du hast dich deinen Lehrern widersetzt und die Prinzipien missachtet, die wir euch hier beizubringen versuchen. Erst heute Morgen hast du angezweifelt, dass Magie etwas von Natur aus Böses ist, nicht wahr?«

Annev nickte. Es verstörte ihn noch immer, wie viel Tosan über sein tägliches Leben wusste.

»Du sagst, du willst ein Avatar werden«, fuhr Tosan fort, »und du besitzt auch die dafür erforderlichen Fähigkeiten, aber du kämpfst gegen die eigentliche Natur dessen an, was es bedeutet, ein Avatar zu sein.« Er legte Annev die Hand auf die Schulter und stellte Blickkontakt her. »Ich habe mich schon häufig gefragt, warum du dir selbst so oft Knüppel zwischen die Beine wirfst … aber jetzt weiß ich es.«

»Sodar«, flüsterte Annev, und ihm stockte der Atem, als ihm die Wahrheit aufging.

Tosan nickte. »Die Regaleuspredigt heute Abend hat mich in meiner Ansicht bestärkt und mich veranlasst, das Gespräch mit dir zu suchen. Die Lehren dieses Mannes sind umstürzlerisch – für einen Diakonus oder einen hirnlosen Bauern mögen sie vielleicht hinnehmbar sein, aber für die Akademie und ihren Auftrag sind sie schlichtweg zerstörerisch. Du behauptest, der Priester unterstütze dich offen und ehrlich darin, ein Avatar zu werden, aber ich kann erkennen, wie er dich insgeheim vergiftet, sodass du dich gegen deine eigenen Interessen wendest – und du bemerkst es nicht einmal.«

Annev wich Tosans Blick aus, außerstande, seine lastende Schwere zu ertragen. Es war eine verdrehte Logik, der der Rektor da folgte, doch es steckte auch ein Körnchen Wahrheit darin. Sodar hatte die Lehren der Akademie tatsächlich unterwandert – und das in einer Weise, die gar nicht so unauffällig und hintergründig war wie das, was Tosan da nahelegte –, aber hatte das denn wirklich dazu geführt, dass Annev seinen eigenen Bemühungen, innerhalb der Akademie aufzusteigen, unbewusst Steine in den Weg gelegt hatte?

Sein Magen krampfte sich zusammen. Er wollte Titus und Therin morgen nicht verraten, aber jetzt wurde er dazu ermuntert, genau das zu tun – zuerst von Weisfrau Kiara und jetzt von Tosan. Schlimmer noch, Annev fühlte sich von Tosans Logik angezogen; er wollte seinen Freunden nicht schaden, aber umgekehrt hatten sie alle seinen eigenen Chancen geschadet, ein Avatar zu werden. Sodar wiederum hatte vermutlich nie gewollt, dass Annev bei seiner Prüfung des Urteils durchfiel, aber der Einfluss von Sodars Moralvorstellungen mochte dennoch letztlich dazu geführt haben, dass genau das geschehen war. Bei dem Gedanken stiegen Gefühle des Grolls in Annev auf, und wenn er in Betracht zog, wie geheimniskrämerisch der Priester auch jetzt immer noch war – selbst nachdem Annev ihn zur Rede gestellt und seine Lügen entlarvt hatte –, so machte ihn das wütend und verwirrt. Annev verstand Sodar und seine Motive nicht mehr, und die Gewichtigkeit von Tosans Beobachtungen verstärkte diese Bürde nur noch.

»Denk darüber nach«, sagte der Älteste der Ältesten, und sein Tonfall deutete an, dass das Gespräch nun zu Ende war.

Annev schaute sich um und merkte erst jetzt, dass sie nur noch ein paar Schritte von den Räumen des Rektors entfernt waren. Tosan ging zu seiner Tür, und der Junge folgte ihm langsam.

»Wäge ab, was dein vordringlichstes Ziel ist, ehe du die morgige Prüfung angehst, Akolyth Ainnevog. Wenn es dein Wunsch ist, Avatar zu werden, musst du dieses Ziel über alles andere stellen. Es kann nur einen Sieger bei der Prüfung des Urteils geben. Das bedeutet, dass du deine Freunde sich selbst überlassen musst. Du musst sie aus eigener Kraft siegen – oder eben verlieren – lassen, selbst wenn du ihnen andernfalls helfen könntest.«

Sie blieben vor der Tür des Ältesten stehen, und Tosan nahm Annev die Lampe aus der Hand.

»Ein Letztes noch«, sagte der Rektor, und Schatten tanzten über sein Gesicht. »Werte mein Schweigen nicht als stillschweigende Billigung deines Werbens um meine Tochter. Myjun hat einen starken Willen, und ich werde mich ihren Wünschen nicht in den Weg stellen, aber es ist auch nicht so, dass ich die Faszination, die sie für dich empfindet, gutheißen würde. Zweifellos sind es dein Trotz und der außergewöhnliche Reiz deiner helfenden Funktion in der Kapelle, die diese Faszination bei ihr ausgelöst haben – doch weder das eine noch das andere wird dich meiner Tochter näherbringen. Wenn du entschlossen bist, dieses … kindische Werben … fortzusetzen, musst du dich den Werten der Akademie anpassen. Anderenfalls wirst du unweigerlich ein Kastellan werden, sodass Myjun für dich für immer unerreichbar bleibt.« Er machte eine bedeutungsvolle Pause, die das Gewicht seiner Worte verstärkte. »Verstehst du das?«

Annev starrte den Rektor an. Das Gespräch hatte ihn erschüttert und ihm die Wahrheit seiner Situation schmerzhaft bewusst gemacht. Bei der morgigen Prüfung hätte gar nicht mehr auf dem Spiel stehen können.

»Ich verstehe, Ältester Tosan.«

Tosan nickte. »Schlaf gut, Akolyth Ainnevog.«

Er schloss die Tür und ließ Annev im Dunkeln stehen.

Kapitel 25

Annev schreckte aus dem Schlaf hoch, und seine Hände griffen nach irgendetwas. Sein Haar war schweißnass, und seine Brust hob und senkte sich hektisch, aber er lebte und war unversehrt.

Was war das eben? Wo bin ich?

Annev kniff die Augen zusammen, versuchte sich an die Dunkelheit anzupassen und seiner Orientierungslosigkeit Herr zu werden. Er befand sich in seinem Schlafzimmer, und nur das schwache Licht der Sterne drang durch die winzigen Ritzen in den Wänden herein. Während er auf seiner Pritsche lag und sich seine Atmung allmählich beruhigte, tastete er unter der stachligen Strohmatratze nach dem purpurroten Handschuh, den ihm Myjun geschenkt hatte. Er hatte ihn sicher verwahrt. Er fuhr mit den Fingern über den gestickten Phönix, spürte eine Verdickung im Inneren und zog den Freundschaftsring hervor, den er ebenfalls versteckt hatte. Er schluckte und kämpfte gegen den Kloß in seinem Hals an, während er den Ring in seinen Fingern drehte.

Warum bin ich so nervös? Warum zittern meine Hände?

Und dann erinnerte er sich an seinen Albtraum. Es war wie eine schreckliche Vision gewesen – erfüllt von Schatten und Dunkelheit, Blut und Steinen …

Aber die Details verblassten bereits, und als er sich nun abmühte, sich daran zu erinnern, was ihm solche Angst gemacht hatte, konnte er sich nur noch die gröbsten Einzelheiten zurückrufen: Da waren ein steinerner Tisch und eine goldene Maske gewesen, rote Lippen und grüne Augen.

Myjun?, überlegte Annev. *Habe ich von ihr geträumt?* Er umklammerte den Phönixhandschuh und dachte noch angestrengter nach, aber das Traumbild war verflogen und von Erinnerungen an den vergangenen Tag ersetzt worden, die genauso unangenehm waren.

So fadenscheinig Tosans Argumente gewesen waren, Annev musste doch einräumen, dass der Älteste der Ältesten einige bedenkenswerte Punkte vorgebracht hatte, die Annev auf dem Rückweg zur Kapelle durch den Kopf gegangen waren – ein Marsch, der umso beschwerlicher geworden war, weil Tosan Annev die Lampe abgenommen und ihn in der pechschwarzen Dunkelheit der unbeleuchteten Flure der Akademie hatte stehen lassen.

Zu seiner Erleichterung war Sodar bereits im Bett gewesen, als Annev nach Hause gekommen war. Außerstande, Schlaf zu finden, hatte Annev eine Kerze angezündet und sich zurück in die Kapelle begeben. Fast ohne auch nur einen Gedanken auf sein Tun zu verschwenden, hatte er den Raum gefegt und geputzt und für den Morgen vorbereitet. Als er fertig gewesen war, hatte er noch immer keine Klarheit über seine Gefühle erlangen können, und so hatte er es aufgegeben und war ins Bett gegangen, in der Hoffnung, dass ihn der Schlaf von seinen Sorgen befreien würde.

Der Albtraum hatte bewiesen, wie töricht diese Hoffnung gewesen war, und so stand Annev erneut auf, diesmal, um seine Wassersäcke zu holen und im Mondlicht ins Dorf zurückzutrotten.

Als Annev den Brunnen erreicht hatte, trat er wie üblich nach der Handkurbel und lauschte auf das Geräusch des in der Tiefe ins Wasser spritzenden Eimers. Langsam kurbelte er ihn wieder hoch, und als sich der Eimer aus den Tiefen erhob, versuchte Annev, zum Kern seines inneren Aufruhrs vorzudringen, der ihm den Schlaf geraubt hatte: Er nahm es Sodar übel, dass er ihn belogen und sich geweigert hatte, über Annevs Eltern zu sprechen;

er war wütend, weil Tosan Sodar die Schuld an Annevs Versagen bei der Prüfung des Urteils gab; er ärgerte sich über sich selbst, weil er mit dem Gedanken spielte, dass Tosan womöglich recht hatte; und er fühlte sich schuldig, weil er plante, die morgige Prüfung auf Kosten seiner Freunde zu bestehen.

Annev kehrte mit vollen Wassersäcken und schwerem Herzen in die Kapelle zurück. Er füllte den Tonkrug in der Küche und erwog, in den Dichtwald zu gehen, um Brennholz zu sammeln. Er machte sogar einen Schritt auf den Schuppen zu, blieb dann jedoch stehen, als eine plötzliche Welle der Panik über ihm zusammenschlug.

Der Traum, dachte er, und wieder durchzuckte ihn ein kurzes Erinnerungsbild: ein blutüberströmter Tisch, eine körperlose Stimme, schwarze, albtraumhafte Hände, die ihn zu den Steinen hinabzogen … Es jagte ihm Angst ein, doch er versuchte trotzdem, die einzelnen Enden des Traums zu fassen zu bekommen und sie zu etwas Zusammenhängendem zu formen, das er verstehen konnte. Doch stattdessen übermannte ihn die Erschöpfung, und er kroch zurück in sein Bett, frierend und müde, den Kopf voller Albträume. Und dann waren da auch noch Myjun, Tosans Warnungen und die morgige Prüfung des Urteils.

Nicht morgen, begriff er mit wachsender Besorgnis. *Heute.*

Einige Stunden später erwachte er wieder, stand ruhig auf, trat an seine Kleidertruhe und begann sich anzuziehen. Der Tag hatte gerade erst zu dämmern begonnen, daher brauchte er sich nicht zu beeilen. Nachdem er in seine Unterwäsche geschlüpft war, ging er in die Küche.

Sodar schlief offenbar noch, daher schnappte sich Annev leise eine kleine Schale, ein Stück Seife und einen feuchten Lappen. Er kehrte damit in sein Zimmer zurück, wusch sich mit dem Schwamm kalt ab und zog sich dann fertig an. Zu guter Letzt streifte er sich Myjuns Phönixhandschuh über. Er würde seine

Prothese nicht vor etwaigen Utensilien zum Aufspüren von Magie verbergen können, aber es war ein seltsames Gefühl, nichts zu haben, was seine linke Hand und seinen Unterarm bedeckte. Der Anblick von Myjuns sorgfältiger Stickarbeit führte ihm eindringlich vor Augen, wofür er heute kämpfen würde.

Als Annev in die Küche zurückkam, brannte im Kamin ein Feuer. Eine Schale mit Suppe und eine Tasse Tee warteten auf dem Tisch. Sodar stand daneben. Er nickte Annev zu und bedeutete ihm, sich zu setzen.

»Ich habe mitbekommen, dass du früh aufgestanden bist, um deine täglichen Pflichten zu erledigen, daher habe ich gedacht, dass du vielleicht zeitig frühstücken möchtest.«

Annev richtete den Blick auf die dampfende Schale und die Teetasse. »Magie?«

Sodar zuckte die Achseln. »Aus nichts kann man nichts heraufbeschwören, aber ich hatte vielleicht ein klein wenig Hilfe dabei, die Mahlzeit aufzuwärmen und das Feuer anzumachen.«

Annev gab ein belustigtes Schnauben von sich. »Solange es kein verschimmelter Schinken aus deinem Sack ist.«

Sodar lächelte, und etwas von seiner Anspannung schien von ihm abzufallen. »Ich kann jederzeit welchen herausziehen, wenn du willst. Ich bin mir sicher, dass er noch warm ist – und frisch.«

Annev schüttelte den Kopf. »Du hast gesagt, dass er mir nicht zusteht, es sei denn, ich ziehe ihn selbst aus dem Sack.«

»Ich nehme an, du könntest es inzwischen auch tun, wenn du es wolltest. Du hast bereits die Magie von Gnade zu beherrschen gelernt. Der Sack sollte für dich keine Herausforderung mehr darstellen.«

Darauf hatte Annev keine Antwort – nicht nach seiner magischen Vorführung vom gestrigen Nachmittag –, und so nickte er nur und setzte sich an den Tisch. Als Sodar seine eigene Schale holen ging, senkte Annev den Kopf und sprach ein stilles Gebet, in dem er um Odars Segen sowohl für die Speisen als auch für seine Leistungen bei der Prüfung des Urteils bat. Er aß schnell und ohne dass ihm ein Gesprächsstoff einfiel, und als Sodar seine Schale und seine Tasse auf den Tisch stellte, war Annev bereits fertig.

Annev stand auf, klaubte sein Geschirr zusammen und warf einen vorsichtigen Blick in Richtung Sodar. Als der seinen Blick erwiderte, bemerkte Annev, dass die Anspannung in die Schultern des alten Mannes zurückgekehrt war. Annev schluckte, und seine Schuldgefühle, die ihm schwer im Magen lagen, stiegen nach oben und schnürten ihm die Kehle zu.

»Danke für das Frühstück.«

»Gern geschehen«, antwortete Sodar, und der Klang seiner Stimme vermittelte mehr als bloße Worte.

An einem anderen Tag, zu früheren Zeiten, hätte Annev den Mann jetzt umarmt, und Sodar hätte ihm viel Glück gewünscht und ihn gutmütig geneckt.

Aber heute war es anders. Sie spürten es beide, und Annev war sich nicht sicher, ob es überhaupt möglich sein würde, die Sache wieder in Ordnung zu bringen. Keiner von beiden brachte den Mut auf, einen Scherz über die bevorstehende Prüfung zu machen. Nicht jetzt, wo es zwischen ihnen so viele unausgesprochene Dinge gab. Nicht heute, am Tag von Annevs letzter Möglichkeit, sich seinen Titel zu verdienen.

»Viel Glück.«

Annev nickte. Er stellte sein Geschirr neben das Spülbecken, dachte kurz daran, den Abwasch heute dem Priester zu überlassen, und änderte dann seine Meinung. Er spülte Tasse, Löffel und Schale ab, während Sodar den Blick auf seinen Rücken gerichtet hielt. Als er fertig war, beobachtete ihn Sodar noch immer. Annev wandte sich zum Gehen.

»Ach!«, rief Sodar. »Da wäre noch was.«

Annev drehte sich um, und der Priester warf ihm einen schwarzen Handschuh zu. Annev fing ihn auf und stellte fest, dass er große Ähnlichkeit mit seinem alten Handschuh der Täuschung hatte, nur dass dieser ein Flickenwerk aus abgenutzten Fetzen und groben Stichen war.

»Aus deinen alten Handschuhen zusammengesetzt«, erklärte Sodar. »Ich habe die Einzelteile mehr wegen der daran hängenden Erinnerungen aufbewahrt als aus sonst irgendeinem Grund, doch jetzt dienen sie wieder ihrem ursprünglichen Zweck.«

Annev starrte den Handschuh an, das Geschenk des Priesters, und plötzlich wurden seine Augen feucht. Er versuchte, seine Dankbarkeit zum Ausdruck zu bringen, doch die Worte blieben ihm in der Kehle stecken.

Und dann lagen sie sich in den Armen. Annev war sich nicht sicher, wer von ihnen den ersten Schritt gemacht hatte, aber er drückte den Mann fest an sich und flüsterte ihm Worte des Dankes zu.

Auch Sodars Stimme war so voller Gefühl, dass sie ihm zu versagen drohte. »Verlier ihn nicht. Es wird keinen weiteren mehr geben, und mit unbedeckter Hand kannst du nicht in der Akademie leben.« Der alte Mann lächelte, und auf seinem Gesicht schimmerten Tränen. Annev begriff, was für ein Idiot er gewesen war.

Tosans Logik war so überzeugend gewesen – Annev konnte nicht leugnen, dass ihn Sodars Weltanschauung bei früheren Prüfungen tatsächlich seinen Titel gekostet hatte –, aber da war noch mehr; etwas, von dem Tosan nicht wollte, dass Annev es bemerkte: Sodar glaubte an Annev, und er wollte nicht, dass er scheiterte. Vielmehr war Sodar der Einzige, der glaubte, dass Annev die Prüfung des Urteils würde bestehen können, ohne gegen seine moralischen Überzeugungen zu verstoßen. Annev wusste nicht recht, ob er das selbst glaubte, aber das Vertrauen des Priesters ließ den Funken der Hoffnung wieder in ihm aufflammen.

»Sodar …«, begann Annev. Er wusste, dass er das jetzt fragen musste.

»Ja?«

»Willst du, dass ich Avatar werde?«

So. Er hatte es ausgesprochen, und es ließ sich nun unmöglich wieder zurücknehmen. Er hielt Ausschau nach Sodars Reaktion und versuchte, die Gedanken des Priesters zu erraten, aber sein Mentor ließ sich nichts anmerken.

»Ich will, dass du glücklich bist«, sagte er langsam, »was bedeutet, dass du für mich viel mehr bist als nur ein Titel oder eine Uniform. Worte wie ›Avatar‹ und ›Priester‹ sind zu klein für dich – und dein Herz ist zu groß für sie. Ich glaube nicht, dass du in der einen oder in der anderen Rolle glücklich sein wirst, denn du bist größer als die Summe dieser beiden Teile.«

»Dann … dann willst du also nicht, dass ich die Prüfung bestehe?«

Sodars Blick wurde sanfter, und Traurigkeit legte sich über seine Züge, als er merkte, dass Annev ihn nicht verstanden hatte. »Du hast die Prüfung bereits bestanden – du hast sie tausendmal bestanden, und ich nehme an, dass du sie heute wieder bestehen wirst. Du willst dir einen Titel der Akademie verdienen?« Sodar zuckte die Achseln. »Das ist ohne Bedeutung. Ich weiß, dass du das schaffen kannst – und es wäre in der Tat befriedigend, wenn du erreichen würdest, was du schon so lange anstrebst –, doch es wird dir keine Freude bringen. Die kommt von hier drinnen.« Er klopfte auf Annevs Brust. »Verstehst du?«

Annev wusste nicht recht, ob er verstand, aber er hatte nun die Antwort, die er brauchte. Sodars Vertrauen in ihn hatte eine Art neues Feuer in ihm entfacht. Nach seiner qualvollen Nacht spürte er nun die Hoffnung auf etwas Neues – eine Gewissheit, dass er nicht zwischen Sodars Kapelle und Tosans Akademie würde wählen müssen, sondern beides miteinander verbinden konnte. Er verstand die Sache noch nicht ganz, aber er nährte diese Flamme trotzdem in seiner Brust, und er spürte das Feuer größer werden.

Annev würde die Prüfung des heutigen Tages bestehen – und zwar zu seinen eigenen Bedingungen. Er bezweifelte, dass Sodar das so gewollt hatte, doch Annev wusste, dass er es einfach versuchen musste. Er würde sich seine Entscheidungen in der Prüfungsarena weder von der Weltanschauung des einen noch von der des anderen vorschreiben lassen: Was immer geschah, er würde seinem Herzen folgen und die Folgen tragen.

Sodar drückte Annev noch einmal an sich, dann ließ er ihn los, wischte sich über die Augen und schob Annev in Richtung Tür.

»Geh. Die Freuden von heute werden uns schon morgen geraubt, also koste den heutigen Tag aus – und mach ihnen die Hölle heiß.«

Kapitel 26

Annev stieg gerade die letzte Stufe zum ersten Stockwerk der Akademie hinauf, als Meister Edra um die Ecke bog und auf den Flur trat. Mit verschlafenem Blick nickte er Annev zu, als er auf ihn zukam, und blieb vor den Schlafsälen stehen, in denen Annevs Klassenkameraden untergebracht waren.

»Hast du dein Waffentraining gemacht, wie ich dich angewiesen habe?«

»Ja, Meister Edra. Sodar und ich haben uns gestern Abend in einem Übungskampf gemessen, unmittelbar vor dem Regaleusgottesdienst.«

»Gut«, erwiderte der Meister und zuckte leicht zusammen, »dann hast du dir das hier verdient.« Er griff nach dem eisernen Schlüssel unter seinem Kittel, zog sich das Lederband über den Kopf und hängte es Annev um den Hals.

Annev blinzelte ungläubig. Er hatte seinen Sieg in der Kirche schon wieder fast vergessen, ganz zu schweigen von der versprochenen Belohnung. Er betastete den Schlüssel und fragte sich, welchen Vorteil er ihm wohl gewähren mochte.

»Spar dir die Anstrengung, dich danach zu erkundigen, wofür er ist«, bemerkte Edra, der genau diese Frage zu erwarten schien. »Ich habe lediglich die Anweisung erhalten, ihn dem Gewinner von gestern zu überreichen.«

Annev begutachtete den Eisenschlüssel und drehte ihn in den Händen hin und her. Es war ein Schlüssel für ein kleines Schloss, nichts Großartiges oder Komplexes. Wie konnte etwas so Simples einem Schüler überhaupt einen Vorteil an die Hand geben, erst recht im Fall von Annev, der sowieso alle Schlösser knacken konnte, von den kompliziertesten vielleicht einmal abgesehen? Er ließ den Schlüssel unter seinen Kittel gleiten und hörte nicht auf, über dieses Rätsel zu grübeln.

»Du bist ein kluger Junge. Zweifellos wirst du es herausfinden.«

»Vielen Dank, Meister Edra.«

Edra zuckte die Achseln. »Du hast es dir verdient. Du brauchst mir nicht zu danken.« Er wollte noch etwas hinzufügen, aber genau in dem Moment öffnete sich knarrend die Tür zum Jungenschlafsaal, und Chedwicks untersetzte Gestalt spähte heraus.

»Hab's doch gleich gesagt, dass ich Stimmen gehört habe!«, rief er zu den Jungen im Raum zurück. »Edra ist hier, um uns abzuholen.«

Die Tür schwang weit auf, und die Jungen strömten einer nach dem anderen aus dem Raum.

Edra klappte den Mund zu, bedachte Annev mit einem knappen Nicken und beendete damit ihr Gespräch. Der Meister machte einen Schritt zurück, damit die Schüler an ihm vorbeikonnten.

Titus kam mit dem ersten Schwung von Jungen heraus, entdeckte Annev und umarmte ihn stürmisch. »Du bist früh dran!«, sagte er, als er seinen Freund losließ.

»Früher als sonst«, bestätigte Annev. Er schaute sich um. »Wo ist Therin?«

Titus deutete auf das Gewirr von Schlafkammern hinter sich. »Er zieht sich gerade an. Willst du hereinkommen und drinnen auf ihn warten?« Annev schüttelte den Kopf. »Es tut ihm übrigens leid. Das mit gestern. Er hatte ein ziemlich schlechtes Gefühl, weil er dir deine Abzeichen gestohlen hat.«

»Tatsächlich?«

Titus zuckte die Achseln. »Du kennst doch Therin. Er denkt erst nach, wenn es zu spät ist, und dann fühlt er sich mies. Es war nicht geplant.«

Annev war sich da nicht so sicher, aber um seine eigenen Pläne für die Prüfung des Urteils umsetzen zu können, brauchte er sowohl Titus als auch Therin, und er wusste, dass sich ohne die beiden seine Erfolgsaussichten stark verringerten. Auch wenn Annev immer noch wütend auf Therin war, konnte er es nicht riskieren, ihn jetzt zu verlieren.

»Kommt schon, Jungs!«, brüllte Edra und rieb sich die Schläfen. »Das heute ist eure letzte Prüfung des Urteils. Wer zu spät kommt, wird von der Teilnahme ausgeschlossen!«

Ein Dutzend weitere Jungen tauchte auf, einige immer noch damit beschäftigt, sich die Kniehosen zu schnüren oder Schuhe und Hemden anzuziehen. Annev sah Fyn und seine Spießgesellen mit dem Hauptstrom herauskommen und hielt den Atem an. Für einen Moment vergaß er Titus und ihr Gespräch über Therin.

Fyn lachte über einen Scherz, den Jasper gemacht hatte, und war gerade dabei, Luft zu holen, als er Annev im Flur stehen sah. Sein Gelächter blieb ihm in der Kehle stecken, und sein Blick wanderte zu Annevs handschuhloser rechter Hand.

Annev hob sein heiles, ungebrochenes Handgelenk und winkte damit, um dessen Unversehrtheit unter Beweis zu stellen.

Fyn suchte stotternd nach Worten, während die Menge ihn mit sich trieb und seine eigenen Freunde ihn nach vorn drängten. Der brutale Schläger schaute noch einmal zurück, seinen hasserfüllten Blick auf Annev gerichtet.

»Therin ist impulsiv«, pflichtete Annev Titus bei und sah ihn an, »aber er ist mein Freund. Selbst wenn er egoistisch und dumm ist.«

»Nun ja, schön zu hören.«

Annev drehte sich um und stellte fest, dass Therin direkt hinter ihm stand. Er musterte den mageren Jungen in seiner beigefarbenen Akolythenkleidung.

»Wie viel hast du mitgehört?«

Therin lächelte. »Genug. Ich habe hier gestanden und mir meine Kniehose zugeknöpft.«

Der Junge hatte demnach den größten Teil des Gespräches belauscht. »Du wolltest also Titus vorschieben, damit er sich für dich entschuldigt?«

»Na ja … ich wollte nicht stören – Titus ist in solchen Dingen viel besser als ich.«

»Das liegt daran, dass Titus ehrlich und bescheiden ist.«

»Autsch«, sagte Therin und schlug sich die Hand aufs Herz. »Das ist jetzt aber ungerecht. Er hat schließlich Gründe, bescheiden zu sein.«

»Ihr wisst, dass ich hier direkt vor euch stehe«, sagte Titus und winkte mit der Hand zwischen seinen beiden Freunden hin und her.

Annev nickte dem blonden Jungen zu, hielt seine Aufmerksamkeit jedoch weiter auf Therin gerichtet. »Titus hat seine Stärken und seine Schwächen, genau wie du – genau wie ich –, aber er hält zu mir. Ich kann ihm vertrauen. Kann ich das Gleiche von dir sagen? Oder von Kenton oder irgendeinem der anderen Schüler?«

Therins Lächeln verflog. »Ich bin nicht wie Kenton.«

»Gestern ist mir das aber nicht so vorgekommen. Tatsächlich hatte ich vielmehr genau diesen Eindruck.«

»Kommt, gehen wir«, knurrte Edra. »Die letzte Gelegenheit für euch Akolythen, euch zu beweisen.« Er setzte sich in Bewegung. Die anderen Jungen folgten ihm in strammem Tempo, doch Annev, Therin und Titus blieben etwas zurück, nahmen instinktiv das Ende der Schlange ein. Sie waren gerade losgegangen, als Therin mit leiser Stimme das Wort ergriff.

»Ja«, sagte er und ließ den Kopf hängen. »Ich bin gestern wohl ein echter Schweinehund gewesen.«

»In der Tat.«

Annev und Therin fuhren beide herum, überrascht, Titus zustimmen zu hören. Der kleinere Junge sah sie beide an, und seine

Wangen röteten sich, doch wandte er weder den Kopf ab, noch verlangsamte er seine Schritte.

»Ja, das bist du wirklich gewesen«, flüsterte Titus. »Annevs Abzeichen zu stehlen, nachdem wir alle übereingekommen waren, einander zu helfen, war gemein. Etwas, das ich von Fyn oder Kenton erwarten würde.« Er machte eine kurze Pause und atmete tief durch. »Aber du bist nicht Fyn oder Kenton, Therin. Ich weiß, dass wir dir vertrauen können, wenn es darauf ankommt.«

»Ja, könnt ihr das?«, fragte Therin. Annev erkannte, dass Therins Sinn für Selbstironie mit seinen Gefühlen von Selbstzweifel und echtem Kummer kämpfte. »Das hier heute – wohin wir gerade auf dem Weg sind – ist unsere allerletzte Prüfung zum Avatar des Urteils. Nur einer von uns kann den Titel erringen, und wir werden keine weitere Möglichkeit mehr bekommen.« Er zuckte die Achseln. »Ihr seid meine besten Freunde, aber ich will auch kein Kastellan werden.« Er schaute zu Boden, starrte auf die Absätze der Jungen vor ihm. »Ich bin gestern ein Arschloch gewesen, weil ich geglaubt habe, das würde die Sache heute einfacher machen.«

Annev musterte seinen hageren Freund und begriff, dass sie beide mit dem gleichen Dilemma gekämpft hatten. Die Akademie versuchte, sie gegeneinander aufzuhetzen, und Annev hätte es beinahe auch mit sich machen lassen.

Aber jetzt hatte Annev einen neuen Plan – seinen eigenen Plan –, und während er den zu zahlenden Preis und die möglichen Resultate gegeneinander abwog, wuchs seine Entschlossenheit. Er legte seinem Freund die Hand auf die Schulter und drückte sie. Der Junge schaute auf.

»Ich will nicht gegen dich kämpfen, Therin. Ich will, dass wir zusammenarbeiten, wie wir es immer tun.«

»Warum?«, fragte Therin argwöhnisch. »Sie werden auf keinen Fall zulassen, dass mehr als einer von uns die Prüfung besteht.«

»Nicht wenn wir es auf ihre Art und Weise machen. Aber wenn wir es auf unsere eigene Art machen? Dann vielleicht schon.«

»Auf unsere eigene Art?«

Annev nickte. »Wir arbeiten als Gruppe zusammen, so wie die Weismädchen gestern. Kämpfen zusammen. Siegen zusammen. Wenn jeder von uns das Seinige beiträgt und wir als Gruppe durchs Ziel gehen, können wir die Ältesten vielleicht dazu zwingen, uns allen dreien Avatartitel zu verleihen.«

Therin stieß einen leisen Pfiff aus. »Also scheiß auf Tosan und seine Regeln?«

»Im Wesentlichen, ja.«

Therin lachte. »Ich bin dabei. Wir werden wahrscheinlich alle verlieren, aber ich habe ohnehin nicht geglaubt, dass ich siegen würde – nicht solange wir Fyn und seine Bande gegen uns haben. Und wenn auch nur eine kleine Chance besteht, dass wir alle Avatare werden und Tosan zugleich eine lange Nase zeigen können … dann ist das das denkbar beste Angebot für uns alle. Was meinst du, Titus?« Der Jüngere hatte während des größten Teils des Weges geschwiegen.

»Ich wollte heute eigentlich gar nicht für mich selbst kämpfen – ich wollte nur, dass du oder Annev gewinnt –, aber wenn eine Möglichkeit besteht, dass wir alle weiterkommen, dann, na klar. Das wäre toll.«

Annev nickte zufrieden. »Wunderbar. Dann habe ich einen Plan.« Die drei Jungen scharten sich tuschelnd eng zusammen, während sie zusammen mit den übrigen ihrer Ernte die letzte Treppe hinabstiegen.

Eine Minute später blieb Edra am Ende des langen unterirdischen Ganges stehen, der zu den imposanten Steintüren der Arena führte. An der Mauer vor dem Eingang lehnte ein hochgewachsener Mann mit hagerem Gesicht, dünnem Schnurrbart und kunstvoll frisiertem braunem Haar. Wie Edra trug er einen roten Kittel, ein Paar weicher schwarzer Stiefel und robuste schwarze Gamaschen. Der Mann richtete sich lächelnd auf und begrüßte Edra mit festem Händedruck und aufmerksamem Blick.

»Meister Edra! Akkurat pünktlich und pedantisch – wie immer.«

»Ich weiß nicht, was das bedeuten soll«, brummte Edra und trat an den anderen Meister heran, »noch kümmert es mich im Mindesten.« Er ließ den Blick über die Gruppe von Jungen schweifen, von denen die meisten immer noch miteinander plauderten und ihre Stimmen durch den langen Flur hallen ließen. Bis Edra losbrüllte. »RUHE!«

Das Geplapper brach ab, und selbst Annev und seine Freunde ganz am Ende der Reihe beendeten ihr geflüstertes Gespräch. Stille erfüllte den Raum, und als die Meister wieder das Wort ergriffen, konnte Annev jedes einzelne Wort hören.

Der Meister der Lügen drückte sich seinen schlanken Mittelfinger aufs Trommelfell und schüttelte den Kopf. »Ich hoffe, das galt nicht auch mir«, sagte er gedehnt. »Akkurat pünktlich bedeutet, dass Ihr immer ganz genau zur rechten Zeit kommt, Edra. Es ist ein Kompliment. Und pedantisch …«

»Heute nicht, Ather. Irgendwelche hochgestochenen Ausdrücke können mich nicht beeindrucken.«

Athers Augen leuchteten auf, als sein Blick über die Schar der versammelten Jungen hinwegglitt. »Kommt schon, Meister Edra. Diese jungen Menschen brauchen Rollenvorbilder – positive.« Er klopfte dem Meister der Waffen auf die Brust. »Ihr seid gar nicht so übel – ein wenig verdrießlich vielleicht, aber verlässlich. Standhaft und unbeugsam. Etwas, dem unsere Jungs nacheifern können. Als ein Meisteravatar.« Er machte eine schwungvolle Handbewegung.

Edra verzog das Gesicht. »Genug. Mein Kopf fühlt sich heute an, als sei er voller Wolle.«

Ather summte versonnen vor sich hin, während er durch den Flur schritt und sich dabei mit einer Energie bewegte, die sich gar nicht bezähmen lassen wollte. »Zu viel Honigwein gestern Abend, wenn ich nicht völlig falschliege.« Er erreichte das Ende der Reihe, lächelte die Akolythen an und zwinkerte ihnen dann zu. »Ihr müsst euch während der Festtage mäßigen, Jungs«, brüllte er, »sonst haltet ihr nie bis zur dritten Regaleusnacht durch!«

Edra warf einen verärgerten Blick in Athers Richtung, dann trabte er den Flur hinab, um sich wieder zu ihm zu gesellen. »Es ist dieser verdammte Duvarek«, sagte er mit gesenkter Stimme. »Er hat mich gestern dazu gebracht, schon früh mit dem Trinken anzufangen, da er zu einem Beschlagnahmeeinsatz ausrücken musste.«

»Und wie geht es unserem lieben Meister der Schatten?« Ather drehte eine Pirouette um Edra herum, einfach aus bloßer Freude.

»Es überrascht mich, dass Duv noch laufen und von hier weggehen konnte«, antwortete Edra, ohne den Possen seines Kollegen Beachtung zu schenken. »Wenn ich auch nur halb so viel trinken würde wie dieser Mann, würde meine Leber revoltieren.«

»Und doch schicken die Ältesten lieber ihn aus als mich«, sagte Ather und trappelte weiter mit den Füßen vor ihm herum. »Wenn ich es nicht besser wüsste, würde ich sagen, dass sie eben so ihre Favoriten haben.«

»Wollt Ihr wirklich wissen, warum?« Annev schob sich näher heran, weil er auf Edras Antwort neugierig war. »Es liegt daran, dass Ihr jedes Mal die Hälfte Eurer Garderobe einpackt – und Ihr braucht eine ganze Woche, auch wenn es nur einen Tag dauern soll. Rentiert sich einfach nicht, Ather. Das geht mit Euch schon so, seit Ihr Akolyth gewesen seid. Keine Herausforderung ist für Euch zu groß, solange Ihr nur zweimal am Tag Eure Kleidung wechseln könnt.«

Ather blieb plötzlich regungslos stehen. »Das ist aber gar nicht nett, Edra. Ein Meister der Lügen braucht Zeit, um sich und sein anvisiertes Opfer vorzubereiten. Silber muss ausgegeben werden. Vertrauen muss gewonnen werden. Man kann nicht einfach so zuschlagen und dabei Ergebnisse erwarten – womit ich Euch natürlich nicht zu nahe treten will.«

Edra gab einen Grunzer von sich und schien den kleinen Seitenhieb kaum zu registrieren.

»Vorbereitung ist nicht immer eine schlechte Sache«, fuhr Ather fort. »Manche Dinge erfordern zwei Wochen, damit sie auch richtig klappen.«

Edra zuckte die Achseln. »Ihr habt gefragt, und ich habe Euch eine Antwort gegeben. Duvarek ist schnell, und er ist gut. Verschwendet keine Zeit, wenn er da draußen ist. Macht immer makellos saubere Arbeit. Hinterlässt keine Zeugen.«

»Ist das nicht *Eure* Vorgehensweise? Und doch hat man Euch noch seltener ausgeschickt als mich.«

»Aber ich wette, es macht mir auch erheblich weniger aus.« Edra grinste. »Wie dem auch sei, ich hinterlasse für gewöhnlich eine ziemliche Sauerei, denn wenn die Akademie mich ausschickt, bedeutet das, dass sie eine Nachricht aussenden will. Euch schicken sie, wenn es um das Einholen von Informationen oder irgendwelche sonstigen Machenschaften geht. Doch wenn wir ein verdammtes Artefakt wollen, schicken sie Duv.«

Ein metallener Gong ertönte tief unten im Bauch der Akademie, setzte ihrem Gespräch ein Ende und veranlasste die Jungen dazu, nervös von einem Fuß auf den anderen zu treten. Als der Gong verhallt war, begannen sich die riesigen steinernen Türen der Arena zu öffnen und schwangen auf ihren mit Öl geschmierten Eisenschienen zur Seite. Sobald die Türen stillstanden, führte Ather die lange Reihe junger Männer ins Innere der großen Halle.

Als sich Annev dem Eingang zur Prüfungsarena näherte, erfüllte das stetige Summen und Brummen von sich verstellendem Metall, surrenden Getriebestangen und sich drehenden Zahnrädern seine Ohren. Doch erst als er die Halle betrat, sah er, dass sich die Quelle des wilden Getöses hinter einer hohen Absperrwand aus Holz nur wenige Meter hinter der Haupttür verbarg.

Auch die letzten Akolythen betraten den Raum. »Viel Glück, Jungs«, brummte Meister Edra, als Annev und seine Freunde vorbeigingen. »Hoffentlich werde ich einem von euch am anderen Ende wiederbegegnen.«

Annev spürte, wie Edras Blick bei diesen Worten auf ihm lag. Er sah zu seinen Freunden und stellte fest, dass sie es ebenfalls bemerkt hatten. Er spürte ihren Zweifel und schüttelte den Kopf.

»Ihr werdet uns allen dreien wiederbegegnen, Meister Edra.«

Der Meister der Waffen schüttelte den Kopf und schloss die Türen hinter ihnen.

Vor ihnen hatte Ather die hölzerne Wand erreicht und bog nach rechts ab. Er führte die Schüler zu einer Treppe in der Mitte der großen Absperrung. Als Annev und seine Freunde ihre Klassenkameraden einholten, blickte Annev die zehn Meter hohe Wand empor, die das eigentliche Prüfungsgelände vor ihren Blicken verbarg, und dann weiter hinauf zu den fünf Glaskugeln, die die große Arena beleuchteten. Anders als Fackeln flackerten diese Lichtkugeln nie. Sie gehörten zu dem knappen Dutzend magischer Schätze, deren Verwendung für öffentliche Zwecke die Ältesten als zulässig erachteten.

Als Annevs Blick an der Wand entlangwanderte, blieb er mit dem Fuß an irgendetwas hängen und stolperte gegen Therin, der nun seinerseits Titus umwarf.

»Tut mir leid!«, entschuldigte sich Annev und half seinem blonden Freund auf. Er wandte sich um und sah, dass er über den in den Boden eingelassenen Ring einer kleinen Falltür gestolpert war. Verärgert trat er gegen das verriegelte Türschloss, dann eilten sie hinter ihren Klassenkameraden her die hohe Holztreppe hinauf.

Schweigend stiegen die Schüler die gewunden nach oben führenden Stufen empor, bis der obere Rand der Holzwand in Sicht kam. Als sie schon fast über die Absperrung hinwegsehen konnten, machte die Treppe eine Biegung und öffnete sich zu einer schmalen Beobachtungsterrasse. Ather führte sie auf den rückwärtigen Teil der Terrasse und wies sie an, sich umzudrehen und den Blick auf den Ältesten Tosan zu richten, sodass sie nicht auf das Gelände vor ihnen schauen konnten.

Ather versperrte Annev ohnehin die Sicht, und so trat er aus der Reihe der Schüler heraus und warf einen kurzen Blick auf das, was hinter der steil abfallenden Wand lag: Im hellen Schein der Lichtkugeln sah er ein Dutzend hin und her schwingender Pendel, ein Labyrinth aus kreuz und quer liegenden Holzbalken und etwas ganz in der Mitte des Labyrinths, das wie eine sich drehende Steinmühle aussah. Ein hoher Turm ragte darüber auf, und ein langer, schmaler Verbindungssteg erstreckte sich aus seiner Mitte heraus in den leeren Raum hinaus.

Dann war auch schon Ather vor ihm – und versperrte Annev die Sicht.

»Reih dich wieder ein«, zischte Ather.

Annev trat weg und eilte zu seinen Freunden zurück.

»Hast du was gesehen?«, flüsterte Therin.

»Pst«, flüsterte Annev mit einem angedeuteten Nicken zurück.

Vor ihnen bestieg Tosan ein stabiles Holzpodest am hinteren Ende der Terrasse. Der Älteste der Ältesten ließ seinen Blick über die Gruppe schweifen, sah Annev und verdrehte die Augen, als er bemerkte, dass Titus und Therin neben ihm standen. Das sie alle umgebende Schweigen zog sich in die Länge, während die Schüler den Blick unverwandt auf Tosan gerichtet hielten und mit dem Rücken zu den unbekannten Gefahren standen.

»Ein jeder von euch ist ein Waisenkind gewesen, das von den Weisfrauen gerettet und hierhergebracht worden ist«, begann der Rektor seine Ansprache zum Prüfungstag. »Niemand sonst hat euch haben wollen. Niemand sonst hätte euch aufgenommen, bis auf uns. Die Ältesten haben euch großgezogen. Euch zu essen gegeben. Euch geistig und seelisch auf die Arbeit vorbereitet, die zu tun ihr auserwählt wurdet.«

Tosan winkte Ather herbei, und der Meister der Lügen nahm seinen Platz neben dem Ältesten der Ältesten ein.

»Die Meisteravatare haben den Weg für euch bereitet«, fuhr Tosan fort und legte Ather die Hand auf die Schulter. »Sie haben euch in der Kampfkunst der Avatare unterrichtet, und eines Tages werden die Besten unter euch ihren Platz einnehmen.«

Ather ließ seinen Blick der Reihe nach über jeden einzelnen der Jungen schweifen, während Tosan die Hand hob und seinen Zeigefinger hochhielt.

»Das heute ist eure letzte Chance zu beweisen, dass ihr es wert seid, Avatar zu sein. Diese letzte Prüfung des Urteils wird entscheiden, wer unter euch sich letztendlich diesen Titel verdient hat … und wer nicht.« Mit grimmigem Blick fasste der Älteste Annev, Therin und Titus ins Auge. »Ihr seid als Akolythen des Glaubens zu uns gekommen. Nach dem heutigen Tag werden viele von euch Kastellane der Akademie werden – aber vielleicht bleibt auch einer unter euch übrig, der würdig ist, ein Avatar des Urteils zu werden.«

Ather trat vor das behelfsmäßige Podest, nahm eine dramatische Pose ein und deutete auf das Prüfungsgelände jenseits der Absperrwand. »In der Arena gibt es viele Wege«, ergriff er das Wort, seine Stimme kräftig und volltönend, »aber nur ein einziger führt zum Sieg. Um ihn zu finden, müsst ihr hinabsteigen und Wege gehen, die ihr schon zuvor gegangen seid. Nur dann werdet ihr die Tür finden, die weiterführt – hin zu Meister Edra und der letzten Prüfung. Alles andere ist nur Ablenkung. Findet die Tür, und ihr werdet den Weg finden.« Ather legte eine theatralische Pause ein, um dann fortzufahren: »Brinden, Fyunai, Jasper, Kenton, Kellor und Janson. Tretet bitte vor.«

Die sechs Jungen, die bereits Avatare waren, verließen die Reihe. Während sie vortraten, tätschelte Kellor gutmütig Jaspers kahlen Kopf, und Brinden schnaubte belustigt, während Kenton distanziert und abweisend blieb. Fyn jedoch nutzte den Moment, um den Kopf zu wenden und grinsend zu Annev hinüberzublicken; er wusste, was jetzt folgen würde, und er wollte, dass Annev es mitbekam.

»Diese sechs Avatare haben die Prüfung des Urteils bereits bestanden«, fuhr Ather fort, »und da sie ihre Kampfkünste erneut unter Beweis gestellt haben, werden sie mit sechzig Extrasekunden belohnt. So lange dürfen sie die vor ihnen liegende Prüfung in Augenschein nehmen, bevor sie damit anfangen. Diese Zusatzzeit beginnt mit dem ersten Gongschlag. Beim zweiten Gongschlag dürft auch ihr Übrigen euch zur Arena hin umdrehen. Jeder, der zu schummeln versucht und erwischt wird, wird von der Terrasse geworfen.« Bei diesen Worten achtete der Meister der Lügen demonstrativ darauf, dass ihm Annev seine besondere Aufmerksamkeit schenkte, und einen Moment lang dachte Annev, Ather wolle ihn vielleicht rückwirkend bestrafen. »Ihr habt sechzig Sekunden Zeit, um euch die Arena anzusehen und mit der Prüfung zu beginnen«, bekräftigte Ather. »Der Gong wird alle zehn Sekunden ertönen, und jeder Schüler, der nach einer Minute noch auf der Beobachtungsterrasse ist, wird von ihr *entfernt.*« Ather schob mit einem Raubtierlächeln eine in seine Stirn gefallene Locke zurück. »Viel Glück.«

Kapitel 27

Die letzten Worte des Meisters hallten noch durch den höhlenartigen Raum, als unter der Beobachtungsterrasse auch schon der Gong erscholl. Die sechs Avatare vorne stürmten auf dieses Signal hin vorwärts, stießen die anderen Schüler beiseite, um ungehinderte Sicht auf das mittels Magie erleuchtete Prüfungsgelände zu haben.

Fyn, der absichtlich zurückgeblieben war, rannte nun ungestüm auf Annev zu. Dieser wich aus und trat vom Rand der Terrasse weg, und der größere Junge lief kichernd an ihm vorbei. Mit dem Rücken zu Fyn und den fünf anderen Avataren stand Annev angespannt da und wartete, bis die sechzig Sekunden verstrichen waren und er und die anderen Schüler ebenfalls mit der Prüfung beginnen konnten. Ather ging vor der Reihe von Jungen auf und ab und forderte sie förmlich dazu heraus, sich umzudrehen, aber niemand tat es. Nach einer halben Minute hörte Annev Fyn und die anderen die Terrasse verlassen, und ringsum wurde es still; nur noch das Surren und Ächzen der Zahnräder und Getriebe war zu hören. Annev ging davon aus, dass die sechs Avatare mit der eigentlichen Prüfung begonnen hatten, und verspannte sich nur noch stärker, während er darauf wartete, dass der Gong ein zweites Mal ertönte. Sein Magen zog sich zusammen.

Der Gong erklang, und ringsum brach Chaos aus. Annev drehte sich um und sah nun die Arena in ihrer ganzen Tiefe und Breite.

Riesige turmartige Gerüste füllten den offenen Raum, von denen mehrere so hoch wie die Beobachtungsterrasse waren. Die meisten übrigen waren von mittlerer Größe, aber manche auch noch viel kleiner. Ein Gewirr aus schräg liegenden Balken, überkreuzten Trägern und drehbaren Brettern erstreckte sich zwischen den Türmen und verband sie an den Spitzen, in der Mitte und tief unten zu einem dreidimensionalen Labyrinth. Von den äußeren Türmen am Rand der Arena aus verzweigte sich ein Netz von Verbindungsstreben, die die umgebende Holzwand berührten.

Als Annev das Labyrinth aus Holz, Draht und Metall ins Auge fasste, sah er, dass das Ganze durch eine Reihe sich bewegender Zahnräder und Getriebe untereinander verbunden war. Selbst die verbindenden Gerüstteile waren in Bewegung. Bretter schoben sich mit unterschiedlichen Geschwindigkeiten und in unterschiedliche Richtungen weiter; terrassenartige Flächen erhoben sich drei oder vier Meter, um dann abrupt wieder in die Tiefe zu sinken, wodurch sich die ganze Arena in ein riesiges Rätselspiel aus stets in unkalkulierbarer Veränderung befindlichen Hindernissen verwandelt hatte. Einen Weg hindurch zu finden würde eine schwierige Herausforderung werden.

Gong.

Noch fünfzig Sekunden. Der Boden unter den Gerüstaufbauten war mit einer dicken schwarzen Substanz bedeckt. Annev konnte nicht erkennen, worum es sich handelte, daher konzentrierte er sich auf das Labyrinth selbst und suchte nach dem richtigen Weg zum anderen Ende der Arena.

Im hinteren Teil des gewaltigen Raums bemerkte Annev einen Turm, dessen Wände so steil waren, dass die viele Meter hohe Turmspitze unmöglich vom Boden her zu erreichen war. Nicht nur waren die Wände völlig glatt, sondern die Spitze außerdem lang, schmal und ungeteert und von einem vertrauten hölzernen Hindernis gekrönt.

»Das Scherenfeld«, grummelte Annev laut und vernehmlich.

Das Scherenfeld war ein Gerüst aus riesigen Holzbalken, die über dem schmalen Weg baumelten. Die Enden der Balken waren teils mit schweren, stumpfen Steinen, teils mit breiten Axtklingen besetzt. Als zu überwindendes Hindernis gehörte das Scherenfeld bei den Prüfungen des Urteils zum festen Bestand. Es tauchte bei fast jeder zweiten der Prüfungen auf, die von den Ältesten durchgeführt wurden. Annev bekam jedes Mal ein flaues Gefühl im Magen, wenn er es sah.

Gong.

Vierzig Sekunden. »Ich kann nichts sehen!«, jammerte eine schwache Stimme ganz hinten aus dem Rudel von Schülern hervor.

Annev bemerkte, dass Titus erfolglos versuchte, sich unter Einsatz seiner Ellbogen einen Weg ins Gedränge am vorderen Rand der Terrasse zu kämpfen. Einige wenige Jungen hatten sich bereits von der Gruppe gelöst und in das Labyrinth hinunterfallen lassen, aber die meisten Schüler waren an Ort und Stelle geblieben, voller Ehrfurcht vor der besonders schwierigen Herausforderung, die die monatliche Prüfung heute darstellte.

Annev konnte es ihnen nicht verübeln – der Meister der Bauten hatte sich diesmal selbst übertroffen –, aber Annev konnte sich auch auf Titus' Beobachtungsgabe verlassen, die ihm einen Weg durch die verzwickte Prüfung hindurch weisen sollte.

Auch wenn er es nur ungern tat, verließ er deshalb seinen Aussichtsplatz am vorderen Rand der Terrasse. Die Jungen links und rechts neben ihm schlossen die Lücke schnell, doch Annev beachtete sie nicht. Er drängelte sich zu Titus durch, wirbelte den kleineren Jungen herum und stemmte ihn sich auf die Schultern.

Gong.

Dreißig Sekunden. »Was kannst du sehen?«, fragte Annev.

»Der Gesamtraum ist viel weniger gefüllt als sonst.«

»Richtig. Sie haben das Labyrinth niedriger gemacht, damit sie die Wand ringsum bauen konnten.« Annev zeigte mit der Hand, was er meinte. »Aber das Scherenfeld haben sie oben hängen gelassen.«

»Das ist gut. Therin kann uns da hindurchführen.« Titus beugte sich suchend vor. »Die Türen befinden sich hinter dem Scherenfeld, sind in die Wand gegenüber eingelassen. Alles weist in diese Richtung.«

Gong.

Zwanzig Sekunden. »Ist das nicht vielleicht allzu offensichtlich?«

»Kann sein … obwohl es eine ziemliche Herausforderung bedeutet, sich dorthin durchzuschlagen, und nach dem, was Ather gesagt hat, befindet sich unser Ziel am gegenüberliegenden Ende der Arena.«

»Können wir entlang der Westwand dorthin kommen?«

»Das habe ich mir auch schon überlegt«, antwortete Therin, der nun neben sie trat. »Sie führt ganz bis ans …«

»Die Wand taugt nichts!«, blaffte Titus. »Ein Balken schwingt über sie hinweg.«

»Wo entlang dann?«

»Ich glaube, ich sehe …«

»Du musst dir ganz sicher sein«, mahnte Annev. »Wir haben fast keine Zeit mehr.«

Der Gong ertönte erneut – *zehn Sekunden* –, und mehrere Jungen sprangen von der Beobachtungsterrasse und verschwanden in der Tiefe. Etliche von ihnen hatten offensichtlich den gleichen Gedanken wie Therin gehabt, denn sie schlugen den Weg ein, der über die Westwand führte.

Titus ließ sich von Annevs Schultern rutschen, und Therin fragte: »Wohin, Dickus?«

»Da ist so ein Balken direkt unterhalb …«

Bong. Gong. Bong. Gong. Bong.

»Los!«, schrie Annev über den Lärm hinweg.

Die verbliebenen Schüler begannen loszuhasten. Einige bewegten sich zielstrebig vorwärts, während andere verstört und unsicher wirkten. Titus schob Annev und Therin zur östlichen

Ecke der Terrasse und zeigte auf ein kleines Holzquadrat fünf Meter unter ihnen.

»Es steigt auf!«, drang Titus' Stimme durch das Getöse ringsum. »Noch einige Sekunden, und wir können hinunterspringen!«

Glong-Glong-Glong-Glong-Glong. BONG!

Die Zeit ist abgelaufen.

Ather trat vor. Der Meister packte einen Kampfstab und schlenderte lässig in Richtung der verbliebenen Schüler, die sich alle am Rand der Terrasse zusammenkauerten. Er sah einem der Jungen in die Augen – einem sommersprossigen Avatar namens Alisander – und strich sich träge mit Daumen und Zeigefinger über den Schnurrbart. Alisander lächelte den Meister an, und er lächelte noch immer, als ihn Ather vom Sims stieß und ihn auf den mit Pech bedeckten Boden einige Meter unter ihnen warf.

Ein lautes Klatschgeräusch hallte durch die Arena, als er unten aufschlug. Als Annev hinabschaute, sah er allerdings, dass Alisander von dem Sturz lediglich etwas benommen war. Der rothaarige Junge schüttelte den Kopf, stemmte die Hände in den Matsch und mühte sich, wieder aufzustehen. Doch stattdessen versanken seine Arme im Morast und blieben dort stecken. Der Junge rang weiter darum, sich zu befreien, doch blieb er erfolglos.

»Donnerwetter«, murmelte Titus, ein Auge weiterhin auf die langsam aufsteigende Holzfläche gerichtet.

Annev verfolgte, wie Ather mit einer weit ausholenden Bewegung seines Kampfstabs zwei weitere Jungen in den Abgrund warf, und wandte sich dann wieder den beiden anderen zu.

»Wenn wir springen wollen, dann *jetzt.*«

Die kleine Holzfläche befand sich nun knapp zwei Meter unterhalb der Beobachtungsebene. Therin ließ sich hinabfallen, und der Aufprall ließ die Holzfläche auf und ab hüpfen, dann senkte sie sich langsam wieder.

»Schnell!«, rief Therin. Ather war jetzt schon ganz nahe. Nur einen Schritt von Annev entfernt warf er einen Akolythen in die zähe Masse unter ihnen.

Annev stupste Titus an. »Mach! Schnell.« Titus ging in die Knie und sprang hinunter. Er landete mit einem leisen Aufprall und sprang sogleich wieder auf.

»Du lässt dir aber reichlich Zeit«, flüsterte Ather Annev ins Ohr. »Komm, lass mich dir helfen.«

Annev warf sich von der Terrasse in die Tiefe. Für einen Moment hoffte er, dem Meister entronnen zu sein, aber dann traf ihn doch noch das hintere Ende seines Stabes in die Rippen, und Annev wirbelte mitten in der Luft herum. Er landete schmerzhaft auf der Seite, wodurch die Holzfläche heftig erschüttert wurde. Der wacklige Aufzug löste sich von der unsichtbaren Getriebevorrichtung, die ihn gehoben und gesenkt hatte, und stürzte Richtung Morast. In Erwartung des Aufpralls klammerte sich Annev am Rand der kleinen Holzterrasse fest. Die beiden anderen Jungen ließen sich auf die Knie fallen und taten es ihm nach. Sie wurden hin und her geschüttelt, als das Holzquadrat auf der zähflüssigen Masse aufschlug, die den Arenaboden bedeckte, und im nächsten Moment war alles ruhig.

Annev atmete tief durch, und dann spürte er, wie der schwarze Schlick an seinen Fingern saugte. Er riss die Hände vom Rand des hölzernen Quadrats weg und stand auf. Sein Herz raste immer noch.

»Schnell, bevor wir versinken.«

»Dorthin!« Titus zeigte auf eine kleine Terrasse direkt über Therins Kopf.

Die drei Jungen bildeten eine Art Räuberleiter: Titus kletterte auf Annevs Schultern, und Therin stemmte sich an beiden Jungen hinauf, erreichte die Terrasse und half dann Titus nach oben. Annev war als Letzter an der Reihe. Er sprang an den Rand der sinkenden Fläche, fand sein Gleichgewicht wieder und machte einen gewaltigen Satz nach oben. Seine Brust donnerte gegen den Gerüstaufbau, und seine Hand suchte verzweifelt einen Halt, da fühlte er, wie er von Titus und Therin gepackt und vor dem Absturz bewahrt wurde. Mit einiger Anstrengung zogen ihn die beiden Jungen zu sich hinauf, was nicht ohne etwas aufgeschürfte Haut vonstattenging.

»Du blutest«, sagte Titus und zeigte auf Annevs Kinn.

»Weiter geht's«, knurrte Annev und stand auf. »In welche Richtung?«

Titus versuchte sich zu orientieren. Sie waren die Letzten gewesen, die es in die Arena geschafft hatten, und eine der Gruppen vor ihnen hatte den gleichen Weg eingeschlagen und bewegte sich auf die östliche Wand zu. Das Scherenfeld lag im Norden, während Ältester Tosan und Meister Ather den Wettstreit der Jungen von Süden aus verfolgten.

Annev blickte zu den Jungen östlich von ihnen, sah sie klettern, kriechen und hüpfen, um irgendwie durch diesen schwebenden Hindernisparcours zu gelangen. Weit westlich von ihnen hatten zwei Avatare einen Weg hinauf auf die hölzerne Umfassungswand gefunden, und Annev fluchte, als er sah, wie sie oben auf der Wand entlangrannten und ihre braun gekleideten Gestalten sich in hohem Tempo dem Scherenfeld näherten. Sein Ärger war jedoch sogleich wie weggeblasen, als er einen mit vielen Zacken und Zinken versehenen Balken über den Rand der hölzernen Sperrwand schwingen sah, genau wie Titus sie vorgewarnt hatte. Das Hindernis fegte den ersten Jungen von der Trennwand. Der zweite versuchte, über den Balken hinwegzuspringen, und einer seiner Zinken traf ihn an der Brust, warf ihn von der Wand und hinab in den Dreck.

»Hier entlang!«, schrie Titus.

Annev und Therin folgten Titus und rannten auf ein langes Brett, das sich gerade bis auf ihre Höhe erhoben hatte, und eilten dann über eine Reihe schmaler, miteinander verbundener Rampen, die über dem Morast schwebten.

»Ich weiß den Weg zum Scherenfeld«, rief Titus über seine Schulter zurück, »aber wir müssen uns beeilen, sonst bewegt sich der Raum zu sehr.«

Die drei Akolythen liefen einen langen Balken hinab und sprangen dann auf eine bewegliche Rampe, die steil mitten ins Herz der miteinander verbundenen Balken und Gerüstflächen der Arena führte.

»Wo gehen wir denn hin?«, überschrie Annev den Lärm von knirschenden Zahnrädern und knarrendem Holz.

»Zu dem hohen Turm in der Mitte!« Der Junge zeigte auf einen turmartigen Aufbau in die Mitte des hölzernen Netzwerks. Direkt darüber hing eine der leuchtenden Glaskugeln, die die Arena erhellten. »Von der Spitze dieses Turms führt eine Rampe zum Scherenfeld hinauf.«

Therin kniff die Augen zusammen. »Ich kann da nichts sehen.«

»Sie hat sich wegbewegt.«

Sowohl Therin als auch Annev verlangsamten ihre Schritte und sahen einander an.

»Was ist?«, fragte Titus, als sie das obere Ende der Rampe erreichten. »Wir müssen einfach nur dort oben sein, wenn sie zurückkommt.«

Therin blickte Annev an, der seinerseits versuchte, sich seinen ersten Blick auf die Arena wieder ins Gedächtnis zu rufen.

»Geh du voran.«

Die drei Jungen hüpften über mehrere niedrige bewegliche Flächen hinweg, sprangen von einer Ebene zur anderen und näherten sich so allmählich dem Turm. Auf halbem Weg zu ihrem Ziel wurden die terrassenartigen Gerüstflächen durch eine lange Abfolge von Stangen ersetzt, die von parallelen Kettenpaaren herabgingen. Im nächsten Augenblick schwangen sich die Jungen auch schon in rascher Folge von Stange zu Stange und bewegten sich so nach und nach immer höher hinauf. Titus erreichte den Turm als Erster, und Annev sah Therin nach, als er sich auf die letzte der Kettenstangen schwang. Der gelenkige Akolyth schaukelte hin und her, bis er genügend Schwung geholt hatte, dann warf er sich hinüber zu einer ebenen Fläche, die in das offene Gerüst des Turms hineingebaut war. Therin beschrieb einen eleganten Bogen durch die Luft, zog dann die Beine an, purzelte in das Gebäude hinein und sprang auf. Sofort eilte er zurück zur Öffnung, durch die er in den Turm gesprungen war, das Gesicht puterrot vor Aufregung.

»Komm!«, rief er keuchend zu Annev hinüber.

Annev tat es ihm nach, schwang sich hin und her, dann machte er einen Satz zu der Stange hinüber, auf der Therin zuletzt gestanden hatte. Er fand Halt und nutzte die Wucht seiner Bewegung, um Schwung für den letzten Sprung zu holen. Im gleichen Moment erschien oben auf dem Turm eine dunkle Gestalt, die einen langen Schatten in die Tiefe warf.

»Ja, beeil dich«, rief eine Stimme. »Wir sind es müde, auf dich zu warten.«

Fünf weitere Gestalten gesellten sich zu dem Schatten am Turmrand, und ihre Körper verschmolzen zu einer einzigen dunklen Masse. Annev blickte mit zusammengekniffenen Augen nach oben und erkannte Jasper, Kellor, Janson, Brinden und Kenton. Im Zentrum der kleinen Gruppe stand Fyn, ein selbstgefälliges Grinsen im Gesicht.

Kapitel 28

Als Annev in den Turm purzelte, war das Gelächter der Jungen gerade am Abklingen.

»He, Annev!«, grölte Fyn. »Kenton meint, wenn wir dich von diesem Turm herunterwerfen, würde das schwarze Zeug verhindern, dass du dir die Beine brichst. Ich finde aber, wir sollten es trotzdem probieren. Mal sehen, ob deine Beine genauso schnell heilen wie dein Handgelenk.«

Titus sah Annev an, und auf seinem Gesicht lag eine Mischung aus Ehrfurcht und Angst. »Du hast mit Fyn gekämpft … außerhalb des Unterrichts?«

Annev zuckte die Achseln.

Titus klappte die Kinnlade herunter. »Aber … du bist nicht tot.«

Über ihnen lehnte sich Fyn drohend über die Gerüstwand und erhaschte einen kurzen Blick auf Titus im Inneren des Turms.

»Und was ist mit dir? Sollen wir dir etwas Unterricht im Fliegen geben?«

Titus krümmte sich und wich tiefer in den Turm zurück.

»He, Fyn!«, rief Therin, der nach einem Weg zur Turmspitze hinauf Ausschau hielt. »Wenn sich Kenton so sicher ist, dass niemand verletzt wird, dann solltest du lieber ihn über die Turmkante schmeißen!«

Fyn lachte. »Vielleicht werde ich das tun, sobald es mich zu langweilen anfängt, hier oben auf dich zu warten!« Die anderen Jungen – mit Ausnahme von Kenton – stimmten in das Gelächter ein, doch Fyn war noch nicht fertig. »Ich will Annev allerdings als Ersten sehen«, fuhr er fort. »Der dreiste Mistkerl hat mir meinen roten Handschuh gestohlen! Einen richtig schicken, mit Vögeln darauf!«

Das ließ Jasper und Kellor ein Brüllen ausstoßen, und Annev hörte Brindens unverkennbares Lachen, das halb Kichern, halb Schnauben war.

Titus runzelte die Stirn. »Wovon redet er da?«

»Tut nichts zur Sache«, antwortete Annev und war froh, dass er sich dafür entschieden hatte, für den Wettkampf Sodars geflickten Handschuh zu tragen.

»Also, Leute«, begann Therin, der sich nicht scheute, nach dem Offensichtlichen zu fragen. »Was machen wir jetzt?«

Titus sah sich um, dann schüttelte er den Kopf. »Ich bin davon ausgegangen, dass es eine Möglichkeit geben würde, den Turm hinaufzuklettern. Aber solange sie da oben stehen …« Titus zuckte die Achseln. »Was sollen wir tun, Annev?«

Annev ließ seinen Blick über das Innere des Turmgerüsts wandern. Aufgeben kam nicht infrage. »Wir müssen schlau sein, wenn wir siegen wollen«, sagte er. »Also, was wissen wir? Wir sind zu dritt gegen sechs, und wir müssen dort hinauf, wenn wir das Scherenfeld erreichen wollen. Oder gibt es einen anderen Weg?«

Titus nahm das Gelände um sie herum genau in Augenschein, schüttelte aber schließlich den Kopf.

Annev schwieg und dachte nach. Magisches Licht fiel durch die dünnen Spalten zwischen den Brettern des Turms und ließ die Schatten der Jungen über ihnen erkennen. Annev starrte aufmerksam zur Decke empor, dann breitete sich ein Lächeln auf seinen Zügen aus. »Wie wäre es, wenn wir ihnen den Boden unter den Füßen wegzögen?«

Therin war sofort Feuer und Flamme für den Vorschlag. »Und wie?«

Annev musterte Decke und Wände. »An jedem neuen Prüfungstag verwenden die Meister eine Menge von diesem Holz erneut. Die Holzgerüste sind so gebaut, dass die einzelnen Bretter sehr leicht wieder auseinandergehen. Das könnten wir uns zunutze machen.«

Therin nickte noch heftiger als zuvor. »Ja. Ich werde die Sache mal begutachten.« Er drehte sich um, schob die Finger in die Spalten zwischen den Brettern der Turmwände und machte sich daran hinaufzuklettern.

Annev sah zu, wie der Junge an der Wand hochstieg, und eine zweite Idee nahm in seinem Kopf Gestalt an. »Titus, kannst du mir zeigen, wohin diese bewegliche Holzfläche verschwunden ist? Wenn wir herausfinden können, wann sie wieder zurückkommt, können wir sie vielleicht von hier unten aus erreichen und Fyn dadurch gleich ganz ausweichen.«

Titus gefiel die Idee, und er führte Annev zu einer Öffnung an der Ostseite des Turms. Die herabhängenden Stäbe, mit deren Hilfe sie zum Turm herübergekommen waren, schwangen immer noch hin und her, und unter ihnen hob und senkte sich eine der Flächen in einer gleichmäßigen Wechselbewegung.

»Wo hat sich das Ding befunden?«, fragte Annev. »Kannst du es im Moment sehen?«

Titus schüttelte den Kopf. »Ich glaube, es ist irgendwie an der Schiene dort unten befestigt.« Titus zeigte auf eine lange Metallschiene, die nur ein kleines Stück über den schwarzen Glibber hinausragte. »Ich habe das Ding nicht gut zu sehen bekommen, aber es ist lang.«

»Das hilft uns nicht viel.«

»Ich meine, es ist wirklich lang. Obwohl es sich auf der anderen Seite des Turms befunden hat, konnte ich es schräg aus dem Turm herauskommen sehen. Dann, als es sich mehr und mehr wegbewegte, fiel das Ding nach unten und hat sich in der Mitte gefaltet.«

Annev schob nachdenklich die Unterlippe vor und versuchte, sich an seinen kurzen ersten Anblick der Arena zu erinnern, ehe Ather ihn wieder in die Reihe der anderen Jungen zurückgestoßen hatte. Irgendetwas hatte da aus dem Turm herausgeragt, aber es war nicht von der Spitze her gekommen. Es hatte vielmehr aus der Mitte geragt, so gerade wie eine Messerklinge.

Annev lächelte. »Ich glaube nicht, dass wir zur Spitze hinaufklettern müssen«, verkündete er. »Vielleicht müssen wir auf die Nordseite steigen, um auf die Rampe zu kommen, aber wir sollten in der Lage sein, das Ding zu besteigen, bevor es oben ankommt.«

»Dann müssen wir also nicht gegen Fyn und die anderen Avatare kämpfen!« Titus war sichtlich erleichtert.

»Vielleicht doch, wenn sie mitbekommen, wie wir uns seitlich an den Turm klammern. Wir müssen genau den richtigen Zeitpunkt abwarten und …«

Annev brach ab, als er die neue Gestalt bemerkte, die jetzt oben auf der Aussichtsterrasse stand. Im Gegensatz zu Athers purpurrotem Kittel und Tosans schwarz-rotem Gewand trug die junge Frau ein dunkelgrünes Kleid, und ihr Haar hing ihr offen über die Schultern.

»Myjun«, flüsterte Annev und hatte alles andere um sich herum plötzlich vergessen.

Sie stand zwischen Ather und Tosan und suchte offensichtlich nach irgendetwas oder irgendjemandem. Als sie Annev ausmachte, winkte sie ihm keck zu, dann besann sie sich und warf einen raschen Blick zu ihrem Vater. Aber Tosans Aufmerksamkeit war gerade von etwas anderem in Beschlag genommen.

Annev beugte sich vor, um zurückzuwinken.

Sie schaut zu und verfolgt die Prüfung, dachte er aufgeregt. Dann rutschte ihm das Herz in die Hose. *Natürlich schaut sie zu. Sie will sehen, ob ich mir auch endlich meinen Titel verdiene …*

»Blut und Knochen«, fluchte er.

»Was ist?« Titus streckte den Kopf aus dem Turm. »Stimmt etwas nicht?«

»Nein, alles gut, ich habe nur …« Annev brach erneut ab, denn jetzt sah er, wie Myjun ihm ein Zeichen zu geben schien. Doch diesmal bemerkte Tosan ihre Bewegung, und Myjun verbarg, was sie vorhatte, indem sie die Hand wie beiläufig an den Mund führte und sich zu einem Gähnen zwang.

Was will sie mir sagen …?

»Annev! He!« Therin schnippte vor Annevs Gesicht mit den Fingern.

Annev blinzelte und bemerkte, dass Therin wieder zu ihnen gestoßen war. Er spähte noch einmal zu Myjun hinüber, dann zwang er sich, sich auf das konkret Anliegende zu konzentrieren, und schob seine Frage unbeantwortet beiseite.

»Tut mir leid. Ich war abgelenkt.«

»Das möchte ich meinen.« Therin schüttelte den Kopf. »Ich habe da etwas entdeckt.«

»Wir auch!«, rief Titus. »Annev meint, wir können zur Rampe gelangen, ohne gegen Fyn und die anderen kämpfen zu müssen!« Therin hatte zuvor schon gelächelt, aber nachdem ihm Titus beschrieben hatte, was Annev und er herausgefunden hatten, grinste er breit.

»Fyn steht also eine große Überraschung bevor.« Er deutete auf den Boden der Gerüstebene sechs oder sieben Meter über seinem Kopf. »Seht ihr den Spalt, der da durch die Mitte verläuft? Das ist die Linie, die die beiden Hälften der Ebene voneinander trennt. Auf der linken Seite befinden sich Stützen, die verhindern, dass das ganze Ding herunterkippt. Der Turm wurde so gebaut, dass er von innen in sich zusammenfallen kann – genau wie es Annev vermutet hat.«

Annev nickte, wenig überrascht. »Der Älteste Denithal war wahrscheinlich für den schwarzen Morast unten in der Arena zuständig, aber alles andere hier hat Meister Murlach gemacht. Er hatte schon immer eine Schwäche für Fallen. Er hat auch das Scherenfeld gebaut. Und den Pendelkipper. Und den Drehschnapper.« Er schüttelte den Kopf. »Sie hätten ihn Meister der Fallen nennen sollen.«

»Also, was machen wir?«, fragte Titus und schaute zum Boden der Turmfläche über ihren Köpfen empor.

Therin lachte. »Wir ziehen die Stützbolzen heraus! Während Fyn und seine Kumpels darauf stehen.«

»Aber … wir brauchen nicht gegen sie zu kämpfen?«

»Wenn wir sie einfach hinter uns zurücklassen, werden sie uns folgen. Lasse keine Feinde zurück, Titus.«

Annev nickte. Er begriff, wie klug Therins Vorschlag war: Wenn sie Fyn oder Kenton lahmlegen konnten – im übertragenen oder auch im wörtlichen Sinn –, dann sollten sie das tun, und Annev würde sich nicht im Mindesten schuldig fühlen, wenn sie tatsächlich einen körperlichen Schaden davontrugen. »Therin hat recht. Titus, halte Ausschau nach der sich bewegenden Fläche. Therin, auf sein Signal hin ziehen wir die Stützen heraus. Danach müssen wir zusehen, dass wir möglichst schnell hier rauskommen und die östliche Außenwand hinaufklettern.«

Titus nickte; falls er abweichender Meinung war, behielt er es für sich, während Annev und Therin jetzt von innen das Gerüst hinaufklommen. Sie kletterten schweigend und wurden langsamer, als sie sich der Decke über ihnen näherten. Durch die Spalten über seinem Kopf konnte Annev auf allen vier Seiten des Turms je einen Jungen Ausschau halten sehen. Ein fünfter Junge stand in der Mitte des Aufbaus und der sechste gleich daneben, näher der Nordseite des Turms zugewandt. Dieser letzte Junge ging ständig auf und ab, und die Bretter unter seinen Füßen knarrten bei jedem Schritt.

»Wo sind sie denn?«, quengelte Jasper direkt über Annevs Kopf.

Der Avatar, der auf und ab gegangen war, blieb stehen. »Keine Ahnung.«

Annev lächelte. Das war Fyn.

»Sie können nirgendwo sonst hin«, sagte Fyn. »Irgendwann werden sie hinausklettern müssen.«

»Wir können nicht den ganzen Tag hier warten.«

»Doch, können wir, wenn es sein muss. Schau dich nur um. Siehst du irgendeinen anderen Weg zum Scherenfeld?«

Eine lange Pause. »Nein.«

»Also kann niemand dorthin gelangen, ohne zuvor bei uns vorbeizukommen«, erklärte Fyn. »Annev und seine Trottel können warten, solange sie wollen. Die nächste Gruppe von Schülern, die den Turm erreicht, wird sie ohnehin erledigen. Wir können uns entspannt zurücklehnen und zuschauen. Verstanden?«

»Ähm … ja. Aber wie sollen wir selbst denn dorthin gelangen?« Jasper ließ nicht locker.

Fyn ging zu Jasper hinüber und stellte sich zwischen den Avatar und den südlichen Beobachtungsposten. Annev schaute zu Therin hinüber, der aufgeregt drei Finger hob. Drei von sechs auf der aufklappbaren Seite des Turms war ziemlich gut. Es würde zumindest für Gleichstand sorgen, und vielleicht würde auch der Junge den Halt verlieren, der nur mit einem Bein über der Fallkante stand. Sie konnten Fyn und die Hälfte seiner Gruppe mit einem Schlag aus dem Rennen werfen.

»Wenn du wirklich dort hinüberkommen willst«, sagte Fyn, seine gedämpfte Stimme nur wenige Meter von Annevs Kopf entfernt, »kannst du jederzeit zu Fuß gehen …«

Er stieß Jasper über die Turmkante in die Tiefe.

Annev stockte der Atem, als er hörte, wie der Avatar unten in den glitschigen Arenaboden klatschte. Er gab sich alle Mühe, keinen Laut der Überraschung auszustoßen, während Fyn über ihm murmelte: »So eine Nervensäge«, und sein Auf-und-ab-

Schreiten von Neuem begann. Da war ein Schlurfen über Annevs Kopf; der einzelne Junge in der Mitte des Turms setzte sich in Bewegung, um Jaspers frei gewordenen Platz auszufüllen.

Annev schüttelte angewidert den Kopf. Es war ja schön und gut, einen Rivalen vom Turm zu stoßen, aber den eigenen Freund hinunterzuwerfen? Sein Magen revoltierte beim bloßen Gedanken … auch wenn er sich nur zu gut daran erinnerte, nach seinem Gespräch mit Tosan anders empfunden zu haben.

Annev griff nach oben und packte entschlossen den Bolzen neben seinem Kopf. Er sah Therin an, und der machte das Gleiche.

»Titus«, wisperte Annev mit kaum hörbarer Stimme. Er schaute hinab und sah, dass der Junge soeben den Kopf aus der Öffnung in der östlichen Wand gestreckt hatte. »Titus!«, flüsterte Annev noch drängender. Der kleinere Junge zog den Kopf wieder ins Innere zurück und blickte zu Annev auf.

»Es nähert sich dem Turm!«, flüsterte er ein wenig zu laut zurück.

Annev fluchte, als er weitere Füße über seinem Kopf schlurfen hörte. Mit einem kurz angedeuteten Nicken in Therins Richtung zerrte Annev kräftig an der Stütze, die die südliche Seite der Turmfläche trug. Therin folgte seinem Beispiel, und die sechzig Zentimeter langen Metallstücke glitten aus dem Träger über ihren Köpfen. Mit einem gellenden Quietschen schwang die klappbare Hälfte der Turmdecke herunter, zwei Jungen fielen durch die Öffnung und stürzten sechs, sieben Meter tiefer auf den Boden unter ihnen. Währenddessen sah Annev aus dem Augenwinkel, wie Fyn rasch auf die nördliche Turmseite sprang und der Falle mit knapper Not entkam.

Schnell wie eine Katze kletterte Annev an der inneren Turmwand hinab und machte, unten angekommen, einen Bogen um die beiden Jungen zu seinen Füßen: Kellor war bewusstlos, sein Bein entweder ausgerenkt oder gebrochen; Janson lag stöhnend über ihm und schien es mit dem Aufstehen nicht eilig zu haben.

»Ich werde dich umbringen, Ainnevog!«, schrie Fyn aus der Öffnung über ihren Köpfen herab, während er nach einem Weg nach unten suchte.

»Warum benutzt er meinen vollen Namen nur dann, wenn er mir droht?«, fragte Annev, als er und Therin sich aus dem Turm hinausschwangen und zu klettern begannen.

»Warum heimst du allein bei ihm alle Lorbeeren ein?«, fragte Therin zurück. »Ich habe schließlich die Hälfte dazu beigetragen, das Ding herunterfallen zu lassen.«

Annev machte mit dem Kopf eine Winkbewegung in Richtung Turmspitze. »Das kannst du ihn gern selbst fragen.«

Sie hatten sich gerade zu Titus hochgezogen, als eine Salve von Flüchen von oben auf sie herabregnete. Annev schaute auf und sah Fyn, der sie knurrend anfunkelte und immer noch nach einer Möglichkeit Ausschau hielt, sich einen Weg zu ihnen zu bahnen. Einen Moment später tauchten Brinden und Kenton neben dem Avatar auf.

»Wagt es, hier heraufzuklettern, ihr Bastarde, und ich werde euch den Schädel eintreten!«

Therin lachte. »Er lässt das wirklich einladend klingen, nicht wahr?«

»Er glaubt immer noch, dass wir hinaufklettern müssen«, bemerkte Titus und nickte in Annevs Richtung. »Aber unsere Mitfahrgelegenheit ist eingetroffen.«

Annev sah, dass sich die bewegliche Trägerfläche der Turmwand bis auf einen halben Meter angenähert hatte, nahezu auf gleicher Höhe mit ihnen. Während sie weiter anstieg, begann sie zugleich, sich auszudehnen. Das ihnen zugewandte Ende bewegte sich auf den Turm zu, während sich das andere Ende hin zum Scherenfeld erstreckte, das fast fünfzehn Meter von ihnen entfernt war.

»Schnell«, sagte Titus und ging für den Sprung in Stellung. »Wenige Sekunden nachdem das Ding die Turmspitze erreicht hat, faltet es sich wieder zusammen.«

»Und wir haben Fyn direkt hinter uns«, sagte Annev, dem der Gedanken gar nicht gefiel.

»Noch ein Anreiz, um schneller zu laufen!« Therin sprang auf die schmale Trägerfläche und rannte los.

Annev verdrehte die Augen und bereitete sich auf den Sprung vor. Die Terrasse hatte nun ihre Höhe erreicht und war nur noch etwa dreißig Zentimeter entfernt.

»Brinden! Steig da runter und halt sie auf!«, brüllte Fyn.

»Titus, los!«, drängte Annev, ohne die Jungen über ihnen aus den Augen zu lassen.

Der Jüngere sprang auf die sich bewegende Fläche, wedelte mit den Armen, bis er wieder im Gleichgewicht war, und lief dann hinter Therin her, während die schmale Rampe weiter nach oben stieg und sich Zentimeter um Zentimeter der Turmwand näherte. Mit plötzlichem Erschrecken erkannte Annev, dass sich die Fläche – jetzt auf Höhe seiner Taille – direkt an die Turmwand pressen würde.

Keos! Annev hatte zu lange gewartet. *Sie wird mich in der Mitte zerteilen!*

Er sprang, warf Brust und Bauch auf die Rampe und zog die Beine hinter sich her. Gerade als er seine Füße durch den Zwischenraum hinaufgezogen hatte, knallte die Rampe gegen die Turmwand – und Annev war wieder auf den Beinen und rannte los. Er spürte das Aufklatschen hinter sich, als Fyn, Kenton und Brinden oben vom Turm herabsprangen und ihm nachjagten.

Wir schaffen es!, begriff Annev. *Wenn wir nur vor ihnen bleiben können, werden wir sie schlagen!* Die Balken und Trägerflächen zwischen ihm und dem Boden verschwammen zu einer einzigen nebelhaften Masse, während er rannte und die Rampe sich nun wieder mehr und mehr zu senken begann. Annev beschleunigte sein Tempo, und die immer steilere Neigung der Rampe half ihm dabei, doch als sie sich dann noch weiter senkte, verwandelte sich seine Hochstimmung plötzlich in Panik: Die Rampe sackte unter ihm weg; genau das, wovor ihn Titus gewarnt hatte.

Annev riss den Blick von seinen Füßen los und schaute nach vorn, zum Ende der Rampe. Therin hatte das Scherenfeld bereits erreicht. Eine Sekunde später war auch Titus am Ende des schmalen Trägers angelangt, sprang über den klaffenden Zwischenraum und landete neben Therin.

Annev senkte den Kopf, sprintete zum Ende der Rampe und warf sich über den Abgrund. Er flog mehrere Meter durch die Luft, schaffte es gerade so über die wachsende Distanz zwischen der Rampe und dem festen Untergrund und schlitterte auf den Knien zwischen die beiden anderen Jungen. Er wirbelte herum, um nach den Avataren hinter ihnen Ausschau zu halten.

Fyn eilte den beiden anderen Avataren vorweg in gleichmäßigem Tempo über den Steg, offensichtlich ohne etwas von der unmittelbar drohenden Gefahr bemerkt zu haben. Auf seinem Gesicht lag ein wölfisches Grinsen; natürlich rechnete er damit, dass seine Beute vor ihm die Flucht ergreifen würde, war aber zuversichtlich, Annev und die Übrigen am Ende der schwebenden Rampe in die Enge treiben zu können.

Diese Zuversicht war ein Fehler. Annev hörte eine Reihe lauter Klickgeräusche durch die Arena hallen, als sich die lange Rampe wieder von dem Turmgerüst löste und sich zusammenzuklappen begann. Fyns Gesichtsausdruck veränderte sich, als die Rampe in die Tiefe sackte, und er versuchte, die letzten anderthalb Meter rennend hinter sich zu bringen. Er sprang, als die Fläche unter ihm nun gänzlich wegkippte, und das mit so viel Wucht, dass er es gerade eben noch über den Abgrund hinwegschaffte, sich abrollte und vor Annev, Titus und Therin zu liegen kam.

Brinden reagierte zu langsam und musste tatenlos zusehen, wie das Scherenfeld aus seiner Reichweite rückte. Er fluchte, ließ sich am vorderen Ende der Rampe auf die Knie fallen und schien sich damit abzufinden, zusammen mit dem Ding in den Morast unter ihm zu klatschen.

Kenton wollte sich nicht so leicht geschlagen geben. Als Brinden in die Knie ging und sich an die herabfallende Rampe klammerte, beschleunigte der Avatar mit dem Narbengesicht seine Schritte noch, sprang vorwärts und auf Brindens Rücken, benutzte die breiten Schultern des anderen Jungen als Sprungbrett. Von dem plötzlichen Gewicht überrascht, erhob sich Brinden reflexartig, was Kenton genau den zusätzlichen Schwung gab, den er brauchte. Kenton knallte gegen die Turmwand, brachte Arme und Ellbogen gerade so über die Kante hoch und zog mit einem trotzigen Brüllen seinen übrigen Körper in die Sicherheit hinauf.

Unten auf der sich zusammenklappenden Rampe heulte Brinden wütend auf, als die Rampe in die Tiefe stürzte und aus Annevs Gesichtsfeld verschwand.

Kapitel 29

»Donnerwetter«, murmelte Therin, als Kenton sich hochrappelte. »Das war … oh, Mann.«

Kenton schenkte Therins Bemerkung genauso wenig Beachtung wie dem am Boden liegenden Fyn und drehte sich stattdessen um und schaute in die Richtung zurück, aus der er gekommen war. Annev folgte seinem Blick und sah, dass sich die mechanische Rampe nun vollends zusammengefaltet hatte und ihre Kreisbahn fortsetzte. Brinden war nirgendwo zu sehen.

Da erst begriff Annev, dass Kenton nicht zu seinem gefallenen Kameraden hinunterblickte, sondern nach oben hinauf – hin zu der Beobachtungsterrasse, von der aus Tosan, Ather und Myjun den Wettkampf verfolgten. Als er sah, dass sie in seine Richtung schauten, winkte Kenton den dreien linkisch zu.

Ather nickte knapp. Tosan und Myjun würdigten ihn keines Blickes.

»He«, flüsterte Therin, bereits im Begriff zurückzuweichen, solange Kenton und Fyn abgelenkt waren. »Verschwinden wir von hier!«

Die drei Jungen zogen sich an den Eingang zum Scherenfeld zurück und blieben dann stehen. Mit gerunzelter Stirn musterte Therin den Hindernisparcours aus schwingendem Metall und Steinen, der ihnen da bevorstand.

»Wir sind noch nie alle drei gleichzeitig da durchgegangen«, sprach Titus aus, was Annev dachte.

»Wir haben keine andere Wahl«, erwiderte Annev. »Fyn und Kenton werden jeden, der zögert, in die Tiefe stoßen.«

»Das klappt schon«, sagte Therin, den Blick immer noch auf die hin und her schwingenden Balken des Scherenfeldes gerichtet. »Ich glaube, wir können zu dritt nebeneinander laufen. Wir müssen nur dicht zusammenbleiben.«

»Bist du dir sicher?«

Therin schaute zu Fyn und Kenton zurück, die sich zu streiten begonnen hatten. »Wir haben es bisher immer geschafft«, betonte er. »Und ich kann das neue Bewegungsmuster herausfinden, wenn ihr mir die zwei da vom Leib haltet …«

»Ich werde sie im Auge behalten«, erbot sich Titus. »Keiner von ihnen vertraut dem anderen genug, dass er sich von ihm Rückendeckung geben lassen will, daher haben wir einige Sekunden.« Titus drehte sich zu ihren Gegnern um, während Therin die pendelähnlichen Arme des Scherenfelds ins Visier nahm und leise mitzählte. Annev stand neben ihm, wie gebannt vom wechselnden Spiel der Pendelbewegungen. Das erste Pendel schwang vor der Nordmauer und bildete den Startpunkt des großen Spießrutenlaufens, aber der Rest schwang an einem Gerüst, das tunnelartig durch die Wand hindurchlief. Die Passage war gerade breit genug, um den schwingenden Schäften in voller Höhe und Breite Platz zu bieten, ohne auch nur das geringste bisschen Raum zu lassen, um über die Hindernisse hinwegzuklettern, unter ihnen hindurchzukriechen oder sich seitlich an ihnen vorbeizuschieben; der einzige Weg durch den Tunnel führte direkt durch den tückischen Hindernisparcours aus hin und her schwingenden Balken.

Die Balken selbst gab es in verschiedenen Formen und Größen – einige waren so dick wie Annevs Oberschenkel, während andere breiter als Titus' Taille waren. Manche waren vorne mit großen runden Steinen besetzt, aber einige waren auch zu groben rechteckigen Formen geschnitzt, die Schmiedehämmern oder Widderköpfen glichen. Die dünneren Balken waren allesamt mit Axtklingen versehen, von denen jede eine andere Form und Größe aufwies und die alle mit gehärtetem Leder umwickelt waren – eine notwendige Vorsichtsmaßnahme, die jedoch nicht vor blauen Flecken schützte.

Keines der Ausstattungsstücke des Scherenfeldes würde einen Schüler der Akademie töten – es waren sogar Löcher angelegt worden, sodass verletzte Schüler in den Morast am Boden fallen konnten, statt unablässig vom Scherenfeld malträtiert zu werden. Dennoch machte die Brutalität der Maschine unmissverständlich klar, dass die Akademie keine Halbheiten duldete, wenn es darum ging, ihre Anwärter zu trainieren. Das Scherenfeld hatte das dadurch unter Beweis gestellt, dass es mehrere Schüler in Annevs Ernte verletzt und einen Jungen sogar schwer verstümmelt hatte.

Samrel, dachte Annev und versuchte, sich nicht an den Ausdruck auf dem Gesicht des Jungen zu erinnern, nachdem der Stein ihn an der Schläfe getroffen hatte, oder wie ihm Meister Aog nach dem Unfall, ohne mit der Wimper zu zucken, mit der Axt den Kopf abgeschlagen hatte.

»Bloßer Ballast«, hatte er leidenschaftslos gesagt. »Er wäre nie wieder ganz auf die Beine gekommen. Am besten, es gleich zu beenden.«

»Ich hab's!«, sagte Therin und holte Annev damit ruckartig in die Gegenwart zurück. »Ich zähle bis drei, dann laufen wir direkt zu dem Arm mit dem Schweinekopf am Ende. Wir müssen auf dem Weg dorthin ab und zu ein wenig ausweichen, lauft also nicht zu schnell, und passt auf, dass ihr nicht an dem Schwein vorbeigeht.«

»Zu schnell?«, wiederholte Annev.

Im gleichen Moment sagte Titus: »Moment mal. Wovor weichen wir aus?«

Therin lächelte. »Du wirst schon sehen.«

Titus sah Annev an. »Ich bin mir nicht sicher, ob das wirklich eine gute …«

»Eins!«

»Laufen wir *nach* drei los oder …«

»Zwei!«

»Lauf *bei* drei.«

»Drei!«

Gleichzeitig rannten sie los und durch den Bogen der schwingenden Sensen des Scherenfeldes. Therin lief in der Mitte und gab das Tempo vor, Annev und Titus hielten sich rechts und links von ihm. Gemeinsam eilten sie an einem Steinhammer vorbei, umrundeten einen lederumwickelten Axtkopf und sprangen durch eine Öffnung, die sich zwischen drei wirbelnden Scherenblättern auftat – und dann gelang es ihnen gerade noch, nicht von einem behauenen Granitblock getroffen zu werden, der die Form eines Ambosses hatte.

»Wir haben es fast geschafft!«, rief Therin und duckte sich unter einem breiten Balken hinweg – und dann waren sie am Ziel. Das steinerne Warzenschwein schwang direkt vor ihnen vorbei, und sie folgten ihm auf dem Fuß, als es wieder zurückwich. Titus hielt den Blick nervös auf das Warzenschwein gerichtet, als es nach oben stieg und den höchsten Punkt seines Bogens erreichte.

»Was jetzt?«, fragte Annev mit rasendem Puls.

»Jetzt müsst ihr rennen, als würde euch Keos die Kniehosen küssen.«

»Ohne stehen zu bleiben? Ohne jede Pause?«

Therin schüttelte den Kopf. »Wenn du stehen bleibst, wirst du zerquetscht.«

»Und was ist, wenn wir zu schnell laufen?«

»Therin …«, sagte Titus, den Blick starr auf das sich nun wieder herabsenkende Warzenschwein gerichtet.

»Zu schnell kannst du gar nicht laufen«, antwortete Therin ohne jeden Anflug von Humor in der Stimme.

»Therin?«, wiederholte Titus, während der Steinkopf immer näher zu ihnen herabschwang.

»Auf die Plätze, fertig …«

»Therin!«, schrie Titus, als das Warzenschwein auf sie zugeschossen kam.

»LOS!«, rief Therin.

Die drei Jungen stürmten den Gang entlang, gerade als das steinerne Warzenschwein hinter ihnen herabsauste. Dann kam eine Axtklinge. Dann ein Felsblock. Eine steinerne Faust donnerte vorbei. Annev legte noch einen Zahn zu, als er vom Kopf eines heranrasenden Drachen gestreift wurde.

»Blut und Knochen, Therin!«, brüllte Annev, ohne sein Tempo zu verlangsamen. »Willst du uns umbringen?«

»Schnellllllller!«, schrie Therin, so laut er nur konnte, und dann plötzlich: »Runter, runter, runter!«, als direkt vor ihnen ein schwingender Balken herabkrachte. Er und Annev ließen sich fallen und rutschten auf den Knien darunter hinweg; einen Sekundenbruchteil später rollte sich auch Titus unter dem Balken hindurch. Sie hatten sich gerade wieder hochgerappelt, als Therin ihnen erneut in die Ohren brüllte. »Weicht aus!«

Fast ohne nachzudenken, wandten sich Annev und Titus nach links, während Therin nach rechts lief. Sie bewegten sich so dicht an den Wänden vorbei, wie es ging, ohne in die nach unten offenen seitlichen Rinnen hinabzustürzen, als ihnen ein Pendel direkt entgegenschwang, senkrecht zu den übrigen. Es war riesig und so geschnitzt, dass es wie ein Anker aussah, und als es sich ihnen nun näherte, begriff Annev, dass dieser ankerförmige Rammbock sie noch immer erwischen konnte.

»Runter auf den Boden!«, schrie er.

Sie kletterten in die Gräben zu beiden Seiten des Durchgangs, ängstlich darauf bedacht, nicht durch die offene Rinne in den Morast unter ihnen zu fallen, und der Anker flog an ihnen vorbei, knapp zwei Zentimeter über dem Boden. Am höchsten Punkt seines Bogens blieb der Anker für einen Moment in der Luft stehen und berührte fast den seitlich schwingenden Balken, den sie wenige Momente zuvor passiert hatten, dann senkte er sich wieder in ihre Richtung hinab.

»RENNT!«

Die drei Akolythen rollten sich aus den Gräben mit den Rinnen heraus und rasten auf das Ende des Scherenfeldes zu. Sie schossen alle drei gleichzeitig am anderen Ende hinaus, behinderten sich gegenseitig und stürzten übereinander, hastig darauf bedacht, außer Reichweite des zurückschwingenden Ankers zu kommen.

»Das … das war …« Keuchend rang Titus nach Atem.

»Unglaublich?«, fragte Therin.

»Mal was Neues?«, schlug Annev vor.

»Beängstigend.«

Annev schaute in die Richtung zurück, aus der sie gekommen waren. Als der Anker seinen höchsten Punkt erreichte, erhaschte er einen flüchtigen Blick auf Fyn, der vom anderen Ende des Scherenfelds voller Entsetzen zu ihnen hinüberstarrte. Neben ihm rieb sich Kenton grüblerisch die vernarbte Seite seines Gesichts.

Kapitel 30

Während Therin und Titus verschnauften, richtete Annev seine Aufmerksamkeit auf den Raum, in dem sie sich befanden: Er war klein, wurde aus dem angrenzenden Bereich schwach von Licht erhellt und war aus dem Fels unter der Akademie herausgehauen worden. Die Wände waren nass und glitschig, und die Luft war hier viel feuchter. Annev hatte das Gefühl, jede Orientierung verloren zu haben. Von einem solchen Raum hatte er nichts gewusst.

»Sie haben die Wände herausgerissen«, sagte Titus, der Sekunden schneller als Annev auf die Antwort gekommen war. »Sie hatten hier drinnen immer schon Räume, aber jetzt haben sie statt Mauern nur nackten Fels als Wände.«

Annev nickte. »Sind aber viele Überraschungen diesmal.« Er ging tiefer in den höhlenähnlichen Raum hinein, in der Erwartung, am anderen Ende einen Tunnel oder eine Tür zu finden. Er wurde nicht enttäuscht, als er nun drei eisenbeschlagene Eichentüren ausmachte.

Therin trat an die mittlere Tür und drückte die Klinke herunter. »Abgeschlossen«, verkündete er.

Annev nickte. Er war nicht überrascht. »Prüfung im Schlösserknacken.«

Therin fluchte. »Ich hoffe, du irrst dich. Kenton und Fyn könnten jeden Moment durch das Scherenfeld herüberkommen.« Er lief zu der dritten Tür, drückte die Klinke herunter und lief dann zurück zur ersten. Er fluchte wieder. »Alle abgeschlossen.«

»Vielleicht hilft uns ja der hier.«

Annev zog sich den eisernen Schlüssel vom Hals und warf ihn Therin zu, der ihn auffing und lachte. »Edras Schlüssel!« Er machte sich daran, ihn an den drei verschlossenen Türen auszuprobieren.

»Pass auf Fallen auf!«, warnte Annev.

Doch Therin brauchte nicht lange, um auch die letzte Tür zu erreichen und festzustellen, dass der Schlüssel hier nutzlos war. »Er passt in keines der Schlösser«, jammerte er. »Was taugt das Ding überhaupt?«

Annev zuckte die Achseln. »Edra hat gesagt, es sei eine Art Rätsel, also passt es wohl, dass er die Türen nicht aufschließt. Wäre zu einfach gewesen.« Er nahm den Schlüssel wieder an sich, und sie zogen alle ihr Werkzeug zum Schlösserknacken heraus.

»Nehmt euch jeder eine Tür vor und hütet euch vor Fallen.«

Die anderen Jungen nickten. Therin ließ sich vor seine Tür plumpsen. Titus lief zur ersten Tür hinüber, und Annev übernahm die in der Mitte. Er brauchte nur Sekunden, um die Zuhaltungen in die richtige Position zu bringen, und die anderen waren genauso schnell. Er schob seine Tür auf, spürte einen Widerstand auf der anderen Seite und hielt inne. Dann tastete er den Rand der Tür ab, ließ die Finger daran auf und ab gleiten, bis er eine straff gespannte Schnur entdeckte, die mit einer unsichtbaren Falle direkt über dem Türrahmen verbunden war. Er holte eine winzige Schere aus seiner Tasche, durchtrennte das Seil und trat zurück.

Als die Tür aufschwang, sah Annev, dass das andere Ende der von ihm durchtrennten Schnur an einem Trog festgeknotet war, der mit einer blubbernden lila Flüssigkeit gefüllt war.

»Denithal und Murlach haben hier offenbar zusammengearbeitet«, bemerkte Annev, als Therin und Titus zu ihm traten. »Da ist eine Falle über der Tür, die einen Eimer mit … irgendetwas auf meinen Kopf gekippt hätte, wäre sie ausgelöst worden.«

»Hinter meiner Tür sind keine Fallen«, berichtete Titus.

»Hinter meiner auch nicht.« Therin wollte noch etwas hinzufügen, da hörten sie Rufe vom Scherenfeld näher kommen. Ihnen lief die Zeit davon.

»Nur hinter deiner Tür war eine Falle«, sagte Therin. »Was für eine Art von Schloss habt ihr geknackt? Meins war ein Scheibenschloss.«

»Stiftschloss«, antwortete Titus und schaute über seine Schulter.

»Zweihebliges Zuhaltungsschloss«, sagte Annev. »Ihr hattet beide einfache Schlösser ohne Fallen. Ich hatte das schwierigste und eine Falle. Wir nehmen die mittlere Tür.«

Therin stieß die Faust in die Luft. »Ja! Los, gehen wir!«

»Zu spät«, sagte Titus.

Annev drehte sich um, gerade als Kenton in den Raum hineinstürzte. Der dunkelhaarige Junge erhob sich auf die Knie, hielt sich die Hüften und rang keuchend nach Atem.

»Bist du verletzt, Kenton?«, fragte Annev.

Der Junge schnaubte verächtlich. »Was kümmert dich das?«

»Man kann miteinander wetteifern und sich trotzdem um das Wohl der anderen kümmern – genauso wie man Avatar sein und seine Freunde trotzdem behalten kann.« Annevs Antwort war als Anklage gegen Kenton gedacht, aber sie bekräftigte auch seine Entscheidung, Titus und Therin nicht zu verraten.

Seine Worte ließen Kenton stutzen, doch dann richtete sich der dunkelhaarige Junge zu seiner vollen Größe auf und schüttelte den Kopf. »Ich will mit keinem von euch befreundet sein.« Er warf einen Blick zu Titus und Therin. »Ich werde siegen, und ihr werdet den Rest eures dummen Lebens als Kastellane verbringen.«

Titus biss sich auf die Lippen. »Kenton …«, begann er.

»Sag kein einziges verdammtes Wort, Titus«, knurrte Kenton. »Geh mir einfach aus dem Weg.«

Titus trat unterwürfig beiseite, aber Therin und Annev wichen keinen Zentimeter von der Stelle.

»Du weißt nicht, welche Tür du wählen musst«, versuchte Annev, Kenton hinzuhalten, während er sich fragte, was er als Nächstes unternehmen sollte. *Ist es das, was Tosan gemeint hat, als er fand, dass Sodar zu großen Einfluss auf mich hat? Wir hätten ihn sofort angreifen sollen, als er aus dem Scherenfeld kam …*

Kenton schaute von einem zum anderen, da meldete sich Titus zu Wort.

»Es ist die dritte Tür.«

Annev drehte sich um. Er war überrascht von Titus, aber sofort bereit, sich auf das Spiel einzulassen. Er zischte den Akolythen an und tat, als sei er verärgert, und Therin trieb die Schmierenkomödie noch einen Schritt weiter, indem er dem Jüngeren auf den Hinterkopf schlug.

»Keos, Titus! Warum musst du die Sache für uns alle vermasseln?«

Titus schaute zwischen Kenton und seinen Freunden hin und her, und echte Tränen bildeten sich in seinen Augenwinkeln. »Ich wollte wirklich nicht … Es tut mir leid.« Er schluchzte und ließ beschämt den Kopf sinken. Er spielte es so überzeugend, dass Annev spürte, wie sich sein Magen zusammenzog.

Kenton schlich zur dritten Tür, lautlos wie ein Schatten, und spähte hindurch. Als er den Kopf wieder herauszog, geschah es vor allem, um seine Ohren in Richtung Scherenfeld zu spitzen: Irgendwo außerhalb ihres Raums konnten sie alle Fyns gequälte Flüche hören, während er sich einen Weg durch den Hindernisparcours zu bahnen versuchte.

Kenton warf einen Blick zurück. »Danke, Titus.«

Der Avatar mit dem Narbengesicht trat durch die Tür und verschloss sie mit dem resoluten Klacken eines vorgeschobenen Riegels.

»Gut gemacht, Titus«, lobte Annev seinen Freund, überrascht, dass ihre List funktioniert hatte.

»Gute Idee, das mit den Tränen«, meinte Therin.

»Schnell«, sagte Titus und wischte sich das Gesicht ab. »Fyn kommt.«

Sie liefen zu der zweiten Tür hinüber. Annev schnappte sich den Fallriegel und hielt ihn fest, während Therin behutsam die Tür zuzog und sorgsam darauf achtete, den Eimer mit der lila Flüssigkeit nicht umzukippen, die nur ein kleines Stück über ihren Köpfen noch immer schäumte und blubberte.

Als die Tür sich schloss, breitete sich Dunkelheit im Gang aus, und Annev ließ den schweren Riegel langsam herabsinken, ohne ihn loszulassen. Sekunden später vernahmen sie Fyns frustriertes Gebrüll aus dem Raum hinter der Tür. Annev hörte es mit einem Lächeln, dann führte er seine Freunde schweigend in die Dunkelheit hinein.

Ein an den Wänden widerhallendes Klatschen ertönte irgendwo hinter Annev.

»Autsch!«, jaulte Therin. »Warum hast du das gemacht?«

»Was meinst du denn, warum?«, erwiderte Titus. »Wenn du mich das nächste Mal haust, schlag nicht so fest zu.«

Therin schnaubte. »Ach, ich darf das also jetzt regelmäßig machen?«

Mit einem Zischen bedeutete Annev beiden zu schweigen.

Sie stolperten durch den dunklen Gang, der sich zuerst nach links, dann nach rechts wand. Annev schlurfte mit ausgestreckten Händen vorwärts und suchte nach dem Ende des Tunnels, während Titus und Therin neben ihm hergingen und mit den Händen über die Wände strichen, um sicherzustellen, dass sie nicht an irgendwelchen Verzweigungen vorbeistolperten. Der pechschwarze Gang drehte und wand sich weiter, führte dann mehrere Schritte nach unten und beschrieb danach eine scharfe Rechtskurve.

»Wir haben uns im Kreis gedreht«, bemerkte Therin.

»Sieht ganz so aus«, sagte Annev nach einem Augenblick des Schweigens.

»Haben wir den falschen Tunnel genommen?«

Annev dachte zurück an Athers Bemerkung, dass die richtige Tür weiterführen würde, während die übrigen zurückführten, und er fragte sich, ob er nicht etwas übersehen hatte. Er rekapitulierte all die Wege, die sie während der Prüfung bisher genommen hatten, aber keine ihrer Entscheidungen bedauerte er.

»Nein«, sagte Annev, und seine Stimme klang zuversichtlicher, als er sich fühlte. »Die Ältesten hätten die Wahl der Tür nicht zur Zufallsentscheidung gemacht, und die zweite Tür war die einzige, die sie mit einer Falle versehen haben.«

»Aber war das nicht vielleicht *zu* offensichtlich?«

Annev kaute auf seiner Unterlippe, während sie weitergingen. »Möglicherweise«, räumte er ein, »doch ich sehe noch immer nicht, was eine bessere Wahl gewesen wäre.«

Sie erreichten einen Punkt, an dem sich der gewundene unterirdische Gang verzweigte. Der Hauptkorridor ging geradeaus weiter, und zwei andere Tunnel zweigten davon ab. Nach einer kurzen Beratung beschlossen sie, alle zusammen auf dem Hauptweg zu bleiben und etwaigen abzweigenden Pfaden, an denen sie vorbeikamen, keine Beachtung zu schenken.

Sie hatten gerade eine zweite Abzweigung passiert und folgten einer weiteren Biegung im Tunnel, als Annev plötzlich ein schwaches Licht wahrnahm, das durch die Ritzen einer Tür fiel. Er suchte nach Fallen, dann griff er nach dem Schlüssel an seinem Hals und hoffte, dass er vielleicht die Lösung dieses Rätsels bot, aber als er versuchsweise die Klinke herunterdrückte, stellte sich heraus, dass die Tür unverschlossen war. Mit geübter Vorsicht drückte er die Tür langsam auf, und die drei Jungen traten in den letzten Prüfungsraum.

Nur dass es nicht der letzte Prüfungsraum war – es war der

erste Prüfungsraum. Die Tür führte in einen verdunkelten Bereich unter der Wendeltreppe, die die Schüler nach dem Betreten der Prüfungsarena hinaufgestiegen waren. Vor ihnen erhob sich die große Sperrwand aus Holz. Links von ihnen war die Treppe. Tosan, Ather und Myjun verfolgten noch immer von der Terrasse aus den Wettstreit.

»Ohhh …«, stöhnte Therin beim Betrachten der sich ihm bietenden Szenerie. »Sind wir dort, wo ich denke?«

Annev nickte und zwang sich, es auszusprechen. »Wir sind wieder am Anfang.«

»Aber wir haben alles richtig gemacht«, jammerte Therin. »Hätten wir im Tunnel einen anderen Weg nehmen sollen? Kenton oder Fyn haben womöglich jetzt schon gewonnen!«

»Noch hat niemand gewonnen«, sagte Titus. »Sie geben es immer bekannt, wenn jemand gewinnt.«

Annev seufzte. »Ich verstehe das nicht. Wir müssen etwas übersehen haben.« Er kratzte sich den Unterarm unter dem Flickwerk des Handschuhs der Täuschung und suchte unbewusst nach der unsichtbaren Naht, wo sein Ellbogen auf die Prothese traf. Er blendete das Gespräch der beiden Jungen neben ihm aus und dachte nach. Was hatte Ather gesagt? Er umklammerte den eisernen Schlüssel an seinem Hals und versuchte, sich an den genauen Wortlaut zu erinnern.

»Nur ein einziger Weg führt zum Sieg«, wiederholte Annev flüsternd die Worte Athers. »Um ihn zu finden, müsst ihr hinabsteigen und Wege gehen, die ihr schon zuvor gegangen seid. Nur dann werdet ihr die Tür finden, die weiterführt.«

Titus nickte. »Das hat Ather gesagt. ›Findet die Tür, und ihr werdet den Weg finden.‹«

Therin kratzte sich sein wirres braunes Wuschelhaar. »Demnach haben wir die falsche Tür genommen. Wir müssen wieder in die Arena hinuntersteigen, zu diesen drei Türen zurückkehren und diejenige finden, die weiterführt.«

»Vielleicht«, murmelte Annev und rieb immer noch seinen Schlüssel. »Vielleicht aber auch …«

»Was?«, fragte Titus.

»›Wege gehen, die ihr schon zuvor gegangen seid.‹ Sie haben die Arena für ausnahmslos jede Prüfung des Urteils verwendet, also gehen wir, ganz gleich, welchen Weg wir wählen, über vertrauten Boden. Warum sollten sie das sagen, es sei denn …«

Therin runzelte die Stirn. »Was?«

»›Alles andere ist nur Ablenkung.‹« Annev biss sich nachdenklich auf die Lippen. Und dann kam ihm die Erleuchtung. »Die Tür ist hier. Auf *dieser* Seite der Sperrwand!«

»Es ist die Tür, durch die wir gerade gekommen sind?«, hakte Therin nach.

Annev schüttelte den Kopf. »Nein. Die Arena ist die Ablenkung. Ather wollte, dass wir hinabsteigen … und dort entlanggehen, wo wir gerade gewesen waren …« Annev grinste, dann zog er sich das Lederband vom Hals. »Diese Mistkerle.« Er hielt den eisernen Schlüssel hoch.

»Was?«, fragte Titus verwirrt.

»Der ist für die Falltür!« Er warf den beiden anderen ein rasches Lächeln zu und rannte zwischen die breiten Stützpfeiler, die die Terrasse über ihnen trugen.

Als die drei Jungen die Falltür auf der anderen Seite der Treppe erreichten, warf sich Annev zu Boden und stieß den kleinen Schlüssel in das Vorhängeschloss. Eisen kratzte über Eisen, als der Schlüssel hineinglitt und Annev ihn herumdrehte.

Klickend öffnete sich das Schloss.

Annev riss das Vorhängeschloss ab, warf es beiseite und hob den Metallring an. Er zog ihn nach oben, bis die Türklappe ein protestierendes Stöhnen von sich gab. Er zog kräftiger, und die Tür öffnete sich ruckartig.

Irgendwo auf der anderen Seite der Arena ertönte ein Gong. Einmal. Zweimal. Dreimal.

»Was war das?«, fragte Titus.

Therin warf einen argwöhnischen Blick in den Tunnel unter der Falltür. »Haben sie dort drinnen nicht letzten Sommer das Wildschwein gehalten?«

»Und nach dem Schwimmwettkampf haben sie das Wasser da reingeleert«, ergänzte Annev und ließ sich in das Loch hinab.

»Und haben sie nicht auch mal Schlangen dort unten gehalten?«

»Ja. ›Ihr müsst hinabsteigen und Wege gehen, die ihr schon zuvor gegangen seid.‹« Annev ließ sich in die Dunkelheit fallen. Eine Sekunde später streckte er den Kopf wieder heraus. »Der Gang ist nur etwa einen Meter zwanzig hoch und halb so breit. Wir müssen uns ducken.«

Therin trat von einem Fuß auf den anderen. »Ich mag keine engen Räume.«

Titus ließ sich hinab. »Ich komme, Annev.«

Annev duckte sich wieder in den Tunnel und verschwand in der Dunkelheit, dann sprang Titus hinter ihm nach unten. Therin bückte sich und starrte in den Tunnel. Einen Moment später stöhnte er auf.

»Ich komme!« Er schlüpfte hinein, griff nach der Falltür und zog sie hinter sich zu.

Wie schon zuvor schlurfte Annev ein kleines Stück vor den beiden anderen her den Gang entlang, während er mit den Händen nach einem Ausgang tastete. Doch diesmal war der Tunnel zu schmal, um nebeneinander laufen zu können, daher gingen sie im Gänsemarsch, mit Therin als Schlusslicht. Nach etlichen Schritten neigte sich der Tunnel nach unten und wurde viel kühler. Annev hörte ein leises Spritzen, als seine Füße auf seichtes Wasser trafen. Es war nur einige Zentimeter tief. Sekunden später spürte er bereits, wie die kalte Feuchtigkeit in seine Stiefel drang.

Von hinten stöhnte Therin. »Ich kann es nicht ausstehen, nasse Füße zu bekommen.«

»Du wirst es überleben.« Annev drängte weiter.

Je weiter sie gingen, desto mehr senkte sich der Boden ab, und das Wasser stieg. An einer Stelle wurde die Decke plötzlich sehr niedrig und zwang sie, durch die knöcheltiefe Wasserpfütze zu kriechen. Ein kurzes Stück später fiel der Tunnel erneut ab, und das Wasser reichte Annev nun bis an die Knie. Immer wenn das Wasser tiefer wurde, stöhnte Therin auf. Schließlich bekamen Annevs Hände eine unbehauene Steinmauer zu fassen. Seine Finger suchten die raue Oberfläche ab, und er stellte fest, dass der Tunnel eine Biegung nach links machte.

»Wir gehen nach links«, verkündete er. »Bleibt dicht beieinander.«

»Pst«, flüsterte Therin. »Irgendetwas ist hinter uns.«

Titus und Annev drehten den Kopf, um zu lauschen. Vielleicht hundert Schritt entfernt, platschte irgendetwas durch den Tunnel …

»Kenton?«, überlegte Titus.

»Oder Fyn.«

»Oder hier unten könnte etwas leben«, ergänzte Therin. Das Platschen wurde lauter.

»Nun gut«, sagte Annev und watete weiter. »Ich werde hier nicht stehen bleiben und warten, bis ich es herausgefunden habe.«

Der Gang stieg nun wieder leicht an, und der Wasserstand sank. Kurz darauf beschrieb der Tunnel eine Folge von scharfen Kurven, und dann ging es beständig weiter aufwärts, sodass sie wieder trockenen Grund erreichten. Annevs Finger streiften eine raue Wand am Ende des Gangs. Er suchte links und rechts und fand auf beiden Seiten nichts als Stein.

»Warum sind wir stehen geblieben?«, meldete sich Therins fragende Stimme.

»Tunnelende.«

»Blut und Knochen! Ich habe gedacht, dass dieser Schlüssel bedeutet, dass wir den richtigen Tunnel gefunden haben.«

»Wartet.« Annev tastete den grob behauenen Fels über seinem Kopf ab. Während seine Hände über die Decke glitten, machte er ein paar Schritte rückwärts und prallte mit Titus und Therin zusammen. Da spürte er statt groben Steins plötzlich glattes Holz.

»Das passt«, murmelte Annev. »Über uns ist eine weitere Falltür. Helft mir, sie aufzudrücken.« Die drei Akolythen drängten sich aneinander und drückten Hände und Schultern gegen die Holztür. »Auf drei«, sagte Annev. »Eins … zwei … drei!«

Die Falltür sprang auf, und der Tunnel war jäh von Fackellicht erfüllt. Die drei Jungen standen verwirrt da, blinzelten in die plötzliche Helligkeit und kniffen die Augen zusammen. Sobald sich Annevs Augen an das Licht gewöhnt hatten, richtete er sich auf und stemmte sich durch das Loch.

Er war von Menschen umringt.

Acht der neunzehn Meisteravatare der Akademie standen, hinter jedem zwei Fackeln an der Wand, in gleichmäßigen Abständen im Raum verteilt; jeder Meister hatte stramm Haltung angenommen und hielt in den Händen einen zeremoniellen Kampfstab, während er den Blick auf die Falltür gerichtet hielt und auf den Sieger wartete.

Als Titus und Therin durch die Falltür krochen, bemerkte Annev das erhöhte Podest am anderen Ende des Raums. Drei der Ältesten der Akademie saßen in ihren violetten Zeremoniengewändern links und rechts, und zwischen ihnen hockte, auf seinem gepolsterten Stuhl über dem Rest erhöht, Ältester Tosan.

Kapitel 31

»Nun, da haben wir aber eine Premiere«, murmelte Tosan. »Drei Akolythen beenden die Prüfung genau zur gleichen Zeit.« Er neigte in geheuchelter Bewunderung den Kopf. »Bravo.«

Annev verbeugte sich, als er Weismeisterin Kiara in der hintersten Ecke des Raums stehen sah. Weisfrau Tonja stand neben ihr und wirkte streng wie eh und je, und zwei Weisschülerinnen befanden sich hinter ihnen. Treu stand hinter Kiara, während Myjun neben Tonja Position bezogen hatte. Sie blickte Annev fest in die Augen und lächelte.

»Natürlich«, fuhr Tosan fort, »sind wir auch auf einen solchen Fall vorbereitet.« Er nickte Meister Edra zu. »Waltet Eures Amtes.«

Auf seiner Seite des Raums legte der Meister der Waffen seinen Kampfstock ab und griff stattdessen nach drei kleinen magischen Stäben.

»Stellt euch in einer Reihe auf!«, kommandierte Edra.

Die Jungen nahmen in einer geraden Linie den Ältesten gegenüber Haltung an. Edra ließ es sich nicht nehmen, die Akolythen einen nach dem anderen gründlich zu inspizieren, dann nickte er und legte Titus einen Bronzestab in die Hand. Therin reichte er einen silbernen Stab und Annev einen goldenen. Dann trat er zurück und schritt im Kreis um die drei Jungen herum.

»Ihr habt euch in der Prüfungsarena bewiesen«, sagte Edra. »Ihr habt gezeigt, dass eure körperliche Flinkheit eurer geistigen Beweglichkeit und raschen Auffassungsgabe in nichts nachsteht.«

Er legte eine theatralische Pause ein. »Die letzte Prüfung liegt jetzt vor euch. Ihr müsst …«

Ein Schlurfen ertönte hinter ihm, als Kenton durch die Falltür kletterte.

»Avatar Kenton«, sagte Edra in gleichmütigem Tonfall. »Die letzte Aufgabe wird gleich beginnen. Hast du immer noch den Wunsch, um die Ehre des heutigen Titels zu kämpfen?«

Kenton erhob sich mit grimmiger Miene. »Ja.«

Edra bedeutete ihm, in die Reihe zu treten, und gab dem Jungen einen eisernen Stab.

»Die letzte Prüfung liegt jetzt vor euch«, griff Edra seine Worte wieder auf. »Ihr müsst nun eure Fähigkeiten im Kampf unter Beweis stellen. Jeder von euch hält einen Metallstab in der Hand. Wer drei davon eingesammelt hat, hat sich seinen Avatartitel gesichert.« Edra trat von der Falltür weg und nahm seinen Platz an der Wand wieder ein.

Nein!, dachte Annev. *Wir sind so weit gekommen … wir haben es alle drei geschafft. Es muss noch einen anderen Weg geben …*

Von seinem Platz auf dem Podest begegnete Tosan Annevs Blick und hielt ihn unverwandt fest. Das entfachte ein Feuer in Annev, das seine Entschlossenheit nur noch bestärkte.

Es gibt immer einen anderen Weg. Ich werde uns einen anderen Weg schaffen.

Der Rektor machte eine Handbewegung. »Fangt an.«

Mit plötzlicher Wildheit wirbelte Kenton nach links und trat Therin in den Bauch. Der Junge hustete, riss die Hände hoch und stolperte zurück. Kenton streckte den Arm aus, um Therin den Metallstab aus den Händen zu reißen, aber bevor er ihn an sich bringen konnte, stolperte Therin und fiel durch die offene Falltür. Kenton fluchte und richtete seine Aufmerksamkeit nun auf Annev und Titus, die in zwei einander gegenüberliegende Winkel des Raums zurückgewichen waren.

Er wird sich Titus vornehmen, dachte Annev, als er sah, wie der

Blick der dunklen Augen des Jungen auf seinen Gefährten fiel. *Ich muss ihn überraschen … etwas Unerwartetes tun.*

»Titus!«, rief Annev. Der kleinere Akolyth drehte sich zu ihm um. »Fang!« Annev warf dem blonden Jungen seinen Stab zu. Kenton verfolgte das Geschehen erstaunt, sah zu, wie der goldene Gegenstand durch die Luft segelte, dann fasste er sich wieder und preschte vor, um das herabfallende Stück Metall abzufangen. Titus stand mit nach dem Stab erhobenen Händen da, doch als er Kenton auf sich zukommen sah, sprang er zurück, und der goldene Stab fiel zu Boden.

Aber Annev war unterdessen nicht untätig gewesen, und er fiel über den ruppigen Avatar her, während der seine Aufmerksamkeit ganz auf den goldenen Stab gerichtet hatte. Wuchtvoll prallten die beiden Jungen zusammen, Kenton sprang auf, und die beiden wirbelten durch die Luft, bis ihre verknäulten Leiber mehrere Schritte vom Stab entfernt auf den Boden donnerten. Ihr Schwung ließ sie auf einen der Meisteravatare zurollen; der Mann trat im letzten Moment beiseite, und die beiden krachten gegen die Wand.

Kentons Eisenstab klapperte über den Boden und rollte neben Annevs goldenen. Der dunkelhaarige Junge sah die Stäbe und versuchte, beide gleichzeitig zu fassen zu bekommen, aber bevor er dazu kam, packte ihn Annev und nahm ihn in den Klammergriff. Er versuchte, Kenton zu würgen, bis ihm der Atem verging, aber der Junge hatte seine Hände zwischen denen von Annev, sodass Annev ihn nicht völlig im Griff hatte – was eine klare Pattsituation zur Folge hatte: Kenton fehlte jeglicher Ansatzpunkt, um sich zu befreien, und Annev konnte Kenton festhalten, ihn aber nicht kampfunfähig machen, und beide konnten sich nicht der Stäbe bemächtigen.

Annev schaute auf und sah Titus keine zwei Schritte von dem goldenen und dem eisernen Stab entfernt stehen. Auf der anderen Seite des Raums war Therin wieder nach oben geklettert und rannte auf die Stäbe zu.

»Lass sie liegen!«, rief Annev. »Hilf mir bei Kenton!«

Therin zögerte und starrte gierig auf die beiden am Boden liegenden Stäbe. Da ertönte ein metallisches Klingen: Titus hatte seinen Bronzestab fallen lassen, um nun seinerseits Annev zu Hilfe zu eilen. Mit einem schweren Seufzer legte Therin seinen silbernen Stab nieder und half seinen Freunden.

»TITUS!«, brüllte Kenton, als der kleinere Avatar sein Bein packte. »Das zahl ich dir heim!«

Titus zuckte bei Kentons Worten zusammen, aber er rückte noch näher an Annev heran und griff sich Kentons linken Arm. Therin schnappte sich den rechten, und beide Jungen zogen an Kentons Armen, bis Annev endlich ungehindert den Würgegriff ansetzen konnte, bei dem ihm bisher Kentons Hände im Weg gewesen war.

»Schaffen wir ihn zur Falltür«, sagte Annev, als Kenton ohnmächtig geworden war.

Die beiden anderen Jungen hielten Kentons Arme fest, während Annev seine Beine packte. Gemeinsam hievten sie den Avatar vom Boden, bugsierten ihn hinüber zu der Falltür und kippten ihn ohne viel Federlesens in das Loch.

Im gleichen Moment rief ein anderer Junge etwas aus dem dunklen Tunnel heraus und schaffte es gerade noch so, aus dem Weg zu springen, bevor Kenton herunterfiel.

»Es ist Fyn!«, rief Annev und schlug die Falltür zu. Er sprang auf die Tür, gerade als Fyn mit aller Wucht gegen die andere Seite drückte. »Titus, stell dich hierher und hilf mir, diese Tür zuzuhalten! Therin, such nach etwas, das wir nehmen können, damit er sie nicht aufbekommt!«

Mit einem Nicken lief Therin zu den am Boden liegenden Stäben, griff nach Kentons dünner Eisenstange, kniete sich neben die Metallplatte am Boden, die sonst zur Befestigung der geöffneten Falltür diente, schob die Stange in deren Schlitz und zwang das andere Ende in eine Öffnung am Rand der Falltür, sodass diese blockiert war, worauf alle drei Jungen mit hörbarer Erleichterung reagierten. Unter ihnen hämmerte Fyn zornig gegen die Falltür, fluchte und verlangte, eingelassen zu werden.

Von der rechten Seite des Raums erhob sich leiser Applaus. Annev blickte auf und sah, wie sich Tosan von seinem Stuhl erhob.

»Gut gemacht«, sagte Tosan mit glitzernden Augen. »Doch jetzt muss immer noch einer von euch drei der vier Stäbe vorweisen.« Er schaute zwischen Therin, Titus und Annev hin und her. »Wer immer von euch sie Edra gibt, wird zum Avatar des Urteils ernannt. Die anderen werden Kastellane der Akademie.«

Für einen langen Moment bewegte sich niemand. Titus und Therin sahen beide Annev an, bis der sich schließlich in Bewegung setzte. Tosan lächelte, einen zufriedenen Glanz in den Augen. Aber als Annev die Stäbe erreichte, hob er nur zwei davon auf. Wortlos reichte er Titus und Therin ihre Stäbe, der eine bronzen, der andere silbern, dann ging er zurück und nahm den dritten für sich selbst. Alle drei Akolythen traten vor Tosan hin, dann ließ sich Annev auf die Knie nieder, senkte respektvoll den Kopf und bot seinen Stab dem Rektor dar. Therin und Titus folgten seinem Beispiel.

Tosan zuckte nicht mit der Wimper, und die Stille im Raum wurde nur von Fyns Faust durchbrochen, die von unten gegen die verschlossene Falltür hämmerte.

Am Rand seines Gesichtsfelds konnte Annev Weismeisterin Kiara sehen: Die alte Frau hatte den Kopf zur Seite geneigt und musterte Annev mit einem Gesichtsausdruck, als seien ihm plötzlich Flügel gewachsen. Ein leises Lächeln umspielte ihre Mundwinkel. Annev schluckte hörbar, ängstlich und doch entschlossen, an seiner Strategie festzuhalten.

»Ältester Tosan.« Er sah dem Rektor in die Augen. »Wir haben alle hart trainiert, um uns unsere Plätze als Avatare des Urteils zu verdienen. Wir haben alle drei darum gekämpft, hier zu sein, und jeder von uns hat die heutige Prüfung bestanden. Wie es uns die Weisschülerinnen gestern gezeigt haben, müssen wir jeder für sich genommen tüchtig sein, aber wenn wir zusammenarbeiten, kann nichts und niemand uns aufhalten.« Er fasste Weismeisterin Kiara ins Auge und hoffte, ein weiteres Lächeln oder irgendeinen anderen unausgesprochenen Hinweis zu entdecken, der darauf schließen ließ, dass sie seine Logik guthieß. Stattdessen blickten ihre Augen nachdenklich, und ihre Miene war ausdruckslos. Annev war sich seiner sofort nicht mehr ganz so sicher.

Hatte er wirklich den Mittelweg zwischen Tosans Ideologie und Sodars Prinzipien gefunden? Oder hatte er sich nur etwas vorgemacht … um dann erneut zu scheitern?

»Jeder von uns hat die notwendigen Fähigkeiten unter Beweis gestellt«, sagte Annev und versuchte, seine vormalige Zuversicht wiederzufinden, »und jeder von uns verdient es, ein Avatar des Urteils zu werden.« Er versuchte, die Reaktion des Rektors abzuschätzen. Der Älteste hatte zugehört, sein Gesicht eine unerschütterliche Maske, aber jetzt sah Annev tief in seinen Augen Verärgerung schwelen: Im Blick des Mannes brannte verhaltene Wut.

»Vielen Dank, Akolyth Ainnevog.« Der Rektor schaute zwischen Therin und Titus hin und her. »Spricht euer Klassenkamerad auch für euch beide?«

Titus und Therin sahen einander an, dann blickten sie zu Annev hinüber. Titus nickte einen Moment eher als Therin.

»Danke, Akolyth Titus«, sagte Tosan. »Jede Prüfung des Urteils wird nur von einem einzigen Akolythen gewonnen, und nach diesem offenen Akt der Aufsässigkeit werden sowohl du als auch Akolyth Ainnevog von der Prüfung dieses Monats ausgeschlossen. Ich sehe mich somit gezwungen, Akolyth Therin zu befördern.« Der Rektor schnippte mit den Fingern, und Brayan trat mit einem braunen Kittel und einem Gürtel vor. »Du bist als Akolyth des Glaubens zu uns gekommen«, ergriff Tosan erneut das Wort, als Therin das Kleiderbündel völlig perplex entgegennahm. »Heute bist du zu einem Avatar des Urteils geworden.«

Therin starrte zuerst auf das Bündel und dann zu Annev und Titus hinüber, einen entsetzten Ausdruck im Gesicht. »Ich wollte wirklich nicht … ich kann doch unmöglich …« Diese Wendung der Ereignisse machte den Jungen sprachlos.

Was dagegen Titus betraf, so hatte Annev gesehen, wie sein Gesichtsausdruck von Verwirrung zu Bestürzung wechselte und dann zu einer Art passiver Schicksalsergebenheit – vielleicht war es sogar Erleichterung –, und Annev war nicht überrascht. Titus hatte sich immer mehr für die Pflichten eines Kastellans interessiert als für die eines Avatars. Das Entsetzen auf seinem Gesicht galt ganz allein Annev.

Was nun Annev selbst betraf, so konnte er die Worte des Rektors weder vom Kopf noch vom Herz her einfach so hinnehmen. *Er erhebt Therin zum Avatar, nur um mir eine Lektion zu erteilen, weil er glaubt, ich sei vor allem Sodars Prinzipien verhaftet und nicht denen der Akademie.* Er starrte zu Boden und rang mit den Tränen. *Er hätte uns alle drei zu Avataren machen können – das hätte er wirklich ohne Weiteres tun können –, aber stattdessen bestraft er mich dafür, dass ich meinen Prinzipien treu geblieben bin – Sodars Prinzipien.* Annev fühlte wilde Wut in sich kochen, dann gefror sie plötzlich, und die kalten Klingen der Verzweiflung bohrten sich ihm ins Mark: Er würde niemals mit Myjun zusammen sein können. Er durfte sie nun nicht einmal mehr ansehen.

Er hat nie gewollt, dass ich mit ihr zusammen bin, begriff Annev. *Das Ganze war von Anfang an etwas Persönliches.*

Annev hätte den Rektor am liebsten zum Kampf herausgefordert – er sehnte sich danach, um sich zu schlagen, zu beweisen, dass er würdig war, ein Avatar zu werden –, aber indem er bei der letzten Prüfung des Urteils versagt hatte, hatte er alles verloren. Annev war nicht mal mehr Akolyth – er war Kastellan. Fyn hatte gewonnen. Kenton hatte gewonnen. Für den Rest von Annevs

Leben würden sie ihn herumkommandieren und ihm ihre Erfolge unter die Nase reiben. Ihr Verrat und all ihre Betrügereien waren belohnt worden, während man Annev bestraft hatte. Myjun würde einen anderen heiraten, und wann immer er ihr auf den Fluren der Akademie begegnete, würde er die Scham dieses Tages spüren.

Annev hatte verloren.

Tosan schüttelte Edra und Murlach die Hand und gratulierten ihnen und Ältestem Denithal, dem betagten genialen Alchemisten, zu ihrem so gut erledigten Auftrag. Als er mit den drei Männern sprach, erhoben sich Titus, Therin und Annev von den Knien und standen auf. Annev spürte die Blicke der Jungen, aber er konnte es nicht ertragen, ihnen in die Augen zu sehen. Nicht in diesem Moment. Vielleicht niemals wieder.

»Avatar Therin«, sagte Tosan, »geh jetzt mit den Meisteravataren. Der Meister der Verkleidung wird sicherstellen, dass dir deine neuen Gewänder auch richtig passen, und der Meister der Heimlichkeit wird sich um deine neuen Schuhe und Stiefel kümmern. Wenn du sonst noch irgendetwas brauchst, kannst du den Quartiermeister fragen.« Es blitzte ringsum Braun und Rot auf, als Therin, der noch immer wie vom Donner gerührt war, von den Meisteravataren davongeführt wurde. Als er an Annev vorbeiging, formte er mit den Lippen das Wort »Entschuldigung«.

Annev schaute ihm schweigend nach. Er *wollte* es Therin nicht zum Vorwurf machen, dass er die Beförderung angenommen hatte, dass er nicht mit ihnen die Stellung gehalten und verlangt hatte, dass sie alle drei gemeinsam Avatare wurden … aber insgeheim machte er dem Jungen trotzdem Vorwürfe, auch wenn das womöglich ungerechtfertigt war. Sein jetziger Zustand von Kummer und Schock ähnelte dem Gefühl des Verratenwordenseins, das ihn erfüllt hatte, als Therin ihm seine Abzeichen gestohlen hatte, nur dass jetzt alles schlimmer war – so viel schlimmer. Sein Ärger und sein Groll wuchsen.

»Es tut mir leid, dass dir ein weiterer Aufstieg in der Akademie verwehrt bleibt, Titus.« Ältester Benifew legte einen seiner behaarten Arme um Titus' rundliche Schultern. »Ich vermute jedoch, dass du an deiner neuen Berufung Gefallen finden wirst.« Er zögerte, fasste kurz Annev ins Auge und schien sich dann dafür zu entscheiden, seine Worte ausschließlich an Titus zu richten. »Komm mit, mein Junge. Wir haben noch ein paar Stunden Zeit, bis die anderen Akolythen sich gewaschen und umgezogen haben, und dann könnt ihr alle gemeinsam eure neuen Rollen als Kastellane übernehmen. Komm mit mir zur Küche, da können wir eine Kleinigkeit zu uns nehmen. Und dort kann ich dir dann die Geschichte von Bron Gloir erzählen – wie er in der Steppe von Speur Dún ganz allein fünftausend Männer getötet hat.«

Titus händigte Edra seinen Bronzestab aus und ließ sich von Benifew durch den Raum führen. Als er an Annev vorbeikam, stellte er Blickkontakt her und schenkte ihm ein schwaches Lächeln.

»Zumindest werden wir zusammen Kastellane sein. Nicht wahr?«

Annev brachte keine Antwort heraus. Er starrte zu Boden und wusste kaum, was er mit sich anstellen sollte, und als er endlich den Kopf hob, sah er, dass Weismeisterin Kiara und Ältester Tosan eine erhitzte Diskussion miteinander führten. Tonja, Treu und Myjun waren alle drei verschwunden, und Annev fand, dass es so wohl das Beste war. Er konnte Myjun jetzt nicht in die Augen schauen. Irgendwo tief im Inneren hoffte er, sie nie wiedersehen zu müssen.

»Na gut«, knurrte der Rektor schließlich. Nun machte sich auch Kiara auf den Weg zur Tür und folgte den anderen Meistern, die den Raum verließen. Sobald sie fort war, begann Tosan ein geflüstertes Gespräch mit den Ältesten, die im Raum zurückgeblieben waren.

Annev trat von einem Fuß auf den anderen, fühlte sich hier unerwünscht und fehl am Platze, hatte aber auch keinen anderen Ort, wo er hätte hingehen können. Er war erschöpft, gekränkt und wütend. Unendlich langsam, mit den gleichsam gefrorenen Bewegungen eines Menschen ohne Zweck und Ziel, schob er sich auf die Tür zu. Nichts spielte mehr eine Rolle. Er könnte jetzt genauso gut in die Kapelle zurückkehren, um dort als Priester zu arbeiten und ehelos zu sterben. Oder vielleicht würde er in den Schlafsälen der Kastellane wohnen müssen. Es spielte keine Rolle. Er wünschte, er könnte diesen Tag einfach vergessen – all das vergessen, worauf er je gehofft und wovon er je geträumt hatte – und seinerseits von all den anderen vergessen werden.

»Akolyth Ainnevog.«

Annev blieb auf der Türschwelle stehen, die Schultern herabgesunken, während die Ältesten Maiken, Denithal und Peodar einer nach dem anderen aus dem Raum stapften, ohne ihm Beachtung zu schenken. Die Ältesten Jerik und Dorstal folgten dicht hinter ihnen, und ihre verdrießlichen Blicke verstärkten Annevs Elend nur noch. Sobald der Raum leer war, richtete Ältester Tosan das Wort an ihn.

»Akolyth Ainnevog, du hast dich in dreißig Minuten bei mir in meinem Arbeitszimmer einzufinden.«

Na großartig, dachte Annev. *Was kann er mir wohl sonst noch wegnehmen?*

»Ja, Ältester Tosan.«

Der Rektor musterte Annev von Kopf bis Fuß, schloss die Augen und rieb sich die Schläfen. »Bevor du heraufkommst, lass dir von Meister Salbei etwas zu essen und von Quartiermeister Brayan ein trockenes Paar Stiefel geben.« Er seufzte, als laste eine unsichtbare Bürde auf ihm. »Komm nicht zu früh«, fügte er hinzu, als er den Raum verließ, »aber auch auf keinen Fall zu spät.«

Kapitel 32

Annev schritt schweigend durch die langen steinernen Gänge der Akademie. Als er die Küchen erreichte, stellte er erleichtert fest, dass Titus und Ältester Benifew bereits wieder gegangen waren. Der korpulente Kastellan der Gesundheit teilte ihm eine Ration Brot und Suppe aus, dann eilte Annev den Flur entlang, um sich von Meister Brayan trockenes Schuhwerk geben zu lassen.

Während er aß und seine Stiefel wechselte, überschlugen sich Annevs Gedanken. Er stand im Begriff, Kastellan der Akademie zu werden, und er bezweifelte, dass irgendein Vortrag von Seiten Tosans Fyns Häme oder den erlittenen Verlust Myjuns noch verschlimmern konnte ... was also wollte Tosan von ihm? Mit ihm über seine neuen Pflichten als Kastellan sprechen? Annev brauchte zuerst Zeit, um zu trauern und um herauszufinden, was er falsch gemacht hatte. Seine Wunden waren einfach zu frisch, zu schmerzhaft für alles andere. Ihm war übel, und er war bis zum Platzen voll mit Wut, Frust und dem Bewusstsein, gescheitert zu sein.

Warum musste sich Tosan auch derart stur an die Regeln der Akademie klammern? Warum hatte er sie nicht alle drei die Prüfung bestehen lassen können? Annev war wütend auf den Rektor, und er befürchtete, den Mund nicht halten zu können, wenn er in Tosans Arbeitszimmer saß.

Nur ... Tosan hatte ihn zuvor gewarnt. Er hatte ihn deutlich und klar angewiesen, nicht zögerlich zu sein und keine Rücksicht auf seine Kameraden zu nehmen. Warum also hatte Annev nicht auf ihn gehört? Er musste anerkennen, dass sich ein Teil seines Zorns auch gegen sich selbst richtete, weil er geglaubt hatte, Tosan zum Handeln zwingen zu können.

Warum habe ich die Stäbe nicht an mich genommen, als ich die Gelegenheit dazu hatte? Annev merkte, dass er auch wütend auf Sodar war, weil der seine Entscheidung ein weiteres Mal beeinflusst hatte, und das machte ihn wiederum wütend auf sich selbst, weil er die Schuld bei jemand anderem suchte.

Ich habe gewusst, was ich zu tun hatte. Ich hätte es eben auch tun sollen. Wenn ich den dritten Stab aufgehoben hätte, dann wäre ich jetzt derjenige in Braun, und alles wäre ganz anders. Therin wäre bei der Prüfung durchgefallen, aber Annev hatte das Gefühl, dass er selbst den Titel mehr verdiente als Therin, und er hatte auch mehr zu verlieren … Warum also hatte er das künftige Glück verspielt, das ihm sicher gewesen wäre, und stattdessen alles auf die geringe Chance gesetzt, dass Tosan sie alle drei bestehen lassen würde? Würde er sich jetzt auch nur halb so elend fühlen, wenn er Titus und Therin verraten hätte? Annev wusste es nicht, aber er vermutete, dass eine Zukunft mit Myjun ihn für den Verlust seiner Freunde entschädigt hätte.

Nach beinahe dreißig Minuten blieb Annev vor der vertrauten Eichentür des Rektors stehen. Fast im gleichen Moment schwang sie auf, und ein Mann in Purpurrot kam heraus und stieß mit Annev zusammen.

»Entschuldigung, Meister Carbad.«

Der Meister der Arbeit rieb sich die Nase und blinzelte Annev mit zusammengekniffenen Augen an. Sein Haar war an den Schläfen von grauen Strähnen durchzogen, und in den Armen trug er ein Wirtschaftsbuch und ein Tintenfass. Er brauchte einen Moment, um Annev zu erkennen, doch dann leuchteten seine Augen auf. »Ah! Ainnevog.« Der Meister deutete auf Tosans Tür. »Ältester Tosan erwartet dich bereits.«

Annev verbeugte sich vor Carbad, betrat den Raum und schloss die Tür hinter sich. Während der Boden draußen aus nacktem Stein bestand, bewegten sich Annevs Füße nun über die dicken rot-schwarzen Läufer, mit denen Tosan sein Arbeitszimmer auszulegen pflegte. Schmückende Bildteppiche hingen an den Wänden, und ein einzelnes Bücherregal, übervoll mit Schriftrollen und Manuskripten, stand an der Wand. In der Mitte des Raums befand sich ein Schreibtisch aus massiver Eiche, auf dem ein Stapel Schriftrollen lag. Tosan saß dahinter, lehnte behaglich in einem mit Fell bezogenen Sessel. Doch weder Tosan noch seine Möbel fesselten Annevs Aufmerksamkeit. Wie gewöhnlich kam diese Ehre dem gewaltigen Buntglasfenster an der Ostseite des Arbeitszimmers zu.

Mit einfachen Scherben und Splittern aus buntem Glas hatte der Künstler eine grandiose Waldlandschaft geschaffen. Ganz rechts hob ein Mann einen Stab gen Himmel, und seine Augen waren wie Blitze, die aus einer Gewitterwolke schlugen. Ganz links vervollständigte eine rot-goldene Abbildung des Keos die künstlerische Wiedergabe der Schlacht im Vosgar: Der Gott von Blut und Knochen war umringt von einem Schwarm von Keokum – dargestellt als gepanzerte Riesen, schwarzhäutige Drachen und grimmig blickende Elfen –, einen Flammenhammer in seiner gewaltigen goldenen Hand. Sein Widersacher, der ihm seinen silbernen Stab entgegenhielt, fing den Angriff mit einer Welle aus blauweißer Energie ab, und sein Gesicht erstrahlte im Lichte Odars.

Tosan räusperte sich, und Annev riss seinen Blick von dem Buntglasbild los und setzte sich auf den kleinen, harten Stuhl, auf den der Rektor deutete.

Der Älteste strich sich über seinen schwarzen Ziegenbart, als grüble er über eine gewichtige Angelegenheit nach. »Weißt du eigentlich, was eine Ringschlange ist, Ainnevog?«

»Eine was?«

»Eine Ringschlange«, wiederholte Tosan und legte die Fingerspitzen aneinander. »Sie ist auch unter anderen Namen bekannt –

Codavora, Ouroboros –, aber die offenbar bekannteste Bezeichnung ist Ringschlange.«

Annev schüttelte den Kopf. Dieses Geschöpf war ihm unvertraut, und er hatte nicht die geringste Ahnung, worauf Tosan mit diesem Gespräch hinauswollte.

Der Rektor nickte, offensichtlich hatte er etwas Derartiges erwartet. Er erhob sich von seinem Sessel, zog einen dicken Band aus dem Bücherregal und blätterte darin, bis er die Abbildung einer Schlange fand, die sich um einen Ast gewickelt hatte, dann legte er das aufgeschlagene Buch vor Annev hin.

»Sie sind nur im Vosgar zu finden«, ließ Tosan ihn wissen und kehrte zu seinem Platz zurück, »aber auch der Dichtwald ist früher ein Teil des Vosgar gewesen, daher gibt es auch am südlichen Dorfrand von Chaenbalu einige dieser Ringschlangen. Als ich Akolyth war, hat uns der Meister der Gifte nach ihnen jagen lassen … aber sie können sich tarnen wie Chamäleons – eine Wirkung der Gifte, die ihre Haut absondert. Meister Karrigan hatte die Theorie aufgestellt, dass diese Toxine ihnen auch geholfen haben, die Bäume zu gestalten.«

»Die Bäume zu gestalten?«

Tosan nickte und tippte mit dem Zeigefinger auf die Buchillustration. »Sie hausen in Ochromabäumen, die nicht sehr dicht sind, und sie biegen und drücken die Äste so lange, bis sie sich zu Ringen formen. Wenn sie auf der Jagd sind, beißen sie sich in den eigenen Schwanz und sind dann nicht mehr sichtbar – sie sehen dann genauso aus wie Astringe –, und so lauern sie ihrer Beute auf. Sie überraschen sie und zerdrücken sie, genauso wie die Baumäste. Das Opfer erstickt, was durch die Gifte der Schlangen beschleunigt wird. Es ist fast so, als würden sie …«

Tosan verstummte und ließ seinen Gedankengang unvollendet. Ohne jedes Wort der Erklärung zog er ein abgenutztes Notizbuch aus dem Schreibtisch, griff nach einer vergoldeten Schreibfeder und kritzelte etwas hinein.

Annev saß schweigend und verwirrt da, und nach einer Minute fragte er sich, ob Tosan ihn womöglich vergessen hatte.

»Du überlegst, warum ich die Ringschlangen erwähnt habe«, ergriff Tosan schließlich wieder das Wort. Er legte die Feder beiseite und griff nach der Schreibsandbüchse.

»Nun …«, sagte Annev zögernd. »Es kommt mir nicht zu, Euren …«

»Es ist ein Vergleich«, erklärte Tosan. Er streute Sand über die feuchte Tinte, dann verschloss er das Tintenfass und deutete mit seiner Feder auf Annev. »*Du* bist eine Ringschlange, Ainnevog.«

»Ich bin was?«

Tosan wandte sich wieder dem Notizbuch auf seinem Schreibtisch zu und kippte den losen Sand von dem Papier zurück in die Schreibsandbüchse. »Du bist eine Ringschlange«, wiederholte er und schob eine Schriftrolle über den Schreibtisch zu Annev hin. »Du verschmilzt mit dem Baum – tust, als seist du ein Teil von ihm –, aber tatsächlich verbiegst und schwächst du ihn. Du gestaltest ihn so um, dass er sich deinen eigenen Bedürfnissen anpasst.«

Annev zog die Schriftrolle auseinander, während Tosan noch eine zweite und eine dritte auf den Schreibtisch legte.

»Weißt du, was das ist?«

Annev begutachtete das Blatt in seinen Händen. »Es sind Eure Notizen von unseren alljährlichen Treffen.«

Tosan nickte und klopfte dann auf den obersten Pergamentbogen. »Könntest du die vierte Zeile von unten vorlesen?«

Annev betrachtete die Schriftrolle. Als sein Blick auf die vierte Zeile von unten fiel, krampfte sich sein Magen zusammen. Trotzdem las er laut vor. »›Streitet mit den Ältesten. Erkennt keine Autorität an.‹«

»Jedes Jahr wieder«, bekräftigte Tosan und klopfte auf die anderen Schriftrollen. »Es kommt jedes einzelne Mal zur Sprache, Ainnevog. Ein seit Langem bestehendes Problem. Du bist nie mit den Dingen zufrieden, wie sie sind, und du benimmst dich, als würden die Regeln für dich nicht gelten. Sodar hat dir den Geist der Rebellion eingetrichtert.«

»Ich bin nicht …«

»Genau«, unterbrach ihn Tosan. »Du bist *nicht*. Alles ist anders bei dir.« Er hob die Hand und zählte die einzelnen Punkte an den Fingern ab. »Du wohnst nicht mit dem Rest deiner Kameraden in der Akademie. Du erhältst nicht dieselbe Ausbildung. Du lässt nicht gelten, was die Ältesten dich lehren. Du ziehst nicht in Zweifel, was Sodar dich lehrt.« Er hob den fünften Finger. »Und ich bin mir sicher, du bist auch mit der Entscheidung im Prüfungsraum heute Morgen nicht einverstanden.«

Annev klappte den Mund zu. Was konnte er darauf antworten? Der letzte Punkt stimmte natürlich – und er zog in der Tat in Zweifel, was ihm die Ältesten beibrachten –, aber der Rest waren Punkte, die nicht in seiner Zuständigkeit lagen. Sollte er etwa dafür bestraft werden, dass er bei Sodar lebte?

»Ich stelle alle meine Lehrer infrage«, antwortete Annev, sobald er die Sprache wiedergefunden hatte. »Sodar ist da keine Ausnahme. Und was die Tatsache betrifft, dass ich in der Kapelle wohne … ich hatte keine andere Möglichkeit.«

Ein schwaches Lächeln zuckte um die Mundwinkel des Ältesten. »Du führst dich auf, als könntest du nicht für dich selbst handeln, Ainnevog. Als seist du ein Sklave der Umstände und als sei das hier«, er klopfte auf die Schriftrollen auf dem Schreibtisch, »irgendwie die Schuld der Akademie. Aber wir wissen beide, dass das eine Lüge ist. Wenn du mit etwas nicht einverstanden bist, versuchst du, es zu ändern. Genau das ist es, was du auch heute Morgen gemacht hast, nicht wahr? Deine kleine Nummer mit Therin und Titus?«

Annev wagte kaum mehr, den Mund aufzumachen, und Tosan spürte, dass er die Diskussion gewonnen hatte.

»Es liegt in deinem Wesen, Ainnevog. Wie die Ringschlange veränderst du deine Umgebung, um sie deinen Bedürfnissen zu unterwerfen. Vor die Wahl gestellt, in den Schlafsälen zu wohnen oder nicht, hättest du auch nicht anders gewählt, denn schließlich *hast* du ja nicht anders gewählt. Du magst so tun, als würdest du hierhergehören, aber deine Handlungen beweisen, dass du kein Teil dieses Baums bist. Stattdessen bist du jemand, der Uneinigkeit stiftet, der beschädigen und schwächen will, was zu pflegen und aufzubauen ich sehr hart gearbeitet habe.« Tosan machte eine Pause, als erwartete er, dass Annev widersprechen würde. Als er das nicht tat, griff der Älteste nach dem Buch mit der Abbildung der Schlange. Er betrachtete das Bild noch einmal eingehend, dann schloss er behutsam das Buch und trug es zurück zu seinem Bücherregal.

»Eine Sache an den Ringschlangen finde ich allerdings faszinierend«, fuhr Tosan fort, als er das Buch zurückstellte. »Es geschieht nicht sehr oft, aber manchmal verletzt sich eine Schlange, wenn sie versucht, allzu schlau zu sein – entweder indem sie sich bemüht, einen Baumast zu zerdrücken, der zu groß für sie ist, oder indem sie zu viel von ihrem eigenen Schwanz verschluckt. Im ersten Fall hat die Schlange Glück. Sie erschöpft ihre Kräfte und lernt, die Dinge, die sie nicht ändern kann, so anzunehmen, wie sie sind. Im zweiten Fall – wenn sie ihren Schwanz nicht wieder herausziehen kann – erstickt sie langsam und stirbt.« Der Rektor musterte Annev. »Du bist ohne Zweifel talentiert, Ainnevog.« Tosan ging im Raum auf und ab. »Aber es kommt die Zeit, wo wir alle lernen müssen, nachzugeben und hinzunehmen, dass einige Dinge sich nicht ändern lassen und dass daher wir selbst uns ändern müssen. Ich weiß nicht, ob du diesen Punkt bereits erreicht hast. Ich weiß nicht, ob du aus deinen Fehlern lernen kannst oder ob du schlicht dazu verurteilt bist, an ihnen zu ersticken.«

Tosan blieb vor dem Buntglasfenster stehen. Die Sonne hatte inzwischen fast ihren Zenit erreicht, und Lichtstrahlen in allen

Farben des Regenbogens erfüllten den Raum. Von Annevs Blickpunkt aus war das Gesicht des Rektors von hellen Flecken aus Rot und Gold überzogen.

»Weisfrau Kiara hat sich für dich eingesetzt«, ergriff Tosan nach einer langen Pause wieder das Wort. »In unserem Gespräch habe ich deinen streitsüchtigen Charakter erwähnt, aber ich habe durchaus auch deine besonderen Fähigkeiten anerkannt. Die Entscheidung bleibt also eine pragmatische Abwägungssache. Ist die Notwendigkeit, gute Avatare zu haben, so sehr von Vorrang, dass sie es rechtfertigt, dich die Akademie mit Sodars Ideologie unterwandern zu lassen?«

Annev spürte einen verzweifelten Funken Hoffnung in seiner Brust aufglimmen.

»Nein«, fuhr Tosan fort, »das ist sie nicht. Aber wenn ich dich aus Sodars Einfluss entfernen würde – wenn ich diesen Geist der Rebellion im Keim ersticken könnte –, könnte ich dich dann zu etwas Nützlichem formen? Nun, genau das weiß ich nicht.« Tosan tippte sich mit den Fingern auf die Lippen, wandte sich vom Fenster ab und schritt zu seinem Stuhl zurück. »Du bist jahrelang dazu ausgebildet worden, Avatar des Urteils zu werden«, sagte Tosan, als spreche er mit sich selbst, »und doch bist du gleichzeitig auch dazu ausgebildet worden, Diakonus und Priester zu werden. Rückblickend hätte ich dem ein Ende machen sollen, sobald ich der Älteste der Ältesten geworden war. Wie soll ich jetzt beide Seiten miteinander versöhnen und diese Spaltung deiner Treuepflichten aufheben?«

Annev hielt den Atem an und spürte, dass Tosans Entscheidung unmittelbar bevorstand.

»Ich hatte gehofft, dass du nach unserem Gespräch gestern Abend die Dinge aus meinem Blickwinkel sehen würdest, aber die Vorgänge bei deiner Prüfung heute haben bewiesen, dass du deine Haltung nicht geändert hast. Da du dich trotz meiner Ermunterung nicht als Avatar in Körper *und* Geist bewiesen hast, habe ich keine andere Wahl, als dich zu einem Kastellan der Akademie zu machen. Du wirst von nun an nicht mehr am Trainingsunterricht mit den Meisteravataren teilnehmen. Stattdessen wirst du einem Meisterkastellan zugewiesen und von ihm lernen, was du zu tun hast. Auch musst du aus der Kapelle ausziehen und ab jetzt hier in der Akademie wohnen. Dein Vorrecht, den Dichtwald betreten zu dürfen, ist ebenfalls erloschen.« Tosan klopfte sich ans Kinn. »Das allein hindert dich allerdings noch nicht daran, Sodar zu besuchen, daher ist es wohl am besten, wenn ich deinen Bewegungskreis allein auf die Akademie beschränke. Also keine Gottesdienste zum Siebttag mehr und auch keine Ausflüge auf den Markt. Du wirst dieses Gebäude nie verlassen. Verstanden?«

Annev blinzelte sprachlos. Er hatte gehofft, Ältester Tosan würde sich doch noch zu einer dritten Möglichkeit durchringen – hatte gehofft, dass Kiara ihn überzeugt hatte –, aber stattdessen hatte Tosan etwas gefunden, das noch schlimmer war, als einfach nur ein Kastellan werden zu müssen. Annev waren jetzt sämtliche Möglichkeiten genommen worden, und er bereute es bitter, Titus und Therin beigestanden zu haben. Zum ersten Mal wünschte er sich aufrichtig, er hätte die Regeln befolgt und Tosans Ratschlag beherzigt.

»Ich … ich verstehe.«

»Gut.« Tosan setzte sich.

Annevs Magen verknotete sich, als er erkannte, wie in diesem Moment sein ganzes Leben auf den Kopf gestellt wurde. Es war alles wirklich – was hier passierte, war die Wirklichkeit. Er würde Fyns Schikanen niemals mehr entrinnen. Würde Myjun niemals seinen Freundschaftsring geben können.

Würde Sodar niemals wiedersehen.

Es schien ihm unmöglich. Er hatte erst an diesem Morgen mit ihm gefrühstückt, und jetzt war es ihm nicht mehr gestattet, ihn zu besuchen oder auch nur mit ihm zu sprechen. Der alte Priester war mehr als nur ein Mentor für ihn. Er war für Annev das, was einem Vater am nächsten kam. Sodar kannte Annevs Geheimnisse und seine Stärken, und er hatte ihn beschützt und ihm geholfen, während die Akademie ihn verflucht oder getötet hätte.

Annev hatte das Gefühl, entzweigerissen zu werden. Ihm wurde speiübel. Er suchte verzweifelt nach irgendetwas, an dem er sich festklammern konnte – nach irgendeiner Chance, auch nur einen kleinen Fetzen seines bisherigen Lebens zu retten.

»Es gibt eine Möglichkeit«, fuhr Tosan fort. »Eine einzige Chance auf Wiedergutmachung.«

Annev schaute auf, ohne sich der Tränen bewusst zu sein, die ihm übers Gesicht strömten.

»Was immer es ist«, flüsterte er.

»Die Prüfung dieses Monats ist auf Regaleus gefallen.« Tosan beugte sich in seinem Sessel nach vorn. »Was bedeutet, dass noch ein Tag bleibt, bevor diese Woche endet und der nächste Erntejahrgang mit seinen Prüfungen beginnt. Noch ein Tag, an dem du beweisen könntest, dass du würdig wärst, Avatar des Urteils zu werden.«

Annev richtete sich kerzengerade auf. »Was muss ich tun?«

Tosan fasste ihn scharf ins Auge. »Was auch immer geschieht, du wirst Sodars Kapelle verlassen und in die Akademie ziehen. Der verderbliche Einfluss dieses Mannes kann nicht überbewertet werden, und wir können dich nicht bei uns behalten, ohne dich aus seiner Obhut zu entfernen.«

Annev zögerte nur ganz kurz. Sein Leben mit Sodar war so oder so vorbei. »Ich verstehe, Ältester Tosan.«

»Hervorragend. Also, zu deiner Aufgabe. Ich habe von Meister Carbad erfahren, dass ein fahrender Händler um die Grenzen unseres Dorfes herumstreicht. Der Mann behauptet, er habe sich bei dem Versuch, eine Abkürzung durch den Dichtwald zu finden, verirrt. Offenbar versucht er gerade, Zugang zu Chaenbalu zu finden.«

»Ein Händler?«, griff Annev seine Worte auf. »Aber … es kommt nie jemand nach Chaenbalu.«

Tosan sah Annev an, sein Gesicht zu einer Maske erstarrt. »Es ist lange Jahre her, dass zum letzten Mal jemand zufällig in unser Dorf gekommen ist, und so muss es auch bleiben. Das Dorf geheim zu halten ist unbedingt erforderlich, damit die magischen Artefakte vor allen möglichen Ungeheuern sicher sind, die sie missbrauchen würden.«

Annev runzelte die Stirn und wartete, dass Tosan seine Ausführungen fortsetzte. Aber Tosan schwieg, und so musste Annev raten, was der Älteste von ihm wollte.

»Ich kann diesen Händler ausfindig machen, Ältester Tosan. Und was dann?«

»Handle ihm etwas Palmrohr und Drachenblutbaumharz ab. Der Akademie mangelt es an beidem, aber deine wahre Aufgabe ist es herauszufinden, wie der Händler unser Dorf gefunden hat.«

Annev nickte, und der Älteste nahm eine winzige Börse aus seiner Schreibtischschublade.

»Du findest den Mann östlich des Dorfes«, erklärte Tosan und reichte Annev die Geldbörse. »Sobald du mit ihm handelseinig geworden bist, führ ihn aus dem Dorf und bring ihn um.«

»Ich soll ihn umbringen, weil er sich verirrt hat?« Annevs Mund wurde trocken.

»Töte ihn als ein Risiko für die Akademie, für das Gewölbe der Verdammnis und für die Artefakte, die wir hier in Sicherheit verwahren. Der Tod ist schon immer die Strafe gewesen, die darauf stand, das Dorf zu verlassen. Der Händler weiß, wo unser Dorf ist, also gilt dieselbe Regel auch für ihn.«

»Dann ist diese Börse … nur eine Requisite?«

Der Rektor runzelte die Stirn. »Wir sind Avatare, Ainnevog, keine Diebe – du wirst den Mann für seine Waren bezahlen.« Tosan stand auf. »Wenn du ihn berauben willst, sobald er tot ist, ist das deine Entscheidung. Ich persönlich finde so etwas abscheulich – auch ein Grabräuber ist schließlich ein Dieb –, aber du kannst Beute mitbringen, wenn es sein muss. Ich brauche einen Beweis, dass du deinen Auftrag erledigt hast, also erwarte ich von dir, dass du auch die Ohren des Händlers mitbringst.«

»Seine Ohren?«

Tosan nickte und deutete auf die Tür. »Du hast Zeit bis morgen zum Sonnenuntergang. Normalerweise würde ich dir die Erlaubnis geben, dir alles, was du an Ausstattung brauchen könntest, vom Quartiermeister zu besorgen ... aber du bist kein Avatar, also bleibt dir dieses Privileg verwehrt. Doch ich erwarte, dass du deine Aufgabe zu meiner Zufriedenheit erledigst. Du hast dich bisher als sehr einfallsreich erwiesen.«

Wie betäubt setzte sich Annev Richtung Tür in Bewegung. Gerade als er sie geöffnet hatte, rief ihn Tosan noch einmal zurück.

»Priester können es sich leisten, nett zu sein, Ainnevog, aber Avataren ist dieser Luxus verwehrt. Dies ist deine letzte Chance, dich zu entscheiden, was von beidem du sein willst. Ich habe diese Aufgabe sorgfältig als eine *Prüfung* für dich ausgewählt, also enttäusche mich nicht.«

Kapitel 33

Annev ging über den Hof und verließ das Akademiegelände in Richtung von Sodars Kapelle, hin zum östlichen Dorfrand von Chaenbalu.

Die Aufgabe, die ihm Tosan zugewiesen hatte, ließ wenig Raum für Interpretation. Da gab es jemanden im Dichtwald – einen Fremden –, und Annev sollte ihn erst ausfragen und dann ermorden. Unter normalen Umständen hätte er sich niemals auf eine solche Mission eingelassen.

Aber jetzt lagen die Dinge anders. Annev hatte eine Verzweiflung kennengelernt, die so unerträglich war, dass er alles tun würde, um sie nicht noch einmal erleben zu müssen: seine Freunde verraten, seinen Mentor verlassen, einen Fremden ermorden, das alles eingeschlossen. Er würde es tun, wenn er dadurch trotzdem noch ein Avatar werden konnte.

Sobald er den staubigen Innenhof der Akademie durchquert hatte und auf den ringförmigen Straßen von Chaenbalu angelangt war, drehte sich Annev noch einmal um, um zu den Mauern der Akademie zurückzuschauen. Das Buntglasfenster mit der Schlacht im Vosgar hob sich deutlich vom dunklen Stein des Gemäuers ab, und Annev meinte fast, Tosan dort stehen und ihm nachblicken zu sehen, hinter dem in der Nachmittagssonne rot funkelnden Glas verborgen.

Da schien sich tatsächlich etwas hinter der Fensterscheibe bewegt zu haben.

Vielleicht habe ich es mir nicht nur eingebildet.

Annev drehte sich um und eilte in Richtung Osttor. Während

er zwischen den niedrigen Häusern zu beiden Seiten der Straße hindurchging, wandelte sich die Bauweise der Gebäude schnell von Stein zu Holz und dann zu Lehmfachwerk. Am Rand des Dorfes sah er zwischen den kleineren Häusern der Bauern und Schafhändler auch die Kapelle aufragen. Für einen kurzen Moment steuerte er auf sie zu – er wollte Sodar davon berichten, welchen Preis er für sein Versagen bei der Prüfung zu zahlen hatte –, aber das Gefühl, dass Tosans Augen auf ihn gerichtet waren, trieb ihn weiter, Richtung Dichtwald und hin zu dem Wachturm, der den Osteingang des Dorfes sicherte.

Er passierte die ferne Silhouette der Kapelle, seine Aufmerksamkeit ganz auf die vor ihm liegende Aufgabe gerichtet. Einen Moment lang wünschte er, jetzt sein Jagdmesser oder auch Gnade bei sich zu haben, aber als er darüber nachdachte, was er zu tun hatte, kam er zu dem Schluss, keine der beiden Waffen mit dieser Tat besudeln zu wollen. Außerdem hatte Tosan recht gehabt, was Annevs Einfallsreichtum betraf. Er brauchte kein Messer, um jemanden zu töten. Wenn es an der Zeit war, würde Annev schon eine Möglichkeit finden, die Sache zu erledigen.

Er näherte sich dem Wachturm und der spitzen Pfahlwand, die das Osttor von Chaenbalu umgab. Als er in Hörweite des Steingebäudes war, grüßte ihn ein großer Mann in einem roten Kittel.

»Ainnevog!«, sagte Folum, der Zollmeister. »Schickt Tosan jetzt Kinder aus, damit sie die Arbeit von Männern erledigen, oder hast du dein braunes Gewand vergessen?«

Annev war nicht in der Stimmung, sich aufziehen zu lassen. »Wo ist er?«, fragte er schwer atmend vom schnellen Laufen.

»Der fahrende Händler?« Annev nickte. »Er drückt sich am Waldrand herum, gleich hinter den Hinkelsteinen.«

Annev wandte sich zum Gehen.

»Falls er sie passiert hat, musst du ihn hierherbringen!«, rief Folum.

Annev winkte zum Zeichen, dass er verstanden hatte, verlangsamte sein Tempo aber nicht und drehte sich auch nicht um. Er trat durch das geöffnete Tor nach draußen und rannte, so schnell er konnte, die Oststraße hinunter, die ins Herz des Dichtwaldes führte.

Als er den Wald schließlich erreicht hatte, blieb er stehen und atmete den intensiven Kiefernduft ein. Eine kalte Feuchtigkeit drang in seine Lunge, und ihm wurde fast schon etwas schwindlig. Er fragte sich, was das für ein Mann war, den er zu töten im Begriff stand – gut oder böse, Vater oder Junggeselle –, und ob es wohl einen Kampf geben würde.

Vor ihm erhoben sich die Hinkelsteine, und hinter ihnen war der Weg, der in den Dichtwald hineinführte. Als er zwischen den beiden hüfthohen säulenartigen Steinen hindurchging, fuhr Annev mit seiner nackten Hand über die abgewetzten Glyphen, die in sie eingeritzt waren.

Soweit er wusste, waren die Runen nicht magisch – er kannte sie nicht, und Sodar hatte es ihm versichert, als er sich bei ihm nach ihnen erkundigt hatte –, doch Annev verspürte immer ein Frösteln, wenn er zwischen ihnen hindurchging. Auch jetzt war das wieder der Fall, als er sie passierte und tiefer in den Wald hineinblickte: Dürre Kiefernnadeln und die schwarzen Überreste der Blätter des vergangenen Herbstes bedeckten die Erde, aber von dem Händler war keine Spur zu entdecken.

Die Sonne stand in seinem Rücken und war durch das Blätterdach des Dichtwaldes hindurch immer noch sichtbar, doch der Weg durch die Bäume lag im Schatten. Er spähte in die dunklen Tiefen des Waldes und dachte an die Schattenteiche, die er am Vortag gesehen hatte. Annev kam selten so weit nach Süden oder Osten – höchstens einmal im Jahr –, und der Wald hier war ihm unvertraut, aber trotzdem war er zuversichtlich, dass er den Fremden finden würde, bevor dieser ihn entdeckte.

Doch das war nicht der Fall. Annev war wie eine Katze auf der Jagd in den Wald geschlichen, aber nach einer zehnminütigen Suche kam ihm der Gedanke, dass der Händler vielleicht schon wieder fort war. Bei der Vorstellung, was Tosan in diesem Fall sagen würde, lief ihm ein kalter Schauer über den Rücken, und er wusste, dass er die ganze Nacht durch den Wald pirschen würde, bis er den Mann gefunden hatte.

»Hallo?«, rief Annev schließlich und zerriss die Stille. »Ist da wer?«

»Jaja, ich bin hier«, ertönte eine körperlose Stimme aus dem Herzen des Waldes. »Ich hab dich die Straße entlangkommen sehen. Aber da ich sonst nix zu tun hab, bin ich hier sitzen geblieben. Hab zugesehen, wie du durch die Gegend gestolpert bist, als wären deine Augen nur aufgemalt.«

Die Beleidigung verärgerte Annev. Er drehte sich in die Richtung um, aus der die Stimme gekommen war, aber ihr Besitzer blieb verborgen. Er trat tiefer in die Schatten des Waldes hinein und wartete, bis sich seine Augen an das schwächere Licht gewöhnt hatten.

»Wo seid Ihr?«, fragte Annev, ohne zu wissen, wohin er seine Frage richten sollte.

Ein leises Kichern kam aus den sich bewegenden Ästen eines Silberahorns, dessen Stamm von einer hohen, dünnen Schwarzfichte verdeckt wurde. Als Annev näher kam, sah er zu seiner Überraschung einen kleinen Handkarren hinter dem breiten Baumstamm versteckt – eine Auffälligkeit, die ihm beim Durchsuchen des Umkreises aus irgendeinem Grund entgangen war.

Annev hob den Blick und folgte den hüftdicken Ästen, die sich auf dem Weg hinauf zu den Baumkronen verjüngten und teilten – und dann sah er es: Etwa anderthalb Meter über dem Waldboden hockte in der flachen Beuge eines der dickeren Äste ein großer, rundlicher Mann. Er hatte ein braunes Gesicht und gerötete Wangen, war in einen dicken moosfarbigen Umhang gehüllt und rauchte eine langstielige Pfeife. Sein brauner Bart hing ihm in zotteligen Strähnen von den Wangen.

»Musste mich warm halten«, rief er und grinste um das Mundstück seiner Maiskolbenpfeife herum. »Bin die ganze Nacht über durch 'n Wald geirrt, und als ich endlich gemeint hab, Hilfe zu finden, habt ihr Scheißkerle nicht mal so freundlich sein wollen, mir 'n Dach überm Kopf zu geben.« Er schnaubte verächtlich, kaute auf irgendetwas herum, schob seine Pfeife zur Seite und spuckte aus. Ein langer Flüssigkeitsstrahl spritzte keinen Meter von Annevs Stiefeln entfernt auf den Waldboden.

Annev verzog das Gesicht und trat einen Schritt zurück, hielt aber weiter Blickkontakt zu dem Mann im Baum. »Man hat mich geschickt, um Euch aus dem Dichtwald zu führen«, sagte er kühl.

»Mich zu führen, eh? Und wen genau habe ich da zum Führer?« Der Fremde stülpte die Lippen vor, wenn er seine Üs aussprach, und dehnte sie zu langen, runden Vokalen. Das erinnerte Annev an die Art und Weise, wie Sraon der Schmied sprach, obwohl der Akzent des fahrenden Händlers noch deutlicher hervortrat.

Annev hatte seine Antwort parat. Er würde den Mann töten, daher spielte es keine Rolle, was er ihm erzählte, und es war immer am einfachsten, bei der Wahrheit zu bleiben.

»Mein Name ist Ainnevog. Man nennt mich Annev.«

»Ainnevog, eh?« Der Hausierer sann ein Weilchen darüber nach. »Bedeutet ›Phönix‹, nicht wahr?« Annev nickte überrascht. »Und Annev bedeutet ›selten‹. Heh. Ausgefallener Name.« Er zog eine Hand aus den Falten seines Umhangs und rieb sich mit schwarzen, fleckigen Fingerspitzen seine stoppeligen Wangen, dann kratzte er sich beide Mundwinkel, um sodann die Maiskolbenpfeife zwischen den Zähnen hervorzuziehen.

»Ich bin Cragcarac«, stellte er sich vor.

»Krack-krack?«

Der Händler schüttelte den Kopf, und seine von grauen Strähnen durchzogenen Locken fielen ihm über die Schultern. »Cragca-rac.« Er betonte die einzelnen Silben, indem er mit seiner Pfeife Punkte in die Luft malte, dann warf er sich seinen Umhang über die Schultern, reckte sich und hüpfte auf den Boden hinunter, wo seine Füße einige Zentimeter in die feuchte Erde sanken. »Ist 'n alter Name«, erklärte er und schüttelte seinen Umhang aus. »Er bedeutet … nun ja, seine Bedeutung ist nicht ganz so beeindruckend wie die deines Namens. Nenn mich einfach Crag.« Er grinste.

Annev musterte die rissigen Lippen des Händlers, und der Mann öffnete den Mund, um seine gelblichen Zähne zu zeigen. Sein Lächeln war allerdings ein echtes, und Annev erwiderte es.

»Gut, dann also Crag«, antwortete Annev in freundlichem Tonfall. »Was führt Euch in den Dichtwald, Crag?«

»Geschäfte.« Crag deutete auf den Karren hinter dem Baum, dann trottete er darauf zu. »Meine Geschäfte führen mich in den Dichtwald. Ich komm aus dem nördlichen Odarnea mit Palmrohr, Kolanüssen, Warana und Drachenbaumharz. Seltene Waren, vor allem so weit im Süden wie hier.«

»Warum der Dichtwald, statt nach Luqura zu gehen?«

»Luq'ra!« Crag schüttelte den Kopf und zog seinen Karren aus dem Schatten des Silberahorns auf den Waldpfad zurück. Er zerrte noch einmal an dem Karren, dann stellte er ihn quer in ein versprengtes Fleckchen Sonnenlicht. »Wenn man nach Luq'ra geht, muss man Steuern zahlen. Wenn man seine Waren in Luq'ra verkauft, muss man sich an die Preise der Kaufmannsgilde halten, und man muss die Kaufmannsgilde auch noch dafür bezahlen, dass man überhaupt etwas verkaufen darf. Besser, man verkauft in Banok – oder in Caerhaven, obwohl das ein langer Weg ist.«

»Seid Ihr dorthin unterwegs?«

»Jawohl. Ich bin vor vier Tagen von Banok nach Hentingsfurt aufgebrochen, und von dort will ich dann weiter nach Caerhaven.

Ich hab ’ne Abkürzung durch den Dichtwald genommen. Zumindest hab ich geglaubt, dass es ’ne Abkürzung wär. Wenn ich wie ’n braver Straßenhändler den langen Weg genommen hätte, wär ich jetzt schon halb dort.« Crag hustete und spuckte einen weiteren langen Schleimfaden aus. »Der verfluchte Wald hat mich ’ne Tagesreise gekostet.«

»Zwei Tagesreisen«, widersprach Annev. »Wo immer Ihr gewesen sein mögt, mittlerweile seid Ihr jedenfalls zurück zur Westseite des Dichtwaldes geirrt. Im Augenblick befindet Ihr Euch direkt am Waldrand.«

Bei dieser Neuigkeit klappte Crag die Kinnlade herunter, und sein Gesicht verzerrte sich zu einem Ausdruck der Überraschung und schmerzlichen Ungläubigkeit. Annev war der gleiche Gesichtsausdruck bereits während seiner Übungskämpfe in der Akademie begegnet, normalerweise nachdem ein Avatar einen Tritt in den Magen bekommen hatte. Es dauerte einen Moment, bis Crag wieder Luft holen konnte.

»Ich bin wieder auf der Westseite?«, fragte er. »Aber wie ist das möglich? Banok ist die nächste Stadt auf dieser Seite des Dichtwaldes. Ich war mir ganz sicher, den Weg nach Süden genommen zu haben.« Annev schüttelte den Kopf. »Wo bei allen Göttern bin ich denn gelandet?«, erkundigte sich Crag.

»In Chaenbalu«, erwiderte Annev und besiegelte damit das Schicksal des Händlers. Jetzt, da er den Namen des Dorfes genannt hatte, konnte er ihn unmöglich am Leben lassen.

»Chan-blau?« Crag schüttelte den Kopf. »Nie von gehört. Und ich kenn jedes kleine Dorf zwischen Odarnea und Lochland.«

Annev zuckte die Achseln. *Ich nehme an, damit ist der erste Teil von Tosans Auftrag abgehakt. Der Mann hat keinen blassen Schimmer, wie er hierhergelangt ist.*

Crag griff sich an sein Kinn mit dem dünnen Bart und kratzte sich noch einmal die Mundwinkel. »Chanblau«, wiederholte er und dehnte das Wort nachdenklich. Er schaute den Waldweg hinunter, ließ seinen Blick über das Ackerland am Waldrand schweifen und sah dann wieder Annev an. »Dann muss es ’n geheimer Ort sein. Ist das der Grund, warum der Bursche in dem roten Schlafanzug mich nicht hat durchlassen wollen?«

»Etwas in der Art«, bestätigte Annev, durchaus bereit, ganz offen zu sein, da der Mann noch vor Einbruch der Nacht ohnehin tot sein würde.

»Nun, dann soll ihn der Teufel holen – und diesen ganzen verdammten Wald noch dazu. Zuerst hab ich Cenif verloren, jetzt bin ich selbst ganz verloren.«

»Hört doch damit auf, hier so herumzuspucken und zu lamentieren. Ich habe Euch bereits gesagt, dass ich hier bin, um Euch zu führen. Ich bin außerdem daran interessiert, mit Euch ins Geschäft zu kommen.«

»Herumzuspucken und zu lamentieren?« Crag griff in die Hirschlederweste unter seinem Umhang, zog eine silberne Flasche hervor, nahm einen Schluck von deren Inhalt, ließ die Flüssigkeit im Mund kreisen und schluckte sie dann herunter, ohne auch nur eine Sekunde den Blickkontakt zu Annev zu lösen. »Keine Ahnung, was sie dir in diesem geheimen Dorf beigebracht haben, aber Respekt vor Älteren ist es jedenfalls nicht gewesen.« Er bleckte die Zähne, saugte geräuschvoll die Luft ein und steckte die Flasche wieder weg.

Annev ließ Tosans Geldbörse in seiner Hand hüpfen. »Ihr habt gesagt, Ihr hättet Palmrohr und Drachenblutbaumharz dabei.«

»Richtig. Wie viel brauchst du denn?«

Annev zögerte und ihm wurde bewusst, dass Tosan ihm darüber nichts gesagt hatte. »Zehn Palmrohre und vier Flaschen Harz«, antwortete er aufs Geratewohl. Er leerte den halben Beutel in seine Hand und wählte die größten Münzen aus dem Häufchen. »Dafür bekommt Ihr von mir drei Silbermonde.«

Crag trat von seinem Karren weg und inspizierte die dürftige Zahl von Münzen in Annevs Hand. »Dafür kriegst du von mir zwei Rohre und eine Flasche«, ließ er Annev wissen.

»Ich habe gesagt, drei Silber*monde*. Nicht Silberstangen.«

»Und ich hab gesagt, zwei Rohre und eine Flasche. Bist du taub? Aber ich mach dir ein besonderes Angebot, da du mir ja schließlich hilfst. Für zwölf Monde kannst du sie alle haben.«

Annev leerte den restlichen Inhalt des Beutels in seine Hand: Er hatte fünf Monde, zwanzig Kupfersterne und weniger als halb so viele Silberstangen. Kein einziger Goldstrahl und auch keine Sonne in dem ganzen Haufen – es war kaum mehr als die Hälfte dessen, was er brauchte. Entweder der fahrende Händler wollte ihn betrügen, oder Annev hatte den Wert der Waren, die er kaufen wollte, gewaltig unterschätzt.

»Ich gebe Euch einen Mond für jede Flasche …«

»Zwei.«

»Und zwanzig Kupfermünzen für das Palmrohr.«

Crag lachte auf. »Ich tu dir 'nen Gefallen: Gib mir diesen ganzen Beutel Münzen – jeden Stern, jede Sonne und jede Stange, die du hast –, und du bekommst dafür die *Hälfte* des Verlangten. Zwei Flaschen und fünf Rohre. Ein besseres Angebot findest du nirgends.«

»Na schön«, erwiderte Annev, und Crag streckte eifrig die Hand nach der Börse aus. »Und den Rest von dem, was Ihr dabeihabt, bekomme ich als Gegenleistung dafür, dass ich Euch aus dem Dichtwald führe.«

Crag riss die Hand schnell wieder zurück. »Ich hab dir doch schon einen Rabatt gegeben, weil du mir hilfst! So weit südlich wie hier reicht dieses Häufchen Münzen kaum für die Rohre allein. Und das Harz ist noch teurer, selbst in Nordodarnea.«

»Aber Ihr seid hier nicht in Nordodarnea«, wandte Annev ein. »Ihr habt Euch im Dichtwald verirrt und könnt ohne meine

Hilfe überhaupt niemandem etwas verkaufen, zu welchem Preis auch immer.«

Crag schüttelte den Kopf. »Du bist 'n Betrüger und 'n Dieb. Deine verdammten Dörfler haben mir gesagt, dass ich nicht ohne ein Geleit von hier fortgehen darf – und jetzt verlangst du dafür auch noch 'ne Gegenleistung? Pah!«

»Ihr könnt ja gehen«, sagte Annev kühl, »mit oder ohne Geleit. Aber ohne meine Hilfe werdet Ihr wochenlang durch den Dichtwald irren. Ich kenne hier die Wege, und Ihr kennt meinen Preis.«

Der Hausierer rümpfte die Nase. »Du beleidigst mich, Junge. Ich brauch mich nur Richtung Südosten zu halten, bis ich zur Dichtwaldstraße komm. Von dort aus ist dann alles ganz einfach.«

»Wenn es ganz einfach wäre, hättet Ihr genau das schon getan«, widersprach Annev. »Wenn Ihr nach Südosten geht, werdet Ihr Euch nur wieder verirren. Es könnten Tage vergehen, bis Ihr die Dichtwaldstraße findet, falls Ihr sie denn überhaupt je findet. Euch ist wahrscheinlich schon aufgefallen, dass einem die Bäume hier Streiche spielen, was die Lichtverhältnisse angeht?« Crag schaute auf, und Annev wusste, dass der Händler ihm jetzt ins Netz gegangen war. »Man glaubt, die Sonne im Osten aufgehen zu sehen, also geht man darauf zu, aber in Wirklichkeit wandert man nach Norden und kommt genau dort wieder heraus, wo man angefangen hat. Ist es nicht ungefähr so?«

Crag blinzelte ihn mit zusammengekniffenen Augen an, ganz als sähe er ihn eben zum ersten Mal, und das nicht als einen Laufburschen oder einen ganz normalen Führer, sondern als eine Art anderen Händler. Als einen, der seine Gelegenheit nutzte.

»Du bist 'n kleines bisschen klüger, als du aussiehst«, bemerkte Crag. »Phönix, fürwahr. Na schön, Junge, wie hoch ist dein Preis? Wie viele von diesen Münzen willst du wieder einstecken, ehe du mir aus diesem Wald heraushilfst?«

Annev öffnete die Hand und zeigte die Münzen darin. »Zehn Palmrohre und vier Flaschen Drachenblutbaumharz ... für acht Monde.«

Crag wühlte in den Münzen auf Annevs Hand herum und zählte ab. »Reicht eigentlich nur für neun Rohre.« Er beäugte Annevs leeren Beutel, dann zuckte er die Achseln. »Mir wären zehn Monde lieber gewesen, aber das muss jetzt so reichen.« Er strich die Münzen in seine Hand, und sie verschwanden in seinem Umhang, fast ohne jedes Klimpern. Dann zog er ein Stück der Plane weg, die die Waren auf dem Wagen abdeckte.

»Wie habt Ihr diesen schweren Wagen den ganzen Weg von Odarnea bis hierher befördert?«, fragte Annev, während er zusah, wie Crag seine Waren durchstöberte.

»Ich hatte 'ne Maultierstute bei mir«, antwortete Crag und zog das getrocknete Palmrohr und Flaschen mit hellrotem Baumharz hervor. »Aber ich hab sie gestern Abend im Dichtwald verloren. Ich hab mein Lager aufgeschlagen und Cenif vom Wagen abgeschirrt. Ich hab ihr zu fressen und Wasser gegeben und wollt sie grade wieder anbinden, als irgendwas sie erschreckt hat. Sie ist einfach in die Dunkelheit davongaloppiert.« Crag schob Annevs Waren in einen Stoffsack, wobei er die Flaschen sorgfältig in Lumpen wickelte, und hielt Annev das ganze Paket hin. »Um die Wahrheit zu sagen«, flüsterte er, »es hat auch mich erschreckt. Ich hab nix gehört und nix gesehen, aber Cenif und ich haben es beide gespürt. Das war nix Natürliches.«

Eine tiefe Stille schien sich in genau diesem Moment über den Wald herabzusenken und Crags Worten eine zusätzliche Betonung zu geben. Annev starrte in die dunklen Schatten am Ende des Weges und stellte sich vor, wie sich die rankenartigen Greifarme eines gewaltigen und unsichtbaren Wesens entfalteten und auf sie zugepirscht kamen, bis sie leise an den Sohlen ihrer Stiefel raschelten. Er dachte wieder an die Schattenteiche und trat unbehaglich von einem Fuß auf den anderen.

Annev nahm den Sack aus Crags Händen und legte ihn sich über die Schulter. »Ich stelle das hier rasch an der Waldgrenze ab und komme dann wieder«, erklärte er mit pochendem Herzen. Crag nickte, obwohl er nicht gerade erpicht darauf zu sein schien, gerade jetzt allein gelassen zu werden.

Annev lief zurück zum Waldrand und stellte den Sack auf der anderen Seite der Hinkelsteine ab. Er hatte sein ungutes Gefühl der düsteren Vorahnungen abgeschüttelt, aber dann fiel ihm seine eigentliche Aufgabe wieder ein – Tod über den Händler zu bringen –, und sein Unbehagen war sofort zurück.

Wie sollte er ihn umbringen? Und wann? Tosan hatte ihm anderthalb Tage Zeit gegeben, aber Annev könnte die Sache auch schon innerhalb der nächsten Stunde erledigen, wenn er es wollte. Crag hatte ihm bereits dargelegt, warum er durch den Dichtwald zog, er hatte zuvor nichts über die Existenz des Dorfes gewusst, und Annev hatte die verlangten Güter an sich gebracht. Es blieb nur noch eine letzte Aufgabe zu erfüllen.

Ich werde ihn für ein Weilchen die Straße entlangführen, überlegte Annev. *Ihm ein paar Fragen stellen. Sobald er in seiner Wachsamkeit nachlässt, bringe ich es hinter mich.*

Aber wie? Er spielte mit dem Gedanken, Crag das Genick zu brechen, doch der Mann war so dick, dass sich Annev nicht sicher war, ob das so ohne Weiteres gehen würde. Das Gleiche galt für den Versuch, ihn zu erwürgen. Wenn er ein Messer dabeihätte oder ein Seil, dann vielleicht … aber er hatte nichts dergleichen. Ein stumpfer Stein würde genügen müssen. Wenn er ihn nur fest genug traf, würde der Mann umkippen wie ein Sack Kartoffeln. Danach würde Annev im Karren des Hausierers vermutlich irgendein Werkzeug finden können – ein Messer oder einen anderen scharfen Gegenstand –, um damit die Angelegenheit zu Ende zu bringen.

»Danke für die Waren«, sagte Annev, als er wieder bei dem Händler anlangte. »Das mit Eurem Maultier tut mir leid – und auch die Tatsache, dass Ihr Euch verirrt habt –, aber jetzt ist das Schlimmste vorüber. Ich kann Euch helfen, Euren Karren zu ziehen, und sobald Ihr in Hentingsfurt angekommen seid, könnt Ihr Euch ein neues Tier besorgen.« Die Lüge lag ihm bitter auf der Zunge.

Crag lachte. »Bleibt mir wohl nix andres übrig – nicht dass du mir eine echte Wahl gelassen hättest, und deine Waren hast du ja bereits. Scheint, als wär ich dir auf Gedeih und Verderb ausgeliefert.«

Die Wortwahl des Händlers ließ Annev stutzen: Wusste er Bescheid, oder war die Formulierung reiner Zufall? Er schluckte und fühlte sich gleich nicht mehr so sicher wie zuvor.

»Keine Ahnung«, sagte Annev und versuchte, ganz natürlich zu wirken. »Ich finde, Ihr habt da ein ganz anständiges Geschäft gemacht.«

Das ließ Crag in lautes Kichern ausbrechen. »Und woher willst du das wissen, wo du doch in ’nem geheimen Dorf lebst? Es überrascht mich, dass du den Wert deiner Münzen kennst, vom Wert meiner Waren gar nicht zu reden.«

Annev lächelte. »Ich bin es sicherlich nicht gewohnt, mit diesem Geld um einen guten Preis zu feilschen. Sodar hat mir jedoch das eine oder andere beigebracht, und so bin ich nicht völlig ahnungslos. Ich kenne die Währung des Reichs, auch wenn ich sonst nicht … Crag?«

Das Gesicht des Händlers war plötzlich sehr blass geworden.

»Was war das für ein Name?«, flüsterte Crag.

»Was?«

»Du hast eben ›Sodar‹ gesagt.«

Kapitel 34

»Ja«, bestätigte Annev und bemühte sich, seine Worte ganz beiläufig klingen zu lassen. »Er ist mein Mentor.« Während Annev sprach, konnte er beinahe hören, wie Sodar ihn dafür tadelte, dass er Fremden Geheimnisse anvertraute. Nur dass Sodar ihn nie wieder tadeln und Crag binnen einer Stunde tot sein würde.

»Sodar«, wiederholte Crag langsam. »Und du bist Ainnevog. Phönix.« Ein seltsames Grinsen breitete sich auf den Zügen des dicken Händlers aus, und Annev stellte fest, dass ihm das plötzliche Interesse des Mannes an ihm nicht gefiel.

»Lass uns aufbrechen, Junge.« Der Händler lächelte immer noch. Annev sah zu, wie sich Crag unter die Zugstange des Handwagens bückte und sich gegen die schwere Last stemmte. Annev gesellte sich zu ihm und füllte den wenigen Platz aus, der neben ihm noch übrig war. »In welche Richtung?«

Annev deutete mit dem Kopf geradeaus. Er war seit dem vergangenen Sommer diesen Weg nicht mehr gegangen, aber die wesentlichen Orientierungspunkte hatten sich nicht verändert. »Wir nehmen die erste Abzweigung nach rechts.« Sie schoben den schwer beladenen Karren den Waldweg hinunter.

»Erzähl mir doch irgendwas von deinem Dorf, Annev.«

»Da gibt es nichts Besonderes. Wir bleiben einfach gern unter uns.«

Crag grinste. »Daran zweifel ich nicht, wenn man bedenkt, wie ihr Reisende behandelt. Ich bezweifel, dass viele Besucher ein zweites Mal herkommen.« Annev schwieg und ließ den Mann reden. »Aber irgendwas Besonderes muss schon dran sein an deinem Dorf.«

»Weshalb meint Ihr das?«

»Einmal davon abgesehen, dass ihr mich nicht reingelassen habt?« Crag zuckte die Achseln. »Ich hab einem dieser Burschen in den roten Kitteln eine Liste meiner Waren gegeben. Keinerlei Interesse an dem üblichen Zeug – Seide, Gewürze, Töpfe, Pfannen. Null. Er wollte nur Palmrohr und Drachenblut.«

»Was ist daran so seltsam?«

»Palmrohr ist 'ne ältere Bezeichnung – die meisten Leute fragen nach Rattan. Aber das Drachenblut? Das ist seltsam. Nur wenige Leute so weit südlich kennen es, geschweige denn, dass sie wissen, dass es nix als Baumharz ist.«

»Warum habt Ihr es dann mitgenommen?«

»Weil es selten ist. Leute, die wissen, dass sie danach fragen müssen, kennen auch seinen Preis – mit Ausnahme von dir vielleicht –, also kann ich für gewöhnlich etliche Goldstrahlen oder Sonnen dafür rausschinden.«

»Und ist das ein angemessener Preis?«, fragte Annev, während er zugleich nach einer geeigneten Waffe Ausschau hielt.

»Für vier Flaschen?« Crag lachte. »Für mich vielleicht.«

Annev lächelte und fand seinen Verdacht bestätigt. Der Mann hatte versucht, ihn übers Ohr zu hauen. Diese Erkenntnis beruhigte sein Gewissen ein wenig, während er weiterhin auf den richtigen Moment wartete, um ihn zu töten.

»Also, dieser Sodar«, fuhr Crag fort. »Er hat dir beigebracht, Münzen zu zählen?« Annev nickte. »Er hat dir auch das Schachern beigebracht. Welchem Gewerbe geht er nach? Ist er Krämer? Rosstäuscher?«

Annev lachte. »Nichts in der Art.«

»Oh, ich hab wohl was Witziges gesagt, was? Hm. Dann muss er Priester sein, was dich zu einem Diakonus machen würde. Ja?«

Annevs Schritte verlangsamten sich für einen Moment, während er nach einer Antwort suchte. »Ich … Warum vermutet Ihr das?«

Crag machte eine Kopfbewegung zu Annevs Kittel hin. »Die meisten gewöhnlichen Leute tragen zumindest einen Klecks von Farbe am Leib. Nur die Frommen und die Armen tragen nix als Beige.« Für einen Moment musterte er Annevs einzelnen Flickenhandschuh, um ihn dann aber unberücksichtigt zu lassen. »Ich bezweifel, dass dein Meister ein Bettler ist, also bleibt nur die Priesterschaft übrig – auch wenn du vermutlich trotzdem nach wie vor für die Männer in den roten Schlafanzügen arbeiten könntest. Es ist nicht ungewöhnlich, dass Novizen dazu angehalten werden, schlichte Leinenkleider zu tragen.« Er warf einen forschenden Blick zu Annev hinüber. »Trifft eine dieser Vermutungen ins Schwarze?«

Annev schnaubte, überrascht von der offensichtlichen Beobachtungsgabe des Mannes, und er fragte sich, ob es klug war, Crags Fragen weiterhin zu beantworten. Der Hausierer war entschieden zu schlau, und Annev machte sich Sorgen, dass er womöglich auch seine eigenen dunklen Absichten erraten könnte. Sie rollten den Wagen in verlegenem Schweigen weiter, und die Bäume wurden immer dichter, während sie tiefer ins Waldesinnere hineintrotteten.

»Ich bin tatsächlich Diakonus«, brach Annev schließlich das Schweigen. »Eine Art Diakonus«, fügte er hinzu. »Die Sache ist kompliziert.«

»Gut, dann wollen wir kein Wort mehr drüber verlieren.« Crag nickte mitfühlend, und der Bügel der Zugstange hüpfte unter seinem Bauch auf und ab. »Ich will dir stattdessen eine andere Frage stellen.« Er schwieg einen Moment lang, um dann fortzufahren: »Was macht denn ›eine Art Diakonus‹ so?«

Annev warf einen raschen Seitenblick auf Cragcarac und fragte sich, ob der Mann vielleicht doch beschränkt war. *Hat er überhaupt gehört, was ich gesagt habe?* Crag fing Annevs Blick auf und erwiderte ihn mit einem boshaften Grinsen.

Der Mann zog ihn einfach nur auf.

Unwillkürlich erwiderte Annev das Grinsen. Es war klar, dass der Händler nicht lockerlassen würde, und Annev konnte den letzten Teil seiner Aufgabe nicht erfüllen, solange er keine dafür geeignete Waffe gefunden hatte, und so gingen sie Seite an Seite immer tiefer in den Dichtwald hinein. Auf die eine oder andere Weise würde Annev wohl nicht darum herumkommen, mit dem fahrenden Händler ein Gespräch zu führen. Er zeigte auf eine Stelle vor ihnen, wo ein schmaler Pfad vom Hauptweg abzweigte. »Dort entlang.«

Gemeinsam zogen die beiden den Wagen vom Hauptweg hinunter. Sie stapften durch nasses Moos und feuchtes Unterholz, hinauf auf einen dunklen Erdhügel, um dann wieder zum jenseitigen Fuß des Hügels hinunterzuschlittern, während der große hölzerne Kasten hinter ihnen quietschte und durchgerüttelt wurde. Die Büsche rückten jetzt immer dichter zusammen, und als Annev und der fahrende Händler ihren Weg durch den Wald fortsetzten, war vom Fußweg bald kaum mehr als eine Art Wildwechsel geblieben, der sich tiefer und tiefer in das Herz des Waldes hineinschlängelte.

»Wie weit ist es noch?«, fragte Crag.

»Schwer zu sagen. Der Wald spielt einem wirklich Streiche. Ich bin diesen Weg vielleicht ein Dutzend Mal gegangen, und jedes Mal ist es anders.«

»Wie meinst du das?«

»An manchen Stunden des Tages erreicht man die Dichtwaldstraße vielleicht in nur einer oder auch zwei Stunden. Aber wenn man zu anderen Zeiten versucht, sich einen Weg zu ihr zu bahnen … nun ja, es könnte auch mehrere Stunden dauern.«

Crag gab ein grummeliges Schnauben von sich und stemmte sich gegen die Wagenstange, während er sein Gefährt über dichtes

Buschwerk zog, das ihm den Pfad versperrte. »Du meinst, die Wege verändern sich?«

»Nein«, antwortete Annev. »Nicht direkt. Sie werden einfach nur … länger, als würde man irgendwie langsamer gehen. Der Weg ist derselbe, aber … man braucht einfach länger.« Crag dachte über Annevs Bemerkung nach, während sie weiter den Pfad entlangrollten, der nun vor ihnen eine scharfe Kurve machte.

»Verirrst du dich manchmal?«, erkundigte sich Crag.

»Ständig – selbst nördlich von hier, wo ich normalerweise auf die Jagd gehe –, aber mit der Zeit prägt man sich die wesentlichen Erkennungsmarken des Waldes ein. Die Art, wie er atmet und sich bewegt, wo die Lichtungen sind und wo die Hauptpfade aufeinandertreffen. Es wird leichter, aber es ist niemals wirklich leicht.«

»Irgend 'ne Ahnung, warum das so ist?«

Annev zuckte die Achseln. »Der Wald war früher ein Teil des Vosgar – und dort gibt es jede Menge Magie –, vielleicht hat sich etwas davon ja im Dichtwald gehalten … irgendeine Magie, die die Schatten lebendiger wirken lässt.«

»Du scheinst 'ne Menge darüber zu wissen.«

»Ich weiß genug, um die dunklen Orte zu meiden, wo die Bäume sehr dicht stehen.«

»Dunkle Orte?«

Annev nickte. »Stellen, an denen Blätter und Äste so dicht sind, dass sie eine schwarze Wand bilden und kein Licht mehr durch das Blätterdach dringt. Es ist dort ganz dunkel, pechschwarz, aber irgendwie schaffen es trotzdem einige Pflanzen, dort zu wachsen. Wenn man vor diesen dunklen Schatten steht, sehen sie beinahe so aus wie schwarze Teiche.«

»Doch du hast einen Blick hinein riskiert, nicht wahr?«, fragte Crag und sah Annev wissend an.

Ein schiefes Grinsen huschte über Annevs Züge. »Das eine oder andere Mal. Allerdings wird von mir verlangt, über jeden

Schattenteich, den ich sehe, Bericht zu erstatten – und ja nicht in ihre Nähe zu gehen. Sie sagen, es sei gefährlich.«

»Klingt so, als würden die älteren Leute dir alle möglichen Sachen verbieten. Und du machst sie dann trotzdem.«

Annevs Wangen glühten – nicht vor Verlegenheit, sondern weil die Glut seines Zorns auf Tosan und die Akademie noch immer schmerzlich in ihm schwelte. »Nun, manche Regeln haben eben überhaupt keinen Sinn!«, schimpfte er und nutzte die Gelegenheit, um Dampf abzulassen. »Wir dürfen das Dorf nicht verlassen, aber die Ältesten und die Meister können kommen und gehen, wann immer sie wollen. Sie schreiben uns vor, wie wir uns anziehen, was wir essen und wo wir uns hinbegeben sollen, und sie bestrafen uns, wenn wir nicht genau das tun, was sie uns vorschreiben. Sie benehmen sich, als seien sie besser als alle anderen – als sei die Welt voller Diebe und Mörder –, aber sie sind selbst ganz genauso schlimm. Und jetzt …« Seine Stimme verlor sich.

»Jetzt?«

Und jetzt bin ich hier, um dich zu töten, damit ich einer von ihnen werden kann. Die klare Deutlichkeit des Gedankens verursachte Annev Übelkeit. Er steckte hier im Dichtwald fest, der Abend nahte, und er zog, zusammen mit dem Mann, den er ermorden sollte, einen Wagen durch Unkraut und Schlamm. Er sollte jetzt nicht einmal hier mit Crag plaudern – stattdessen sollte er eigentlich bereits mit den Ohren des Mannes in der Tasche auf dem Rückweg sein –, und doch trottete Annev unablässig weiter und teilte Crags Last.

»Nichts.« Annev wandte den Blick ab.

Crag nickte, als sei ihm das alles längst bestens bekannt.

»Wir alle müssen an irgendeinem Punkt Regeln befolgen, Junge. In der Welt da draußen sind die Dinge im Augenblick auch nicht viel rosiger. Sogar regelrecht beschissen, wenn du mich fragst. Dunkles kommt von Osten her, und die Edelleute in Grenzlund sind viel zu sehr damit beschäftigt, sich gegenseitig in den Haaren zu liegen, um auch nur das Geringste dagegen zu unternehmen – und von Luq'ra und Quiri will ich lieber gar nicht erst anfangen! Die reinsten Räuberhöhlen, alle beide. Wie in diesem Lied, das sie in den Tavernen singen. ›In Quiri tragen die Diebe alle Soutanen, und in Luq'ra tragen sie Kniehosen.‹ Kennst du dieses Lied?« Crag richtete den Blick fragend auf Annev, aber der Junge schüttelte nur den Kopf. »Nein, natürlich kennst du es nicht. Worauf ich hinauswill, ist, dass du hier 'ne Menge Vorschriften zu befolgen hast, aber du hast hier auch 'n hübsches Plätzchen. Scheint, dass du nicht hungern musst, und du brauchst dich auch nicht mit irgendwelchen Banditen und so weiter rumplagen. Vielleicht ist es ja gar nicht so schlimm, so 'n paar Vorschriften zu befolgen.«

Ich bezweifle, dass er das auch sagen würde, wenn er wüsste, dass unsere Vorschriften gerade im Begriff sind, ihn umzubringen.

Annev musterte den fahrenden Händler und rief sich wieder vor Augen, warum er selbst im Moment hier war. Es ging ihm nicht darum, den Ältesten zu gefallen oder Tosans Gunst zu erringen; Annev hatte sich entschieden hierherzukommen, weil er ein Avatar werden wollte – um mit Myjun zusammen sein zu können, die Welt draußen erkunden zu dürfen und die Erlaubnis zum Verlassen der Akademie zu erhalten. Crags Leben war der Preis für Annevs Freiheit.

»Warum so trübsinnig, Junge?«, erkundigte sich Crag und spähte zu Annev hinüber. »Schon der bloße Gedanke an dein Dorf lässt dich aussehen wie ein wütendes Waldungeheuer.«

Annev schüttelte den Kopf. »Es ist nichts. Jedenfalls nichts, was ich ändern kann.« Er schaute geradeaus nach vorn und erblickte eine kleine, von Schierlingstannen umstandene Lichtung. Daneben floss ein Bach, auf dessen aufgewühltem Wasser kleine Eisschollen tanzten. Es wurde Zeit, seine Aufgabe zu Ende zu bringen.

»Machen wir hier doch eine kleine Pause«, schlug Annev vor und ließ den Wagen ausrollen. »Wir können etwas Wasser trinken, und Ihr könnt mir von den verschiedenen Orten erzählen, die Ihr besucht habt. Ich habe mir schon immer gewünscht, die Welt außerhalb des Dorfes kennenzulernen.«

Und sobald ich dich umgebracht habe, fügte Annev in Gedanken hinzu, *geht mein Wunsch vielleicht in Erfüllung.*

»Götter, ja!«, seufzte Crag. »Ich brauch 'ne Pause, um …« Er bemerkte, dass Annevs Aufmerksamkeit abgelenkt war, und folgte dessen Blick, hin zu der tannenumstandenen Lichtung.

Dann entdeckte auch der Händler den kleinen Hügel aus blutbespritzten Steinen und die Überreste des verstümmelten Tieres, das mit ausgestreckten Gliedmaßen mitten auf der Lichtung lag.

»Cenif!«

Kapitel 35

»Wölfe?«, überlegte Annev, während er den Ort des Geschehens noch ein zweites Mal abschritt.

»Nein.« Crag schüttelte den Kopf. »Menschen.« Er hob den Stab mit der Stahlkappe, den er aus dem Wagen geholt hatte, und deutete damit auf den Rand der Lichtung. Im weichen Schlamm unter einer reifbedeckten Schierlingstanne waren Fußabdrücke zu sehen. Daneben lag ein unbespannter Bogen. Der Bogen kam Annev irgendwie bekannt vor, auch wenn er nicht hätte sagen können, warum.

Der größte Teil des Tierkadavers lag auf einer Steinplatte in der Mitte der Lichtung, außerdem waren ringsum blutige Fetzen und Knochen zwischen den Steinen verstreut, die den provisorischen Tisch umgaben. Als Annev näher herantrat, sah er das wenige, was vom Gesicht des Maultiers noch übrig geblieben war: Jemand hatte ihm die Augen sauber aus den Höhlen gelöst, Ohren und Lippen waren abgerissen worden, und das Maul war eine zerschmetterte Masse aus abgenagten Knochen.

Annev schüttelte den Kopf. »Es mögen Menschen über diese Lichtung gegangen sein, aber nur ein Raubtier hätte das Maultier auf solche Weise abschlachten und zerfetzen können.«

»Nein«, widersprach Crag. »Cenif ist aufgeschlitzt worden – mit einem Messer.«

Annev trat näher und sah die tiefen Öffnungen an der Seite der Maultierstute. Die Schnitte waren lang und sauber. Darunter waren die freigelegten Rippen und ein klaffendes, leeres Loch zu sehen.

»Aber ein Mensch würde die Knochen doch nicht so abnagen und …« Er brach ab.

»Diese Schnitte wurden mit einer Klinge vorgenommen.« Crag streckte seinen Stiefel aus und stieß den Tierkadaver auf die Seite, sodass die Bauchhöhle sichtbar wurde. »Ihr Herz ist verschwunden. Genauso wie offenbar auch andere innere Organe. Wenn ein Tier das getan hätte, hätte es auch Cenifs Muskelfleisch gefressen.« Er ging um das Maultier herum und blieb immer wieder stehen, um einen Fußabdruck im Schlamm zu inspizieren oder auch einen umgedrehten Stein, einen geknickten Tannenzweig. Dann stapfte er erneut um die Stute herum und stieß gegen die Steine, die unter die Steinplatte geschoben worden waren. »Kannst du damit irgendwas anfangen, Junge?«

Annev trat von dem Kadaver zurück und ließ den Blick abermals über den Schauplatz des Geschehens schweifen. »Es sieht aus wie ein Altar – die Art, wie die Steine übereinandergelegt sind, mit der Felsplatte obendrauf –, doch es ist ganz anders als die Altäre, mit denen ich vertraut bin.«

Crag zupfte an den braunen Bartzotteln an seinem Kinn. »Inwiefern?«

Annev umkreiste den Steinhügel noch ein drittes Mal und nahm all die Einzelheiten in Augenschein, die er zuvor noch nicht beachtet hatte. »Alle daritischen Altäre sind unten an ihrem Sockel von einem Wassergraben umgeben – und an einem ilumitischen Altar würde man Brandspuren finden. Vermutlich könnte es ein terranischer Altar sein, denke ich – es ist ohne Frage genug Blut vorhanden –, aber es gibt keine Terraner im Dichtwald. Die nächsten leben in Ostdaroea, hinter Grenzlund, auf der anderen Seite des Flusses Kuar.«

Annev untersuchte den Schlamm rings um die Lichtung. Die Spuren, die er und Crag hinterlassen hatten, ließen sich von der Lichtung mit ihren Steinen und Felsen bis zurück zum Hauptweg verfolgen. Andere Spuren umgaben den Steinhügel. Annev folgte ihnen um den Altar herum.

»Diese Abdrücke sehen aus, als stammten sie von Hufen. Könnten sie von Eurem Maultier sein?«

Der Hausierer nickte grübelnd. »Könnte sein.« Er zeigte auf die Hufe des toten Maultiers. »Wer immer es war, hat ihr sogar die Hufeisen heruntergerissen.«

»Straßenräuber?«

»Wenn ja, dann sind es schrecklich arme Straßenräuber. Und dumme noch dazu. Eisen von ’nem Maultier zu stehlen ist erheblich weniger einträglich, als ’nem Händler Gold zu stehlen.« Crag klopfte sich mit seiner Pfeife an die Zähne und murmelte vor sich hin.

»Crag?«, fragte Annev, während er vorsichtig um die blutbespritzten Steine herumging. »Wir sollten weiterziehen. Denn was ist, wenn … wenn was immer das hier getan hat, noch in der Nähe ist?«

Crag starrte hinaus in den Dichtwald, den Blick auf den Weg vor ihnen gerichtet. »Du hast gemeint, du seist ’ne Art Diakonus – ein *halber* Diakonus.« Der Händler drehte langsam den Kopf und sah Annev in die Augen, und sein Blick nahm einen unheilvollen Ausdruck an. »Was ist die andere Hälfte?«

»Warum …«, setzte Annev an, änderte dann aber seine Frage. »Warum sind wir überhaupt noch hier? Wir sollten gehen, Crag.«

»Und wenn ich lieber auf denjenigen warten würde, der mein Maultier getötet hat?«

Annev musterte den Hausierer und versuchte herauszufinden, ob er es ernst meinte. Aber Crag hatte sich bereits wieder abgewandt. Seine dunklen Augen suchten forschend den Wald ab, und zum ersten Mal, seit sie sich getroffen hatten, nahm Annev wahr, dass da etwas wirklich Gefährliches an dem Mann war. Seine Körperhaltung, die Art und Weise, wie er seinen Stab umklammert hielt und den Kopf schräg legte – das alles erzählte eine ganze andere Geschichte als die vom dicken Hausierer, der sich im Wald verirrt hat. Crag drehte sich um und ließ den Blick über Annev wandern, und die Luft knisterte förmlich vor Gewalt.

Er weiß es, schoss es Annev durch den Kopf, *oder er ahnt zumindest, was ich vorhabe. Ich muss handeln, bevor er zur Tat schreitet.* Aus dem Augenwinkel bemerkte er einen der blutigen Steine. Es gab keinen besseren Ort, den Hausierer zu töten, als inmitten des Schauplatzes eines bereits geschehenen Blutbades. Annev bückte sich und hob den schweren Stein auf; das blutverschmierte Ding war von einem größeren Fels abgebrochen, auf der einen Seite glatt, auf der anderen scharf und kantig. Er wog den Stein in der Hand, und die Waffe gab ihm neuen Mut.

»Komm schon, sag es mir«, setzte Crag von Neuem an, und seine raue Stimme war eiskalt und angespannt. »Was machst du so in deinem Dorf? Ich mein nicht deine Arbeit als Diakonus. Deine andere Aufgabe.«

Annev fuhr herum, um zuzuschlagen – dann erstarrte er, weil er plötzlich den Zorn sah, der sich unter Crags ansonsten so gelassenem Äußeren zusammengeballt hatte; der Händler brannte offensichtlich auf einen Kampf, war wild entschlossen, dasjenige zu töten, was immer sein Maultier abgeschlachtet hatte. Was noch dazukam, Annev zweifelte nicht im Geringsten daran, dass der Mann Erfolg haben würde, denn genauso wie er die kaum verhohlene Wut des Händlers spürte, bemerkte Annev plötzlich die zugleich unauffälligen wie geschickten Bewegungen, die Crags wahre Kraft und sein eigentliches Können verrieten. Dieser Mann war einst ein Krieger gewesen – ein ausgebildeter Mörder –, und der Tod seines Maultiers hatte die alten Instinkte in ihm wieder wachgerufen.

Annev ging um den Altar herum und legte den abgebrochenen Stein auf Cenifs Überreste. »Die Meister an der Akademie«, erklärte er, »nennen uns Avatare des Urteils.«

»Avatare«, wiederholte Crag und folgte Annev mit seinem Blick. »Eine ausgefallene Bezeichnung. Das erklärt wohl, warum diese älteren Leute, die bei dir im Dorf das Sagen haben, so verdammt überheblich sind.« Crag rieb sich mit seinen tintenfleckigen Fingern die Wangen. »Und was genau macht ihr so? Auf geflügelten Ponys reiten und Odars heilige Botschaften verkünden?«

Annev bückte sich, hob einen weiteren Stein auf, um ihn seinem improvisierten Ansatz zu einem Hügelgrab hinzuzufügen. »Vorwiegend trainieren wir.«

»Ihr trainiert zu kämpfen?«

Wieder war Annev von der schnellen Auffassungsgabe des Händlers überrascht. »Ja.«

»Zu kämpfen und … zu töten?«

Annev war auf diese Frage vorbereitet. Er antwortete, ohne zu zögern. Dabei hielt er jedoch seinen Stein fest in der Hand und ließ Crags Stab nicht aus den Augen. »Ja.«

»Gut.«

Erstaunt über Crags entschiedene Antwort, zog Annev eine Braue hoch. *Will er wirklich, dass ich ihn angreife? Wartet er darauf?* Ohne das Element der Überraschung auf Annevs Seite würde das Ganze eine unangenehme, unschöne Angelegenheit werden. Er stapelte seinen dritten Stein auf das Häufchen und griff dann schnell nach dem nächsten.

»Wir werden nicht nur zum Kämpfen ausgebildet«, fuhr Annev fort. »Die Ältesten und die Meister bringen uns auch bei, Dinge zu rauben. Magische Gegenstände.«

»Magie, was?« Crag lehnte seinen Stab an einen Baum. Den Blick fest auf Annev gerichtet, zog er seine Pfeife hervor und stopfte sie mit Peinwurz. »Ich find das höchst eigenartig«, bemerkte Crag, während er den Pfeifenkopf befüllte. »Ich mein, wenn ihr nie euer Dorf verlasst, woher könnt ihr dann wissen, ob jemand was Magisches in seinem Besitz hat? Nein, nein – verrat es mir nicht, da komm ich schon selbst drauf. Lass mich ein wenig nachdenken.« Ein Zündstab und ein Stück Zunder erschienen in Crags Hand. Er ließ den Zunder über dem Pfeifenkopf aufflammen, zog vorsichtig an der Pfeife, bis sie brannte, und steckte dann sein Rauchzubehör wieder ein. »Ihr müsst Verbindungsleute in den Städten haben«, sagte Crag zwischen zwei Zügen. »In Banok. Luq'ra. Quiri. Da führt kein Weg drum rum. Aber wie haltet ihr den Kontakt mit ihnen?«

Annev zuckte die Achseln, weniger, weil er es nicht wusste, sondern vor allem, weil er nicht durchschaute, welches Spiel der Händler da spielte.

»Habt ihr 'ne Vogelwarte?«, hakte Crag nach. »Einen Ort, wo Vögel gehalten werden?«

Annev dachte darüber nach. »Ja. Der Quartiermeister hält einige Tauben und dergleichen, sogar einen Jagdfalken.«

»Aha. Mit den Vögeln lassen sich Nachrichten hin- und herschicken. Trotzdem …« Crag schüttelte den Kopf, und seine von grauen Strähnen durchzogenen Locken baumelten ihm ums Kinn. »Das Ganze kommt mir ziemlich idiotisch vor. Ich mein, Artefakte sind ja offenbar schon reichlich selten, aber wenn ihr nicht verkauft, was ihr raubt, welchen Sinn hat die Sache dann? Ihr macht keinen Gewinn damit. Und es ist offensichtlich, dass ihr nix von wirklichem Wert in eurem Besitz habt, sonst hätt euch inzwischen längst irgendwer aufgespürt und euch eure Beute wieder abgenommen.« Crag saugte an seiner Pfeife, bis die Glut in der Schale orange aufleuchtete.

Annev schüttelte den Kopf und legte einen weiteren Stein auf den Stapel. »Wenn ein Artefakt einmal im Gewölbe der Verdammnis gelandet ist, kann es niemand wieder …«

»Aaah«, unterbrach Crag. Er gab einen langen Seufzer von sich und stieß dabei einen Mundvoll Rauch aus. »Jetzt fügen sich die Einzelteile zusammen.«

»Was fügt sich zusammen?«

Crag nahm einen weiteren langen Zug von seiner Pfeife, atmete aus, griff wieder nach seinem Stab und stemmte ihn gegen den Boden. »Älteste. Gewölbe der Verdammnis. Avatare des Urteils. Das alles klingt vertraut. Wie 'ne alte Geschichte, an die ich mich nicht mehr so recht erinnern konnte.« Crag lächelte, ein gefährliches Glitzern in den Augen. »Aber jetzt weiß ich es wieder.« Er ging vom Altar weg und schritt durch den halb gefrorenen Schlamm bis in die umschatteten Tiefen des Waldes.

»Crag?« Annev ließ seinen Stein fallen. »Wohin geht Ihr? Woran könnt Ihr Euch jetzt wieder erinnern?«

»Ich hab vor, denjenigen zu finden, der mein Maultier getötet hat, wer auch immer es war. Und wenn du die ganze Geschichte wissen willst«, rief Crag über seine Schulter zurück, »dann komm mit mir, um sie zu erfahren.« Er entfernte sich schnell von der Lichtung weg, marschierte in die Düsternis des Waldes hinein.

Annev zögerte. »Aber der Weg aus dem Dichtwald hinaus … Ihr geht in die falsche Richtung!«

Crag blieb stehen und drehte sich zu Annev um. »Hier gibt's zwei Wege, Junge. Einen, den du kennst, und einen, den du nicht kennst. Wenn du was in Erfahrung bringen willst, das zu wissen sich lohnt, welchem Weg, meinst du, solltest du da folgen?« Der Händler wirbelte auf dem Absatz herum und preschte wieder Richtung Dunkelheit weiter.

Annev machte einen Schritt auf ihn zu und blieb dann stehen. »Wartet, Euer Karren! Wollt Ihr ihn denn einfach hier zurücklassen? Was ist, wenn die Leute, die Cenif getötet haben, zurückkommen?«

Crag antwortete nicht. Er war bereits über den Rand der Lichtung hinaus und verschwand zwischen den Schatten der Bäume. Mit einem gemurmelten Fluch eilte Annev hinter ihm her.

Kapitel 36

Weder in Sodars Unterricht noch während Annevs Ausbildung an der Akademie war ihm beigebracht worden, wie man im Wald eine Fährte findet, aber in diesem Fall war es nicht schwer. Er sah jede Menge Spuren, die darauf hinwiesen, dass jemand hier entlanggegangen war – Fußabdrücke im Schlamm, abgebrochene Zweige, umgekippte Steine –, und wenn das nicht schon genug gewesen wäre, wäre es ein Leichtes gewesen, einfach der Spur des Blutes zu folgen. Alle paar Schritte fand Annev getrocknete dunkelrote Tropfen, die an Strauchwerk, Unterholz und Steinen klebten.

»Crag«, sagte Annev und versuchte, den Händler dazu zu bewegen, seine Geschwindigkeit zu drosseln. »Crag, das Maultier ist zu diesem Altar hingeschleppt worden. Wer immer es getötet hat, ist wahrscheinlich nicht den gleichen Weg wieder zurückgegangen.«

»Du gehst davon aus, dass diese Mörder wie Menschen denken, die ein Verbrechen begangen haben«, antwortete Crag. »Aber ich hab diese Lichtung gesehen, genau wie du. Es mögen Menschen gewesen sein, die Cenif getötet haben, aber was diese Mörder getan haben, war grausam und barbarisch, mehr wie das Wüten eines wilden Tieres …«

»… und ein Tier hat eine Höhle«, beendete Annev Crags Gedankengang.

Crag nickte. »Es gibt da irgend 'ne Geschichte am Ende dieses Wegs, und ich hab vor, sie kennenzulernen.«

Annev wusste nichts zu erwidern. Während sie weitergingen, rief er sich ins Gedächtnis zurück, dass er gelobt hatte, den

Händler zu töten. Es hatte sich auch nichts an seinem Vorhaben geändert, nur war jetzt nicht der richtige Moment dafür. Es lauerte etwas Gefährliches im Wald, und Annev wollte wissen, was es war. Er wagte sogar zu hoffen, dass, was immer das Tier getötet hatte, auch Crag töten würde. Wenn Annev überlebte und der Hausierer nicht, würde er Tosan immer noch die Ohren des Mannes bringen können. Bei dem Gedanken verspürte er einen kleinen Anflug von Gewissensbissen – er hatte versprochen, ihre Vereinbarung nicht zu unterlaufen und genau das zu tun, was von ihm verlangt worden war –, aber mehr noch wurde es Annev bei dem Gedanken, dass es vielleicht doch eine andere Möglichkeit gab, regelrecht warm ums Herz. Was vermutlich bedeutete, dass er immer noch genau jene Ringschlange war, die zu sein ihn Tosan bezichtigt hatte, und er fragte sich, was das für seine Zukunft bedeuten mochte.

»Was wollt Ihr tun, wenn Ihr die Leute findet, die Euer Maultier getötet haben?«

Crag schob sich die Pfeife in den Mundwinkel und spuckte zwischen die Bäume. »Ich werde Gleiches mit Gleichem vergelten.« Er schwang seinen Kampfstab nach einem ihm im Weg stehenden Busch und säbelte einen Teil seiner Blätter ab.

»Aber sie könnten gefährlich sein.«

»Ich kann auch gefährlich sein, Junge.«

Vor einer Stunde noch wäre das Annev wie eine lächerliche Prahlerei vorgekommen, aber seither hatte er einen Blick auf den unerbittlichen Menschen erhascht, der sich unter den Witzeleien und dem feisten Schmerbauch des Händlers verbarg, und er würde Crag kein zweites Mal unterschätzen.

Der Pfad führte sie an das Ufer eines zugefrorenen Baches. Über das halb geborstene Eis ging es zum nur wenige Schritte entfernten anderen Ufer hinüber. Annev tastete sich vorsichtig über das Eis, das unter seinen Füßen knisterte und knirschte. Drüben angekommen, blieb er stehen und wartete auf Crag.

Der dicke Mann war nicht weit hinter ihm. Gestützt auf seinen Kampfstab trat Crag auf das Eis. Seine Füße rutschten so behutsam über die Oberfläche des gefrorenen Wassers, dass das Eis unter seinen Füßen nicht einmal Risse bekam. Annev legte die Stirn in Falten, während er seine Einschätzung der Fähigkeiten des fahrenden Händlers aufs Neue revidierte.

Sie bewegten sich weiter durch das Gebüsch, und das Licht wurde schwächer, während sich der Tag allmählich seinem Ende zuneigte. Annev überschlug die Stunden, die vergangen waren, seit er Chaenbalu verlassen hatte, und dann die ihm verbleibende Zeit. Er hatte noch einen vollen Tag – mehr als genug, um seine Aufgabe zu erfüllen –, nur dass Annev zunächst davon ausgegangen war, sie um diese Zeit bereits erledigt zu haben, und die Tatsache, dass dem nicht so war, weckte in ihm ein unbehagliches Gefühl.

»Habt Ihr Familie, Crag?«

Der Hausierer zuckte die Achseln. »Hatte mal 'ne Frau und 'nen Sohn, aber ich hab sie beide überlebt. Hatte auch 'nen Enkelsohn, aber das Schicksal hat ihn mir ebenfalls genommen. Vermute, ich hab mich damit abgefunden, auf meine eigene Art.«

»Welche Art ist das?«

»Indem ich reise und lerne. Bin die meiste Zeit allein, aber ich find in jedem Dorf, durch das ich komm, Freunde. Da kommt man sich dann gleich weniger einsam vor. Hilft auch, Cenif zu haben …« Ihm versagte die Stimme, und Annev verstand, warum.

»Also seid Ihr nicht immer ein Händler gewesen?«

»Nein. War mal Bauer – und Gelehrter und Soldat. Ich hab fast jedes Gewerbe ausprobiert, und ich nehm an, ich werd mich noch in 'n paar weiteren versuchen, bevor das Schicksal mich nach Hause ruft.«

Bei dieser letzten Bemerkung durchzuckte Annev eine Anwandlung von Schuldgefühlen. »Ihr seid also Soldat gewesen«, sagte er und griff damit mehr oder weniger genau das Thema auf, das ihn gerade beschäftigte. »Habt Ihr jemals einen Menschen getötet?«

Crag verlangsamte seine Schritte. »Und du?« Annev schüttelte den Kopf. »Dann bleibst du besser hinter mir, wenn wir das Ende dieses Weges erreichen. Etwas zu üben ist immer was andres als der tatsächliche Ernstfall.«

Kurze Zeit später erreichten sie den Hügelkamm. Auf der anderen Seite standen die Büsche dichter zusammen, was es leichter machte, die Fährte zu erkennen, die das Maultier hinterlassen hatte.

»Sie scheint große Schmerzen gehabt zu haben«, sagte Annev leise. »Sie hat vermutlich überhaupt nicht gesehen, wo sie hingetreten ist.« Er deutete auf das verwüstete Buschwerk. »Sie ist mitten durch die Sträucher geprescht, hat Äste zerbrochen und den Untergrund aufgewühlt.«

Crag schaute in das kleine Tal unter ihnen hinab. »Armes Tierchen. Hätte was Besseres verdient gehabt. Sie war ein verdammt halsstarriges Maultier, aber sie war auch nicht so rasch aus der Ruhe zu bringen.« Er umfasste seinen Stab fester. »Ich glaub, wir sind jetzt ganz nah. Siehst du den Baum dort?« Er deutete auf eine umgestürzte Kiefer. »Auf der anderen Seite ist ’ne Grube, und der Pfad führt in diese Richtung. Ich wette, dort haben die Ungeheuer sie aufgestöbert.«

»Ich habe gedacht, wir hätten uns darauf geeinigt, dass es Menschen gewesen sind, die Euer Maultier getötet haben.«

Crag gab einen brummigen Grunzton von sich. »Auch Menschen können Ungeheuer sein. Und ein Mensch, der ’nem verängstigten Tier was zuleide tut, ist ein zehnfaches Ungeheuer.« Er spuckte aus, und heißer Zorn brannte in seinen Augen. »Wer immer das getan hat, wird dafür zahlen, Blut für Blut, und ich halt, was ich verspreche.« Crag machte sich daran, den Hügel hinabzusteigen, und stützte sich dabei mit seinem Kampfstab ab.

Annev hielt sich dicht hinter ihm und bedauerte, nicht ebenfalls einen Stab bei sich zu haben.

Die Szenerie, die sich unter ihnen eröffnete, wies eine verblüffende Ähnlichkeit mit jener an der Lichtung im Wald auf: Der gesamte Weg, den das Maultier genommen hatte, war mit Blut bespritzt. Annev konnte getrocknete rosa- und purpurrote Blutspritzer auf der Rinde jedes dritten oder vierten Baumes erkennen.

Crag trat dicht zu einem Baum und begutachtete ihn genauer. »Das ist kein Maultierblut«, flüsterte er und zeigte dann mit seinem Stab auf die roten Tropfen auf dem Boden. »Das dort ist Maultierblut.«

»Woran erkennt man den Unterschied?«, fragte Annev. »Sie könnte doch auch gegen die Bäume gestolpert sein.«

»Freilich, und aus der Ferne sieht es auch genau danach aus – aber schau nur näher hin. Dieses Blut hier ist nicht einfach über die Stämme geschmiert worden. Es wurde mit einem nicht unbeträchtlichen Maß an Gewalt dorthin geschleudert. Über die Rinde gespritzt.«

Annev untersuchte den Baum, der ihm am nächsten war. Crag hatte recht. Irgendetwas – wahrscheinlich nicht nur ein einziges Wesen – war hier getötet worden, und das auf eine keineswegs liebenswürdige Art und Weise. Eine Gänsehaut legte sich kribbelnd über Annevs Nacken, und er wünschte, er hätte eine Waffe bei sich gehabt.

»Schau hier hin.« Crag zeigte auf einen anderen Baum einige Schritte links von ihm. »Da steckt Metall im Baum. Sieht aus wie Kupfer.«

Annev trat vor und untersuchte den Baumstamm. »Kupfer … und Eisen?«

»Und Gold!«, rief Crag. Er zog an einem schmalen Metallband, das sich in die Wurzeln des Baumes gebohrt hatte, bis es ihm gelang, es vom Baum loszureißen. Er drehte das Metall in der Hand und reichte es dann an Annev weiter.

»Ich verstehe das nicht«, murmelte Annev, nachdem er den goldenen Metallstreifen einer Untersuchung unterzogen hatte. Das Ding war locker eine Goldsonne wert und wahrscheinlich einige Strahlen noch dazu. Außerdem war das Metall scharf – so scharf, dass Annev es im Bedarfsfall als Messer benutzen konnte.

»Ich auch nicht«, räumte Crag ein. Er strich mit dem Finger über ein Stückchen Fleisch, das am Baumstamm kleben geblieben war. »Ein seltsames und schauerliches Rätsel.« Er machte einen Schritt auf die Grube zu, dann blieb er kurz stehen und räusperte sich. »Komm weiter, Junge«, sagte er und klang nun weniger zuversichtlich als noch vor wenigen Sekunden. »Ich will die Antworten finden, die am Ende dieses Pfades liegen.«

Annev steckte das Metallstück ein. Vor ihm wurde ein Teil des Weges von einer umgestürzten Kiefer versperrt. Annev trat näher heran und sah, dass der Baum schon seit geraumer Zeit dort lag: Der größte Teil der Rinde hatte sich von dem grauen Stamm gelöst, und dürre Nadeln bedeckten den Waldboden.

Annev schob sich an dem Baum vorbei und näherte sich der kleinen Grube, die sie vom Hügelkamm aus gesehen hatten. Sie war recht schmal, maß in Länge wie Breite weniger als zwei Meter, und etliche verschlungene Äste und trockene Zweige lagen kreuz und quer über der Öffnung. Als Annev durch die zerbrochenen Äste in das Loch hineinspähte, sah er zwei mannsgroße Steinblöcke auf dem Boden der Grube. Beide waren an der Oberseite mit getrocknetem Blut verschmiert.

»Eine Falle«, sagte Annev.

»Fürwahr«, pflichtete Crag ihm bei. Er trat an den Rand des Lochs und stocherte mit seinem Stab in den Ästen herum. »Primitives Ding. Schlecht gemacht. Schlecht versteckt. Keine Pfähle und auch keine Schlingen unten auf dem Boden. Und flach. Wenn man sich oben auf einen dieser Steinblöcke stellt, kann man gleich wieder hinaushüpfen.« Er kniete sich hin und untersuchte die nach oben hin offene Seite des Lochs. »Sieht beinah so aus, als sei es von Hand gegraben worden.«

Annev hockte sich hin und zeigte auf eine durchtrennte Wurzel, die an der Seite der Grube aus der Wand ragte. »Nein. Schaut her. Diese Wurzel ist sauber durchgeschnitten worden. Für diese Art Schnitt braucht man etwas Scharfes.«

Crag nickte. »Ich kann mir nicht vorstellen, dass es eine Schaufel war, da die Wände so schlecht gegraben sind. Aber vielleicht 'ne Axt? Könnte sein. Sie könnten womöglich die ganze Grube mit 'ner Axt ausgehoben haben.«

»Ein Mann ohne eine Schaufel … der mit seiner Axt eine Grube aushebt?«

»Seltsam, nicht wahr?« Crag richtete sich auf und klopfte sich den Dreck von den Knien.

Annev musterte die Grube und dachte nach. »Ich vermute, dass Euer Maultier in diese Falle geraten ist. Und die Steinblöcke … sie dürften erst hineingerollt worden sein, als sie schon gefangen war. Damit sie sie wieder herausholen konnten.« Er hockte sich vor die Grubenöffnung und zog zwei Kiefernäste beiseite, um die Öffnung größer zu machen. Er fuhr mit seiner Tätigkeit fort, bis er in die Grube hineinschauen konnte, dann sprang er auf den nächsten der Steinblöcke hinab.

Crag musterte ihn neugierig. »Was machst du da?«

Annev antwortete nicht. Stattdessen beugte er sich vor, bis er mit der Nase beinahe das trockene Blut auf der Oberfläche des Steins berührte. Danach ging er um den Felsblock herum und untersuchte die Erde und den Staub auf dem Boden. »Über die Spitzen dieser Steine sind lauter weiße Linien gekratzt worden. Als hätte jemand oder etwas wieder und wieder etwas Scharfes über ihre Oberfläche geschleift.«

Crag zupfte sich stirnrunzelnd am Kinn. »Keos, das ist ein Rätsel, für das ich keine Lösung weiß.«

Annev nickte und kletterte wieder aus der Grube. »Wer immer diese Falle angelegt hat, wollte etwas fangen, es aber nicht töten. Dann sind diese Leute hineingeklettert, um das Maultier herauszuholen.«

»Aber weshalb dann das Blut?«, fragte Crag. »Und die Kratzer auf den Steinen? Wenn die Ungeheuer dem armen Tierchen nix zuleide tun wollten, warum haben sie's dann so blutig zugerichtet?«

»Weil«, ertönte eine schrille Stimme vom Gipfel des Hügels, »die Ungeheuer manchmal eben nicht tun, was man ihnen sagt.«

Kapitel 37

Die Frau war derart vom Alter gebeugt, dass sie, hätte sie direkt neben ihnen gestanden, den Hals hätte recken müssen, um zu ihnen aufzuschauen. Sie war ganz in Schwarz gekleidet, ihre Schulter war zu einem grässlichen Buckel verkrümmt, und sie spähte aus runden weißen Augen auf sie herab.

Crag hielt seinen Stab vor sich ausgestreckt und trat einen Schritt vor.

»Ich spreche von den Ungeheuern, die dein Maultier gequält haben.« Die Stimme des alten Weibes war dünn und krächzend. Mit langsamen Schritten stieg sie den Hügel herab, die Hände dicht an die Brust gedrückt. Ihre Finger waren krumme, knorrige Dinger, mehr Knochen als Haut und mit dunkelblauen Adern überzogen.

Annev öffnete den Mund, um etwas zu sagen – irgendetwas an der Alten kam ihm beunruhigend vertraut vor, als hätte er sie schon einmal im Traum gesehen –, aber Crag gebot ihm mit erhobenem Finger zu schweigen.

Die Alte erreichte den Fuß des Hügels und verschwand für einen Moment hinter der umgestürzten Kiefer. Crag blieb wachsam, schaute zwischen Wurzeln und Spitze des Baums hin und her, wartete, dass die Frau wieder auftauchte.

»Wer ist sie?«, flüsterte Annev.

»Pst«, machte Crag, ohne die Kiefer aus den Augen zu lassen.

Als die Frau hinter dem toten Baum hervorgehumpelt kam, sah Annev, dass ein milchiger Schleier über ihren Augen lag, wie ein Nebel aus weißem Rauch, obwohl nichts an ihrem Verhalten darauf schließen ließ, dass sie blind war. Sie blieb etwa anderthalb Meter vor Crag stehen.

Nein, nicht vor Crag, begriff Annev. Sie starrte *ihn* an, und ihre stumpfen weißen Augen schienen ganz tief in seine blauen zu blicken. Das eisige Frösteln schlimmer Vorahnungen überlief Annev.

»Das Gefäß wählt seinen Weg.«

»Das Gefäß?«, hauchte Annev.

Die Hexe legte den Kopf schief und lächelte boshaft, was scharfe Zähne aus ihren trockenen, welken Lippen herausragen ließ. »Ein Stück des größeren Ganzen. Ausgesandt, um einen Stab einzufordern und ihn zurück in euren Kreis zu bringen. Ausgesandt, um ein Leben zu nehmen. Der Kaufmann wird dir einen Talisman geben, aber er wird dir geraubt werden, Sohn der sieben Väter.«

»Was?« Annevs Zunge schien an seinem Gaumen festzukleben. Die Worte der Hexe trafen ihn mitten ins Herz. »Sohn der sieben … Kenne ich dich? Kennst du mich?«

Die alte Vettel zischte. Als sie wieder das Wort ergriff, war ihre Stimme leise und eindringlich – wie ein tiefes, hohles Echo, das in der drückenden Finsternis des Waldes widerhallte. »Nachfahre der Götter, doch von Menschen gezeugt. Sieben trachten, ihn zu führen. Sieben graut es vor seiner Hand. Gebunden von den Alterslosen, durchkreuzt der Älteste seinen Weg. Der verkrüppelte König leitet ihn. Die Welt fürchtet seinen Zorn.« Bei den letzten Worten streckte die Hexe ihre gekrümmten Arme aus und beugte ihre bucklige Gestalt tief zu Boden.

Annev starrte sie mit offenem Mund an, während Crag zwischen ihn und die Hexe trat. In der einen Hand hielt er seinen Stab, und mit der anderen umklammerte er einen knochenartigen Gegenstand, der an einem Band um seinen Hals hing.

»Hinfort mit dir, Hexe! Wir wollen hier keine deiner dunklen Worte hören.«

Die Frau hob den Kopf und zischte Crag an. Der Händler schüttelte das kleine Stück Knochen in ihre Richtung, und sie wich einen Schritt zurück.

»Erhebst du Anspruch auf diesen hier, Wanderer?«, fragte sie. »Wählst auch du das Schicksal der Väter? Das ist nicht dein Weg, fürchte ich, aber der Tod wird dich vielleicht trotzdem holen.«

»Der Tod holt uns alle irgendwann.«

Die Hexe kicherte gackernd und fuhr sich mit ihrer wurmartigen Zunge über ihre abgebrochenen Zähne und die rissigen Lippen. »Deine Zeit ist gekommen und wieder gegangen, Wanderer. Sie ist viele Male gekommen, aber du warst niemals da, um ihr zu begegnen, und so fordert sie deine Freunde ein.«

Der Ausdruck auf Crags Gesicht verhärtete sich. Er warf einen schnellen Blick zu Annev zurück, dann wandte er sich wieder der Hexe zu. »Trägst du dann also den Mantel des Todes, Vettel?«

»Ich bin der Schatten des Todes«, sagte die Hexe mit schmeichelnder Stimme. »Ich gehe ihm voraus und falle hinter ihm.«

Crag hob seinen Stab, den Arm angewinkelt, bereit zuzuschlagen. In seinen Augen loderte ein solcher Zorn, dass er halb wahnsinnig wirkte. »Und du bist diejenige«, rief er, »die mir mein Tier weggenommen hat?«

»Ein Lasttier«, antwortete die Hexe mit monotoner Stimme. »Allein gelassen. Finde es, und das Gefäß wird dich finden.«

»Verdammt seien deine Rätsel!«, fluchte Crag. »Bist du diejenige gewesen, die Cenif getötet hat?«

Die Hexe verdrehte den Kopf, bis er in einem unnatürlichen Winkel von ihrem Körper abstand, und drückte sich ihre verkrümmten Arme an die Brust. Ihre knochigen Finger tanzten vor ihr, und ihre schwarzen Nägel fuhren wie schmutzige Klauen durch die Luft.

»Ich bin eine von vielen«, antwortete sie. Crags Stab raste mit voller Wucht herab und schlug nach ihr, aber sie hatte bereits ein paar Schritte zurückgemacht. Ihre zerrissenen Lumpen flatterten vor ihr her, und sie glitt so schnell über den Boden, dass Annev es gar nicht zu fassen vermochte.

Ein leises Kichern ertönte vom Hügelkamm, und als Annev sich umdrehte, sah er die Hexe oben auf der Anhöhe stehen. Ihre Augen waren groß, weiß und gespenstisch, und ihr Gelächter war voller Bosheit. Während Annev zu ihr hochstarrte, verschwand sie flimmernd aus seiner Sicht, um dann auf der anderen Seite der Grube wieder aufzutauchen. Ein erneutes Flimmern, jetzt noch schneller, und sie schien plötzlich an zwei Orten zugleich zu sein. *Flimmer, flimmer.* Die Bilder tauchten so schnell auf und verschwanden dann wieder, dass es schien, als würde sie sich vervielfachen – die Hexe war hinter den Bäumen, oben auf dem Hügelkamm, in der Grube und direkt an Annevs Seite. Gleichzeitig wurde ihr Gelächter immer lauter, schneller und höher, bis es geradezu ohrenbetäubend war.

Crag stieß Annev den Ellbogen in die Rippen. »Halt dir die Ohren zu, Junge! Sie ist eine *Hexe*!«

Annev presste sich beide Hände an den Kopf, während Crag das um seinen Hals hängende Knochenstück losließ. Stattdessen zog er einen kleinen schmutzigen Spiegel aus den Tiefen seines Umhangs. Er warf ihn auf den Boden und schmetterte das Ende seines Stabes in die Glasscheibe. Das Glas zersprang, und der Hexe brach die Stimme, sodass nur noch ein dünner Schrei blieb, der irgendwo hinter Annev aufstieg. Er wirbelte herum, griff nach dem goldenen Behelfsmesser in seiner Tasche und fand sich Auge in Auge mit dem alten Weib. Sie hockte zu seinen Füßen und krümmte sich vor Schmerz.

»Geh weg von ihr!«, rief Crag.

Doch die Hexe stürzte sich nicht auf Annev. Stattdessen sackte sie zu Boden und rollte sich eng zu einem Ball aus schwarzen Lumpen, knochigen Gliedmaßen und verknotetem weißem Haar zusammen. Dann wiegte sie sich in dieser Haltung vor und zurück und sang leise vor sich hin: »Der Tod kommt uns alle holen. Der Tod kommt uns alle holen.«

»Sie ist wahnsinnig«, flüsterte Annev in Richtung Crag, ohne es zu wagen, den Blick von der plötzlich weinenden Frau abzuwenden.

»Schlimmer als wahnsinnig. Sie verfügt über magische Kräfte. *Echte* Magie.«

Annev schüttelte den Kopf und versuchte, das Gesehene mit dem in Einklang zu bringen, was ihm Sodar beigebracht hatte. Das hier war etwas Neues, eine Magie, die dunkel war und ihm unvertraut. »Magie«, wiederholte er. »Hat sie deshalb so geflimmert?«

»Ich glaube schon«, antwortete Crag und legte Annev die Hand auf die Schulter, »obwohl ich auch glaube, dass sie mehr Schatten als Substanz ist. Sie ist die ganze Zeit hinter uns hergeschlichen. Was wir gesehen haben, war lediglich ihr Schatten.« Er stieß die Alte mit seinem Stab an, und sie rollte sich auf den Rücken, ohne ihren Sprechgesang einzustellen. »Wie es scheint, habe ich sie geistig gebrochen, als ich meinen Spiegel zerbrochen hab – allerdings hat sie auch vorher schon hinreichend gebrochen gewirkt.« Er schnalzte stirnrunzelnd mit der Zunge. »Sie ist immer noch gefährlich. Wir sollten ihr den Garaus machen und sie in diese Grube hineinrollen, damit wir sie loshaben.«

»Ihr wollt sie immer noch töten?«

»Allerdings. Ich habe es gelobt, und ich werde es tun.«

»Aber … sie ist eine alte Frau. Es scheint mir grausam, sie einfach so zu töten. Kaltblütig.«

Crags Züge versteinerten. »Sie hat mein Maultier getötet.«

»Der Tod kommt uns alle holen«, flüsterte die Hexe, ohne von ihrem Gespräch auch nur das Geringste mitzubekommen.

Annev schaute auf die weinende alte Frau hinunter und stellte sich vor, wie es wäre, ihr die Kehle aufzuschlitzen und sie dann in die Grube hinabzurollen. Er schreckte vor der Vorstellung zurück und versuchte sich stattdessen auszumalen, wie Crag sie erschlug … unmittelbar bevor Annev ihm mit dem Metallstreifen in seiner Tasche die Kehle aufschlitzte. Ein flaues Gefühl legte sich über seinen Magen. Es hatte ganz den Anschein, als würde er diesem Wald nicht entkommen können, ohne über irgendjemanden den Tod zu bringen.

»Nein«, sagte Annev und schob beide Vorstellungsbilder weit von sich. »Sie hat gesagt, sie sei *eine von vielen* und dass die Ungeheuer manchmal nicht tun, was man ihnen sagt. Crag, was ist, wenn sie Euer Maultier gar nicht getötet hat? Was, wenn sie nur bei seiner Gefangennahme mitgeholfen hat?«

Der Händler gab ein höhnisches Schnauben von sich. »Sie hatte trotzdem einen Anteil daran. Hat das arme Vieh geblendet. Hat ihm Angst gemacht. Es gequält. Ihm auf einem dunklen Altar das Herz rausgeschnitten.« Er spuckte die Hexe an. »Sie ist böse, Annev. Nicht weil sie über Magie verfügt, nicht weil sie 'ne Hexe ist. Sie ist böse wegen der Dinge, die sie tut. Und wegen der Dinge, die sie getan hat. Sie verdient es zu sterben.«

»Hab das Maultier verschont«, ertönte ein jämmerlicher Ruf von unten am Boden. »Die Ungeheuer getötet. Das Maultier verschont.« Crag und Annev richteten beide den Blick hinab auf die Hexe. Sie lag immer noch zu einem Häufchen Elend zusammengesunken auf dem Boden, aber sie hatte aufgehört zu zittern, und ihre Tränen waren versiegt. Sie schniefte. »Hab ihnen gesagt, dass sie es nicht töten sollen. Sie haben es nicht getan. Hab ihnen gesagt, dass sie ihm nichts antun sollen. Sie haben es doch getan. Ich hab sie getötet. Hab das Maultier verschont. Gnade, ich hab das Maultier verschont.«

Crag rieb sich das Haarbüschel unter seiner Unterlippe. »Sie ist trotzdem gefährlich«, beharrte er stur.

»Aber meint Ihr, dass sie lügt?«

Crag überlegte. »Ich glaub nicht. Solche wie sie gehen seltsame Abmachungen ein, um sich ihre Kräfte zu sichern. Sie sehen, was sein wird, was ist und was war, und sie sind gezwungen, die Wahrheit zu sagen. Aber die Wahrheit, die du hörst, ist nicht die Wahrheit, wie sie wirklich ist. Sie sind boshafte Geschöpfe, die Dinge verdrehen und verzerren, sodass sie ihren eigenen Zwecken genügen.« Crag hob die Hand wieder zu dem Knochensplitter um seinen Hals. »Schau genau zu.« Er hockte sich vor die Hexe. Mit einem Ruck riss er sich den Knochenschmuck vom Hals und hielt ihn der Alten direkt vors Gesicht. »Erzähl mir keine Lügen, Hexe, und sprich nicht in Rätseln zu mir. Sprich offen und wahrheitsgemäß, oder ich werde dir den Schädel einschlagen und dein Gehirn hier auf den Boden klatschen lassen. Dann werde ich dich verbrennen und dich begraben, werde deine dunklen Altäre umwerfen und Salz über dein Grab streuen. Verstanden?«

Die Hexe zischte, verschränkte ihre Arme im Nacken und ließ ihren Schädel auf und ab wippen. »Ich höre deine Worte, Wanderer. Ich werde nicht in Rätseln zu dir sprechen und dir keine Lügen erzählen. Hab Erbarmen mit mir.«

»Zuerst will ich die Wahrheit hören. Dann können wir über Erbarmen reden.«

Wieder wippte die Hexe mit dem Kopf, während sie zugleich vor dem Talisman in der Faust des Hausierers zurückwich. »Ja. Die Wahrheit. Ich hab ihnen gesagt, dass sie dem Maultier nichts antun sollen.«

Crag knurrte. »Also, wer hat dann meine Stute getötet?«

Die Hexe warf einen verstohlenen Blick auf Annev. »Ich habe die Ungeheuer ausgeschickt, das Maultier zu fangen – eine Grube für das Lasttier auszuheben. Es zu fangen, um den Jungen herzubringen.«

Annevs Rücken versteifte sich, und Crag schaute von ihm zur Hexe und wieder zurück, plötzlich beiden gegenüber mit Argwohn erfüllt. »Den Jungen?«

»Er wird uns alle töten«, flüsterte die Hexe. Wieder wiegte sie sich sanft vor und zurück. »Uns alle töten. *Dich* töten. Männer.

Götter. Keokum. Alle tot. Alle fort.« Sie schüttelte den Kopf, und ihre schmutzigen weißen Locken peitschten ihr übers Gesicht. »Der Schattenwerfer jagt ihn. Der Schattengott will ihn. Der Gefallene Gott braucht ihn. Ich habe so lange darauf gewartet, dass …«

Crag hielt der Alten erneut den Knochensplitter vors Gesicht. »Ich habe gesagt, keine Rätsel!«

»Keine Rätsel, keine Rätsel«, jammerte sie. »Ich spreche ganz offen zu dir. Mein ganzes Leben lang habe ich auf ihn gewartet. Hab ihn gefunden und ihn wieder verloren. Siebzehn Jahre Dunkelheit und Verzweiflung. Dann hat er sein Blut in die Schatten hineingeworfen, Blut, vermengt mit Schlehdorn. Er hat uns verspottet, hat uns an der Nase herumgeführt … aber Kelga hat gewartet. Die Götter haben zugesehen. Sie haben den wiedergeborenen Schatten ausgesandt, um ihn sich zu holen, und er hat um meine Hilfe nachgesucht. Dorchnok hält ebenfalls Ausschau nach ihm, aber er kann den Schleier nicht durchdringen. Cruithear begehrt ihn, aber er hat sich von seinen *Feurog* getrennt, daher benutzt er jetzt Harth als seine Marionette. Und Tàcharan – mein Herr, mein Gott des Verhängnisses –, er will mich nicht ohne ihn zurückkehren lassen.« Sie stieß ein frustriertes Zischen aus. »Dieser Junge ist der Fluch dieser Welt. Der Sohn der sieben Väter – der einarmige Sohn des Keos! Durch seine Hand werden wir alle sterben. In seinem Tod werden wir alle leben. Ich spreche die Wahrheit. Gnade, Gnade, habt Erbarmen mit mir.«

Annev spannte seine Linke in ihrem Handschuh an und drückte sie sich reflexhaft an die Brust.

Crag schaute über seine Schulter zu ihm herüber. »Schenk ihr keine Beachtung. Sie kennt keine Worte außer den dunklen. Sie lügt noch immer.« Aber die Augen des Händlers erzählten eine andere Geschichte. Annev sah, dass sie voller Angst waren, und es war keine Angst vor der Hexe.

»Ich bin nicht böse«, ergriff Annev das Wort. Das Herz raste ihm in der Brust. Seine Wangen liefen rot an. Er trat einen Schritt zurück. »Ich habe noch nie irgendjemanden getötet.«

»Wenn du weiterlebst, werden wir alle sterben.« Die Hexe schob sich von Crag weg und auf das blutbefleckte Loch zu. Crag machte drei schnelle Schritte und stellte sich zwischen sie und die Grube.

Die Alte stieß einen tiefen Seufzer aus und ließ den Kopf sinken. »Dein Maultier lag im Sterben, als wir es getötet haben.« Sie grub ihre knotigen Krallen in die Erde, die ihr knirschend über die Haut rieb. »Die Feurog hatten die Grube bereits ausgehoben, als ich die Stute dorthin gelockt habe. Sie ist hineingefallen. Hat sich nicht wehgetan. Nicht wehgetan.« Die alte Vettel bedachte Crag mit einem grausigen Lächeln. »Hab nach ihnen gerufen«, stöhnte sie, »habe nach den Feurog gerufen, damit sie das Maultier holen. Nichts antun, hab ich gesagt. Nichts antun. Haben nicht auf mich gehört.«

Crag bewegte seine rechte Hand durch die Luft und machte das Zeichen des Odar, indem er Zeige- und Mittelfinger erst nach links schwenkte, dann in die Mitte vor sich, dann nach rechts.

»Ich zwinge dich, es mir zu sagen, Hexe. Die Feurog«, drängte Crag. »Wer sind sie?«

»Gottlose – verstoßen, ausgeschickt, um allein umherzuwandern … so wie du.« Sie zeigte auf Crag. »Sie haben einst meinen Schwestern gedient. Viele dienen ihnen immer noch. Aber diese hier sind die meinen gewesen. Sie sind wie Kinder. Durch die Magie entstellt, verlassen von ihrem Vater. Cruithear hat sie nicht geliebt, aber ich schon und …«

»Und haben jetzt deine *Kinder* meine Maultierstute getötet, oder hast du selbst es getan?«

»Sie haben das Eisen an ihren Hufen gerochen. Haben ihr Blut gerochen. Ich habe ihnen gesagt, dass sie es nicht tun sollen, aber sie konnten nicht widerstehen. Dafür habe ich sie getötet. Weil sie meinen Plan ruiniert, einen Makel über die Prophezeiung gebracht haben. Aber das Maultier lag im Sterben. Tot, aber lebendig. Ich habe die Stute zum Altar geführt. Habe ihr Herz genommen. Hab ihr das Auge genommen. Habe alles genommen, um *dich* herbeizurufen. Erbarmen, Erbarmen. So wie ich es auch ihr erwiesen …« Crag schlug ihr mit dem Knauf seines Stabes fest auf den Kopf, und sie brach auf dem Boden zusammen, keuchte und keuchte … und dann setzte ihre Atmung aus, die Augen schlossen sich, und sie lag still da.

Kapitel 38

Annev starrte auf den reglosen Leib der Hexe. »Ist sie tot?«

Bevor Crag antworten konnte, kam ein leises Knurren aus dem Mund der Hexe.

»Seachranai«, murmelte sie und öffnete die Augen. *»Fanai.«* Sie rollte sich hoch, setzte sich aufrecht hin, die Augen geöffnet, die plötzlich leuchtend roten Pupillen starr auf Crag gerichtet. *»Anam caillte.«* Sie schickte sich an aufzustehen, und ihre Zehen berührten kaum den Boden, als sie auf den Hausierer zuglitt. *»Deorai«,* brüllte die alte Vettel, *»sainmhiniu d'fuil!«* Sie stürzte sich auf Crag, und er schlug mit voller Wucht zu, ließ seinen Stab auf das Gesicht der Hexe krachen. Ihr Kiefer knackte hörbar, und roter Speichel und abgebrochene Zähne flogen ihr aus dem Mund.

Crag schlug noch einmal zu, doch die knorrigen Hände der Hexe schnellten mit unmenschlicher Geschwindigkeit vor und schlangen sich um seine Kehle. *»Tugann Tàcharan neart domsa«,* knurrte die alte Frau und drückte zu. *»Ní theipeann orm arís.«* Die Adern in Crags Augen traten rot und bläulich hervor, seine Wangen wurden bleich, und alle Kraft schien ihn zu verlassen. Seine Arme fielen schlaff herab, und der Stab und der Knochentalisman landeten auf dem Boden. Seine Knie knickten ein, und er wäre zu Boden gestürzt, hätte die Hexe ihn nicht an der Kehle hochgehalten.

Im Gegensatz zum immer schwächer werdenden Händler schienen die Kräfte der Hexe zunehmend zu wachsen. Sie wurde auch größer – ihr Rücken streckte sich, ihr Buckel verschwand –, bis sie hoch über Crag aufragte. Der weiße Nebel, der zuvor die Augen der Alten überzogen hatte, verdunkelte sich zu einem wilden Wirbel von Rot und Schwarz. Sie lächelte und zog ihre blutigen Lippen von ihren abgebrochenen Eckzähnen zurück, dann wuchtete sie den dicken Händler hoch in die Luft.

»Daoine truaillithe!«, rief die Hexe. *»Daoine briste! Fir-iarainn-rugadh. Comhroinn mo bhéile …«*

Der Mund der Hexe öffnete sich weit, und eine unmenschlich lange Zunge schlängelte sich heraus und leckte an einem von Crags aus den Höhlen tretenden Augen. Sie zog die Lippen noch weiter zurück, ein klaffendes Maul von gigantischen Ausmaßen, dann führte sie Crags aschgraues Gesicht zu ihrem Mund heran.

Annev riss den Blick von der Hexe los und sah den weißen Knochensplitter auf dem Waldboden liegen. Seine Instinkte übernahmen die Kontrolle, und Annev rannte los, rollte sich ab und riss das heruntergefallene Artefakt an sich. Er war wieder auf den Beinen, als sich die Hexe zu ihm umdrehte, den Mund weit geöffnet.

Das magische Relikt fest in der Hand, lief Annev um Crags baumelnde Beine herum und sprang hinter die alte Frau. Er warf ihr das Band mit dem Knochenstück über den Kopf, sodass der Knochen gegen ihre Kehle schlug, und zog dann die Schnur des Talismans zusammen, bis sich die improvisierte Würgeschlinge fest um ihren Hals legte. Sie zischte, ihr Kopf verdrehte sich in einem unnatürlichen Winkel, dann schnappte sie zu und biss Annev ins Handgelenk.

Schmerzensqualen.

Annev schrie auf und versuchte, die Hand zu befreien, aber es war zu spät. Die Zähne der Hexe zerfetzten seinen schwarzen Handschuh und zerrissen die Haut darunter. Ein graues Sekret tropfte aus seinen Adern und benetzte ihre Lippen. Die Augen der Alten blitzten dunkel und wütend auf; ihre einst weißen Augäpfel waren jetzt kohlschwarz, die Pupillen zornesrot.

Siedender Schmerz durchzog Annevs Arm, während das graue Sekret schäumend aus seiner Wunde rann und sich schwarz verfärbte. Er schrie nach Crag, nach Sodar, und vor ihm drehte sich alles …

Aber er weigerte sich loszulassen. Stattdessen stieß er einen weiteren gellenden Schrei aus und zwang seinen Arm tiefer in den Mund der Hexe hinein. Sie rang würgend nach Luft, Annev fand neuen Halt und zog die Schlinge um ihren Hals stramm. Das alte Weib keuchte, und Crag fiel aus ihren Händen zu Boden.

»Crag!«, brüllte Annev. Tränen strömten ihm über die Wangen. »Helft mir!«

Der Händler hob den Kopf. »Talisman?«, krächzte er und rang nach Luft.

»Um ihren Hals!«

Crag rappelte sich hoch, und die Farbe kehrte in seine Wangen zurück. Dann schnappte er sich seinen Stab vom Boden, hielt ihn zwischen sich und die Hexe und machte mit der anderen Hand das Zeichen Odars. *»O luaith go luaith!«*, rief Crag und ließ den Stab vor sich niedersausen.

Ein gleißendes Licht erstrahlte von dem Knochensplitter, der um den Hals der Hexe gebunden war, und ihre Kehle zerbarst in einem Schwall aus Blut und loderndem Feuer. Annev stürzte nach hinten, als sich seine improvisierte Würgeschlinge in ihre Bestandteile auflöste und der Mund der Hexe seinen Arm losließ.

Das alte Weib schlug die Hände vor das klaffende Loch in ihrem Hals und versuchte zu schreien, aber der Laut verwandelte sich in ein gurgelndes Husten, und Galle spritzte aus der klaffenden Wunde.

Crag machte einen vorsichtigen Schritt nach vorn, seinen Stab bereit zum Zuschlagen, aber die Hexe stolperte zurück, die Hände immer noch um die Kehle geklammert, und stürzte dann über den Rand der Grube auf die Steinblöcke unten.

Noch benommen, aber mit langsam nachlassenden Schmerzen erhob sich Annev, und gemeinsam sahen er und Crag in das Loch hinab. Bei dem Anblick, der sich unter ihm bot, überlief ihn ein Frösteln: Die alte Frau war in den Spalt zwischen den beiden Steinblöcken gefallen, ihr Körper seltsam verrenkt, wie zusammengefaltet. Ihr Schädel war gegen einen der Steine gekracht, und eine dunkelgraue Masse hatte sich über die Grube verteilt.

»Sie ist jetzt tot, ja?«

Crag hielt den Zeigefinger hoch, legte seinen Stab auf den Boden und band einen kleinen Beutel von seinem Gürtel los. Er kippte sich eine Prise Salz in die Hand und rieb es zwischen den Fingern. *»Oh chre go cre«,* murmelte er, dann streute er das Salz über ihre Überreste. »Es ist vollbracht«, sagte er und griff wieder nach seinem Stab. »Wir können jetzt gehen.« Er drehte sich um und machte sich auf den Weg zum Hügel.

»Wartet«, rief Annev und hielt sich seinen verletzten Arm. Mit der anderen Hand – seiner echten Hand – zog er den zerfetzten schwarzen Handschuh herunter, der seine Prothese bedeckte, sodass das nackte Fleisch darunter sichtbar wurde.

Anders als beim letzten Mal, als er sich seinen Arm verletzt hatte, war die magische Prothese irgendwie heil geblieben, und seine unechte Haut hatte ihre Farbe nicht verändert. Doch Annev selbst war diesmal nicht unversehrt davongekommen: Tiefschwarze Risse in seinem Fleisch kennzeichneten die Stellen, an denen sich die Zähne der Hexe hineingebohrt hatten. Er strich mit der rechten Hand über seine Wunden, und als er die Finger hob, klebte schwarzes Blut daran.

Nicht rot, dachte er. *Schwarzes Blut. Zuerst grau und dann schwarz und brodelnd.*

Annev bewegte die Hand, um festzustellen, wie viel Kraft er darin hatte. Trotz der Schwere der Verletzung schien sie unbeeinträchtigt, bis Annev, als er das Handgelenk drehte, ein hörbares

Knacken vernahm und ein Spritzer schwarzen Blutes zwischen seinen Fingern hervorschoss und ihm auf die Wange klatschte. Der Schmerz loderte wieder auf, als stünde sein Arm in Flammen, und dunkles Blut strömte pulsierend hervor. Annev schrie und hielt sich reflexhaft die Wunde, schloss die Finger seiner rechten Hand um die Verletzung und versuchte, den Strom des grauschwarzen Wundsekrets einzudämmen.

»Götter!« Annev fiel auf die Knie und krümmte sich um seinen schmerzenden Arm. »Es brennt!«

»Lass los, du närrischer Knabe!« Crags Worte drangen wie aus weiter Ferne zu ihm, doch Annev spürte, wie der Mann seine Finger gewaltsam öffnete und seine Hand wegzog. Die Wunde blutete stärker, und vor Schmerz begann Annev das Bewusstsein zu verlieren. Er fiel nach hinten, die Augen glasig, bis sich eine barmherzige Dunkelheit um ihn legte.

Kapitel 39

Annev lag auf einem Polster aus Decken, ein Feuer knisterte irgendwo in der Nähe, und der Himmel über ihm war schwarz und voller Sterne.

Mit einiger Anstrengung brachte sich Annev in eine sitzende Position. Das Lagerfeuer brannte neben ihm munter vor sich hin, und ein kleines Häufchen trockener Zweige lag einige Schritte entfernt. Auf der anderen Seite der Flammen stand der Handwagen des Hausierers, die Zugstange unten auf dem Boden. Annev kniff die Augen zusammen und spähte in die Dunkelheit, doch Crag war nirgends zu sehen.

»Ah«, ertönte eine leise Stimme irgendwo hoch oben zu seiner Linken. »Du bist also wach.« Annev drehte sich um und schaute in die hellbraunen Äste einer Platane hinauf. Dort oben saß Crag und kaute auf seiner Pfeife. Er zog sie aus dem Mund und blies einen großen grauen Rauchring aus. »Wie fühlst du dich?«

Annev senkte den Blick auf seinen linken Arm. Der schwarze Handschuh war entfernt worden, und an seiner Stelle war sein Arm nun kreuz und quer mit einem Flickenwerk aus weißen Verbänden überzogen. Annev betastete sie mit seiner rechten Hand und strich über das Fleisch darunter. Seine Haut brannte wie bei einem schlimmen Sonnenbrand, aber der Schmerz war einigermaßen erträglich. Er krümmte und entspannte seine Finger, drehte das Handgelenk und prüfte, ob er richtig zugreifen konnte. »Es tut kaum noch weh«, stellte er erstaunt fest. »Was habt Ihr damit gemacht?«

»Offen gesagt, nicht allzu viel. Du bist ohnmächtig geworden, und aus deinem Arm blutete schwarze Hexengalle. Strömte regelrecht heraus, als hätte es dein Körper sehr eilig gehabt, das Zeug loszuwerden.«

»Wie bin ich hierhergekommen?«, fragte Annev weiter.

»Was meinst du denn?«, erwiderte Crag und blies einen weiteren Rauchkringel aus. »Ich hab dich und deinen stinkenden, tropfenden Arm hierhergetragen. Ich konnte die Blutung nicht stillen, solange das Gift der Hexe noch in dir steckte.« Er nahm die Pfeife aus dem Mund und deutete auf Annevs verbundenen Arm. »Ich hab getan, was ich konnte, aber ich war mir nicht sicher, ob die Wunde heilen würde, solange ich ihren verdammenswerten Altar noch nicht umgeworfen hatte. Also hab ich ihn zerstört und die alte Cenif begraben.« Crags Stimme verlor sich und wurde dann ganz sanft, als er fortfuhr: »Hab begraben, was von ihr noch übrig war … was ich finden konnte. Als ich zurückgekommen bin, hatte dein Arm anständig zu heilen begonnen.«

Annev blickte auf seinen Arm hinab und krümmte die Finger. Er wagte es nicht, wieder zu Crag hochzuschauen, und so nestelte er ein wenig an den Verbänden herum und fragte sich, ob der fahrende Händler wohl hinter das Geheimnis seiner Prothese gekommen war.

»Lass das«, sagte Crag von seinem Sitz im Baum aus. »Noch ist die Heilung nicht abgeschlossen.« Annev nickte und wickelte die Verbände wieder auf, die er zu lösen begonnen hatte. »Gib der ganzen Sache einen Tag Zeit«, fügte Crag hinzu. »Vielleicht eine Woche. Wird wahrscheinlich nicht mal eine Narbe zurückbleiben.«

Annev schaute zu Crag auf und ließ die Ereignisse der letzten Stunden vor seinem geistigen Auge vorbeiziehen. »Für einen Hausierer scheint Ihr verdammt viel zu wissen.«

»Und wie willst du das beurteilen?«, fragte Crag. Er stemmte die Hände in die Hüften und spielte den Gekränkten. »Hast du denn vor mir schon so viele andere Hausierer kennengelernt? In deinem geheimen Dorf?«

»Nun ja … nein. Eigentlich nicht.«

»Na bitte, da hast du's. Vielleicht sind sie ja alle so kenntnisreich wie ich. Und vielleicht sind sie *schlimmer.*« Er grinste und zeigte einen Mund voller schiefer, mit einem grünlichen Belag überzogener Zähne.

Annev lächelte. »Irgendwie bezweifle ich das.«

»Nun denn«, erwiderte Crag mit einer theatralischen Verbeugung. »Du bist klüger, als es dein Alter vermuten lässt, Avatar Annev.«

Annevs Lächeln verflüchtigte sich. »Ich bin nicht wirklich ein Avatar«, bekannte er und versuchte dabei nicht die Stirn zu runzeln. »Ich meine, ich sollte eigentlich einer sein, aber …« Er brach ab.

»Aber was?«

Aber ich werde nie einer werden, es sei denn, ich bringe dich um … und ich glaube nicht, dass ich das jetzt noch fertigbringe.

Annev zuckte die Achseln. »Es ist eine komplizierte Angelegenheit.«

»Versuch's mal.«

»Nun ja«, sagte Annev langsam, »im Moment bin ich nur ein … Diakonus. Ich will mehr sein, aber … ich bin da in so einer Prüfung durchgefallen. In Wahrheit bin ich eigentlich gar nicht durchgefallen, aber der Rektor hat es auf mich und meine Freunde abgesehen, also hat er mich zurückgestuft, statt mich zum Avatar zu befördern. Ich kann die ganze Sache immer noch drehen, aber nur wenn ich eine bestimmte Aufgabe erledige.«

»Also, wo liegt das Problem? Was ist das für 'ne Aufgabe?«

»Hm?«

»Was musst du tun, damit sie dir ihren Titel geben?«, fragte Crag. Als Annev zögerte, tippte sich Crag an die Nase und fügte hinzu: »Lass mich raten. Das ist jetzt der komplizierte Teil.«

Annev nickte. »Ich weiß nicht, ob ich es tun kann – aber wenn ich es nicht mache, ist mein ganzes Leben ruiniert. Ich kann kein Avatar werden. Ich werde wahrscheinlich nicht mal mehr ein Diakonus sein. Nur ein Kastellan … oder etwas noch Schlimmeres. Ich bin mir nicht sicher, ob sie überhaupt einen Namen für das haben, wozu sie mich machen würden. Diener?« Er seufzte.

Crag stieg vom Baum, schüttelte den Inhalt seiner Pfeife ins Feuer und ging dann zu seinem Karren hinüber und schlug die Abdeckung zurück. Annev sah ihm neugierig zu, als Crag nun beide Hände in den Wagen schob und darin herumwühlte, bis er ein kleines Messer und ein rundes, mit der Hand bearbeitetes Stück Holz hervorgekramt hatte. Er schritt ans Feuer zurück, ließ sich auf den Boden plumpsen und begann zu schnitzen. Nach einer Minute hob er den Kopf und sah Annev an. »Was?« Er hob den Holzklotz, blies auf die Kanten und verstreute Holzspäne über dem Boden. »Und das war auch schon das Ende deiner Geschichte?«

»Ja …«, sagte Annev und runzelte die Stirn.

»Du hast den Teil ausgelassen, wo du dir selber leidtust.« Er zog das Messer über sein Schnitzwerk und grub Stück für Stück kleine Kerben in das Holz.

»Was?«

Crag schnitzte weiter und blies erneut die losen Späne weg. »Was spielt es für 'ne Rolle, wie sie dich nennen, wenn du so gut bist wie all die anderen? Avatar. Kastellan. Diakonus. Diener? Das sind nur Namen. Sie ändern nicht, wer du bist.«

»Aber sie sind nicht dasselbe«, protestierte Annev. »Die jeweiligen Vorrechte sind andere. Die Pflichten, die Verantwortung, die man hat, der Respekt, der einem entgegengebracht wird … dazwischen liegen Welten.«

Crag schnaubte abfällig. »Noch so jung. Hätte gedacht, Sodar als deinen Mentor zu haben hätt dir vielleicht ein wenig die

Augen geöffnet, aber sie sind immer noch ziemlich fest verschlossen, wahrscheinlich weil du dein Leben lang in 'nem Dorf gelebt hast.«

»Also kennt Ihr Sodar doch. Woher?«

Crag lachte leise. »Diese Geschichte ist zu lang, um sie zu erzählen, selbst wenn ich Lust dazu hätte – und das tut im Moment eh nix zur Sache. Der Punkt ist doch: Niemand entscheidet über deine Zukunft oder über dein Schicksal außer dir selbst. Deine Ältesten wollen dich einen Kastellan oder einen Diener nennen? Na schön. Du kannst ihnen dienen und es wahrmachen, oder du kannst fortgehen und frei sein.«

»Die Sache ist komplizierter.«

»Das bezweifel ich«, widersprach Crag und nahm seine Schnitzarbeit wieder auf, »aber ich will dir mal zustimmen, damit du dein Recht hast.«

Annev musste lächeln und beschloss, das Thema fallen zu lassen. Er beschloss außerdem, dass er seine Entscheidung getroffen hatte: Er war nicht wie Tosan, und er würde auch nicht versuchen, so zu sein; er war, wie Tosan bereits geargwöhnt hatte, wie Sodar: Gnade zu üben lag ihm im Blut, und auch wenn er eine Begabung für Magie haben mochte, so setzte er sie doch nicht für böse Zwecke ein, wie es die Hexe getan hatte – und er würde es auch nie tun.

Freilich würde er später die Konsequenzen dieser Entscheidung tragen müssen. Man würde ihn zum Kastellan machen, und Crag würde frei seiner Wege ziehen können. Das Schlimmste von allem war, dass Crag mit vertraulichen Kenntnissen über das Dorf gehen würde, Kenntnissen über dessen Aufgabe und genaue Lage. Indem er ihn ziehen ließ, verriet Annev die Akademie und ganz Chaenbalu. Annev bezweifelte jedoch, dass das schlimme Folgen nach sich ziehen würde – Crag machte keinen bösartig gesinnten Eindruck, und Annev hatte das Gefühl, dass der Händler die ihm anvertrauten Geheimnisse hüten würde, wenn Annev ihn darum bat – aber das Risiko war natürlich trotzdem vorhanden. Das Wissen darum, dass Crag und Sodar einander kannten, machte Annevs Entscheidung indes leichter. Wenn Annev Crag schon nicht als einen verirrten Hausierer umbringen konnte, dann konnte er ihn ganz bestimmt nicht in dem Wissen töten, dass er ein Bekannter von Sodar war.

Annev seufzte. Er würde als Versager ins Dorf zurückkehren, mit allem, was das beinhaltete, doch Crags Worte ließen sein Schicksal auf einmal nicht mehr ganz so niederdrückend erscheinen: Vielleicht waren die Dinge wirklich gar nicht so kompliziert – vielleicht konnte Annev tatsächlich selbst über sein Schicksal entscheiden. Annev bezweifelte es zwar, aber er hatte nun auch wieder Hoffnung geschöpft.

Er blickte sich um und versuchte, Einzelheiten des Waldes auszumachen, wozu ihm jedoch nur das Licht des Feuers zur Verfügung stand. »Wo sind wir? Das hier ist nicht die Stelle, wo wir Cenif gefunden haben.«

»Nein«, antwortete Crag, während er immer noch schnitzte. »Ich hatte gehofft, dass du mir bei der Orientierung helfen könntest. Nachdem ich zu meinem Karren zurückgekehrt war, hab ich dich hineingeworfen und versucht, dich aus dem Dichtwald zu ziehen, und ich hab mich dabei an den Weg gehalten. Nur dass sich herausgestellt hat, dass du recht hattest. Diese Wege spielen einem in der Dunkelheit Streiche.«

»Es ist weniger die Dunkelheit als die Schatten und das Dämmerlicht.« Annev rieb sich seine Verbände. »Wenn es ganz hell oder ganz dunkel ist, kann man den Weg eigentlich ganz gut finden.«

Crag hörte auf zu schnitzen. »Du meinst, wenn wir jetzt aufbrechen, könnten wir den Weg hier rausfinden?« Annev nickte, und Crag sprang sofort auf. »Gut, dann lass uns losziehen! Wir verschwenden hier unsere Zeit, und ich hab in Hentingsfurt

Waren zu verkaufen.« Er packte seine Schnitzarbeit und warf sie Annev zu, der sie verwundert auffing. Crag war bereits bei seinem Karren angelangt.

»Was ist das?«, fragte Annev und hielt den auf der einen Seite mit dem Schnitzmesser bearbeiteten Holzklotz hoch.

»Es ist ein Stück Holz«, antwortete Crag, warf das Messer hinten in den Karren und band einen kleinen Spaten los.

»Ohne Zweifel«, sagte Annev, während er das Ding in den Händen hin und her drehte. »Aber was wollt Ihr daraus schnitzen?« Der walzenförmige Holzblock war fast so breit wie seine Handfläche und doppelt so lang. Annev fuhr mit den Fingern über die feinen Schnörkel auf seiner Vorderseite. In der Mitte der filigranen Verzierungen war ein fliegender Vogel zu sehen. Seine langen, breiten Schwanzfedern fächerten sich hinter ihm aus, und sein Schnabel und sein Schopf zeigten nach oben, als sei er gerade dabei, sich in die Luft zu erheben.

»Bin ich ein so schlechter Künstler?« Crag schaufelte einen Spaten voll Erde aufs Feuer. »Ich hätte gedacht, es wäre offensichtlich.«

Annev fasste die Schnitzerei genauer ins Auge. Die Schnörkel, die den Vogel umrahmten, endeten direkt an den Umrissen seines Körpers und verschmolzen mit den Schwanzfedern. Als Annev das Holzstück drehte, sah er, dass die gewundenen Verzierungen in langen Federn ausliefen, von denen jede einzelne in Feuer gehüllt war.

»Ein Phönix?«, fragte Annev und drehte die Schnitzerei noch einmal nach allen Seiten.

»Könnte sein, könnte sein«, antwortete Crag, während er eine weitere Schaufel Erde auf die ersterbenden Flammen häufte. Ihr kleines Lager war nun in Dunkelheit getaucht, und Karren wie Hausierer wurden nur noch schwach vom Licht der Sterne und des Halbmondes erhellt, das durch das Blätterdach fiel. Crag ging zurück zu seinem Karren und verstaute den Spaten. »Doch ich bin mir nicht sicher«, fuhr er fort, ohne zu zögern. »Das Ding ist noch nicht fertig geschnitzt, verstehst du?«

Annev klaubte seine Decken zusammen und trug sie mit dem Holzstück zu Crag hinüber. »Dann solltet Ihr genau das tun.«

»Das werde ich auch, aber heute Nacht brauchen wir erst einmal sein Licht.« Annev schaute auf die Schnitzarbeit in seiner Hand hinab und dann zurück zu Crag, und der Mann prustete amüsiert. »Das Ding ist ein Rätselkästchen. Versuch selbst herauszufinden, was es damit auf sich hat.« Er warf die Decken über den hinteren Teil des Wagens und stopfte sie an den Ecken fest, sodass sie seinen Wagen abdeckten und die losen Gegenstände oben auf der übrigen Ladung sicherten.

Während er damit beschäftigt war, begutachtete Annev weiterhin ratlos Crags Schnitzarbeit.

»Rätsel schon gelöst?«, fragte Crag, als er zu ihm zurückkehrte.

»Ich bin mir nicht sicher, was ich da herausfinden soll. Lässt sich das Ding öffnen?«

»Nein. Es macht was viel Besseres.« Der Händler griff nach dem Stück Holz und betätigte einen verborgenen Mechanismus, indem er erst drückte und dann zog. Hellgelbes Licht strömte aus den geschnitzten Federn.

»Heilige Silberstange!«, rief Annev verblüfft. »Das ist Magie. *Echte* Magie.«

Crag kicherte. »Nein, das ist ein Geschäftsgeheimnis.« Er strich sich mit dem Zeigefinger über den rechten Nasenflügel und zwinkerte Annev zu. »Wenn du auf eine ganz bestimmte Weise auf ganz bestimmte Teile des Holzes drückst, passieren ganz bestimmte Dinge. Gerade jetzt brauchen wir Licht, um sehen zu können, wo wir hingehen, und ich kann Fackeln nicht ausstehen. Dieser ganze schwarze Rauch und der schreckliche Gestank.« Er gab Annev den leuchtenden Holzklotz zurück. »Du bist der Führer. Führe mich hier raus – und glaub für keine Sekunde, dass du jetzt aus dem Schneider bist, bloß weil du mir das Leben gerettet hast.« Er lachte leise, hob die Zugstange an und bückte sich dahinter.

Annev schickte sich an, ebenfalls wieder seine Position an der Stange einzunehmen.

»Bleib, wo du bist«, kommandierte Crag und hob abwehrend die Hand. »Dein Arm ist noch nicht verheilt. Schone ihn lieber. Ich kann meinen Wagen selbst ziehen, vor allem wenn kein ausgewachsener Junge obendrauf liegt. Geh du voran und zeig mir den Weg.« Crag presste seinen Schmerbauch gegen die Querstange, und der schwere Wagen setzte sich rollend in Bewegung.

Annev ging ein Stück vor Crag her und hielt den geschnitzten Holzklotz in die Höhe, um ihnen den Weg zu erhellen.

»Du solltest das Ding lieber vorn an den Wagen hängen«, sagte Crag und deutete mit dem Kopf auf die Holzarbeit. »Ich hab dort hinten in der Ecke ein Netz aus Nesselhanf. Leg es um den Holzvogel und lass das Ding dann von dem Haken dort herunterhängen. Du solltest dir außerdem einen Kampfstab schnappen, wenn du schon dort hinten bist«, riet Crag. »Ich will nicht unvorbereitet sein, falls wir noch einer weiteren Waldhexe begegnen sollten.«

»Wo sind die Stäbe?«

»Ganz rechts.«

Annev schlug die Decke zurück, während er neben dem rollenden Wagen herging, und wühlte in seinem Inhalt. Er griff nach einem der Kampfstäbe, dann hielt er inne. »Hier hinten liegt ein Schwert!«, verkündete er überrascht. »Soll ich es Euch bringen?«

Crag schüttelte den Kopf. »Der Stab reicht mir völlig. Du kannst das Schwert für dich selbst nehmen, wenn du magst. Das Ding ist mehr Rost als Metall, fürchte ich, aber scharf ist es.«

Annev nahm einen Stab und das schlanke Schwert aus dem Karren, dann streckte er Letzteres mit der rechten Hand in die Höhe. Es war eine relativ schlichte Waffe, vielleicht drei Handspannen lang und eine halbe Spanne breit, ohne Parierstange oder irgendwelche Verzierungen. Das Heft war in ein buntes Allerlei aus Lumpen gehüllt – braunes Sackleinen über weißer Spitze, grüne und blaue Tuchfetzen, die mit gelben Stoffstreifen und roten Bändern zusammengebunden waren. Die Klinge war von Rost überzogen, und die Schneide war an mehreren Stellen beschädigt. Als Annev die schartige Klinge jedoch an einer Stelle mit dem Daumen prüfte, spürte er, wie sich das Metall rasiermesserscharf in seine Haut schmiegte.

»Woher habt Ihr dieses Schwert?«, fragte Annev, steckte es in seinen Gürtel und lief wieder zu Crag vor.

»Von einem Piraten aus Reota, dem ich in Sterklin begegnet bin. Litt schwer unter Skorbut, also hab ich es gegen ein paar Zitronen eingetauscht.« Der Wagen kam zum Stehen, und Crag blickte sich um. »Das hier ist die Stelle, wo ich es aufgegeben hab. Der Pfad verliert sich da vorne vor uns. Da sind nur noch Büsche und Unterholz.« Er drehte sich um und deutete mit dem Kopf in die andere Richtung. »Aber dort sind wir hergekommen, und ich nehm an, dort ist Nordwesten.«

Annev musterte den Weg. »War da eine Straßengabelung ungefähr eine Meile von hier?«

Crag nickte. »Da bin ich nach rechts abgebogen.«

»Dann sind wir immer noch auf dem richtigen Weg«, sagte Annev. »Wenn wir uns mitten durch diese Büsche schlagen, sollte der Weg dahinter wieder weitergehen.« Crag nickte und setzte den Karren erneut in Bewegung. Annev klemmte sich Crags Stab unter den Arm und schritt neben dem Hausierer her. Seine rechte Hand wanderte zu seinem Gürtel hinunter, zu Crags Schwert an seiner Hüfte. Das Schwert, das ihm Sodar geschenkt hatte – Gnade –, war ein wunderschönes silbriges Ding, so glänzend poliert, dass Annev im Stahl sein Spiegelbild hatte sehen können. Aber Annev bezweifelte, dass er Gnade jemals wieder aus ihrer Scheide ziehen würde. Selbst wenn er Tosans Prüfung doch irgendwie bestand, hatte ihm der Rektor verboten, sich mit Sodar zu treffen, und Annev konnte das Schwert unmöglich mit in die Akademie nehmen, daher war es unwahrscheinlich, dass er es jemals wiedersehen würde. Schlimmer noch, wenn er zum Kastellan gemacht wurde, wäre es ihm wahrscheinlich nie wieder gestattet, überhaupt eine Waffe anzurühren.

Aber das hier war immerhin ein echtes Piratenschwert. Er hatte noch nie ein echtes, funktionstüchtiges Schwert wie dieses draußen im Freien getragen. Annev umfasste den bunten Griff und fragte sich, welche Geschichte wohl hinter dieser Waffe steckte.

»Wie ist das Meer denn so?«

Crag zerrte den Karren über das unebene Gelände. »Groß ist es. Nass. Salzig. Voller Fische.«

Annev verfolgte, wie die Schatten des Waldes im fahlen Licht der Phönixlaterne wechselnd wuchsen und schrumpften. Er seufzte. »Ich werde es wohl nie zu sehen bekommen.«

Ein schwarzer Schatten huschte am Rand seines Gesichtsfelds vorbei.

»Habt Ihr das gesehen?«, fragte Annev und wirbelte herum, um die dunklere Gestalt im Schwarz des Waldes mit seinem Blick zu verfolgen. Seine Hand legte sich reflexhaft wieder um den Schwertgriff, während Crag den Karren zum Halten brachte.

»Was soll ich sehen, Junge?« Der Händler ließ seinen Blick spähend über die Bäume schweifen.

»Es war ein Schatten … einer, der sich bewegt hat.«

»Ein Tier?«

Annev zog die Holzarbeit mit dem geschnitzten Phönix aus ihrem Netz und hielt sie hoch, schaute aufmerksam in die Dunkelheit hinaus. Doch nichts war zu sehen.

Crag griff nach dem Licht. »Müsste heller sein«, stellte er fest. Er zog an beiden Enden und drehte sie in entgegengesetzte Richtungen, und das gedämpfte Licht, das ringsum von dem Stück

Holz ausging, bündelte sich zu einem einzigen hell leuchtenden Lichtkegel, der aus dem Auge des Phönix strahlte.

»Unglaublich«, murmelte Annev, ehrlich beeindruckt. »Und Ihr seid Euch wirklich sicher, dass das nichts Magisches ist?«

»Wenn ich es als was Magisches ausgegeben hätte, würden dann irgendwelche Mönche in roten Schlafanzügen ankommen, um mir das Ding zu stehlen, während ich schlafe?« Annev lächelte, obwohl er wusste, dass in Crags Scherz mehr Wahrheit lag, als diesem selbst klar war. »Betrachte es als hohe Kunst«, fügte Crag hinzu, strahlte mit dem Licht in die Bäume und beleuchtete eine Gruppe dicht stehender Büsche sowie das Wildschwein, das sich dort versteckt hielt. »Es ist keine Magie, wenn man weiß, wie's funktioniert.«

»Gut, gut, und wie funktioniert es?«, hakte Annev nach und folgte mit den Augen dem Lichtstrahl.

»Mittels Magie.«

Annev gab ein Schnauben von sich und warf einen erneuten Blick auf die Schnitzarbeit in Crags Hand. Er versuchte, sich ins Gedächtnis zurückzurufen, wie es sich angefühlt hatte, das Artefakt in Händen zu halten. Das Holz war nicht besonders warm gewesen, und es hatte sich bei ihm keine einzige der Vorahnungen eingestellt, die zu empfinden die Ältesten ihn ausgebildet hatten. Bedeutete das, dass die Laterne vielleicht doch nicht magisch war?

»Kann jeder von ihr Gebrauch machen? Könnte auch ich es tun?«

Crag nickte, reichte Annev die Holzarbeit und nahm stattdessen den Stab unter Annevs Arm an sich. »Sobald das Ding mal an ist, brauchst du gar nix mehr zu tun.«

Annev ließ den breiten Lichtstrahl über den Wald gleiten und staunte über all die Einzelheiten, die im hellen Licht sichtbar wurden. Dabei umklammerte er das Holz mit beiden Händen und fühlte die raue Oberfläche der halb fertigen Schnitzarbeit.

»Habt Ihr das geschaffen?«

»Du hast mich doch schnitzen sehn, oder?«

»Ich meinte das Licht. Habt Ihr dieses Licht geschaffen?«

Crag schnaubte spöttisch. »Seh ich aus wie ein Magier? Lumea hat das Licht erschaffen. Ich bin nur ein Händler, der 'nen Weg gefunden hat, wie man es verkaufen kann.«

Annev untersuchte den geschnitzten Holzklotz in seinen Händen und ließ seine Finger die zarten Verzierungen nachzeichnen. Er sah Crag an. »Wie schaltet man das Ding aus? Und lässt es dann wieder leuchten, so wie Ihr das vorhin gemacht habt?«

Crag nahm ihm das Holz ab und drehte es in den Händen. »Schau dir die Seite an, in die der Phönix geschnitzt ist. Was siehst du auf seiner Brust?«

Annev studierte die Schnitzarbeit. »Federn.«

»Schau genauer hin.«

»Eine Flamme«, sagte er schließlich. »Eine winzige Flamme.«

Crag nickte. »Gut. Also, was ist das hier? Im Zentrum des Feuers.« Er drehte das Holzstück auf die Seite, die mit Flammen bedeckt war.

Annev musterte die geschnitzten Flammen ausführlich. Im Gegensatz zu dem Phönix waren sie bereits vor langen Jahren ins Holz geschnitzt worden; das Holz war geschmirgelt, gebeizt und durch den langen Gebrauch glatt gewetzt worden. Er schaute noch genauer hin und begutachtete die Linien und Bögen der Flammen, die wechselnde Tiefe der Schnitte. Als Crag das Holzgebilde drehte, schien das Licht aus seinem Inneren zwischen den einzelnen unbewegten Flammen zu flackern und sie tanzen zu lassen.

Annev wollte gerade aufgeben, da sah er es: eine dünne, gebogene Linie, die in die Mitte der größten Flamme geschnitzt war. Ein Dutzend kürzere Linien zweigten davon ab.

»Eine Feder?«, fragte Annev und fuhr mit den Fingern über die winzigen Linien.

»Eine Feder.« Crag drehte das Holzstück herum und deutete auf die andere Seite. »Die Flamme im Inneren des Phönix«, betonte er und legte einen Finger auf die Phönixflamme. »Und die Feder innerhalb des Feuers.« Er legte einen weiteren Finger auf die Feder. »Keine von beiden kann wirklich sterben, während die andere lebt.« Er drückte die Finger auf die Feder und die Flamme und drehte sie nach außen. Das Licht floss um das Auge des Phönix herum zusammen und strömte in einem leuchtend weißen Strahl hervor.

Annev schüttelte den Kopf, immer noch beeindruckt von dem wechselnden Licht. Er ließ sich die Schnitzarbeit wieder geben und unterzog sie einer erneuten Untersuchung. »Ich nehme an, wenn ich das Licht ausschalten wollte, müsste ich jetzt nur …« Annev strich mit den Fingern über die ins Holz geschnitzten Abbildungen, bis sie Flamme und Feder gefunden hatten. Er drückte auf beide, vernahm ein leises Klicken und versuchte, die Laterne zusammenzudrücken.

Nichts geschah.

»Hm.« Annev ließ die beiden Knöpfe los und versuchte es noch einmal, aber diesmal drehte er seine rechte und seine linke Hand in entgegengesetzte Richtungen. Dabei verdrehte sich das Stück Holz nach innen, wurde dicker und kürzer. Etwas rastete ein, und das Licht wurde erneut gedämpft und leuchtete hinter den Flammen der Laterne hervor. Annev drückte auf die versteckten Knöpfe und drehte ein weiteres Mal, und das Holzgebilde wurde noch kürzer. Ein leises Klicken ertönte, dann erlosch das Licht, und einzig der Mondschein ringsum blieb. Annev blinzelte in die plötzliche Dunkelheit und nestelte an der Laterne herum, ließ seine Finger nach der Feder und der Flamme suchen. Als er sie gefunden hatte, drückte er sie nach innen und zog zugleich nach außen. Bleiches Licht strahlte auf, leuchtete aus den feinen Rissen rings um die Flammen, genau wie zuvor.

»Das ist unglaublich«, flüsterte Annev und drehte das Schnitzwerk in der Hand. »Ich habe so etwas noch nie gesehen.«

»Und du wirst vermutlich in deinem ganzen Leben nicht noch mal etwas dergleichen zu Gesicht bekommen.« Er zog die silberne Flasche aus der Tasche, nahm einen Schluck und setzte den Karren wieder in Bewegung. »Kein lebender Mensch weiß, wie man ein solches beleuchtetes Rätselkistchen macht, bis auf den, der vor dir steht.« Er schraubte den Deckel wieder auf die Flasche und steckte sie in seine Weste zurück.

Plötzlich fühlte Annev, wie sich seine Nackenhärchen aufstellten. »Was war das? Habt Ihr das auch gemerkt?«

»Du erschreckst dich vor Schatten, Junge. Da ist nix.«

Annev drehte sich wieder zu Crag um. Als er sich bewegte, spiegelte sich das Licht auf etwas Metallischem in den Büschen. Er schwenkte das Licht herum und leuchtete damit auf ein dunkles Baumdickicht. Sah aber immer noch nichts. Doch dann hörte er es – das harte Kratzen von Metall auf Metall.

»Crag …«, sagte Annev und zog das vor Rost schartige Schwert aus seinem Gürtel. Als er die Klinge herausriss, bewegte sich das Laternenlicht nach rechts und fiel auf eine durch den Wald schlurfende unförmige Gestalt. *»Crag!«,* schrie Annev auf. Er wagte es nicht, den Blick von dem Ungetüm abzuwenden, war außerstande, sich umzudrehen, um sich zu vergewissern, ob der Händler seinen Ruf auch gehört hatte.

Dann quollen die Schatten aus der Dunkelheit. Im Licht der Phönixlaterne wurden zwei menschenähnliche Gestalten sichtbar, eine jede halb nackt und grotesk missgestaltet. Sie kamen näher, und Annev sah das vernarbte Gesicht eines Mannes mit langem, zottligem braunem Haar und verfilztem Bart. Als das Licht das Gesicht des Mannes berührte, hob er die Arme und bedeckte die Augen. Dabei wurden die dünnen Eisenklingen sichtbar, die in seine Unterarme eingepflanzt waren. Ihre Kanten waren scharf wie Schwerter und ragten gute drei Zentimeter aus dem verschorften Fleisch des Mannes heraus.

Annev schwenkte das Licht hinüber zu der zweiten Gestalt, einer Frau, und sah, dass ihr Rücken bucklig verzogen war. Ihre Brüste und ihr Rückgrat waren seltsam verdreht und von goldenen und kupfernen Bändern durchzogen, die mit ihrer Haut verschmolzen schienen. Als das Licht auf ihr Gesicht fiel, knurrte sie und zeigte ihre zu scharfen Spitzen gefeilten Zähne. Sie hob die Hand, um die Augen vor dem grellen Licht zu schützen, und Annev erhaschte einen kurzen Blick auf einen dicken, fleckigen Arm, der aussah wie aus Stein gemeißelt.

»Bei allen Göttern«, stieß Crag mit erstickter Stimme hervor und erschien neben Annev. »Die Hexe jagt uns noch immer.«

»Ich habe gedacht, sie sei tot!«

»Das ist sie auch.« Crag hob seinen Stab. »Das hier müssen ihre Feurog sein …«

Kapitel 40

»Die Feurog?« Annev schwenkte die Phönixlaterne vor sich. Das Licht blitzte zwischen den beiden missgestalteten Geschöpfen hin und her, als sie durch die Dunkelheit schlurften. »Sie hat gesagt, sie hätte diese … Dinger … getötet.«

»Hör auf damit!« Crag riss Annev die Laterne aus der Hand und drehte sie nach innen, um das Licht zu dämpfen. Dann warf er sie auf den Karren, und der Lichtschein streute sich um sie herum, beleuchtete die umliegende Dunkelheit.

Im fahlen Licht beobachtete Annev, wie die entstellten Dinger näher kamen. Nackt und hässlich sahen sie aus wie Menschen, die ihrer Menschlichkeit beraubt worden waren. Ihre Gesichter waren gepeinigt, zornig und voller Schmerz. Der Mann schrie – ein hartes, schneidendes Geräusch – und fuhr sich mit scharfen Nägeln über seine behaarte Brust, ließ das Blut fließen.

Irgendwo hinter Annev antwortete ein metallisches Kreischen. Er wirbelte herum und sah einen dritten Feurog aus den Schatten auftauchen. Sein Schädel bestand fast zur Gänze aus schwarzem Eisen, und seine Augen waren kaum mehr als weiße Schlitze hinter einer Metallmaske, sein Mund eine Ansammlung ineinandergreifender Eisenzacken. Das Ungeheuer knirschte mit seinen Metallkiefern und heulte auf, Blut und Rost troffen ihm aus dem Mund.

»Ich hoffe, du hast keine Gewissensbisse, wenn es darum geht, *diese* Scheißkerle zu töten«, sagte Crag und lehnte sich an Annev, Rücken an Rücken.

»Sind sie denn überhaupt menschlich?«, wollte Annev wissen, während er sein Schwert kampfbereit erhob. Der metallgesichtige Feurog pirschte lauernd auf ihn zu wie ein wildes Raubtier, das frisches Blut gewittert hat. Ein Dutzend Schritte entfernt blieb er stehen, zog seine nadelscharfen Nägel über seinen eisernen Schädel und gab ein Brüllen von sich.

»Warum fragst du sie nicht selbst?«, schrie Crag über den Lärm hinweg. Die beiden anderen Feurog liefen unruhig vor dem Hausierer hin und her und ließen ihre metallbesetzten Gliedmaßen scheppernd übereinanderkratzen, sodass sich ein schreckliches Getöse erhob. Der bärtige Mann mit den scharfen Klingen an den Unterarmen schrie auf, dann machte er einen Satz nach vorn und griff an. Seine linke Hand schwang vor, um nach Crags Stab zu greifen, während zugleich sein klingenbesetzter rechter Arm auf das Gesicht des Hausierers zusauste.

Auch Metallgesicht griff an. Annev hob sein Schwert und nahm die Kampfstellung ein, die Edra und Sodar ihm beigebracht hatten: ein Fuß vor dem anderen, den Körper zur Seite gedreht, den Schwertarm ausgestreckt. Das Ungetüm rannte mit heftig hin und her schwingenden Armen und nach der Luft krallenden Händen auf ihn zu. Annev wirbelte herum, und das Monstrum griff nach seiner Klinge. Scharf definierte rote Linien bildeten sich auf dem nackten Fleisch des Wesens, als der knurrende Feurog die Hände um die schartige Schwertschneide klammerte und versuchte, Annev das Schwert zu entreißen. Annev rammte dem Geschöpf den Fuß in die Brust, und als es nach hinten stürzte, befreite Annev seine Klinge aus dem Griff des Feurog und schnitt ihm dabei ein Stück Fleisch aus der Hand.

Annev warf einen raschen Blick zurück und sah, dass der Händler von den beiden anderen Feurog hart bedrängt wurde. Sie stürzten sich abwechselnd auf ihn und hatten es auf Crags Gesicht, Kehle, Bauch und Arme abgesehen. Der dicke Hausierer war mit seinem Stab überraschend schnell, während die

Feurog langsam und unkoordiniert waren, aber Annev bemerkte auch, dass Crags Kräfte allmählich nachließen.

»Wenn du deinen möglichst schnell erledigen könntest, wüsste ich deine Hilfe zu schätzen.« Crag schlug mit der Stange zweimal in das Gesicht des weiblichen Feurog, einmal auf jede Seite, aber es schien ihr kaum etwas auszumachen, denn sie rückte weiter auf den Hausierer vor. »Verdammt noch mal, es ist ja nahezu unmöglich, diese Kreaturen mit einer stumpfen Waffe zu töten!«, brüllte er.

Annevs Feurog krümmte und streckte die Finger seiner blutenden Hand, kam wieder auf den Jungen zu und beäugte das verrostete Schwert. Annev ging in Erwartung eines Angriffs in Stellung, und als sich das Geschöpf auf ihn stürzte, riss er seinen Schwertarm hoch und sprang ihm entgegen. Es würde ein tödlicher Hieb sein – das wusste Annev –, doch anders als im Fall der Hexe zögerte er nicht.

Die Schwertspitze durchstach das linke Auge des Ungeheuers und wurde durch dessen eigenen wilden Ansturm tief in die Höhle hineingetrieben. Das Ding kreischte auf, stürzte aber weiter vorwärts, doch dann verlangsamte sich sein Schwung bis zum völligen Stillstand, als Annevs Schwert über das schwarze Metall schrammte, das den größten Teil seines Schädels ummantelte. Der Feurog fiel auf die Knie, und Annev zog fünfzehn Zentimeter Stahl aus der Augenhöhle des sterbenden Ungetüms.

Annev wirbelte herum und sah, wie der Händler einen krachenden Schlag auf den Kopf des bärtigen Feurog landete. Als das Holz auf Wangenknochen und Schläfe donnerte, zerbarst das Gesicht des Ungeheuers unter der schieren Wucht des Hiebes. Stumm sackte der Feurog zu Boden.

Annev machte einen Schritt auf den verbliebenen weiblichen Feurog zu. Taumelnd trat die Kreatur von einem Fuß auf den anderen, ihr Gesichtsausdruck eine Mischung aus Zorn und Angst, während sie den Blick erst auf Crag und den toten Feurog gerichtet hielt, um ihn dann Annev und dem sterbenden Feurog hinter ihm zuzuwenden. Sie zischte und schwang bedrohlich ihren steinernen Arm. Annev bemerkte eine Schnittwunde auf Crags rechtem Unterarm. Ein unablässiger Strom von Blut quoll aus der Verletzung und tropfte Crag auf die Hand. Er würde nicht mehr allzu lange durchhalten, daher näherte sich Annev der Feurogfrau von der Seite und rückte langsam vor, sein Schwert bereit. Die Feurog drehte sich zu ihm um, während sie gleichzeitig vor ihm zurückwich.

»Achtung!«, rief Annev. Im gleichen Moment stieß sich die Feurog vom Boden ab, sprang hoch durch die Luft und griff an. Sie öffnete weit die Arme, um zu einem vernichtenden Schlag auszuholen, und Annev trat einen Schritt zurück.

Er sah seine Gelegenheit, da war die Stelle, an der ihr Herz sein musste, und er schwang bereits sein Schwert, als er das Glänzen von Gold bemerkte, das sich in ihrem gepanzerten Leib spiegelte; Annev wusste, dass er ihn niemals würde durchstoßen können, und die durch die Luft fliegende Feurog kam in rasendem Fall auf ihn zu. Statt sich auf sie zu stürzen, ließ sich Annev fallen und rollte sich ab, und sie krachte genau an der Stelle herunter, wo er soeben noch gestanden hatte. Sie stieß ein enttäuschtes Brüllen aus. Als Annev aufsprang und nach ihr stach, schlug sie ihm mit der Hand ins Gesicht, warf ihn zu Boden und setzte sich rittlings auf ihn, sodass sein Schwert und seine Arme an seine Seiten gepresst waren. Sie hob ihren schweren linken Arm über den Kopf – ein hässliches, schwarz-weiß geflecktes Ding, das im Mondlicht schimmerte – und ließ ihn auf Annevs Schädel herabkrachen.

Doch der Schlag sollte ihn niemals treffen. Crags Stab schoss durch die Luft, schnell wie ein Pfeil, und drang ihr knirschend in die Luftröhre. Sie umklammerte ihre Kehle, rang keuchend um Atem und kippte von Annev herunter. Er sprang sofort wieder auf.

Crag stand über der am Boden liegenden Feurog, seinen Stab auf ihre Stirn gedrückt. Sie wälzte sich im Dreck, klammerte die Finger um die Kehle und versuchte verzweifelt, Luft zu holen.

»Sie erstickt«, sagte Annev keuchend und senkte sein Schwert.

»Jawohl, das tut sie.« Crag hob seinen Stab in die Höhe. »Wird am besten sein, die Sache sauber zu beenden.« Er hob den Stab mit der Metallspitze hoch über den Kopf.

»Nein!«, protestierte Annev. »Ich meine … können wir ihr nicht helfen?«

»Sie hat versucht, uns zu töten. Vielleicht ist sie sogar eine von denen, die mein Maultier gequält haben.« Er trat die linke Hand der Feurog von ihrer Kehle weg, und sie klatschte zu Boden, schwer wie ein Stein. Er stellte sich darauf. »Siehst du das?«, fragte er und ließ seinen Stiefel über ihre Hand knirschen. »Ihre Haut ist wie Granit. Sie hätte deinen Schädel in tausend Stücke zerschmettert.«

Annev runzelte die Stirn. Die Feurog mühte sich, den Arm unter Crags Stiefel hervorzuziehen, aber sie wurde immer schwächer. Ihre Lippen wurden blau, und Annev sah Panik in ihren Augen.

In ihren so schrecklich menschlichen Augen.

»Gebt mir Eure Pfeife!«, blaffte Annev und kniete sich neben die Feurog.

»Was willst du denn mit …«

»Eure Pfeife! Sofort. Bevor es zu spät ist!«

Crag schüttelte den Kopf, zog aber gleichzeitig die Pfeife aus seiner Tasche. »Ich weiß, dass du glaubst, helfen zu können, Junge, aber das tust du nicht. Die da ist tot. Es wäre gütiger, ihr einfach den Rest zu geben.«

Annev ließ sich nicht beirren und griff nach der Pfeife. Er riss die andere Hand der Feurog von ihrer Kehle und hielt sie an ihrer Seite fest. »Drückt auch das andere Handgelenk auf den Boden!«, rief Annev. Crag murmelte unwirsch vor sich hin, tat aber wie geheißen und trat auf die andere Hand des Geschöpfs. Unter ihnen schlug die Feurog zappelnd um sich und versuchte, sich zu befreien. Ihre Augen traten aus den Höhlen, und sie knirschte mit den Zähnen.

Annev legte die Pfeife zwischen die metallumhüllten Brüste der Feurog und nahm dann sein Schwert zur Hand. Er setzte die Schneide auf dem Pfeifenstiel auf, hackte und sägte, bis er den Stiel vom Pfeifenkopf getrennt hatte. Die Feurog zuckte zusammen, als sich die Schwertschneide in ihre Brust drückte, aber als Annev das Schwert wieder wegnahm, war auf ihrer metallischen Haut nur ein dünner Kratzer zu sehen. Annev setzte sich rittlings auf den missgestalteten Oberkörper der Frau und wusste nicht recht, was er tun sollte. Sodar hatte es ihm einmal erklärt – hatte gemeint, Annev solle es niemals versuchen, es sei denn, es allein könne zwischen Leben und Tod entscheiden; und jetzt war genau ein solcher Moment. Annev wusste, dass er es versuchen musste, selbst wenn ein Scheitern den Tod der Frau bedeutete.

Den stumpfen Schwertrücken in der Hand, machte Annev schnell einen kleinen Einstich in die Luftröhre der Feurog. Er zuckte zusammen, als ein Luftstrahl aus ihrer Kehle schoss, und dann, bevor Blut in die Wunde sickern konnte, rammte er die abgetrennte Pfeife in die Öffnung hinein.

Als nun wieder Luft in ihre Lunge strömte, stellte die Feurog ihr wildes Um-sich-Schlagen ein. Ihre Lippen nahmen wieder Farbe an, und ihre Augen blickten etwas weniger panisch verstört, wenn auch nach wie vor verängstigt.

Annev stand auf und hielt das Schwert nun wieder am Griff in der Hand.

Crag stieß einen Pfiff aus. »Wo hast du diesen magischen Trick gelernt?«

»Von Sodar«, antwortete Annev, den Blick immer noch auf die Feurog gerichtet. »Er hat gesagt, wenn ich Priester werden will, müsste ich wissen, wie ich den Leuten helfen kann.«

»Du hast da echtes Können bewiesen, mein Junge. Heilen ist 'ne wahre Kunst.« Er runzelte die Stirn. »Auch wenn es mir lieber gewesen wäre, du hättest dafür nicht meine Lieblingspfeife kaputt gemacht.« Er machte eine Kopfbewegung zu dem Geschöpf auf dem Boden. »Und was fangen wir jetzt mit der da an? Sie ist immer noch gefährlich.«

»Meint Ihr, sie wird nach wie vor versuchen, uns etwas anzutun?«

Crag zuckte die Achseln. »Diese Wesen scheinen wild und grausam zu sein. Schwer vorherzusagen, was sie tun wird. Ich kann mir immer noch nicht erklären, warum sie uns gerade angegriffen haben, da die Hexe tot ist und sie sie nicht mehr auf uns hetzen kann. Noch weniger kann ich verstehen, warum du versuchst, sie zu retten.«

Annev betrachtete die Feurog. Sie hatte den Mund geschlossen, sodass sie sich besser darauf konzentrieren konnte, durch die Pfeife in ihrem Hals zu atmen. Jetzt, wo sie ihre dünnen Lippen fest aufeinandergepresst hatte, konnte Annev die langen Reihen scharfer Zähne nicht mehr sehen. Sie wirkte nun weniger wie ein Tier und mehr wie eine verängstigte Frau – und es war offensichtlich, dass sie große Angst vor ihnen hatte. Die Blicke der Feurog flogen zwischen Annev und Crag hin und her, aber in ihren Augen lag noch etwas anderes. Ein Schimmer von Menschlichkeit? Ein Funke von Intelligenz? Ein Flehen um Gnade?

»Lasst sie gehen«, sagte Annev.

Crag schaute auf die Feurog mit der aus ihrem Hals ragenden Pfeife hinab. »Sie wird dir den Garaus machen, sobald du ihr auch nur den Hauch einer Gelegenheit dazu gibst.«

»Vielleicht«, räumte Annev ein. »Trotzdem wäre es mir lieber, wir würden sie freilassen. Sie ist jetzt weniger gefährlich als zuvor, und ich bin neugierig zu sehen, was sie tun wird.«

Crag seufzte und nahm seinen Stab vom Kopf der Feurog. »Also gut, einverstanden.« Er trat von ihr herunter und gab ihre

Arme frei. Dann wich er noch einige Schritte zurück und beobachtete, was geschehen würde. Auch Annev trat ein Stück von ihr weg und stellte sich neben Crag.

Jetzt, da ihre Arme frei waren, hob die Feurog vorsichtig beide Hände und fasste sich an die Kehle. Die Haut ihrer rechten Hand bestand aus weichem Fleisch – nicht aus Granit wie die linke Hand oder aus Metall wie ihr Rücken und ihre Brust. Mit ihren menschlichen Fingern berührte sie zaghaft den Pfeifenstiel in ihrer Kehle. Sie griff danach und packte ihn fest.

»Nein!«, rief Annev. Das Geschöpf hielt inne und ließ beide Hände sinken. Während der ganzen Zeit sprach Crag kein einziges Wort.

Sie rollte sich auf Hände und Knie und stand dann auf. Ohne Crag und Annev aus den Augen zu lassen, schlich sie zurück zu den beiden männlichen Feurog, die tot auf dem Waldboden lagen. Als sie den Bärtigen mit dem zerschmetterten Gesicht erreicht hatte, griff sie nach seinem Arm und zerrte ihn mit sich in die Dunkelheit.

Kapitel 41

»Was für seltsame Dinge wir doch heute Nacht gesehen haben«, bemerkte Crag und drückte sich seinen Stab an die Brust. »Wenn ich es nicht besser wüsste, würde ich sagen, wir sind in den Vosgar geraten.«

Annev schüttelte den Kopf, den Blick starr auf das metallgesichtige Geschöpf gerichtet, das er getötet hatte. »Das kann gar nicht sein, weil wir ja die Dichtwaldstraße nicht überquert haben.« Er schaute sich in dem schwarzen Wald um. »Aber wir sind ganz in der Nähe. Die Bäume wirken anders und sehen auch anders aus, je näher man dem Vosgar kommt. Dunkler. Wilder. Trotzdem, so etwas wie heute Nacht habe ich noch nie erlebt. Keine Hexen. Keine Geschöpfe aus Metall.« Er ging zu dem Feurog hinüber und untersuchte sein Gesicht. Seine Augen weiteten sich.

Seine Ohren … sie sind nicht von Eisen bedeckt.

Annev schluckte hörbar, vermochte sein Glück kaum zu fassen: Er würde immer noch seinen eigenen Weg wählen können – er konnte sich auf Sodars Seite stellen und auch weiterhin ein Mann von Charakter und Prinzipien sein, während er zugleich trotzdem Tosans hirnverbrannten Auftrag erfüllte. Er konnte diesem Geschöpf die Ohren abschneiden und sich mit ihnen seine Rettung erkaufen. Seine ganze Zukunft an der Akademie, alles, worauf er gehofft und wovon er geträumt hatte, konnte immer noch wahr werden. Mit zitternden Händen kniete sich Annev auf den Boden, hob sein Schwert und zielte seitlich auf den Kopf des Feurog.

»Was machst du da, Junge?«

Annev hielt inne. »Erinnert Ihr Euch an die komplizierten Schwierigkeiten, von denen ich gesprochen habe?«

»Jawohl.« Crag trat mit der Laterne zu ihm.

»Das hier ist eine davon.« Ohne weitere Erklärungen schnitt Annev mit seinem Schwert das eine Ohr des Ungetüms ab.

»Götter, Junge! Vor einer Minute hast du dich noch geweigert, eines dieser Ungeheuer zu töten, und jetzt sammelst du Trophäen?«

Annev rollte den Kopf des Feurog auf die andere Seite und griff nach seinem zweiten Ohr. Ein Teil des Ohrläppchens war mit der Eisenschicht verschmolzen, die den Schädel des Feurog überzog, aber Annev konnte genug vom Ohr abschneiden, dass er zuversichtlich war, Tosan zufriedenstellen zu können. Er stand auf, sammelte einige Farnwedel und wickelte die Fleischklumpen darin ein.

»Ich nehme zurück, dass ich gesagt hab, dein Dorf sei ein Ort, wo es sich gut leben ließe. Jeder, der auf Prüfungen besteht, in deren Rahmen man jemandem die Ohren abschneiden muss …« Crag schüttelte den Kopf. »Das ist nicht gerade die Art von Ort, die man sein Zuhause nennen möchte.«

Annev nahm noch einen weiteren Farnwedel, um das blutige Päckchen darin einzuwickeln, dann verstaute er das Ganze in seinem Kittel. »Vielleicht«, räumte er ein, auch wenn ihn in Wirklichkeit freudige Erregung erfüllte. Er würde sich seinen Avatartitel immer noch verdienen können – ohne dazu einen verirrten Hausierer ermorden zu müssen.

»Ist aber auch wirklich ein seltsamer Auftrag«, fuhr Crag fort und musterte nachdenklich das Schwert in Annevs Hand. »Wie können sie von dir erwarten, dass du ein Paar Ohren auftreibst, wo sie ihr Dorf doch absichtlich so versteckt haben, dass keine anderen Leute dort vorbeikommen?« Er kratzte sich an seinem eigenen Ohr und schüttelte den Kopf.

»Ich habe ja gesagt, dass die Sache kompliziert ist«, erwiderte Annev und wich der unausgesprochenen Frage des Händlers aus. Er drehte sich um und versuchte sich zu orientieren. »Der Waldrand sollte ungefähr eine Meile südlich von hier sein.«

Crag gab ein Brummen von sich und ließ Annev noch immer nicht aus den Augen. »Dann sollten wir uns jetzt besser auf den Weg machen.« Er reichte Annev die Laterne, und gemeinsam gingen sie zu seinem Karren zurück. Dort angekommen, zog Crag wieder die silberne Flasche aus seiner Tasche, nahm einen Schluck und spritzte etwas von ihrem Inhalt auf die Schnittwunde an seinem Unterarm.

»Wie steht es um Euren Arm?«, erkundigte sich Annev und betrachtete die Wunde.

»Er wird heilen.«

»Ich kann ihn Euch verbinden, wenn Ihr etwas habt, das ich als Verband nehmen kann.«

»Nicht nötig. Diesen magischen Kniff beherrsch ich schon selber.« Sprach's und griff in den hinteren Teil seines Karrens. Er wühlte ein wenig herum und förderte eine kleine Tuchrolle zutage. Er wickelte sie auf und machte sich daran, sie um seine Wunde zu rollen. »Und was macht dein Arm?«

Annev schob das Schwert unter seinen Gürtel zurück und ließ prüfend die Finger seiner verbundenen linken Hand spielen. »Alles in Ordnung, glaube ich. Der Schmerz hat stark nachgelassen.«

Crag grunzte skeptisch. »Wir sollten trotzdem deinen Verband wechseln.«

Annev nickte, und eine Minute später half ihm Crag, die verklebten Verbände von seiner Prothese zu lösen. Crag warf einen Blick auf die graurosa Narben, die schnell zu heilen schienen, dann nickte er beifällig und verband die Verletzung aufs Neue.

»Crag«, sagte Annev, sobald der Hausierer fertig war. »Wenn ich Euch aus dem Dichtwald herausgeführt habe, dürft Ihr niemals dorthin zurückkehren. Ich will Euch nie wiedersehen.«

Der Händler nickte. »Das hatte ich vermutet. Wär auch kein anständiges geheimes Dorf, wenn es der alte Crag besuchen könnte, wann immer er lustig ist – nicht dass ich das auch wirklich tun würde, jetzt wo ich weiß, dass meine Waren dort keine ordentlichen Preise erzielen.«

Annev lächelte. »Dann werdet Ihr unser Geheimnis also für Euch behalten? Ihr werdet niemandem von dem Dorf und von dem, was wir dort machen, erzählen?«

Crag schlug sich die Faust auf die Brust. »Ich schwör's.« Er machte eine nachdenkliche Pause. »Du könntest aber auch mit mir kommen, weißt du. Ich brauch schließlich ein neues Lasttier.«

Annev starrte den Händler an und versuchte zu erkennen, ob der Mann seine Worte ernst meinte. Im schwachen Licht der Laterne war es schwer, das zu sagen.

»Ihr bietet mir wirklich einen Platz bei Euch an?«

Crag verstaute die übrigen Verbände zusammen mit seinem Stab wieder im Wagen. »Nun ja«, antwortete er, »du hast mir heut Abend das Leben gerettet. Es scheint mir nur gerecht, im Gegenzug anzubieten, dass ich dir deins rette.«

»Aber … das habt Ihr ja bereits getan. Als Ihr mich zu Eurem Wagen zurückgetragen und meinen Arm verbunden habt.«

Crag lächelte und hob die Zugstange an, um sich darunter hindurchzuducken. »Stimmt, obwohl du mich deinerseits vor der Hexe gerettet hast. Doch das hab ich nicht gemeint. Stimmt schon, wir haben auf diesem Weg jeder das Seine geleistet. Aber ich hab von deiner Prüfung gesprochen. Davon, dass du deinen Dorfältesten diese Ohren zurückbringen musst, damit du behaupten kannst, du hättest mich umgebracht.«

Annevs Wangen wurden heiß vor Verlegenheit. »Wie lange wisst Ihr das schon?«

Crag lächelte. »Lange genug, dass dich eine unangenehme Überraschung erwartet hätte, wenn du's versucht hättest. Ich mag es nicht, wenn Leute mich zu ermorden versuchen, und das lass ich sie auch spüren, selbst wenn sie Freunde von Sodar sind.«

»Ihr seid schon früher mal im Dorf gewesen, nicht wahr?«, begriff Annev.

Crag nickte. »Ja. Ich hab Chaenbalu nicht zum ersten Mal aufgesucht.«

Annev bemerkte, dass der Hausierer den Namen des Dorfes diesmal richtig aussprach. Seine Lippen zuckten. »Ihr kennt also Sodar und seid schon einmal im Dorf gewesen.« Er schüttelte den Kopf und drehte die halb geschnitzte Phönixlaterne in den Händen hin und her. »Warum dann das alles? Warum so tun, als hättet Ihr Euch verirrt?«

»Ich hatte mich tatsächlich verirrt. Ich bin mit Absicht in den Dichtwald gekommen – auf der Suche nach Sodar –, aber ich bin vom richtigen Weg abgekommen. Eine eurer Weisfrauen hat mich in der Nähe umherwandern sehn, und sie hat einen eurer Meisteravatare ausgeschickt, um mich im Auge zu behalten. Hab mir dann gedacht, dass ich mich lieber erst mal nicht mehr von der Stelle rühren sollte – ich wollte Sodar schließlich keinen Ärger einbrocken –, aber dann hat es Odar für angebracht gehalten, mir dich als meinen Führer zu schicken.«

Annev versuchte zu schlucken, aber sein Mund war ausgetrocknet. »Also, dass Ihr ein fahrender Händler seid – das war alles nur Schauspiel? Ihr seid einfach ein weiterer Kunstmeister oder irgend so was aus Sodars geheimer Bruderschaft.« Er hatte eigentlich nicht vorgehabt, es wie eine Anklage klingen zu lassen, aber er hatte Crag mittlerweile ins Herz geschlossen, und die Vorstellung, dass er nur ein weiterer Faden in Sodars Lügennetz war, ließ einen unguten Geschmack in Annevs Mund zurück.

Crag schüttelte den Kopf. »Sodar hat mich seit Jahren nicht mehr gesehen, und ich nehm an, wir sind beide damit ganz glücklich. Ich betrachte ihn immer noch als einen Freund, aber wir sind in ein paar Punkten unterschiedlicher Meinung.« Er zuckte die Achseln. »Ich überlasse es Sodar, dir die Sache zu erklären, da es eine lange Geschichte ist, und es ist nicht an mir, dich da einzuweihen … es sei denn, du würdest dich mir auf der Straße nach Hentingsfurt anschließen.«

Annev fühlte sich hin- und hergerissen. Stumm starrte er auf die Laterne in seinen Händen, auf die sich wölbende Decke, die über Crags Wagen lag, und schließlich auf den vorgeblichen Händler selbst. So viele Fragen. So viele Rätsel. Er wollte Crags Geschichte hören – und herausfinden, in welcher Verbindung er zu Sodar stand –, aber er konnte für diese Antworten nicht sein Leben in Chaenbalu aufgeben.

»Ich kann nicht mit Euch kommen.«

»Warum nicht?«

»Chaenbalu ist mein Zuhause, und die Menschen verlassen sich darauf, dass ich zurückkehre. Mein Leben ist dort.« Er dachte an Myjun – daran, wie er ihr den Hof machen würde, sobald er sich seinen Avatartitel verdient hatte. Er dachte an Titus und Therin, die er wiedersehen wollte, und an Fyn, dem er seinen selbstgefälligen Ausdruck vom Gesicht zu wischen gedachte, sobald er selbst seine braunen Avatarkleider trug.

Doch mehr als an irgendjemanden sonst dachte Annev an Sodar. Er würde die Priesterwohnung und seinen Mentor verlassen müssen, wenn er nach Hause zurückkehrte, aber dennoch wollte er nach Chaenbalu zurück und den Priester noch ein letztes Mal sehen. Er hatte Gewissensbisse, weil er Tosans Auftrag angenommen hatte, ohne Sodar von der Prüfung des Urteils zu erzählen. Und er hatte Fragen an Sodar. Wenn ihm schon Crag nicht von sich aus Rede und Antwort stehen wollte, würde Annev eben den Priester selbst fragen … auch danach, was die Worte der Hexe zu bedeuten hatten.

Sohn der sieben Väter, grübelte Annev. *Sohn des Keos. Gefäß.* Selbst wenn Sodar behaupten sollte, die Bedeutung der Worte der Hexe nicht zu kennen, hatte er Annev dennoch angelogen, was seine elterliche Abstammung und des Priesters eigene geheime Vergangenheit betraf. Annev hätte wetten können, dass auch Crag irgendwie mit alledem in Verbindung stand – ein Teil jenes geheimen Lebens war, das Kunstmeister, Blutherren und Alterslose mit einschloss.

Crag sah Annev forschend ins Gesicht, dann nickte er. »Ganz wie du willst, Junge. Wenn du weißt, wo du deinen Platz in der Welt hast, werd ich dich nicht mit Gewalt davon wegzerren.« Crag stemmte sich gegen die Zugstange, und er und Annev setzten ihren Weg in Richtung Straße fort. »Kann mir eigentlich auch ganz recht sein. Ich bin ein verschrobener fetter alter Händler, der nicht an Gesellschaft gewöhnt ist.«

Annev lächelte. »Wenn Ihr ›verschroben‹ durch ›mysteriös‹ ersetzt, bin ich da völlig einverstanden.«

»Aha, ich verstehe«, erwiderte Crag im unmissverständlichen Tonfall des gespielten Beleidigtseins. »Du findest also, dass ich fett bin.«

Annev schüttelte den Kopf, und sein Lächeln wurde nur noch breiter. »Soll ich Sodar die Botschaft ausrichten, die Ihr für ihn habt?« Er überlegte kurz, beschloss dann, das damit verbundene Risiko einzugehen, und fragte: »Hat es etwas mit dem Tod all der Kunstmeister zu tun?«

Crag sah ihn eindringlich an. »Was weißt du darüber?«

»Arnor hat uns gestern einen Besuch abgestattet«, sagte Annev, ohne die Wahrheit mehr als nur ein klein wenig zu verdrehen.

»Arnor?«, wiederholte Crag und stockte mitten im Schritt. »Das ist nun wirklich ein Name, den ich seit ’ner ganzen Weile nicht mehr gehört habe.« Er schwieg für einen Moment, und sein Lächeln verflüchtigte sich nach und nach. »Es überrascht mich, dass du überhaupt so viel mitbekommen hast. Sodar mag es, mit dem, was er weiß, anderen gegenüber immer so lange wie möglich hinterm Berg zu halten.« Crags Worte beunruhigten

Annev mehr, als er sich anmerken ließ, aber er sagte nichts dazu und hoffte, dass der Händler ihm gegenüber offen sein würde. »Eine schlechte Angewohnheit, wenn du mich fragst«, fuhr Crag fort, »obwohl ich schwer bezweifel, dass man sie ihm je wird austreiben können.«

»Nun gut«, sagte Annev einen kurzen Moment später. »Welche Nachricht soll ich Sodar denn jetzt ausrichten?«

»Oh, das wüsstest du wohl gern«, neckte Crag. »Pech für dich. Scheint ganz, als hätte ich mir Sodars schlechte Angewohnheiten zu eigen gemacht.« Als Annev die Stirn runzelte, lachte der fahrende Händler mit echter Heiterkeit. »Mach dir keine Sorgen, Junge. Ich habe in der Nähe des Hinkelsteins, wo wir uns getroffen haben, einen Brief hinterlassen. Du kannst ihn zu Sodar mitnehmen und ihm geben, wenn du zurückkehrst – nur brich das Siegel nicht auf.« Annev nickte. »Gut. Lass uns jetzt über angenehmere Dinge reden – einmal vorausgesetzt, wir werden nicht noch von einer weiteren dämonischen Hexe oder irgendwelchen Metallungeheuern gestört. Frag mich doch mal nach irgendeiner Stadt oder irgendwelchen Orten, von denen du gehört hast, und ich wette, ich kann dir 'ne gute Geschichte darüber erzählen.«

»Nun ja«, sagte Annev und gab klein bei, »wie wäre es zum Beispiel mit Grünfroch und den Herren der Pferde?«

»Die Markluaner! Bin im Laufe meines Lebens so manchen von ihnen über den Weg gelaufen. Sind unerbittliche Feilscher – für Wilde wie sie jedenfalls. Auch ihre Währung ist reichlich seltsam. Sie haben keine Stangen und Sonnen wie wir hier im Reich. Stattdessen haben sie Messingspangen und Silberbänder, Kupferreifen und Goldringe. Alles, was man tragen kann – und wo ein Loch drin ist –, taugt dort für den Handel.«

Nach einer weiteren halben Stunden Fußweg und einem überaus kurzweiligen Gespräch stolperten Annev und der Hausierer aus dem Wald hinaus und trafen auf die Dichtwaldstraße. Die Sterne standen am Himmel, und sie konnten in beide

Richtungen weit die Straße entlangsehen. Kein Zeichen von anderen Reisenden.

Crag duckte sich unter der Zugstange hervor und griff nach der Phönixlaterne. »Ich habe dir Rattan und Drachenblut als Gegenleistung versprochen, wenn du mich sicher hinaus aus dem Dichtwald führst«, wandte er sich an Annev. »Und auch wenn wir unterwegs zweimal angegriffen wurden, beim ersten Mal war ich rundum selbst dafür verantwortlich, und das zweite Mal war ein pures Missgeschick. Du hast deine Pflichten als Führer besser erfüllt, als es sich irgendwer erhoffen konnte.« Er streckte seine leere Hand aus. »Nichtsdestotrotz hätte ich jetzt gern mein Schwert zurück.«

Annev streckte Crag die Waffe hin, den Griff voraus. »Vielen Dank auch. Möge Euch Odar auf Euren Reisen beschützen.«

»Und möge Lumea deinen Pfad erhellen, wo immer er dich auch hinführen mag«, erwiderte Crag. »Da wir gerade davon sprechen …« Er hielt Annev die Phönixlaterne hin. »Ich möchte, dass du die hier an dich nimmst – als Geschenk.«

Annev schüttelte den Kopf. »Die Laterne ist zu kostbar. Und außerdem werdet Ihr sie brauchen.«

Crag schnaubte unwillig und drängte Annev, seine Schnitzarbeit in die Hand zu nehmen. »Ich hab die Sterne, um mir meinen Weg zu erhellen, Junge. Ich brauch kein Rätselkistchen, und wenn ich will, kann ich mir jederzeit ein neues machen. Nimm du sie, ich besteh darauf. Ein Phönix für einen Phönix.« Annev gab nach und griff nach dem Schatz. »Aber pass auf, dass du diesen kleinen Vogel von deinen Ältesten fernhältst«, schärfte Crag ihm warnend ein. »Es ist mein großzügiges Geschenk an dich allein, und ich will nicht irgendwann hören, dass es dir jemand weggenommen hat – vor allem nicht diese Drecksäcke in ihren roten Schlafanzügen.« Er spuckte auf den Boden, genau zwischen Annevs Füße. Diesmal zuckte Annev mit keiner Wimper.

»Danke«, sagte Annev, auch wenn er wusste, dass er die Laterne zusammen mit dem Schwert Gnade in der Kapelle würde zurücklassen müssen. »Ich werde sie in Ehren halten, genau wie unsere Freundschaft, und ich wünsche Euch viel Glück in Hentingsfurt oder Caerhaven oder wo auch immer Ihr hingehen wollt.«

»Ich gehe dort überallhin!«, verkündete Crag und schob sich wieder unter der Zugstange des Karrens hindurch. »In der ersten Stadt, in der ich haltmache, werd ich mir allerdings erst mal ein neues Maultier besorgen. Verdammt anstrengend, dieses Ding überall hinzerren zu müssen, wohin ich geh, und außerdem vermisse ich Cenifs Gesellschaft.« Er seufzte, dann klopfte er Annev auf den Rücken. »Vielen Dank, Ainnevog – und vergiss nicht: Wenn dir die Straße nicht gefällt, auf der du dich befindest, gibt es immer auch noch 'nen anderen Weg. Du musst nur den Mut aufbringen, den es braucht, um ihn zu entdecken.« Annev nickte, dann hob Crag seinen Wagen wieder an und begann mit ihm die sternenbeschienene Straße entlangzugehen. Annev warf sich die in ihrem Netz verstaute Laterne über die Schulter und sah Crag hinterher, bis der Karren in der Dunkelheit verschwunden war.

Statt allein wieder in den Wald zurückzugehen, wandte sich Annev nach Westen und trabte die Dichtwaldstraße entlang. Rechts von ihm lag der schlummernde Dichtwald; zu seiner Linken ragten die hohen Kiefern des Vosgar auf. Er ließ beide Wälder rechts und links liegen, hielt den Blick geradeaus auf die Straße gerichtet und lief mit eiligen Schritten durch die Dunkelheit. Er wusste, dass er irgendwann vertraute Pfade erreichen würde, die ihm einen schnelleren Weg nach Hause boten.

Doch im Moment war er erst einmal allein und frei – frei von Verpflichtungen und Ältesten, von Titeln und Lehrern. Sie würden ihn alle wieder für sich fordern wollen, sobald er Chaenbalu erreicht hatte, aber für den Augenblick war die Straße sein Führer, und die Sterne waren seine Gefährten. Er rannte schneller, lächelte trotz seiner Ängste und Sorgen und raste durch den Wald, um der Morgendämmerung zuvorzukommen.

TEIL 3

Und Keos stürzte zu Boden und richtete den Blick nach oben, auf seinen Bruder, der ihn geschlagen hatte, und hin zu seiner Schwester, die es untätig mit angesehen hatte. Und er hob seine gebrochene Gliedmaße seiner Schwester entgegen und schrie um Hilfe. Aber Lumea schämte sich und zog sich aus seiner Gegenwart zurück.

Dies nun schmerzte Keos viel mehr als die körperliche Verletzung, die er erlitten hatte, denn obwohl Keos auch seinen älteren Bruder einstmals geliebt hatte, liebte er seine Schwester doch immer noch von ganzem Herzen, und er empfand Lumeas Verrat als den bittersten von allen.

Und so kam es, dass Keos seine Stimme erhob und Odar und Lumea verfluchte. Und er verfluchte ihre Kinder, die Dariten und die Ilumiten, und schwor, dass er Krieg gegen sie führen würde. Und er verfluchte die Geschenke, die er gefertigt hatte, sowohl den Stab des Odar als auch die Flöte der Lumea. Und der Fluch des Keos war mächtig, denn er bedeutete, dass Lumea und Odar verbrannt werden würden, sobald sie von diesen Gegenständen Gebrauch machten. Und der Fluch erstreckte sich sogar auf die Anhänger Odars und Lumeas, sodass, wann immer ein Darit oder ein Ilumit versuchen sollte, den Stab oder die Flöte zu ergreifen, derjenige vom Fluch getroffen sterben würde. Doch der Fluch des Keos war unvollkommen, denn eine kleine Schar der Gläubigen Odars und Lumeas konnte sich der Instrumente der Macht nach wie vor bedienen. Denn wahrlich, jene wenigen Ilumiten, die große Gunst bei Lumea gefunden hatten, waren in der Lage, die Flöte zu spielen, und jene wenigen Dariten, die große Gunst bei Odar gefunden hatten, waren in der Lage, den Stab zu tragen. Und sie wurden Daltas genannt, oder Kindgötter, man begegnete ihnen mit großer Ehrfurcht, und sie waren gesegnet mit gewaltiger magischer Macht.

Und so floh Keos und verbarg sich in den Tiefen der Erde. Und für lange Zeit war er untröstlich und umgab sich mit

niemandem als den Golems, die er geschaffen hatte. Und er schwang seinen Hammer und schmiedete sich eine neue Hand. Sie war aus purem Gold und mit großer Schläue und Klugheit geformt, insofern als sie wie seine alte Hand erschien, nur dass sie das Zeichen seiner Kunstfertigkeit trug.
Und Keos ließ viel von seiner verbliebenen Macht und Stärke in diese neue Hand strömen, und ebenso auch seine Bosheit, denn er hatte Odar und Lumea Rache geschworen. Und gerade so wie Odar nach der Vernichtung der Kinder des Keos getrachtet hatte, schwor nun Keos, die Anhänger des Odar und der Lumea zu vernichten.
Doch dies war nun noch keineswegs alles, denn während sich Keos in den Tiefen der Erde plagte, erhoben sich neue Götter. Und sie wurden die Jüngeren Götter genannt, und sie rührten vom Zerbrechen der Hand des Keos her. Und ihre Namen waren Sealgair der Jäger, Gott der Tiere; Garadair der Gärtner, Gott der Pflanzen; Cruithear der Schöpfer, Gott der Steine und Erze; Dorchnok der Schelm, Gott der Schatten; und Tàcharan der Wechselbalg, Gott des Zufalls.
Und außerdem entwuchsen fünf neue Rassen der Hand des Keos; und sie waren die Drachen, die Nymphen, die Riesen, die Eidola und die Feen. Und der Handfläche des Keos entsprangen noch Tausende weitere magische Geschöpfe, ohne Rasse oder elterliche Abstammung. Und sie wurden Keokum genannt, denn sie waren geboren aus Keos und waren doch nicht seine Kinder. Und all diese Dinge rührten vom Zerbrechen der Hand des Keos her.
Und die Spanne des Zweiten Zeitalters wurde gerechnet vom Tode Myahlais bis zum Zerbrechen der Hand des Keos. Und sie wurde das Zeitalter der Könige genannt und erstreckte sich über tausend Jahre.

Ein aus den Ruinen von Speur Dún geborgenes Fragment: »Das Zerbrechen der Hand des Keos« aus dem *Buch Terra*,
übersetzt von Sodar Weir

Nun aber war das Dritte Zeitalter der Welt gekennzeichnet durch die Geburt der Jüngeren Götter. Doch als sie zu ihrer Göttlichkeit erwachten, war ihr Vater nicht bei ihnen. Denn, wahrhaftig, Keos hatte sich aus Luquatra zurückgezogen, und er hatte seine Kinder verlassen, damit er seine Wunden pflegen und seine Kräfte sammeln konnte für den Tag, da er sich in Ruhm und Macht neu erheben würde.
Und die Zahl der Jüngeren Götter war fünf, denn sie waren dem Zerbrechen der Hand des Keos entsprungen, und sie hatten sich einen Teil seiner Kräfte bewahrt. Und sie erwachten in einer Welt aus Chaos und Blut, denn Keos hatte seine Gläubigen verlassen, und sie lagen einer gegen den anderen miteinander im Krieg. Und die Jüngeren Götter erbarmten sich der Gefolgschaft des Keos, und als sie den Terranern Beistand leisteten, gewannen sie eigene Anhänger und schickten sich an, Keos' Meisterschaft über t'rasang *an sich zu reißen.*
So begab es sich, dass die fünf Jüngeren Götter das Volk des Keos spalteten, seinen Anhängern schmeichelten und viele von ihnen für sich selbst gewannen. Doch die Mehrheit der Terraner blieb Keos treu und betete ihn in seiner Abwesenheit weiter an, denn, so wähnten sie, wenn Keos aus seiner Abgeschiedenheit zurückkehrte, würde er die Verbindung mit den Getreuen suchen, und viele würden erhöht werden, um Blutherren zu werden – und so kam es denn auch.
Die Treulosen indes wurden nicht belohnt. Ja, in seinem Zorn suchte Keos die Jüngeren Götter auf, und er wies sie an, sich seinem Willen zu unterwerfen und ihre Anhänger wieder in die Schar der Seinen einzureihen. Aber die Jüngeren Götter wiesen Keos' Ansinnen verächtlich zurück, denn sie waren so stolz wie ihr Vater und bestanden auf ihrer eigenen Göttlichkeit. Und, fürwahr, sie behaupteten, Keos sei ein verstümmelter Gott, und seine Macht sei geschmälert. Und wie zum Beweis verwiesen sie auf die Schmiede von Thoir Cuma, die immer ein Zeichen von

Keos' Stärke gewesen war, und sie zeigten, dass sie zerstört worden und an ihrer Stelle ein Tempel Tácharans erbaut worden war. Und so scheiterte Keos mit seinem Vorhaben, seine Oberhoheit über sie geltend zu machen.
Doch Keos tobte und zürnte nicht, wie er es in der Vergangenheit getan hatte, denn seine Zeit in der Abgeschiedenheit hatte ihn nachdenklicher und schlauer gemacht. Und er kehrte in die Gruben von Daogort zurück, an denselben Ort, an dem er sich einst in seine Abgeschiedenheit begeben hatte, und er formte die unterirdischen Abgründe von Daogort zu einem großen Amphitheater, und er lud die Keokum ein, ihn dort aufzusuchen und ihm entweder ihre Treue zu geloben oder sich von ihm loszusagen. Und er lud auch die Drachen ein, die Nymphen, die Riesen, die Eidola und die Feen. Wahrlich, er lud all die Geschöpfe ein, die aus dem Zerbrechen der Hand des Keos hervorgegangen waren.
Für fünf Jahre versammelte Keos sie. Für fünf Jahre kümmerte er sich um sie und versorgte sie mit Speis und Trank, umschmeichelte sie mit Gold und Silber, auf dass er sie vielleicht überreden konnte, für den großen Rat von Keokumot bei ihm zu bleiben. Und, fürwahr, er überredete tatsächlich einen der Jüngeren Götter, ihn aufzusuchen und dann bei ihm zu bleiben. Und am Ende der fünf Jahre war das Amphitheater gefüllt von jenen, die Keos treu ergeben waren. Und viele derer, die bis zum Rat blieben, hofften, den Gott des Erdenblutes beeinflussen zu können, wiewohl sie ihm keine Gefolgschaft schwören mochten. Und viele weitere blieben, weil sie Keos als einen gefallenen Gott erkannten. Und wahrlich, sie trachteten danach, ihn in seiner Schwäche für ihre eigenen Zwecke auszunutzen, denn sie priesen ihn am Tag, und bei Nacht spotteten sie seiner.
Und als die fünf Jahre vergangen waren, wurde der große Rat auch wirklich abgehalten. Und die Türen von Keokumot wurden fest verschlossen, auf dass alle sich beratschlagen sollten,

ob sie den Treueschwur leisten oder sich von Keos lossagen mochten.
Aber der Rat war vergebens, denn Keos hatte bereits erkannt, wer unter ihnen falsch und wer ihm treu war. Und er hatte ein Heer von Golems mitgebracht – fürwahr, sogar fünfhunderttausend Golems, die in der Zeit seiner Abgeschiedenheit von ihm geformt worden waren –, und die Golems versperrten die Tore von Keokumot. Und die Getreuen füllten das Amphitheater mit den Gebeinen der Treulosen. Und keiner von denen, die zurückblieben, bestritt die Herrschaftsgewalt des Keos.
Und von dieser Spaltung von Keokumot rührten fünf neue Rassen her, nämlich die Lindwürmer, die Sirenen, die Oger, die Dämonen und die Teufel. Und diese fünf führten Krieg mit ihren Schwesterrassen, die Keos abgewiesen hatten. Und das Dritte Zeitalter von Luquatra wurde bekannt als das Zeitalter des Blutes.

Ein aus den Ruinen von Speur Dún geborgenes Fragment:
»Der Rat von Keokumot« aus dem *Buch Terra*,
übersetzt von Sodar Weir

Kapitel 42

Annev lief auf den Kamm des Hügels hinauf, der sein Dorf überragte, und ließ die Laterne von seiner Schulter gleiten. Er beugte sich vor, die Hände auf seine zitternden Knie gestützt, und atmete schnell und tief durch, während er auf das Gras zu seinen Füßen starrte. Er füllte die Lunge mit den Düften des Frühlingsbeginns: kühler Morgentau, vermischt mit der satten Fruchtbarkeit der feuchten Erde und einem sanften, linden Windhauch.

Langsam richtete sich Annev wieder auf. Die Sonne war bereits über den Bäumen am Ostrand des Dichtwaldes aufgegangen, wiewohl ihr fahles Licht noch nicht auf die dicht an dicht stehenden Gebäude und die verschiedenen kleinen Äcker fiel, die zusammen mit dem Dorf in dem abgeschiedenen, bewaldeten Tal lagen.

Indessen bestrahlte das Licht bereits die Türme der Akademie, die sich über alles andere erhoben. Die Akademie war nicht nur das größte Bauwerk im Dorf, sondern auch das einzige, das mehr als zwei Stockwerke in die Höhe ragte, und so hob sie sich mit ihren langen Türmen und ihrer schmucklos-grauen Architektur deutlich von den bescheideneren Gebäuden ringsum ab. Nicht einmal Sodars Kapelle am anderen Ende des Dorfes ragte höher auf. Während Annev das Gebäude betrachtete, das fortan sein neues Zuhause sein sollte, wurde ihm bewusst, dass er seinem Bericht, den er Tosan zu erstatten hatte, mit sehr gemischten Gefühlen entgegensah. Zum einen war er geistig wie körperlich erschöpft; die seltsamen Ereignisse des vergangenen Tages und der letzten Nacht hatten in mehr als einer Hinsicht ihren Tribut von ihm gefordert, und der lange Lauf zurück nach Hause hatte ihm auch noch die letzten Kräfte geraubt.

Andererseits erfüllte es ihn mit einem freudigen Hochgefühl, dass er Tosans Aufgabe zu seinen eigenen Bedingungen ausgeführt hatte und dass er nun wohl endlich doch noch ein Avatar des Urteils werden würde. Allerdings war das wiederum ein bittersüßer Triumph, denn er bedeutete, dass seine Zeit mit Sodar an ihr Ende gekommen war. Annev löste den Blick von den Mauern der Akademie und ließ ihn zu dem winzigen graubraunen Gebäude schweifen, das er immer sein Zuhause genannt hatte. Er würde noch einmal dorthin zurückkehren müssen, um seine Sachen zu holen, bevor er in die Akademie umzog, und er war froh über diese Aussicht. Es blieb ihm sogar noch genügend Zeit, die von Crag erstandenen Waren abzuholen, die er in der Nähe der Hinkelsteine zurückgelassen hatte, bevor er nach Hause ging, um etwas zu essen und ein wenig zu schlafen. Der Rektor würde so lange auf ihn warten müssen – Tosan hatte Annev schließlich bis zum Sonnenuntergang Zeit gegeben, und der Tag brach gerade erst an. Allerdings wusste Annev, dass er weder etwas essen noch sich ausruhen würde, bis er mit Sodar gesprochen hatte. Der Priester würde alles hören wollen, und Annev hatte seine eigenen Fragen an ihn. Diesmal würde er nicht lockerlassen, bis Sodar sie ihm beantwortete.

Als er sich dem südwestlichen Dorfrand näherte, passierte Annev ein Wäldchen aus Ochromabäumen und wagte es, auf der Suche nach Ringschlangen in ihre Äste hinaufzuschauen. Doch er sah nur ein paar Fledermäuse. Er blieb kurz stehen, um aus dem Mühlbach zu trinken. Es schmeckte ein wenig brackig, aber nach seinem langen Marsch war das Wasser genau das Richtige. Er nahm noch mehrere lange Züge, dann überquerte er den Damm, der zur Straße ins Dorf führte. Er bahnte sich einen Weg durch die engen Gassen um den Dorfplatz herum, schlug einen großen Bogen um die Akademie und versicherte sich doppelt und dreifach, dass er außer Sichtweite der Buntglasfenster in Tosans Arbeitszimmer blieb.

Während er durch die Straßen hastete, schaute Annev an sich hinab und sah mit Schrecken, dass er vergessen hatte, den Verband von seinem linken Arm abzunehmen – etwas, was er eigentlich vor Betreten des Dorfes hatte tun wollen. Er duckte sich hinter die Mauer der Gerberei, stellte die Laterne auf den Boden und schälte den Verband von seinem Ellbogen ab. Dabei überkam ihn eine leise Anwandlung von Schuldgefühlen. Der Händler hatte ihn angewiesen, den Verband unberührt zu lassen, bis die Wunde zur Gänze verheilt war. Doch Annev konnte nicht riskieren, dass der Makel einer sichtbaren Verletzung – und des dadurch angedeuteten Versagens – auf ihm lastete. Selbst jetzt, nachdem er Tosans Auftrag erfüllt hatte, würde eine Narbe solchen Ausmaßes seine Errungenschaften stark schmälern und ihn als jemanden kennzeichnen, der Odars Gunst nicht würdig war. Annev hatte miterlebt, wie Kenton ganz Ähnliches passiert war, und er verspürte nicht das geringste Bedürfnis, das gleiche Schicksal wie der narbige Junge zu erleiden.

Als die Verbände sich gelöst hatten, untersuchte Annev Handgelenk und Unterarm. Die Haut war rosig und empfindlich, mit beinahe unsichtbaren roten Flecken um die Stelle herum, wo ihn die Hexe gebissen hatte, aber er sah keinerlei Kratzer oder Narben. Die magische Prothese hatte sich selbst geheilt.

Erleichtert stopfte Annev den Verband in eine der Taschen seines Kittels, griff dann in eine andere Tasche und holte Myjuns Regaleushandschuh hervor. Der makellose rot-goldene Stoff hatte sauber und ordentlich in seiner Brusttasche gesteckt, seit er am vergangenen Morgen die Kapelle verlassen hatte. Dagegen war der schwarze Handschuh der Täuschung, der zuvor die Prüfung des Urteils unbeschadet überstanden hatte, von der Waldhexe zerfetzt worden. Crag hatte die zerlumpten Überreste für Annev aufgehoben, trotzdem hatte Annev jetzt nur noch den nicht-magischen Handschuh, um seinen Arm zu bedecken. Er streifte ihn über und dachte an Myjun und daran, dass er ihr nun endlich bald den Freundschaftsring würde geben können, und auch wenn Myjuns Handschuh seinen Arm nicht vor einer Untersuchung mit magischen Mitteln würde verbergen können, wie es beim Handschuh der Täuschung der Fall gewesen war, tröstete ihn doch die Tatsache, ihn bei sich zu haben.

Annev lugte hinter der Wand der Gerberei hervor und schaute links und rechts die Straße hinab. Als er sich davon überzeugt hatte, dass ihn niemand beobachtete, rannte er Richtung östlicher Wachturm zurück, suchte sich einen Weg durch die engen Gassen und hoffte, keinem Ältesten oder Meister zu begegnen, der seinen frühmorgendlichen Pflichten nachging. Sobald er das eigentliche Dorf verlassen hatte, flitzte er an Bauernhäusern vorbei und eilte auf den Hinkelstein zu, an dem er das Palmrohr und das Drachenblut zurückgelassen hatte. Er würde erst wieder erleichtert durchatmen können, wenn er die Waren an sich gebracht, Crags Brief an Sodar gefunden und die Kapelle erreicht hatte.

Annev zog die Tür des Übungsschuppens auf und stellte die Laterne und die gekauften Waren ab. Er nahm sich einen Moment Zeit, um das Artefakt des Händlers zu untersuchen, drehte es, bis das Licht erst gedämpft und dann hell und gebündelt wurde. Annev bestaunte das kleine Kunstwerk, weniger seiner Magie wegen, sondern mehr, weil es sich einfach um ein unglaubliches Geschenk handelte.

Crags letzter Ermahnung, sie sicher aufzubewahren, zum Trotz hatte Annev kurz erwogen, die magische Laterne Tosan zu übergeben. Nicht nur war es gefährlich, wenn er damit entdeckt würde, er hätte den Rektor zudem auch gerne damit beeindruckt, dass er mit einem Artefakt für das Gewölbe der Verdammnis von seiner Mission zurückkehrte, wie gering auch immer es sein mochte.

Aber die Laterne war ein Geschenk gewesen; wenn er sie hergab, würde er damit Crags Freundschaft verraten, und außerdem konnte Sodar sowohl die Laterne als auch Gnade sicher aufbewahren. Also entschied sich Annev letztendlich, die Laterne in der Kapelle zu lassen. Und falls es einmal nötig wurde, konnte er beides dort abholen.

Annev stellte die Laterne neben den Sack mit den anderen Sachen, dann zog er ein zerknittertes Stück Papier aus der Tasche. Der Brief trug keine Adresse, aber Annev war sich sicher, dass es sich um jenes Schreiben handelte, das Crag für Sodar bestimmt hatte. Während er ihn in der Hand hielt, hörte Annev in der Wohnung nebenan den Priester geschäftig hin und her gehen. Annev stopfte den Brief in seine leere Tasche zurück und roch den schwachen Duft von gewürztem Tee, der aus der Küche drang. Er seufzte. Die behagliche Vertrautheit dieses Duftes erfüllte ihn mit Erleichterung, während ihn zugleich der Gedanke bekümmerte, diese Wärme gegen die kühle Kameradschaft der Akademie eintauschen zu müssen.

Annev schob die Küchentür auf und sah Sodar allein am Tisch sitzen, damit beschäftigt, Gnade zu polieren. Das leuchtende Phönixbanner war über den Tisch gebreitet, und darauf lag Sraons Beil in seiner Scheide.

Der alte Priester hob den Kopf, sah Annev in der Tür stehen, und sie wurden beide unerwartet von ihren Gefühlen übermannt. Noch bevor Annev ein Wort herausbringen konnte, umarmte Sodar ihn stürmisch.

»Du bist wieder zu Hause!«

»Hab's zurückgeschafft.« Annev wollte noch mehr sagen, stellte aber fest, dass er nur in Sodars Schulter hineinmurmeln konnte.

Der Priester hielt Annev auf Armeslänge von sich weg. »Ich habe gehört, dass du bei der Prüfung des Urteils durchgefallen bist und dass dich Tosan dann sofort auf einen Botengang geschickt hat. Warst du die ganze Nacht über fort?«

Annev nickte, erleichtert, dass Sodar das mit der Prüfung bereits wusste. »Er hat mich auf eine weitere Prüfung ausgeschickt, hat die Akademie dir das nicht mitgeteilt?«

»Nein.« Sodar zuckte die Achseln. »Aber jetzt bist du ja wieder da.« Er schob Annev zu einem der Stühle und machte sich daran, Haferbrei zuzubereiten. »Was ist passiert … und wo ist dein Handschuh?«

Annev zog die Überreste des zerfetzten Handschuhs hervor und warf sie auf den Tisch. »Es ist eine lange Geschichte. Tosan hat gemeint, ich könne mir meinen Avatartitel immer noch verdienen, wenn ich eine Mission im Dichtwald erfülle.«

»Ach wirklich?« Sodar schaute überrascht auf. »Annev, das ist ja fantastisch! Was war das für eine Aufgabe? Wie hast du dich geschlagen?«

Annev räusperte sich und griff in seinen Kittel. »Ich sollte einem verirrten Händler ein paar Waren abhandeln, ihn vom Dorf wegführen und ihn dann töten.«

»Töten?« Sodar blickte auf, gerade als Annev die beiden blutigen Ohren auf die Lumpen des schwarzen Handschuhs legte. »Oh, Annev.« Sodar schob seine Küchengerätschaften beiseite. »Es tut mir leid, dass du in eine solche Situation gebracht worden bist. Es ist nicht leicht, jemandem das Leben zu nehmen, erst recht nicht, wenn es sich um einen Unschuldigen handelt.« Er hielt inne. »Moment mal … du sagst, ein *Fremder* hätte das Dorf ausfindig gemacht? Ein Händler?«

»Ja. Ein dicker Bursche mit Zottelbart. Er hatte einen komischen Akzent, so wie Sraon, nur stärker ausgeprägt.«

Der Priester schien weiche Knie zu bekommen. Er setzte sich Annev gegenüber hin, ließ ihr Frühstück vergessen auf dem Herd stehen. »Und hast du den Namen dieses Händlers in Erfahrung bringen können?«

Annev warf dem Priester einen strengen Blick zu. »Ich glaube, du kennst ihn bereits.«

Sodar schwieg lange. Als er schließlich antwortete, war seine Stimme kaum mehr ein Flüstern. »Crag.«

Annev nickte, und der Priester richtete den Blick auf die Ohren auf dem Tisch. »Das sind seine? Du hast ihn getötet?«

Annev schüttelte den Kopf. »Ich hätte es wohl tatsächlich getan, aber dann hat uns eine Hexe angegriffen.«

»Eine Hexe? Eine Zauberin hat euch überfallen?«

Annev zuckte die Achseln. »Sie war alt, ganz in schwarze Lumpen gekleidet. Zuerst dachte ich, sie sei blind, aber sie konnte Dinge sehen … sie hat alle möglichen Dinge gewusst.«

»Was hat dich denn auf die Idee gebracht, dass sie blind sei?«

»Ihre Augen waren weiß und trüb.«

Alle Farbe wich aus Sodars Gesicht. »Diese Frau … hat sie dir ihren Namen genannt? Oder gesagt, was sie wollte?«

»Nein. Nun ja, vielleicht. Sie war verrückt – sie hat mich einen einarmigen Sohn des Keos genannt und versucht, uns umzubringen. Sie hätte Crag wahrscheinlich ermordet, wenn ich nicht eingegriffen hätte.«

»Also hast du sie getötet und ihr die Ohren abgeschnitten?«

»Ich hab ja gesagt, es sei eine lange Geschichte. Wir haben sie getötet, ja, aber diese Ohren hier habe ich von einem Feurog.«

»Einem Feurog?«

Annev nickte. »Die Hexe hat sie Feurog genannt. Als sie tot war, haben sie uns angegriffen. Sie sahen aus wie Menschen, aber … wilder, und ihre Körper waren mit Metall und Stein entstellt.« Annev brach ab und blickte Sodar an. »Sagt dir das alles gar nichts?«

Sodar schüttelte den Kopf. Allerdings war wieder ein wenig Farbe in sein Gesicht zurückgekehrt. »Ich kenne den Händler,

Crag, und es ist möglich, dass ich auch die Hexe gekannt habe, vor langer Zeit, aber die Feurog … über die weiß ich nichts.« Er runzelte die Stirn. »Wie viele waren es?«

»Drei. Wir haben zwei davon getötet, und der dritte, eine Frau, ist geflohen. Sie war nicht in der Verfassung, uns zu verfolgen, daher haben wir sie gehen lassen. Ich habe die Ohren mitgenommen als den Beweis, den Tosan von mir einfordert. Dann habe ich Crag zurück auf die Dichtwaldstraße geführt und bin dann nach Hause gelaufen.«

Sodar stieß einen Seufzer der Erleichterung aus. »Dann ist Crag also am Leben. Und diese Ohren … sie werden dir deinen Titel eintragen. Genial. Großartig.« Er zögerte. »Was hat dir Crag alles erzählt?«

»Jedenfalls nicht genug. Er hat gemeint, es sei nicht an ihm, deine Geheimnisse zu enthüllen.«

Sodar strich sich nachdenklich über den Bart. »Das war … rücksichtsvoll von ihm. Eigentlich ziemlich untypisch.« Er kaute auf seiner Unterlippe. »Hat er gesagt, warum er zum Dorf gekommen ist?«

»Nein, aber er hat das hier für dich dagelassen.« Annev zog den Brief aus der Tasche, den er in der Nähe der Hinkelsteine versteckt gefunden hatte. Sodar nahm ihm das Schreiben aus der Hand und untersuchte das Siegel.

»Du hast nicht versucht, den Brief zu lesen?« Annev schüttelte den Kopf, und Sodar steckte den Umschlag ein. »Ich danke dir, Sohn. Du musst müde sein.«

»Ich bin ziemlich erschöpft. Aber ich habe auch Hunger.«

»Natürlich.« Sodar reichte ihm eine Schale Haferbrei und eine Tasse Wasser. Annev leerte sie in einem Zug, und Sodar füllte sie erneut. Während Annev aß, räumte er die Küche auf. Er steckte Gnade in die Scheide und legte das Schwert neben Sraons Beil, dann wickelte er die Ohren des Feurog in einen Leinenlumpen und verbrannte die klebrigen Farnwedel, mit denen Annev seine schauerlichen Trophäen umwickelt hatte. Als er mit alldem fertig war, untersuchte er die Überreste des zerfetzten Handschuhs, schnalzte bekümmert mit der Zunge und warf sie dann ebenfalls ins Feuer, was Annevs Verdacht bestätigte, dass sein Handschutz nicht mehr zu retten war. Er würde von nun an in der Akademie doppelt so vorsichtig sein müssen wie vorher, besonders in der Nähe von Narach und seinen Sehersteinen.

Als Annev fertig war, schob er seine Schale beiseite und sah Sodar an. »Wenn ich mich jetzt schlafen lege, können wir dann hinterher reden?«

»Natürlich.«

»Ich meine, richtig reden. Crag hat gesagt, du hättest die Angewohnheit, deine Geheimnisse vor Leuten verborgen zu halten – und zwar länger, als du eigentlich solltest. Wie auch immer, ich will alles wissen, was du vor mir verborgen gehalten hast. Alles über meine Eltern, über Crag und Arnor und über die Waldhexe. Ich muss es jetzt wissen.«

Sodar musterte Annev. »Was verheimlichst du vor mir, Annev?«

Annev zögerte. »Um Avatar zu werden, muss ich außerdem die Kapelle verlassen und in die Akademie umziehen … unverzüglich.«

»Ich verstehe.«

»Es war nach der Prüfung des Urteils.« Annev hatte den Eindruck, die Sache erklären zu müssen. »Tosan ist der Ansicht, ich sei zu sehr von dir beeinflusst. Er wollte mich zu einem Kastellan machen und mich niemals wieder aus der Akademie herauslassen, aber dann hat er mir eine letzte Chance gegeben, mich zu beweisen – und ich habe getan, was er von mir verlangt hat. Ich habe die Ohren und die Händlerwaren, die er haben wollte, also sollte er mir jetzt auch meinen Titel geben, aber ich muss trotzdem die Kapelle verlassen … und ich gehe nicht davon aus, dass er mir erlauben wird, dich zu besuchen.«

Der Priester nickte langsam. »Irgendwie habe ich wohl längst gewusst, dass dieser Tag einmal kommen würde. Ich hatte nur gehofft … Nun gut, es ist jetzt ganz egal, was ich gehofft habe. Ich kann mich glücklich schätzen, dass es mir vergönnt gewesen ist, so viel Zeit mit dir verbringen zu dürfen.« Er lächelte, auch wenn Annev die Befürchtung hegte, dass er in Wirklichkeit innerlich weinte. »Schlaf, Annev. Und dann werde ich dir alles erzählen.«

Kapitel 43

»Du darfst nichts von alledem jemals vor anderen wiederholen«, begann Sodar, sobald Annev nach seinem Schlaf wieder aufgestanden war. »Die Akademie enthüllt das alles nur ihren Meisteravataren, und dann stets unter der Auflage strikter Vertraulichkeit.« Sodar räusperte sich. »Was dir die Ältesten über deine Eltern erzählt haben – was sie allen Jungen in der Akademie erzählen –, ist eine Lüge. Eure Eltern geben euch nicht freiwillig her, damit ihr ausgebildet werden könnt. Wenn die Weisfrauen auf Erntezug gehen, rauben sie Säuglinge aus ihren Krippen.«

»Das hatte ich vermutet«, erwiderte Annev, wenig überrascht. »Und woher komme ich? Aus welcher Stadt?«

»Die *anderen* Jungen wurden von den Weisfrauen geraubt. Du aber bist nicht in Luqura oder Banok zur Welt gekommen. Du bist hier geboren worden. In Chaenbalu.«

»Hier?« Annev blinzelte ungläubig und versuchte, das alles zu begreifen. »Ich bin *hier* geboren worden? Aber wie …«

»Du bist hier geboren worden«, bekräftigte Sodar und fuhr fort: »Mit nur einer Hand. Deine Eltern wurden getötet, und die Weisfrauen haben dich in den Wald gebracht, damit die wilden Tiere dich fressen.«

Annev nickte. Er kannte das Ritual. »Und wie kommt es dann, dass ich noch lebe?«

»Ich habe dich gerettet. Ich bin den Weisfrauen in den Wald gefolgt, und als ich sie gefunden habe, waren sie gerade mitten in einem Streit über dich – nun ja, es war mehr als nur ein Streit.

Sie haben versucht, sich gegenseitig umzubringen. Eine der Frauen wollte dich sofort töten, an Ort und Stelle, während die andere dich von ihr wegholen und mit sich nehmen wollte. Die erste Frau war Myjuns Mutter – sie ist im Dichtwald gestorben –, und ich glaube, der zweiten Weisfrau bist du gestern begegnet.«

»Die Waldhexe«, hauchte Annev.

»Das vermute ich. Sie hieß Kelga, und sie hat gesagt, dass sie sich versteckt gehalten hätte, um auf dich zu warten. Sie beherrschte ein wenig Magie. Keine daritische allerdings. Sondern etwas Dunkleres. Terranische Magie, würde ich sagen.«

Das erschien Annev nachvollziehbar. »Was ist mit ihr passiert?«

»Myjuns Mutter hat sie geblendet und ihr die Fähigkeit genommen, nach Chaenbalu zurückzukehren. Ich hatte erwartet, dass sie im Dichtwald stirbt – oder dass sie mit Odars Barmherzigkeit einen Weg aus dem Wald herausfindet und ein neues Leben anfängt –, aber womöglich hat sie die ganzen letzten siebzehn Jahre dort im Wald gelauert … vielleicht hat irgendetwas sie dort zurückgehalten.«

»Ich«, antwortete Annev bestimmt. »Sie hat gesagt, sie hätte lange auf mich gewartet. Und dass andere ebenfalls nach mir suchen würden.«

Sodar nickte. »In Crags Brief steht etwas Ähnliches. Er wollte mich warnen – *uns* warnen. Man sucht nach dir.«

»Man sucht mich?« Annev schüttelte den Kopf. »Aber ich bin ein Niemand. Ich habe nie auch nur das Dorf verlassen. Warum sollte irgendwer hinter mir her sein? Woher sollte überhaupt jemand von mir wissen?«

Sodar lächelte. »Das ist genau die Art von Geheimnis, die ich vor dir zu verbergen getrachtet habe – die Art Wissen, die zur Last wird, sobald man die Wahrheit erfährt.« Er schwieg für einen Moment. »Willst du es immer noch wissen? Es ist jetzt deine letzte Chance, unwissend zu bleiben – noch für ein kleines Weilchen einfach ein Junge zu sein.«

»Ich habe aufgehört, ein Junge zu sein, als ich diese Hexe getötet habe – als ich Kelga umgebracht habe.«

»Ja … ja, da hast du wohl recht.« Lange saßen sie schweigend da, dann seufzte Sodar. »Es tut mir leid, Annev. Ich hätte sie richten und ihrem Leben ein Ende setzen sollen, als ich die Gelegenheit dazu hatte. Hätte ich gewusst, dass sie eine Bedrohung bleiben würde …« Er schüttelte den Kopf. »Ich war wohl einfach zu sehr darauf konzentriert, dich zu retten und deine Missbildung vor der Welt geheim zu halten.«

»Wie hast du das nur geschafft?«, unterbrach ihn Annev. »Keine der beiden Weisfrauen ist wieder ins Dorf zurückgekommen. Und wenn du mit einem einarmigen Säugling zurückgekehrt wärst, hätten sie dich ebenfalls gesteinigt.«

Sodar neigte zustimmend den Kopf. »Ich habe dich für ein Weilchen in meiner Kapelle verstecken müssen. Dann bin ich ins Gewölbe der Verdammnis eingebrochen und habe den magischen Arm gestohlen, den du jetzt trägst.«

Annev zog den purpurroten Phönixhandschuh aus und nahm seinen nackten linken Arm in Augenschein: Die Narben waren inzwischen fast völlig verschwunden, und er staunte darüber, wie schnell sich die Prothese selbst zu heilen vermochte. Er versuchte sich Sodar vorzustellen, wie er sich durch das Innere der Akademie schlich und geschickt alle Fallen umging, um dann in das Gewölbe einzubrechen – einen Ort, den Annev nie mit eigenen Augen erblickt, geschweige denn betreten hatte. Er bog und streckte die Finger, während er sich ausmalte, wie Sodar auf den staubigen Regalen der Akademie nach einer Armprothese gesucht hatte – nach irgendetwas, das einem Baby das Leben zu retten versprach –, und sein Respekt gegenüber seinem Mentor wuchs enorm.

Annev ballte die Finger zur Faust und blickte auf. Sodar nickte und wertete das als Aufforderung fortzufahren. »Sobald der Arm sich mit deinem Körper verbunden hatte, hast du ausgesehen wie jeder andere Säugling auch, und einige Wochen später habe ich dich heimlich zu den Kindern aus dem Erntezug aus Luqura dazugeschmuggelt.«

»Aber dann … wie bin ich in deiner Kapelle gelandet? Wie hast du sie überredet, mich dein Diakonus werden zu lassen?«

Sodar lächelte. »Es wäre einfach zu sagen, dass ich mich magischer Mittel bedient hätte, aber die Wahrheit ist, dass ich sehr gut informiert war, meine volle Überzeugungskraft habe spielen lassen und zudem jede Menge Glück hatte.«

»Was soll das heißen?«

»Die Weisfrauen führen ein Verzeichnis der Säuglinge, die sie geraubt haben – sie haben sogar ein kleines Buch, das das Alter eines jeden Säuglings festhält sowie Informationen darüber, wer ihn geraubt hat und wer seine Eltern gewesen sind. Sie nummerieren jeden Säugling extra, damit sie wissen, welche Babys von wo geraubt wurden. Du freilich hattest keine solche Nummer und keinen Eintrag, was für ein nicht unbeträchtliches verwaltungstechnisches Durcheinander gesorgt hat – von den Weisfrauen wird erwartet, dass sie keine Fehler machen –, und ich habe genau diesen Moment gewählt, um einzuschreiten: Ich habe mich an den Rektor gewandt und gefragt, ob denn vielleicht einer aus der Ernte abkömmlich wäre, um von mir zum Diakonus ausgebildet zu werden.«

Ein schwaches Lächeln legte sich über Annevs Züge. »Sie haben mich dir überlassen, weil es die einfachste Möglichkeit war, ihre Unterlagen wieder in Ordnung zu bringen.«

»Ich bin mir sicher, dass das bei ihrer Entscheidung eine Rolle gespielt hat. Die Ernte deines Jahrgangs ist zudem ziemlich groß ausgefallen, und ich könnte mir vorstellen, dass ihnen die Idee gefallen hat, sich nicht noch um einen Säugling mehr kümmern zu müssen. Ich argwöhne, dass Kiara oder Tosan vielleicht trotzdem Einwände erhoben hätten, aber der Tod und das Verschwinden der beiden Weisfrauen nahmen zu dieser Zeit noch immer ihre ganze Aufmerksamkeit in Anspruch. Allerdings musste ich Winsor überzeugen, und das allein war schwierig genug. Also haben wir einen Kompromiss geschlossen und sind übereingekommen, deine Ausbildung aufzuteilen, sodass sie zum einen Teil an der Akademie und zum anderen in der Kapelle stattfinden würde.«

»So weit verstehe ich die Sache«, erwiderte Annev. »Aber warum hast du überhaupt beschlossen, mich zu retten? Du hast dich für mich in Gefahr gebracht, nicht nur an jenem Tag, sondern auch an jedem einzelnen weiteren Tag seither. Warum das – und warum machen jetzt Fremde Jagd auf mich?«

»Erinnerst du dich noch, wie ich dir dieses Banner das erste Mal gezeigt habe?« Er tippte auf das rote Tuch mit dem goldenen Phönix.

»Ja. Du hast gesagt, es habe einem halkyonischen Ritter namens Breathanas gehört und dass ich nach dem Phönix auf dem Banner benannt sei.«

»Streng genommen entspricht das alles der Wahrheit, doch eigentlich habe ich dich gar nicht nach dem Phönix benannt. Vielmehr ist der Phönix dein Familienname. Der Name des Geschlechts von Breathanas …«

Annev klappte der Unterkiefer herunter. »Ich bin ein Nachfahre von Breathanas? Des Mannes mit den Blitze schleudernden Augen in Tosans Arbeitszimmer?«

»Des halkyonischen Ritters, der die Schlacht im Vosgar ausgefochten hat, ja. Des Daltas, der den Stab Odars an sich genommen hat, als Keos den Anführer der halkyonischen Ritter erschlug.«

»Breathanas«, hauchte Annev. »Der Ritter, der Keos getötet hat.«

»Genau der.«

Annev hob vorsichtig das Banner mit dem roten Phönix hoch und untersuchte noch einmal die Goldstickerei. Als er sich dabei ertappte, dass er die Luft anhielt, zwang er sich, langsam auszuatmen. »Das hier hat ihm gehört?«

Sodar nickte. »Das ist das Banner, das über seinem Kopf flatterte, als Breathanas den Gott des Erdenblutes niederstreckte, durch Magie von den Verheerungen der Zeitläufe geschützt.«

Annev riss erstaunt die Augen auf. »Das würde bedeuten … dass das hier über zweitausend Jahre alt ist.«

»Wohl eher zweitausendzweihundert.« Der alte Priester lächelte ihn an, als Annev das Banner vorsichtig zusammenfaltete und den Stoff mit großen Augen auf den Tisch zurücklegte. »Annev, was meinst du, wie alt ich bin?«

Annev zuckte die Achseln. »Keine Ahnung. Hundert Jahre?«

Sodar lachte. »Sehe ich in deinen Augen denn so alt aus?«

»Nun ja, nein. Aber ich bin immer davon ausgegangen, dass du dich mithilfe von magischen Mitteln jung hältst. Ich kann mich nicht erinnern, dass du jemals anders ausgesehen hast als jetzt … und ich habe gehört, wie Arnor dich einen Alterslosen genannt hat. Das klang nach mehr als einem bloßen Titel. Außerdem«, beendete Annev seine Ausführungen, »kämpfst du nicht wie ein alter Mann – und sag mir nicht, dass das vom Beten und von harter Arbeit kommt. Das sagst du immer, und ich kann es nicht ausstehen.«

Sodar zog das Kurzschwert aus seiner Scheide und strich mit dem Daumen über die stumpfe Klinge. »Es ist in der Tat mehr als ein Titel. Ich kannte Breathanas persönlich, als er noch ein einfacher Schildknappe war, und Garlock, den Anführer der halkyonischen Ritter, habe ich ebenfalls gekannt. Ich habe während der Belagerung des Kuar-Flusses an der Seite der beiden gekämpft.«

Annev klappte den Mund zu. »Das ist unmöglich.«

»Nennst du mich etwa einen Lügner?«

»Nein, nein …«, antwortete Annev ausweichend. »Aber das würde ja bedeuten, dass du über zweitausend Jahre alt bist. Niemand lebt so lange.« Er zögerte. »Oder etwa doch?«

»Nur wenige haben jemals so lange gelebt«, berichtigte Sodar. »Von Bron Gloir einmal abgesehen sind nur die Alterslosen …«

»Bron Gloir?«, unterbrach ihn Annev. »Es gibt ihn wirklich … und du kennst ihn?«

Sodar lächelte. »Zweimal ja. Es ist über ein Jahrhundert ins Land gegangen, seit wir das letzte Mal miteinander gesprochen haben, aber er lebt noch. Er wird uns wahrscheinlich alle überleben.«

»Und Bron Gloir ist ein Altersloser … wie du.«

»Nein, nein«, korrigierte Sodar. »Bron ist der letzte halkyonische Ritter. Er lebt nun schon seit … nun ja, du kennst die Geschichten. Der Mann mit den tausend Gesichtern?« Annev nickte, und Sodar zuckte die Achseln. »Also, dieser Teil seiner Geschichte ist wahr. Wann immer Bron stirbt, geht seine Seele auf den nächstbesten Körper eines lebenden Menschen über. Die Betreffenden treten direkt ins Jenseits ein, und Bron lebt an ihrer statt weiter.«

Annev schüttelte den Kopf. Zuerst hatte Sodar ihm verkündet, dass Annev ein Nachfahre des Breathanas sei, dann hatte er behauptet, selbst zweitausend Jahre alt zu sein. Und jetzt noch diese Sache mit Bron Gloir. Das war alles einfach zu unglaublich. Sicher wollte ihn der Priester einfach nur auf den Arm nehmen.

»Sodar, wenn das deine Vorstellung von einem Scherz ist …«

Mit einer heftigen Bewegung ließ Sodar Gnade auf den Tisch klatschen, und ein grimmiger Blick trat in seine Augen. »Das ist kein Scherz, Annev de Breth. Du hast darauf bestanden, dass es für dich keine Geheimnisse mehr geben soll. Gut, wenn du also meine Geschichte hören willst – *deine* Geschichte –, dann hör zu: Die Schlacht im Vosgar ereignete sich, keinen Monat nachdem Keos die Schwarze Mauer aufgegeben, die Stellung der Belagerer durchbrochen und zusammen mit seiner Heerschar den Fluss überquert hatte.« Sodar schob Gnade zurück in die Scheide und legte sie neben der Axt auf den Tisch. »Mir scheint, das ist ein guter Anfangspunkt.«

Kapitel 44

Sodar lehnte sich auf seinem Stuhl zurück und legte die Fingerspitzen seiner Hände aneinander. »Es war ein dunkler Tag«, begann er, »als Cohanuk, der Anführer der Söhne des Keos, und Klaklanrai, der steinerne Golem, ihren Armeen befahlen, den Fluss Kuar umzuleiten.

Die Armeen von Westdaroea hatten über hundert Jahre hinweg am Flussufer ihr Feldlager aufgeschlagen und gegen Keos die Stellung gehalten. Aber nachdem der Fluss umgeleitet worden war, war ihre Flanke plötzlich ungeschützt, und eine Flut von Ungeheuern aus dem Norden und dem Süden überwältigte sie.

Der Vampir Dortafola und Yarnach, der eiserne Golem, kommandierten die Schlacht im Süden, während Keos und sein fleischerner Golem Fyoldar den Angriff über den Kuar anführten. Entsetzen machte sich in den Reihen der Geistlichen breit, als sie nun gegen Menschen und Monstren gleichermaßen kämpften. Während alldem hielten die halkyonischen Ritter eisern ihre Stellung.«

Sodar seufzte.

»Aber es waren zu viele von ihnen und zu wenige von uns. Wir waren ihnen auf allen Seiten schutzlos preisgegeben. Also bliesen wir zum Rückzug, doch wurden wir über den ganzen Weg durch Grenzlund hinweg von den Legionen des Keos hart bedrängt. Etliche desertierten und flohen nach Südmarsch oder nach Odarnea, weil sie meinten, sie könnten sich verstecken und dem Gemetzel entkommen. Jene, die sich nicht nach Westen wandten, suchten im dichten Blattwerk des Vosgar Sicherheit. Der

Wald war damals noch kein Ort des Bösen, wenn er auch für jene, die mit den dortigen Umständen unvertraut waren, nicht weniger feindselig war als heute. Dort sammelten die halkyonischen Ritter sowie die Mehrzahl der Dariten und Ilumiten ihre Kräfte für ihr letztes Gefecht.

Wir dachten, wir wären verloren, und Keos glaubte es ebenfalls. Statt seine ganze Armee nach Westen zu lenken, ließ er den Großteil seiner Blutherren und Golems in Daogort zurück, zusammen mit den *nechraict* – den Untoten, die gezwungen worden waren, sich aus ihren Gräbern zu erheben und zu kämpfen. Von jenen, die den Fluss überquert hatten, blieb die Hälfte zurück, um Grenzlund und Lochland zu plündern und zu verheeren. Also gelangte nur ein Bruchteil seiner Armee tatsächlich bis in den Vosgar – vielleicht zweihundert Legionen und tausend Golems –, aber trotzdem kamen auf einen von uns fast zehn von ihnen.

Wir wären alle gestorben – und viele von uns starben auch wirklich –, wenn uns am dritten Tag nicht die verlorenen terranischen Stämme zu Hilfe gekommen wären. Die Druiden ließen sich aus den Bäumen herabfallen, und die Orvaner strömten aus ihren geheimen Höhlen unter dem Wald – und sie brachten die Jüngeren Götter mit sich: Garadair und Cruithear, Dorchnok und Sealgair, sogar Tàcharan. Das Schlachtenglück begann sich zu wenden, und plötzlich waren es die Legionen des Keos, die in der Unterzahl waren.

Während der Feind auf dem Rückzug war, erschlug Garlock, der Hohepriester Odars, den Anführer der Söhne des Keos. Die Reihen der feindlichen Armee gerieten in Auflösung, und Keos selbst stürzte sich ins Schlachtengetümmel, und sein magischer Hammer tötete alle, die sich ihm in den Weg stellten. Ganz allein trieb er die verlorenen terranischen Stämme zurück, mordete Garlock und machte den Boden wieder wett, den seine Armee verloren hatte. Obwohl wir die Jüngeren Götter an unserer Seite hatten, standen wir vor einer Niederlage.

Aber dann geschah etwas Unerwartetes. Als Garlock fiel, griff der Schildknappe eines der halkyonischen Ritter, ohne nachzudenken, nach dem Stab Odars. Er war auf dem Rückzug fallen gelassen worden, und da hatte niemand gewagt, ihn aufzuheben.«

»Moment mal«, unterbrach Annev Sodar und rutschte auf seinem Stuhl herum. »Willst du sagen, die halkyonischen Ritter hätten den Stab Odars einfach weggeworfen, ein Artefakt der Legende, und ihn dann schlicht liegen gelassen?« Er stieß ein ungläubiges Lachen aus. »Es fällt mir schwer, das zu glauben.«

Der Priester hob den Zeigefinger. »Die halkyonischen Ritter haben den Stab nicht weggeworfen. Er wurde Odars Priestern anvertraut, den Dionach Tobar, und als ihr Anführer fiel, wollte keiner von ihnen den Stab aufheben.«

»Aber … bist du nicht selbst einer dieser Priester? Du und auch Arnor?« Sodar nickte. »Wenn du also damals dort gewesen bist und den Stab hast fallen sehen …«

Sodar lachte. »Warum habe ich ihn dann nicht selbst aufgehoben?« Die Heiterkeit des Priesters wich sogleich wieder ernsthafter Nachdenklichkeit. »Ich habe ihn nicht aufgehoben, Annev, weil ich nicht sterben wollte. Der Fluch des Keos lastete noch immer auf dem Stab. Wer immer ihn in der Hand hielt, musste seiner würdig sein, oder er war des Todes.«

Annev biss sich auf die Lippen. »Aber trotzdem hat ihn einer der Schildknappen aufgehoben?«

»Breathanas, ja. Er hatte keine Angst vor dem Fluch, aber er hatte Angst davor, den Stab zurückzulassen und den Krieg zu verlieren. Also hat Breathanas – obwohl er nicht einmal ein Ritter, geschweige denn ein Priester war, sondern einfach nur ein Schildknappe – den Stab an sich genommen, um ihn vor Keos zu retten. Die Ungeheuerlichkeit seines Tuns ist ihm erst später bewusst geworden, aber da war er schon ein Dalta geworden, einer der wenigen, die gegen den Fluch des Keos gefeit sind.«

»Moment mal. Die halkyonischen Ritter haben Odar *und* Lumea angebetet. Wenn also Breathanas ein halkyonischer Ritter war …«

»… dann war er ein Ketzer von gemischter Abstammung, was bedeutet, dass ihn der Stab sofort hätte vernichten sollen, als er ihn angerührt hat.«

»Nun ja … das ist doch auch so, oder?«

»Normalerweise ja.« Sodar beugte sich vor, und gab seinen Worten einen besonderen Nachdruck. »Wie du hatten auch wir geglaubt, Odar würde niemals jemanden begünstigen, dessen Blut und Glaube nicht rein waren.« Er zuckte die Achseln. »Aber wir haben uns geirrt. Auf Breathanas ruhte der Segen von Odar *und* Lumea, und als er die Macht des Stabes beschwor, war es anders als alles, was wir je erlebt hatten. Blitz und Eis, Geysire, die aus der Erde aufstiegen, und Sterne, die vom Himmel fielen.« Er schüttelte den Kopf, sein Blick entrückt.

»Also«, hakte Annev nach, »er hat den Stab genommen und damit Keos getötet?«

Sodar schüttelte den Kopf. »Als Keos Breathanas angreifen sah, wich er zurück. Odar hatte seine Hand mit diesem Stab zerschmettert, und er wollte nicht in dessen Nähe kommen. Statt den Hammer gegen Breathanas zu erheben, kämpfte Keos also mit Magie gegen ihn – und er hätte eigentlich auch siegen sollen. Er war einer der Älteren Götter, und Breathanas war eben erst ein Dalta geworden … aber dieser Unterschied war ihrem Kampf nicht anzusehen. Es war, als hätten sich alle Gewalten von Erde und Himmel entladen. Der Regen gefror und bedeckte den Wald, und Eisblitze donnerten vom Himmel herab. Im einen Moment war die Luft zum Schneiden dick von Rauch, und bereits im nächsten hatte eine Regenwand den Rauch fortgeblasen. In der Luft wimmelte es von Käfern, die von allen Seiten auf uns herabprasselten, und dann legte sich Raureif wie eine reinigende Decke um uns, sodass wir in der Dunkelheit bis ins Mark froren.

Aber dann ergriff Tinder, die ilumitische Hohepriesterin, Lumeas goldene Flöte und stimmte einen Zaubergesang an.

Alles ringsum veränderte sich. Der Wald wurde strahlend hell vor Licht. Flammen leuchteten um uns herum auf, und unsere Haut erwärmte sich wieder. Tropfen flüssigen Feuers regneten vom Himmel, doch nichts verbrannte, nichts außer Keos. Als nun auch er die Flöte hörte, verlor er vor Zorn den Verstand und tötete alle innerhalb der Reichweite seines Hammers, Freund wie Feind, und je länger die Priesterin spielte, umso zorniger wurde er. Da war etwas an der Musik oder an der Flöte selbst, das ihn in den Wahnsinn trieb. Er griff unser Heer an und bahnte sich einen Weg direkt bis hin zu Tinder.

Doch da griff Breathanas ein. Stab und Hammer trafen klingend aufeinander, und der Boden öffnete sich unter unseren Füßen. Die Hohepriesterin spielte, bis ihre Haut zu glühen begann. Ihr Haar ging in Flammen auf, als die anderen Ilumiten in ihr Lied einstimmten – und dann ging auch der Wald selbst in Flammen auf.« Sodar schüttelte den Kopf. »Wir glaubten, es sei das Ende der Welt, aber tatsächlich war es das Ende eines Zeitalters. Ihr Lied beschwor Rojen, den großen Phönix und Lumeas letzte Hoffnung, der sich kreischend vom Himmel herab auf Keos stürzte. Breathanas und der Phönix schlugen im selben Moment zu, und der Körper des Älteren Gottes zerfiel zu Staub und Asche.« Sodars Blick nahm einen abwesenden Ausdruck an.

»Es ist etwas Schreckliches, einen Gott sterben zu sehen«, fuhr er schließlich fort. Er presste die Augen fest zusammen und schüttelte den Kopf. Als er sie wieder öffnete, waren sie klar und hellwach, aber es lag eine große Traurigkeit in ihnen.

Annev hatte gespannt zugehört, doch jetzt verschränkte er die Arme vor der Brust. »Und du bist damals wirklich dabei gewesen?«

»Ich habe versprochen, dir die Wahrheit zu sagen. Ich war dabei. Das war der Tag, an dem ich mir geschworen habe, an

Breathanas' Seite zu kämpfen und ihn und seine Nachkommen zu beschützen.«

»Also bist du über zweitausend Jahre alt.«

Sodar stieß ein prustendes Lachen aus und stand auf. »Das wäre ich vielleicht, wenn ich bei der Schlacht im Vosgar ein Kleinkind gewesen wäre … aber ich war schon damals über fünfhundert.«

Annev verzog das Gesicht. »Dann bist du jetzt also …?«

Sodar richtete sich stolz seine Kleider. »Am sechsten Tag des Zehntmonats werde ich zweitausendsiebenhundertsechsunddreißig Jahre alt. Klapp den Mund zu. Du siehst aus wie ein Schaufelfisch.«

Annev schloss den Mund und versuchte, den alten Priester nicht anzustarren – den *sehr* alten Priester. Sodar hatte zum Lügen keinen Anlass mehr, und Annev glaubte auch, dass er die Wahrheit sagte, allerdings war es schwer, sich so etwas vorzustellen, selbst wenn es viele der kleinen Rätsel an Sodar erklärte: dass er nicht alterte, dass er nie außer Atem war, dass er alte Geschichten vortragen konnte, als sei er damals selbst dabei gewesen.

Und vielleicht war er ja wirklich dabei gewesen.

Annev starrte auf das Banner, das auf dem Tisch lag. »Du hast gesagt, Breathanas habe bei der Schlacht im Vosgar das Phönixbanner bei sich gehabt … aber wenn er nicht zum Ritter geschlagen worden war, warum hatte er dann überhaupt ein Banner? Er hätte das Banner seines Ritters tragen müssen.«

»Breathanas war während der Belagerung des Kuar der Schildknappe seines Onkels Derekyn Ainneamhag. Sein Onkel wurde von einem Pfeil in der Kehle getroffen, als der Verteidigungsring durchbrochen wurde, und die Führung des Hauses fiel daraufhin Breathanas' Vater zu.«

»Also bin ich ein Nachkomme des Hauses Ainneamhag?«

»Genau deshalb habe ich sie zu deinen Namensvettern gemacht.«

»Ainnevog aus dem Hause Ainneamhag?« Annev verzog das Gesicht. »Das ist ja ein fürchterlicher Name.«

Sodar lachte. »Ainneamhag ist ein sehr alter Name für eine sehr alte Familie, die ihre Wurzeln bis zum Zeitalter der Könige zurückführen kann. Aber du brauchst dir wegen des Namens keine Sorgen zu machen. Nach dem Sturz des Keos wurde Breathanas zum Ritter geschlagen, und aus dem Haus Ainneamhag wurde das Haus Breathanas. Die folgenden tausend Jahre haben den Namen auf Breathen verkürzt und weitere tausend Jahre auf Breth. Während all dieser Zeit haben sie das Banner und das Siegel des Phönix beibehalten.«

»Also … bin ich Ainnevog Breth?«

Sodar lächelte. »Ja.«

»Und mein Vater war …?«

»Tuor Breth. Und deine Mutter hieß Aegen.«

»Aegen«, wiederholte Annev und ließ den Namen prüfend über seine Zunge rollen. »Hatte sie auch einen Nachnamen?«

Sodar schüttelte den Kopf. »Die Ilumiten benutzen Nachnamen nicht so, wie wir es tun. Sie nehmen den Namen der jeweiligen Sippe an, mit der sie reisen, und wenn sie diese verlassen, so wie es Aegen getan hat, lassen sie auch ihren Namen zurück.«

Annev nahm das Kurzschwert vom Tisch. »Also hast du meinen Vater gekannt und auch meinen Großvater und meinen Urgroßvater …«

»Und all die anderen ›Urs‹ zwischen dir und Breathanas.« Sodar nickte. »Ich habe mich entschieden, ein Beschützer deiner Familie zu werden, und seither meine Hand über dein Geschlecht gehalten.«

Annev nestelte an der Stulpe seines Handschuhs herum und wagte es nicht, Sodar in die Augen zu blicken. »Und wie sind meine Eltern gestorben?«

Sodar schwieg. Als Annev schließlich aufschaute, sah er Tränen auf den Wangen des Priesters glitzern.

»Ich habe sie nicht retten können«, flüsterte Sodar mit belegter Stimme. »Es tut mir leid, Annev.« Er wischte sich über die Augen. »Wenn ich alles noch einmal machen könnte … ich weiß nicht. Ich bin zu spät gekommen, um Aegen zu retten, und wenn ich Tuor gerettet hätte, hätte ich dich verloren – oder wir wären alle getötet worden.« Er stützte die Hände auf den Tisch. »Es war von allergrößter Wichtigkeit, dass ich dich rettete, und ich glaube, Tuor hat das verstanden.« Er holte tief Luft. »Jedenfalls rede ich mir das ein.«

Annev ließ zu, dass sich Schweigen zwischen sie legte, und dachte über all die Dinge nach, die der Priester gesagt hatte. Er krempelte seinen Handschuh herunter und begutachtete die Verletzung, die ihm die Hexe zugefügt hatte. Mit dem Zeigefinger fuhr er über die blassen weißen Linien um seinen Unterarm: Die Narbe war fast verschwunden, und dazu hatte es nur etwas Zeit gebraucht; das Gift war ganz von selbst aus seinem Leib ausgeblutet, und die Haut hatte sich selbst geheilt.

Über Sodars Verletzungen ließ sich das Gleiche nicht sagen: Seine Erinnerungen an Aegen und Tuor quälten ihn noch immer, und Annev begriff, dass der Priester für den Rest seines Lebens unter dem Geschehenen leiden würde, wenn er sich nicht von den nach wie vor auf ihm lastenden Schuldgefühlen befreite. Tuor und Aegen konnten ihm dabei nicht mehr helfen … aber Annev konnte es. Er blickte von seinem Arm auf und sah dem alten Priester in die Augen.

»Du hast mich gerettet, Sodar. Obwohl ich nur ein missgestaltetes Baby war, hast du mich gerettet. Ich verdanke dir alles. Ich bin mir sicher, wenn meine Eltern noch leben würden, wären sie dir ebenfalls dankbar.« Er beugte sich über den Tisch und nahm die Hand des alten Mannes.

Sodar erwiderte den Händedruck mit festem Griff.

»Aber ich verstehe es trotzdem noch nicht«, fuhr Annev fort, während er dem Priester Zeit gab, sich wieder zu sammeln.

»Warum hütest und erhältst du die Abstammungslinie des Breathanas? Warum ist diese Linie so wichtig – und warum machen Fremde Jagd auf mich?«

Sodar ließ Annevs Hand los, um an den Haarknäueln in seinem Bart zu zupfen. »Es ist … kompliziert. Die verlorenen Prophezeiungen besagen, dass das Haus des Breathanas Keos den Gestürzten vernichten wird. Und damit das wahr werden kann, muss die Linie des Breathanas am Leben erhalten werden.«

»Aber Breathanas hat Keos getötet. Die Prophezeiung wurde erfüllt.«

Sodar schüttelte den Kopf. »Diese Prophezeiung stammt aus dem Zeitalter der Könige – dem Zweiten Zeitalter. Damals gab es noch kein Haus des Breathanas, es war immer noch das Haus von Ainneamhag.«

»Aber es sind beide Male dieselben Häuser, daher sollte die Prophezeiung auch schon für Breathanas gelten.«

Sodar machte eine wedelnde Handbewegung, die gleichzeitig Zustimmung und Widerspruch signalisierte. »Ja. Das ist die eine Deutung der Prophezeiungen – und es gibt in der Tat mehrere –, meine aber lautet, dass der Sturz des Keos nur die Zerstörung seines Körpers durch Breathanas gewesen ist. Aber Breathanas hat nicht auch den *Geist* des Älteren Gottes zerstören können: Nur ein Gott kann einen anderen Gott töten, und so gilt die Prophezeiung immer noch, und in gewisser Weise lebt Keos nach wie vor.«

»Aber als Breathanas den Stab Odars in die Hand genommen hat, ist er zu einem Dalta, einem Kindgott, geworden, also kann die Prophezeiung dennoch auf ihn zutreffen.«

Sodar lachte leise. »Du klingst genau wie Arnor – oder wie Reeve. Als Nächstes wirst du mir noch sagen, ich hätte mein Leben mit dem Schutz deiner Familie vergeudet.«

Annev lächelte, obwohl seine Wangen heiß brannten. Er hatte das tatsächlich gedacht, aber wenn er es aussprach, würde es dem alten Mann das Herz brechen.

»Keos *wird* sich wieder erheben«, fuhr Sodar fort, »und die Linie des Breathanas muss bereit sein, sich ihm entgegenzustellen.«

Annev kratzte sich im Nacken. »Einem Gott?« Er schüttelte den Kopf. »Ich kann mich ja kaum dem Ältesten Tosan entgegenstellen.«

Der Priester lachte. »Du erinnerst mich an deinen Ururgroßvater. Talentiert. Skeptisch. Ungläubig.« Sodar ging hinüber zum Herd, wo auf dem Kaminsims die Tischecke lag, die Annev abgeschnitten hatte. »Er wollte mit alledem nichts zu tun haben – wollte kein Nachfahre des Breathanas sein oder irgendwelche damit einhergehende Verpflichtungen akzeptieren –, aber dein Großvater war ein Gläubiger und dein Vater ebenfalls.« Sodar legte das abgeschlagene Stück Holz vor Annev hin. »Warum können diejenigen ohne Magie immer glauben, während diejenigen mit Magie den Glauben verweigern?«

Annev schnaubte. »Vielleicht gefällt es uns einfach nicht, gesagt zu bekommen, was wir tun sollen.«

Sodar blinzelte. »Das dürfte es so ungefähr treffen«, antwortete er. »Vermutlich beschütze ich deine Familie einfach schon derart lange für die Dionach Tobar, dass mir solche Kleinigkeiten wie der freie Wille völlig entfallen sind.« Er lachte. »Ich sollte es besser wissen. Dein Vater war fast genauso halsstarrig wie du, obwohl weder er noch sein Vater dein Talent für Magie hatten. Dein Ururgroßvater Macarraig aus dem Hause Breth war der letzte deiner Linie, der zumindest einen Ansatz von magischen Fähigkeiten hatte, wiewohl sein Vater noch viel begabter gewesen ist.«

»Was ist mit ihnen passiert?«

»Macarraig hat sich in der Enklave der Dionach Tobar ausbilden lassen und ist ein Kunstmeister von bescheidenem Talent geworden. Was seinen Vater betrifft … wir haben uns überworfen. Ich habe Fehler gemacht. Habe ihn zu Dingen gedrängt, an denen er nicht interessiert war. Ich habe zu viele Geheimnisse vor ihm gehabt, und als er es herausgefunden hat, war es zu spät, um den Schaden zu beheben.« Seine Stimme war voller Bedauern. »Bei dir würde ich lieber nicht den gleichen Fehler machen. Ich will dich nicht zu irgendetwas zwingen, was du nicht willst … aber jetzt haben wir vielleicht gar keine Wahl mehr.«

»Wie meinst du das?«

Sodar zeigte auf das Päckchen mit den abgetrennten Ohren. »Deine Geschichte über die Waldhexe und die Feurog. Ich mache mir Sorgen, Annev. Da draußen lauert etwas Gefährliches, und es ist hinter dir her.« Sein Gesichtsausdruck wirkte gequält. »Ich weiß, es liegt dir sehr am Herzen, Avatar zu werden, und dass es dir viel bedeutet, dir endlich deinen Platz in der Akademie verdient zu haben. Du möchtest das Leben leben, für das du gekämpft hast. Aber irgendetwas stimmt da nicht. Mir scheint …«

Annev erriet die Worte, noch bevor Sodar sie aussprach.

»Mir scheint, es wäre das Klügste für uns, das Dorf zu verlassen.«

Kapitel 45

Annev zwang sich, seine um die Sitzfläche des Stuhls geklammerten Hände wieder zu lösen.

»Das Dorf verlassen?«

Sodar nickte. »Ich bereite mich schon seit Jahren darauf vor. Tatsächlich hatte ich geplant, während unserer Expedition, um das Orakel zu finden, mit dir zu fliehen – insbesondere da ich bereits weiß, wo es sich befindet.« Er lächelte Annev an, um dann zu seufzen, als der Junge nicht reagierte. »Bitte entschuldige. Ich habe dir nichts davon gesagt, weil ich befürchtet habe, das Wissen, dass wir wahrscheinlich eines Tages fortgehen würden, könnte dich daran hindern, deinen Träumen zu folgen. Jungen brauchen Träume. Wenn man ein alter Mann wird wie ich, tauscht man seine Träume gegen Hoffnungen ein, um diese Hoffnungen dann auf weitere Träume zu verwenden.«

Annev war immer noch geschockt. »Dann … dann hast du also nie wirklich gewollt, dass ich Avatar werde?« Sodar wollte etwas erwidern, aber Annev ließ es nicht zu. Er wollte sich jetzt um jeden Preis Gehör verschaffen. »Es war ganz egal, ob ich die Prüfung bestehe oder nicht. Du hattest ohnehin vor, mich von hier wegzubringen, ganz gleich, wie es ausgegangen wäre.«

»Annev, bitte.«

»Gib es zu«, verlangte Annev. Er hatte seine Stimme nun wieder ganz im Griff, und das verlieh ihm zusätzliche Energie. »Sag mir die Wahrheit.«

»Das ist die Wahrheit«, erwiderte Sodar, und seine Stimme nahm einen unnachgiebigen Tonfall an. »Alles, was man in seinem Leben tut, ist wichtig. Deine Ausbildung an der Akademie war wichtig, nicht weil sie dich zum Avatar machen würde, sondern weil sie dir wertvolle Fähigkeiten vermittelt hat. Deine Ausbildung bei mir war wichtig. Ich habe dich nicht zum Holzhacken in den Wald geschickt, damit wir etwas zum Feuermachen hatten – ich habe es dich tun lassen, damit du lernst. Damit du stark wirst und deinen Charakter entwickelst. Meinst du, ich hätte dich in all den alten Geschichten unterrichtet, damit du von der Kanzel predigen kannst?« Sodar schüttelte den Kopf. »Ich habe es getan, damit du verstehst, woher du kommst – warum die Welt so ist, wie sie ist, und warum es von größter Wichtigkeit ist, dass wir fortgehen.«

»Und wohin gehen wir?«, unterbrach ihn Annev. »Wo ist es besser als hier? Was erwartet uns dort?«

»Eine ganze Welt, die du noch nicht kennst.«

Das ließ Annev stutzen. Er wollte wirklich die Welt sehen – es war einer seiner Hauptbeweggründe, warum er Avatar werden wollte –, aber er war immer davon ausgegangen, dass er nach Chaenbalu zurückkommen würde. Dass hier ein Zuhause und ein Herd auf ihn warten würden, dass er Myjun und seine Freunde um sich haben würde. Aber Sodar schien nichts von alledem im Sinn zu haben. Annev hätte sich geradeso gut auch Crag als Reisegefährte anschließen können.

»Du weißt, dass ich reisen möchte«, begann Annev zögernd, während er versuchte, über seine Gefühle Klarheit zu erlangen, »aber nicht um den Preis, dafür mein Leben hier aufgeben zu müssen. Sobald ich mit diesem Sack voller Waren in die Akademie zurückgekehrt bin, wird mich Tosan zum Avatar machen. Ich werde meine braunen Gewänder bekommen. Ich kann Myjun den Hof machen.« Er schwieg einen Moment lang und fragte sich, ob Sodar wohl verstand, wie wichtig ihm das war. »Warum müssen wir denn fort? Du hast selbst gesagt, das Dorf sei geschützt.«

»Die Magie, die Chaenbalu schützt, ist nach wie vor stark«, bestätigte Sodar. »Bisher hat nichts den Schutzring durchbrechen können.«

Annev nickte. Vielleicht könnte er den Priester ja doch noch überzeugen hierzubleiben. »Genau. Kelga, die Hexe, hat gemeint, jemand anders könne diesen Schutzring nicht durchbrechen – jemand, der Jagd auf mich macht. Wenn wir Chaenbalu verlassen, könnten diese Leute uns aufspüren.«

»Das ist richtig«, sagte Sodar, und sein Entgegenkommen überraschte Annev. »Aber hast du nicht gemeint, du wolltest Avatar werden? Sobald du dieses Dorf auf einer dieser Odar-verdammten Missionen zur Sicherstellung von Artefakten verlässt, bist du unzähligen Gefahren ausgesetzt. Gefahren, die du nicht verstehst.«

»Dann hilf mir, sie zu verstehen! All die Jahre über hast du behauptet, mich vorzubereiten, aber du willst nicht sagen, worauf. Wenn du weißt, was dort draußen auf mich wartet, dann sag es mir!«

»Ich wollte nur … Ich wollte dir das so lange wie möglich ersparen«, gestand Sodar. »Ein Kind sollte sich nicht über die Angelegenheiten Erwachsener Sorgen machen müssen.«

»Ich bin kein Kind mehr.« Annev klopfte auf das Päckchen mit den abgetrennten Ohren. »Du und die Meister haben mich gut unterrichtet. Wenn ich das Dorf verlassen muss, kann ich auf mich selbst aufpassen.« Er hob die Hand, um Sodars Einwänden zuvorzukommen. »Und jetzt weiß ich, dass ich danach auch gleich wieder zurückkehren sollte. Wenn sich Dinge wie *das da* dort draußen herumtreiben, sollten wir bleiben – hier, wo wir sicher sind.«

Sodar seufzte. »Wenn es doch nur so einfach wäre, Annev. Du warst sicher, weil du versteckt warst. Die Schutzzauber, die das Dorf bewachen, haben ihren Dienst erfüllt, weil sie nie wirklich auf die Probe gestellt worden sind. Das hat sich nun geändert.

Es braucht nur geballte Anstrengung und ein wenig Geduld, und Chaenbalus Schutzwehr wird fallen.«

»Das wird nicht passieren«, widersprach Annev unwillig. »Arnor hat gesagt, dein Orden würde gejagt – Priester würden getötet. Wenn wir das Dorf verlassen, sind wir gefährdet, aber hier können sie uns nicht finden.«

»Die Wahrscheinlichkeit, dass sie uns nicht finden, ist äußerst gering«, antwortete Sodar. »Und je länger wir bleiben, desto geringer wird sie.«

»Wenn das so ist«, sagte Annev und wechselte seine Taktik, »könnten wir uns ja darauf einigen fortzugehen. Aber wir brauchen es nicht sofort zu tun. Wir können noch ein paar Jahre warten, während ich mir meinen Titel hole und meine Ausbildung fortsetze. Die Akademie schickt Avatare erst dann auf Missionen aus, wenn sie im Begriff stehen, zum Meister erhoben zu werden. Es wird noch Jahre dauern, bis sie mich auffordern, das Dorf zu verlassen. Diese Zeit können wir dazu nutzen, uns vorzubereiten – du kannst Tosan weiter mit deinem Speur-Dún-Manuskript hinhalten, und wenn wir dann bereit sind, können wir die Expedition zusammenstellen und uns davonschleichen, so wie du es geplant hast.«

»Möglicherweise«, murmelte Sodar.

»Und vielleicht«, wagte Annev zu hoffen, »wenn zeitlich alles passt, könnte Myjun ja mit uns kommen.«

Sodar reagierte mit einem gequälten Lächeln auf Annevs Vorschlag. »Myjun ist ein wunderbares Mädchen … aber sie ist Tosans Tochter. Würden wir einfach verschwinden, sähen es die Ältesten in meinem Fall nur allzu gern, und nach dir würden sie nur eine begrenzte Zeit lang suchen. Aber um Myjun zu finden, würde Tosan alles einsetzen, was die Akademie hergibt. Er würde nie aufgeben, uns niemals ziehen lassen. Statt in Odarnea oder Südmarsch ein neues Leben anfangen zu können, wären wir immer auf der Flucht, und wenn er uns jemals in einem unvorbereiteten Moment aufspüren sollte …« Er schüttelte den Kopf. »Es tut mir leid, Annev. Selbst wenn Myjun einverstanden sein sollte, wäre es trotzdem zu gefährlich – und wir haben schon genug Gefahren, um die wir uns sorgen müssen.«

Annev runzelte die Stirn, über seine allzu begrenzten Möglichkeiten enttäuscht. Er wollte ein Leben ohne Myjun oder ohne Avatar zu sein, gar nicht erst in Erwägung ziehen … also brauchte er auch keinen Gedanken darauf zu verschwenden. Er grübelte über die anderen Dinge nach, die Sodar gesagt hatte. »Das Orakel befindet sich in Odarnea. Und was ist in Südmarsch?«

»Das Orakel ist *nicht* in Odarnea. Es ist bei Bron Gloir, und die Götter allein wissen, wo er sich befindet – oder *wer* er im Moment ist.« Er lachte leise. »Nein, in Odarnea befindet sich die Enklave der Dionach Tobar, allerdings habe ich noch nicht entschieden, wo wir am besten hingehen sollten. Du hast richtig gehört: Irgendetwas stellt meinem Orden nach, und solange ich nicht weiß, was das ist, sollten wir uns vom Orden fernhalten. Eben deshalb habe ich Südmarsch vorgeschlagen, obwohl selbst das vielleicht nicht weit genug ist. Wir könnten womöglich den ganzen Weg bis zu den versunkenen Inseln von Ilumea zurücklegen und immer noch nicht entkommen.«

»Warum dann überhaupt weglaufen?«, fragte Annev. »Jagen mich die Diener des Keos, damit ich ihren toten Gott nicht umbringen kann?« Annev verdrehte die Augen.

»Keos wird sich zeigen, sobald er dazu bereit ist«, sagte Sodar, ohne sich von Annevs spöttischem Tonfall beirren zu lassen. »Bei seinen Dienern ist das eine andere Angelegenheit. Einige sind geduldig und schlau. Andere sind impulsiv und unberechenbar. Sie werden sich dir alle an die Fersen heften, ganz egal, ob Keos lebt oder tot ist. Die Hexe, der du im Dichtwald begegnet bist, ist wahrscheinlich nur ein winziger Bestandteil eines größeren Ganzen gewesen.«

Bei der Erwähnung der Waldhexe überlief Annev eine Gänsehaut, doch sie rief in ihm auch eine Erinnerung wach. »Was haben die Jüngeren Götter mit alledem zu tun? Die Hexe hat etwas davon gesagt, dass sie Jagd auf mich machen würden.«

Sodar strich sich mit ernstem Gesicht über den Bart. »Ich fürchte, ich habe in diesem Punkt keine Antworten. Nach der Schlacht im Vosgar sind die Jüngeren Götter untergetaucht und haben gelernt, dadurch zu überleben, dass sie sich auf keine bestimmte Seite schlagen. Das sollte eigentlich bedeuten, dass sie eher gute Absichten haben, aber wenn die Hexe sagt, dass die Jüngeren Götter Jagd auf dich machen, verhält sich die Sache in Wahrheit vielleicht doch anders. Erinnerst du dich an den genauen Wortlaut dessen, was sie gesagt hat?«

»Nur an die Namen der Götter, die sie erwähnt hat – Dorchnok, Tàcharan und Cruithear –, und dass sie mich nicht erreichen könnten. Ich glaube, sie hat da von der Magie gesprochen, die Chaenbalu schützt.«

»Probleme über Probleme.« Sodar schüttelte den Kopf. »In Ordnung, Junge. Wir werden erst einmal hierbleiben, bis ich mir einen Reim auf das alles machen kann, aber richte es dir hier nicht allzu bequem ein – und verlasse auf keinen Fall mehr das Dorf. Kein Brennholzholen. Keine Botengänge für Tosan. Nichts, was dich über die Hinkelsteine hinausführt. Verstanden?«

Annev nickte, erleichtert, dass er trotz allem Avatar werden und die Chance bekommen würde, Myjun den Hof zu machen. Doch seine Erleichterung wurde von dem Wissen getrübt, dass ihn Sodar jederzeit von einem Tag auf den anderen aus Chaenbalu wegbringen könnte. Er begriff plötzlich, warum der Priester die ganze Sache geheim gehalten hatte – die Vorstellung, dass Annev an einem Tag noch seinen Träumen nachjagen könnte, um sie am nächsten alle in Luft aufgelöst zu sehen, war regelrecht lähmend.

Aber musste es so sein? Die Ratschläge, die ihm Crag gegeben hatte, fielen ihm wieder ein; was er darüber gesagt hatte, dass die Dinge nie wirklich so kompliziert seien, wie sie schienen, und dass man nicht dem Weg folgen müsse, den andere für einen gewählt haben.

Ich brauche nicht mit Sodar mitzukommen, begriff Annev. *Er setzt es als selbstverständlich voraus, dass ich ihn begleite. Aber falls er entscheidet, dass es an der Zeit sei fortzugehen, habe ich trotzdem auch hier noch meinen Platz. Bei Tosan.* Annev saß da und wog die möglichen Konsequenzen dieser Überlegungen ab.

Wenn er an der Akademie blieb, ohne Sodar, würde er Avatar werden und um Myjun werben. Irgendwann würde man ihn zum Meisteravatar befördern, und er würde Abenteuer außerhalb des Dorfes erleben. Er würde natürlich Sodars Warnungen stets beachten, wann immer er auf einer Mission unterwegs war – er war ja kein Idiot –, und er würde nach jedem Auftrag schnellstens wieder nach Chaenbalu zurückeilen. Duvarek machte es genauso, und er war einer der höchstdekorierten Avatare an der Akademie. Annev würde Myjun heiraten können. Es war alles, was er je gewollt hatte – er hatte dafür sogar zweimal getötet und ein Paar Ohren abgeschnitten. Dagegen sprach allerdings, dass er Sodar mit seinem Hierbleiben enttäuschen würde … und ohne seinen Handschuh bestand außerdem eine echte Gefahr, dass die Akademie die Sache mit seinem fehlenden Arm herausfinden würde. Sollte das jemals passieren, würden sich die Akademie und die Dorfbewohner zusammentun und Annev steinigen. Auf der anderen Seite gaben ihm seine Fähigkeiten als Avatar eine Chance zu fliehen, und er könnte, falls es wirklich einmal so weit kam, das Dorf wahrscheinlich ohnehin verlassen und sich immer noch Sodar anschließen. Annev schien das Risiko eines Hierbleibens genauso groß wie der Lohn, der ihm dafür winkte.

Eine andere Möglichkeit war, dass Annev all das vollständig akzeptierte, was Sodar über seine Herkunft und Abstammung gesagt hatte. Sie würden in Chaenbalu bleiben, und wenn es an der Zeit war, würden sie fortgehen. Sie wären für eine Weile auf der Flucht, aber irgendwann außerhalb der Reichweite der Akademie, wo sie ein neues Leben beginnen konnten – vorausgesetzt, es waren nicht eine Schar von Feurog und andere Diener des Keos hinter ihnen her, um sie daran zu hindern; von den Jüngeren Göttern ganz zu schweigen. Das klang nach einem riskanteren Weg, einem, auf dem Annev die Kontrolle über sein eigenes Leben aufgeben und sich seine Träume von alten Männern und obskuren Prophezeiungen diktieren lassen musste. Diese Vorstellung gefiel Annev nicht sonderlich, insbesondere da es keinerlei Garantie gab, dass er und Sodar jemals wirklich in Sicherheit sein würden. Wenn er diesen Weg wählte, bot er ihm die Aussicht, die Welt kennenzulernen – ein Leben voller Aufregung und Magie zu leben, das zudem nicht an die Regeln der Akademie gebunden war –, aber ohne Avatar zu werden und ohne mit Myjun zusammen zu sein. Wog er beide Alternativen gegeneinander ab, so wusste Annev, welche er bevorzugte. Er musste nur noch einen Weg finden, es Sodar zu sagen, ohne dass der Priester das Gefühl hatte, dass Annev einen gewaltigen Verrat an ihm beging.

»Du brauchst Zeit, um das alles zu verarbeiten«, erklärte Sodar und erhob sich vom Tisch. »Bring Tosan diese Sachen, dann komm schnell zurück und zieh dich für die letzte Nacht des Regaleus an. Die Feiern werden lauter und länger sein, deshalb solltest …«

»Ich kann nicht zurückkommen!«, rief Annev. »Erinnerst du dich nicht? Tosan hat mich meiner Pflichten als Diakonus entbunden.«

Sodar hielt inne und überlegte. »Das hatte ich vergessen. Noch ein weiterer guter Grund, unsere Abreise zu beschleunigen … aber da brauchst du dich jetzt nicht drum zu kümmern.« Er versuchte, den Kummer zu verbergen, der ihm deutlich ins Gesicht geschrieben stand. »Ich kann die Kapelle allein vorbereiten, und ich bin mir sicher, dass ich einen Weg finde, mich mit dir in Verbindung zu setzen, wenn es an der Zeit ist, uns auf den Weg zu machen. Jetzt solltest du dir erst einmal deinen Titel holen gehen. Du hast ihn dir verdient. Ich werde deine Sachen packen und sie in die Akademie bringen lassen.«

Annevs Miene hellte sich auf. Sodar hatte recht. Annev hatte sich seinen Titel verdient, und er würde sich seine heutige Freude nicht von seinen Zukunftssorgen trüben lassen.

»Danke, Sodar.« Er umarmte den alten Mann – und seine Entschlossenheit von eben war sofort wieder wie weggeblasen.

Es muss eine Möglichkeit geben, alles irgendwie unter einen Hut zu bringen, dachte Annev und umarmte seinen Mentor innig. *Ich kann es schaffen, dieses Rätsel zu lösen. Ich werde einen Weg finden, mir meine Träume zu erfüllen, ohne zugleich Sodars Träume zunichtezumachen.*

Sie ließen einander los, und Annev sah dem alten Mann nach, als er mit dem Schwert und der Axt davonschlurfte. *Ich werde bleiben,* beschloss er. *Sodar hat jahrhundertelang über meine Familie gewacht, und so wird es ihm auch nicht sonderlich viel ausmachen, noch einige Jahre länger zu warten, und er wird mich auch nicht einfach im Stich lassen. Wenn Myjun und ich geheiratet haben und Tosan gestorben ist, kann ich sie ja vielleicht überreden, zusammen mit uns fortzugehen … oder Sodar davon überzeugen, dass die Gefahr vorüber ist.*

Tief in seiner Seele wusste er, dass er sich da unmöglichen Hoffnungen hingab – dass er seine unguten Vorahnungen ernst nehmen und sie nicht ignorieren sollte –, doch er weigerte sich, sich dieser inneren Stimme zu stellen, und klammerte sich stattdessen an die Hoffnung, dass er es schon irgendwie hinbekommen würde.

Nicht ohne einen Hauch von bitterer Selbstironie musste er sich eingestehen, dass Tosans Einschätzung seiner Persönlichkeit im Grunde vollkommen richtig war: Annev konnte schlicht die Entscheidungen nicht hinnehmen, die das Schicksal für ihn getroffen hatte. Dieser Wesenszug würde ihm wahrscheinlich Kummer und Sorgen eintragen, sobald er erst einmal in der Akademie lebte, aber er hatte auch nicht vor, sich zu ändern.

Annev griff nach den in Leinen eingewickelten Ohren auf dem Tisch und holte sich den Sack, den er im Schuppen abgestellt hatte, dann blieb er an seiner Kleidertruhe stehen, um die Phönixlaterne hineinzulegen. Als er sich umzog und in einen sauberen Kittel schlüpfte, fiel ihm ein metallisches Glitzern ins Auge: der Streifen goldenes Metallband, den er aus dem Dichtwald mitgenommen hatte, ein abgebrochener Splitter von einem der Feurog. Es war eine grausige Trophäe, eigentlich zu schauerlich-bizarr, um sie zu behalten, doch andererseits auch zu wertvoll, um sich ihrer einfach zu entledigen. Wahrscheinlich würde er das Ding von Sraon zu einer Handvoll Sonnenstrahlen schmelzen lassen können, aber selbst dann würden ihn die rechteckigen Metallscheiben immer noch an ihre Herkunft erinnern. Er würde vermutlich doch irgendetwas anderes damit anfangen müssen.

Sobald er sich fertig angekleidet hatte, suchte Annev in seiner Strohpritsche nach dem Freundschaftsring für Myjun und steckte ihn ein, in der Hoffnung, an diesem Abend die Gelegenheit zu haben, ihn ihr überreichen zu können. Auf dem Weg hinaus blieb er kurz stehen, um Breathanas' Banner zu bewundern, das Sodar noch nicht weggeräumt hatte, und er verglich den goldenen Vogel auf dem Tuch mit dem, der in seinen Handschuh gestickt war. Abermals staunte er darüber, wie sehr sich die beiden Vögel doch ähnelten – selbst die Farben waren genau die gleichen: leuchtendes Purpurrot und Gold.

Er hob die Stulpe des roten Handschuhs an die Nase und schnupperte daran. Zu seiner großen Freude haftete dem Stoff des Handschuhs noch immer Myjuns süßer Duft an. *Wildblumen*, dachte er träumerisch, *und Seife*. Aber da war noch etwas anderes. Er schnupperte noch einmal, nahm den Geruch genießerisch tief in sich auf und versuchte herauszufinden, was die beiden Komponenten waren, die ihm noch fehlten. Er hatte es schon fast aufgegeben, als es ihm einfiel.

Erdbeeren … und Blut.

Kapitel 46

Annev schlenderte ins Dorf, der Sack mit dem Palmrohr und den Drachenblutflaschen klirrte und klimperte auf seinem Rücken. Viele der Bauern und Dorfbewohner, an denen er vorbeikam, grüßten ihn mit einem Winken oder einem Nicken.

»Guten Tag, Ainnevog!«

»Hallo Greusik, hallo Edrea!«, begrüßte Annev den drahtigen Schuster und seine Ehefrau, die beide ihren besten Regaleusstaat trugen. »Fröhliches Regaleus euch beiden.«

»Und dir auch! Wir freuen uns schon auf Bruder Sodars Predigt heute Abend.«

Annev nickte zustimmend, auch wenn er vermutete, dass ihm Tosan den Gottesdienstbesuch nicht gestatten würde, und wenn er ihn eigens um Erlaubnis bat, würde das womöglich zunichtemachen, was immer er sich durch die Erfüllung der ihm vom Rektor übertragenen Aufgabe an Gewogenheit verdient haben mochte. Also beschloss Annev, das Beste aus der Situation zu machen; schließlich hatte er noch nie miterlebt, wie die Akademie oder der Rest von Chaenbalu feierte, da er stets Sodar in der Kapelle geholfen hatte, und der Reiz der neuen Erfahrung erfüllte ihn mit freudiger Erregung.

Der würzige Duft von Yohans aromatisierten Kerzen wehte an ihm vorbei, und als sich Annev umdrehte, sah er lachende Kinder mit verschiedenen Spielzeuggegenständen spielen, die Nikum vor seiner Zimmermannswerkstatt ausgelegt hatte. Das ganze Dorf war in Festtagsstimmung, und das passte bestens zu Annevs eigener Gemütsverfassung. Er schlängelte sich durch

Chaenbalus ringförmig angelegte Straßen, winkte Ladenbesitzern und Handwerkern zu und lauschte auf das unablässige Klirren und Klappern von Hammer und Amboss, das aus Sraons Freiluftschmiede drang. Annev erwog sogar kurz, stehen zu bleiben, um den einäugigen Schmied zu begrüßen, aber er war allzu entschlossen, Tosans Auftrag endlich zu Ende zu bringen und sich Gewissheit darüber zu verschaffen, ob der Rektor ihn nun zum Avatar des Urteils beförderte oder ob er wieder irgendeine Ausflucht finden würde.

Annev tätschelte das grausliche Päckchen in der Brusttasche seines Kittels und fühlte sich von den abgetrennten Ohren des Feurog seltsam beruhigt und ermuntert. Er umfasste den Sack über seiner Schulter fester und lief quer über den Dorfplatz zum Eingang der Akademie.

»Ich dachte, ich hätte dir deutlich klargemacht, dass du sofort in die Akademie zurückkommen sollst, wenn du deine Aufgabe erfüllt hast.« Tosan saß im zobelüberzogenen Stuhl hinter seinem Schreibtisch. Der unbequeme Stuhl, auf dem Annev bei seinem letzten Besuch hier gesessen hatte, war nirgends zu sehen; an seiner Stelle befand sich nun ein niedriger dreibeiniger Hocker.

Angesichts dieser bescheidenen Wahlmöglichkeiten entschied sich Annev, lieber stehen zu bleiben und den staubigen Sack auf den Hocker zu stellen. Er neigte den Kopf. »Bitte entschuldigt, Ältester Tosan. Ich bin sehr früh zurückgekommen. Ich hatte nicht geschlafen und wollte Euch nicht stören. Ich hielt es außerdem für das Beste, erst einmal meine Angelegenheiten mit Sodar zu regeln, bevor ich hierher zurückkam.«

Tosans Augen verengten sich zu Schlitzen. »Wie … aufmerksam von dir.« Er schwieg für einen Moment und sah Annev an. »Mit dem Priester ist also alles geregelt? Sodar weiß, dass du die Priesterschaft verlässt?« Als Annev nickte, lächelte Tosan. »Gut. Und die Aufgabe, die ich dir gestellt habe?«

Annev legte den Sack auf Tosans Schreibtisch und ließ den Rektor den Inhalt inspizieren, die Palmrohre zählen und die Flaschen mit Drachenblutharz. Er nickte wohlwollend. »Und was ist mit dem Hausierer?«

Annev zog das in Leinen gewickelte Päckchen aus seinem Kittel und legte es vor Tosan hin. »Der fahrende Kaufmann wird uns nicht wieder belästigen.«

Tosans Augen weiteten sich ein wenig, obwohl sein Gesichtsausdruck immer noch skeptisch war. Er hob das Päckchen hoch und wickelte das Leinen auf. Kleine Krümel von geronnenem Blut rieselten auf seinen Schreibtisch, als er das Ohr des Feurog hochhob und es genau untersuchte.

»Hat der Hausierer noch gelebt, als du ihm die abgeschnitten hast?«

Annev zögerte. Tosan hatte gesagt, er könne Lügen spüren, und Crag hatte ja in der Tat gelebt, als Annev die Ohren des Feurog an sich gebracht hatte. Ihm flatterte der Magen, als er die einzige Antwort gab, die er geben konnte. »Ja … er war am Leben.«

»Wirklich?« Annev nickte, und Tosan lächelte mit einer eigentümlichen Mischung aus perverser Freude und wachsamem Argwohn. »Und nachdem du ihm seine Ohren genommen hast, hast du den Mann dann gehen lassen? Ich wäre höchst erzürnt zu erfahren, dass irgendwo ein ohrenloser Kaufmann durch die Gegend wandert. Versuche nicht, mich zu täuschen.«

»Ihr werdet keinen ohrenlosen Kaufmann finden, der durch den Dichtwald wandert.« Annev deutete mit dem Kopf auf die schauerliche Trophäe in Tosans Hand. »Derjenige, dem diese Ohren gehört haben, ist durch meine Hand gestorben.«

»Wie?«

»Ich habe das Schwert des Hausierers direkt durch sein Auge in sein Gehirn gestoßen. Ich habe ihn sterben sehen … habe gespürt, wie er starb.«

Der Rektor saß für einen Moment schweigend da und verarbeitete das Gehörte. Schließlich nickte er. »Und was ist mit dem letzten Teil des Rätsels? Hast du erfahren, wie der Kaufmann unser Dorf gefunden hat?«

Annev wusste, dass er an diesem Punkt sehr vorsichtig sein musste, und er versuchte, sich an Crags genaue Worte zu erinnern. »Er hat gesagt, er sei auf dem Weg nach Hentingsfurt und dann weiter nach Caerhaven. Er hat versucht, eine Abkürzung durch den Dichtwald zu nehmen, und sich verirrt. Als ich ihn nach Chaenbalu gefragt habe, hat er angegeben, nie davon gehört zu haben.«

»Das hat er gesagt, ja? Das widerspricht dem, was mir die Weisfrauen erzählt haben. Sie waren der Ansicht, er habe von sich aus nach dem Dorf gesucht, und sie haben gesagt, sie hätten ihn direkt am Rand von Chaenbalu entdeckt.«

»Er hat nach seinem Maultier gesucht«, entfuhr es Annev.

»Wie bitte?«

»Sein Maultier war ihm abhandengekommen«, erklärte Annev. »Ich habe ihm geholfen, danach zu suchen. Das ist einer der Gründe, warum ich verspätet ins Dorf zurückgekehrt bin.«

»Er hat nach seinem Maultier gesucht … und du hast ihm dabei geholfen?« Annev nickte. »Und hast du dieses Maultier gefunden? Nun, ich nehme an, das hast du nicht, sonst hättest du das Tier mit nach Chaenbalu gebracht.«

»Wir haben die Stute gefunden«, berichtete Annev, »aber Geschöpfe des Waldes hatten sie gefressen.«

»Wie bedauerlich. Und das war also *einer* der Gründe, warum du aufgehalten worden bist. Was sind die übrigen?«

»Wir sind selbst von den gleichen Ungetümen angegriffen worden. Der Hausierer wurde verletzt, und … nun, ich war für eine Weile bewusstlos. Ich entschuldige mich für die Verzögerung.«

»Bewusstlos, sagst du?« Tosan musterte ihn. »Ich sehe keine Verletzungen.«

»Ich habe einen harten Schädel«, erklärte Annev und rieb sich den Kopf.

»So scheint es mir auch.« Tosan strich sich über seinen Ziegenbart und dachte nach. »Was waren das für Ungetüme?«

Verdammt.

»Sie waren sehr eigenartig«, antwortete Annev und gab sich größte Mühe, irgendwie einen Bogen um die ganze Geschichte zu machen. »Ungeheuer mit Haut und Gliedmaßen aus Metall und Stein.« Er fragte sich, wie viel er über die Feurog erzählen konnte, ohne dass sich bei Tosan die Vermutung einstellte, dass die abgetrennten Ohren einem der Ungeheuer gehören könnten und nicht dem Hausierer. Er fragte sich auch, ob er die Hexe würde erwähnen müssen.

»Ungeheuer im Dichtwald? Geschöpfe aus Metall und Stein?«

»Ja, Ältester Tosan.«

Der Rektor überlegte. »Das sind beunruhigende Neuigkeiten, wenn es wahr ist. Viel beunruhigender als ein Hausierer, der umherwandert.« Er zog an den Haaren seines Ziegenbartes und runzelte die Stirn. »Ich bin fast geneigt zu glauben, dass du diese Geschichte als Ausrede für dein Unvermögen erfunden hast oder um deine Verspätung herunterzuspielen.« Annev öffnete den Mund, um zu protestieren, aber Tosan hob die Hand. »Ich habe gesagt, ich sei geneigt, das zu glauben, nicht dass ich tatsächlich davon ausgehe.« Er schüttelte den Kopf. »Nein, du bist überzeugt, dass du die Wahrheit gesagt hast. Es liegt nun an mir zu entscheiden, ob du dich da täuschst oder nicht.« Er schwieg einen Moment und dachte nach. »Wie vielen Ungeheuern bist du begegnet?«

»Es waren drei.«

Tosans Brauen zogen sich zusammen. Er warf einen kurzen Blick auf den Ring an seiner linken Hand und sah dann wieder zurück zu Annev. »Du lügst«, sagte er und spielte an dem Ring herum. »Warum? Was verbirgst du vor mir?«

Annev schüttelte den Kopf, der Vorwurf verwirrte ihn, doch dann begriff er seinen Fehler.

Verdammt.

»Es waren nur drei Feurog«, erklärte er, »aber es gab noch ein viertes Ungeheuer – eine Hexe.«

»Eine Hexe«, wiederholte Tosan sichtlich interessiert, »und du hast diese Ungeheuer ›Feurog‹ genannt. Warum bezeichnest du sie so?«

»Weil die Hexe sie so genannt hat.«

Der Rektor nickte, anscheinend zufrieden mit Annevs Erklärung. »Diese Hexe«, fuhr er fort und beugte sich auf seinem Stuhl vor, »hatte sie einen Namen?«

Annev nahm sich einen Moment Zeit, um sich zu erinnern. »Ich meine … ich bin mir nicht sicher, aber ich glaube, ihr Name war Kelga.«

»Kelga?« Der Rektor sprang von seinem Stuhl, und in seinen Augen leuchtete plötzlich eine leidenschaftliche Erregung. »Du willst mir erzählen, du seist im Dichtwald einer Frau namens Kelga begegnet?« Annev hatte zuerst gedacht, dass es Zorn oder Hoffnung war, was Tosan verspürte, aber bei seinen Worten wusste Annev genau, was der Mann tatsächlich empfand.

Verzweiflung.

»Ich glaube, ja. Sie hat ihren Namen nur einmal genannt, und sie schien nicht recht bei Sinnen zu sein.«

»Ich glaube dir.« Tosans Stimme war heiser, und als er sich nun wieder hinsetzte, war sein Gesicht aschfahl und er ein veränderter Mann. Was zuvor ein Verhör gewesen war, war zu einem flehentlichen Bitten geworden. »Hat sie meine Frau erwähnt?«

Annev klappte die Kinnlade herunter. »Eure Frau?«

»Lana«, krächzte er mit versagender Stimme. »Ihr Name war Lana. Sie ist kaum einen Monat nach Myjuns Geburt gestorben. Ich hatte mir schon immer gedacht, dass irgendetwas sie in dieses Schlehengebüsch getrieben hätte, aber …« Er schüttelte den

Kopf. »Es gab Anzeichen eines Kampfes. Kelga hätte eigentlich bei ihr sein sollen, sollte sie beschützen, aber wir haben die alte Frau nie gefunden. Ich habe den ganzen Dichtwald abgesucht und dieses nichtswürdige Weibsstück nie gefunden.« Er starrte mit einem grüblerischen Ausdruck in seinen dunklen Augen auf seine Arbeitszimmertür. »Fast zwei Jahrzehnte lang habe ich mich gefragt, was da wohl passiert ist. Wohin war Kelga verschwunden? Warum hatte sie meine Frau angegriffen? Was ist mit dem einarmigen Sohn des Keos passiert, den zu opfern die beiden ausgeschickt worden waren?«

Annev hatte seine liebe Mühe, nicht auf die rhetorischen Fragen des Ältesten zu reagieren. Schließlich wanderte Tosans Blick zurück zu Annev. Der Rektor schien seine Fassung wiederzugewinnen, und er wechselte erneut in den Verhörston.

»Warum hast du Kelga eine Hexe genannt? Hat sie magische Fähigkeiten bewiesen?«

»Sie hat sich dunkler Magie bedient, um uns zu täuschen und um die Feurog zu befehligen. Sie kam zu Tode, als sie uns angegriffen hat.«

Tosan musterte ihn eindringlich. »Du hast Kelga getötet.« Annev nickte. »Und der Kaufmann hat dir dabei geholfen.« Annev nickte wieder, und Tosan stieß einen tiefen Seufzer aus, als sei eine schwere Last von ihm genommen worden. »Also«, fuhr er fort, »du hast die Hexe und die drei Feurog getötet, und dann hast du dir den Hausierer vorgenommen. Du hast ihm seine Ohren abgeschnitten, und dann hast du ihn mit seinem eigenen Schwert getötet.«

Annev zögerte, weil er wusste, dass jede Bestätigung eine Lüge wäre. »Nein.«

»Nein?« Tosan zog eine Augenbraue hoch.

»Nein, wir haben nicht alle drei Feurog getötet«, stellte Annev klar. »Zwei sind gestorben, aber … das dritte Geschöpf ist in den Wald geflohen.«

»Ah.« Tosan betastete die Ohren auf seinem Schreibtisch, dann schaute er auf. »Hast du irgendetwas von der Hexe mitgenommen? Etwas, das ihre Identität bestätigen oder beweisen könnte, dass du sie getötet hast?«

Annev überlegte und versuchte sich zu besinnen, ob er etwas dergleichen getan hatte. Er wollte gerade verneinen, als er sich an den goldenen Splitter in seiner Tasche erinnerte. Mit einem bedauernden Seufzer zog er ihn aus dem Kittel und legte ihn neben die abgetrennten Ohren. »Ich habe das hier in der Nähe der Lichtung gefunden, wo uns die Hexe aufgespürt hat. Wenn ihr noch einen weiteren Beweis benötigt, so sollte sich ihr Leichnam im Dichtwald finden lassen.«

Tosan griff nach dem Streifen Metall und wog ihn in den Händen. Er schloss die Augen, fuhr mit den Fingern über das Metall und öffnete dann voller Schreck die Augen. »Das ist ein Artefakt.«

»Was?«

Tosan drehte den Goldsplitter in seinen Händen, bestaunte ihn und testete seine Schärfe. »Das Gold umgibt eine magische Aura. Sein Zweck ist … unklar, aber es liegt Bosheit darin. Das Metall fühlt sich fast lebendig an. Es überrascht mich, dass du es nicht gespürt hast.«

Annev versuchte sich daran zu erinnern, wie sich das Metall in seinen Händen angefühlt hatte. Hatte er das Kribbeln einer fremden Magie gespürt und es dann abgetan und für seine ei gene angeborene Begabung gehalten? Vielleicht. Hatte er jene Bosheit wahrgenommen, die Tosan jetzt spürte? Annev glaubte es nicht. Was seltsam war, wo er doch vor zwei Tagen einen Makel des Bösen an dem Stab der Heilung verspürt hatte.

»Ich habe mir nicht die Zeit genommen, das Ding zu untersuchen, Ältester Tosan. Es hat noch weitere Metallstücke im Wald gegeben. Andere Arten von Metall. Ich habe nur das Gold mitgenommen.«

»Na schön. Akolyth, du weißt, dass die Voraussetzung, um ein Avatar des Urteils zu werden, ein Bestehen der Prüfung des Urteils ist. Weißt du, was die Voraussetzung ist, um ein Meisteravatar zu werden?«

»Ich habe gedacht, das würde man automatisch, sobald die Ältesten zu der Ansicht gelangt sind, der Avatar sei bereit, um befördert zu werden.«

»Das ist zum Teil richtig. Aber es gibt außerdem zwei Prüfungen. Zuerst muss der Avatar seine Fähigkeiten dadurch beweisen, dass er ein Artefakt an sich bringt und es der Akademie aushändigt.«

»Und die zweite Prüfung?«, fragte Annev vorsichtig.

»Die Bewährungsprobe der aufopfernden Hingabe. Der Avatar muss ein bestimmtes Ziel ausschalten – im Allgemeinen jemanden, der eine Bedrohung für Chaenbalu oder die Akademie darstellt.«

»Ihr meint, er muss jemanden töten.«

Tosan zog eine Braue hoch. »Das sollte für dich eine einfache Aufgabe sein – jetzt, da du es einige Male getan hast.«

»Ja«, antwortete Annev, obwohl er sich da nicht so sicher war. Schließlich hatte er den Händler nicht getötet, und Kelga wiederum war von Crag der tödliche Schlag versetzt worden; der Einzige, den er selbst getötet hatte, war der Feurog mit dem eisenummantelten Schädel gewesen, und Annev war sich immer noch nicht sicher, ob diese Kreatur als Mensch oder als Ungeheuer zu gelten hatte. Er schluckte den Kloß in seiner Kehle herunter. Das Wissen, dass er erneut aufgefordert werden würde zu töten, erfüllte ihn mit einem Gefühl des Unbehagens.

»Ich will offen zu dir sein, Ainnevog. Ich war mir sicher, dass du versuchen würdest, dich irgendwie aus deiner Aufgabe herauszumogeln … aber ich habe mich geirrt. Du hast den Hausierer getötet, und du hast mir einen großen Gefallen erwiesen, indem du Kelga ausgeschaltet hast.«

»Und habe ich Eure Prüfung bestanden?«, fragte Annev mit hoffnungsvoll schimmernden Augen. »Habe ich mir endlich meinen Avatartitel verdient?«

Tosan runzelte die Stirn. »Tut mir leid, aber habe ich mich denn nicht klar und deutlich ausgedrückt? Du wirst nicht zum Avatar des Urteils befördert.«

Annev schnürte sich die Kehle zusammen. Wieder einmal passierte das Gleiche wie zuvor. Sobald seine Träume in Reichweite waren, änderte irgendjemand die Regeln und nahm ihm weg, was immer er sich am meisten wünschte.

»Ich kann dich nicht zum Avatar befördern«, fuhr Tosan fort, »weil du nämlich bereits die Befähigungsprüfung sowie die Bewährungsprobe der aufopfernden Hingabe bestanden hast.« Er deutete auf den Goldstreifen und die abgetrennten Ohren. »Dieses Artefakt wird ins Gewölbe aufgenommen.« Tosan zog an einem roten Seil – einem von sechs, die von der Wand herabhingen –, und Annev hörte irgendwo weiter unten im Flur eine Glocke läuten. Dann zog Tosan auch am braunen und am schwarzen Seil, und auch wenn Annev nichts hörte, wusste er, dass anderswo in der Akademie nun weitere Glocken ertönten.

»Annev, du hast die Voraussetzungen für ein höheres Amt erfüllt.«

Annev legte die Stirn in Falten, dann weiteten sich seine Augen. Seine Kehle fühlte sich plötzlich nicht mehr wie zugeschnürt an, und sein Herz raste jetzt noch schneller. »Ein höheres Amt?«, erwiderte er dümmlich, überzeugt, falsch verstanden zu haben.

Der Älteste der Ältesten öffnete seine Schreibtischschublade und zählte mehrere Stapel rechteckiger Metallstückchen ab. Er legte sechs Häufchen von Kupferspeeren auf den Tisch, fügte dann zwei Stapel Silberstangen und einen einzelnen Goldstrahl hinzu. Er deutete auf die Münzen. »Vier Dutzend Spangen, zwölf Stecken, ein Glänzer. Wenn ein Avatar in den Rang eines

Meisteravatars erhoben wird, erhält er den Gegenwert eines Solars, um für die Kosten sämtlicher Ausstattungsgegenstände aufkommen zu können, die er benötigt, um seine Aufträge in Banok und Luqura zu erfüllen. Das Geld ermöglicht es ihm zudem, die Waffen seiner Wahl zu erwerben oder sie sich vom Schmied anfertigen zu lassen.«

Annev starrte mit offenem Mund auf die Münzen, dann sah er wieder Tosan an, kaum imstande zu fassen, dass das, was da geschah, auch wirklich war. Der Rektor stand auf und legte Annev die Hand auf die Schulter.

»Das ist Euer Sold, Ainnevog. Nehmt ihn, mit meinen besten Wünschen. Ihr seid in den Rang eines Meisteravatars erhoben worden.«

Kapitel 47

Der Rest des Nachmittags verstrich in einem Wirbel hektischer Betriebsamkeit. Meister Carbad erschien, um Annevs neuen Rang in sein Buch einzutragen. Er würde Meister der Sorgen werden, ein Posten, der unbesetzt geblieben war, seit man die Kapelle erbaut hatte und Sodar nach Chaenbalu gekommen war.

»Er hat ihn sich verdient«, unterstrich Tosan, als Carbad die Verleihung des Titels infrage stellte. »Weiß Odar, der Junge hat mir genug Sorgen bereitet, aber er verfügt außerdem über eine theologische Ausbildung, auf der Ältester Jerik und ich aufbauen können. Die Kirche ist zum ersten Mal seit über einem Jahrzehnt gründlich gereinigt worden, also sollten wir sie auch in Gebrauch nehmen. Ich bin mir sicher, sobald er sich das Vertrauen der Dorfbewohner verdient hat, wird er auch all die anderen Aufgaben übernehmen, die früher Meister Flint für uns erfüllt hat.«

Dann hatte Carbad Annev mit zu Meister Brayan genommen, dem riesenhaften Quartiermeister der Akademie mit dem dichten Vollbart. Trotz seiner Achtung gebietenden Gestalt war er ein sehr umgänglicher Mensch, und das war an diesem Tag nicht anders als sonst.

»Meister der Sorgen?«, rief Brayan und grinste breit. »Nun, das ist wunderbar! Titus wird sich freuen, das zu hören. Er hat sich übrigens nach Euch erkundigt.« Titus war Brayan als sein Lehrling zugewiesen worden, ähnlich wie Markov im Gewölbe der Verdammnis Meister Narach zur Hand ging. »Er arbeitet auch mit Carbad zusammen«, fügte Brayan hinzu, während er nach einem Meisteravatargewand für Annev suchte. »Er kann gut mit Zahlen und dergleichen umgehen, und das ist recht nützlich, aber er hat auch ein echtes Händchen für Tiere. Ich komme kaum dazu, mich um die Ställe zu kümmern, geschweige denn auch noch um die Zwinger und die Taubenschläge, er aber hat ein Paar ruhige Hände für derlei. Er ist gerade dabei, die Vögel zu versorgen.«

Annev hatte kaum Zeit gehabt, dem Mann für seine neuen Stiefel und den roten Kittel zu danken, da hatte ihn Carbad auch schon wieder davongezerrt.

»Meister Keyish wird Euch für Eure Garderobe vermessen, sobald er im Laufe des Tages aus Banok zurückkehrt«, sagte Carbad. »Wir werden ihn erwischen müssen, bevor er und Duvarek wieder zu tief in ihre Becher geschaut haben.«

Als Nächstes hatten sie Meister Dher aufgesucht, aber der Meister der Heimlichkeit befand sich nicht in seinem Quartier. »Am letzten Regaleustag sind die Meister immer schnell mit dem Feiern bei der Hand«, brummte Carbad. »Ich nehme an, Ihr werdet ebenfalls feiern wollen – und warum auch nicht? Ihr seid vom Akolythen direkt zum Meisteravatar gesprungen. Das ist zwei Feiern wert.« Er führte Annev weiter den Flur hinunter zu einer unbemalten Tür. »Das ist vorläufig Euer Zimmer. Wir werden Euch in die Priesterwohnung verlegen, sobald sie gereinigt worden ist, aber im Moment ist sie wahrscheinlich noch voller Rattenköttel.«

»Vielen Dank«, sagte Annev und meinte es auch so.

Carbad drückte die Tür auf, und Annev trat in eine Zelle, die gerade groß genug für ein Bett und eine Kleidertruhe war. Aus einem kleinen Fenster im hinteren Teil des Raums hatte man einen Blick auf die Südseite des Dorfes, auf die Mühle, den angrenzenden Teich und den Dichtwald. Alles in allem war der Raum kaum größer als sein Zimmer in Sodars Kapelle, aber er kam Annev trotzdem wie ein Palast vor.

»Es ist ein richtiges Bett«, sagte Annev, drückte auf das Kissen und spürte die Daunen unter dem weichen Stoff.

»Natürlich ist es das«, erwiderte Carbad und warf Annev seine neuen Kleider und die Börse mit seinem Sold zu. »Lasst Eure Akolythengewänder hier. Ich werde dafür sorgen, dass sie verbrannt werden.«

»Wohin soll ich gehen, sobald ich angekleidet bin? Ältester Tosan hatte etwas darüber gesagt, dass ich Meister Edra wegen einer Waffe aufsuchen solle.«

»Falls Ihr Edra finden könnt, dürft Ihr ihn gern nach einer fragen. Doch ich vermute, dass er sich mit den anderen Meistern betrinkt. Wahrscheinlich in der Küche oder unten auf dem Dorfplatz. Gesellt Euch zu ihnen, wenn Ihr mögt. Wir werden Eure Beförderung erst morgen bekanntgeben, aber Ihr habt Euch das Recht aufs Feiern verdient. Da könnt Ihr genauso gut das Fest genießen.«

Annev kam schnell zu dem Schluss, dass das keine gute Idee war. Die Meister hatten schließlich ihre eigenen Rituale und Freundschaften, und obwohl Annev mehrere der älteren Männer bewunderte, stand er keinem von ihnen besonders nahe. Er hatte sich darauf gefreut, Titus und Therin zu sehen, sobald er sich endlich seinen Avatartitel verdient hatte, doch jetzt, wo er zum Meister befördert worden war, machte ihn der Gedanke, sich mit ihnen zu treffen, verlegen und gehemmt. Obwohl er nichts dagegen gehabt hätte, Fyn zu begegnen …

»Wartet«, bat Annev, und Carbad, der sich gerade zum Gehen gewandt hatte, blieb stehen. »Was genau macht eigentlich der Meister der Sorgen? Und muss ich mich wegen meiner Waffen an Meister Edra wenden, oder könnte ich auch eine Waffe nehmen, die sich bereits in meinem Besitz befindet?«

Carbad neigte den Kopf zur Seite und blinzelte. »Was für eine Waffe wäre das denn?«

»Ich habe das eine oder andere für Sraon erledigt, und er hat mir als Bezahlung ein Beil gegeben. Ich würde es gern behalten.« Er hoffte außerdem, Gnade in die Akademie mitnehmen zu können, auch wenn er klug genug war, die Waffe und ihre Herkunft nicht zu erwähnen.

Carbad schnaubte gleichgültig. »Wenn sie Euch gehört, könnt Ihr damit machen, was Ihr wollt. Ihr seid jetzt ein Meisteravatar, Ihr habt Euch dieses Privileg verdient. Und was Eure Pflichten als Meister der Sorgen betrifft: Ihr werdet als Dorfpriester arbeiten und hier in der Kirche predigen. Wenn irgendjemand zu Euch kommt und nach Rat sucht oder Buße tun will, werdet Ihr in Übereinstimmung mit den Werten der Akademie seinem Begehr entsprechen und alles von Belang mit dem Rektor absprechen. Ich bin mir sicher, Ältester Tosan wird auch noch andere Pflichten für Euch haben, einschließlich Einsätzen zur Sicherstellung von Artefakten.«

Annev nickte. »Geht auch Ihr manchmal auf solche Beschlagnahmeeinsätze?«

Carbad machte ein finsteres Gesicht. »Ich bin hier zu wertvoll. Ich genieße ja kaum das Privileg, das Dorf überhaupt zu verlassen, geschweige denn, Jagd auf magische Artefakte zu machen.«

»Oh«, murmelte Annev und begriff, dass die Sache ein heikles Thema war. Mit linkischen Bewegungen warf er den Beutel mit den Münzen von der einen Hand in die andere. »Nun gut, ich danke Euch. Ich weiß Eure Hilfe zu schätzen.« Carbad nickte steif, dann zog er sich in den Flur zurück und ließ Annev allein, um seine Kleider, aber auch seine Gedanken zu ordnen.

Eine Viertelstunde später verließ Annev in seinen neuen Gewändern das Gebäude. Als er die Stufen der Akademie hinunterstieg, genoss er das Gewicht der schweren Münzen, die in seiner Tasche klimperten. Er hatte den größten Teil des Geldes in seinem Zimmer zurückgelassen, aber er hatte etwa zwanzig Kupfermünzen, ein paar Silberspangen und den einen Goldstrahl mitgenommen, den Tosan ihm gegeben hatte. Mit diesem Goldstrahl hatte er so seine Pläne – Pläne, in denen auch Myjun vorkam –, aber er schob diesen Gedanken erst einmal beiseite und konzentrierte sich auf das Hier und Jetzt. Während der Abend schnell herannahte, genoss Annev die Freude über seine jüngsten Erfolge und erlaubte es sich, einfach nur im Augenblick zu leben.

Er war kein Akolyth und auch kein Diakonus mehr. Er war nicht einmal ein Avatar. In einem einzigen Augenblick des unglaublichen Glücks war Annev zum Meisteravatar aufgestiegen – zum Meister der Sorgen.

Es war, alles in allem, ein seltsamer Titel, aber Annev gefiel er, wie auch die Verantwortung für die Büßer und jene, die in Not waren, die mit ihm einherging. Als Sodars Diakonus war er bereits für diese Rolle ausgebildet worden. Aber in dem Titel klang auch an, dass er selbst Bewährungsproben bestanden und seine eigenen Sorgen gemeistert hatte, was, wie Annev fand, auch der Wahrheit entsprach – und er hoffte inbrünstig, dass sein neuer Titel ihn gegen künftige Sorgen und Kümmernisse feite.

Annev trat auf den Dorfplatz hinaus und fand sich umringt von einer Menge von Dorfbewohnern in ihrem Regaleusstaat. In seinem purpurroten Meistergewand fühlte er sich inmitten der Frauen in ihren bunten Röcken und der Männer mit ihren farbenfrohen Mützen zu Hause. Er genoss die Weichheit seiner neuen schwarzen Stiefel und die hohe Qualität seines neuen Kittels. Als er kurz stehen blieb, um zu bewundern, wie gut doch der Phönixhandschuh zu seinen neuen Kleidern passte, stieg Annev der Duft von süßen Broten in die Nase, der aus der Bäckerei von Lorn und Rafela wehte. Sein Magen knurrte, und er ließ sich von dem Duft zu dem Brotkarren draußen vor ihrer Bäckerei steuern.

»Guten Tag, Rafela.«

»Ainnevog! Na, wie geht es dir an diesem prächtigen Tag? Bist du gekommen, um dir eine süße Leckerei zu gönnen?«

Bevor Annev antworten konnte, kam Rafelas Ehemann Lorn durch die Vordertür seiner Bäckerei geschossen. Er trug ein neues

Tablett mit süßen Brötchen, Zuckerkuchen und Gebäckstückchen vor sich hier.

»Verschenk ja nicht noch mehr von unserem Brot, Raf«, schimpfte Lorn. »Diese Jungen bezahlen niemals für irgendetwas, und wir brauchen jede Stange und jeden Schild, um den Müller zu bezahlen. Heb die Brotlaibe für heute Abend auf.«

Bevor Rafela etwas erwidern konnte, klatschte Annev zwei Kupferschilde auf Rafelas Tisch, dann nahm er das Tablett des grummeligen Bäckers in Augenschein. »Ich hätte gern einen warmen Kuchen, wenn du so freundlich sein könntest – und ein süßes Brötchen. Das restliche Geld kannst du behalten.«

Lorn stellte sein Tablett ab und beäugte die Kupfermünzen auf dem Tisch. Als er sah, dass es Münzen und keine Spangen waren, nickte er. »Raf, gib dem Jungen, was er mag. Er ist heute ein zahlender Kunde.« Er zögerte und fasste blinzelnd Annevs neue Kleider ins Auge, bis ihm plötzlich der Kiefer herunterklappte. »Und er trägt Kleider wie diese Meister von der Akademie.« Lorn starrte Annev an und wusste nicht recht, wie er diese Beobachtung verarbeiten sollte.

Das Problem hatte Rafela nicht. Sie lachte kehlig und machte sich daran, Annevs Bestellung zusammenzustellen. »Geh zurück zu deinen Backöfen, Lorn.« Sie reichte Annev sein Brötchen und seinen Kuchen und legte außerdem zwei süße Stückchen hinzu. »Bis heute Abend sind sie sowieso trocken geworden«, sagte sie augenzwinkernd.

Annev bedankte sich bei ihr und trottete zu Sraons Schmiede hinüber. Während er näher kam, hielt er eines von Lorns Gebäckstückchen hoch.

»Annev!«, donnerte Sraon. Er schüttete Wasser über das Metallteil, an dem er gerade arbeitete, trat durch die weiße Dampfwolke und klatschte seine rußfleckigen Handschuhe zusammen. »Du bringst mir ein paar Leckerbissen?« Er grinste, zog seine Handschuhe aus und ließ sich Annevs Geschenk reichen. Er hatte gerade abgebissen, als er Annevs neue Kleidung bemerkte. Hustend und spuckend verteilte er süße Gebäckkrümel im Umkreis. »Bei den Göttern! Annev, sind das etwa Meisterkleider?«

»Ich hab sie vor nicht einmal einer Stunde bekommen«, antwortete Annev, außerstande, seine Aufregung im Zaum zu halten. »Ich bin jetzt ein echter Meister. Sie haben mir meinen Sold ausgezahlt und so weiter.«

»Beim Barte Odars, das ist ja wunderbar, Annev! Ich wette, Sodar ist überglücklich.«

Annevs Lächeln wurde schwächer. Er hoffte, dass Sodar sich für ihn freuen würde, andererseits befürchtete er auch, dass die Neuigkeit sogleich ein weiteres Gespräch über die Gefahren nach sich ziehen würde, die ein Verlassen des Dorfes mit sich brachte. In diesem Punkt machte er sich jedoch kaum Sorgen. Obwohl Carbad gemeint hatte, dass Annev in Zukunft auch Beschlagnahmeaufträge zufallen würden, ging Annev doch davon aus, dass seine Funktion als Meister der Sorgen ihn genauso in Chaenbalu festhalten würde, wie das Amt des Meisters der Arbeit Carbads Bewegungsradius einschränkte.

Nein, Annevs Gedanken waren im Moment alle auf Myjun gerichtet; jetzt, da er Meisteravatar war, konnte er die junge Frau schließlich nach Recht und Gesetz heiraten. Sobald Sodar das begriffen hatte, da war sich Annev sicher, würde der Priester versuchen, Annev zu verbieten, sich mit ihr zu treffen. Wenn aber andererseits Annev Myjun noch heute Abend einen Antrag machte und damit Sodars Einwänden zuvorkam, würde Sodar noch einmal darüber nachdenken müssen, ob Myjun nicht doch mit ihnen kommen könnte, sollten sie je aus dem Dorf fortgehen. Auf keinen Fall würde der Priester von ihm verlangen können, seine Verlobte sitzen zu lassen, ganz zu schweigen seine Frau, und diese Gewissheit gab Annev den Mut zu seinem nächsten Schritt.

»Ich habe es Sodar noch nicht erzählt, aber ich werde es bald tun. Ich wollte jedoch mit dir über etwas reden. Du erinnerst dich sicher an den Freundschaftsring, den ich dich letztes Jahr habe schmieden lassen?«

Sraon nickte. »War nicht viel mehr als ein verbogener Nagel, wenn ich mich recht erinnere.«

Annev nickte. »Ich hatte gehofft, dass du mir etwas Hübscheres machen könntest. Einen Goldring.« Annev zog den Goldstrahl aus seiner Tasche und reichte ihn Sraon. »Nimm das hier, um ihn zu schmieden.«

Sraon stieß einen Pfiff aus, nahm das Goldstück und drehte es in seiner freien Hand. »Ich könnte da mit Leichtigkeit einen Ring für eine Frau draus machen, aber ich bin kein Goldschmied. Wenn du etwas Elegantes im Sinn hast, wirst du enttäuscht sein.«

»Dein Regaleusgeschenk war wunderschön«, wandte Annev ein. »Ein echtes Kunstwerk.«

Der Schmied zuckte die Achseln, obwohl das schimmernde Funkeln in seinen Augen vermuten ließ, dass er sich darüber freute. »Ja, Waffen kann ich machen – Eisen biegen, Stahl schneiden. Einfache Arbeit, die gut erledigt wird. Kleinere Dinge jedoch machen mir Mühe. Wenn du nach besonderen Feinheiten suchst, wirst du einen Goldschmied oder Juwelier brauchen.«

»Nur einen schlichten Ring. Das bekommst du doch hin, oder?«

»Hm. Wahrscheinlich schon, ja. Bis wann hättest du ihn gern?«

»Je früher, desto besser.«

Sraon grinste. »Ist er für dasselbe Mädchen, dem du diesen Freundschaftsring gegeben hast?«

»Ähm, ja.« Annev befühlte den Ring, der noch immer in seiner Brusttasche lag, und wollte nicht erklären müssen, dass er ihn Myjun immer noch nicht gegeben hatte. »Er ist für dasselbe Mädchen.«

Sraon grinste. »Dann gratuliere ich dir, Meister Annev! Eine schöne Art, Regaleus zu feiern – und außerdem Glückwünsche für deine Beförderung!« Er schlug Annev auf den Rücken und nahm noch einen Bissen von seinem süßen Gebäck.

»Danke, Sraon! Was bekommst du von mir für die Arbeit?«

»Du kannst dein Geld behalten«, murmelte der Schmied, den Mund voll klebriger Krümel. »Betrachte es als Hochzeitsgeschenk – aber du wirst mir noch eines von diesen Gebäckstückchen dalassen müssen.« Er zwinkerte mit seinem einen Auge.

Annev lachte und händigte ihm das Gewünschte aus. »Doppelt hält besser. Danke, Sraon. Du bist ein echter Freund.«

»Jawohl. Und ich werde ein richtig dicker und fetter Freund werden, wenn du mir weiterhin all diese Leckerbissen in meine Schmiede bringst – wogegen ich natürlich nicht das Geringste einzuwenden habe.«

Annev setzte sich mit federnden Schritten und einem beschwingten Hochgefühl, wie er es selten, wenn überhaupt je, erlebt hatte, in Richtung von Sodars Kapelle in Bewegung. Die Prüfungen der vergangenen zwei Tage waren ein wahrer Albtraum gewesen – einer, an den er lieber nicht zurückdenken mochte –, doch das Glück seiner gegenwärtigen Stimmung übertraf bei Weitem all die Unbilden, die er hatte durchleiden müssen. Und er würde es mit Freuden alles noch einmal tun, wenn er sich dann für den Rest seines Lebens so fühlen würde wie jetzt. Er musste es immer noch Sodar erzählen, aber er fühlte sich jetzt gut vorbereitet, um dieses Gespräch zu führen. Außerdem brannte er darauf, seine Regaleusgeschenke abzuholen und sie in die Akademie zu bringen – etwas, von dem er nie geglaubt hatte, dass es je wahr werden würde. Und er wollte Myjun überraschen. Er berührte den Freundschaftsring in seiner Tasche und wagte es zu hoffen, dass sie den Ehering annehmen würde, den Sraon bald für ihn schmieden würde. Es war fast zu wunderbar, um es glauben zu können.

In seinem Rausch der Euphorie hätte Annev um ein Haar die Gestalt in ihrem purpurroten Gewand übersehen, die ihm aus der Ferne zuwinkte, und erst als ihm Carbad in aller Leibesfülle in den Weg trat, wurde Annev klar, dass der Meister der Arbeit ihn dazu bewegen wollte, stehen zu bleiben.

»Meister Ainnevog!«, bellte Carbad und versuchte, wieder zu Atem zu kommen. »Ältester Tosan wünscht Euch sofort in seinem Arbeitszimmer zu sehen.« Er runzelte die Stirn. »Ich fürchte, Ihr werdet die Festlichkeiten des heutigen Abends versäumen.«

Kapitel 48

Annev erreichte das Arbeitszimmer von tausend Ängsten gepeinigt – warum hatte ihn der Rektor wohl erneut zu sich gerufen?

Er wird alles zurücknehmen, dachte Annev. *Er hat den Leichnam dieses ohrenlosen Ungeheuers gefunden und will mich noch einmal befragen. Oder die tote Kelga, und jetzt will er wissen, warum er weder den Händler noch seinen Karren finden kann.*

Als Carbad die Tür zu Tosans Arbeitszimmer öffnete, bot sich Annev eine vollkommen unerwartete Szenerie: Er hatte einen hinter seinem Schreibtisch wartenden Tosan mit wachsender Wut in den Augen erwartet; stattdessen ging der Rektor unruhig im Raum auf und ab. Als er Annev sah, wirkte er erleichtert.

»Sehr gut«, sagte der Älteste und musterte ihn von Kopf bis Fuß. »Ja, Ihr scheint mir geeignet. Euer größter Fehler könnte sich als Euer größter Vorzug herausstellen.« Er trat durch die offene Tür und ließ Annev mitten in seinem Arbeitszimmer stehen. »Carbad«, wandte sich Tosan an den Meister der Arbeit, »geht unseren künftigen Meister der Waffen holen. Den alten hole ich selbst.«

Carbad lief den Flur entlang davon und ließ Annev mit dem Rektor allein.

»Ich bin gleich wieder da«, sagte Tosan. »Wartet hier – und fasst auf keinen Fall irgendetwas an.« Er schlug die Tür hinter sich zu.

Annev stand in benommenem Schweigen da. *Ich selbst bin nicht in Schwierigkeiten,* begriff er, *aber etwas Schlimmes ist geschehen … irgendein Notfall. Tosan hat gesagt, ich sei ein Vorzug –*

nein, er hat gesagt, dass vielmehr meine Fehler ein Vorzug seien. Das ist etwas anderes.

Er wartete eine geschlagene Minute, bis er sich wieder hinreichend entspannt hatte, um ein wenig im Raum auf und ab zu gehen. Seine Füße stapften über Tosans inzwischen vertrauten schwarz-roten Teppich, während er mit seiner rechten Hand beiläufig über die goldene Stickerei auf seinem Handschuh fuhr. Eine weitere Minute verstrich, bis er mutig genug geworden war, aus dem Fenster zu blicken und die Bauern und Krämer zu beobachten, die im Dorf ihrem geschäftigen Treiben nachgingen. Er sah die drei Jungen des Metzgers draußen vor Nikums Werkstatt spielen, dann erspähte er die Witwe Alanna, die mit einem kaputten Teekessel unter dem Arm Sraons Schmiede ansteuerte. Der Schmied legte sofort sein Werkzeug beiseite und ging ihr entgegen, ohne auf das Feuer zu achten, das er gerade noch geschürt hatte.

Dort brennt noch ein anderes Feuer, dachte Annev und erinnerte sich an die vielen Male, da er Sraon und Alanna vor seiner Schmiede miteinander hatte plaudern sehen. *Entweder ist da etwas im Busch, oder die Frau verbraucht Kessel und Kochtöpfe so schnell wie ihr Brennholz.* Er lächelte und freute sich für die beiden Dorfbewohner, dann wandte er sich vom Fenster ab.

Eine Minute später stand Annev vor Tosans Bücherregal und las die Beschriftungen der Buchrücken. Er stellte fest, dass ein Regal Historie und Geografie gewidmet war, und er bemerkte auch den dicken Wälzer, den Tosan ihm gezeigt hatte, als sie über Ringschlangen gesprochen hatten. Auf einem anderen Regal standen Titel wie *Schroots und Schwarz' Kunst des Schreibens*, *Die Zeichen und Symbole von Odar* und *Die Alte Zunge: Was sie gewesen und was aus ihr geworden ist.*

Annev verzog das Gesicht und erinnerte sich daran, dass Tosans Fachgebiet Schrift und Sprachen waren. Als Lehrer hatte er allerdings Kiesel, den Meister der Fälschung, dazu verdonnert, den Schülern das Lesen und die Schreibkunst beizubringen, damit Tosan selbst seine Zeit damit verbringen konnte, Abschriften von Texten anzufertigen und Manuskripte zu binden. Annev hielt das für eine stumpfsinnige Beschäftigung, aber vielleicht zog Tosan die Gesellschaft von Büchern der von Menschen vor.

Er wollte sich gerade abwenden, als ein schmaler Band auf dem obersten Regal seine Aufmerksamkeit erregte. Auf dem dünnen Bändchen lag ein größerer Wälzer und presste es zusammen, doch Annev konnte genug von seinem Einband erkennen, um sich daran zu erinnern, dass es sich um ebendas Büchlein handelte, in das er Tosan hatte hineinschreiben sehen.

Das war, als er über diese Ringschlangen gesprochen hat, fiel Annev ein. *Er hat mich belehrt und beleidigt, und dann hat er sich mitten im Satz unterbrochen, um sich etwas zu notieren. Hat sich benommen, als sei ich gar nicht im Raum …* Annev starrte auf das halb versteckte Notizbuch, und seine Neugier wuchs. Was hatte die Aufmerksamkeit des Rektors in jenem Moment so völlig in Beschlag genommen? Der Rektor hatte zwar nur für wenige Minuten fortgehen wollen, aber Annev nahm an, dass er noch ein Weilchen wegbleiben würde.

Wenn er etwas über mich geschrieben hat, sollte ich das wissen, ging es ihm durch den Kopf, *und zwar schnell.* Er stellte sich auf die Zehenspitzen, hob den dicken Wälzer an und zog das Notizbuch darunter hervor. Der Einband war unbeschrieben, aber als Annev durch die Seiten blätterte, wurde ihm rasch klar, dass er Tosans Tagebuch in Händen hielt. Sein Herz schlug schneller, als er den Band durchblätterte und Daten und Einträge überflog.

Die Erzählung von Bron Gloir scheint vielversprechend. Ich habe Duvarek nach Norden ausgesandt, um zu sehen, ob er nicht vielleicht irgendetwas von Wert bergen kann, aber ich mache mir da keine großen Hoffnungen. Seit dem Ritus des Bron ist einfach zu viel Zeit verstrichen.

Annev blätterte ein paar Seiten weiter.

Aber wen soll ich wählen? Es muss jemand sein, den man selten sieht und der auch nur selten vermisst wird. Einen Dorfbewohner vielleicht, aber es wäre viel einfacher, wenn …

Er übersprang ein weiteres Dutzend Seiten.

Der Kerl hält mich für einen Idioten. Nun, umso besser. Er wird erst begreifen, dass ich die Wahrheit weiß, wenn er mir längst in die Falle gegangen ist. Und bis dahin werde ich gute Miene zum bösen Spiel machen …

Annev blätterte weiter, aber diesmal war er zu weit nach vorn gesprungen und fand nur noch leere Seiten. Er blätterte zurück zum letzten Eintrag, der mit dem Datum des heutigen Tages überschrieben war.

Kelga ist tot. Ainnevog hat mir die Nachricht nach seiner Rückkehr aus dem Dichtwald überbracht. Offenbar hatte sie sich die ganze Zeit über dort versteckt gehalten, auch wenn ich weder sagen kann, warum sie das getan hat, noch, wie es ihr gelungen ist. Ich habe Brayan und einen anderen Meister ausgeschickt, der Sache nachzugehen – den Leichnam zu finden –, doch Ainnevog hat auch noch andere Ungeheuer im Dichtwald erwähnt. Schöpfungen Kelgas, wie es scheint, denn sie nannte sie ihre Feurog. Der Begriff ist schwer zu deuten. Wenn er terranischer Herkunft ist, dann könnte seine Wurzel vielleicht so viel wie »ferrum«, Eisen, bedeuten. Aber ich argwöhne, dass diese Bezeichnung vielmehr undurchsichtiger Herkunft ist.

Annev blätterte eine weitere Seite zurück und fand das Datum seiner Prüfung des Urteils. Es gab nur einen kurzen Eintrag – hastig in Tosans krakeliger Handschrift hingekritzelt –, und er nahm keinerlei Bezug auf Annev:

Ringschlangengift! Seine Eigenschaften sind veränderlich. Geheimnisumwoben. Möglicherweise ein Keokum? Es könnte das Mittel sein, um herauszufinden, was es mit Bron Gloirs Unsterblichkeitszauber auf sich hat.
Muss geprüft werden.

Annev las den Eintrag ein zweites Mal, unsicher, ob er ihn auch richtig verstanden hatte. Doch er ließ im Grunde nur einen Schluss zu.

Tosan praktiziert Magie? Aber das kann nicht stimmen. Tosan hasst Magie.

Auf dem Flur wurden Schritte laut, und Annev beeilte sich, das Tagebuch wieder auf das Bücherregal zu legen. Doch dabei fiel ihm der ramponierte Wälzer zu Boden, der darüber gelegen hatte.

Annev starrte das Buch an und sah mit Entsetzen, dass sich die Bindung gelöst hatte und ein halbes Dutzend Blätter auf dem Teppich verstreut lagen. Hektisch sammelte er alles wieder ein. Glücklicherweise gehörten die herausgefallenen Blätter alle zum gleichen Papierbündel, sodass sie sich leicht ordnen und zusammenlegen und vorsichtig in den Einband zurückstecken ließen. Dabei fiel Annevs Blick auf die Titelseite des unansehnlichen Buches.

Die geheime Kunst: Wie man seine magischen Fähigkeiten entdeckt und sie einsetzt.

Annev überlief es eiskalt, als er die handschriftlichen Notizen sah, die Tosan oben auf die Seite gekritzelt hatte. *Anlage von luminerranischem Bluttalent: Seelenformer?* Er fand weitere Notizen am unteren Seitenrand: *Ignis temperare – Loisg. Mentiri deprehendatur – Bhraitheann an bréag. Terra transfiguratio – Athrú carraig …*

Die Fußtritte verstummten vor der Tür des Rektors. Annev klappte das Buch zu und legte es eilig wieder auf das Regal, über Tosans Tagebuch. Fast im selben Moment schwang die Tür auf, und Annev drehte sich um. Als er sah, wer in der Tür stand, verkniff er sich ein Grinsen und zwang eine Maske vollendeter Höflichkeit auf seine Züge.

»Hallo, Fyn. Suchst du den Ältesten Tosan?«

Der Avatar mit den Filzlocken musterte Annev stirnrunzelnd und trat in den Raum. »Wo hast du denn dieses Ding her?«, blaffte er und deutete auf Annevs Gewand. »Du solltest etwas Lohfarbenes tragen, so wie dein Junge, Titus.«

Annev verzog die Lippen, zwang sich aber zu schweigen. Draußen an der Wand lehnte Meister Carbad und rang keuchend nach Luft. Seine Wangen waren vor Anstrengung gerötet und seine Achselhöhlen tiefdunkel vor Schweiß.

Fyn drehte sich um und entließ den Mann mit einer knappen Handbewegung. »Ihr braucht meinetwegen nicht zu bleiben, Meister Carbad. Ihr habt bestimmt noch andere Pflichten zu erledigen, und Ainnevog und ich können einander ja Gesellschaft leisten.«

Der Meister der Arbeit strich sich über die grauen Haarsträhnen an seinen Schläfen. »Ich weiß nicht recht, ob …« Er brach ab, als plötzlich etwas draußen auf dem Flur seine Aufmerksamkeit auf sich zog. »Aber, egal. Ältester Tosan wird gleich wieder hier sein.« Er nickte. »Guten Tag, die Herren.«

Während Fyn Carbad nachsah, vergewisserte sich Annev rasch, dass der ramponierte Wälzer und das Tagebuch auch wirklich an ihren Plätzen waren. Als sich Fyn wieder zu ihm umdrehte, war Annev bereits vom Bücherregal weggetreten und hatte sich neben den Avatar an Tosans Schreibtisch gestellt.

»Wohin bist du denn gestern verschwunden?«, knurrte Fyn und trat näher.

Annev genoss Fyns Verwirrung, während zugleich schnelle Schritte laut wurden, die sich der Tür näherten. Aus einem plötzlichen Impuls heraus sagte er: »Warum fragst du nicht den Ältesten Tosan?«

Einen Moment später kam der Rektor herein, dicht gefolgt von Kenton. Der dunkelhaarige Avatar musterte die beiden anderen Jungen argwöhnisch, während Tosan hinter ihm die Tür schloss und Platz nahm.

Er sah die drei Jungen vor sich mit ernster Miene an. »Für den Fall, dass ihr es noch nicht gehört habt, Annev ist in den Rang eines Meisteravatars erhoben worden. Er trägt jetzt den Titel Meister der Sorgen«, verkündete der Älteste ohne jede Einleitung.

Kenton und Fyn rangen beide um Worte.

»Er ist *was*?«, fragte Fyn.

»Meister-Avatar«, wiederholte Tosan laut und deutlich betonend. »Seid ihr dumm oder taub?« Die beiden schwiegen, doch es war klar, dass Fyn und Kenton immer noch tausend Fragen hatten. Tosan schien es ebenfalls zu spüren, denn er fügte hinzu: »Ainnevog hat in Duvareks und Edras letzter Unterrichtseinheit den ganzen Erntejahrgang an Leistung übertroffen, und in der letzten Prüfung des Urteils hat er euch beide besiegt.« Er legte die Fingerspitzen aneinander. »Gestern hat er im Dichtwald außerdem die Befähigungsprüfung und die Bewährungsprobe der aufopfernden Hingabe bestanden und sich dadurch seinen Rang als Meisteravatar verdient.«

Das schien Fyn noch mehr zu verwirren, doch bei Kenton begann offensichtlich die Erkenntnis zu dämmern.

»Ihr meint, Annev hat ein magisches Artefakt mit zurückgebracht … und jemanden getötet?«

Tosan nickte. »Ich sehe, Duvarek hat dir mehr beigebracht, als dich nur unauffällig in den Schatten zu verbergen.«

Kentons Mund verzog sich zu einer schmalen Linie, die schon beinahe ein Lächeln war, während Fyn immer noch den Eindruck machte, als sei die ganze Welt um ihn herum plötzlich verrückt geworden.

»Jetzt, da eure Ernte mit den Prüfungen fertig ist, fangen wir damit an, Avatare solchen Meistern oder Ältesten als Lehrlinge zuzuteilen, deren Fachgebiete den jeweiligen Stärken der Avatare entsprechen. Im Laufe der Zeit wird sich euren Klassenkameraden die Möglichkeit eröffnen, zum Rang von Meisteravataren aufzusteigen. Der eine oder andere könnte vielleicht sogar noch vor Ablauf des Jahres Meister werden, wiewohl die meisten fünf bis zehn Jahre brauchen dürften.« Er machte eine gewichtige Pause und sah jedem Jungen fest ins Gesicht. »Bis auf euch drei. Meister Annev hat sich bereits als Meisteravatar bewiesen, und jetzt gebe ich euch beiden die gleiche Möglichkeit.«

Kenton nickte mit ernster Miene. »Ich nehme diese Gelegenheit an, Ältester Tosan.«

Fyn warf seinem für gewöhnlich so zugeknöpften Gefährten einen grimmigen Blick zu, dann drehte er sich wieder zum Rektor um. »Wenn Annev das schaffen kann, kann ich es auch.«

Tosan zog eine Augenbraue hoch. »Wir werden sehen. Üblicherweise werden die Prüfungen als Teil eines Beschlagnahmeeinsatzes abgelegt, der von einem Meisteravatar überwacht wird. Die Prüfungsaufgaben können im Rahmen dieser Mission erfüllt werden oder auch als davon unabhängige Aufträge.« Er machte eine kurze Pause. »Heute schicke ich euch alle drei auf einen Beschlagnahmeeinsatz nach Banok.«

Kenton strich sich sein zerzaustes schwarzes Haar aus den Augen. »Banok? Da ist doch Meister Duvarek gerade hingegangen.«

Tosan zuckte zusammen, als er den Namen des Meisters der Schatten hörte. »Ja, das ist richtig. Meister Duvarek und Meister Keyish sind vorgestern Abend nach Banok entsandt worden, um einen dunklen Stab aus dem Besitz eines Kaufmanns namens Janak Harth zu beschlagnahmen. Dieser wohlhabende Mann verwendet alle ihm zur Verfügung stehenden Mittel auf den Erwerb magischer Artefakte aus ganz Luqura. Wir versuchen sein Tun nicht zu vereiteln, aber wann immer er in den Besitz von etwas wahrhaft Gefährlichem gelangt, wird es von der Akademie beschlagnahmt.« Tosan trommelte verärgert mit den Fingern auf seinen Schreibtisch. »Gestern Nacht sind die Meister Duvarek und Keyish gescheitert. Janak hat sie mit seinem Zwingstab erwartet. Er hat Duvarek gefangen genommen, und Keyish ist nichts anderes übrig geblieben, als mit leeren Händen zurückzukommen.« Tosan runzelte die Stirn und leckte sich die Lippen. »Um eure Befähigungsprüfung zu bestehen, müsst ihr den dunklen Stab an euch bringen und ihn der Akademie aushändigen. Nehmt ihr diesen Auftrag an?«

Einmütig nickten die beiden Jungen.

»Für eure Bewährungsprobe der aufopfernden Hingabe habt ihr unterschiedliche Zielpersonen. Janak Harth ist zu einer Bedrohung geworden und muss ausgeschaltet werden.« Tosan sah Fyn an. »Avatar Fyunai, erklärst du dich zu dieser Aufgabe bereit?«

Fyn nickte und wirkte fast, als könne er es kaum erwarten, sich der Herausforderung zu stellen. »Ja, das tue ich.«

»Sehr gut. Weiter: Ich glaube, dass Janak Duvarek nicht nur gezwungen hat, von der Erfüllung seines Auftrags abzulassen, sondern darüber hinaus auch die Akademie zu verraten. Er ist für uns verloren.« Tosan sah Kenton an. »Avatar Kenton, falls Meister Duvarek bei deinem Eintreffen nicht bereits tot ist, wirst du ihn ausschalten.« Tosan gab Kenton einen Moment Zeit, um seine Worte zu verarbeiten. »Nimmst du deine Bewährungsprobe der Hingabe an?«

Kenton blickte starr auf den Boden zu seinen Füßen. »Ihr wollt, dass ich Meister Duvarek töte … meinen Mentor.«

Tosan neigte den Kopf. »Genau das. Nimmst du den Auftrag an?«

Kentons Augen wurden von seinem langen schwarzen Haar überschattet. »Ja.« Er und Fyn wirkten beide plötzlich sehr finster und grimmig entschlossen.

»Sehr gut«, sagte Tosan. »Ihr habt großes Glück, diese Gelegenheit eingeräumt zu bekommen. Um Regaleus herum werden die Dinge immer ziemlich … kompliziert. Die Mehrzahl der Meister hat bereits reichlich dem Becher zugesprochen, um sich auf die Festlichkeiten des Abends vorzubereiten, was ihre Widerstandskraft gegenüber dem Zwingstab schwächt.« Er verzog die Lippen zu einem frustrierten Schmollmund. »Ich brauche frische, wachsame Geister, und ihr seid die besten, die ich zur Verfügung habe.« Er hob seinen schlanken Zeigefinger. »Ihr seid alle in eurer Klasse ganz vorn«, fuhr er fort und deutete auf die drei Jungen, »und steht im Ruf, störrisch, starrköpfig und rebellisch zu sein.«

Derart beschuldigt zu werden ließ Annev zusammenzucken, und er meinte, sehen zu können, dass Kenton den Blick abwandte, während Fyn es offenbar als ein Kompliment nahm.

»Diese Charakterschwächen«, fuhr Tosan fort, »haben euch innerhalb der Akademie allerhand Nachteile eingebracht, aber heute Nacht werden sie euch gute Dienste leisten, wenn es darum geht, Janaks Zwingstab zu widerstehen.«

Jetzt verstehe ich, dachte Annev. *Das ist der wahre Grund, warum Tosan uns ausgewählt hat. Nicht weil wir die Talentiertesten sind, sondern weil wir ihm am meisten auf die Nerven gehen.*

»Avatar Fyunai«, richtete Tosan das Wort an Fyn, »ich hatte eigentlich vor, dich in diesem Sommer bei Meister Edra in die Ausbildung zu geben. Doch wenn du deinen Auftrag erfüllst, sollst du stattdessen der neue Meister der Waffen werden, mit der Aufgabe, die nächste Ernte im Kampf und an den Waffen zu unterweisen. Fühlst du dich auf diese Aufgabe hinlänglich vorbereitet?«

Fyn nickte mit geweiteten Augen. »Ja, Ältester Tosan.« Er zögerte. »Und was ist mit Meister Edra?«

»Edra wird unser neuer Ältester in der Kunst der Kriegsführung werden«, erklärte Tosan. »Es soll morgen offiziell verkündet werden, zusammen mit der Neuigkeit von Ainnevogs Ernennung. Allerdings wird Edra weiter unterrichten. Du sollst ihm dabei helfen, die älteren Erntejahrgänge auszubilden.«

Fyn nickte. »Vielen Dank, Ältester Tosan.«

»Avatar Kenton, du bist darin begabt, magische Artefakte zu erkennen.« Sowohl Fyn als auch Annev sahen Kenton spürbar überrascht an, und dieser wich ihren Blicken aus und warf sein Haar, sodass es über seine vernarbte Wange fiel.

»Ich bin da leidlich gut«, erwiderte er, seine Stimme kaum mehr als ein Flüstern. »Ich bin allerdings viel besser, wenn es um Heimlichkeit und Tarnung geht. Ich habe ein zusätzliches Training mit Meister Dher und Meister Duvarek absolviert …« Kenton verstummte.

»Ich bin mir deiner Verbindung zu Meister Duvarek bestens bewusst«, übernahm Tosan, ohne einen Moment lang zu zögern. »Tatsächlich ist das auch einer der Gründe, warum du für diese Mission ausgewählt wurdest, aber es ist nicht der Hauptgrund.« Er machte eine gewichtige Pause. »Du weißt, dass Narach, unser Meister der Geheimnisse, sehr alt ist – fast neunzig. Ältester Dorstal ist sein Lehrling gewesen, bevor er sich dem Rat der Ältesten anschloss, und Kastellan Markov kommt für eine Beförderung ja nicht infrage. In Anbetracht des Bedarfs der Akademie und deines Talents weise ich dich Meister Narach und dem Gewölbe der Verdammnis zu. Wenn du deine Prüfungen bestehst, wirst du unser neuer Meister der Flüche werden.«

Kenton versteifte sich. »Ihr wollt, dass ich mit Narach im *Gewölbe* arbeite?« Er verzog das Gesicht. »Ich habe nicht die leiseste Ahnung vom Katalogisieren magischer Artefakte.«

Tosan hob den Zeigefinger, um seinen Einwänden zuvorzukommen. »Kastellan Markov kann das Katalogisieren übernehmen, und Dorstal hat mir versichert, dass du der Talentierteste bist, was die Magieerkennung anbelangt. Du wirst in den Archiven reichlich Zeit haben, dir deine neuen Pflichten anzueignen, und wenn Narach stirbt, wird dir Kastellan Markov als dein persönlicher Gehilfe dienen. Das setzt natürlich voraus, dass du deine Mission erfolgreich abschließt.«

Kenton runzelte die Stirn, senkte jedoch unterwürfig den Kopf. »Natürlich, Ältester Tosan. Ich werde dienen, wo immer ich benötigt werde.«

»Ja, das wirst du«, sagte Tosan. Dann drehte er sich zu Annev um. »Meister Ainnevog, Ihr schafft es ständig, schwierige Probleme zu lösen, Ihr zögert nicht zu tun, was notwendig ist, wenn es die Situation verlangt, und Ihr habt Führungsfähigkeiten und die Bereitschaft gezeigt, Euch für das Wohl des Ganzen zu opfern. Ihr seid außerdem verdammt eigensinnig.« Tosan strich sich über seinen Ziegenbart. »Zu Eurem Glück ist das genau das, was wir heute brauchen. Ihr werdet die Leitung dieses Einsatzes übernehmen.«

Fyn und Kenton rissen beide die Köpfe zu Annev herum, und ihre Empörung war ihnen deutlich anzusehen.

»Leiten?«, wiederholte Annev kleinlaut. »Ich soll Kenton und Fyn anführen …?«

»Avatar Fyunai, Avatar Kenton, ihr untersteht Meister Annev und befolgt seine Befehle. Meister Annev, Ihr werdet Eure Untergebenen beaufsichtigen und sie nicht daran hindern, ihre Befähigungsprüfung sowie ihre Bewährungsprobe der aufopfernden Hingabe zu bestehen, wie auch immer sie selbst Euch als Akolythen behandelt haben mögen. Der Erfolg oder das Scheitern dieser Mission ruht ausschließlich auf Euren Schultern.« Er schwieg einen Moment und tippte sich mit dem Finger auf die Lippen. »Die Fähigkeiten von Fyunai und Kenton übertreffen diejenigen von Titus und Therin. Ihr werdet Eure Mittel und Euer Können so einsetzen, wie ich Euch anlässlich Eurer Prüfung des Urteils angewiesen habe.«

Annev schluckte. »Ich verstehe, Ältester Tosan.«

Aber eigentlich verstand er es nicht, nicht wirklich. Tosan hatte Annev dazu ermuntert, seine Gefährten zu verraten, um bei der Prüfung zu siegen. Gab Tosan Annev jetzt die Erlaubnis, seine Gefährten zu opfern, wenn es nötig war, um den Stab zu beschaffen? Annev war sich da nicht sicher, fand aber, dass Tosan etwas Derartiges durchaus zuzutrauen war.

»Gut.« Der Rektor stand auf. »Avatar Fyunai, geh Brayan, Dher und Edra aufsuchen. Sie werden dich für euren Einsatz ausstatten und dir zusätzliche Ausrüstung für deine Kameraden mitgeben. Avatar Kenton, du wirst dich von Keyish, Folum und Dorstal ins Bild setzen lassen. Ich gehe jede Wette ein, dass sie alle in der Küche zu finden sein werden.«

Kenton und Fyn verließen den Raum, aber nicht ohne zuvor Annev in die Augen zu sehen. Kentons Blick war düster, was bei dem verdrießlichen Jungen allerdings keine Seltenheit war. Fyn dagegen wirkte innerlich zerrissen, und Annev machte ihm keinen Vorwurf daraus. Dem jungen Mann wurde plötzlich die Möglichkeit eröffnet, durch die Arbeit einer einzigen Nacht zum Meisteravatar aufzusteigen. Das jedoch nur, wenn er machte, was Annev sagte. Fyn hatte noch nie zuvor die Befehle von anderen befolgt.

Gute Götter, das dürfte eine unangenehme Sache werden.

Als die anderen Jungen fort waren, richtete Tosan seinen kritischen Blick auf Annev. »Ich baue auf Euch, Ainnevog. Enttäuscht mich nicht. Es ist Euer erster Schritt in Richtung einer durchaus lohnenden Karriere hier an der Akademie. Vielleicht sogar ein Schritt, um zu beweisen, dass Ihr Myjuns würdig seid.«

Annevs Wangen röteten sich. Erteilte ihm Tosan da etwa die Erlaubnis, um seine Tochter zu werben? Bei der Aussicht, dass ihm Tosan womöglich tatsächlich gestatten würde, um ihre Hand anzuhalten, machte sein Herz einen Sprung, und er versuchte, dem Rektor fest in die Augen zu blicken.

»Ich werde nicht versagen, Ältester Tosan.«

Und dieses Mal meinte Annev es ehrlich. Das hier war etwas ganz anderes als der Auftrag, einen verirrten Hausierer ermorden zu müssen: Janak hatte Duvarek gefangen genommen und ihn gezwungen, sich gegen sie zu stellen; der Kaufmann stellte eine Bedrohung für Chaenbalu und die Akademie dar, was zugleich bedeutete, dass er auch eine Bedrohung für Annevs Zukunft war. Die Tatsache, dass er einen Zwingstab gegen einen anderen Menschen eingesetzt hatte, bewies außerdem, dass er nicht mehr zu retten war. Janaks Tod war eine Tat der Gerechtigkeit.

Der Auftrag zur Ermordung Duvareks war weniger einfach mit Vernunft zu begründen. Tosan behauptete, der Mann habe die Akademie verraten, nachdem er einem magischen Stab auf den Leim gegangen war, aber es kam Annev genauso wahrscheinlich vor, dass der Rektor Duvarek einfach nur dafür bestrafen wollte, dass er bei der Erledigung seines Auftrags versagt hatte. Annev war froh, dass Duvareks Tod nicht unter seine direkte Verantwortlichkeit fiel – er musste den Einsatz lediglich anführen, den anderen Jungen die richtigen Wege weisen und sie dann wieder nach Hause bringen.

Tosan drückte Annevs Schulter. »Kennt Ihr den Schmied Sraon?«

Annev erstarrte und fragte sich plötzlich, ob Tosan wohl etwas über sein Gespräch mit dem Schmied wusste. »Ja. Ich habe ein paar Arbeiten für ihn erledigt, als Gegenleistung für das eine oder andere, was Sodar von ihm benötigt hat.«

Annev war erleichtert festzustellen, dass seine Worte keine verärgerte Reaktion von Seiten des Rektors zur Folge hatten. »Gut. Sprecht mit ihm. Bevor Sraon nach Chaenbalu gekommen ist, hat er in Banok gelebt. Bringt alles in Erfahrung, was er über die Stadt und insbesondere über Janaks Burg weiß. Ich gehe davon aus, dass der Schmied mit dem Haushalt von Harth zu tun gehabt hat und vielleicht sogar mit Janak persönlich.« Er hielt einen Moment inne. »Ihr werdet auch Waffen benötigen und Eure Habe aus der Kapelle holen müssen. Bei dieser Gelegenheit könnt Ihr Eurem ehemaligen Vormund auch gleich Eure neue Funktion erklären.«

»Ihr wollt, dass ich Sodar aufsuche?«, fragte Annev überrascht. Er hatte ohnehin bereits vorgehabt, dem Priester einen Besuch abzustatten, um sein Beil und sein Schwert zu holen, aber dass Tosan ihm jetzt die Erlaubnis dazu gab, machte Annev nervös.

»Ja«, sagte Tosan und begleitete Annev zur Tür. »Ich weiß, dass Ihr Sodar mitgeteilt habt, dass Ihr die Priesterschaft verlasst, aber nun hat sich die Situation geändert. Als Meister der Sorgen werdet Ihr ihn seiner Pflichten entbinden, und alle kirchlichen Tätigkeiten werden Euch zufallen. Die Regaleusfeier am heutigen Abend wird der letzte Gottesdienst sein, der in jener Kapelle stattfindet, und alle zukünftigen Zusammenkünfte werden hierher verlegt, in die Kirche.«

»Ich verstehe.« Annevs Nervosität wuchs.

»Sehr gut.« Der Rektor deutete auf die Tür. »Ich hoffe, Sodar freut sich über diese Neuigkeiten. Er hat sich immer gewünscht, dass Ihr ihn einmal ersetzen würdet. Angesicht seines Alters bin ich mir sicher, dass er den Ruhestand willkommen heißen wird … und wenn nicht, bin ich davon überzeugt, dass Ihr ihm die Sache werdet nahebringen können.«

Wäre Sodar ein normaler Priester gewesen, hätte Annev Tosan vielleicht zugestimmt – er hätte sogar Trost aus Tosans Worten gezogen –, doch Sodar war alles andere als normal, und Annev bezweifelte, dass irgendetwas, was er, Annev, tat oder sagte, Sodars Meinung hinsichtlich der Akademie oder Annevs wahrer

Aufgabe auf dieser Welt ändern würde. Dennoch musste er es zumindest versuchen. Wenn er sich seine Träume bewahren wollte, brauchte er die Unterstützung des alten Mannes.

»Ich werde ihn überzeugen, Ältester Tosan.«

Kapitel 49

Auf dem Weg durch die Akademie nach draußen hatte Annev mit einem Sturm von Gefühlen zu kämpfen. Er verspürte immer noch die Euphorie über seine Ernennung zum Meisteravatar, aber sie wurde jetzt gedämpft durch die realen Umstände seines neuen Auftrags. Er musste nicht nur sein bevorstehendes Gespräch mit Sodar hinter sich bringen, sondern auch seine beiden größten Rivalen bei einem Einsatz in Banok anführen – in einer Stadt, die er niemals mit eigenen Augen gesehen oder besucht hatte –, wo sie zwei weitere Menschen töten sollten: einen Fremden und einen ihrer Lehrer.

Als er Sraons Schmiede erreichte, war Annevs Stimmung gerade dabei, sich von ernst zu düster einzutrüben. Doch das veränderte sich sofort, als der Schmied ihn kommen sah.

»Meister Annev! Der Zeitpunkt deines Erscheinens könnte nicht besser sein. Ich bin gerade mit dem Ring fertig geworden.«

»Fertig geworden?«, wiederholte Annev ungläubig. »Ich hatte gedacht, du würdest erst morgen damit anfangen.«

»Pah«, sagte Sraon und rückte seine Augenklappe zurecht. »An Regaleus belästigen mich viel weniger Leute, und sie rechnen über die Feiertage sowieso mit Verzögerungen, also kann ich viel freier über meine Zeit verfügen. Dein Auftrag hat mich interessiert, also habe ich gleich damit angefangen.« Er griff in seine Schürze und hielt das Schmuckstück hoch: ein einfacher gelber Ring mit einer gewellten Linie darauf. Der Schmied reichte Annev den Ring, und Annev sah, dass in die Oberfläche ein winziger Vogel eingraviert war.

»Es ist ein Phönix«, erklärte Sraon und rieb sich das Kinn. »Zumindest soll es einer sein. Ich habe dir ja gesagt, dass ich keine Feinarbeiten mache, und das sieht man auch.«

Annev lächelte, und ihm stiegen Tränen in die Augen. »Er ist perfekt – einfach vollkommen. Ich bin mir sicher, dass sie ihn wunderbar finden wird. Vielen Dank, Sraon.«

Der Schmied nickte, wobei sein Blick von Annev weg und zu einem Punkt hinter seiner Schulter zu wandern schien. »Wenn nicht, kannst du ihn jederzeit zurückbringen. Ich hab die Größe schätzen müssen … aber, doch, ich glaube, es kommt ungefähr hin.« Sraon machte eine deutende Bewegung mit dem Kinn, und Annev drehte sich um. Hinter ihm stand Myjun.

»Oh«, murmelte Annev und hantierte linkisch herum, um den Ring zu verstecken. »Myjun!«

»Annev.«

Die junge Frau trug ein rotes Kleid mit einer schwarzen Bordüre, das genau zu Annevs Handschuh und seinen Meisterkleidern passte. Ihr Gesicht war gerötet, und sie lächelte. »Kann ich dich sprechen?«

Bevor Annev etwas erwidern konnte, ließ Sraon seine Handschuhe zusammenklatschen und trat unter dem Vordach seiner nach den Seiten hin offenen Schmiede hervor. »Ich muss mich vor dem Abendgottesdienst noch waschen gehen. Ihr zwei könnt euch gern hier unterhalten.« Der Schmied schlüpfte an Annev vorbei und zwinkerte ihm mit seinem einen Auge zu.

Annevs Mund war plötzlich ganz trocken. »Vielen Dank, Sraon.« Und dann fügte er noch viel leiser hinzu: »Ich bin dir ja so dankbar.« Sraon nickte, neigte den Kopf vor Myjun und verschwand.

Myjun holte tief Luft, dann atmete sie langsam tief aus. Annev sah sie an, den Ring in seiner Hand verborgen. Sie blickte zu Boden.

»Ich … ich habe dich vorhin in deinen roten Sachen gesehen, als du mit Meister Carbad zu meinem Vater gegangen bist.« Sie holte noch einmal tief Luft. »Annev … ich habe alles gehört.«

»Ach ja?«, fragte Annev und überlegte, wie viel genau Myjun wohl wissen mochte.

Die junge Frau blickte auf, und in ihren Augen lag ein fröhliches Funkeln. »Ich habe an der Tür gelauscht. Annev, ich habe *alles* gehört. Ich weiß, dass du nach Banok gehst, um Fyn und Kenton zu beaufsichtigen. Ich habe sogar gehört, was mein Vater gesagt hat, nachdem sie gegangen waren.«

»Das hast du gehört?« Annev errötete bei dem Gedanken, dass sich Myjun vor dem Arbeitszimmer ihres Vaters versteckt gehalten und ihr Gespräch belauscht hatte. Er umklammerte den Ring noch fester. »Myjun, ich … ich habe dir noch gar nicht dein Regaleusgeschenk gegeben.« Annev spürte, wie ihm die Zunge am Gaumen festklebte. Er bewegte die Hand zur Brust und hatte vor, den goldenen Ring in seiner Hand gegen den Freundschaftsring in seiner Tasche einzutauschen. Doch im letzten Moment streckte er die Faust zu ihr aus und öffnete sie.

»Frohes Regaleus.«

Myjun schnappte nach Luft und schlug ihre schlanken Hände vor den Mund. »Oh, Annev! Das ist …« Sie zögerte, blickte von ihm zu dem Ring. »Meister Annev, was hat es zu bedeuten, dass du mir diesen Ring schenken willst? Was willst du damit sagen?«

Verdammt, dachte er. *Was will ich damit sagen? Will ich ihr nur versprechen, dass ich ihr Freund sein will, oder ihr einen Antrag machen?*

»Es ist ein Freundschaftsring«, antwortete er, und seine Stimme wurde leiser. »Ein Versprechen, dass …« Er wusste nicht weiter.

Myjun trat näher heran. »*Was* soll mir dieser Ring versprechen?«

Annev zögerte, schaute sich in der leeren Werkstatt um und blickte dann auf die Straße vor der Schmiede hinaus: Wo zuvor reger Verkehr geherrscht hatte, war im Augenblick gerade kein Mensch unterwegs; für diesen kurzen Moment waren sie allein.

Impulsiv griff er nach ihrer Hand und zog sie tief in die Schatten der Schmiede. Dort, neben Sraons abkühlender Schmiede, kniete er nieder und streifte Myjun den Ring über den Finger. Sie tanzte förmlich auf den Zehenspitzen, und ihre Augen leuchteten, auch wenn Annev einen Schreckmoment lang befürchtete, der Ring sei zu eng, sodass er ihr wehtun würde. Doch stattdessen glitt er über ihren Finger, als habe er schon immer dorthin gehört. Annev atmete erleichtert aus, und sein Herz hämmerte von der Brust bis zum Hals.

»Myjun von Chaenbalu – Tochter von Tosan, dem Ältesten der Ältesten –, willst du mich heiraten?«

»Ja!«, stieß sie mit zugeschnürter Kehle hervor, und dann war ihre Stimme ein silberhelles Lachen, während sich gleichzeitig ihre Augen mit Tränen füllten. »Ja, ich will dich heiraten, Meister Ainnevog.«

Sie zog ihn auf die Beine und sah ihm in die Augen – und dann küsste sie ihn. Ihrer beider Lippen pressten sich aufeinander, zuerst fest und dann sanfter, als sich ein Gefühl von Vertrautheit einstellte. Er beugte sich ihr entgegen und umfing sie, während sie beide eine intime und instinktive Sprache zu ertasten begannen, die keiner von ihnen so ganz beherrschte.

Als sie sich schließlich voneinander lösten, geschah es mit einer Mischung aus beschwingtem Glück und Verlegenheit.

»Du riechst nach Erdbeeren«, sagte er und bereute es sofort.

»Und du schmeckst wie süßes Gebäck«, antwortete sie lachend, und Annev lachte ebenfalls. Sie blickte auf ihren Ring hinab und unterzog ihn einer genaueren Prüfung. »Wir sollten das hier zunächst einmal geheim halten«, meinte sie und drehte den Ring an ihrem Finger. »Wir sollten so tun, als würden wir uns einfach nur gegenseitig den Hof machen, und gleichzeitig meinen Vater dazu überreden, dass er uns seine Erlaubnis gibt.«

Annev lächelte, erleichtert über die schlichte Einfachheit ihres Vorschlags. »Das ist perfekt – *du* bist perfekt.« Er umfasste ihr Kinn, der Blick seiner strahlend blauen Augen begegnete ihren blassgrünen Augen, und sie küssten sich noch ein weiteres Mal. Als ihre Lippen sich diesmal voneinander lösten, geschah es voller Entsagung und Sehnsucht.

»Das war jetzt viel, viel besser«, seufzte sie.

»Ich habe so etwas noch nie zuvor gemacht«, entschuldigte sich Annev, und seine Verlegenheit kehrte zurück.

»Das habe ich gemerkt«, erwiderte sie mit leuchtenden Augen, »aber du lernst schnell.«

»Moment mal … hast du so etwas schon mal gemacht?«

Myjun legte den Kopf in den Nacken und lachte. »Meister Ainnevog«, sagte sie in tadelndem Tonfall, »zweifelt Ihr an meiner Tugendhaftigkeit?«

Annev schüttelte den Kopf und errötete heftig. »Ich habe nur gemeint …«

Myjuns Gelächter schnitt ihm das Wort ab, und sie legte ihm den Zeigefinger auf die Lippen. »Ich ziehe dich doch nur auf, Annev. Ich habe noch nie einen anderen geküsst – nicht so.«

»Ich muss gehen«, sagte er widerstrebend. »Ich muss mich noch um einige Dinge kümmern, bevor ich nach Banok aufbreche.«

Myjun nickte, ihre Umrisse ein Schatten vor dem Hintergrund der untergehenden Sonne. »Komm heil zurück. Ich bezweifle, dass ich werde schlafen können, bis ich weiß, dass du wieder da bist.« Sie beugte sich vor, und Annev erwartete einen weiteren Kuss auf die Lippen, aber stattdessen küsste sie ihn nur sacht auf die Wange. »Komm zu mir zurück, Meister Ainnevog.« Sie trat aus den Schatten von Sraons Schmiede und wurde eins mit den Scharen der Dorfbewohner, die nun wieder den Platz bevölkerten.

Annev blickte ihr nach, bis sie in der Akademie verschwunden war, und sah sich erst dann nach Sraon um, aber der Schmied war nirgends zu entdecken.

Annev zuckte die Achseln. Er hatte schon viele Male mit Sraon über Banok gesprochen, während er den Blasebalg für ihn bedient hatte, und die Wahrscheinlichkeit, dass er jetzt noch mehr hätte in Erfahrung bringen können, war nicht allzu groß. Der Schmied hatte sogar Janak einige Male erwähnt, auch wenn er nichts wirklich Bedeutsames über den Kaufmann zu sagen gewusst hatte. Annev seufzte.

Meister der Sorgen, dachte er, während er Richtung Kapelle lostrabte. *Meister Ainnevog. Annev de Breth … und Myjun de Breth?* Er hätte um ein Haar laut aufgelacht, als er an seine Fantasie von einem häuslichen Leben mit Myjun zurückdachte, ein Leben zuerst im Dorf und dann später unterwegs, auf Abenteuerreise mit Sodar. Die beiden Träume passten nicht im Geringsten zueinander, doch mit Myjun an seiner Seite erschienen ihm beide zukünftigen Möglichkeiten wahrhaft wunderbar.

Kapitel 50

Annev stolperte in die Kapelle, nach wie vor benommen von seinem Treffen mit Myjun, aber auch müde. Die Erschöpfung des vergangenen Tages nagte noch immer an ihm. Er sah, dass Sodar die gesamte noch verbliebene Regaleusdekoration hervorgekramt hatte, und er hatte sich das Beste für den letzten Abend aufgehoben. Annev lächelte. Leuchtend bunte Tücher hingen von den Rückenlehnen der Bänke, viele verziert mit dem Stab des Odar oder der Flöte der Lumea. Selbst von den Dachbalken hing hölzerner Zierrat, bemalte Schmuckstücke, alle in der Form von Sternen oder Monden.

Der einladenden Atmosphäre zum Trotz war der Raum leer. Nur die wahrhaft Frommen besuchten den Gottesdienst am dritten Regaleusabend, und sie kamen erst nach Sonnenuntergang. Die übrigen Bewohner von Chaenbalu würden sich auf dem Dorfplatz versammeln, um zu feiern und zu tanzen. Es war ein Schauspiel, auf das sich Annev, jetzt, da er ein Meisteravatar geworden und für diesen einen Abend erstmals von seinen Kapellenpflichten befreit war, sehr gefreut hatte; doch ebendiese neue Verantwortung rief ihn aus dem Dorf fort, zu seinem ersten Abenteuer, das ihn über die Grenzen von Chaenbalu und des Dichtwaldes hinausführte.

Annev merkte, dass ihm die Knie flatterten, und hielt sich an der nächstbesten Bank fest. Er hatte nur vier Stunden geschlafen, und sein Körper hatte sich noch immer nicht von den Abenteuern der beiden vergangenen Tage erholt. Er war in der Prüfung des Urteils durchgefallen, hatte eine Hexe und ihre Ungeheuer getötet und zudem herausgefunden, dass er ein Nachfahre des Breathanas war, er war Meisteravatar geworden und hatte Myjun einen Antrag gemacht – und sie geküsst. Jetzt musste er Sodar mitteilen, dass er als Dorfpriester ersetzt werden würde, um dann mit den beiden Jungen, die ihn von allen auf der Welt am meisten hassten, zu einem Einsatz zur Sicherstellung eines Artefakts aufzubrechen. Er wartete einen Moment, bis er wieder fest auf den Beinen stand, dann schritt er auf die Tür zur Priesterwohnung zu, wo seine Hand zunächst über dem Türknauf zögerte, bis er sich zwang, ihn zu drehen.

Sodar saß am Küchentisch und brütete über seinen Speur-Dún-Manuskripten. Sein sternenbesetzter Zeremonienrock lag zusammengefaltet auf dem Stuhl gegenüber. Der Priester blickte auf, die Freude deutlich auf sein Gesicht geschrieben, und sie wurde noch größer, als er Annevs Gewand sah.

»Annev! Ich hätte nicht gedacht, dass sie dich heute Abend herkommen lassen würden. Und was trägst du denn da für Kleider?«

Annev stellte fest, dass er trotz all der Neuigkeiten, die er dem alten Mann zu überbringen hatte, immer noch grinsen konnte. »Er hat mich befördert, Sodar. Zum Meisteravatar.«

»Er hat *was*? Annev, das ist ja wunderbar! Ich bin so stolz auf dich.« Sie umarmten einander, dann trat Sodar einen Schritt zurück, um Annev erneut zu mustern. Seine Zähne blitzten weiß in seinem gekämmten Bart. Er befühlte den hochwertigen Stoff des roten Gewands und schlug Annev auf den Rücken. »Der letzte Avatar deiner Ernte wird zu ihrem ersten Meister. Das ist wirklich unglaublich! Herzlichen Glückwunsch, Annev. Eine schöne Art, Regaleus zu feiern.«

Annev nickte, wohl wissend, was er als Nächstes sagen musste. »Leider werde ich nicht bleiben können. Ältester Tosan braucht meine Hilfe. Ich soll Fyn und Kenton bei einem Einsatz zur Beschlagnahme eines Artefakts in Banok anführen.«

»Du sollst was?« Sodar runzelte die Stirn. »Das kann nicht stimmen. Sind Fyn und Kenton denn ebenfalls Meister?«

»Nein.«

»Also, wer geht dann mit euch …? Was rede ich da?« Er packte Annevs Schulter. »Du kannst nicht fortgehen! Annev, wir haben doch gerade erst darüber geredet, dass man Jagd auf dich macht. Ich hätte gedacht, wir wären uns da einig?«

Annev begriff, dass der einzige Ausweg aus diesem Gespräch darin bestand, es hinter sich zu bringen. »Ich weiß, was wir besprochen haben, aber das war, bevor ich Meisteravatar geworden bin. Da habe ich noch geglaubt, dass ich gar keine andere Wahl hätte und dass noch Jahre verstreichen würden, bis ich die Chance bekäme, Meister zu werden.«

»Aber das ändert doch nichts. Hast du deinen Gefährten mitgeteilt, dass man womöglich von dem Moment an, in dem du diesen Wald betrittst, Jagd auf dich machen wird?«

»Ich habe Tosan von den Feurog erzählt.«

»Ach ja?« Der Priester musterte ihn. »Das überrascht mich. Weiß er auch von deiner magischen Hand? Oder dass ein böser Gott Jagd auf dich macht?«

Annev lachte. »Natürlich nicht. Ich wäre tot, wenn er es wüsste.«

»Du wirst tot sein, wenn du das Dorf verlässt.« Sodar schüttelte den Kopf. »Das ist absoluter Wahnsinn.«

Annev kniff den Mund zu einer dünnen Linie zusammen, und sein Blut begann zu kochen. »Ich hatte keine Wahl, Sodar.«

»Ach nein? Hättest du Tosans Ansinnen nicht ablehnen können? Oder das Ganze zumindest aufschieben?« Er hielt inne. »Wann soll diese Mission starten?«

»Heute Abend. Wir brechen in einer Stunde auf.«

Sodar sackte auf seinen Stuhl. »Die Götter seien uns gnädig. Kannst du die Sache hinauszögern? Kannst du sie bis morgen verschieben? Selbst Mitternacht wäre noch besser. Das könnte uns Zeit verschaffen.«

»Ich kann nicht, Sodar. Ich muss den Einsatz leiten.«

Sodars Augen weiteten sich. »Ihn leiten? Mein lieber Junge, die Akademie hat fünfzig Meister und Avatare. Sie können jemand anderen schicken – irgendjemand anderen! Nichts von alledem ist wirklich wichtig.«

»Und was ist wirklich wichtig? Eine uralte Prophezeiung, an die niemand sonst glaubt?«

»Annev«, flehte Sodar, »*du* bist wirklich wichtig. Hör auf mich.«

Er schüttelte bereits den Kopf, bevor Sodar zu Ende gesprochen hatte. »Mir wird schon nichts passieren. Ich bin im Dichtwald mit Hexen und Ungeheuern zurechtgekommen. In Banok werde ich noch viel besser zurechtkommen.«

»Im Dichtwald hattest du Crag bei dir.«

»Und in Banok werde ich Fyn und Kenton haben«, erwiderte Annev. »Vertrau mir.« Er schluckte, und ihm graute vor dem, was er als Nächstes sagen musste. »Da ist noch etwas. Mein Titel … Sodar, Tosan hat mich zum Meister der Sorgen gemacht.«

»Wie damals der alte Meister Flint, der diese Kapelle gebaut hat.«

Annev nickte. »Ich werde mich um die geistlichen Bedürfnisse der Dorfbewohner kümmern und den Ältesten Bericht erstatten. Tosan will, dass alle Gottesdienste wieder in die Kirche verlegt werden.«

»Verlegt?«

»Sodar … die Akademie will, dass du in den Ruhestand trittst.«

Der Priester erstarrte. »Das hat Tosan gesagt? Was waren seine genauen Worte?«

»Dass man dich deiner Pflichten entbinden wird und alle kirchlichen Tätigkeiten dann mir zufallen.«

Sodars Reaktion erfolgte sofort. Sein Blick zuckte nach links und rechts, dann stand er vorsichtig auf, zog den Vorhang vom

Küchenfenster zurück und spähte nach draußen. Dann schloss er den Vorhang wieder, überprüfte sorgfältig den Holzschuppen und schloss leise die Tür. Das Gleiche machte er auch mit der Tür zu der Versammlungshalle, bevor er schließlich wieder Platz nahm.

»Sodar, du machst mir Angst.«

»Annev«, sagte er ernst, »es ist so weit. Wir müssen das Dorf sofort verlassen. Heute Nacht, wenn möglich.«

»Was?« Annev schüttelte den Kopf. »Sodar, ich habe es dir doch gerade erklärt. Ich breche noch heute Abend zu einer Avatarmission auf. Ich muss einen dunklen Stab aus dem Besitz von Janak Harth sicherstellen. Sie wollen, dass wir ihn töten … und auch den Meister, den er gefangen hält.«

Sodar summte vor sich hin, als höre er nur mit halbem Ohr zu. »Ja, Janak hatte schon immer eine Schwäche für Magie, noch bevor er verletzt wurde.« Der Priester zuckte die Achseln. »Na schön. Du brichst nach Banok auf, und ich packe so lange unsere Sachen, halte die letzte Regaleuspredigt und werde mich dann dort mit dir treffen.«

»Du verstehst nicht. Ich habe auf dieser Mission die Leitung über Kenton und Fyn. Ich muss das tun.«

Sodar runzelte die Stirn. »Du musst es, oder du willst es?«

»Beides! Was ist so falsch daran? Sodar, ich will Avatar sein und in der Akademie leben. Das habe ich dir schon oft genug gesagt. Ich will hierbleiben und Myjun heiraten – mein eigenes Leben haben.«

»Geht es bei alldem um *Myjun*?«

Vielleicht.

»Nein«, blaffte Annev mit mehr Nachdruck, als er beabsichtigt hatte. »Aber ich mag es nicht, gesagt zu bekommen, was ich tun soll, und ich werde nicht einfach weglaufen, nur weil Tosan will, dass du in den Ruhestand trittst. Vielleicht solltest du ja wirklich in den Ruhestand gehen. Du kannst an deinen Manuskripten arbeiten, während ich die kirchlichen Pflichten übernehme. Du hast bereits eingeräumt, dass es innerhalb des Dorfes sicherer ist als außerhalb. Es gibt keinen Grund für uns fortzugehen.«

Sodar schüttelte den Kopf, ein trauriges Lächeln auf den Lippen. »Du bist so naiv. Annev, was glaubst du denn, was Tosan gemeint hat, als er sagte, ich solle meiner Pflichten entbunden werden?«

»Nichts anderes als das, was er gesagt hat.«

Sodar rümpfte die Nase. »Ich hatte dich für klüger gehalten.«

Annevs Stimme wurde zu einem Flüstern. »Du meinst, er will dich töten?«

Sodar nickte. »Es wäre nicht das erste Mal, dass er sich die Hände blutig macht.«

»Was meinst du damit?«

»Tosan ist nicht zufällig zum Ältesten der Ältesten geworden – er hat über Jahre hinweg seine Konkurrenten ausgemerzt. Als Ältester Winsor vor einem Jahr starb, hätte eigentlich Ältester Grimm an seine Stelle treten sollen, aber er war schon im Jahr davor verstorben.«

Annevs Augen weiteten sich. »Du meinst, Tosan hat ihn vergiftet?«

»Scht! Nicht so laut.« Sodar warf einen raschen Blick hinüber zu den Türen vorn und hinten im Raum. »Außerdem habe ich nichts von Gift gesagt. Ein gut platziertes Kissen funktioniert genauso gut und kann doppelt so schnell sein. Außerdem habe ich keine Beweise – nur mein Bauchgefühl. Und das sagt mir, dass es kein Zufall gewesen ist, dass Tosan zum Rektor der Akademie wurde. Aber darum geht es jetzt nicht, sondern um Folgendes: Wenn Tosan vorhat, mich durch dich als geistliches Oberhaupt von Chaenbalu zu ersetzen, wird er auch eine Möglichkeit finden, mich dauerhaft daran zu hindern, dich oder irgendjemanden sonst im Dorf zu beeinflussen.«

Annev schüttelte den Kopf. Er wollte es eigentlich gar nicht glauben, aber in den letzten achtundvierzig Stunden hatte ihm der Rektor nicht nur befohlen, einen Hausierer zu töten, sondern auch einen Kaufmann in der Stadt sowie einen anderen Meisteravatar. Er hatte sogar angedeutet, dass Kenton und Fyn bei Bedarf entbehrlich seien. Sodars Vermutung schien allzu plausibel, wie wenig sie Annev auch gefallen mochte.

»Nein. Das sagst du nur, um mich dazu zu überreden, nicht zu diesem Einsatz fortzugehen. Du hast nie gewollt, dass ich Avatar werde – das hast du gesagt –, du willst, dass ich alles zurücklasse, woran mir etwas liegt, und das allein deiner Prophezeiung zuliebe. Dass ich mein Leben opfere, nur weil du das deine geopfert hast.« Sodar schüttelte den Kopf, doch die Worte prasselten aus Annev heraus, so wie sie ihm in den Sinn kamen. »Endlich einmal ist mir etwas Gutes widerfahren – endlich habe ich hier meinen Platz gefunden –, und du willst es so hindrehen, dass etwas Schlechtes daraus wird. Du willst, dass ich Breathanas bin. Aber ich bin nicht er! Du willst einen Beweis dafür, dass du dein Leben nicht sinnlos verschwendet hast – oder das Leben meiner Eltern!« Die Tränen strömten ungehindert über Sodars Wangen, und Annev spürte, wie seine eigenen heißen Tränen ihn zu übermannen drohten. Er blinzelte sie trotzig weg. »Ich *werde* auf diese Mission gehen – und danach werde ich in Chaenbalu bleiben.«

Sodar wandte den Blick ab, und Stille legte sich über den Raum. Als er schließlich wieder das Wort ergriff, war seine Stimme so leise, dass Annev ihn kaum noch verstehen konnte. »Dann sind wir beide tot, und ich habe mein Leben wahrhaft verschwendet.« Er starrte auf seine Hände hinab, die er lose auf dem Schoß verschränkt hatte, als sei er sich nicht sicher, was er mit ihnen anfangen sollte.

Seine alten, runzligen Hände, dachte Annev, und seine Entschlossenheit geriet für einen Moment ins Wanken. *Diese Hände haben mich gerettet. Sie haben mir zu essen gegeben und mich angezogen.*

Sodar verschwand in sein Zimmer und ließ sein Manuskript, seinen Zeremonienrock und Annev zurück. Annev schaute sich benommen in dem leeren Raum um und wusste nicht recht, was er tun sollte. Er trat sogar einen Schritt auf Sodars offene Tür zu, blieb dann jedoch stehen.

Es muss so sein, sagte er sich. *Damit es ihm nicht gelingt, mich mit seinen toten Prophezeiungen zu umgarnen. Mich davon zu überzeugen, dass ich etwas Besonderes bin, sodass er mich kontrollieren kann. Solange ich immer tue, was er sagt, werde ich nie mein eigener Herr sein.*

Aber andererseits, tat er jetzt nicht einfach umgekehrt das, was Tosan sagte?

Annev schob seine düsteren Gedanken beiseite. Er hatte sich immer gewünscht, Avatar zu werden – Meisteravatar –, und jetzt war sein Wunsch in Erfüllung gegangen. Er öffnete die Tür zu seinem Zimmer, lief zu seiner Kleidertruhe und riss den Deckel auf. Jetzt, wo Sodar nicht mehr in der Nähe war, strömten ihm die Tränen ungehemmt übers Gesicht, auch wenn er versuchte, sie schluchzend zurückzuhalten. Er griff in die Truhe und kramte ihren Inhalt heraus. Er würde alles mitnehmen – die Kleider und seine sämtlichen Besitztümer –, denn er würde niemals hierher zurückkehren.

Mitten in seinem Tun hielt Annev kurz inne und betrachtete den zerdrückten beigen Kittel, den er gerade in der Hand hielt. Er gab ein fast schon belustigtes Schnauben von sich und warf den Kittel in die Truhe zurück.

Ich brauche nichts von alledem. Nach Regaleus werden sie mich mit weiteren Meisteravatarkleidern ausstatten. Ich brauche nur Crags Laterne und meine Waffen. Er verschloss die Truhe wieder und ging zurück in die Küche.

Sodar und Annev betraten den Raum im gleichen Moment,

und auch wenn die Augen des Priesters nun trocken waren, vermied er doch jeden Blickkontakt. Er schob sein Manuskript beiseite, machte Platz für die Dinge, die er bei sich trug, und legte Sraons Beil auf den Tisch.

»Das wirst du brauchen«, sagte er, ohne aufzuschauen. »Es gehört dir.«

»Danke.«

Sodar zuckte zusammen, dann zog er eine undurchsichtige Glasflasche hervor und hielt sie Annev hin. »Trink die Hälfte davon«, sagte er und stellte die Flasche neben dem Beil ab. »Erst einmal wirst du dich davon ein wenig schläfrig und umnebelt fühlen. Kämpf nicht dagegen an, denn das macht es nur noch schlimmer.«

»Und warum soll ich das trinken?«

Sodar stockte kurz und starrte auf die Flasche. »Der Trunk wird dir helfen, für deinen Einsatz wach zu bleiben. Wenn du das Elixier seine Wirkung tun lässt, wirst du dich bald erfrischt fühlen. Deine Sinne werden geschärft, und du bist wachsamer.« Er blickte auf und sah Annev zum ersten Mal wieder in die Augen. »Trink nicht alles auf einmal. Dein Körper braucht Zeit, um sich zu erholen, und wenn du es übertreibst, könnten sich unangenehme Nebenwirkungen einstellen.«

Annev nickte. »Danke«, sagte er noch einmal.

Sodar ging nicht darauf ein und richtete seine Aufmerksamkeit wieder auf das purpurrote Bündel in seinen Armen. Er zog das Schwert mit seiner silbernen Scheide hervor, der Griff mit dem hellblauen Band umwickelt. »Gnade gehört dir ebenfalls«, sagte er und legte das magische Schwert auf den Tisch. »In der Akademie dürfte es entdeckt werden, aber vielleicht kannst du es in der Kirche verstecken.«

Annev betrachtete die Waffe, begierig, sie an sich zu nehmen, doch er schüttelte den Kopf. »Hier, außerhalb der Akademie, ist es sicherer. Du solltest es vorübergehend noch behalten.«

Sodars Züge verhärteten sich plötzlich. »Ich muss von hier fortgehen, Annev. Das Dorf ist nicht mehr sicher. Ich weiß nicht, wie lange Tosan mich noch bleiben lässt, und ich habe nicht die Absicht, so lange zu warten, bis ich es herausfinde.« Er senkte den Blick auf das Schwert hinab und strich über seine reich verzierte silberne Scheide. »Wenn ich kann, werde ich noch heute Nacht aufbrechen, bevor du von deinem Einsatz zurückkehrst.«

Annev blieb die Stimme in der Kehle stecken. »Aber … deine Prophezeiung. Wie kannst du über mich wachen, wenn du von hier fortgehst?«

»Ich hoffe, dass ich es aus der Ferne tun kann. Oder eben überhaupt nicht. So oder so, du solltest dir keine Sorgen machen. Du glaubst nicht an diesen Unsinn, und du hast sehr klar zum Ausdruck gebracht, dass du auf dich selbst aufpassen kannst.« Sodar legte das zusammengefaltete Phönixbanner neben all die anderen Dinge auf den Tisch. »Ich kann dir nicht helfen, wenn du dich dafür entscheidest, in Chaenbalu zu bleiben. Aber ich werde dich auch nicht zwingen fortzugehen.« Er zupfte an seinem Bart und schaute zwischen dem Banner auf dem Tisch und Annevs Handschuh hin und her. »Sie hat ihre Sache gut gemacht, nicht?«

»Wer?«, fragte Annev, verwirrt über den plötzlichen Themenwechsel.

»Myjun«, antwortete Sodar und deutete mit dem Kopf auf den Phönixhandschuh. »Sie hat Breathanas' Banner richtig gut nachgemacht. Der Phönix ist viel kleiner, aber er sieht beinahe so aus, als sei er von derselben Person gefertigt worden.«

Annev runzelte die Stirn. »Du … du hast gewusst, dass sie diesen Handschuh für mich gemacht hat?«

Sodar nickte. »Sie hat sich wegen des Entwurfs an mich gewandt. Sie wollte ein rot-schwarzes Karomuster machen – etwas Einfaches und Nüchternes, wie die Kleider, die ihr Vater trägt –, doch als ich ihr dann das Banner gezeigt habe, hat sie beschlossen, stattdessen den Phönix zu kopieren.« Er lächelte mit traurigen Augen. »Sie ist ein liebes Mädchen, Annev. Du könntest es weit schlimmer treffen, und sie meint es gut. Ich hoffe, es endet auch gut.« Sodar zeigte auf die dunkelbraune Flasche. »Du solltest gleich jetzt etwas davon trinken. Das Zeug kann anfangs eine verwirrende Wirkung haben, und du willst ja für deine Reise bereit sein.« Er machte sich auf den Weg zu seinen Räumlichkeiten und blieb noch einmal in der Tür stehen, Annev nach wie vor den Rücken zugewandt.

»Leb wohl, Ainnevog.«

Er zog hinter sich die Tür zu.

Kapitel 51

Annev starrte auf die Holztür. Seine Sicht trübte sich, und erst jetzt merkte er, dass seine Tränen zurückgekehrt waren und ihm über die Wangen liefen.

Ich könnte mit ihm gehen, dachte er und wischte sich die Augen. *Es ist noch nicht zu spät. Wir könnten aufbrechen, bevor Tosan es herausfindet …*

Aber Tosan würde es herausfinden. Der Rektor erwartete, Annev in einer Stunde zu sehen, und wenn er dann nicht bei den Ställen war, würde Tosan nach seinem jüngsten Meisteravatar suchen lassen, Regaleus hin, Regaleus her. Und Sodar konnte nicht fortgehen, bis er die letzte Regaleuspredigt gehalten hatte – zu einem Zeitpunkt, da Annev schon ein beträchtliches Wegstück auf der Straße nach Banok zurückgelegt haben würde.

Annev hasste Sodar dafür, dass er ihn zwang, sich zwischen dem Leben, das er selbst wollte, und dem Leben, das das Schicksal angeblich für ihn bereithielt, zu entscheiden – und er hasste sich selbst dafür, dass er Sodar hasste. Er unterdrückte ein Schluchzen und stürmte zu dem Haken hinüber, an dem seine Wassersäcke hingen. Er griff nach der Schlinge, legte sie sich eng um die Taille und stopfte das Phönixbanner in eine der großen wasserdichten Taschen. Er wollte auch die braune Flasche hineinstopfen, da erinnerte er sich an den Rat, den Sodar ihm gegeben hatte.

Annev entkorkte die Flasche und schnupperte am Inhalt. Die Flüssigkeit roch stechend, zugleich aber auch vage nach Warana und Anis. Er zögerte, aber er vertraute darauf, dass ihn Sodar wohl kaum zu vergiften beabsichtigte. Mit angehaltenem Atem setzte er das Gebräu an seine Lippen und begann zu trinken. Prustend und würgend schluckte er ungefähr ein Drittel der würzigen Flüssigkeit, dann erinnerte er sich an Sodars Warnung und setzte die Flasche wieder ab. Er wischte sich über die Lippen und verspürte ein scharfes Brennen in der Kehle, das sich seine Brust hinab ausbreitete. Eine Hitzewallung durchströmte ihn, und alles begann sich auf beunruhigende Weise um ihn zu drehen. Annev blinzelte und hielt sich an der Wand fest, bis die Welt um ihn herum wieder stillstand.

Annev schüttelte die Wirkung des Elixiers ab, korkte die Flasche wieder zu und schob sie dann in den zweiten Wassersack. Als er ihr die Phönixlaterne nachfolgen ließ, merkte er, dass seine Müdigkeit allmählich verflog, bis seine Erschöpfung schließlich wie weggeblasen war. Er fühlte sich gut – hellwach und aufgeweckt, stark und innerlich ausgeglichen.

Annev starrte auf das Beil und das Schwert auf dem Tisch und fragte sich, ob es klug war, die Waffen auf seinen Einsatz mitzunehmen. Er vermutete, dass sie in seinen Meisterquartieren oder in der Kirche versteckt, wie Sodar es vorgeschlagen hatte, sicherer wären, aber sie brachen schließlich zu einer tödlichen Mission auf, und wenn Blut vergossen werden sollte, wollte Annev auch die bestmöglichen Waffen an seiner Seite haben.

Er steckte beides in seinen Behelfsgürtel und zog ihn noch enger, dann ging er im Raum auf und ab, um sich einen Eindruck vom Gewicht der Waffen an seinen Hüften zu verschaffen. Als ihm die Gründe ausgegangen waren, noch länger zu bleiben, warf er einen letzten Blick zu Sodars fest verschlossener Tür und eilte dann aus dem Priesterhaus.

Die Abenddämmerung war hereingebrochen, und die letzte Regaleusfeier hatte gerade richtig begonnen, als Annev die Ställe erreichte. Er hatte gehofft, seine Sachen noch auf sein Zimmer bringen zu können, bevor sie die Pferde sattelten, aber Fyn, Meister Brayan und Titus warteten bereits auf ihn. Beim Anblick seines alten Freundes – er trug jetzt die lohfarbene Kastellanskluft – zwang sich Annev zu einem Lächeln, aber bevor er den Jungen umarmen konnte, trat Fyn zwischen sie und drückte ihm einen kalten Stapel schwarzer Kleider in die Arme.

»Zieh die da an.«

Annev brauchte nicht zu fragen, wofür die Kleider waren – Fyn trug seine Einsatzkleidung bereits –, aber er ärgerte sich trotzdem über Fyns Befehlston.

Wenn es schon so anfängt …

Annev nickte Titus entschuldigend zu, und der Junge antwortete mit einem Winken. Seiner Zurückstufung zum Kastellan zum Trotz wirkte er glücklicher, als er das als Akolyth je getan hatte. Dann traf auch Kenton ein, und Fyn händigte ihm ein ähnliches Kleiderbündel aus, während Annev widerstrebend aus seinem purpurroten Kittel schlüpfte. Als er und Kenton angezogen waren, hatten Brayan und Titus bereits die Pferde aus dem Stall geholt. Sie waren fertig gesattelt und bereit für den Ritt.

»Wir haben im Moment nur fünf Stück.« Der Quartiermeister schnalzte bedauernd mit der Zunge. »Aber diese hier sind die drei besten. Nehmt euch vor dem schwarzen Klepper in Acht – die Stute beißt.« Nachdem er jedem Jungen ein Pferd zugewiesen hatte, entschuldigte sich Brayan noch, dass keiner der anderen Meister sie verabschiedete. »Ältester Tosan ist zusammen mit fast allen anderen Ältesten zum Gottesdienst gegangen, und ein Großteil der Meister feiert bereits.« Er zuckte die Achseln. »Aber ich bin mir sicher, ihr werdet eure Sache gut machen.« Titus umarmte Annev wortlos, dann verschwanden er und Brayan ohne weitere Abschiedsworte oder sonstiges Trara.

Annev löste seinen behelfsmäßigen Gürtel und verstaute ihn zusammen mit seinem Geldbeutel in seinen Satteltaschen. Er sah zu, wie Kenton und Fyn ihre eigene Habe verstauten und Fyn Kenton ein gekrümmtes Langschwert reichte, das der Junge sogleich unter seine Satteldecke schob. Als Nächstes hielt Fyn Annev ein schartiges Kurzschwert mit abgebrochener Spitze hin, dann jedoch bemerkte er das Schwert und das Beil, die an Annevs Sattel gebunden waren, und runzelte die Stirn. »Ich wollte dir eigentlich das hier geben«, sagte er, »aber jetzt sehe ich, dass du ja bereits Waffen hast.«

»Allerdings«, bestätigte Annev, »doch könnte ich diesen Gürtel da gebrauchen.« Er deutete auf das Band, das um Gnades Scheide gewickelt war.

Fyn stieß ein Grunzen aus, löste den dünnen Lederriemen und reichte ihn Annev. »Wo hast du diese Sachen her? Ich habe sie noch nie in der Waffenkammer gesehen.« Er griff nach dem Schwert, und Annev schlug seine Hand weg.

»Die gehören mir«, erklärte Annev beinahe knurrend und hielt dann einen Moment inne, um sich zu beruhigen. »Meisteravatare können ihre eigenen Waffen wählen oder in Auftrag geben.«

Fyn schnaubte, zog die Hand aber zurück. »Warum brauchst du eigentlich überhaupt eine Waffe? Schließlich sind es Kenton und ich, die Duvarek und Janak töten müssen.« Wenn diese Aussicht den Jungen nervös machte, ließ er es sich jedenfalls nicht anmerken. Wenn überhaupt, wirkte er erpicht, seinen Auftrag auszuführen. Er beugte sich vor, den Mund dicht an Annevs Ohr. »Komm mir einfach nicht in die Quere und nimm mir ja meinen Mord nicht weg.«

Annev lehnte sich zurück, um Fyns Gesicht besser begutachten zu können, und versuchte herauszufinden, ob der Junge es wohl ernst meinte. Bedauerlicherweise hatte es ganz den Anschein. »Ich habe diese Woche schon genug Leute getötet, Fyn – und ich habe kein Interesse daran, dir irgendetwas wegzunehmen.«

Der größere Junge lachte. »Das bezweifle ich. Ich habe dich viele Male daran gehindert, Avatar zu werden. Es wäre nur einleuchtend, wenn du jetzt das Gleiche mit mir tun wolltest. Was immer Tosan gesagt haben mag.«

»Genau das ist wohl der Unterschied zwischen uns – einer von vielen.« Annev trat in seinen Steigbügel und schwang sich auf den schwarzen Klepper. »Wie dem auch sei, ich kann bei dir keine Waffen sehen. Hast du vor, Janak mit bloßen Händen zu töten?«

Fyn kicherte, ging zu seinem Wallach hinüber und zog eine zusammengerollte Würgeschlinge aus seiner Satteltasche. »Von wegen *bloße* Hände«, erklärte er und hob den biegsamen Draht mit den kleinen Holzgriffen hoch.

Annev betrachtete die Waffe und dachte daran zurück, was für ein Gefühl es gewesen war, die Waldhexe mit Crags Knochenamulett-Halsband zu würgen. In jenem Moment hatten ihn seine Angst vor der Hexe und seine Sorge um Crags Leben viel zu sehr in Beschlag genommen, um sich irgendwelche Gedanken über die Brutalität des Ganzen zu machen. Doch als er jetzt die Würgeschlinge in Fyns Händen sah, wurde die Erinnerung wieder wach.

»Ist das Ding wirklich alles, was du mitnimmst?«, fragte Kenton von seinem Pferd herunter. Seine Hand wanderte zu dem Schwert, das neben seinem Sattel verborgen war.

Fyn rümpfte die Nase. »Natürlich nicht. Aber ich bin nicht so dumm, vor aller Augen sichtbar Waffen zu tragen.« Er funkelte Annev vielsagend an, der gerade damit fertig geworden war, Sraons Beil und Gnades Scheide an seinem neuen Gürtel zu befestigen.

Annev bemerkte unvermittelt, dass seine Gefährten ihre Waffen beide verborgen hatten, während die seinen deutlich sichtbar waren. Mit geheuchelter Gleichgültigkeit zuckte er die Achseln. »Es ist fast dunkel, und während der Regaleusfeiern wird niemand auf der Straße sein. Geht schon in Ordnung so.«

Plötzlich ließ Fyn einen Fluch fahren, und die beiden anderen starrten ihn an. Der junge Mann schüttelte nur den Kopf und winkte ab. »Nichts, nichts«, sagte er und stieg auf sein Pferd. »Ich habe bloß die Fackeln vergessen. Aber wir brauchen sie auch nicht. Bald kommen die Sterne heraus, und ihr Licht wird ausreichen, um unseren Weg zu finden.«

Annev warf einen Blick zu Kenton hinüber, der genauso skeptisch aussah, wie Annev sich fühlte. Er schüttelte bedächtig den Kopf. »Unseren Weg zu finden ist das eine. Wenn aber ein Pferd in ein Loch tritt und sich das Bein bricht, ist das etwas ganz anderes.« Er spürte, wie sich Fyn anspannte, und fürchtete sich vor dem, was er als Nächstes sagen musste. »Geh die Fackeln holen, Fyn.«

Der Junge starrte ihn ungläubig an. »Ich habe doch gerade eben gesagt, dass wir sie nicht brauchen.«

»Und ich sage, dass wir sie doch brauchen. Hol sie bitte.«

»Hol sie dir selbst, Meister Ainnevog«, antwortete er und spuckte den Ehrentitel förmlich aus.

Annev sah Kenton Hilfe suchend an, aber der Junge schwieg und wartete ab, wie sich die Sache entwickeln würde.

So sieht es also aus, dachte Annev. *So fangen sie an, meinen Führungsanspruch auf die Probe zu stellen.* Er umfasste die Zügel fester und lenkte seine Stute hinüber zu Fyns Wallach.

»Fyn, hol sofort diese Fackeln.«

Der muskulöse Avatar funkelte Annev hasserfüllt an. »Und was machst du, wenn ich es nicht tue? Dem Ältesten Tosan etwas vorheulen? Nein. Wir würden dadurch zu viel Zeit verlieren, und es würde dich außerdem schwach erscheinen lassen. Ich schlage vor, du holst sie selbst, während ich hier warte. Na, wie klingt das?«

Mit den ersten beiden Punkten hatte Fyn durchaus recht, aber wenn es Annev dem Avatar diesmal durchgehen ließ, dass er sich seiner Führung widersetzte, würde er es immer wieder tun, und das durfte er nicht zulassen. Er konnte nicht einmal Kenton an seiner statt losschicken, um die Fackeln zu holen – sollte der narbengesichtige Avatar Fyns Beispiel folgen, würde das die Sache nur noch schlimmer machen. Nein, Annev konnte die beiden nicht dazu zwingen. Er musste sie davon überzeugen, ihm zu folgen – aber wie?

»Du findest, Tosan habe falschgelegen, als er mich befördert hat statt dich«, sprach Annev das Offensichtliche aus, während er im Geiste nach einer Lösung suchte, »und dass du unseren Trupp anführen solltest und nicht ich.«

Fyn zog die Brauen zusammen, sein Mund zuckte, und dann lachte er auf – es war kein gemeines Kichern und auch kein spöttisches Hohngelächter, sondern ein echtes Lachen aus dem Bauch heraus. »Ich finde«, antwortete er, sobald er sein Gelächter unter Kontrolle gebracht hatte, »dass du eine Promenadenmischung von Avatar bist, halb Diakonus, halb Hochstapler. Du hast es durch reines Glück hierhergeschafft, aber du taugst nicht einmal dazu, meine Stiefel zu lecken, geschweige denn, diese Mission anzuführen.«

»Also …«, begann Annev und spielte auf Zeit. »Du vertraust weder Tosans Meinung, noch vertraust du mir … aber dir selbst vertraust du?«

»Na und?«

»Nun, du hast selbst gesagt, dass ich Glück gehabt hätte. War es wirklich allein das, wodurch ich dich in der Prüfung des Urteils besiegt oder mir meinen Meisterstatus verdient habe? Es war alles pures Glück?«

Fyn nickte. »Ja, genau das denke ich.«

»Sagen wir mal, du hast recht«, erwiderte Annev, in dessen Kopf eine Idee Gestalt anzunehmen begann. »Ich bin Lumeas Glücksbringer, alles, was ich anfasse, verwandelt sich zu Gold, und alles, was ich in Angriff nehme, gelingt mir auf magische Weise. Lass uns einmal annehmen, das sei wahr und dass ich dich nach Banok führe, um dir und Kenton zu helfen, euch eure Meisteravatartitel zu verdienen. Wenn ich also so ein Glückspilz bin, wie du behauptest, wirst auch du davon profitieren. Was hast du also dagegen, mir zu folgen?«

All die intellektuelle Akrobatik entlockte Kenton ein Ächzen. Fyn schaute zögernd zwischen den beiden hin und her.

»Du versuchst, mich auszutricksen«, stellte er fest und musterte Annev.

»Und? Was wäre schon dabei? Du hast gesagt, dass ich euch nur deshalb anführe, weil ich Glück gehabt habe. Also schön: Profitiert von meinem Glück.«

»Irgendwann«, entgegnete Fyn und trieb sein Pferd näher an das von Annev heran, »endet jede Glückssträhne, und ich habe keine Lust, mein Geschick von dem deinen abhängig zu machen. Ich komme gut genug allein klar.«

»Ach wirklich?«

»Ja.«

»Und was ist deine Strategie, sobald du Banok erreicht hast?«

Der größere Avatar runzelte die Stirn. »So funktioniert das nicht. Man hat mir aufgetragen, die Ausrüstung zu beschaffen. Kenton hat die Informationen darüber, wie wir in Janaks Palast eindringen.«

»Du gibst also zu, dass du es nicht allein schaffen kannst. Du siehst ein, dass Tosan jedem von uns seine Rolle zugewiesen hat und dass wir eine bessere Erfolgschance haben, wenn wir uns an seinen Plan halten?«

Fyn starrte ihn mit dunklen Augen und herabhängendem Kiefer an, dann klappte er den Mund zu und schüttelte den Kopf. »Er muss einfach immer ein Klugscheißer sein.«

Annev neigte den Kopf zur Seite und nahm es als Kompliment. »Vielleicht bin ich ja wirklich einer, oder vielleicht stimme ich dir auch einfach nur zu und denke, dass die Sache glatter laufen wird, wenn jeder von uns seinen Teil beiträgt. Du hast die Verantwortung für unsere Ausstattung, also bist auch du derjenige, der die Fackeln holen sollte. Richtig?«

Fyn musterte Annev eindringlich, dann saß er ab und schlang seine Zügel um den nächststehenden Pfosten. »Wenn einer von euch meine Sachen anfasst …« Er ließ die unvollendete Drohung in der Luft hängen und eilte zurück in die Akademie.

Kenton strich sich sein zotteliges Haar aus dem Gesicht und sah Annev von der Seite an. »Das wird er dir heimzahlen, und das weißt du auch. Fyn gefällt es nicht, herumkommandiert zu werden, und er kann es nicht ertragen, dumm dazustehen.«

»Und was ist mit dir?«

»Ich stehe auch nicht gern dumm da.«

»Das meinte ich nicht«, sagte Annev und musste unwillkürlich lächeln. »Du hast dich während der letzten Prüfungen des Urteils Fyn angeschlossen, aber davor bist du auf der Seite von mir, Titus und Therin gewesen. Was hast du jetzt vor?«

Kentons rechte Hand wanderte zum Griff seines Langschwerts, während sich seine Linke in die silbrige Mähne seines Zelters grub. Er schwieg so lange, dass Annev schon nicht mehr mit einer Antwort rechnete.

»Du scheinst Dinge zu wissen, die wir Übrigen nicht wissen«, erklärte Kenton schließlich. »Keine Ahnung, woher. Vielleicht hat Fyn recht, und du bist einfach ein Glückspilz, oder vielleicht siehst du Dinge anders, und das verschafft dir einen Vorteil.« Er fuhr mit der Hand über das Heft seines Zweihänders, dann zuckte er die Achseln. »Aber eigentlich ist es auch ganz egal. Wenn du Titus und Therin durch die Prüfung des Urteils bringen kannst, kannst du uns auch nach Banok und wieder zurück führen. Aber ich garantiere für nichts, sobald wir einmal dort angekommen sind.«

Annev brummte mürrisch. Er wusste, dass er auf eine stärkere Loyalität von Seiten Kentons angewiesen war als die eben bekundete, aber er spürte auch, dass er die Sache besser nicht weiter forcieren sollte.

»Jetzt sag mal«, wechselte er das Thema, »was hast du von Keyish, Folum und Dorstal erfahren?«

Ein schwaches Lächeln umspielte Kentons Lippen. »Dorstal ist bis zur Nase voll mit Honigwein und Folum ziemlich genauso. Doch Keyish war hilfreich. Er hat mir erklärt, welchen Orientierungspunkten wir folgen müssen, um aus dem Dichtwald herauszukommen, und er hat mir eine grobe Beschreibung von Janaks Burg gegeben.«

»Das sollte uns in der Tat eine Hilfe sein.«

Kenton schüttelte den Kopf. »Wohl eher nicht. Die Harths haben in ihre Festung einen Haufen verschiebbarer Mauern eingebaut. Offenbar kann Janak die Anlage der Burg in einer Stunde ein halbes hundert Mal verändern.«

»Aha«, sagte Annev. »Wir werden also ganz auf uns gestellt sein, sobald wir einmal drin sind.« Annev fragte sich, ob Sraon wohl eine Lösung für dieses Problem gehabt hätte. Bei dem Gedanken blickte Annev an den feiernden Dörflern vorbei zur Schmiede. Im immer schwächer werdenden Licht und aus dieser Entfernung konnte er nicht viel von Sraons offener Schmiedewerkstatt sehen, aber er erkannte doch genug, um sich Gewissheit zu verschaffen, dass die Schmiedefeuer kalt waren und der Schmied nicht vor Ort. Wahrscheinlich besuchte er gerade Sodars Regaleusgottesdienst.

»Und wie verhält es sich mit dem Äußeren?« Annev drehte sich wieder zu Kenton um.

»Hä?«

»Können sich die Außenwände der Burg auch bewegen, oder bleiben sie unverändert?«

»Unverändert, schätze ich.«

»Also müssen wir nur die richtige Stelle finden, um hineinzukommen. Die inneren Mauern mögen sich bewegen, aber es kostet größere Anstrengung, einen ganzen Raum zu verlagern.«

Kenton nickte. »Stimmt.«

Annev drängte sein Pferd näher an Kentons Zelter heran. »Wenn wir dort ankommen, werden wir die Burg erst einmal beobachten. Uns darüber austauschen, was wir sehen, und dann entscheiden, an welcher Stelle wir in sie eindringen wollen. Und wenn es so weit ist: Kann ich darauf bauen, dass du mir folgen wirst?«

Kenton musterte ihn und nickte zögernd. »Bis auf Weiteres werde ich dir erst einmal folgen.«

Annev lächelte, erfreut, die Unterstützung seines Gefährten gewonnen zu haben, dann sah er Fyn mit drei in Pech getauchten Fackeln zurückkehren.

»Hier sind deine verdammten Fackeln«, murrte Fyn und reichte die erste Kenton und die zweite Annev. »Können wir jetzt aufbrechen?«

»Natürlich«, antwortete Annev. »Vielen Dank, Fyn.« Bevor der Junge ihm eine brüske Antwort hinschleudern konnte, wandte Annev den Blick zu Kenton. »In welche Richtung?«

Der dunkelhaarige Avatar zeigte auf die untergehende Sonne und die Bäume rings um das Dorf. »Wir reiten zum Hügel. Es sind fünf Meilen, bis wir aus dem Dichtwald herauskommen, und dann noch einmal sechs bis nach Banok.« Er richtete den Blick auf ihre noch nicht entfachten Fackeln. »Jetzt, wo ich so darüber nachdenke, sollten wir vielleicht doch lieber Laternen mitnehmen. Die Fackeln werden uns im Dichtwald gute Dienste leisten, aber sobald wir den Wald hinter uns gelassen haben, wird man uns sehen können.«

»Die Fackeln werden meilenweit sichtbar sein«, pflichtete Annev ihm bei.

Kenton nickte. »Wir könnten sie dann löschen, aber es geht dort über unwegsames Gelände. Und auch in der Burg wäre es hilfreich, Laternen zu haben. Keyish hat gemeint, sie sei fast so groß wie die Akademie.«

Fyn schnaubte. »Wenn du eine Laterne willst«, erklärte er und stieg auf seinen gescheckten Wallach, »kannst du sie dir selber holen.«

Annev dachte über die Sache nach, dann fiel ihm ein, dass er die Antwort auf dieses Problem in seinen Satteltaschen hatte. »Macht euch deshalb keine Sorgen«, sagte er und wendete sein Pferd. »Ich habe die richtige Lösung in meinem Gepäck. Lasst uns losreiten.«

Sobald sie den Wald erreicht hatten, ließ das Tageslicht immer stärker nach, und Annev war besorgt, dass die Schatten ihren Weg länger machen würden, wie es um die Zeit der Dämmerung so oft der Fall zu sein schien. Aber dieser Teil des Dichtwaldes war verglichen mit der Ostseite lichter, und die eigenartige Magie des Waldes war hier weniger wirksam. Sie waren eine Viertelmeile nach Nordwesten geritten, als Annev seinen kleinen Trupp neben einem niedrigen Hügel haltmachen ließ, von dem aus man einen Blick über das Dorf hatte. Er bat Kenton, seine Fackel hervorzuholen und anzuzünden, und ihr Licht reichte aus, um den Weg für sie alle drei zu erhellen. Als sie den westlichen Hügel passierten, bemerkte Annev die Hinkelsteine, die den äußersten Dorfrand markierten, und ihm wurde bewusst, dass er noch nie in seinem Leben so weit im Westen gewesen war. Ein ähnlicher Gedanke schien sich auch bei den beiden anderen Jungen einzustellen, denn alle drei sahen einander in einem seltenen Moment von kameradschaftlicher Verbundenheit an.

Sie ritten nebeneinander durch den Wald, mit Kenton in der Mitte, und während der ersten halben Stunde blieb Annev gespannt wie eine Bogensehne, während er nach Zeichen der Feurog oder anderer Ungeheuer Ausschau hielt, die womöglich Jagd auf sie machten. Als er nichts Verdächtiges fand, entspannte er sich langsam und gestattete sich, den Kitzel dieses neuen Abenteuers zu genießen.

Da die Schattenmagie des Dichtwaldes ihren Weg in die Länge zog, brauchten sie eine ganze Stunde, bis sie auf der anderen Seite wieder aus dem Dichtwald heraus waren. Als sie den Waldrand endlich hinter sich gelassen hatten, löschte Kenton seine Fackel, und sie ritten auf den hohen Hügel hinauf, von wo aus sie einen Blick über die weite Grassteppe dahinter hatten. Annev erreichte den Gipfel als Erster, Fyn und Kenton folgten und brachten ihre Pferde neben dem seinen zum Stehen.

Gemeinsam sahen sie zum ersten Mal in ihrem Leben in die Welt außerhalb von Chaenbalu hinaus.

Kapitel 52

Die weiten Ebenen von Daroea erstreckten sich in alle Richtungen, von der untergehenden Sonne kaum mehr erhellt. Auch wenn bereits die Nacht hereinbrach, konnte Annev trotzdem noch die schattenhaften Baumgruppen erkennen, die hier und da über die Landschaft verteilt waren und nach Norden und Süden hin allmählich größer und dichter wurden. Er konnte außerdem vor ihnen die umschatteten Mauern von Banok ausmachen, doch Annevs Blick wanderte nach Westen, fort von ihrem heutigen Ziel und hin zu den angedeuteten Umrissen eines viel größeren Ortes, der vielleicht ein Dutzend Meilen entfernt war.

Nicht einfach irgendein Ort, begriff er. *Eine große Stadt. Die Hauptstadt – Luqura.*

Annev starrte für eine geraume Weile zu den fernen Lichtern hinüber, dann wandte er sich widerstrebend ab. Weiter im Süden wurde das Land hügeliger und bewaldeter, und die einzelnen Gestrüppgruppen und Haine verschmolzen schließlich zu einer dichten Wand aus Bäumen. Eine breite Straße führte von Luqura um den Wald herum und tauchte dann direkt in die Bäume ein. Sie bildete die Grenzlinie, die den Vosgar vom Dichtwald trennte.

Im Norden erstreckten sich weite Ebenen über den Dichtwald und Banok hinaus, bis im Nordosten ein dichter Streifen aus grünem Laub sichtbar wurde. Im Dämmerlicht wirkte dieser neue Wald frühlingsgrün, mit hellen Farbklecksen, bei denen es sich vielleicht um Blumen oder Früchte handeln konnte. Annev kniff blinzelnd die Augen zusammen und fragte sich, ob seine Augen ihm womöglich einen Streich spielten.

Kenton deutete mit dem Kopf auf den Wald. »Das ist der Fruchthag. Meister Keyish sagt, dass es dort spukt: Der Wald steht immer in Blüte, und es hängen immer Früchte an den Ästen.«

Fyn lachte und warf sich seine Filzlocken aus dem Gesicht. »Klingt gar nicht so schlecht.«

»Die Geister sorgen dafür, dass die Bäume ständig voller Obst sind, um so Reisende anzulocken.«

Fyn verdrehte zur Antwort die Augen, während sich Annev in seinem Sattel umwandte, um die Ausmaße des grünen Waldes zu überblicken. »Er scheint beinahe so groß zu sein wie der Dichtwald.«

»Er ist dreimal so groß. Ungefähr halb so groß wie der Vosgar. Man kann es von hier aus nicht sehen, aber er reicht bis nach Paldron hinüber.«

»Und es spukt dort überall?«, warf Fyn in spottendem Tonfall ein.

Kenton zuckte die Achseln. »Folum hat irgendetwas über Druiden gesagt. Doch das tut nichts zur Sache. Wir sind schließlich auf dem Weg nach Banok.«

Annev wandte sich wieder der Stadt einige Meilen vor ihnen zu. »Stimmt«, sagte er, »und das bedeutet, dass wir Licht brauchen – und zwar eines, das sie nicht kommen sehen.« Die Sonne war jetzt ganz untergegangen, und nur ein rötlich rosafarbenes Band war am Horizont verblieben, während oben am Himmel schon die ersten Sterne herauskamen.

Annev hoffte, dass er die richtige Entscheidung traf, als er in seine Satteltaschen griff und die Phönixschnitzerei hervorholte. Er legte die Daumen auf die Feder und die Flamme und schickte sich an, sie zu drehen … dann brach er abrupt ab. Die Jungen musterten ihn neugierig. Statt sie beide dadurch zu überraschen, dass er die Laterne anmachte, warf Annev das Stück Holz Kenton zu.

»Was ist das? Warum gibst du es mir?«

»Es ist ein beleuchtetes Rätselkästchen«, erinnerte sich Annev an Crags Namen für das Artefakt. »Schau, ob du es in Gang bringen kannst.«

Kenton starrte auf das Schnitzwerk und strich mit den Fingern über die zarten Linien. »Das fühlt sich an wie ein …« Er sah zu Annev hinüber, eine einzelne Braue hochgezogen. Annev nickte, neugierig, was Kenton tun würde.

Der dunkelhaarige Avatar schloss die Augen und strich zum zweiten Mal über den Holzblock. Seine Finger wurden langsamer, als sie die Feder in der Flamme erreichten. Er stocherte an dem unsichtbaren Knopf herum, spürte seinen Zweck, wusste aber nicht, wie er ihn betätigen sollte.

»Komm«, sagte Annev und streckte die Hand aus. »Ich zeig dir …«

Kenton drehte das Artefakt, und Licht strömte aus der Phönixlaterne.

»Götter!« Fyn zuckte zusammen und riss fest an seinen Zügeln, was sein Pferd kurz scheuen ließ.

Annev war beeindruckt von Kentons Instinkten. Trotz seines Irrtums neulich, als er den Stab der Heilung nicht erkannt hatte, war Annev in der Identifizierung magischer Artefakte durchaus überdurchschnittlich begabt. Aber das war offenbar noch kein Vergleich zu Kenton; wo Annev talentiert war, war Kenton ein wahres Wunderkind.

»Gut gemacht.«

Der Avatar mit dem Narbengesicht schien Annevs Lob gar nicht gehört zu haben. Er starrte auf den Holzklotz in seinen Händen, und sein helles Leuchten erfüllte ihn mit Ehrfurcht. »Das Ding ist magisch, nicht wahr?« Er sagte es beinahe andächtig.

»Es ist nur Magie, wenn man nicht weiß, wie es funktioniert«, wiederholte Annev, leicht abgewandelt, Crags schlaue Formulierung. »Aber, ja, es ist ein Artefakt.«

Kenton sah ihn beeindruckt an. »Es stammt aus dem Gewölbe der Verdammnis?«

Annev wagte es, ein weiteres Risiko einzugehen. »Nicht direkt«, antwortete er. »Ich habe es gestern auf meinem Einsatz im Dichtwald bekommen. Der Hausierer hat es mir als Bezahlung gegeben.«

Fyn kicherte. »War das, bevor oder nachdem du ihm die Kehle aufgeschlitzt hast?«

Annev blickte Fyn ernst in die Augen. »Vorher.«

Fyns Lachen ging in ein Grunzen über, ein widerstrebendes Zeichen von Respekt. »Nun ja«, murmelte er, »ich sehe immer noch nicht, welchen Nutzen das Ding hat – es ist so hell. Ich dachte, es ginge darum, dass wir nicht gesehen werden.«

Annev nickte. »Kenton, kannst du die Laterne entsprechend einstellen?«

Der Junge öffnete den Mund, um etwas zu erwidern, ließ es dann aber. Statt zu sprechen, umfasste er den oberen und den unteren Rand der Laterne. Ohne jedwede Anleitung drückte er auf die versteckten Knöpfe, drehte an der Laterne und zerstreute erst das gedämpfte Licht, um es dann zu einem dünnen geisterhaften Strahl zu bündeln.

»Huch«, machte Fyn und versuchte zu verbergen, wie beeindruckt er war. »So ist es besser.« Dann runzelte er die Stirn. »Du hast mich weggeschickt, um die Fackeln zu holen, obwohl du das Ding da die ganze Zeit über bei dir gehabt hast.« Es war keine Frage.

»Ja«, bekannte Annev. Er ließ sein Pferd zu Kenton hinübertraben und nahm ihm die Laterne ab. »Wenn die Ältesten sie gesehen hätten, hätten sie sie ins Gewölbe verfrachtet.« Er warf sie Fyn zu, der das Artefakt mit beiden Händen auffing.

»Warum halte ich das Ding jetzt?«, fragte er, sichtlich auf der Hut vor der Magie in seinen Händen.

»Weil wir Licht brauchen, und ich möchte, dass du uns für den Rest des Weges führst.«

»Ist das auch richtig so?«, fragte Fyn und ging weder zustimmend noch ablehnend auf Annevs angedeuteten Befehl ein. Er drehte die Laterne in seinen Händen hin und her und untersuchte sie. »Wie hast du das Licht vorhin verändert?«

Kenton erklärte es ihm, und alle wirkten zufrieden, als Fyn die Laterne erfolgreich aus- und dann wieder andrehte.

»Wenn du sie zu einem Strahl gebündelt lässt«, sagte Annev, »kannst du den Lichtstrahl ein wenig abdecken, sodass das Licht mehr auf den Boden fällt und wir sehen können, wo wir hinreiten, aber zugleich kann niemand anders erkennen, woher das Licht kommt. Das Ganze ist natürlich nicht narrensicher, aber wir sollten auf diese Weise gut vorwärtskommen, ohne schon aus der Ferne bemerkt zu werden.«

Kenton und Fyn sahen einander an, und beide nickten.

»Also schön, Meister Ainnevog«, sagte Fyn, und es lag nur noch ein Hauch von Spott in seiner Stimme. »Ich werde euch führen.«

»Danke«, erwiderte Annev. »In Ordnung, Meister Fyn führt uns. Meister Kenton, wollt Ihr so gut sein und uns Rückendeckung geben?«

Die beiden Jungen sahen einander verwirrt an. »Das ist nicht witzig«, meldete sich Kenton schließlich zu Wort. »Du weißt, dass wir keine Meister sind.«

»Vielleicht nicht in der Akademie«, sagte Annev, »aber wir befinden uns hier außerhalb von Chaenbalu. Hier draußen könnt ihr sein, was immer ihr wollt.«

»Unsinn«, zischte Fyn. »Du kannst genauso gut dein Pferd eine Ente nennen, aber es wird trotzdem nicht fliegen.«

»Stimmt«, räumte Annev ein und griff den Vergleich auf. »Die Änderung eines Namens ändert nichts an der Natur eines

Wesens. Das Gleiche trifft auf uns zu. Wir sind dazu ausgebildet worden, Meisteravatare zu sein, und jeder von uns ist genauso begabt wie die Männer, die diesen Titel für sich beanspruchen, warum also sollte ich euch anders nennen?«

Fyn und Kenton wechselten nun nachdenklichere Blicke.

»Soweit es mich betrifft«, fuhr Annev fort, »bist du der Meister der Waffen«, er zeigte auf Fyn, »und du bist der Meister der Flüche.« Er zeigte auf Kenton. »Die heutige Nacht dient lediglich dazu, diese Wahrheit zu besiegeln, also werde ich euch auch nicht anders nennen – es sei denn, ihr seid der Ansicht, dass ihr mir in keiner Weise ebenbürtig seid.«

Kenton starrte Annev an und strich sich unbewusst über die Narbe auf seinem Gesicht. Gleichermaßen saß Fyn für eine geraume Weile einfach nur schweigend da, bis er zu einem Schluss gekommen zu sein schien.

»Nun gut«, sagte er und drehte die Laterne zu einem dünnen Lichtstrahl, »ich bin immer noch überzeugt, dass du lauter Scheiße laberst … aber ich muss mich wohl allmählich an den Geruch gewöhnen, denn was du gerade gesagt hast, gefällt mir irgendwie.«

Ein schwaches Lächeln hatte sich auf Kentons Gesicht gelegt. »Mir auch.«

Kapitel 53

Eine Meile von den Stadtmauern entfernt machte Fyn die Laterne aus, und sie setzten ihren Weg im Schutz der Dunkelheit fort. Als sie sich dem Ort näherten, hörten sie den Lärm von Regaleusfeiern, einschließlich rauem Gelächter und grölendem Singen … und von der Stadtwache keine Spur.

Fyn brachte sie bis in Rufweite etwaiger patrouillierender Wachen, dann blieb er stehen. Annev hielt sein Pferd neben ihm an und musterte die sechs bis sieben Meter hohe Steinmauer, die die Stadt umgab. Er war sich bewusst, dass seine Gefährten ihn genau beobachteten.

»Meister Kenton, wo wohnt Janak?«

Der Junge streckte die Hand aus. »Seine Läden befinden sich auf der Nordwestseite der Stadt im Goldbezirk, aber sein Zuhause liegt im Rosenviertel, in der Nähe des Osttors.«

»Was meinst du, wie wir vorgehen sollten?«, fragte Fyn.

Annev musterte die beiden anderen Avatare. Unter ihren Reitumhängen trug jeder von ihnen maßgeschneiderte, elastische schwarze Gewänder. »Wir sind für List und Heimlichkeit gekleidet«, begann er langsam und dachte die Sache im Reden durch. »Also werden wir auch mit List und Heimlichkeit vorgehen. Wir lassen die Pferde am Osttor zurück, klettern über die Stadtmauer und bahnen uns einen Weg zu Janaks Burg.« Er hielt einen Moment inne. »Den Rest überlegen wir uns dann.«

Fyn machte sich daran, seine Filzlocken zu einem Knoten auf dem Kopf zu türmen. »Das scheint mir nicht sonderlich gut durchdacht.«

»Nein«, räumte Annev unbefangen ein, »aber wir wissen nicht, was uns erwartet, daher müssen wir das Ganze wie eine Prüfung des Urteils behandeln. Wir müssen flexibel bleiben, sodass wir uns rasch an die Umstände anpassen können. Reingehen, uns den Stab schnappen, dann schnell wieder raus.«

»Was ist mit Duvarek und Janak?«, wollte Kenton wissen.

»Wir werden sie finden«, erklärte Annev, »aber ich würde es vorziehen, zuerst das Artefakt in unseren Besitz zu bringen, bevor wir uns auf die Suche nach Duvarek machen. Auf diese Weise können wir vielleicht den Stab dazu verwenden, ihn von seinem Zwang zu befreien.«

»Wir sollen den Stab benutzen?« Fyn lachte spöttisch. »Tosan würde uns bei lebendigem Leib häuten – und dafür sind wir auch nicht hier. Außerdem hat keiner von uns auch nur den blassesten Schimmer, was den Gebrauch von Magie angeht.«

Annev sah Kenton prüfend an.

»Gut, ich weiß ein klein wenig«, räumte Kenton widerstrebend ein. »Ich meine, ich bin gut darin, Artefakte zu erkennen. Ich habe sogar einmal eines … benutzt.«

»Du hast von Magie Gebrauch gemacht?« Fyn schien hin- und hergerissen und nicht zu wissen, ob er nun beeindruckt oder angewidert sein sollte.

Kenton schnaubte. »Ich bin kein flammender Keokum, Fyn. Es war ein ganz gewöhnliches Artefakt, wie die Laterne, die du in der Hand hältst. Jeder hätte sich seiner bedienen können.«

Der große Junge gab ein unwilliges Brummen von sich und versuchte, nicht allzu einfältig zu wirken. »Also, was hast du damit gemacht?«

»Wir haben gerade bei Dorstal die Erkennung von Artefakten geübt. Er hat eine Tasse hervorgezogen und gesagt, sie sei ein gewöhnliches Artefakt, das sich magisch befüllen lasse.« Er zuckte die Achseln. »Er hat uns herausgefordert, es zu probieren.«

»Und du hast es getan?«

Kenton nickte. »Es war ganz einfach. Ich habe die Tasse in der Hand gehalten, daran gedacht, wie durstig ich gerade war, und die entsprechende Glyphe wiederholt.«

»Oh! Das ist … gar nicht so schlecht. Womit hast du die Tasse befüllt?«

»Mit Honigwein.« Kenton lächelte. »Dorstal hat ihn getrunken.« Alle drei lachten, und Annev fühlte sich von Kentons Eingeständnis ermutigt.

»Wunderbar«, sagte er. »Wenn auch der Stab von gewöhnlichen Menschen benutzt werden kann, können wir ihn vielleicht dazu verwenden, Duvarek zu retten, statt ihn hinzurichten.«

»Moment mal.« Fyn hob die Hand. »Das entspricht nicht unserem Auftrag. Wenn Kenton Duvarek an die Akademie zurückbringt, wird er sich seinen Meistertitel nicht verdienen.«

»Auch wieder wahr«, sagte Annev, »also überlasse ich die Entscheidung Kenton.« Er sah den Jungen an. »Was meinst du: Wenn die Chance besteht, ihm zu helfen, willst du es dann versuchen?«

Kenton runzelte die Stirn. »So einfach ist das nicht. Ich würde Duvarek liebend gern retten – heute Nacht meinen Meisteravatartitel zu bekommen ist nicht so wichtig wie sein Leben –, aber der Zwingstab ist ein dunkler Stab, kein gewöhnliches Artefakt. Um ihn bei Duvarek zur Anwendung bringen zu können, müsste ich über echte Magie verfügen – von der Art, wie man sie nur hat, wenn man einen Pakt mit Keos eingegangen ist.«

Fyn nickte zustimmend, während Annev über die Worte des Avatars entrüstet war. Nicht nur weil er sie als eine persönliche Kränkung empfand, sondern auch weil sie es ihm jetzt unmöglich machten, den Stab zur Rettung Duvareks einzusetzen; denn wenn er es auch nur versuchte, würde man ihn bezichtigen, ein Sohn des Keos zu sein, und damit würde er um der bloßen Chance willen, Duvareks Leben eventuell retten zu können, sein eigenes Leben verwirken. Annev bewunderte seinen ehemaligen

Lehrer als begabten Meisteravatar, aber er würde sich nicht selbst opfern, um den Mann zu retten.

»Dann halten wir uns an den Plan«, verfügte Annev. »Wir richten Duv hin, dann töten wir Janak, weil er den dunklen Stab gebraucht und die Akademie bedroht hat.« Fyn nickte energisch, während Kenton mit offensichtlichem Widerstreben zustimmte.

»Wenn wir Duvarek überwältigen können, ohne uns selbst zu verletzen oder unsere Mission zu gefährden«, überlegte Kenton, »könnten wir ihn auch bewusstlos schlagen und ihn mit uns nach Chaenbalu zurückschleppen. Sobald er den Wirkungskreis des dunklen Stabes verlassen hat, wird dessen Macht über ihn nachlassen und schließlich ganz verschwinden.«

»Ich bin dafür«, stimmte Annev überschwänglich zu und wendete sein Pferd. »Wir haben also unseren Plan. Suchen wir uns jetzt eine Stelle, wo wir die Pferde festmachen können.«

Während er sie an der Mauer entlangführte, kam Fyn leise an seine Seite geritten. »Du willst wirklich versuchen, Duvarek zu retten?«, flüsterte er.

»Natürlich«, antwortete Annev überrascht. »Er ist ein bisschen ungehobelt, aber er hat den Tod nicht verdient – und die Akademie gibt sich bei der Ausbildung ihrer Meisteravatare zu große Mühe, um sich ihrer dann so leicht zu entledigen. Wenn wir ihn nach Chaenbalu zurückbringen könnten, wäre mir das lieber.«

»Und was ist, wenn einer von uns von dem Stab in seinen Bann geschlagen wird?«

»Dann würde ich genau das Gleiche tun. Euch eins über den Schädel ziehen und zusehen, dass ich euch schleunigst von dort wegbekomme.« Er blickte den Jungen von der Seite an. »Warum?«

Fyn zuckte die Achseln. »Ich glaube einfach nicht, dass du das tun würdest. Dass du deine Freunde rettest, meinetwegen, aber bei mir und Kenton ist das eine ganz andere Geschichte. Ich denke mir, dass es für dich viel einfacher wäre, uns zurückzulassen – oder uns zu töten. Es bringt dir nicht wirklich etwas, wenn du uns heil dort rausholst.«

Annev fasste seinen Gefährten ins Auge. Er hatte früher einmal mit dem Gedanken gespielt, sich mit Fyn anzufreunden, aber er hatte alle entsprechenden Versuche längst eingestellt. Vielleicht hatte er ja zu früh aufgegeben.

»Doch, ich würde es tun, weißt du.«

Fyn rümpfte verächtlich die Nase. »Na klar.« Er ritt weiter, aber dann kam Kenton an Annevs Seite getrabt.

»Worum ging es da gerade?«, fragte er.

»Fyn vertraut mir nicht.«

»Überrascht dich das?« Kenton zog die Brauen hoch. »Fyn hatte schon immer Probleme damit, anderen zu vertrauen, und du bist ja wohl auch kaum der vertrauenswürdigste Mensch.«

»Ich?«, wunderte sich Annev. Er fragte sich, ob der Junge ihn vielleicht mit jemand anderem verwechselte. »Du bist doch derjenige, der beim Schwimmwettbewerb seine Freunde verraten hat – und dann hast du angefangen, dich mit Fyn zusammenzutun, um uns daran zu hindern, unsere Titel zu bekommen.«

»Habe ich je gesagt, wir seien Freunde?«, fragte Kenton mit ausdrucksloser Miene. »Ich kann mich nicht erinnern, mal ein solches Gespräch geführt zu haben.« Es lag so wenig Gefühl in seiner Stimme, dass Annev überlegte, ob der Junge womöglich nur scherzte. Bevor er jedoch nachhaken konnte, zuckte Kenton die Achseln und fügte hinzu: »Wir haben wohl alle unsere Gründe, einander zu hassen, aber wir können trotzdem zusammenarbeiten. Und darauf kommt es an.«

Annev nickte. Er spürte, dass Kenton das Thema damit auf sich beruhen lassen wollte, war jedoch nicht bereit, so schnell lockerzulassen. »Also, dann sag schon, warum hasst du mich?«

Kenton musterte ihn. Sein Gesicht war eine undurchdringliche Maske. »Erinnerst du dich an das Jahr, in dem ich meine Narbe bekommen habe?«

Annev nickte bedächtig und begriff, dass es demnach keine Verletzung oder Kränkung aus jüngerer Zeit war, was ihm Kenton offenbar so übelnahm. »Ja, das war vor drei Jahren, noch bevor Titus zu uns gekommen ist und wir mit den Prüfungen für unsere Avatartitel begonnen haben.« Es war außerdem das Jahr gewesen, als er sich gerade eng mit Therin befreundet hatte, und ungefähr um diese Zeit hatte Myjun begonnen, sich für Annev zu interessieren.

Kenton nickte. »In diesem Jahr habe ich mit meinem Privatunterricht bei Meister Duvarek angefangen – ich und noch ein Schüler.«

»Ja«, sagte Annev. »Ich weiß noch, wie eifersüchtig ich gewesen bin, als ich es herausgefunden habe.«

»Eifersüchtig?«

Annev nickte. »Duvarek war mein Idol. Er durfte die Akademie häufiger verlassen als irgendjemand sonst, er hat Dinge gesehen und ist an Orten gewesen, von denen ich nur träumen kann, und die Bilanz seiner Einsätze zur Beschaffung von Artefakten ist ohne jeden Makel.«

»*War* ohne jeden Makel«, korrigierte Kenton.

»Richtig«, räumte Annev ein, »aber wenn wir ihn zusammen mit dem Stab an die Akademie zurückbringen, wird es so sein, als hätte er nie versagt.«

»Vielleicht«, meinte Kenton. »Ich hab gar nicht gewusst, dass du Duvarek so gemocht hast. Die Leute machen ihm das Leben schwer und setzen ihm zu, weil er trinkt und ein Eigenbrötler ist, doch es hat seinen Grund, dass die Akademie ihm die meisten Einsätze zuweist. Er ist ein besserer Kämpfer als Edra, aber er gibt nicht gern mit seinem Können an, und er hat nicht die Geduld zu versuchen, irgendwelchen Kindern etwas beizubringen, die nicht zuhören. Deshalb lassen sie ihn im Wechsel auch welche von den Weismädchen unterrichten.«

Annev nickte. Er sah keinen Grund, Kentons Worte in Zweifel zu ziehen. »Er hatte tatsächlich noch einen besseren Ruf, bevor …«

»Bevor ich mir meine Narben zugezogen habe?«, führte Kenton den Satz zu Ende. Annev nickte, und der Junge schnaubte angewidert. »Duvarek war kein nachlässiger Lehrer. Als ich verletzt worden bin, haben wir nicht einmal trainiert.«

»Aber du bist in seinem Unterricht verletzt worden. Das stimmt doch, oder?«

»Hast du nicht zugehört, was ich eben gesagt habe?«

»Also, was ist wirklich passiert?«

Kenton warf ihm einen finsteren Blick zu, und ein entschlossener Ausdruck lag in seinen Augen. »Das ist allein meine Angelegenheit, also hör auf, danach zu fragen.« Er schüttelte den Kopf. »Außerdem geht es hier gar nicht darum. Ich hab ja gesagt, dass Duvarek auch Weismädchen unterrichtet hat, und als er mir Privatstunden gegeben hat, hat er sich einverstanden erklärt, einen Akolythen und eine Weisschülerin zu trainieren. Ältester Winsor hat mich ausgewählt, und Weismeisterin Kiara hat sich für Myjun entschieden.«

»Myjun?« Annev spürte, wie ihm die Zunge im Mund schwer wie Blei wurde. »Das wusste ich nicht … sie hat es mir nie erzählt.«

»Überrascht mich nicht weiter«, entgegnete Kenton mit eisiger Stimme. »Sie hat wahrscheinlich kein einziges Wort über mich verloren.« Annev schüttelte den Kopf, zu verblüfft, um zu sprechen. »Das dachte ich mir. Sie hat nur sechs Monate mit uns trainiert … und dann ist sie nicht mehr gekommen.«

»Sie ist nie wiedergekommen?«

»Nein … nicht nachdem ich mir meine Narbe zugezogen hatte.«

Nicht nachdem er sich seine Narbe zugezogen hatte? Annev überschlug, wann seine eigene Beziehung zu Myjun Gestalt anzunehmen begonnen hatte, und erkannte, dass es zeitlich passte. Sein Magen verknotete sich, und plötzlich musste er feststellen, dass er Kenton nicht mehr in die Augen sehen konnte.

»Hast du sie …?«, fragte Annev und bemühte sich angestrengt, seine Gedanken in Worte zu fassen. »Ich meine, hat sie dich …?«

»Sie hat.« Kentons Stimme war kaum mehr als ein Flüstern. »Und ich tue es noch immer.«

Sie ritten schweigend weiter, ein jeder den Blick auf das hüpfende Licht von Fyns abgedunkelter Laterne gerichtet.

»Du meinst, sie ist nicht mehr gekommen, weil du verletzt worden bist.«

»Wegen meiner Narbe«, sagte Kenton, und seine Stimme war leise, finster und brütend. »Die Narbe hat sie angeekelt und abgestoßen. Ich glaube nicht, dass sie mich seither je wieder angesehen hat.«

Der Knoten in Annevs Magen zog sich noch fester. Alles, was er hinsichtlich Myjuns befürchtet und sich nicht hatte eingestehen wollen, schien sich hier zu bestätigen: Wenn sie Kenton wegen einer Narbe gemieden hatte, wie würde es dann wohl Annev ergehen, sobald sie entdeckte, dass ihm ein Arm fehlte?

Sie darf es nicht erfahren, begriff er – das war die einzige Möglichkeit: Sie durfte es einfach niemals herausbekommen.

»Du bist damals erst vierzehn gewesen«, ergriff Annev wieder das Wort und strengte sich an, seine Gefühle unter Kontrolle zu bekommen, »und du hast gesagt, Myjun habe den Unterricht nur sechs Monate lang besucht. Ihr könnt euch in dieser Zeit doch unmöglich so nahegekommen sein, oder?«

Er fügte nichts mehr hinzu, aber die Frage hing unausgesprochen in der Luft. Annev wartete auf eine Antwort, und als er keine bekam, wagte er es, zu seinem Gefährten hinüberzuschauen.

Kentons Blick bohrte sich förmlich in ihn hinein. »Hast du eigentlich gewusst, dass die Weisfrauen Kräuter benutzen, um nicht schwanger zu werden?«

Annev zuckte zusammen und zog instinktiv an den Zügeln. Sein Pferd wurde langsamer, und Kenton ritt an ihm vorbei.

»Wie gesagt«, hauchte Kenton, »wir haben alle unsere Gründe, einander zu hassen.« Und bevor Annev etwas erwidern konnte, gab der dunkelhaarige Avatar seinem Pferd die Sporen, um zu Fyn aufzuschließen.

Kapitel 54

Sie zügelten ihre Pferde an einer alleinstehenden, knorrigen Eiche, die, von einem Gesträuch aus Farnmyrte umgeben, in den Schatten der Stadtmauer stand. Keine fünfhundert Meter vor ihnen konnte Annev das geschlossene Osttor ausmachen. Er gab seinen Begleitern ein Zeichen, und alle drei stiegen ab, banden ihre Pferde fest und überprüften schweigend ihre Ausrüstung.

Während Kenton seinen Umhang abstreifte und sich sein Langschwert auf den Rücken band, zog Annev sein Kurzschwert und sein Beil hervor. Er gürtete sich beide Waffen um die Hüfte und mied dabei jeden Blickkontakt mit Kenton. Stattdessen schaute er zu Fyn hinüber und sah, dass der Meister der Waffen gut vorbereitet war: An den Unterarmen trug er Metallschienen, in denen Wurfmesser verborgen waren, eine doppelt gewickelte Würgeschlinge und zwei Beutel hingen gut befestigt an seinem Gürtel, und er hatte sich zwei große Streitkolben auf den Rücken gebunden. Annev schüttelte den Kopf, als Fyn auch ein Paar mit Stacheln besetzte Ellbogenpolster sowie Lederhandschuhe anlegte.

»Ich hatte gedacht, wir hätten uns darauf geeinigt, heimlich und verstohlen zu Werke zu gehen?«

Fyn befestigte die Phönixlaterne an seinem Gürtel. »Ich trainiere jeden Tag. Ich kann mit diesen Sachen genauso unauffällig und verstohlen sein wie ohne.«

Annev bezweifelte das stark, beschloss jedoch, seine Gedanken für sich zu behalten. Es lag bereits zu viel Anspannung in der Luft, und er wollte nicht, dass daraus handfeste Zwistigkeiten wurden. »Na schön. Aber wenn wir mit allem fertig sind, will ich meine Laterne zurückhaben.«

»Klar«, erwiderte Fyn und tätschelte den Holzblock. »Wenn die Sache unter deiner Aufsicht in die Hose geht, werde ich sie allerdings Tosan aushändigen, damit ich meine Befähigungsprüfung trotzdem noch bestehen kann.«

»Na großartig«, sagte Annev, obwohl ihm mehr danach zumute war, seinen Begleiter zu erwürgen. *Sie hassen mich beide … und wenn ich ehrlich bin, mag ich sie auch nicht besonders.* Er schüttelte den Kopf, überlegte, dass es eigentlich ein Wunder war, dass sie überhaupt so weit gekommen waren, und fragte sich, ob er seinen kleinen Trupp wohl lange genug würde zusammenhalten können, um ihren Auftrag zu erfüllen. Sie liefen beide zu Kenton hinüber, der am Fuß der Stadtmauer stand und mit zusammengekniffenen Augen ihre Steinblöcke begutachtete.

»Was gibt's?«, fragte Annev beklommen.

»Diese Steine hier – sie sind nicht bündig. Welchen Sinn hat es, eine Mauer zu bauen, wenn man die Steine etwa anderthalb Zentimeter versetzt anordnet?« Er schüttelte angewidert den Kopf.

Fyn schaute die Mauer hinauf. »Sie ist also praktisch eine Treppe. Sieht leichter aus als die Kletterwand an der Akademie.«

Annev nickte, auch wenn er immer noch nervös war. Von dieser Seite der Mauer her wirkten die Laute der Regaleusfeiern in der Stadt fern und gedämpft. Er wischte sich seine verschwitzten Handflächen an seiner schwarzen Hose ab und griff mit den Fingerspitzen zwischen die versetzten Steine. Aus dem Augenwinkel sah er die beiden anderen Jungen das Gleiche tun. Wortlos klemmten sie alle drei ihre mit weichen Sohlen versehenen Lederstiefel in die gemörtelten Mauerritzen und stemmten sich hoch.

Annev erreichte die Mauerkrone in weniger als einer Minute, ein schwarzer Schatten, der sich über die niedrige Brustwehr schob und mit der Dunkelheit neben Kenton verschmolz. Fyn schaffte den Aufstieg getreu seinen Worten, ohne dass irgendeine seiner Waffen klirrte, und wenige Sekunden später ließ auch er sich neben Annev und Kenton zu Boden fallen. Sie kauerten sich in die Schatten und standen dann langsam auf, um ihre Blicke auf die fremde Stadt zu richten, die sich vor ihnen erstreckte.

Von oben war Banok eine Stadt der geneigten Dächer, die sich so dicht aneinanderschmiegten, dass die Gassen darunter förmlich wie Tunnel wirkten. Die Anlage der Stadt unterschied sich beträchtlich vom ringförmigen Aufbau Chaenbalus aus konzentrischen Kreisen, die von zwei Querstraßen durchschnitten wurden. Banok dagegen bestand aus mehreren Dutzend Straßen und Gassen, die alle kreuz und quer liefen und gemeinsam ein verwirrendes Labyrinth aus Winkeln und Sackgassen bildeten. Einige dieser Straßen waren breit genug, um Durchgangsstraßen zu sein, andere so eng, dass sie kaum zu sehen waren.

Während die Gebäude größtenteils einstöckig waren, erhoben sich einige Häuser auch zwei Stockwerke hoch, und eine Handvoll war noch höher. Das bei Weitem größte war teils Palast, teils Burg und fast so groß wie die Akademie, jedoch erheblich weniger einschüchternd, da die finster-graue Architektur der Akademie hier fehlte. Die riesige Sandsteinfestung war ein gutes Stück von der Stadtmitte entfernt, die das Zentrum der Regaleusfeiern zu bilden schien: Die meisten Bürger Banoks hatte sich hier um riesige Feuer versammelt und tranken, lachten und musizierten. Am Rand der Feierlichkeiten waren auch einige Männer in Uniformen zu sehen – die Stadtwache, vermutete Annev.

»Ist das sein Zuhause?«, fragte er und zeigte auf die Sandsteinfestung.

»Passt jedenfalls auf Meister Keyishs Beschreibung. Er sagt, Janak habe Tag und Nacht an allen Eingängen Wachen postiert und lasse sie auch über die meisten Flure patrouillieren.«

Fyn zuckte die Achseln. »Kein Problem. Dafür habe ich schließlich das hier.« Er tätschelte liebevoll seine Würgeschlinge.

»Bist du wirklich so begierig darauf, jemanden zu töten?«, fragte Annev, über Fyns unbekümmertes Auftreten ein wenig beunruhigt. »Es ist nicht so einfach, jemanden das Leben zu nehmen.«

»Vielleicht ist es schwer, wenn man die Hälfte seines Lebens damit zugebracht hat, sich zum Priester ausbilden zu lassen«, entgegnete Fyn. »Aber bei mir ist das anders – ich bin für so etwas geschaffen worden.«

Annev ließ das unkommentiert. »Schön und gut, aber als Erstes sollten wir trotzdem auf List und Heimlichkeit setzen. Wenn eine Wache verschwindet, wird das rasch jemand merken, und wir wollen nicht, dass irgendjemand uns nachspürt, vor allem nicht, solange wir noch dabei sind, den Palast zu erkunden. Lieber rein- und rausschleichen, ohne irgendwen auf uns aufmerksam zu machen.« Fyn verschränkte die Arme vor der Brust, erhob aber keine Einwände. »Meister Kenton, welchen Weg wollen wir nehmen?«

»Wir gehen direkt über die Dächer«, erklärte der Junge. »So sind wir weg vom Licht der Feuer und halten außerdem Abstand vom Tor und jedweden Wachposten.«

»Sehr gut. Fyn, du hast die Laterne. Willst du auch weiterhin die Spitze übernehmen?«

Fyn schnaubte nur. Statt einer Antwort wirbelte er herum, sprang rückwärts von der Mauer, umfasste im Fallen das Mauersims und stieß sich mit Händen und Füßen ab. Er schlug einen Salto in die Dunkelheit und landete fast lautlos auf dem Dach des nächsten Gebäudes.

»Folgt mir, wenn ihr könnt.«

Was sie auch taten. Als sie zu Fyn aufschlossen, rannte der Avatar los, um sein nächstes Ziel anzusteuern: eine Gruppe zweigeschossiger Gebäude, an die eine schmale Gasse angrenzte. Sie traf in einem spitzen Winkel auf die Straße unter ihnen, und

Annev sah zu, wie Fyn über den Zwischenraum sprang, die Kante eines vorstehenden Balkons zu fassen bekam und sich von dort auf ein Fenstersims im zweiten Stock schwang.

Kenton wollte sich von Fyn nicht ausstechen lassen, und so lief er zu der gleichen Gebäudegruppe, aber statt nach dem Balkon zu greifen, warf er sich gegen das Haus auf der anderen Seite und stieß sich von dessen Mauer ab, bevor die Schwerkraft seiner Herr werden konnte. Der Avatar mit dem rabenschwarzen Haar flog in Fyns Richtung und fiel neben ihn auf den Zielbalkon, wobei er einen knappen Meter höher landete als sein Rivale.

Annev verdrehte die Augen, während sich zugleich ein leises Lächeln über seine Züge legte. Sie zogen beide einfach ihre Schau ab, dennoch konnte er es sich nicht leisten, vor seinen Gefährten das Gesicht zu verlieren. Und auch wenn es ihm widerstrebte, es vor sich selbst zuzugeben: Er hatte seinen Spaß an der Sache. Er brauchte Kenton und Fyn nicht zu hüten und zu umsorgen, so wie er sich um Titus und Therin hatte kümmern müssen, und es war für ihn ein befreiendes Gefühl, alles aus sich herausholen zu können, ohne sich zugleich um die Fähigkeiten seiner Gefährten sorgen zu müssen. Er musterte den Zwischenraum zwischen den beiden Gebäuden und wusste, was er zu tun hatte. Er nahm Anlauf und sprang, schlug die gleiche Richtung ein wie zuvor Kenton, statt aber auf den Balkon zu kullern, richtete er seinen Sprung so aus, dass er mit einem Fuß auf dem Balkongeländer landete und von dort aus direkt auf das Dach hechten konnte. Die anderen Jungen erreichten das Dach erst einen Moment später, aber bevor Fyn eine dritte akrobatische Leistung in Angriff nehmen konnte, hob Annev bedauernd die Hand, um ihn zu bremsen.

»Wir sollten wieder tiefer nach unten gehen. Der Weg in die Höhe bringt uns Janaks Palast nicht näher, und unsere Mätzchen dürften mit der Zeit allzu viel Aufmerksamkeit auf uns lenken.«

Diesmal war Fyn derjenige, der die Augen verdrehte. Doch

ansonsten erhob er keine Einwände, und einige Minuten später waren sie zurück auf den Dächern der einstöckigen Gebäude und näherten sich zügig, aber viel unauffälliger Janaks Palast. Durch stillschweigende Übereinkunft gab es nun keinen speziellen Führer der Gruppe mehr, und jeder leistete seinen Beitrag, ihnen einen Weg über die dicht zusammengedrängten Gebäude, herabhängenden Dachrinnen und verschlungenen Gassen von Banok hinweg zu bahnen. Sobald sie einmal einen passenden, gleichmäßigen Rhythmus gefunden hatten, glichen sie mehr einer dunklen Schar von Schatten, die über eine Pflasterstraße glitten, als drei von Dach zu Dach springenden jungen Dieben. Graue Wolken schoben sich über die Sichel des abnehmenden Mondes und verstärkten diesen Eindruck noch, und der flackernde Schein der festlichen Feuer unter ihnen war alles, was ihre Silhouetten in die Nacht zeichnete.

Eine Viertelstunde später hatte Annev das Ende der Reihe von Gebäuden erreicht, die zu Janaks Festung führte. Zwischen dem Haus, auf dem er stand, und dem Palast des Kaufmanns lag nur noch eine breite Straße. Annev blickte hinunter und schätzte die Entfernung zwischen ihm und dem Dach über dem ersten Stock der Festung ab: Es waren fast zehn Meter. Selbst wenn er viel Anlauf nahm, konnte er diesen Zwischenraum unmöglich überwinden. Sie würden auf den Boden hinunterklettern und sich von dort aus einen Weg suchen müssen.

Kenton und Fyn kamen leise neben Annev zum Stehen und nahmen das Gebäude in Augenschein.

»Zu weit, um zu springen«, entschied Kenton, aber noch während er sprach, rannte Fyn los, nahm so viel Anlauf wie möglich und machte einen gewaltigen Satz von der Dachkante des Gebäudes in die Tiefe. Er schaffte es nicht bis auf das Dach von Janaks Gebäude, aber er flog über die ganze Straße hinüber – eine Distanz von fast sieben Metern – und landete lautlos in den umschatteten Nischen der Umfassungsmauer.

Kenton und Annev sahen einander an, und sie zuckten beide gleichzeitig die Achseln. Der wortkarge Avatar folgte Fyn, nahm Anlauf und setzte zum Sprung an. Im gleichen Moment öffnete sich die Tür unter ihnen.

Kenton kam schlitternd zum Stehen und löste dabei eine Handvoll Tonziegel aus ihrer Verankerung, die sogleich in die Tiefe zu rutschen begannen. Kenton ließ sich fallen und abrollen, streckte die Hand aus und bekam die rutschenden Ziegel gerade noch zu fassen, als sie bereits im Begriff waren, über die Dachkante in die Tiefe zu stürzen.

»Hast du das gehört, Nedders?«, wurde unten eine Frauenstimme laut.

»Ja, hab ich«, antwortete eine schroffe Männerstimme.

Annev erstarrte in den Schatten, während sich Kenton alle Mühe gab, sich nicht gegen das Dach abzuheben.

»Klang so wie …«, fuhr der Mann mit schwerfälligem Zungenschlag fort. »Wie eine Gans.«

»Eine Gans?«, fragte die Frau. »Wie sollte denn je eine … Autsch! Oh, du Schlingel!«

»War ich nich«, protestierte ihr Gegenüber. »War die Gans.«

»Ach ja?«, sagte die Frau in neckendem Tonfall. »Es hat sich nämlich mehr so angefühlt, als wolle mir da jemand an die … Autsch!«

»Schön was dran an der Gans!« Der Mann lachte und gab ihr noch einen weiteren Klaps.

Das Paar schlenderte auf die Straße hinaus. Die Arme einander um die Hüfte gelegt, steuerten sie das nächste Festfeuer an. Während sie gingen, wanderte die Hand des Mannes immer wieder zum Hinterteil der Frau. Sie kreischte jedes Mal auf, um dann in Gelächter auszubrechen. Offensichtlich genoss sie das Spiel.

Als sich das Pärchen immer weiter entfernte, schlüpfte Annev zu Kenton an die Dachkante vor, um ihm dabei zu helfen, die losen Ziegel wieder festzumachen. Er schaute noch einmal zu dem Paar und bemerkte, dass der Mann leicht humpelte und seinen linken Fuß bevorzugte. Annev begutachtete das Bein des Burschen mit zusammengekniffenen Augen und sah, dass der Mann – Nedders – anstelle eines Stiefels oder Schuhs ein Holzbein hatte.

Annev klappte der Mund sperrangelweit auf, und die Ziegel waren vergessen. *Er ist ein Krüppel! Und er spaziert hier vor aller Augen auf offener Straße herum … mit einer Frau an seiner Seite.* Er war sprachlos und sah Kenton mit dem gleichen Blick unverhohlener Verwirrung an wie dieser ihn. Annev rieb sich unwillkürlich seine Linke unter ihrem Handschuh, und im gleichen Moment fuhr sich auch der Junge mit dem zerzausten Haar über die fleckige Narbe, die sich über seine linke Gesichtshälfte zog.

Als das Paar um die Ecke bog und aus ihrem Gesichtsfeld verschwand, blickte Kenton auf und sah, dass Annevs Blick auf ihm ruhte. Seine Züge verhärteten sich, und Kenton riss eilig die Hand von der Wange. Dann ließ er sich rasch von der Dachkante herab und sprang außer Sicht.

Seufzend sah Annev zu, wie sein narbiger Gefährte über die Straße rannte, um sich Fyn anzuschließen. Früher hatte er sich gewünscht, Kenton seiner Entstellung wegen offen bedauern zu können – er hatte sogar echtes Mitleid mit dem Jungen gehabt –, aber jetzt, da er wusste, dass Kentons Verletzung indirekt die Ursache dafür war, dass Annev und Myjun zueinandergefunden hatten, und nachdem Kenton auch noch angedeutet hatte, dass die beiden sich sehr nahegekommen waren, erfüllte Annev ein kleinliches Gefühl von Gereiztheit.

Trotzdem konnte er nicht umhin, sich zu fragen, wie anders sich ihrer beider Leben hier wohl gestalten würde – in einer Stadt, in der man seine Entstellungen offen zur Schau stellen konnte, ohne gemieden, misshandelt oder ermordet zu werden. An einem solchen Ort hätte Annev vermutlich ein ganz normales Leben führen können … aber andererseits wäre Myjun an einem solchen Ort womöglich bei Kenton geblieben. Der Gedanke schmerzte, als hätte ihm jemand ein Messer in den Leib gerammt, und er schämte sich, vor sich zuzugeben, dass er in diesem speziellen Fall durchaus dankbar für die in Chaenbalu herrschenden Vorurteile war.

Statt wieder aufzustehen, entschied sich Annev, die Beine über die Kante des vier Meter hohen Gebäudes zu strecken, um sich dann an den Armen vom Dach herabbaumeln zu lassen. Als er sich umdrehte, um seinen Oberkörper über den Dachrand zu schieben, schaute er auf und sah die schwarzen Umrisse eines großen Mannes in flatternden Gewändern über die Dächer huschen.

Erschrocken verlor Annev den Halt und stürzte in die Tiefe. Er landete flach auf dem Rücken, Arme und Beine von sich gestreckt, und rang nach Atem, weil ihm der Aufprall alle Luft genommen hatte. Nach einer Weile schaffte er es, sich hochzurappeln und über die Straße hinüber zu Janaks Palast zu rennen. Als er die dunkle Mauernische erreichte, wo seine Gefährten warteten, wirbelte Annev herum und suchte auf den Dächern nach der dunklen Gestalt, die hinter ihnen her gewesen war. Er stand vollkommen reglos da und zählte die verstreichenden Sekunden, sah jedoch nichts.

Nach fast einer Minute begannen Fyn und Kenton Blicke zu wechseln.

»Alles in Ordnung bei dir, Annev?«, fragte Kenton. »Das war ein recht heftiger Sturz.«

»Mit mir ist alles bestens«, antwortete Annev, den Blick weiterhin auf die Dächer geheftet. »Es ist nur … ich dachte, ich hätte etwas gesehen.«

»Was denn?«

Annev erinnerte sich. *Ein Mann … der den Mantel des Todes trägt.*

Er schüttelte den Kopf. »Ich habe gedacht, da sei jemand gewesen, aber da war nichts. Offenbar nur eine Sinnestäuschung.«

Fyn runzelte die Stirn, und sein Blick glitt über die Finsternis über den Dächern hinweg. »Falls da jemand gewesen ist, so ist er jetzt jedenfalls weg.« Er fasste wieder Annev ins Auge. »Bist du bereit?«

Annev warf einen langen, letzten Blick in die Nacht hinaus, dann nickte er.

Kenton trat an Janaks Palastmauer und zeigte nach oben. »Sein Arbeitszimmer befindet sich im zweiten Stock, und das Fenster ist nicht sonderlich gesichert.«

»Ist der Stab dort oben?«

Kenton zuckte die Achseln. »Normalerweise wäre er in der Schatzkammer im Keller, aber Keyish war der Ansicht, dass Janak ihn wohl von dort wegbringen würde – um ihn besser im Auge behalten zu können. Sein Arbeitszimmer scheint der dafür wahrscheinlichste Ort zu sein, da er dort auch seine anderen Lieblingsartefakte ausstellt – und einen Haufen Besitztümer, die für ihn mehr von sentimentalem Wert sind.«

Annev runzelte die Stirn. »Wenn wir im zweiten Stock anfangen und das Artefakt sich dennoch im Keller befindet, müssen wir drei Stockwerke durchqueren, nur um in die Schatzkammer zu gelangen.«

»Vier, wenn man den Keller mitzählt«, sagte Kenton munter, »doch weiter unten sind die Sicherheitsvorkehrungen stärker, und wenn wir unten anfangen, aber das Artefakt nicht dort ist, müssen wir mehrere Stockwerke hinauf, um es zu finden. Außerdem dürfte es einfacher sein, zuerst im Arbeitszimmer zu suchen, da nur eine Handvoll der Gegenstände dort magischer Natur sind. Wenn wir im Keller anfangen, müssen wir uns durch eine Menge Sachen durcharbeiten.«

»Ich bin ganz deiner Meinung. Wir sollten im zweiten Stockwerk anfangen … aber Janak ist klug. Wenn er uns erwartet, wird er es uns nicht gerade leicht machen, den Stab zu finden.«

»Meinst du wirklich, er erwartet uns?«, fragte Fyn und sah sich um. »Mir scheint, die meisten Leute nehmen sich den Regaleusabend frei und feiern – selbst die Stadtwache scheint die Sache zunehmend entspannt anzugehen. Er könnte darauf gesetzt haben, dass wir warten, bis die Feiern zu Ende sind.«

»Wie meinst du das?«

»So wie ich es gesagt habe.« Fyn zuckte die Achseln. »Ich meine, würdest du deine gesamte Wachmannschaft zwingen, Regaleus zu verpassen, nur auf die reichlich unwahrscheinliche Möglichkeit hin, dass zwei Nächte hintereinander irgendwelche Diebe in dein Haus einbrechen?«

»Er hat da nicht ganz unrecht«, pflichtete ihm Kenton bei.

Annev war froh, dass Fyn offen seine Meinung geäußert hatte. »Also dürfte das Haus heute Abend wohl nicht sonderlich stark bewacht sein. Wenn aber nur wenige Wachen vor Ort sind, wird Janak den Stab vermutlich bei sich tragen.«

»Also sollten wir im Arbeitszimmer anfangen.« Kenton strich mit den Fingern über die Fugen zwischen den gut mit Mörtel verputzten Steinen und fand einen Halt für seine Hand, wo auf den ersten Blick keiner zu sein schien.

Annev trat an die Mauer heran. »Das scheint mir am vielversprechendsten zu sein.«

»Ja, großartig«, sagte Fyn, klatschte in die Hände und rieb sich voller Tatendrang die Finger. »Klettern wir los.« Er legte die Hände auf die Umrisse eines der massiven Steinblöcke, die die Fundamente von Janaks Palast bildeten, und begann nach oben zu steigen, was nicht ganz ohne Mühe vonstattenging. Die beiden anderen Jungen folgten ihm.

Drei Straßen weiter wurden die Regaleusfeiern ungestört fortgesetzt. Während die Menschen tanzten, flackerte das helle Licht des Feuers und warf lange Schatten und verbarg so die Bewegungen einer dunklen Gestalt in flatternden Gewändern.

Kapitel 55

Kenton steckte sein Glasschneidewerkzeug wieder in seinen Gürtel zurück und drückte vorsichtig auf die Ränder des geschnittenen Glases. Er zog an der Verdickung, wo er das Glas mit Teer beschmiert hatte, und ein kleines Stück löste sich aus dem Fenster.

»Ah«, sagte der Avatar mit der Gesichtsnarbe. »Das ist ja noch einfacher als im Übungskurs.«

»Konzentrier dich auf deine Arbeit«, flüsterte Annev.

Kenton quittierte den Tadel mit einem knappen Schnauben und griff durch das Glas, sorgfältig darauf bedacht, den schweren Samtvorhang dahinter nicht zu bewegen, dann öffnete er den Riegel, mit dem die hohen Balkontüren verschlossen gehalten wurden.

»Janaks Arbeitszimmer nimmt den größten Teil dieses Stockwerks ein«, flüsterte er und zog Stück für Stück die Tür auf, die sich zum Balkon hin öffnete. »Der Flur hinter diesem Vorhang sollte außen herum zum Arbeitszimmer führen. Wenn Janak hier oben ist, könnte es vielleicht Wachen geben, die über die Flure und in den Treppenhäusern patrouillieren.« Er machte eine kurze Pause, um dann fortzufahren: »Es könnte auch ein Wachraum im Stockwerk über uns sein.«

Annev und Fyn sahen einander mit hochgezogenen Augenbrauen an, dann richteten sie den Blick wieder auf Kenton.

»Im Erdgeschoss befindet sich definitiv ein Wachraum«, fuhr Kenton im Tonfall der Rechtfertigung fort, »also ist der Weg, den wir gewählt haben, immer noch der sicherere.« Er sah Annev an. »Wer geht als Erster?«

Annev schaute zu Fyn hinüber. »Hast du Lust, einen Wachmann unschädlich zu machen?«

Fyn grinste. »Ich hatte schon geglaubt, du würdest nie fragen.«

Annev und Kenton traten aus dem Weg, und der Meister der Waffen trottete über den Balkon zu der offenen Glastür. Am Samtvorhang blieb er stehen, holte tief Luft und schob drei Finger hinter den herabhängenden Stoff. Zwei Sekunden später zog er den Vorhang zurück und schlüpfte hinein.

Annev und Kenton warteten in angespanntem Schweigen auf dem halbrunden Balkon und richteten den Blick abwechselnd auf das ferne Freudenfeuer, die dunklen Dächer der unteren Terrassen und die schweren Samtvorhänge.

»Hast du wirklich mit Myjun geschlafen?«

Die Frage war Annev von den Lippen gerutscht, bevor er klug genug gewesen war, sie sich zu verkneifen. Kenton drehte sich um, und Annev kam sich doppelt dumm vor, weil er es ausgerechnet in dem Moment gefragt hatte, als sie im Begriff standen, in Janaks Festung einzudringen. Es gab nichts, was er tun konnte, wenn Kenton jetzt Ja sagte – Annev hatte nicht vor, den Jungen vom Dach zu stoßen, selbst wenn er es wollte –, was bedeutete, dass er ein ungemütliches Gespräch in einem Augenblick erzwang, wo sie, um zu überleben, womöglich darauf angewiesen waren, sich aufeinander verlassen zu können. Annev war zutiefst erleichtert, als ihm Kenton in die Augen sah und den Kopf schüttelte.

»Ich wollte dir nur eins auswischen und dir wehtun. Wir haben einander gemocht – wir haben uns sogar geküsst … und noch ein klein wenig mehr als das –, aber dann habe ich mir diese Verletzung zugezogen.«

Annev nickte, dankbar, dass Kenton die Wahrheit sagte. »Das tut mir leid«, sagte er und meinte es auch ehrlich, größtenteils jedenfalls.

»Sicher«, erwiderte Kenton. Sein Blick wanderte zum Vorhang zurück, und im gleichen Moment kam Fyns Kopf dahinter zum Vorschein.

»Die Luft ist rein«, flüsterte er und verschwand dann wieder nach innen.

Annev erwartete, dass Kenton nun zur Tür gehen würde, aber der Avatar rührte sich nicht von der Stelle. Stattdessen hielt er den Blick starr auf die Steinfliesen unter ihren Füßen gerichtet.

»Es tut mir leid, dass ich dich wegen Myjun aufgezogen habe – und dass ich mich mit Fyn zusammengetan habe, sobald ich erst mal meinen Titel hatte.« Er blickte auf. »Nimmst du es mir übel?«

Annev zuckte die Achseln. »Wir sind jetzt beide mit ihm in derselben Gruppe.«

Ein seltsames Lächeln umspielte Kentons Mundwinkel. »Tja, das sind wir wohl.« Er rieb sich über das eine Ende seiner Narbe, ganz in der Nähe seines Auges. »Also alles klar zwischen uns?«

»Alles bestens.«

Sie traten zusammen zum Vorhang, Kenton zog ihn zurück, und sie gingen hinein auf den schwach beleuchteten Flur.

Fyn war einige Schritte entfernt, die Phönixlaterne in der rechten Hand. Ihr schmaler Strahl beleuchtete die bunten Plüschteppiche. Annevs Blick flog über die verschlungenen Muster, die in die nicht minder farbenprächtigen Wandbehänge eingewoben waren, fasziniert von den kräftigen Farbtönen in Rot, Dunkelblau und leuchtendem Gelb. Er brauchte einen Moment, um den Toten wahrzunehmen, der mit ausgestreckten Gliedern am Rand des Lichtkegels lag.

Wie die nüchtern gebliebenen Wachen, die sie draußen an den Feuern gesehen hatten, trug auch dieser Mann eine schwarze Uniform mit blauem Besatz. Sein Kopf war nach hinten verdreht, und Blut sickerte aus den beiden dunkelroten Linien um seine Kehle.

Annev fluchte leise und begriff, dass er sich konkreter hätte ausdrücken sollen, als er Fyn den Auftrag erteilt hatte, die Wache aus dem Hinterhalt zu überfallen. Er meinte, sich in ihrem Gespräch über die Gebotenheit eines unauffälligen Vorgehens klar ausgedrückt zu haben, aber wenn Fyn Annevs Absichten verstanden haben sollte, so hatte er ihnen jedenfalls keine Beachtung geschenkt.

Na großartig, dachte er. *Jetzt bin ich für einen weiteren Toten verantwortlich … und wir haben eine Leiche, die wir loswerden müssen.*

Fyn deutete auf den Flur hinter ihm. »Um die Ecke ist eine Tür. Eine wirklich hübsche Tür. Dieser Bursche ist gerade in dem Moment herausgekommen, als ich in den Flur eingebogen bin.« Während er sprach, rollte er seine Würgeschlinge auf. »Ich habe das ganze Stockwerk überprüft. Mir ist da eine verschlossene Tür aufgefallen, außerdem gibt es ein Treppenhaus auf der anderen Seite des Flurs, und es befindet sich niemand hier oben, daher bezweifle ich, dass ihn irgendjemand vermissen wird.« Fyn band sich die Würgeschlinge wieder an den Gürtel, wischte sich die Hände ab und ließ die Knöchel knacken. »Was jetzt?«

Es hängt alles an mir, wurde Annev bewusst. Er versuchte, selbstsicherer zu klingen, als er sich fühlte, und zeigte mit dem Kopf auf den Leichnam. »Kenton, bring ihn hinaus auf den Balkon und leg den Riegel wieder vor. Fyn, geh zurück zum Treppenhaus und halte Ausschau nach weiteren Wachen. Ich nehme mir die Tür des Arbeitszimmers vor, knacke die Schlösser und mache etwaige Fallen unschädlich. Und dann gehen wir alle zusammen rein.«

Fyn nickte lächelnd. Die Begegnung mit der Wache hatte ihn offensichtlich erst richtig in Fahrt gebracht und seine Laune beträchtlich gehoben. Er zückte zwei Wurfmesser und lief den Flur hinunter.

Kenton wuchtete sich den Leichnam über die Schultern. »Irgendwie genau wie bei der Prüfung des Urteils«, murmelte er und steuerte das offene Fenster an, »nur dass diesmal Menschen sterben.«

Annev blickte ihm mit bedrücktem Herzen nach. *Auch bei der Prüfung des Urteils sind schon Menschen gestorben,* schoss es ihm durch den Kopf, und er erinnerte sich an Samrel und das Scherenfeld. Doch statt irgendetwas zu sagen, um Fyns Taten zu rechtfertigen, schlich er über den Flur zu der massiven grauen Tür, die Fyn erwähnt hatte.

Eisenholz, begriff er, als er die Farbe und das Muster der Maserung erkannte. Sodar hatte ihm einmal ein Stück dieses Holzes gezeigt und gemeint, es sei das härteste Holz auf der Welt. Dem Priester zufolge war es außerdem ziemlich selten: Es wuchs nur in Alltara – das jenseits der Grenzen des Daritischen Reiches auf der anderen Seite von Ostdaroea gelegen war –, und angeblich bewohnte eine Horde von Trollen den Eisenholzwald. Die Tür musste Janak ein kleines Vermögen gekostet haben.

Annev zog sein Werkzeug zum Knacken von Schlössern aus seinem purpurroten Handschuh und kniete sich hin, um das Schlüsselloch zu untersuchen. Obwohl es eine derart massive Tür war, war das Schloss nicht sonderlich schwer zu knacken – nur ein einfaches Zuhaltungsschloss statt eines wesentlich anspruchsvolleren zweihebligen Zuhaltungsschlosses oder gar des erschreckend schwierigen dreihebligen. Als Annev das Schloss geöffnet hatte, war Kenton von seinem grausigen Botengang zurückgekehrt. Einen Moment später ging er Fyn holen, und als die beiden wieder zurück waren, hatte Annev die Suche nach möglichen Fallen abgeschlossen. Er erhob sich, nickte seinen Gefährten zu und drückte die Tür auf. Fyn setzte sich erneut an die Spitze und schlich sich in das Arbeitszimmer; als Nächstes folgte Kenton, und Annev verschloss als Letzter die Tür hinter ihnen.

Das geräumige Arbeitszimmer belegte fast das ganze Stockwerk. Wunderschöne Holzvertäfelungen schmückten die Wände, und kostbare Teppiche lagen auf dem Boden. Acht völlig glatte

Säulen waren über den Raum verteilt, stützten die erhöhte Decke und die oberen Stockwerke. Annev bemerkte, dass in einer Höhe von gut zwei Metern über dem Boden von jeder der Säulen drei rauchlose Öllampen hingen. Nur die Lampen am anderen Ende des Zimmers brannten und warfen Licht und Schatten.

Rings um den Raum, genau zwischen den Säulen und den Wänden des Arbeitszimmers aufgestellt, war eine bemerkenswerte Kunstsammlung verteilt: Elegante Skulpturen standen auf Podesten, Staffeleien präsentierten bunte Gemälde, und ausgefallene Musikinstrumente, Werkzeuge und sonstige Gegenstände hingen an Haken, darunter eine mit Schnitzereien versehene Kalebasse, ein Paar Eisenketten, die an einer Halsfessel festgemacht waren, und eine kleine silberne Harfe. Annev trat an das Musikinstrument heran, hielt die geöffnete Hand über die Saiten und spürte, dass das Artefakt eine schwache magische Aura verströmte. Er machte das Gleiche, als er an der Kalebasse vorbeikam, in der Erwartung, etwas Ähnliches zu empfinden wie in dem Moment, als er die geschnitzte Phönixlaterne in die Hand genommen hatte, aber stattdessen spürte er gar nichts.

Also nicht magisch. Interessant ...

Eine ähnlich üppige Sammlung von Möbelstücken füllte den Raum zwischen den Säulen, so aufgestellt, dass man von ihnen aus die einzelnen Kunstwerke genießen konnte: Ein Diwan und eine Chaiselongue standen vor dem Gemälde einer alten Frau mit Blumen in Händen; ein Kreis von Sesseln umgab die Skulptur einer Frau, die auf einem Drachen ritt, während ihr im Wind gebauschtes Haar in Flammen loderte; und eine zierliche elfenbeinerne Bank war vor einer glänzenden Bronzerüstung positioniert, die aus lauter Schuppen zusammengesetzt war. Einer der Panzerhandschuhe der Rüstung hielt eine lange Saufeder umklammert, wie man sie zur Wildschweinjagd benutzte, während die Statue selbst in Habachtstellung aufgerichtet war, das Visier ihres keilförmigen Helms herabgelassen.

Am anderen Ende des Raums, hinter den Ausstellungsstücken, stand ein prunkvoller Schreibtisch, der für sich allein schon ein Kunstwerk war. Und dahinter saß eine Gestalt in einer goldbestickten Jacke mit hohem Kragen. Der Mann drehte der Tür den Rücken zu, und das Licht aus den Öllampen schimmerte auf seinem kahlen Kopf. Die drei Avatare entdeckten ihn im selben Moment, verteilten sich und schlichen Richtung Mitte des langen Raums. Als Annev sich näherte, sah er, dass an den Seiten des Stuhls, auf dem der Mann saß, zwei große Metallräder befestigt waren. Zwei blaue Steine mit goldenen Punkten waren jeweils in die Nabe der Räder eingelassen, und in die Mitte jedes Steins war eine Glyphe gemeißelt. Annev schlich sich noch ein Stückchen näher heran und begriff, dass die Räder in Wirklichkeit zwei verstärkte Schilde waren, die auf erfinderische Weise an den Stuhl des Mannes befestigt worden waren.

Die drei Avatare schlüpften aus den Schatten in das Licht, in das die rückwärtige Hälfte des Raums getaucht war. Annev nahm lautlos sein Beil aus dem Gürtel und zog Gnade aus der Scheide. Er ließ sein Bewusstsein in die Klinge einfließen, bis er das erregende Pulsieren von Magie in der Hand spürte. Kenton sah ihn eindringlich an, und Annev nahm seinen magischen Einfluss wieder ein Stück weit zurück, weil er befürchtete, dass der für Magie so empfängliche Junge die Verzauberung der Klinge vielleicht irgendwie gespürt haben könnte.

Kenton wandte den Blick von Annev ab und richtete ihn wieder auf ihr gemeinsames Ziel. Er pirschte außen an der Wand des Raumes herum, während Fyn auf der anderen Seite genau das Gleiche tat, beide gerade noch von den Schatten verdeckt. Kenton hatte sein gekrümmtes Langschwert gezogen und hielt es schützend vor sich. Seltsamerweise waren Fyns Hände leer geblieben, wiewohl seine Muskeln angespannt waren, als er sich von rechts näherte.

»Das Orakel hat gesagt, es wären vier.«

Annev blieb stocksteif zwischen dem fünften und dem sechsten Säulenpaar stehen, während sich Kenton und Fyn rasch in die Schatten zu beiden Seiten des Raums zurückzogen. *Orakel?*, dachte Annev, von den Worten des Mannes überrascht. *Er kann unmöglich* das *Orakel meinen. Sodar hat gesagt, es sei bei Bron Gloir …*

Es blieb keine Zeit, darüber nachzugrübeln, da der Mann die Schilde zu seinen Seiten packte, sie herumwirbelte und den Stuhl vorwärtsschießen ließ. An der Schreibtischkante blieb er stehen, den drei Avataren zugewandt. Jetzt, wo seine Gestalt nicht mehr hinter dem großen hölzernen Schreibtisch verborgen war, bemerkte Annev seinen verkrüppelten Körper. Der Fremde war etwa Mitte fünfzig, hatte scharfe Augen, war gut gekleidet, und seine offene Jacke ließ dicke Arme und eine muskelbepackte Brust erkennen. Wären da nicht die verkümmerten Beine unter der Decke auf seinem Schoß gewesen, hätte ihn Annev als gesund, stark und wachsam charakterisiert. Er merkte, dass er sein Beil fest umklammerte, und zwang sich, seinen Griff zu lockern.

Der Mann auf dem Stuhl wischte sich mit einer kräftigen Hand über den sonnengebräunten Schädel, musterte die drei Eindringlinge und strich sich dann über die herabhängenden Enden seines dichten grauen Schnurrbarts. Seine andere Hand ruhte auf einer kleinen Duftlampe, die zwischen den Falten seiner schwarz-goldenen Decke steckte.

»Vier Reiter, hat sie gesagt, ein jeder mit einem Vogel auf der Schulter.« Die Stimme des Mannes klang kräftig und volltönend. Er ließ seinen Blick zwischen Kenton, Annev und Fyn hin und her wandern und nahm jeden der drei Jungen genau in Augenschein. Dabei zählte er an seinen Fingern ab. »Ein Reiher, ein Turmfalke, eine Saatkrähe und eine Elster.« Er sah Annev an. »Welcher dieser Vögel bist du?«

Annev hob unbeeindruckt seinen roten Handschuh. »Ich bin ein Phönix.«

Der Mann kicherte. »Das hoffe ich, um deinetwillen.«

»Ihr müsst Janak sein.«

Statt zu antworten, richtete der Mann seinen Blick auf Kenton und Fyn. »Der fluchbeladene Anführer, der treulose Krieger, der Schatten des Schattens und der dem Untergang geweihte Krüppel.« Er runzelte die Stirn. »Dann muss der Schatten wohl unten sein?«

Die drei Jungen sahen einander an, wussten nicht, wie sie die seltsame Frage beantworten sollten.

Der Mann nickte. »Natürlich ist er unten. Immer besser, auf der sicheren Seite zu bleiben, nicht wahr? Für den Fall, dass ich es dort unten gelassen hätte.« Er musterte Fyn und begutachtete die Waffen, mit denen seine Arme, sein Gürtel und sein Rücken übersät waren. »Gut, du bist offensichtlich der Krieger …« Sein Blick wanderte zurück zu Kenton. »Was bedeutet, dass du der Krüppel sein musst.«

Kenton machte eine Kopfbewegung, sodass sein langes Haar über seine Narbe fiel.

Der Kaufmann runzelte die Stirn, ohne seinen musternden Blick von Kenton abzuwenden. »Das Orakel hat durchblicken lassen, du hättest nur einen Arm, um mir meinen Besitz zu rauben.« Er beugte sich vor und betrachtete das Langschwert, das Kenton mit beiden Händen umklammert hielt.

Annev wandte sich zur Seite und verdeckte so instinktiv seine unter dem Handschuh verborgene Prothese. *Woher weiß er das? Kann er das Orakel wirklich in seinem Besitz haben?* Schon beim bloßen Gedanken brach ihm der Schweiß aus. Wenn Janak das Orakel hatte, konnte er es alles Mögliche gefragt haben.

Der Mann zuckte die Achseln. »Wie auch immer. Sie spricht in Rätseln, also ist es unvermeidbar, dass ich das eine oder andere, was sie mir sagt, falsch verstehe. Aber ihr werdet sie mir nicht wegnehmen. Nein, nein, das Orakel bleibt bei mir. Sie hat mich gewarnt, wisst ihr. Gesagt, ihr würdet sie mir rauben.« Er richtete seinen Blick direkt auf Fyn. »Und dass du, der Krieger, mit der Aufgabe betraut worden seist, mich zu töten.«

Fyn begegnete dem Blick des Mannes, ohne sich einschüchtern zu lassen, und zog ein langes Wurfmesser aus seiner Armschiene. »Wenn Ihr Janak seid, dann ja. Indem Ihr Euch des Zwingstabs bedient habt, habt Ihr Euer Leben verwirkt.«

Der Kaufmann schnaubte unbeeindruckt. »Es ist ein Jammer, wisst ihr? Winsor und ich hatten eine sehr vernünftige Übereinkunft, bis dann euer neuer Rektor gekommen ist und sich geweigert hat, mit mir zusammenzuarbeiten. Aber eigentlich sollte ich mich wohl bei ihm bedanken. Hätte er nicht mit mir gebrochen, hätte ich niemals andernorts Unterstützung gesucht. Hätte niemals das Orakel ausfindig gemacht … und auch nie die Wahrheit erfahren.«

Wahrheit? Übereinkunft? Fyn und Kenton waren über Janaks Monolog offensichtlich genauso verwirrt wie Annev, und auch wenn sie ihre geballte Aufmerksamkeit weiter auf den Kaufmann gerichtet hielten, blieb ihre Reaktion Janak doch nicht verborgen.

»Ich sehe, Tosan hat euch über das alles im Dunkeln gelassen.« Er stützte den Ellbogen auf die Armlehne seines Rollstuhls. »Dann will ich euch aufklären, bevor ihr mir den Garaus macht.« Er zeigte mit einer weit ausladenden Geste auf die Kunstwerke und Möbel, die den Raum füllten. »Ich bin so eine Art Sammler. In meinen besten Jahren habe ich die Welt durchreist, um nach ihren Schätzen zu suchen, und habe es dabei mit allen möglichen Gefahren zu tun bekommen. Was ihr hier seht, ist nur ein Bruchteil des Reichtums, den ich angesammelt habe. Den Rest verkaufe ich, oder ich lagere ihn ein.«

Er rollte seinen Stuhl zu der großen Bronzerüstung und legte eine Hand auf das Metall. »Das hier ist einer meiner ganz persönlichen Schätze. Ich habe diese Rüstung vor langer Zeit getragen, als ich noch mehr Söldner als Kaufmann war.« Er seufzte und ließ die Hand auf den Schoß fallen. »Seit meine Beine gelähmt sind, habe ich meine Aufmerksamkeit vor allem darauf gerichtet, magische Gegenstände anzuhäufen. Ich suchte verzweifelt nach einer Möglichkeit, meine Beweglichkeit wiederherzustellen.« Er zuckte die Achseln. »Eurer Akademie sind meine Motive jedoch leidlich egal gewesen, und so ist Avatar um Avatar hergekommen, um mir meine Besitztümer zu rauben. Anfangs bin ich mir noch nicht darüber im Klaren gewesen, was da vor sich ging. In der einen Woche habe ich ein Artefakt erworben, und in der nächsten war es auch schon wieder verschwunden.«

Janak rollte seinen Stuhl zurück. Während der Kaufmann damit beschäftigt war, richtete Fyn seinen Blick auf Annev. »Warum hören wir uns das alles an?«, flüsterte er. »Und warum hat er nicht Alarm geschlagen? Wir sollten ihn auf der Stelle töten.«

Fyn hatte recht – Janak war viel zu entspannt, zu selbstbewusst für Annevs Geschmack, und es war beunruhigend, dass er nicht um Hilfe gerufen hatte –, aber der Kaufmann hatte auch von einer Vereinbarung mit der Akademie gesprochen, und Annev wollte wissen, worum es sich dabei handelte. Außerdem hatte Janak das Orakel erwähnt – ein Detail, von dem Tosan nichts gewusst hatte und dessen Bedeutung weder Fyn noch Kenton vertraut war –, daher hob Annev den Zeigefinger und gebot dem Jungen, noch zu warten. Fyn nahm den stummen Befehl mit zusammengebissenen Zähnen hin und begutachtete die Knüppel auf seinem Rücken, blieb aber, wo er war.

»Mit der Zeit habe ich dann einen Weg gefunden, um mit euch in Verbindung zu treten. Ich habe Zettel in Artefakten versteckt, von denen ich erwartet hatte, dass man sie mir rauben würde, und schließlich haben Winsor und ich besagte Übereinkunft geschlossen: Ich würde alle Artefakte kaufen, die ich auftreiben konnte, und alle paar Monate würde die Akademie einen Avatar schicken, um sie sicherzustellen.«

Annev konnte es nicht glauben. »Und Ihr … Ihr habt sie aus freien Stücken hergegeben?«

»Nein. Ich habe sie als Bezahlung dafür hergegeben, wieder Gebrauch von meinen Beinen machen zu können.«

Annev runzelte die Stirn und ließ seinen Blick über Janaks halb verborgene untere Extremitäten gleiten.

Der Kaufmann verstand, und nachdem er ein wenig mit der in die Falten der Decke gesteckten Duftlampe herumhantiert hatte, zog er die Decke hoch, um das ganze Ausmaß seiner ausgemergelten Beine zu enthüllen. »Die Akademie besitzt einen Stab der Heilung«, erklärte Janak und massierte sich seine verschrumpelten Waden. »Euer Rektor hatte mir erlaubt, mich einmal im Monat selbst zu heilen und die Kraft meiner Beine wiederherzustellen. Die Wirkung hat dann ungefähr zwei Wochen lang angehalten, und während dieser Zeit habe ich mein Leben wie zuvor leben können. Ein fairer Handel, würde ich sagen.« Janak umfasste die Ränder der stählernen Schilde an seinem Stuhl, und seine Augen wurden dunkel. »Leider hat eurem neuen Rektor unsere Vereinbarung nicht gefallen. Er glaubt, ich hätte der Akademie nur Kinkerlitzchen gegeben und die wirklich bedeutenden magischen Artefakte für mich behalten. Statt meine Behandlung fortzuführen, hat Tosan also Diebe geschickt, um mein Haus zu plündern.« Um seinen Worten zusätzliches Gewicht zu verleihen, zeigte er auf die drei Eindringlinge. »Und jetzt sagt mir, wer da wem unrecht getan hat.«

Annev ließ seine Waffen sinken. Der Mann tat ihm leid. Es war offensichtlich, dass Tosan hier der Schuldige war – seine unvernünftigen Ängste hatten Annev schon einmal einen völlig sinn- und nutzlosen Auftrag eingetragen, als er Crag im Dichtwald hatte töten sollen, und jetzt zerstörte Sodars Überängstlichkeit das Leben eines harmlosen Kaufmanns.

Nein, schoss es Annev durch den Kopf. *Er ist nicht harmlos. Er hat Duvarek einer Gehirnwäsche unterzogen und hält ihn als Geisel. Duvarek ist hier … irgendwo.*

»Ihr habt einen der Unseren gefangen genommen«, warf Annev ein und zwang sich, auf den Kaufmann zuzugehen. »Ihr habt gewusst, dass das Konsequenzen haben würde.«

Janak rieb die Messinglampe auf seinem Schoß, und sein Gesicht hatte sich zu einer wahren Gewitterwolke verdüstert. »Ja, sie hat mich gewarnt und mir eingeschärft, dass ich mich nicht zur Wehr setzen soll. Hat gemeint, wenn ich versuchen würde, den Stab zu behalten, würde der Schatten ihn mir abnehmen – und wenn ich Gebrauch von dem Stab machen sollte, würde mich Sorge heimsuchen.« Der Kaufmann schlug sich mit schwieliger Hand auf seinen ausgemergelten Oberschenkel. »Aber ich weiß es besser! Ich habe eine Abmachung mit einem Verbündeten getroffen, der mächtiger ist als eure dummen Ältesten, und er hat mir neue Beine versprochen! Starke Beine, die niemals brechen, niemals ermüden und nie alt werden.« In Janaks Augen schimmerte ein Anflug von Wahnsinn, als er den Blick nun auf Kenton richtete. »Und alles, was er als Gegenleistung will, ist ein dummer kleiner Vogel …«

»Annev«, flüsterte Fyn erneut, diesmal noch dringlicher. »Das ist doch alles Blödsinn. Er weiß, dass er in der Falle sitzt, und er erfindet Geschichten, um uns hinzuhalten, bis seine Wachen kommen. Wir sollten ihn umbringen und unseren Auftrag erledigen.«

Annev sträubte sich gegen den Klang, der in Fyns Stimme lag. Schließlich war er es, Annev, der die Verantwortung für diesen Einsatz trug, nicht Fyn.

»Halt dich zurück, Fyn. Ich führe diese Gruppe an, und du bringst Janak erst dann um, wenn ich es dir sage.«

Fyn schnaubte. »Götter, du bist ja noch schwerer von Begriff, als ich gedacht habe.« Er sah zu Kenton hinüber, der ihm wie versteinert auf der anderen Seite des Raums gegenüberstand. »Kenton!«, rief er laut, ohne sich auch nur das Geringste aus List und Heimlichkeit zu machen. »Annev hat den Verstand verloren. Ich übernehme das Kommando. Ich zähle bis drei, dann greifen wir an. Wenn wir ihn erledigt haben, machen wir uns auf die Suche nach Duvarek und dem Stab.«

Kenton zögerte. »Lass ihn am Leben. Er kann uns vielleicht verraten, wo Duvarek und der Stab sind.«

Fyn gab murmelnd einen Schwall von Flüchen von sich. »Seid ihr jetzt beide übergeschnappt? Der Stab ist nicht hier oben, und wir verschwenden nur unsere Zeit, wenn wir diesem toten Mann weiter zuhören!«

Annev drehte sich wieder zu Janak um. Da war etwas, worüber er sich nicht recht klar wurde. *Warum* zögerte er eigentlich die Erfüllung ihres Auftrags hinaus? War es etwa, weil er sich unschlüssig war, ob nun Janak oder Tosan im Recht war, und er um eine Entscheidung rang, oder war da noch etwas anderes? Er wollte sich weiter anhören, was der Händler zu sagen hatte, wollte mitfühlend sein …

Fyn wirbelte herum und schleuderte sein Messer nach Janak. Der Dolch flog durch die Luft, überschlug sich mehrmals … und blieb dann mitten in der Luft hängen, die Spitze der scharfen Klinge kaum zwei Zentimeter von der Brust des Kaufmanns entfernt.

Fyn klappte die Kinnlade herunter. Im gleichen Moment spürte Annev, wie sich ein dichter Nebel von seinen Gedanken hob. Er schaute zu Kenton hinüber und sah, dass bei ihm eine ähnliche Verwandlung vor sich gegangen war.

Mit einem entnervten Seufzer griff sich Janak den schwebenden Dolch aus der Luft. »Das war etwas voreilig«, sagte er und zwirbelte die Klinge zwischen den Fingern. »Du hast meine Konzentration gestört.«

»Wie ist es möglich, dass …?«, fragte Fyn mit großen Augen.

»Das hier?« Janak wedelte mit dem Messer in Fyns Richtung. »Ein Abwehrzauber. Er schützt sowohl gegen ganz normale wie gegen magische Angriffe.«

»Ihr habt versucht, uns unter Euren Bann zu zwingen«, erklärte Annev, dem langsam die Wahrheit dämmerte. »Um uns in Eure Schlinge zu locken, so wie Ihr das mit Duvarek gemacht habt.«

»Richtig«, erwiderte Janak und zog einen goldenen Stab unter seiner Schoßdecke hervor. Er platzierte den Stab neben der Lampe und legte dann die Hände auf beide Gegenstände. »Es ist nicht sonderlich schwierig, mehr als nur eine Zielperson zu beherrschen – tatsächlich stehen augenblicklich über hundert unter meinem Bann –, aber es scheint am besten zu funktionieren, wenn das Opfer mitfühlend ist und wenn man dem Zwang Zeit gibt, auch richtig zu greifen. Doch sobald man den eigenen Willen eines Menschen wirklich gebrochen hat, scheint es keine Grenze für die Zahl der Hörigen zu geben, über die man bestimmen kann.« Er schnalzte missbilligend mit der Zunge und balancierte das Messer in der Handfläche. »Wenn ich erraten hätte, dass der ›treulose Krieger‹ so übereilt handeln würde, hätte ich mir wahrscheinlich ihn als Erstes vorgenommen statt eures Anführers.«

»Hört auf, uns hinzuhalten«, blaffte Annev, der nun eine Art leises, aber beharrliches Ziehen wahrnahm, das vom Zwingstab des Kaufmanns ausging. Jetzt, wo er Bescheid wusste, fiel es ihm leichter, den magischen Impulsen zu widerstehen. »Wir werden Euch nicht noch einmal in die Falle gehen.«

»Nein«, seufzte Janak. »Das wird mir wohl kein zweites Mal gelingen. Ich muss mich also damit begnügen, nur einen Hörigen zu haben, was bedeutet, dass ihr drei sterben müsst.«

Annev trat unruhig von einem Fuß auf den anderen, für einen Angriff gewappnet. Wie aufs Stichwort hörte er ein leises Rumpeln aus dem Stockwerk unter ihnen, und er schaute unbehaglich zur Tür.

»Was mich an etwas erinnert«, fuhr Janak fort. »Ich glaube, das hier gehört dir.« Er ließ das Messer auf Fyns Brust zuwirbeln. Der Junge warf sich zu Boden und konnte gerade noch so weit ausweichen, dass die Klinge nur seine Schulter streifte, um dann in den hinteren Teil des Raums zu schlittern.

»Blut und Dreck!«, fluchte Fyn und berührte die Verletzung. »Ich werde dir das Herz herausschneiden, du von den Keokum gezeugter Sohn des Keos!«

Janak rümpfte verächtlich die Nase. Fyns Drohungen ließen ihn völlig kalt. »Es ist irgendwie lustig, weißt du. Hätte mich Tosan nicht von sich gewiesen, hätte ich mich niemals an Cruithear gewandt – und wenn er mir keine neuen Beine sowie Hilfe bei der Suche nach dem Orakel versprochen hätte, hätte ich niemals von dem Ausmaß dessen erfahren, was mir die Akademie geraubt hat. Also hat die Akademie dieses Verhängnis in einem sehr wörtlichen Sinn über sich selbst gebracht.« Er streichelte die Messinglampe und den Zwingstab, und seine Augen spiegelten seine Gefühle von Schmerz und Zorn wider, die er bisher so sorgfältig verborgen hatte. »Ich freue mich schon darauf, mich und meine Männer von Duvarek nach Chaenbalu bringen zu lassen. Ich frage mich nur … meint ihr, Tosan wird mich erwarten? Werden sich eure Avatare und Weisfrauen widersetzen, oder verstecken sie sich dann einfach in eurer Akademie und sehen tatenlos zu, wie wir eure Dorfbewohner abschlachten?«

Draußen auf dem Flur wurde das leise Rumoren lauter und verwandelte sich in das Geräusch vieler robuster Stiefel, die über den mit Teppich belegten Stein trampelten.

Annev fragte sich, ob es für sie eine Möglichkeit zum Rückzug gab, doch dann wurde ihm klar, dass es dafür zu spät war. Eine Woge des Grauens schlug über ihm zusammen, er umfasste Kurzschwert und Beil fester, und dann drehte er sich um, um sich allem zu stellen, was immer durch die Tür kommen würde.

Fyn schien zum gleichen Entschluss gelangt zu sein, denn er umklammerte abwechselnd beide Handgelenke und riss aus jeder seiner Armschienen zwei neue Wurfmesser, mit denen er sich dann zielstrebig zur Tür bewegte. Auf der anderen Seite des Raums wandte sich auch Kenton um, behielt aber seine Position in Janaks Nähe bei; mit der ruhigen Gelassenheit eines Meisteravatars hob er sein gekrümmtes Langschwert über den Kopf und nahm die sogenannte Reiherhaltung an: die Klinge vor ihm ausgestreckt, die Schwertspitze leicht nach unten geneigt. Körper und Gesicht wirkten völlig entspannt, doch in seine Augen schien die Angst auf, die sie alle gepackt hatte.

Die Schritte hatten die Tür erreicht, und Annevs Aufmerksamkeit ging zwischen ihr und dem Kaufmann hin und her, ohne dass er so recht wusste, mit wem er es zuerst aufnehmen sollte, wenn er die nächste Stunde überleben wollte. Einen Herzschlag später krachte etwas in die Eisenholztür, und eine schroffe Stimme rief nach Schlüsseln.

»Wisst ihr«, erklärte Janak und lehnte sich in seinem Stuhl zurück, »das Orakel hat gesagt, dass ihr wahrscheinlich mein Arbeitszimmer verwüsten würdet. Sie hat jedoch nie gesagt, dass ich verletzt werden würde, und genauso wenig, dass Tosan bekommen würde, was er will. Tatsächlich hat sie sogar das genaue Gegenteil angedeutet.« Er fuhr mit der Hand über die kleinen Runen auf der Messingduftlampe, und in seinem Gesicht blitzte ein Lächeln auf. »Ich glaube, damit kann ich ganz gut leben.«

Kapitel 56

Sechs Männer in schwarz-blauen Uniformen stürzten mit hinter ihnen herflatternden kurzen Umhängen in den Raum und schwangen ihre Waffen.

»Blut und Hölle«, fluchte Kenton und rannte los, um Fyn zu Hilfe zu eilen.

Am anderen Ende des Raums trat Fyn den heranstürmenden Wachen entgegen. Zwei der Männer schossen auf ihn zu, und er erwiderte ihren Angriff mit einem Wirbel aus geworfenen Messern. Die Männer kippten zur Seite, Brust und Kehle jeweils von scharfen Klingen gespickt, aber die anderen Wachen drängten weiter vorwärts, trampelten über die beiden toten oder sterbenden Männer hinweg, um zu Fyn zu gelangen und Janak zu schützen.

Fyn warf ein weiteres Paar Messer und erledigte einen dritten Mann, doch dann hatten ihn die Wachen erreicht. Er zog sich die beiden Streitkolben vom Rücken, wirbelte herum und attackierte einen stämmigen Kerl mit blondem Bart sowie einen zweiten Mann, der eine Augenklappe trug. Sie ließen ihre Schwerter herabkrachen, aber Fyn duckte sich zu Boden, ließ seine beiden Streitkolben hervorschnellen und zerschmetterte ihnen die Kniescheiben. Beide schrien auf, ihre Beine gaben unter ihnen nach, und als sie zusammensackten, änderte Fyn die Schwungrichtung seiner Waffe und zerschmetterte dem einen das Gesicht, während er dem anderen von der Seite den Schädel zertrümmerte.

Kenton hatte derweil den Kampf mit dem sechsten Wachmann aufgenommen, aber nun stürmten noch vier weitere in das

Arbeitszimmer und ließen ihre Speere und Schilde im hinteren Teil des Raums eine feste Wand bilden. Doch ehe sie ihrem Kameraden zu Hilfe eilen konnten, machte Kenton einen überraschenden Satz auf den Mann zu und schlitzte ihm den Bauch auf, sodass seine Gedärme hervorquollen. Die zweite Gruppe ging zum Angriff über, doch mittlerweile war Annev neben Kenton angelangt. Kurzschwert, Beil und Langschwert tanzten zwischen den Speerspitzen der angreifenden Männer hin und her. Annev schwang Gnade und erwischte den Schaft des Speers, den der Mann auf der Linken in der Hand hielt, dann zog er dem Wachmann mit dem Beil seinen Schild weg, womit die Schutzformation der kleinen Gruppe aufgebrochen war. Kenton nutzte die Gelegenheit und ließ sein Langschwert zur Seite zucken, sodass es den ungeschützten Hals des Mannes durchbohrte. Er stürzte zu Boden, eine Blutfontäne pulsierte aus seiner Wunde, und die verbliebenen Wachmänner traten den Rückzug an, um das weitere Vorgehen mit einem neu eingetroffenen Trupp von Wachen abzustimmen, die Armbrüste bei sich trugen.

»Teufel noch mal«, fluchte Kenton, als er die neuen Wachen sah.

»Stellt euch hinter die Säulen!«, brüllte Annev und sprang in Deckung. Seine Gefährten taten es ihm nach, und ein Chor sirrender Armbrustsehnen erhob sich und ließ ein Heer von Bolzen auf sie herabregnen. Kenton schrie auf, hielt sich den Oberschenkel und glitt zu Boden. Annev schaute zu ihm, doch der Junge winkte ab.

»Hat mich nur gestreift«, stöhnte er. »Alles bestens.«

Annev riskierte einen Blick in den hinteren Teil des Raums und sah, dass die drei Wachen mit den Schilden den vier Armbrustschützen Deckung gaben, während sie nachluden. Vier weitere Wachen bewegten sich an den Wänden entlang und schlängelten sich zwischen Säulen, Möbelstücken und den im Zimmer versammelten Kunstwerken hindurch.

Sie versuchen, uns aus dem Raum zu treiben, begriff Annev.

Am anderen Ende des Raums fegte Janak einen Armbrustbolzen beiseite, der seinen magischen Schild getroffen hatte, und deutete mit dem Zwingstab auf seine Männer.

»Bringt sie um, ihr Trottel!«

Sofort verließen die vier herannahenden Wachen ihre Deckung und griffen an, wodurch sie die Avatare dazu zwangen, offen mitten im Raum gegen sie zu kämpfen.

»Jetzt erschießt sie!«, brüllte Janak.

Einen Moment später sirrten wieder die Armbrustsehnen, und Annev duckte sich erneut hinter eine Säule, um den fliegenden Bolzen zu entgehen. Kenton kniete sich rasch hinter eine stabile Holzkiste, während er zugleich damit fortfuhr, sich gegen eine der Wachen zur Wehr zu setzen, und Fyn entging einer Verletzung, indem er seinen eigenen Angreifer zwischen sich und die schießenden Soldaten schob. Zwei Armbrustbolzen bohrten sich seinem Widersacher in den Rücken und streckten ihn nieder, und Fyn gab ihm den Rest, indem er seine Streitkolben auf Hals und Brust des Burschen schmetterte.

Janak wird sicher nicht aufgeben, wurde sich Annev bewusst, während er zugleich den Schwerthieb des dicken Wachmanns parierte, der vor ihm stand und immer noch nicht lockerließ. *Es spielt keine Rolle, wie viele wir töten. Er wird uns immer weitere Männer entgegenwerfen, bis wir überwältigt sind oder wir jedes einzelne Mitglied seiner Wachmannschaft getötet haben.*

Aber selbst Letzteres würde ihn wohl nicht stoppen können. Janak hatte den Zwingstab in seiner Gewalt: Er konnte die drei Jungen gegen jedes einzelne Mitglied seines Haushalts kämpfen lassen … ja gegen sämtliche Bürger von Banok.

»Fyn!«, rief Annev und sprang einem Schwerthieb aus dem Weg. »Du musst Janak töten!«

»Das kann ich nicht, solange ihn dieser Schild schützt!« Der Avatar ließ seine Keulen hin und her fliegen, spritzte Blut über einen Diwan aus gebleichtem Leder und duckte sich dann hinter eine Säule, um der nächsten Salve von Bolzen zu entgehen.

Stimmt natürlich, dachte Annev. Er stand mit dem Rücken zu einer der Säulen, während die Wachen ihre Armbrüste nachluden und der dicke Wachmann die Säule von hinten umrundete. Solange Annev auf den Angriff des Mannes wartete, versuchte er, sich an alles zu erinnern, was er über Abwehrzauber wusste: Die Quelle des Zaubers war vermutlich ein Artefakt in der Nähe von Janak – irgendetwas, das er gerade berührte und in das eine Glyphe oder ein Symbol eingearbeitet war. Wahrscheinlich nicht die Duftlampe, da auch diese sich innerhalb seines geschützten Bereichs befand …

Der Wachmann fuhr um die Säule herum und schwang sein Kurzschwert nach Annevs Kopf. Annev duckte sich und ließ sich zu Boden fallen, dann stach er mit Gnade zu und zielte auf die Lenden des Mannes. Der Angreifer wehrte den Hieb ab, trat Annev ins Gesicht und warf ihn auf den Rücken. Annev spuckte einen Mundvoll Blut aus und sah wie durch Nebel, dass die Armbrustschützen erneut zielten. Keine Deckung im näheren Umkreis, und so biss er die Zähne zusammen und rollte sich zurück, seinem Widersacher entgegen.

Schneidend kalte Luft!, dachte Annev und durchtränkte die Waffe mit seinem Willen, verlängerte ihre Schneide. Im gleichen Moment flogen die Armbrustbolzen durch die Luft, und zwei von ihnen bohrten sich genau an der Stelle in den Boden, wo Annev sich gerade noch befunden hatte.

Der Wachmann hob sein Schwert, darauf vorbereitet, einen linkischen Angriff von Annevs Seite abzuwehren und ihn dann mit seiner Waffe am Boden aufzuspießen. Stattdessen krachte Gnade mitten durch die Klinge des Mannes hindurch, schnitt glatt durch Metall, Fleisch und Knochen – aber Annevs Angriff hörte auch hier noch nicht auf: Als der Unterarm und der durchtrennte Schild des Wachmanns zu Boden fielen, setzte Gnade ihre Bogenbewegung fort und bohrte sich tief in die Leibesmitte des Mannes hinein.

Der Wachmann brach zusammen, und Blut strömte aus seinen Verletzungen. Annev suchte erneut Zuflucht hinter der Säule. Der sterbende Mann griff nach seinem blutenden Unterarm, und Annev verfolgte mit einem flauen Gefühl im Magen, wie das Leben aus seinen Augen wich. Das nun war der erste wirkliche Mensch – keine Hexe und auch kein Feurog –, dessen Tod er direkt verursacht hatte, und er fühlte sich schrecklich, aber er wusste auch, dass er keine andere Wahl gehabt hatte: Keiner von seinem kleinen Trupp würde die Nacht ohne Blut an den Händen überleben, und Annev konnte unmöglich zulassen, dass Janak Chaenbalu und seine Freunde bedrohte. Er nahm all seine Entschlossenheit zusammen und gebot jener inneren Stimme zu schweigen, die noch immer die Menschen in seinen Angreifern sehen wollte. Sie waren wie die Feurog – brutale Marionetten, die den Befehlen eines wahnsinnigen Puppenspielers folgten –, und wenn Annev sie nicht umbrachte, würden ohne Frage sie ihn umbringen.

»Idioten!«, brüllte Janak und rollte seinen Stuhl von seinem Schreibtisch weg. »Hört auf, mit diesen Armbrüsten Zeit zu verschwenden, und tötet diese Schwachköpfe!«

Annev fasste Janak genau ins Auge, und plötzlich dämmerte ihm die Antwort. *Natürlich … die Räder!* Er drehte sich um und rief nach Fyn, der hinter der Bronzerüstung in Deckung gegangen war.

»Fyn! Zerbrich die Edelsteine an Janaks Stuhl!«

»Was soll ich zerbrechen?«

»Die Räder!«, schrie Annev. »Zerschmetter die Steine an den Rädern!«

Fyn schien nicht ganz zu verstehen, was Annev da wollte, aber er nickte, verließ seine Deckung und sprang ins Freie.

Annev schob sich vorsichtig hinter der Säule hervor und erfasste die Szene mit einem Blick. Kenton hockte hinter einer

Säule, einen notdürftigen Verband um sein verletztes Bein gelegt. Inzwischen hatten die Wachen im hinteren Teil des Zimmers ihre Armbrüste gegen Speere eingetauscht und verteilten sich im Raum, versuchten Annev und Kenton einzukreisen. Annev rannte zu Kenton hinüber und half dem Jungen mit dem rabenschwarzen Haar, wieder auf die Beine zu kommen. Kenton machte einen Probeschritt, nickte zufrieden und hob sein Langschwert.

Am anderen Ende des Raums hatte sich Fyn aus dem Kreis gerettet, den die Wachmänner um die Jungen zu bilden versuchten, und Janaks Stuhl erreicht. Er reckte seine Streitkolben und machte sich für den Angriff bereit. Da hob Janak den dunklen Stab empor und richtete ihn mit einem Brüllen auf Fyn. Der Avatar blieb sofort wie festgefroren stehen.

»Nein!«, rief Annev, seine Aufmerksamkeit hin- und hergerissen zwischen Fyns Kampf mit Janak und den herannahenden Wachen. Die Soldaten blieben gerade eben außer Reichweite ihrer Waffen stehen und senkten ihre Speere, während sich Annev und Kenton Rücken an Rücken auf ihren Angriff gefasst machten.

»Sieht nicht gut aus …«, murmelte Kenton, sein Langschwert vor sich in die Höhe gereckt.

Auf der anderen Seite des Raums machte sich ein Zittern in Fyns Armen breit. Mit aller Anstrengung versuchte der Junge gegen die volle Wucht von Janaks Zwingstab anzukämpfen. Stück für Stück sanken ihm die Arme an den Seiten herab.

Die Wachen um Kenton und Annev zogen ihren Kreis enger. Ein Soldat versuchte einen zaghaften Speerstoß in Richtung von Annevs Brust, doch der ließ Gnade aufblitzen und schnitt ihm die Spitze seines Speers ab. Die anderen Wachen nickten einander zu und zogen ihre Waffen zurück, um sich für einen koordinierten Gruppenangriff bereitzumachen.

Fyn schrie auf und riss seine Keulen wieder hoch; im gleichen Moment zog sich der Ring der Wachmänner um Annev und

Kenton zusammen, und die Wachen sprangen vor, um die Jungen aufzuspießen. Annev sah plötzliche Panik über Janaks Züge flackern, als Fyns Streitkolben auf beide Seiten seines Stuhls herabkrachten und die beiden eingravierten Lapislazulisteine an den Naben seiner Räder zerschmetterten.

Janak schrie.

Eine Welle der Zerstörung erfasste den Raum, ein wahrer Donnerschlag der Magie, lange aufgestaut, die sich nun mit einem Mal entlud. Fyn wirbelte von dem Kaufmann weg, überschlug sich in der Luft. Die Ausstellungsstücke im Raum, Plunder wie Kostbarkeiten, flogen über den Boden, Podeste kippten um, und Staffeleien brachen entzwei. Die Wachen wurden mitten im Angriff umgerissen, während Kenton und Annev, Rücken an Rücken gegeneinandergelehnt, ins Taumeln gerieten und beide alle Mühe hatten, sich wieder zu fangen. Vom Lärm der Explosion klingelte es ihnen in den Ohren, und ihre Wucht ließ die Möbelstücke ringsum quietschend über den Boden zum rückwärtigen Teil des Raumes rutschen. Zurück blieb ein seltsamer Halbkreis der Zerstörung rund um Janaks Rollstuhl.

Der riesige Schreibtisch war umgekippt, die schweren Schubfächer herausgerissen. Aus einem Schubfach quollen stapelweise Pergamentbögen, aus einem anderen kullerte eine runenbedeckte blaue Flasche und rollte langsam über den Fußboden. Fyn lag reglos etwa ein Dutzend Schritte vom umgekippten Tisch entfernt, und Blut sickerte ihm aus beiden Ohren.

Er ist tot, schoss es Annev durch den Kopf. Er war selbst davon überrascht festzustellen, wie viel Kummer es ihm bereitete, den außer Gefecht gesetzten Avatar so am Boden liegen zu sehen. *Tot oder schwer verletzt.* Er hielt nach irgendwelchen Lebenszeichen Ausschau, aber stattdessen erregte eine Bewegung in seinem näheren Umfeld Annevs Aufmerksamkeit: Die Wachen begannen sich langsam zu erholen. Annev und Kenton mussten auf der Stelle handeln.

»Kenton! Jetzt!«

Annev wirbelte zu einem Soldaten herum, der sich soeben erhob. Seine gepolsterte Jacke war mit Streifen versehen, die ihn als Gruppenführer oder Hauptmann auswiesen. Annev hob Gnade in die Höhe, und ein vertrautes Kribbeln lief seinen Arm hinauf. Er schwenkte die Waffe, um dem Mann die Kniesehnen zu durchtrennen, der aber taumelte mit erhobenen Händen vor ihm zurück.

»Nein!«, schrie er. »Bitte, lasst uns gehen!«

Es war das erste Mal, dass ein Soldat gesprochen hatte. Er sah nackte Angst und Panik auf ihren Gesichtern und begriff, dass sie nun nicht mehr im Bann der Magie von Janaks dunklem Stab standen.

»Stopp!«, befahl Annev und hielt Kenton auf, der kurz davorstand, einem Mann sein Langschwert in den Schädel zu rammen. »Lass sie ziehen. Sie hatten keine Wahl. Sieh dir ihre Uniformen an – sie gehören zur Stadtwache von Banok, nicht zu Janaks Hausgarde.«

Mit einem nachdrücklichen Nicken bestätigte der Hauptmann Annevs Vermutung. »Ich diene Janak nicht – keiner von uns tut das. Ich will einfach nur heim zu meiner Familie.«

Kenton schaute zwischen Annev und den übrigen noch immer am Boden liegenden Soldaten hin und her, dann nickte er und steckte sein Langschwert weg.

»Macht, dass ihr fortkommt.«

Die überlebenden Wachen rappelten sich hoch, nahmen die Beine in die Hände und stürmten davon.

Kapitel 57

Janaks kräftige Hände umklammerten die Räder seines Stuhls, als könnte er damit irgendwie ihren magischen Schutz zurückbringen. Auf seinem Gesicht lag ein ungläubiger Ausdruck, als er die etwa zehn toten Wachmänner sah. Er schnappte keuchend nach Luft und starrte auf den regungslosen Fyn hinab, dann richtete er den Blick auf Kenton und Annev in der Mitte der Zerstörung; doch er schaute sie an, ohne sie zu sehen, seine Augen trübe.

Annev lief zu Fyn hinüber: Der Junge atmete, aber aus seinen Ohren floss nach wie vor Blut. »Er hat auf jeden Fall eine Gehirnerschütterung«, sagte Annev und fühlte Fyns Puls. »Aber ich glaube, wir kriegen ihn wieder hin. Er hat einen heftigen …«

Etwas Schweres klirrte Fyn gegenüber auf dem Boden. Annev sprang auf und griff nach seinen Waffen, und sowohl er als auch Kenton drehten sich nach der Rüstung um, die die ganze Zeit über im Raum ausgestellt gewesen war, bis Janaks Abwehrzauber zersprengt worden war und die Explosion sie umgekippt hatte. Ein erneutes Klirren kam von der Bronzerüstung, gefolgt von einem Knarren, und dann erhob sie sich langsam.

»Kenton«, hauchte Annev, »siehst du das?«

Der Junge nickte sprachlos – und dann öffnete die Rüstung ihr Visier.

»Duvarek!« Kenton lief zu seinem ehemaligen Mentor. »Habt Ihr Euch die ganze Zeit über hier versteckt?« Er schüttelte ungläubig den Kopf, dann grinste er so breit, dass Annev seinen sonst so verdrießlichen Gefährten kaum wiedererkannte. »Hat Janak Euch etwas angetan?«

Der Meister der Schatten stöhnte und versuchte, sich mit dem Panzerhandschuh an seine Stirn unter dem Helm zu greifen. »Ich habe furchtbar schreckliche Kopfschmerzen«, verkündete er und zuckte zusammen. »Fühlt sich so an, als hätte man mich in ein Fass gesteckt, so ein Fass voller … Was machst du denn hier? Und Annev – und Fyn!« Er schüttelte den Kopf, hektisch und ungläubig. »Wer ist mit euch zusammen hergekommen? Ihr müsst sofort verschwinden! Wenn Harth herausbekommt, dass ihr …«

Janak riss sich mit einem Brüllen aus seiner Benommenheit. Annev fuhr herum und sah den Händler nach etwas auf seinem Schoß tasten, während er grausige Flüche vor sich hin murmelte.

»Lauft!« Duvarek wedelte mit der Hand in den Raum hinter sich und hob dann die Saufeder zu seinen Füßen auf.

»Er sucht nach dem Stab!«, rief Annev. Er und Kenton rannten mit gezückten Waffen in Richtung Janak.

»Nein!«, schrie Duvarek und schob sich zwischen Janak und seine ehemaligen Schüler. »In die andere Richtung! Nichts wie weg!«

Janak warf seine Decke beiseite, hob das kurze goldene Artefakt in die Höhe und deutete damit auf den Meister der Schatten.

»Duvarek«, befahl er mit dröhnender Stimme. »Beschütze mich!«

Zu Kentons und Annevs Entsetzen erschlaffte Duvareks Gesicht auf der Stelle, und seine Augen wurden glasig; er reckte sich und nahm stramme Haltung an, sein vorheriges Unbehagen war aus seinen Zügen gewichen. Er klappte sein Visier herunter und verbarg sein Gesicht wieder hinter dem dunklen Schlitz in dem Bronzehelm.

»Duvarek?«, fragte Kenton und trat einen zaghaften Schritt auf seinen ehemaligen Lehrer zu.

Schnell wie eine Schlange schoss die mit einer Stahlspitze besetzte Saufeder vor. Kenton machte einen Satz zurück, und es gelang ihm nur mit Mühe, der Speerspitze auszuweichen. »Meister Duvarek«, bat er flehentlich, während er weiter zurückwich. »Bitte … kämpft auf unserer Seite. Kämpft gegen die Magie an – lasst nicht zu, dass Euch die Verderbnis zum Bösen verführt.«

»Töte sie, Duvarek!«

Die Rüstung neigte den Kopf in Richtung des Kaufmanns und zögerte dann.

»Duv«, versuchte es Kenton noch einmal. »Bitte, kommt mit zurück nach Chaenbalu.«

Der Bronzekrieger richtete seinen metallischen Blick wieder auf Kenton. Er nickte einmal knapp, als stimme er zu, und begann mit gemessenen Schritten auf die beiden Jungen zuzugehen.

»Duv?«

»Kenton.« Annev trat einen Schritt zurück. »Ich glaube nicht, dass …«

Duvarek machte einen Satz und schwang seine Saufeder nach Kentons Kehle, während der Junge über zerbrochene Reliquien zurückstolperte und zugleich hastig sein Langschwert hob, um den Angriff abzuwehren. Er parierte einen weiteren Hieb seines ehemaligen Meisters, dann duckte er sich hinter einen umgekippten Schrank, dessen aus kostbaren Kleidern bestehende Schätze überall im Raum verteilt waren.

Annev wollte ihm gerade zu Hilfe kommen, doch dann hielt er inne, weil ihm aufging, dass es eine bessere Möglichkeit gab, Duvareks Unterjochung durch den Zwingstab ein Ende zu setzen. *Wenn ich Janaks Konzentration so sehr störe, dass er sie nicht mehr aufrechterhalten kann, dann kann er auch den Zwangzauber nicht aufrechterhalten. Wir müssen Janak töten … dann können wir Duvarek retten, uns das Artefakt schnappen und machen, dass wir hier wegkommen.*

Annev sah zu dem Kaufmann und bemerkte, dass er den Kampf mit einem morbiden Interesse beobachtete. Mit den Augen verfolgte er, wie sich Kenton durch den Raum bewegte, und murmelte dabei irgendetwas vor sich hin. Kenton wehrte jeden einzelnen von Duvareks Angriffen ab oder wich aus, ohne je selbst anzugreifen, außer um die Rüstung seines Gegners auf Schwachstellen zu testen.

Ein Dutzend Schritte von Annev entfernt begann Fyn sich wieder zu regen. Annev wandte sich um, um festzustellen, ob der Kaufmann die Bewegung bemerkt hatte, aber Janaks Aufmerksamkeit galt allein Duvareks Jagd und Kentons fortgesetztem Rückzug. Annev rückte ganz langsam näher an den Mann im Rollstuhl heran, sein Beil und sein Kurzschwert immer noch in Händen.

»Hast wohl vor, ein ungelöstes Problem zu beenden, was?«

Annev erstarrte, als Janak seinen Blick auf ihn richtete. »Ist wahrscheinlich vernünftig so. Winsor hätte die Sache zu Ende bringen sollen, nachdem seine Weisfrauen mein Kind geraubt hatten, es ihnen aber nicht ganz gelungen war, mich zu vergiften … doch er ist entweder zu gewitzt oder zu barmherzig gewesen.« Er kicherte freudlos. »Na ja, dann komm schon her. Bring deinen Auftrag zu Ende. Ich habe meinen Schild nicht mehr, also bin ich hilflos.«

Annev musterte die Schoßdecke des Kaufmanns. Die Messinglampe und der Zwingstab waren darauf deutlich sichtbar, und obwohl Janaks Hände auf beiden Gegenständen ruhten, spürte Annev jenes spezielle Ziehen und Zerren an seinen Gedanken und Gefühlen nicht, das darauf schließen ließe, dass Janak Gebrauch von seinem dunklen Stab machte. Trotzdem hatte er den Eindruck, dass seine Handlungen irgendwie nicht seine eigenen waren, als er noch einen Schritt näher an den Kaufmann herantrat.

Janak lächelte. »So ist es recht, mein Junge. Komm näher.«

Annev stockte erneut. Janak spannte sich an, und seine Hand schloss sich kurz über dem Artefakt auf seinem Schoß. Annev machte einen Schritt zurück und behielt dabei den Kaufmann fest im Auge. Der Mann wirkte plötzlich weniger selbstsicher.

»Komm hierher, Kind.«

Jetzt spürte es Annev – die kaum merkliche Berührung durch Magie, die mit seinen Unsicherheiten spielte, sein Mitgefühl mit dem Mann verstärkte und seinen Wunsch befeuerte, ihm zu helfen, das Unrecht wiedergutzumachen, das die Akademie ihm angetan hatte.

Annev drehte sich um und ging auf Fyn zu.

»NEIN!«, schrie Janak. »Komm zu *mir*, du Dummkopf!«

Je weiter sich Annev von dem Kaufmann entfernte, desto mehr spürte er, wie der Zwang, ihm zu gehorchen, schwächer wurde. Als er Fyn erreichte, spuckte Janak förmlich Gift und Galle.

»Brennen sollst du!«, fluchte der Mann und schlug sich auf seine verkrüppelten Beine. »Brennen sollst du und genauso auch die Dämonen, die dich gezeugt haben!«

Annev kniete sich neben Fyn und untersuchte dessen Verletzungen.

Die Lider des Avatars öffneten sich flatternd, und Fyn packte Annevs Unterarm. »Was …«

»Annev!«, rief Kenton vom anderen Ende des Arbeitszimmers. »Duv will einfach nicht aufhören, und ich kann ihn nicht aufhalten!«

Verdammt. Kenton war vollauf mit Duvarek in seiner Rüstung beschäftigt: Der Junge hielt sich beim Kämpfen nun nicht mehr zurück wie vorhin, doch jedes Mal wenn Kenton sein Langschwert zuschlagen ließ, fing die Bronzerüstung seine Hiebe ab. Annev sah zu, wie sich Kenton von der Wand abstieß, einen Satz hinter Duvarek machte und auf das weichere Metall um Achseln und Schlüsselbein eindrosch, aber die Klinge rutschte noch immer beständig ab.

»Kenton braucht Hilfe«, erklärte Annev und half Fyn, sich aufzusetzen. »Kannst du kämpfen?«

»Häh?«, sagte Fyn ein wenig zu laut.

Annev zeigte auf Janak, dann fuhr er sich mit dem Daumen über die Kehle. Der Junge mit der Gehirnerschütterung nickte zum Zeichen, dass er verstanden hatte, und machte sich daran, den Raum nach den Waffen abzusuchen, die er während des Kampfes hatte fallen lassen. Annev stand auf, Kurzschwert und Beil in lockerem Griff in den Händen. Kenton sah ihn kommen und beschrieb einen Halbkreis durch den Raum, indem er sich Duvareks langsamere Geschwindigkeit zunutze machte, um wieder zu Annev aufzuschließen. Unter dem Visier verborgen, folgte Duvareks Blick dem Jungen, unerbittlich und ohne Hast.

»Ich habe versucht, mit ihm zu reden«, wandte sich Kenton an Annev und rang nach Luft, »aber nichts dringt zu ihm durch – und diese Schuppenrüstung hat es in sich. Sie ist härter als Stahl, und ich finde keinerlei Öffnungen.«

»Fyn kümmert sich darum«, sagte Annev. Er ging breitbeinig in Stellung, als die Bronzegestalt auf sie zugeschritten kam. »Sobald er Janak getötet hat, wird sich der Zwang von ihm lösen.«

»Warum hast du ihn nicht getötet?«

»Ich hab's versucht, aber je näher ich gekommen bin, desto stärker wurde seine Kontrolle über mich.«

»Und du meinst, Fyn kriegt das besser hin?«

Annev nickte, und ein leicht verrücktes Grinsen legte sich auf seine Züge. »Er ist im Moment weitgehend taub – und er hat ungefähr so viel Mitgefühl wie ein Stein. Außerdem hat er ja den Auftrag, Janak umzubringen.« Duvarek hatte sich ihnen nun auf ein knappes Dutzend Schritte genähert, und die beiden Avatare machten unbewusst einen Schritt zurück.

»Ich hoffe für uns, dass du recht hast.« Kenton hob sein Langschwert, als Duvarek auf Reichweite seiner Saufeder herankam. »Ich greif ihn von unten her an und du von oben!« Bevor Annev sein Einverständnis kundtun konnte, stürmte Kenton auf seinen ehemaligen Mentor zu.

Der Meister der Schatten senkte seine Waffe, um seinen ehemaligen Schützling zu durchbohren, aber Kenton hatte die Distanz zwischen ihnen allzu schnell überbrückt. Er ließ sich auf die Knie fallen und glitt unter der herabsausenden Speerspitze hindurch.

Als Kenton gegen Duvareks Beine prallte, sprang Annev auf den Mann in der Rüstung zu, sein Beil hoch erhoben. Er zielte auf den Helm des Kriegers und griff in genau dem Moment an, als Kenton gegen die Beinschienen des Mannes trat und ihm seine Waffe über die Leistengegend zog. Duvarek stellte sich den seinen Körper treffenden Schlägen entgegen, ohne vor Kentons Ansturm zurückzuweichen, aber als Annevs Beil auf ihn herabdonnerte, bewegte er sich ein Stück zur Seite und wich der Waffe aus. Annev holte mit Gnade aus und ließ eine zweite Attacke folgen, was Kenton Zeit gab, sich unter Duvareks Füßen wegzurollen. Doch der Meisteravatar überraschte Annev, indem er mit seinem Kettenhandschuh nach Annevs stumpfem Kurzschwert griff. Bevor Annev die Magie des Artefakts wecken konnte, hatte ihm Duvarek das Schwert bereits aus der Hand gerissen und schleuderte den Jungen mit einem Tritt in den Magen quer durch den Raum.

Annev rollte sich ab und stand auf, dann sprang er sofort zu Kenton zurück. Jetzt, wo ihm nur noch sein Beil geblieben war, um sich zu schützen, fühlte er sich regelrecht nackt. Er sah Fyn an und bemerkte, dass der Junge seine Streitkolben inzwischen wieder an sich gebracht hatte und unbeirrt auf Janak zukroch, ohne ihrem Kampf mit Duvarek Beachtung zu schenken. Als sich der Avatar Janaks Rollstuhl immer mehr näherte, begriff der Kaufmann seine Notlage und hob seinen Stab wie ein Zepter.

»Halt!«, befahl er und schüttelte den dunklen Stab in Fyns Richtung. »Leg dich zu Boden und stirb, Junge.«

Aber Fyn hielt nicht inne, wurde nicht einmal langsamer. Mit grimmiger Entschlossenheit bewegte er sich weiter auf den Kaufmann zu.

»Duvarek!«, rief Janak, plötzlich in hektischer Verzweiflung. »Beschütz mich! Töte den Krieger!«

Der Meister der Schatten sprang von Kenton und Annev weg, klemmte sich seinen Speer unter den Arm und wirbelte Gnade in den Händen herum. Er bekam das Heft zu fassen und hielt das Schwert nach unten. Mit langen, entschlossenen Schritten näherte er sich dem durch den Raum stolpernden Fyn.

Annev sah Kenton an. »Wir können ihn nur aufhalten, wenn wir Maßnahmen ergreifen, die von bleibender Wirkung sind.« Der vernarbte Avatar schüttelte den Kopf, aber Annev ließ keine Einwände gelten. »Fyn braucht uns.«

Kenton erkannte die Gefahr, in der ihr Gefährte schwebte, und fluchte. Mit einer Mischung aus Entschlossenheit und Selbstverachtung rannte er los, ließ die Spitze seines Langschwerts in die weiche Metallbedeckung von Duvareks Achsel gleiten und stieß zu. Doch statt die Brust des Meisteravatars zu durchbohren, rutschte Kentons silberne Klinge über das bewegliche Maschengewebe, das Duvareks Gelenke und seine lebenswichtigen Organe bedeckte: Wie die Haut eines Fisches überlappte jede Bronzeschuppe die nächste, ohne dass es auch nur den Hauch eines Spalts oder eines Zwischenraums unter den winzigen Platten gab.

Duvarek schenkte Kentons Angriff keinerlei Beachtung und trat einen weiteren Schritt auf Fyn zu.

Annev ging mit seinem Beil dazwischen, das er gerade in dem Moment, als Duvarek sein Gewicht vom einen Fuß auf den anderen verlagerte, um den Knöchel des Kriegers hakte. Der Meisteravatar geriet ins Taumeln, und Kenton holte zu einem zweiten Angriff aus, rammte sein Langschwert gegen die Schlitze des Visiers von Duvareks Helm. Annev hätte gedacht, dass es ein tödlicher Hieb sein müsste, aber wieder rutschte das Schwert von der Bronze ab, außerstande, das Visier zu durchdringen.

Diesmal schlug Duvarek zurück. Er ließ Gnades stumpfe Schneide mit solcher Wucht in das Langschwert des Jungen krachen, dass das dünnere, nicht magische Schwert zerbrach. Einen kurzen Moment lang starrte Kenton voller Entsetzen auf seine geborstene Klinge, aber dann rammte Duvarek dem Jungen das hintere Ende seiner Saufeder ins Gesicht, sodass Kenton zur Seite torkelte.

»Duvarek!«, schrie Janak erneut. »Töte ihn, auf der Stelle!«

Um Fyns mörderischer Verfolgung zu entrinnen, hatte der Kaufmann seinen kaputten Rollstuhl verlassen und kroch auf den fragwürdigen Schutz seines umgekippten Schreibtischs zu. Die Lampe und den dunklen Stab hielt er immer noch umklammert.

Als Reaktion auf Janaks Befehl stellte sich Duvarek breitbeinig hin und zielte mit seinem Speer auf Fyn. Annev holte zu einem verzweifelten Hieb mit seinem Beil aus und traf die untere Hälfte der Waffe gerade in dem Moment, als sie aus Duvareks Hand flog. Die Saufeder wirbelte sich überschlagend durch die Luft, riss eine Wandleuchte aus ihrer Halterung und ließ brennendes Öl auf den Raum herabregnen. Der Schaft schlug Fyn gegen die Schulter, und der Avatar drehte den Kopf und bedachte seinen Angreifer mit einem hasserfüllten Blick. Er zögerte, als er Duvarek mit Gnade in der Hand auf sich zukommen sah, und schätzte die Entfernung zwischen dem verkrüppelten Kaufmann vor ihm und seinem gepanzerten Hörigen hinter ihm ab.

»Lauf!«, brüllte Annev und winkte ihn vorwärts. »Töte Janak!« Er war sich nicht sicher, ob Fyn ihn gehört hatte, aber dann sprang Kenton Duvarek in den Weg und legte eine eiserne Halsfessel um den Nacken des Mannes.

Das gab Fyn die Gelegenheit, die er brauchte. Mit neuer Entschlossenheit stolperte der verletzte Avatar nun schneller auf sein Opfer zu, stützte sich an den umgekippten Möbelstücken ab und wich dem Feuer aus, das sich allmählich im Raum ausbreitete. Auf der anderen Seite des Arbeitszimmers hatte Janak seinen umgekippten Schreibtisch erreicht und durchwühlte dessen versprengten Inhalt.

Duvarek versuchte, sich aus Kentons Halsfessel zu befreien, aber mit seinen Panzerhandschuhen fehlte ihm die dafür nötige Geschicklichkeit. Einige kostbare Sekunden lang vergaß der unter Bann stehende Meister seinen Auftrag und mühte sich stattdessen, seine Ketten zu sprengen; er versuchte, Gnades Spitze zwischen die grauen Kettenglieder zu klemmen, doch erfolglos; er schlug mit der gleichen Wucht auf seine Fessel ein, mit der er zuvor Kentons Langschwert hatte zerbrechen lassen, und scheiterte erneut; zu guter Letzt umfasste er das Kurzschwert mit beiden Händen und versuchte, die Klinge zwischen die eiserne Fessel und die bronzene Halsberge zu schieben, die seinen Hals schützte.

»Annev! Halt ihn auf.«

Kenton warf ihm eine mit Rostflecken überzogene Handschelle hin, deren baumelnde Kette noch immer mit Duvareks Halsfessel verbunden war. Annev fing sie auf, spürte das Kribbeln ihrer Magie und wusste instinktiv, dass sie, wie die meisten Dinge in Janaks Arbeitszimmer, ein Artefakt von mäßiger Macht war. Er sah, wie Kenton die andere Handschelle an den Arm eines toten Wachmannes kettete.

Wahrhaft genial.

Annev schaute sich im Raum um und entdeckte einen weiteren Toten, keine zehn Schritte von ihm entfernt. Er ging auf den Leichnam zu, in der Hoffnung, Duvarek mit der Last eines zweiten Toten beschweren zu können, aber dann flog ihm die Kette mitsamt Handschelle aus den Fingern. Duvareks starke Hand hatte sie mit einem heftigen Ruck weggerissen: Der Krieger widersetzte sich ihrem Plan, und der Zwang, unter dem er stand, würde ihnen keine Möglichkeit geben, ihn aufzuhalten. Duvarek ließ Gnade fallen, umfasste Kentons Hälfte der Kette mit beiden

Händen und zog den toten Wachmann auf sich zu. Kenton sprang auf den Leichnam und zwang Duvarek so, sich ein schauerliches Tauziehen mit ihm zu liefern, in dessen Verlauf Kenton alles tat, was er konnte, um Fyn die kostbaren Sekunden zu verschaffen, die er brauchte.

Annev drehte sich um, um sich einen Überblick über die Fortschritte des anderen Jungen zu verschaffen, da sah er, dass Janak aus den Trümmern seines Schreibtischs eine blaue Flasche geborgen hatte. Mit einem Jubelschrei entkorkte er die Phiole, kippte den Inhalt hinunter und schüttelte sich. Fyn erreichte ihn Sekunden später und riss dem Kaufmann den Zwingstab aus seinem fiebrigen Griff.

Annev trat einen Schritt zurück und hoffte, dass in Duvarek eine Veränderung vorgehen würde, aber der Meister der Schatten bewegte sich immer noch, als stünde er unter Zwang: Er hob Gnade vom Boden auf und stakste auf Kenton zu, in der Absicht, sich der Hindernisse zwischen ihm und seinem Auftrag zu entledigen.

Annev fluchte und erkannte die Gefahr, in der sich sein unbewaffneter Gefährte befand. Er rannte durch den Raum, um Kenton beizuspringen. Dabei riskierte er einen letzten Blick auf Fyn, und was er sah, ließ ihn vor Überraschung stolpern: Nachdem der Kaufmann aus der mit Runen bedeckten Flasche getrunken hatte, hatte die Farbe seiner sonnengebräunten Haut zu einem metallischen, tintendunklen Grau gewechselt, der Farbe von mattem Stahl.

»Du kannst mich nicht töten!«, rief Janak lachend. »Cruithear beschützt mich!«

Fyn starrte den verkrüppelten Kaufmann an, verwirrt über das, was er sah. Mit seinem Streitkolben schlug er auf Janaks kahlen Kopf und war überrascht, das metallische Scheppern und Klirren von Metall auf Metall zu hören.

Wieder lachte Janak. »Siehst du! Ich bin …«

Fyn hob seinen Streitkolben und ließ dessen Klingen, die scharf genug waren, eine Rüstung zu durchdringen, mit voller Wucht in Janaks Gesicht krachen. Der Kaufmann schrie auf, und Funken stoben, doch als Fyn seine Waffe hob, waren nur eine schwache Delle und zwei kleine Löcher in der Stirn des Mannes zu sehen.

»Gütige Götter«, hauchte Annev.

Janak schrie auf und hielt sich seine Verletzung, aber zugleich lachte er auch. »Haha. Du meinst wohl – autsch! –, dass du mir etwas antun kannst?« Er stöhnte erneut und hatte offensichtlich Schmerzen, doch er zwang sich zu einem Lächeln. »Cruithear stärkt mich! Er hat Keos seine Macht genommen und teilt sie nun mit mir.«

»Hilfe!«

Janaks Wahnsinn hatte Annev völlig Kenton vergessen lassen. Er rannte auf Duvarek zu, der gerade den gefesselten Leichnam erreicht hatte. Die eine Hand um die Kette gelegt, die ihn an den Toten band, hob Duvarek mit der anderen Gnade und schwang das Schwert.

Kenton rollte von dem toten Wachmann weg, und das Kurzschwert krachte in den Arm des Leichnams. Statt die Gliedmaße jedoch abzutrennen, verletzte Gnades stumpfe Schneide nur die Haut und ließ den Knochen darunter zersplittern. Duvarek hackte erneut drauflos, ohne sich von der mangelnden Tauglichkeit seiner Waffe beirren zu lassen, während Fyn mit seinem Streitkolben wieder und wieder in Janaks Metallgesicht schlug. KLING. KLANG. KRACH.

Duvarek hatte es schließlich geschafft, den gebrochenen Arm des toten Wachmanns zu zerhacken. Er nahm die Handschelle an sich, die an seiner Halsfessel befestigt war, und richtete seine Aufmerksamkeit nun wieder ganz auf Fyn.

»Töte sie alle, Duvarek!«, schäumte Janak. Sein Gesicht war ein Trümmerhaufen aus zerbeultem Metall. »TÖTE SIE …«

KLING! KLANG! KLATSCH!

Janak verstummte, und Duvarek geriet für einen Moment ins Taumeln. Dann sah er sich um und überblickte prüfend seine Umgebung.

»Duv?«, fragte Kenton, und ein Hoffnungsschimmer erwachte in ihm. »Seid Ihr dort drin?«

Der Mann in der Bronzerüstung schaute an sich hinab, wog die Eisenketten in seiner linken Hand und das Kurzschwert in seiner rechten. Als er wieder aufsah, richtete er sein unter dem Visier verborgenes Gesicht direkt auf den Meister der Sorgen.

»Ihr werdet alle sterben.«

Duvarek stürzte sich auf Annev, das Kurzschwert erhoben, um den Jungen damit zu durchbohren. Statt auszuweichen oder sich wegzurollen, schlug Annev mit aller Kraft zu, und sein Beil krachte mit solcher Wucht in Gnade hinein, dass beide Waffen schlitternd über den Boden flogen. Der Meister der Schatten knallte auf Annev, riss ihn mit sich zu Boden und machte sich daran, dem Jungen seine Eisenketten um den Hals zu schlingen. Annev tastete wild um sich und fand die abgetrennte Gliedmaße des Wachmanns. Auf der verzweifelten Suche nach irgendeiner Möglichkeit, sich zur Wehr zu setzen, schob er das makabre Ding in Duvareks verknotete Kette und zuckte zusammen, als der Mann die Eisenkette zusammenzog und versuchte, ihn zu erwürgen.

Kenton erschien über Annevs Kopf, Gnade mit beiden Händen umklammernd, aber dann ging sein Blick zwischen Duvarek und Annev hin und her, und er zögerte.

»Visier …«, stieß Annev mit erstickter Stimme hervor, während er sich mühte zu verhindern, dass die kalten Metallglieder seine Luftröhre zerquetschten. Seine Aussichten auf Erfolg waren gering – Annev sah keine Möglichkeit, das Visier des Mannes zu öffnen, geschweige denn, ihm den magisch verschlossenen Helm abzunehmen, und das geschlitzte Visier des großen Helms hatte bereits gezeigt, dass Kentons Langschwert ihm nichts anhaben konnte: Seine Öffnungen waren so klein, dass nicht einmal ein Dolch hätte hindurchdringen können.

Aber sie sind nicht zu klein, um Luft hindurchzulassen …

Kenton stieß die Spitze von Annevs Kurzschwert in das Visier des Kriegers. Im gleichen Moment hörte Annev auf, gegen die ihn würgende Kette zu kämpfen, und schlug mit beiden Händen oben auf Gnades Hohlkehle. Er beschwor die Magie der Klinge und befahl ihrer Schneide, einen dünnen Strahl schneidender Luft zu formen, in der Hoffnung, dass seine Not groß genug war, um die Magie Gestalt annehmen zu lassen.

Kenton schnappte keuchend nach Luft, als das Kurzschwert die Schlitze des großen Helms durchdrang, und ein widerwärtiges Knirschen, durchdringend und schmatzend, stieg aus dem Inneren des Helmes auf. Duvarek ließ die Ketten los, die um Annevs Hals geschlungen waren, und klammerte seine Finger unter ihren Panzerhandschuhen ums Gesicht, dann glitt er von Annevs Schwert weg und brach auf dem Boden zusammen. Der Bronzekrieger zuckte heftig, als sein Kopf auf die Steine schlug. Noch ein letztes Zappeln, dann lag er still.

Annevs Herz hämmerte. Er schaute zu Kenton auf und sah den Avatar mit großen Augen auf den toten Mann in der Bronzerüstung starren. Der Junge blickte voller Entsetzen das Mordinstrument in seinen Händen an, und dann starrte er auf Annev, der Gnades Klinge umklammerte. Er ließ das Heft der Waffe los, sodass Annev das Artefakt alleine hielt, dann trat er von dem Mann zurück, den er gerade getötet hatte.

Annev legte die Waffe beiseite, befreite sich aus den Ketten, mit denen er gefesselt war, und schob Gnade in ihre Scheide zurück. Dann nickte er Kenton zu. »Danke.«

Mit leerem Blick nahm der Junge das Gemetzel ringsum in Augenschein: Mindestens zehn tote Männer lagen im Raum verstreut, in dem sich zudem ein verzehrendes Feuer immer weiter ausbreitete; Janaks Besitztümer waren zerstört, und der Kaufmann selbst lag als zusammengesunkenes Häufchen neben Fyn. Annev warf die Ketten und eisernen Handschellen beiseite – von denen die eine noch immer am abgetrennten Arm des toten Wachmanns befestigt war. Dann schnappte er sich Sraons Beil und lief zu Fyn hinüber.

Annev zuckte zusammen, als er Janaks zerbeultes Gesicht sah, und es erfüllte ihn mit Ekel, dass inmitten der Masse aus verdrehtem Metall noch immer der vormalige Mensch zu erkennen war.

»Er ist tot«, unterstrich Annev das Offenkundige.

Fyn schüttelte den Kopf und starrte ausdruckslos den Mann an, dessen Ermordung seine Aufgabe gewesen war. Annev wollte ihn schon fragen, warum er etwas derart Offensichtliches leugnete, aber dann gab das zerstörte Gesicht des Kaufmanns ein knirschendes Geräusch von sich, sein zerquetschter Kopf drehte sich, und dumpfe graue Augen richteten ihren Blick auf Annev.

»Keos …«, fluchte Annev.

Janak hob einen zitternden Metallarm, und seine stählerne Faust deutete auf Annev. »Orkl … Krpl?« Er presste die Wortfetzen rau und krächzend aus entstellten Lippen hervor.

Annev verstand nicht; dann sah er die Messinglampe, die der Mann umklammert hielt. Er riss sie mit Gewalt aus Janaks steifem, metallischem Griff, und der Kaufmann seufzte in gequälter Resignation, ein schnaufendes Stöhnen, das aus der eisernen Lunge drang.

»Er sollte tot sein«, murmelte Fyn mit matter Stimme. »Ich verstehe nicht, wie er noch am Leben sein kann.«

»Cruithear hat ihn verflucht«, erklärte Annev und strich mit den Fingern über die winzigen Runen, die das Messingartefakt überzogen. »Er hat Janak wahrscheinlich eingeredet, dass er als Gegenleistung für seine Dienerschaft sein altes Leben wiedererlangen und sich an der Akademie rächen könne.«

Fyn schaute auf den goldenen Stab in seiner Hand hinab, dann auf das brennende Arbeitszimmer und auf den verstümmelten Körper des Kaufmanns. »Ich weiß nicht, wer Cruithear ist«, sagte er kopfschüttelnd, »und es interessiert mich eigentlich auch nicht. Wir haben das Artefakt, und es sieht so aus, als sei Duvarek tot.« Er schielte zu Kenton hinüber, der neben dem Leichnam seines ehemaligen Mentors kniete. »Aber wie können wir diesen Mann da noch toter machen, als er schon ist? Würde ich glauben, dass all die Flammen ihn umbringen, würde ich ihn einfach zum Verbrennen hier zurücklassen.«

Janak stöhnte wie zur Antwort, und sein zerschundener Körper quietschte und knarrte, als er seinen gebrochenen Hals drehte. »Btte töt mch«, weinte er, und sein hohes, schrilles Jammern klang wie das Knirschen von Metall.

Der Mann hatte offensichtlich Schmerzen – es bestand kein Zweifel daran, dass der Tod eine Gnade für ihn wäre. Die Szene erinnerte Annev an die Waldhexe, wie sie um Gnade geschrien hatte, Gnade, Gnade.

Gnade.

Annev trat vor, beschwor die Magie seines Schwertes – eines Schwertes, das einst Stein durchschnitten hatte wie eine Sichel Getreidehalme – und rammte es mitten in die Brust des elenden Mannes.

Janaks Augen flatterten, und sein Kreischen verstummte. Er blickte auf das Schwert hinab, das ihm aus dem Brustbein ragte, dann sah er Annev in die Augen.

Erleichterung. Dankbarkeit.

Janak beugte sich vor und tätschelte Annevs Handgelenk, dann legte er seine graue Hand auf den purpurroten Phönixhandschuh. Er umklammerte Annevs Finger und drehte die Klinge.

Mit einem Aufkeuchen sackte er nach vorn; das Leben war aus seinen Augen gewichen.

Annev zog die Klinge heraus und trat zurück, und Janaks zerstörter Körper kippte um, fiel gegen seinen Schreibtisch und verteilte einzelne Fetzen brennenden Pergaments im Raum. Jetzt, da ihre Aufgabe vollbracht war, konnten alle drei Jungen ein wenig leichter atmen.

Ein Applaus – das langsame Klatschen zweier Hände – erklang aus dem hinteren Teil des Raums. Kenton sprang auf, und die drei Avatare fuhren herum. Eine schattenhafte, grau gekleidete Fremde stand in der Tür.

»Bravo«, sagte die Frau und stieg über ein zerbrochenes Gemälde. Schmuckstücke und Plunder des Kaufmanns knirschten unter ihren Füßen. Sie ließ ihren Blick über die Feuer schweifen, die sich immer weiter im Raum ausbreiteten und seine einst so schöne Vertäfelung verbrannten. »Ihr drei versteht es wirklich, wie man ein Fest feiert.«

Kapitel 58

Die Frau war fast so groß wie Fyn und trug einen schwarzen Schal um den Kopf. An ihrem Gürtel hingen ein schmales Rapier und ein Langdolch. Neben diesen beiden Waffen hing eine zusammengerollte Kette aus Stahlstäben, die durch kleine Metallringe miteinander verbunden waren. Von der Spitze der Kette hing ein mit einem Haken versehener Wurfspieß herab.

Sie stieg über eine zerbrochene Kristallvase und schob sich tiefer in den brennenden Raum hinein, wo die Flammen jetzt zu einer echten Gefahr wurden und Möbel und tote Wachleute gleichermaßen verschlangen. Sie näherte sich Kenton, und der Junge mit der Narbe wich vor ihr zurück, da er keinerlei Waffen mehr hatte, um sich zu verteidigen. Als die grau gekleidete Frau den toten Duvarek erreicht hatte, kniete sie nieder, um die Bronzerüstung, die eiserne Halsfessel und die rostigen Handschellen zu inspizieren.

»Bleibt stehen!«, herrschte Fyn sie an und richtete das goldene Artefakt auf die Frau.

Wer ist sie?, fragte sich Annev. *Was will sie hier?* Dann erinnerte er sich an die rätselhaften Worte, die Janak von dem Orakel verkündet worden waren. *Vier Reiter, ein jeder mit einem Vogel auf der Schulter – ein Reiher, ein Turmfalke, eine Saatkrähe und eine Elster.* Der Kaufmann hatte jedem von ihnen einen Namen gegeben: der treulose Krieger, der dem Untergang geweihte Krüppel, der fluchbeladene Anführer.

Und der Schatten des Schattens.

Die Frau erhob sich wieder und würdigte Fyn kaum eines Blickes. »Entschuldigt«, sagte sie und strich ihren zerlumpten

Umhang zurück. »Ich habe mich noch nicht vorgestellt. Sehr unhöflich, ich weiß.« Sie machte eine tiefe Verbeugung und zog den rechten Fuß zurück. Ihr Umhang fegte über den Boden. »Ich bin Sodja aus dem Adelshaus der Rocas.« Sie richtete sich hoch auf, musterte die drei Avatare und näherte sich ihnen mit gelassenen Bewegungen. »Und ihr seid, wenn ich mich nicht irre, Tölpel und Diebe aus dieser rückständigen Akademie im Wald.«

Wie der Blitz riss Sodja die Kettenpeitsche aus ihrem Gürtel und ließ sie durch den Raum schnellen. Die drei Avatare sprangen zurück und brachten sich gerade noch außer Reichweite der Waffe, dann bemerkten sie zu spät, dass die mit einem Widerhaken versehene Peitschenspitze auf den Zwingstab gezielt hatte. Der Haken legte sich fest um den goldenen Stab und riss ihn dem überraschten Fyn aus der Hand, sodass er in Sodjas Richtung geschleudert wurde. Als das Artefakt über sie hinwegsegelte, machte sie einen Hechtsprung danach und schnappte es sich, bevor es zu Boden fiel. Die Frau landete ein Dutzend Schritte von Duvareks gepanzertem Leichnam entfernt, dann drehte sie sich um, um den Avataren zuzuzwinkern – und wurde prompt von Annev über den Haufen gerannt.

Beide stürzten, wälzten sich über den blutigen Boden und zerschlugen dabei unzählige Schätze. Beide versuchten, einander zu fassen zu bekommen und zugleich den Feuern auszuweichen, die um sie herum brannten. Schließlich gelang es Annev, die Fremde gegen den toten Duvarek zu pressen, und er hoffte, sie dort festzuhalten, bis ihm Fyn und Kenton zu Hilfe kommen konnten. Doch noch bevor sie ihn erreicht hatten, entwand sich Sodja aus Annevs Griff, sprang auf und rannte zur Tür. Die beiden Avatare stürmten an Annev vorbei, hinter ihr her, und er sprang auf, um ihnen zu folgen, nur um nach wenigen Schritten ruckartig umgerissen zu werden.

Sein Unterarm und seine Schulter schmerzten, und als er sich hochrappelte, sah Annev den Grund dafür: Eine der eisernen Handschellen hatte sich um seinen linken Arm geschlossen und kettete ihn an Duvareks Halsfessel. Er zerrte an der Metallschelle, die nun sein Handgelenk umgab, sah aber keine Möglichkeit, wie sich das Artefakt aufschließen ließe. Er griff nach Gnade, in der Absicht, sich mit dem Schwert loszuschneiden, dann wurde ihm klar, dass er die Waffe während seiner Rangelei mit Sodja Rocas fallen gelassen hatte. Er drehte sich um, um nach der Diebin zu sehen, und stellte fest, dass sie in Janaks Tür stehen geblieben war. Soeben schob sie den Stab in ihre Tasche und schlang sich die Peitsche um ihre schlanke Taille.

»Na, na«, sagte Sodja missbilligend, zog ihr Rapier und schritt rückwärts aus der Tür. »Ist es euch wirklich das Leben eures Freundes wert, mich zu fangen?« Sie deutete zu Annev, und als seine Gefährten zu ihm herüberschauten, ergriff sie die Flucht.

Inzwischen war der Raum in Rauch und Flammen gehüllt, und Annev stand inmitten der lodernden Feuersbrunst. Er schüttelte seinen gefesselten Arm in Richtung von Fyn und Kenton und versuchte, ihn freizubekommen. Die sich immer weiter nähernden Flammen erfüllten ihn mit Unbehagen. »Ich stecke fest!«, schrie er. »Ich brauche mein Schwert – es liegt neben Janaks Schreibtisch.«

Fyn nickte. »Hilf ihm. Ich fange die Diebin.« Ohne eine Antwort abzuwarten, jagte er Sodjas entfliehendem Schatten nach und ließ Kenton allein zurück, damit er Annev zu Hilfe kam.

Annev sah dem Jungen mit dem rabenschwarzen Haar dabei zu, wie er an ihm vorbeilief und nach dem Schwert Gnade suchte. Während er wartete, fuhr er mit den Fingern über die Handschelle und suchte nach einem Schloss, das er hätte öffnen können. Doch statt eines Schlüssellochs fand er nur makellos glattes Metall. Er versuchte noch einmal, die Hand aus der Fessel freizubekommen, und spürte, dass die aufgeschürfte Haut unter dem Phönixhandschuh zu bluten begann.

Kenton kam näher, seine Aufmerksamkeit teils auf Annev, teils auf die heranrückenden Flammen gerichtet.

»Ich sehe keine Möglichkeit, die Fessel aufzuschließen«, sagte Annev, ebenfalls vom Brand abgelenkt. »Aber mit meinem Schwert kann ich sie vielleicht aufschneiden.«

»Ja.« Kenton wog das Kurzschwert in den Händen. »Ich habe seine Magie gespürt, als ich Duvarek getötet habe … aber sie war anders. Nicht wie bei deiner Laterne oder den Stolperstöcken oder jenem Becher, den ich mit Honigwein gefüllt habe.«

Annev sah auf und bemerkte, dass der Junge ihn musterte, einen seltsamen Ausdruck im Gesicht. »Kenton, was ist los?«

Kenton schaute auf Gnade hinab und schüttelte langsam den Kopf. »Ich habe die gleiche Magie gespürt, als ich Duvarek diese Halsfessel angelegt habe. Es ist nicht die Macht eines gewöhnlichen Artefakts … es ist etwas, von dem man erst dann Gebrauch machen kann, wenn man selbst über magische Fähigkeiten verfügt.«

Annev schüttelte den Kopf. Ihm gefiel weder die Richtung, die ihr Gespräch genommen hatte, noch der düstere Ausdruck auf Kentons Gesicht. »Wenn diese Ketten keine gewöhnlichen Artefakte sind, wie konnte die Frau es dann schaffen, mich anzuketten? Und wie ist es dir bei Duvarek gelungen?«

Kenton zuckte die Achseln. »Sie kann offensichtlich von Magie Gebrauch machen. Genau wie du … und ich.«

Annevs Augen weiteten sich, und sein Herz schlug heftig und schwer in seiner Brust. Er versuchte, nicht zu reagieren – versuchte, verwirrt zu wirken –, aber Kenton durchschaute seine List.

»Du hast gewusst, dass das Schwert magisch ist – deshalb hast du es mitgebracht. So erst haben wir Duvarek töten können … du hast die Magie des Schwertes wachgerufen.«

»Kenton«, sagte Annev mit flehentlichem Blick, »es ist nicht so, wie du denkst.« Er trat einen Schritt auf den Jungen zu, blieb aber stehen, als Kenton zurückwich.

»Diese Handschellen lassen sich nur von demjenigen öffnen, der sie zuvor angelegt hat.«

»Was?«, fragte Annev verblüfft. »Woher weißt du das?«

Kenton zuckte die Achseln. »Genauso wie ich gewusst habe, wie deine Laterne zu bedienen ist … oder wie ich diesen Becher befüllen konnte, den mir Dorstal gegeben hat.«

»Nun, Sodja ist fort«, erwiderte Annev, bemüht, die neue Information zu verarbeiten. »Und ich kann nicht so lange warten, bis Fyn sie hierher zurückgeschleppt hat – aber du könntest doch Duvareks Halsfessel aufschließen, oder? Dann könnte ich diese Ketten mit mir hier heraustragen.« Er trat zurück zum Leichnam des Meisters der Schatten und wickelte sich im Gehen die Kette um die Hände. »Oder du könntest mir auch das Schwert geben. Dann könnte ich …«

»Ich weiß, wie man von dieser Klinge Gebrauch macht, Annev.«

Annev sah zu, wie Kenton mit der Spitze von Gnade über den Boden fuhr und eine geschlängelte Linie in den Stein ritzte.

Annev schluckte. »Ja, sieht ganz danach aus.«

Kenton kam mit dem ausgestreckten Kurzschwert auf ihn zu. »Ich spüre, wie die Magie nach mir ruft«, erklärte er, »wie sie mir sagt, wie ich die Waffe benutzen muss – mir sagt, wie sie benutzt werden *will.*«

Annev stand still da, als Kenton näher kam, dann fuhr er zusammen, als der Junge plötzlich die Hände nach ihm ausstreckte – aber Kenton griff ihn nicht an. Er schnitt auch nicht Annevs Kette durch. Stattdessen schnitt er ihm mit dem Schwert Gnades Scheide vom Gürtel.

Annev verfolgte das Geschehen sprachlos, musste zusehen, wie der Junge mit dem Narbengesicht die Waffe in die Scheide steckte und sich Richtung Flur zurückzog, wo er in Sicherheit war.

»Was tust du da? Lässt du mich hier im Stich?« Er hustete und hielt sich die Hände vor Augen und Mund, um sich gegen den Rauch zu schützen.

Kenton setzte seinen langsamen Rückzug fort und blickte in die Flammen, die jetzt den Raum verschlangen. Er zuckte die Achseln. »Ich glaube, so ist es besser für uns beide. Wir sind Keokum, Annev – wir können uns der Magie bedienen, und jeder, der das erfährt, wird uns töten.« Er blieb gerade lange genug stehen, um die magische Harfe von der Wand zu reißen, und als er sich wieder umdrehte, lag ein Ausdruck der Bosheit in seinen Augen – da war etwas Dunkles und Trauriges, aber kein echtes Bedauern. »Ich war bereit, dir zu folgen, Annev, aber wir waren niemals Freunde. Du bist nie wirklich einer von uns gewesen … und ich bin nicht bereit, für dich zu sterben.«

Annev schaute ihm nach, als er ging, wie gelähmt vor Unglauben.

Er hat mich hier zurückgelassen, damit ich sterbe. Mein Freund hat mich zum Sterben hier zurückgelassen.

Nein, musste Annev richtigstellen. Sie waren niemals Freunde gewesen – in diesem Punkt hatte Kenton recht. Sie waren Verbündete gewesen und manchmal auch Gegner, aber niemals Freunde. Trotzdem schmerzte der Verrat.

Hitze kitzelte Annevs Stiefel, und er fuhr zurück, bewegte sich, soweit es ging, von dem brennenden Körperglied des toten Wachmanns weg. Als er jedoch den durchgetrennten Arm vor sich sah, begriff er, dass ihm die Lösung seines Problems förmlich direkt ins Gesicht starrte.

Annev konzentrierte sich auf seinen linken Arm und zwang sich, die magische Prothese loszulassen, die er so oft wie einen echten Arm behandelt hatte. Der Stumpf seines linken Unterarms schlüpfte aus dem Artefakt und glitt aus der langen purpurroten Stulpe seines Handschuhs. Annev umfasste das hintere Ende der Prothese mit der rechten Hand und zog vorsichtig an der in der Handschelle festgeketteten Gliedmaße. Als sie sich nicht rührte, versuchte er, in die andere Richtung zu ziehen.

Nichts – die Magie, die es der Prothese erlaubte, ihre Größe zu verändern, wirkte offensichtlich nur dann, wenn sich die Prothese von sich aus an jemanden anpasste. Er umgriff die eiserne Handschelle, mit der seine Prothese immer noch festgekettet war, und versuchte, sie durch bloße Willenskraft zu zwingen, sich zu öffnen, aber es war, wie Kenton gesagt hatte – das Artefakt weigerte sich, ihm zu Diensten zu sein.

Der ganze Raum war jetzt von Rauch erfüllt, und selbst der Torbogen von Janaks Tür hatte angefangen, unter der Hitze zu knacken und zu krachen. Annev kauerte sich dicht an den Boden, versuchte, nicht zu atmen, und nestelte verzweifelt an seiner Prothese herum. Während die Hitze weiter wuchs und er immer noch außerstande war, der Prothese eine Reaktion zu entlocken, ließ er schließlich jede Hoffnung fahren, die künstliche Gliedmaße zu retten, und zerrte stattdessen an den Fingerspitzen des Phönixhandschuhs, riss den purpurroten Stoff aus dem engen Ring der Handschelle. Er hielt Myjuns Regaleusgeschenk fest umklammert.

Zumindest irgendetwas habe ich heute Nacht retten können.

Er verstaute den rot-goldenen Stoff in seiner Tasche, dann bückte er sich und suchte nach seinem zu Boden gefallenen Handbeil. Er entdeckte es neben Janaks brennendem Schreibtisch und lief darauf zu, wobei er den Kopf geduckt hielt, um den Rauch zu vermeiden. Er fuhr prüfend über das Metall und musste feststellen, dass das Beil unbehaglich warm geworden war, aber er schaffte es dennoch ohne Probleme, die Waffe wieder in ihr Halfter zu stecken. Er wollte sich gerade zum Gehen wenden, als er Janaks Duftlampe aus Messing direkt hinter den Flammen liegen sah. Er riss sie an sich und drehte das Artefakt in der Hand. Seine

Augen und Finger tanzten über das Metall und untersuchten die vielen Hundert winzigen Runen, die in die Oberfläche des Artefakts eingraviert waren.

Wenn das hier wirklich das Orakel von Speur Dún sein sollte …

Annev war sich nicht sicher, welche Bedeutung es haben würde, wenn das tatsächlich der Fall war, aber er vermutete, dass das Artefakt äußerst wertvoll sein musste, und so schob er die Duftlampe vorsichtig in die Tasche seines Kittels. Dann rannte er aus Janaks brennendem Arbeitszimmer hinaus und ließ den toten Kaufmann und all seine Schätze zurück … zusammen mit dem in Bronze gehüllten toten Duvarek und der Armprothese, die er seit der Geburt getragen hatte. Sein altes Leben ging hinter ihm buchstäblich in Flammen auf.

Aber Annev war ein Phönix. Er würde einen Weg finden, wieder aus der Asche aufzusteigen.

Kapitel 59

Annev lief den langen Flur draußen vor Janaks Arbeitszimmer hinab, seine Gedanken in wildem Aufruhr. Er brauchte jetzt Zeit, um nachzudenken und herauszufinden, was er tun sollte, und am meisten beschäftigte ihn ein ganz bestimmter Punkt: Wenn er mit nur einem Arm nach Chaenbalu zurückkehrte, würde man ihn töten. Und was womöglich genauso schlimm war: Wenn Kenton das Dorf als Erster erreichte, würde der rachsüchtige Avatar anderen berichten, dass Annev während der Erfüllung ihres Auftrags gestorben sei. Wenn Annev danach auftauchte – noch dazu mit nur einem Arm –, dann würde man wahrscheinlich sowohl ihn als auch Kenton hinrichten. Sobald Annev diese beiden Wahrheiten verinnerlicht hatte, ergaben sich zahlreiche andere Dinge wie von selbst.

Er musste vor Kenton in Chaenbalu ankommen, idealerweise noch vor Sonnenaufgang.

Er musste seine nun offen sichtbare Behinderung verbergen.

Er musste einen neuen Arm für sich auftreiben.

Wenn er diese drei Ziele erreichen konnte und Kenton zur Rede stellte, bevor er etwas Dummes ausplauderte und sie beide als Anwender von Magie verriet, konnte er sein Leben vielleicht retten. Und wenn er Kenton nicht davon überzeugen konnte, dass es in ihrer beider Interesse war, am Leben zu bleiben, würde er den Jungen eben töten müssen. Es war keine Aussicht, die ihn mit Freude erfüllte, aber Annev gewöhnte sich zunehmend an den Gedanken, vor allem da Kenton ja gerade selbst versucht hatte, ihn dem sicheren Tod zu überlassen.

Während Annev den Flur entlangeilte, kam er zu dem Schluss, dass es wohl das Beste wäre, sogleich Sodar aufzusuchen, sobald er Chaenbalu erreicht hatte. Wenn der Priester das Dorf noch nicht verlassen hatte, konnte er Annev dabei helfen, in das Gewölbe der Verdammnis einzudringen und dort eine Ersatzprothese zu finden – falls es etwas dergleichen dort überhaupt gab. Der alte Mann würde vielleicht sogar anbieten, an Annevs Stelle zu gehen.

Andererseits würde Sodar, wenn er nicht bereits geflohen war, zweifellos Annevs Notlage als zweite Chance begreifen, ihn dazu zu überreden, Chaenbalu zu verlassen. Und falls Annev es nicht schaffte, vor Kenton wieder im Dorf zu sein, würde er das Angebot des Priesters vielleicht sogar annehmen. Solange für ihn aber noch die Möglichkeit bestand, seine Zukunft zu retten, war er bereit, es zu riskieren und zu bleiben. Er hoffte nur, dass Sodar es nicht ernst gemeint hatte, als er davon gesprochen hatte, ohne Annev fortzugehen – und dass er seinem eigensinnigen Lehrling helfen würde.

Annev blieb neben dem reglosen Körper eines Wachmanns stehen, den sein großer Blutverlust besinnungslos hatte zusammenbrechen lassen. Er riss dem Mann den Umhang herunter und legte sich den blau-schwarzen Stoff über die Schulter, dann ging er schnell den restlichen Flur hinunter zum Balkonfenster und zog die Vorhänge zurück. Das blanke Glas reflektierte das Licht des hinter Annev flackernden Feuers und zeigte sein eigenes dunkles Spiegelbild und die Umrisse des Stumpfs an seinem linken Arm.

So geht das nicht, dachte Annev, zog den Umhang über seinen verkrüppelten Arm und trat dann ans Fenster. Wieder blieb er stehen.

Idiot! Du kannst doch nicht mit nur einem Arm klettern.

Annev fluchte und rannte stattdessen zum Treppenhaus zurück. Er stieg alle Treppen bis ins Erdgeschoss hinab, wo er einen toten Diener fand, der an der Wand lehnte. Wo sein Schädel in den Nacken überging, klaffte ein kleines Loch. Annev wagte sich tiefer in den Palast hinein, hielt sich in den Schatten und lauschte auf herannahende Schritte, doch hinter jeder Ecke, um die er bog, und in jedem Raum, auf den er traf, war alles leer, bis auf einige wenige Leichen, die Sodja hinterlassen hatte. Jedem der Toten war mit einem dünnen, nadelähnlichen Gegenstand das Herz, der Kopf oder die Kehle durchstoßen worden.

Annev versuchte nicht darüber nachzudenken, was für eine Art von Mensch es sein mochte, der so kaltherzig – so *unnötig* – töten konnte, um den Zwingstab zu rauben. Die Frau musste eine Attentäterin sein, eine gefühllose Mörderin, der es irgendwie gelungen war, ins Herz von Janaks Haus einzudringen, ohne dass Alarm geschlagen worden war. Nachdem er die Zeugnisse ihrer schauerlichen Kunstfertigkeit gesehen hatte, war Annev auf einmal dankbar dafür, dass sein Gerangel mit der Diebin für ihn nur in Ketten geendet hatte, und er verspürte einen kurzen Anflug von Sorge um Fyn, falls der sie tatsächlich noch eingeholt hatte.

Während Annev nach dem Ausgang suchte, trat er in einen langen Flur voller Porträts, die Janak Harth als jüngeren Mann zeigten. Der Kaufmann hatte, wie es schien, die Wahrheit über seine Großtaten gesagt: Auf dem ersten Bild stand Janak am Ufer eines schwarzen Sees, den Stiefel auf dem Leichnam einer getöteten Wasserschlange – einer Draquan, wenn Sodar es ihm richtig beigebracht hatte. Das zweite Bild zeigte Janak, wie er den Blick über die Ruinen einer großen, mit Moos überwucherten Stadt schweifen ließ, die in dichten Nebel gehüllt war. Mehrere weitere bildeten den Kaufmann in einer Bronzerüstung ab. Doch das letzte Bild zeigte den Mann in einfachen Alltagskleidern neben einer Frau mit einem Säugling in den Armen.

Annev eilte an ihnen allen vorbei durch die leeren Korridore, ohne noch darauf zu achten, sich im Verborgenen zu halten, in der festen Annahme, dass sämtliche Überlebenden aus Janaks Burg geflohen waren, als der Kaufmann gestorben war und der Zwingstab seinen Einfluss verloren hatte. Bald danach entdeckte er Janaks Speisekammer, in deren hinterer Wand er einen Spalt bemerkte. Dieser Spalt entpuppte sich als eine halb geschlossene Tür, die sich an schweren Metallangeln nach außen hin öffnete. Dahinter lag ein dunkler Tunnel, an dessen anderem Ende ein schwaches Licht schimmerte.

Auf diesem Weg muss Sodja hereingekommen sein. Seiner Vermutung folgend, schlich sich Annev in den geheimen Gang. Er fand sich in einem schwach beleuchteten Tunnel wieder, der aus scharfkantigen Granitblöcken gebaut war. Er rannte den Gang entlang, bewunderte die glatten Wände und die gewölbte Decke und hatte schnell das andere Ende erreicht.

Ein Dutzend Schritte vom Tunnelausgang entfernt machte Annev die Quelle des schwachen Lichts ausfindig: Eine polierte schwarze Laterne hing an einem Fackelhalter. Er wollte danach greifen, hielt dann jedoch inne und fragte sich, warum man die Laterne wohl zurückgelassen hatte. Er erinnerte sich an das, was er in seiner Ausbildung gelernt hatte, verwandte einige Momente darauf, den umliegenden Bereich auf Fallen zu untersuchen, und war erstaunt zu entdecken, dass die Laterne sogar von drei verschiedenen Mechanismen geschützt wurde: einem messerscharfen Stolperdraht, einem federgelagerten Pfeilgeschoss und einem Kontaktgift.

Annev glaubte, die erste Falle entschärfen zu können, aber für den Pfeil brauchte man zwei Hände, und das Kontaktgift war wirklich gefährliches Zeug. Am Ende ließ er die schwarze Laterne, wo sie hing; er würde sich am Nachthimmel orientieren müssen, um den Weg nach Hause zu finden. Er stieg über den Stolperdraht, schlich sich aus dem Tunnel, trat ins Licht der Sterne hinaus … und fand sich von einer dicken Hecke aus Eisenholzdornbüschen umgeben.

Verdammt! Annev wäre am liebsten blindlings von Janaks Festung weggerannt, von dem verzweifelten Wunsch beseelt, wieder nach Hause zu kommen und einen Ersatz für seinen Arm ausfindig zu machen, aber er wusste, dass er vorsichtig sein musste: Die Eisenholzdornen waren äußerst beliebt unter den daritischen Pfeilmachern, die das seltene Holz dazu verwendeten, um Pfeilspitzen von verheerender Wirkung herzustellen. Doch zu Annevs Glück hatte jemand einen gewundenen Pfad durch das Dornendickicht geschlagen, und mit ein klein wenig Umsicht gelang es ihm, weitgehend unversehrt aus dem Gebüsch herauszukommen.

Annev trat ins Freie und schaute über eine weite Ebene hinweg, die mit Baumgruppen und niedrigen Hügeln überzogen war. Dahinter lag, vom Dunkel umschattet, ein gewaltiger Wald.

Der Fruchthag, erinnerte sich Annev an den Namen, den Kenton für den Wald gebraucht hatte, *was bedeutet, dass ich mich auf der Nordseite von Banok befinde, außerhalb der Stadtmauern.* Das war höchst erfreulich. Er würde keine Zeit damit verschwenden müssen, sich an den Wachen vorbeizuschleichen oder sein Glück dadurch herauszufordern, dass er mit nur einem Arm über die Stadtmauer kletterte. Und was das Beste von allem war – es bedeutete, dass er Kenton und Fyn vermutlich um ein gutes Stück voraus war.

Annev folgte dem gekrümmten Verlauf der Stadtmauer und ging in die Richtung, in der sie die Pferde zurückgelassen hatten. Er verfiel in Dauerlaufgeschwindigkeit, in die dunklen Schatten unterhalb der Mauer geduckt, begann dann aber, richtig zu rennen und sich nicht mehr darum zu kümmern, ob ihn jemand sah oder nicht. Der abnehmende Mond ging bereits unter, und in wenigen Stunden würde der Morgen dämmern.

Annev näherte sich der windschiefen Eiche, wo sie die Pferde festgemacht hatten, und plötzlich raste sein Puls. Im schwachen Sternenlicht konnte er die Eiche gut genug ausmachen, um zu erkennen, dass Fyns roter Wallach und Kentons grauer Zelter verschwunden waren. Doch erst als Annev den Baum erreichte, wurde ihm klar, dass jemand auch seine schwarze Stute mitgenommen hatte.

»Blut und Knochenbruch!«, fluchte Annev und trat gegen das Gesträuch von Farnmyrte, das am Rand des Eichengrüns wuchs. Jetzt konnte er unmöglich noch vor Fyn oder Kenton das Dorf erreichen. Wieder trat er in das Gebüsch, dann stolperte er, weil sich sein Fuß in den Riemen seiner eigenen schweren Ledersatteltaschen verfangen hatte. Perplex starrte er auf sie hinab … und fragte sich dann, ob ihm sein Glück wohl weiterhin hold sein würde.

Mühsam hantierte er mit seiner einen Hand an der ersten Satteltasche herum, um sie aufzuschnallen. Schließlich hatte er Erfolg und wurde dadurch belohnt, dass er seine purpurrote Avatarkleidung sowie die Börse herausziehen konnte, die er von Tosan erhalten hatte. Annev war froh, beide Gegenstände zu sehen, aber keiner davon würde ihm helfen, nach Hause zurückzukommen. Er öffnete die zweite Satteltasche und fand seine prall gefüllten Wassersäcke, die immer noch all die Besitztümer enthielten, die er aus Sodars Kapelle mitgenommen hatte. Er griff in die erste Tasche und entdeckte das sorgfältig gefaltete Königsbanner des Breathanas, dann kitzelte da etwas in seinem Hinterkopf, und er öffnete die letzte Ledertasche. Seine Finger strichen über weichen Stoff … und stießen auf etwas Hartes und Rundes: Sodars Trank.

Annev zog die Glasflasche heraus und starrte auf ihren trüben Inhalt, während ihm tausend Möglichkeiten durch den Sinn schossen. Zwei Drittel des Elixiers waren noch übrig, und die magische Flüssigkeit schwappte in dem undurchsichtigen Glasbehälter auf und ab. Annev wog nachdenklich die Flasche in der Hand. Er hatte kein Pferd mehr, aber er konnte die elf Meilen bis Chaenbalu noch immer zu Fuß zurücklegen. Das Gleiche hatte er auch nach seinem Einsatz im Dichtwald getan, und mithilfe des Tranks würde er diese Entfernung schnell zurücklegen können. Er könnte sogar die eine oder andere Abkürzung nehmen, die für Reiter ausgeschlossen war, was bedeutete, dass er das Dorf vielleicht doch als Erster erreichen würde.

Es war eine wunderbare Idee … nur dass ihn Sodar gewarnt hatte, dass es gefährliche Nebenwirkungen haben würde, wenn er zu viel von dem Elixier einnahm. Unter normalen Umständen hätte das Annev davon abgehalten, von dem Mittel Gebrauch zu machen, aber ihm blieben keine anderen Möglichkeiten mehr. Was immer die Folgen sein würden, er bezweifelte, dass sie schlimmer waren als das, was passieren würde, wenn er das Elixier nicht trank.

Annev stellte die Flasche zwischen seine Oberschenkel, zog den Korken heraus und hob sie an die Lippen. Dann trank er. Der würzig-süße Alkohol rann ihm die Kehle hinunter und überzog sie mit einem vertrauten Feuer. Er leerte die Flasche bis auf den letzten Tropfen und warf sie dann in die Büsche, während es ihm bereits kräftig im Magen brannte …

Ein greller Kopfschmerz, als wolle ihm der Schädel platzen, warf ihn auf die Knie. Er schrie auf, hielt sich die Stirn und brach dann auf dem Boden zusammen. Seine Sicht trübte sich, sein Körper zuckte heftig. Schmerzhafte Krämpfe schüttelten ihn, um dann nachzulassen, sodass nur ein kribbelndes Erschauern blieb.

Eine Minute später zitterte er, es hämmerte in seinem Kopf, und sein Magen zog sich zusammen … und doch fühlte er sich stark. Sogar von neuer Energie erfüllt. Er streckte die Beine und ließ seine Muskeln spielen. Er kam sich vor wie eine gespannte Feder; er musste jetzt rennen und kämpfen und sich bewegen.

Bewegung. Sein Körper verlangte schmerzlich danach, sich in Bewegung zu setzen. Sehnte sich nach Bewegung. Brauchte sie.

Annev stampfte mit den Füßen auf, schloss und öffnete die Faust und machte die Augen zu. Statt loszurennen, zwang er sich, sein Bewusstsein zu öffnen, und ließ seine Energie in seine Sinne strömen.

Er fühlte sich … geistig klar. Mehr als nur klar. Er konnte den fruchtbaren Lehm unter der Süßmyrte riechen, ein Duft, der sich mit dem Geruch des Dungs vermischte, den die Pferde hinterlassen hatten. Er hörte das Kriechen der Insekten und das Gelächter der Bewohner von Banok. Blinzelnd öffnete er die Augen, und all die Einzelheiten der fernen Hügel und des noch weiter entfernten Dichtwaldes waren plötzlich unendlich scharf: Grashalme, geäderte Blätter, kahle Äste – alles ganz klar und deutlich, obwohl es Meilen entfernt und von Schatten und Mondlicht verborgen war.

Da war auch noch etwas anderes – etwas Näheres, etwas, das direkt vor Annev stand. Ein dunkler Schatten, der sich in den helleren Schatten der knorrigen Eiche versteckte. Der Schatten neigte den Kopf, beobachtete Annevs Bewegungen, musterte ihn.

Annevs Herzschlag beschleunigte sich. Wie lange hatte die Gestalt dort gestanden? Was *war* das? Das Ding sah aus wie ein Mensch, hochgewachsen und schlank, aber seine Züge waren formlos, dunkel und leer. Die Gestalt veränderte ihre Haltung, und Annev erhaschte einen Blick auf die schwachen Umrisse eines zerlumpten grauen Umhangs, der im Wind flatterte. Es sah aus wie …

Ein Mann … der den Mantel des Todes trägt.

Es war derselbe Schatten, der ihm über die Dächer gefolgt war und der ihn so erschreckt hatte, dass er vom Dach gefallen war, nur dass der Schatten diesmal beinahe durchscheinend war und mit der umliegenden Dunkelheit verschmolz, unsichtbar für das nicht durch fremde Hilfe unterstützte Auge.

Da war noch etwas anderes. Etwas an der Art, wie der Schatten dastand, die Silhouette seiner Kleidung, die Aura, die er verströmte … das alles kam Annev vertraut vor.

Wie Sodja Rocas, durchzuckte es Annev.

Nur dass das hier nicht Sodja Rocas war. Sie war zerlumpt gewesen, doch ihre Lumpen hatten aus kostbaren Seidenstoffen und weichem Samt bestanden, absichtlich so geschneidert, dass sie abgetragen aussahen, ohne es jedoch tatsächlich zu sein. Dieser Mann – dieser Schatten – nahm sich im Vergleich dazu wie ein Bettler aus. Seine Kleider wirkten eher ätherisch als abgetragen, wie hauchzarte Fäden der Schwärze, und so genäht, dass sie einander in einem Schattengewebe aus Halb- und Kernschatten überschnitten. Auf gleiche Weise war die Haltung des Mannes weder hochmütig noch selbstbewusst, sondern kalt, apathisch und leidenschaftslos.

Annev kam sich vor wie ein Insekt, das kurz davorstand, unter dem Absatz eines Stiefels zerquetscht zu werden. Instinktiv zog er den linken Arm an die Brust, als wolle er sich gegen die Dunkelheit vor ihm schützen. Als er das tat, glitt sein Arm unter dem kurzen Umhang hervor, sodass der nackte Stumpf zum Vorschein kam.

Der Schattenmann war sofort gebannte Aufmerksamkeit, sein blickloses Gesicht aufmerksam auf Annevs fehlende Hand konzentriert. Die Apathie, die er verströmt hatte, war plötzlich wie weggeblasen, und er schritt entschlossen vor, kam in direkter Linie auf den erschrockenen Avatar zumarschiert.

Ein Frösteln überlief Annev, und seine Muskeln durchströmte eine neue Welle von wilder Energie und Magie. Er wirbelte Richtung Dichtwald herum und rannte davon, als sei ihm Keos persönlich auf den Fersen.

Was, soweit Annev wusste, tatsächlich der Fall war.

TEIL 4

Vier Reiter kommen an deine Tür geritten. Vier Vögel hocken auf ihren Schultern.
Jedes Pferd trägt eine schwere Last. Jeder Vogel hat eine geheime Stärke.
Der fluchbeladene Anführer kommt, das Leben eines Mannes zu fordern, den er einst Bruder nannte.
Der treulose Krieger erhebt Ansprüche auf das Blut deines Hauses.
Der Schatten des Schattens trachtet nach einem Stab von dunkler Gewalt.
Der dem Untergang geweihte Krüppel wird das Mal des Keos tragen.
Mit einem einzigen Arm wird er das Orakel forttragen.

Vier Vögel kommen an deine Tür geflogen. Vier Schnäbel, scharf wie Klingen.
Ein Reiher, ein Turmfalke, eine Saatkrähe und eine Elster.
Kämpfe nicht gegen die Vögel. Suche die Reiter nicht zu bändigen.
Wenn du den Stab behältst, wird ihn der Schatten für sich beanspruchen.
Wenn du vom Stab Gebrauch machst, wird Sorge dich heimsuchen.
Dein Haushalt wird verflucht sein, deine Schätze zerstört.
Gnade wird dich am Ende fordern, und Feuer wird die Hand verzehren, die sich gegen dich erhebt.

»Antworten an Janak Harth«,
Worte des Orakels von Speur Dún

Doch Er ist nicht verloren, denn nur ein Gott vermag einen anderen Gott zu töten. Ja, Sein Geist wird überleben, und Sein Gefäß wird wiedergeboren werden – ein Gottkönig, ein Retter und Zerstörer –, denn so wie der zerbrochene Krug kein Öl zu fassen vermag, kann das zerbrochene Gefäß Seinen Geist nicht fassen. Wahrhaftig, dessen Teile müssen gefunden, verbrannt und neu geformt werden. Nur in diesem Tod kann das Leben sein. Nur in dem säubernden Feuer der Reinigung kann der Makel entfernt werden. Nur durch die bereitwillige Annahme der Zerstörung kann Er wiedergeboren werden.
Und von der zerschmetterten Hand rühren die einzelnen Teile des zerbrochenen Gefäßes her:
Sieben, mit Macht ausgestattet, Erben seiner Magie.
Sechs, geboren aus dem Fleische, Erben ihres Vaters.
Fünf, eingefordert von den Stämmen, Erben seiner Kinder.
Drei, gebunden an das Erdenblut, Sachwalter dessen, was ist.
Zwei, gebunden an Entropé, Erben dessen, was nicht ist und was sein mag.
Der Siebte trägt das Mal des Keos und ist die letzte Hoffnung der Lumea, und wer immer am letzten Tage Seinen Geist in seinem Besitz hat, wird über die sieben Teile herrschen.
Und diese einzelnen Teile sollen miteinander Krieg führen und einander vertilgen, bis sich ein neuer Gott des Erdenblutes aus der Asche ihres Zwistes erhebt. Und Seine Macht soll die des Odar und der Lumea übertreffen. Und Seine Anhänger sollen so zahlreich sein wie die Sandkörner des Meeres, und sie sollen die Dariten und die Ilumiten hinwegfegen und vom Erdboden verschwinden lassen. Dann soll der wiedergeborene Keos über alle Länder herrschen, und jedes aus Erde und Blut geborene Geschöpf wird sich Seinem Willen beugen oder sterben.

»Prophezeiungen über die zerschmetterte Hand und das zerbrochene Gefäß«, Auszug aus dem *Buch des Schicksals.*

Über die Jahrhunderte hinweg hat es eine Reihe von denkwürdigen Mitgliedern der Sechs gegeben, deren Ruf schon förmlich zur Legende geworden ist, darunter Gevul der Schreckliche, Trat der Scharlatan, Garrach Sumpffresser, der Schatten, Shnee aus dem Süden, Kolda Bittern und Bidba der Zweite (häufig auch Sägegrube genannt).

Es ist müßig, über die Identitäten der gegenwärtig noch existierenden Mitglieder der Sechs zu spekulieren, da sie so häufig wechseln, aber es gibt Hinweise darauf, dass zumindest zwei über die letzten drei Jahrhunderte hinweg überlebt haben: Shachran von Tir Reota (ein Nekromant, dessen niederträchtige Geschichte ich anderswo festgehalten habe) und der namenlose »wiedergeborene Schatten«.

Von seinem Namen einmal abgesehen, hat der wiedergeborene Schatten fast nichts mit dem ursprünglichen Schatten, Valdemar Kranak, gemein, der in ganz Gorm Corsa Unruhe gesät hat, bevor es aufgegeben wurde; statt ein daritischer Saboteur zu sein, ist diese »wiedergeborene« Inkarnation vielmehr kroseranischen Ursprungs und wird für gewöhnlich als Meuchelmörder oder als Spion eingesetzt. Er verfügt auch über eine einzigartige Verbindung zum Schattenreich, und ich glaube, dass es diese Verbindung ist, die ihm seine übernatürliche Langlebigkeit beschert hat (auch wenn meine geschätzten Kollegen aus Südmarsch da einige exotischere Theorien entwickelt haben).

Ansonsten lässt sich kaum mehr über den wiedergeborenen Schatten sagen, außer dass er häufig, jedoch nicht immer von einem Lehrling begleitet wird – eine Praxis, die von anderen Mitgliedern des Siänar noch nie verfolgt worden ist.

»Das Siänar«, *Die vollständige Geschichte von Luquatra* von Kyartus Gairm

Kapitel 60

Annev brauchte etwas weniger als zwei Stunden, um vom Ortsrand von Banok bis zu den ersten Häusern von Chaenbalu zu laufen. Sein sechs Meilen langes Rennen über die Ebene von Daroea hatte ihn überhaupt nicht erschöpft und ihn vielmehr mit einem erregten Hochgefühl erfüllt; die Magie von Sodars Elixier und die Angst vor dem, was hinter ihm lag, hatten ihm alle Energie gegeben, die er brauchte. Im Gegensatz dazu war der anschließende Fünfmeilenlauf durch den Dichtwald für ihn das reine Entsetzen gewesen: Unter dem Einfluss des Elixiers hatten ihn die Geräusche und Schatten des Waldes auf Schritt und Tritt geängstigt. Schlimmer noch, die belebende Wirkung des Elixiers hatte inzwischen nachzulassen begonnen, und als sich der Himmel zu erhellen begann, zogen sich die Schatten und Räume des Dichtwaldes in die Länge – wie das so oft der Fall war –, streckten und dehnten sich vor Annev, was die Entfernung, die er laufen musste, verdoppelte. Trotzdem blieb er kein einziges Mal stehen, um zu verschnaufen und neue Kräfte zu sammeln, und er wagte es auch nicht zurückzuschauen, da er Angst hatte, der Schatten könnte ihn verfolgen.

Die Dämmerung hatte bereits eingesetzt, als Annev den Gipfel des Hügels erreichte, von dem aus man auf sein Dorf hinabblicken konnte. Er sehnte sich schmerzlich danach, eine Pause einzulegen, aber trotzdem eilte er weiter, rannte, so schnell ihn seine Beine trugen, den Osthang hinunter und drosselte sein Tempo nicht, bis er die Dorfmitte erreicht hatte. Erst da schaute er sich um, um zu sehen, ob der seltsame Schatten ihn über die Hinkelsteine hinaus verfolgt hatte. Obwohl er das Gefühl hatte, als sei der Schatten über Meilen hinweg immer nur einen Schritt hinter ihm gewesen, war da nichts. Er eilte weiter zu Sodars Kapelle.

Die Fensterläden waren geschlossen, als Annev eintraf, und da er vermutete, dass auch die Vordertür verschlossen sein würde, stahl sich Annev in den Übungsschuppen hinein. Alles stand an seinem Platz – die Trainingswaffen, die Axt zum Holzmachen, der Nachttopf, alles war da –, aber irgendetwas fehlte, und als er die Klinke der Tür zur Priesterwohnung herunterdrückte, wurde ihm schwer ums Herz.

Sodar hatte die Tür offen gelassen.

Es war eine Kleinigkeit, aber sie bestätigte, was Annev bereits befürchtet hatte. Sodar war fort und hatte einen kalten Ofen und einen leeren Raum hinterlassen. Annev ging in Sodars Zimmer und stellte fest, dass das Bett des Priesters fein säuberlich gemacht war, als habe er das Zimmer gerade erst verlassen oder sei überhaupt nicht zu Bett gegangen. Annev suchte nach einem Brief – nach irgendeiner Bestätigung, dass der Priester wahrhaft fort war –, aber da war nichts.

Annev war auf sich allein gestellt.

Ich muss ins Gewölbe hinein. Sodar hat gemeint, dort gebe es noch andere Prothesen, und eine davon könnte vielleicht passen. Wenn es ihm nicht gelang, ins Gewölbe einzudringen, wenn er dort keine Prothese würde finden können, wenn ihm keines der dortigen Artefakte irgendwie zu helfen versprach ... mit alledem würde er sich beschäftigen, wenn es so weit war. *Die Sonne ist schon fast aufgegangen ... und ich muss meinen Arm verbergen, ehe ich es riskieren kann, die Akademie zu betreten.* Es war eine schmerzliche Erkenntnis. Die Magie hatte ihm immer geholfen, aber jetzt würde er ohne sie zurechtkommen und sich irgendeinen Trick ausdenken müssen, um sich zu schützen. Dann lächelte Annev, weil ihm ein Satz aus einem seiner letzten Gespräche mit Sodar wieder einfiel. *Selbst Tricks haben ihren Platz.*

Eine Idee begann sich in ihm zu formen. Er riss sich den Umhang von der Schulter und stapfte in sein Zimmer. Als er bei seiner Strohpritsche angelangt war, kniete er sich auf den Umhang, legte sich den purpurroten Phönixhandschuh auf den Schoß und machte sich daran, Stroh in die lange Stulpe am Arm zu stopfen und es so lange bis in die Finger hinunterzuschieben, bis er mit der Form zufrieden war. Er streifte den Handschuh über den Stumpf seines Unterarms und zog sich das Ende über den Ellbogen. Das Stroh pikste, aber das Ergebnis sah durchaus echt aus, solange er vorsichtig damit umging. Um die Sache ein klein wenig sicherer zu machen, riss er den blauen Saum vom Umhang des Wachmanns herunter und band den Handschuh damit um seinen Bizeps fest.

Jetzt hinein ins Gewölbe, bevor Fyn und Kenton zurückkehren.

Er flog förmlich aus der Kapelle und betete, dass die anderen noch nicht wieder da waren. Nur um sicherzugehen, lief er zuerst zu den Ställen, lauschte auf Stimmen und schlüpfte dann hinein.

Der Geruch von Pferden und Heu kitzelte Annev in der Nase, und reflexhaft rieb er sie sich, nur um überrascht zu registrieren, dass ihm der mit Stroh gefüllte Handschuh ins Gesicht schlug. Frustriert schüttelte er den Kopf. Er wusste, dass er seine Hand verloren hatte – wusste es nur zu gut –, aber er hatte die Prothese praktisch über jeden einzelnen Tag seines Lebens hinweg für selbstverständlich gehalten.

Wird es wohl immer so sein, wenn ich keinen Ersatzarm finde?, fragte sich Annev. Die Aussicht machte ihm Angst, auch wenn er die Sache vom Kopf her verstanden und Sodar zudem versucht hatte, ihn darauf vorzubereiten. Doch ganz egal, ob er selbst sich damit würde abfinden können oder nicht, die Ältesten würden ihn auf der Stelle töten, wenn sie seine Behinderung sahen.

Das verdammte Gewölbe der Verdammnis. Es war seine einzige Hoffnung auf Rettung.

Annev spähte über die Stallwände und sah zwei Pferde darin – eine ausgemergelte weiße Mähre und ein braunes Ackerpferd –, aber keine Spur von der schwarzen Klepperstute, dem roten Wallach oder dem grauen Zelter. Er war Fyn und Kenton zuvorgekommen – wahrscheinlich würden sie jedoch schon sehr bald eintreffen. Annev hatte keine Zeit zu verlieren. Er ging um den Stall herum zu den Kellertüren und fand sie zu seiner Erleichterung unverschlossen vor. Eine Tür öffnete sich auf geölten Angeln, als er sie aufdrückte, dann sah er sich ein letztes Mal um und trat in die Dunkelheit hinab.

Annev schlich durch den verdunkelten Flur, verließ sich ganz auf seine Sinne und seine Ausbildung. Der Gang war mit dem Keller der Akademie verbunden, und Annev war schon mehrmals hier entlanggegangen, niemals jedoch allein in der Dunkelheit. Er ließ seine Finger über die steinernen Wände gleiten, und sie gaben ihm eine gewisse Orientierung, sodass er sich in etwa vorstellen konnte, wo er gerade war. Auch wenn er noch nie im Gewölbe gewesen war, wusste er doch, dass es sich unten im Keller befand und dass es groß genug war, um den Artefakten ganzer Jahrhunderte Platz zu bieten.

Seine Finger stießen plötzlich auf leeren Raum, und er wusste, dass er die erste Abzweigung erreicht hatte. Er tastete sich mit Hand und Füßen weiter, darauf bedacht, sich nicht versehentlich im Kreis zu drehen und wieder in die Richtung zurückzugehen, aus der er gekommen war, und stellte fest, dass er sich an der Kreuzung zweier Wege befand. Er sandte ein Stoßgebet an Odar und ging geradeaus weiter, stieß tiefer in die Akademie vor, in der Annahme, dass sich das Gewölbe im Zentrum des Gebäudes befinden würde. Er eilte weiter und zählte seine Schritte, und als er in der Dunkelheit zu einer weiteren Kreuzung gelangte, ging er erneut geradeaus. Er vermutete, dass er sich jetzt unter dem eigentlichen Akademiegebäude befand. Doch bei der dritten Kreuzung musste er sich entscheiden: links oder rechts?

Da er keine andere Möglichkeit wusste, in Erfahrung zu bringen, wohin die beiden Wege wohl führten, kniete Annev sich hin und betastete die Steine unter seinen Füßen: Der nach links führende Gang war von unzähligen Füßen glatt gescheuert, während derjenige, der nach rechts abging, mit einer dicken Staubschicht bedeckt war.

Wähle ich den ausgetretenen Pfad oder den kaum je begangenen?

Das Gewölbe war der am besten bewachte Ort in der Akademie, zu dem der Zugang am stärksten beschränkt war, was die Vermutung nahelegte, dass der weniger oft benutzte Gang der richtige war. Andererseits suchte Meister Narach das Gewölbe jeden Tag auf, daher konnte genauso gut auch der ausgetretene Weg der richtige sein.

Seinem Bauchgefühl folgend, wählte Annev den staubigen Gang, schlurfte durch die Dunkelheit und zerriss die Spinnweben, die an den Mauern klebten. Er bewegte sich mit einer Mischung aus Vorsicht und Schnelligkeit, allzeit auf der Hut, bis sein Stiefel an etwas hängen blieb, das aus dem Boden herausragte.

Annev riss schnell den Fuß zurück und sprang instinktiv zur Seite, als ein lautes Krachen ertönte, gefolgt vom klirrenden Scheppern von Metall, das über Metall klappert. Das Geräusch hallte im ganzen Keller wider.

Annev stieß einen Fluch aus, lehnte sich regungslos an die Wand und lauschte auf das Geräusch von Schritten, hörte aber nur sein hämmerndes Herz. Mit größter Vorsicht schob er die Füße wieder über die Steine, bis seine Stiefelspitze etwas streifte. Ein Draht lief durch eine Rille im Steinboden, die sich über die gesamte Breite des Flurs erstreckte: ein Auslösemechanismus. Der Draht war mit einer großen Feder und einer scharfen, gezahnten Bügelfalle aus Metall verbunden. Der teuflische Halbkreis aus Eisen war halb so hoch wie Annev und so eingerichtet, dass er einen Menschen entzweireißen konnte. Ein Schauer lief

Annev über den Rücken, und er überdachte noch einmal seine Entscheidung, sich nach rechts zu wenden. Ob sie nun richtig oder falsch gewesen war – es war mit Sicherheit der gefährlichere Weg.

Annev kniff die Augen zusammen und merkte, dass er einen Hauch der Umrisse der Falle wahrnehmen konnte, dann sah er, dass am anderen Ende des Korridors ein schwaches Licht aufleuchtete, dessen Quelle immer heller wurde.

Also hatte doch irgendwer das Zuschnappen der Falle gehört.

Hastig rannte Annev zur letzten Kreuzung zurück und huschte um die Ecke, gerade als jemand mit einer Fackel in der Hand in den Korridor trat. Annev hielt den Atem an, presste sich gegen die Steine und hörte das leise Schlurfen von Schritten, während das Licht um ihn immer heller wurde. Er schlug leise mit dem Kopf gegen die Mauer hinter sich und begriff, dass er in der Falle saß. Er konnte nirgendwohin davonlaufen – und wenn er es doch tat, war die Wahrscheinlichkeit groß, dass er direkt in die nächste Bügelfalle tappte. Wenn man ihn hier unten entdeckte, standen seine Möglichkeiten ebenfalls schlecht: Ohne Waffen bei sich zu haben, mit denen er sich hätte verteidigen können, würde er sich ganz auf seinen Verstand verlassen und sich irgendwie aus seiner Zwangslage herausreden müssen.

Die Schritte verstummten, als die Person mit der Fackel die Falle erreichte. Annev zögerte und fragte sich, ob er den Betreffenden vielleicht hinterrücks überfallen konnte. Wenn er schnell war, hätte er vielleicht eine kleine Cha…

»Annev! Was machst du denn hier unten?«

Kapitel 61

Annev zuckte zusammen und fuhr nach rechts herum. Myjun stand barfuß vor ihm, ihr weißes Nachthemd bis zur Mitte ihrer Waden hochgezogen. Sie wirkte genauso erschrocken wie er.

»Myjun!« Er lachte, sowohl erfreut als auch beklommen, sie zu sehen. »Du hast mich erschreckt.«

»Ich habe *dich* erschreckt?« Sie rieb sich die Augen. »Du hast *mich* erschreckt – du hast die Falle ausgelöst und dich in der Dunkelheit versteckt.« Sie schüttelte den Kopf. »Was machst du überhaupt hier unten?«

»Und was machst du hier?«, konterte Annev ihre Frage mit einer Gegenfrage. »Jetzt erzähl mir nicht, dass du hier unten im Keller schläfst.«

Myjun lächelte schwach. »Unser Geheimnis ist jetzt wohl verraten – nicht dass es auch wirklich ein besonders gut gehütetes Geheimnis gewesen wäre.« Sie deutete auf den Flur hinter ihr. »Unser Schlafsaal ist tatsächlich hier unten, sicher versteckt, um euch Akolythen davon abzuhalten, zwischen unsere Laken zu schlüpfen.« Sie zog eine Augenbraue hoch. »Bist du etwa deshalb hier, Meister Ainnevog?«

Annevs Gesicht lief dunkelrot an, während er nach einer Ausrede suchte. »Man hat mich hergeschickt, um nach Meister Narach zu suchen. Ich habe ein Artefakt, das er im Gewölbe archivieren soll.«

Myjun runzelte die Stirn. »Das Gewölbe ist zwei Stockwerke weiter unten. Haben sie dir nicht gesagt, wo du hingehen sollst?«

»Nicht sonderlich genau. Wir sind gestern Abend sehr schnell aufgebrochen, und ich bin noch nie im Gewölbe gewesen.«

»Warum muss bei Avataren immer alles eine Prüfung sein? Haben sie dir nicht gesagt, dass hier unten Fallen aufgestellt sind?« Sie deutete auf die gewaltige Bügelfalle, in die sie ihre Fackel geklemmt hatte. »War es eine Art Prüfung für dich, den Weg zum Gewölbe an den Fallen vorbei in der Dunkelheit ausfindig zu machen? Warum hast du denn kein Licht mitgenommen?«

Annev rieb sich das Kinn und griff bereitwillig die Vorlage auf, die sie ihm da gegeben hatte. »Es war Teil der zu lösenden Aufgabe.«

»Du hättest getötet werden können.« Myjun klang empört. »Auf keinen Fall hättest du das Gewölbe in der Dunkelheit finden können, erst recht nicht ohne Begleitung.« Sie schnalzte missbilligend mit der Zunge, dann stutzte sie, und ihre Augen leuchteten auf. »Aber das bedeutet, dass du das Artefakt bekommen hast?«

Annev nickte langsam und zögernd. »Ja, habe ich.« Er klopfte auf das Einzige, was ihm geblieben war – die Duftlampe, die immer noch an seinen Gürtel gebunden war.

Myjun überraschte ihn, indem sie dicht vor ihn hintrat und ihn auf die Wange küsste.

Annev erstarrte. »Wofür war das?«

»Dafür, dass du zu mir zurückgekommen bist.« Sie beugte sich erneut vor, wie um ihn auf die Lippen zu küssen, aber dann versetzte sie ihm einen Schlag aufs Ohr.

»Au! Und wofür war das jetzt?«

»Dafür, dass du zu dumm bist, um zu wissen, wie dumm du bist! Du solltest dich niemals ohne eine Fackel hier herunterwagen, nicht einmal wenn es eine Mutprobe ist. Es ist ein Labyrinth – und es ist gefährlich.«

Annev rieb sich das Ohr. »Ich verstehe … aber ich muss immer noch zum Gewölbe.« Er klopfte erneut auf die Lampe.

»Ich kann dich dort hinbringen.« Mit einem strahlenden Lächeln streckte sie ihre rechte Hand seiner linken entgegen.

Annev überlief es eiskalt. Wenn sie den mit Stroh gefüllten Handschuh berührte, war alles vorbei.

Er beugte sich vor, packte ihre rechte Hand mit seiner rechten, zog sie zu sich und wirbelte das Mädchen dann herum, sodass Myjun auf seiner anderen Seite zu stehen kam, wo er ihre linke Hand mit seiner rechten nahm. Er drückte ihre Finger mit echter Zuneigung, dann küsste er den Freundschaftsring, den sie trug.

»Geht voran, hohe Dame.«

Myjun zog ihn durch den staubigen Gang zurück, vorüber an der Bügelfalle, und griff im Vorbeigehen wieder nach ihrer Fackel. Er hatte also doch die richtige Richtung gewählt gehabt.

»Jetzt erzähl mal«, begann Annev zögernd. »Warum stellt man vor aller Augen sichtbar eine Falle auf, wenn ein Eindringling dann einfach darum herumgehen kann?«

»So wie du?« Myjun sah ihn an und rümpfte die Nase. »Es gibt auch jede Menge weit weniger sichtbarer Fallen – die sichtbaren sollen Eindringlinge abschrecken.« Sie führte ihn durch ein Labyrinth aus Biegungen und Windungen, die sich Annev unmöglich alle zu merken vermochte, bis sie eine kleine Treppe erreichten. Myjun drängte sich vor ihn und ging voraus. »Halt dich ganz auf der rechten Seite und überspring jede dritte Stufe.«

»Weitere Fallen?«

»Unmengen.« Sie ging voran, und er achtete darauf, immer an genau die gleichen Stellen zu treten wie sie.

»Woher weißt du davon?«

»Im oberen Teil der Treppe dienen sie nicht allein dazu, das Gewölbe zu schützen, sondern die Weisfrauen setzten sie auch zu unserer Ausbildung ein.« Sie zwinkerte Annev zu, als sie den Absatz der nächsten Treppe erreichten, die weiter in die Tiefe hinabführte. »Aber hier unten … hier habe ich durch die Beobachtung der anderen gelernt, ihnen auszuweichen.«

Annev nahm erneut ihre Hand, als der Treppengang vor ihnen eine Biegung beschrieb und sich in Form einer Wendeltreppe in den Untergrund hinabschraubte. »Du bist den Meisteravataren ins Gewölbe gefolgt?« Myjun nickte. »Und sie haben dich nie erwischt?«

»Bisher nicht«, antwortete sie. »Ich bin auch nicht dabei erwischt worden, wie ich dich und die anderen Avatare ausspioniert habe …«

»Du hast uns ausspioniert? Warum?«

Myjuns breites Lächeln verwandelte sich in ein trotziges Grinsen. »Ich sehe mir gern an, inwiefern sich eure Ausbildung von der unseren unterscheidet. Es gibt eine Menge Stellen, wo man sich verstecken und andere Leute beobachten kann – mein Vater und die Ältesten machen das auch.«

Beim Gedanken daran krampfte sich Annevs Magen zusammen. »Sie spionieren uns also aus … und du spionierst sie aus?«

»Ich spioniere alle aus«, sagte Myjun mit einem Anflug von Stolz.

Sie hatten eine rostige Eisentür erreicht, die mit Reihen scharfer Metallstifte überzogen war.

»Ich kann das Schloss knacken …«, begann Annev, in der Hoffnung, dass es nicht nötig sein würde.

»Das brauchst du nicht. Du solltest es bei dieser Tür ohnehin lieber nicht versuchen.«

»Fallen?«

»Richtig hässliche.« Sie nahm einen kegelförmigen Stift links von der Klinke in beide Hände und wuchtete ihn hoch.

Klick.

Myjun riss ihn wieder herunter, als betätige sie einen Blasebalg.

Klack.

Und wieder.

Klick. Klack.

Sie drehte die Türklinke einmal nach links, einmal nach rechts und dann erneut nach links und nach rechts. Jedes Mal gab die Tür eine Abfolge leiser Klicklaute von sich.

Annev beobachtete sie beeindruckt. Es musste eine Art Kombinationsschloss sein, aber es war anders als alles, was er je zuvor gesehen hatte. Ohne Myjun hätte er es vielleicht noch bis hierher geschafft, aber auf keinen Fall wäre er mit der Tür fertiggeworden. Er dankte Odar, dass er ausgerechnet Myjun über den Weg gelaufen war.

Sie hockte sich vor das Schloss und drückte auf die zwei Stahlnägel unter der Klinke. Etwas Schweres schob sich auf der anderen Seite klirrend zur Seite … und die Tür schwang nach innen auf.

Kapitel 62

Annev starrte auf die offene Tür, beeindruckt von der Vorstellung, wie es Sodar je hatte gelingen können, ganz allein in dieses Gewölbe einzubrechen. Myjun stand neben ihm und wies auf den Gang hinter der Tür.

»Dein Weg wartet auf dich«, sagte sie mit einer schwungvollen Gebärde.

Wieder nahm er ihre Hand, immer noch erstaunt darüber, dass er das so einfach durfte. »Du bist unglaublich«, flüsterte er.

»Das hast du doch bestimmt schon längst gewusst … da wir doch verlobt sind«, sagte sie neckend.

Er konnte gar nicht mit dem Lächeln aufhören. »Also, wir sind jetzt im Gewölbe?«

»Nein, das ist nur die erste Tür. Zwischen unserem Standort und der zweiten Tür befinden sich die Archive, und das Gewölbe liegt dahinter.«

Annev stieß einen Pfiff aus. »Das ist ein langer Weg, um jemandem zu folgen, ohne gesehen zu werden.« Er hielt inne. »Bist du jemals drin gewesen?«

»Im Gewölbe? Niemals! Ich habe gesehen, wie die anderen hineingelangen, aber wer will schon in einem Raum sein, der voll von verfluchter Magie ist?« Sie erschauderte.

»Warst du denn niemals neugierig?«

Myjun schüttelte den Kopf. »Ich mag vielleicht neugierig darauf sein, wie es in der Hölle aussieht, aber das bedeutet noch lange nicht, dass ich sie auch besuchen möchte.«

Sie wandten sich nach rechts, und die Fackel beleuchtete sieben Holztüren, drei auf jeder Seite des Ganges und eine große Eisenholztür am anderen Ende. Als sie näher kamen, sah Annev, dass in jede Tür Glyphen geritzt waren. Er studierte die nächste dieser mit Tintenflecken übersäten Einkerbungen.

»*Cartlann*«, las er vor.

Myjun hielt die Fackel näher heran und musterte ebenfalls den Türrahmen. Sie fuhr mit dem Finger über die Schnitzarbeit, dann riss sie die Hand ruckartig von der Tür weg. »Annev! Das sind nicht einfach Glyphen. Sie sind in Altdaritisch geschrieben – sie sind magisch.«

»Nur wenn sie mit dem Willen und den Gedanken eines Zauberers getränkt sind«, entgegnete Annev, fast ohne nachzudenken. »Ansonsten ist es einfach ein x-beliebiges Schriftsystem.«

»Ein Zauberer? Du meinst einen Sohn des Keos? Einen Keokum?«

»Nein! Nichts in der Art. Nur jemand, der Odars Segen hat. Man kann eine Glyphe schreiben und ihren Namen sagen, aber es passiert trotzdem nichts, es sei denn, man verfügt über die Gabe, und selbst dann muss man das Symbol immer noch mit seiner Absicht erfüllen.«

Myjuns Augen weiteten sich. »Du weißt, wie Magie funktioniert.« Es war mehr als nur eine Frage, aber noch keine echte Anklage.

»Man bringt uns ein wenig darüber bei«, erklärte Annev und versuchte, beruhigend zu klingen. »Damit wir die Artefakte sicher bergen können. Und Sodar hat mir auch ein wenig erzählt. Das ist alles.« Annev zog sie weiter, weg von den Türen.

»Sodar hat dich in *Magie* unterwiesen?« Myjun zog eine Augenbraue hoch.

»Wegen meiner Pflichten als Diakonus.«

»Aber welche Magie müsste ein Priester oder ein Diakonus denn kennen?«

Annev spürte ihren Blick auf sich ruhen und räusperte sich. Ihm war klar, dass er bereits zu viel verraten hatte. »Genug, um sie entlarven zu können, wenn er ihr begegnet.«

Myjun schien über diese Erklärung nachzugrübeln. »Anscheinend weiß Bruder Sodar eine Menge über verbotene Dinge – wie etwa dieser Text, den er da übersetzt hat. Und wie Magie funktioniert ...?«

Ihr anklagender Tonfall klang genau wie der ihres Vaters, einschließlich der darin zum Ausdruck kommenden Überlegenheit und Missbilligung. Es gab Annev ein unbehagliches Gefühl und zwang ihn, sich zu rechtfertigen, daher versuchte er, das Gespräch in andere Bahnen zu lenken. »Das Gleiche könnte ich auch über dich sagen«, meinte er neckend. »Auch du weißt Dinge, die du eigentlich nicht wissen solltest.«

Myjun lächelte. »Vielleicht tue ich das.« Sie deutete mit dem Kopf auf die letzte Tür. »Also, was steht da?«

»Das Gleiche wie auf der anderen Tür. *Cartlann.* Archive.«

Myjun wirkte enttäuscht. »Und was bedeuten diese beiden?«

»*Mallachtaí* – Flüche.« Er nahm die zweite Glyphe in Augenschein. »Und *Rúin.* Geheimnisse.«

»Aha. Nun, das ergibt einen Sinn. Das ist Narachs Arbeitszimmer, und er ist der Meister der Geheimnisse. Allerdings bezweifle ich, dass er auch hier schläft.« Mit diesen Worten hob sie zu Annevs großem Entsetzen die Hand und klopfte an die Tür.

Annev hielt den Atem an, voller Angst, dass der alte Mann öffnen würde, aber da war nur Schweigen.

Myjun klopfte erneut, doch auch diesmal antwortete niemand. Sie drehte sich wieder zu ihm um. »Hast du eigentlich erst einmal in seinen Räumen nachgesehen, bevor du ...«

»Haltet euch auf der rechten Seite, Jungs«, ließ sich eine tiefe Stimme von der Treppe her vernehmen, »und überspringt jede dritte Stufe. Meister Murlach hat diese Stufen mit so einigen unangenehmen Überraschungen versehen.«

»Verdammt unangenehm und lästig von ihm«, bemerkte eine zweite Stimme, die viel älter klang.

Annev sah Myjun an, Entsetzen auf dem Gesicht, und sie lachte. »Alles in Ordnung, Ani. Sie können dir nicht die Schuld an dem Streich geben, den dir ein anderer Meister gespielt hat, und genauso wenig dafür, dass du ein Artefakt ins Gewölbe bringst – und mit mir werden sie schon nicht schimpfen.« Sie drückte seine Hand, ohne zu bemerken, dass eisiges Entsetzen ihn lähmte.

Sie werden es herausfinden. Fyn und Kenton sind bei ihnen … Sie werden es herausfinden.

»Was ist denn das schon wieder?«, fragte Narach. Seine weinerliche Stimme drang hoch und krächzend die Treppe herab und hallte durch den Gang. »Diese Tür war gestern Abend noch verschlossen.«

Annev hörte den anderen Mann lachen – es war Brayan, der Quartiermeister. »Bei der Menge Met, die Ihr getrunken habt, erstaunt es mich, dass Ihr Euch noch daran erinnern könnt.«

Das widerhallende Stapfen von Stiefeln klang mehr nach einer ganzen Gruppe von Avataren als nach nur zwei einzelnen Männern, und Annev wusste, dass sich seine Ängste gleich bestätigen würden. Einen Moment später führte Narach die Gruppe in den Gang hinein, und er wedelte mit seiner flackernden Fackel herum. Er entdeckte Myjuns Licht sofort.

»Da, schaut!«, rief der Meister der Geheimnisse und schüttelte einen Ring voller Schlüssel. »Es ist jemand hier unten.«

Fyn kam mit der Phönixlaterne als Nächster heran, und dann folgte Kenton mit Gnade und der silbernen Harfe aus Janaks Arbeitszimmer. Brayan bildete das Schlusslicht, und sie alle waren verblüfft, Annev zu sehen. Kentons Gesicht wurde kreidebleich.

»Blut und Hölle, es ist Meister Ainnevog! Seid Ihr ein Geist? Diese Jungen haben mir gerade erzählt, dass Ihr in einem Feuer umgekommen wärt … oder irgendeinen ähnlichen Unsinn.« Er trat einen Schritt näher, und das Licht von Myjuns Fackel ließ ihn die Augen zusammenkneifen. »Myjun? Was machst du denn hier unten? Hat dein Vater dich geschickt?«

Kentons Miene wechselte von Schock zu Hass, als er Myjun sah, und seine dunklen Augen bemerkten den glitzernden Freundschaftsring an ihrer Hand. »Myjun.« Er spuckte ihren Namen förmlich aus. »Warum bist du hier unten bei ihm?«

»Annev! Wie hast du entkommen können?«, fragte Fyn zur gleichen Zeit.

Das Weismädchen sah Annev an, eine Frage in ihren grünen Augen, aber sie richtete ihre Aufmerksamkeit auf Narach.

»Meister Narach, ich habe Meister Ainnevog zum Gewölbe der Verdammnis gebracht, weil er ein Artefakt zum Katalogisieren bei sich hat.«

»Ach ja?« Narachs mürrisches Gesicht wurde sanfter. »Habt Ihr den Zwingstab doch noch ergattern können? Diese Jungen haben behauptet, er sei gestohlen worden. Erzählt mir nicht, dass Ihr ihn bei Euch habt und tatsächlich vor den beiden hier angekommen seid …«

»Noch dazu ohne ein Pferd!« Brayan war entzückt. »Ich kann gar nicht erwarten, es Titus zu erzählen. Eine wirklich außerordentliche Leistung – vier Artefakte in einer Nacht von unseren drei neuesten Meistern sichergestellt!« Er klatschte in seine dicken Hände, ohne sich um die Blicke der anderen zu kümmern.

Als die Gruppe näher kam, fasste Annev die beiden Jungen ins Auge. Er verübelte es ihnen, dass sie ihn im Stich gelassen hatten, und begriff zugleich, dass sie ihm womöglich das Mittel an die Hand gaben, mit dem er sich ihr Schweigen erkaufen konnte. Wenn sie seine Artefakte jetzt dem Gewölbe überließen, hatten sie zuvor zweifellos behauptet, dass sie beide aus Janaks Besitz stammten, was bedeutete, dass Annev nie würde erklären müssen, wie zuvor er in deren Besitz gelangt war.

Ich kann dafür sorgen, dass die Sache klappt, ging es ihm durch den Kopf. *Ich werde Meister Narach die Messinglampe geben, ihn überreden, mich mit in das Gewölbe zu nehmen, und mich dann davonschleichen, um nach einer Prothese zu suchen …*

»Meister Narach, darf ich Euch vielleicht beim Katalogisieren der Artefakte helfen? Ich habe ein paar Fragen in Bezug auf diese magische Öllampe, und ich habe mir überlegt, dass Ihr wohl der Mensch mit den besten Kenntnissen seid, dem ich sie stellen kann.«

Narach blinzelte, verblüfft über das Interesse, das der Junge an den Tag legte, dann lächelte er und ließ einen Mund voller halb verfaulter Zähne sehen. »Nun gut … ja, natürlich, Meister Annev.«

Myjun musterte ihn mit einem Blick voller Enttäuschung, in den sich ein wenig Abscheu mischte. »Annev, geh da nicht hinein – es ist das Gewölbe der Verdammnis. Dieser Makel darf nicht auf dir lasten. Überlasse diesen verfluchten Gegenstand Meister Narach und komm mit mir.«

Annev wünschte, er hätte es tun können. Er hatte gehofft, dass Myjun das Gewölbe nicht betreten würde, hatte aber nicht damit gerechnet, dass sie ihn bitten könnte, sogleich wieder mit ihr zusammen fortzugehen.

»Myjun«, begann Annev, »ich würde ja liebend gern …« Er sah, wie ihr Lächeln verflog und die Hoffnung aus ihren Augen schwand, und seine Zunge fühlte sich plötzlich wie ein Stein in seinem Mund an. Er hätte am liebsten den Morgen mit ihr verbracht, ihre gemeinsame Zukunft beginnen lassen … aber er konnte nicht. Solange er nicht in dieses Gewölbe hineinkam, hatte er gar keine Zukunft. Er nahm sich zusammen und versuchte, irgendeinen Grund zu finden, den Myjun gelten lassen würde. »Ich würde ja liebend gern mit dir gehen«, wiederholte Annev, »aber es ist meine Pflicht als Meister, dafür zu sorgen, dass dieses Artefakt sicher weggeschlossen wird, bevor ich deinem Vater Bericht erstatte.«

Myjun musterte ihn mit einem durchbohrenden Blick, als spüre sie, dass da noch mehr war. Enttäuschung zeichnete sich in ihren sanften Gesichtszügen ab. »Ich verstehe.«

»Danke«, flüsterte Annev. Als er aufschaute, sah er, dass Fyn und Kenton ihn beobachteten, und er hielt ihren Blicken stand, starrte sie so lange an, bis sie beide wegsahen.

So ist es richtig, dachte er grimmig. *Wir stecken da alle gemeinsam drin.* Sie hatten jetzt ein geteiltes Geheimnis, und Annev bezweifelte, dass einer der beiden seinen Meistertitel opfern würde, indem er zugab, dass sie ihre Artefakte Annev gestohlen hatten und nicht Janak.

Und dann waren da auch die noch viel dunkleren Geheimnisse, die Kenton und Annev miteinander teilten. Dass sie beide mit Magie verflucht waren – und dass Kenton versucht hatte, Annev sterben zu lassen. Annev ging davon aus, dass der Junge mit der Narbe für den Moment Stillschweigen bewahren würde, aber er wusste, dass er ihn irgendwann auf diesen Verrat würde ansprechen müssen.

»Akolyth Fyn, Akolyth Kenton, ihr haltet euch bereit, damit wir dem Ältesten Tosan zusammen Bericht erstatten können, sobald ich Meister Narach mit den Artefakten geholfen habe.« Seine Worte trugen Annev grimmige Blicke von den beiden Jungen ein. »Ich möchte nicht, dass mein Bericht eure Aussichten gefährdet, euch eure Meistertitel zu verdienen.«

Fyn blinzelte, dann nickte er kaum merklich. »Ich freue mich auf unser Gespräch … Meister Annev.« Er reichte Narach die Phönixlaterne und trat neben Brayan, bereit zu gehen.

Kenton machte einen Schritt auf Annev zu, Gnade in seinen verräterischen Händen. Er schenkte Narach keine Beachtung, warf aber einen Seitenblick auf Myjun.

»Wie bist du entkommen?«, zischte er.

Annev lächelte, ließ Myjuns Hand los und beugte sich dann dicht zu Kenton vor, als stehe er im Begriff, ihm ein großes

Geheimnis zuzuflüstern. Als sich Kenton ebenfalls vorbeugte, wedelte Annev mit der Hand vor dem Gesicht des Avatars herum, schnippte mit den Fingern und ließ unvermittelt einen eisernen Ring in seinen Fingern auftauchen.

»Magie«, sagte Annev und warf dem Jungen den vergessenen alten Freundschaftsring ins Gesicht.

Kenton fing ihn auf und starrte das runde Stück Metall an. »Du hast das Schloss geknackt. Aber ich verstehe nicht, wie …« Er begutachtete Annevs Handschuh und musterte das blaue Band, mit dem Annev dessen Stulpe an seinem Bizeps festgebunden hatte. »Du lügst«, sagte er mit funkelnden Augen. »Und du verbirgst irgendetwas …« Kenton griff nach dem Handschuh, doch Myjun schlug seine Hand weg.

»Kenton«, flüsterte sie, »hör auf, dich so bloßzustellen!«

Der Junge senkte den Blick, und sie wandte den Kopf Annev zu. Ihre braunen Locken hüpften um ihr Gesicht.

»Ignorier ihn einfach, Annev. Er ist nur eifersüchtig, weil du schneller zurück warst als er – ganz davon zu schweigen, dass er sich zum Narren gemacht hat, weil er geglaubt hat, du seist tot.« Sie küsste ihn sacht auf die Wange. »Komm zu mir, sobald du mit meinem Vater gesprochen hast«, wisperte sie.

Annev nickte, immer noch wie benommen von seiner Beinaheentlarvung. Er dankte den Göttern dafür, dass sie Myjun in dieser Nacht zu ihm geschickt hatten. Sie drückte seine Hand … und sie erstarrten beide. Annevs Herz setzte aus, und sie richteten beide ihre Blicke voller Entsetzen auf den strohgefüllten Handschuh, der sich gelöst hatte, sodass ihn Myjun nun in der Hand hielt. Dann starrte sie auf seinen vom Fackelschein beleuchteten Stumpf.

Mach, dass sie nicht schreit, dachte er. *Bitte, sie soll nicht schreien!*

Er war so nah dran gewesen … und vielleicht hatten die anderen es ja gar nicht gesehen? Vielleicht würde er Myjun die ganze Sache erklären können.

»Myjun …« Er suchte verzweifelt nach Worten.

Dann schrie sie, laut und durchdringend, und das Geräusch hallte durch den Gang und die Katakomben.

»Bitte!«, flehte Annev. Er streckte die Hand nach ihr aus, und seine Fingerspitzen streiften ihren weißen Ärmel. Sie wirbelte herum, es blitzte flammend hell auf, und sie schlug ihm mit ihrer Fackel auf den Schädel.

Annevs Sicht trübte sich, als seine Hoffnungen auf eine Zukunft – auf überhaupt alles im Leben – vor seinen Augen dahinschwanden. Er brach auf dem Boden zusammen, und sein Hinterkopf knallte gegen die Steine. Das Licht ringsumher erlosch, und Stille und Dunkelheit legten sich über ihn.

Kapitel 63

Der Untergrund war feucht und kalt, und als er die Augen öffnete, sah er, dass der Steinboden voller Blut war.

Sein Blut.

Annev richtete sich auf. Ihn fröstelte, und er stellte fest, dass er nackt war. Die blutverschmierten Kleider, die er bei seinem Einsatz als Avatar getragen hatte, seine Unterwäsche, seine Wassersäcke – alles war weg. Er igelte sich zusammen, um sich, so gut es irgend ging, zu wärmen, und bemerkte perplex, wie sein Armstumpf auf seinen Oberschenkel klatschte.

Stimmt, dachte er voller Bitterkeit. *Deshalb bin ich ja hier.* Er rieb sich seine nackte Haut, und die Kälte ließ ihn erneut erschaudern. Schmerz hämmerte in seinem Kopf. *Wo auch immer »hier« ist …*

Er sah sich in der schwach beleuchteten Zelle um. Der rechteckige Raum war ungefähr fünf Meter lang und breit, und anders als in den Gängen, die er mit Myjun durchwandert hatte, fühlte sich der Stein unter ihm so roh behauen an wie die Wände ringsum. An der Wand ihm gegenüber befand sich eine Eisentür. Sie hatte ein winziges vergittertes Fenster, das auf der anderen Seite mit einer Metallplatte bedeckt war.

Einige Schritte hinter ihm war eine primitive Steintreppe in die hintere Wand gehauen worden, deren gekerbte, abgebrochene Stufen zu einer rostigen Falltür hinaufführten. Ein Rinnsal einer leuchtend goldenen Flüssigkeit sickerte aus einem kleinen Spalt und beleuchtete schwach den Raum. Die Flüssigkeit tropfte spinnfadenartig an der hinteren Wand herunter und verschwand in einem Loch im Boden. Annev schleppte seinen zerschundenen Leib hinüber, um sich die Sache näher anzusehen.

Von der weißgoldenen Flüssigkeit ging ein regenbogenfarben schillerndes Licht aus. Blendend hell tropfte es herab und sickerte in die Erde, verströmte funkelnde Farbtöne von Violett, Blau, Grün, Gelb, Orange und Rot … aber trotzdem roch der Abfluss nach wie vor nach Abwasser und Jauche.

Annev rollte sich wieder zu einem Ball zusammen, als Schritte ertönten und die Metallplatte vor dem Fenster zurückgeschoben wurde. Annev blickte über seine Knie nach oben und sah Meister Narachs verkniffenes, runzliges Gesicht. Der Mann grinste höhnisch, und sein Mund verzog sich zu einem Spalt voller Zahnlücken und abgebrochener Zähne.

»Du bist wach.« Er blinzelte in die Zelle hinein.

»Warum bin …« Ein Hustenanfall überkam Annev, und als er nachgelassen hatte, leckte er sich seine rissigen Lippen und versuchte es noch einmal: »Warum bin ich hier?« Er kannte die Antwort, wollte aber wissen, wessen die Alten ihn anklagen würden.

»Es wird ein Gerichtsverfahren geben«, antwortete Narach und reckte den Hals, um einen guten Blick auf Annevs Stumpf zu haben. Dann nickte er, anscheinend zufriedengestellt, und spuckte durch die Gitterstäbe des Fensters. »Sohn des Keos«, murmelte er und schlug dann die Metallplatte zu.

Annev erhob sich stöhnend. Er strich sich mit den Fingerspitzen über den Hinterkopf und fühlte den klebrigen Schorf an seinem Schädel. Als er seine Finger sinken ließ, war nur wenig Blut daran, aber sein Kopf pulsierte noch immer, und der Rest seines Körpers kam ihm wegen des geronnenen Bluts ganz schmierig vor.

Annev schaute zu der Falltür über seinem Kopf hinauf und überlegte.

So einfach kann die Sache doch wohl nicht sein … oder?

Er zwang sich die grob behauenen Steinstufen hinauf und griff nach der eisernen Türklappe. Da war keine Klinke oder sonst etwas, womit man sie hätte öffnen können, und das ganze Ding sah völlig eingerostet aus.

Annev stieg noch eine Stufe höher, drehte sich um und beugte sich mit dem Rücken unter die Falltür. Er drückte langsam die Beine durch, presste seine nackten Füße auf die kalten Steinstufen und stemmte sich dagegen.

Nichts.

Er drehte sich um, um die Tür noch einmal genauer in Augenschein zu nehmen. Aus der Nähe betrachtet konnte er das winzige Loch sehen, aus dem die goldene Flüssigkeit sickerte und sich einen Weg um die Kanten der rostigen Falltür herum bahnte. Vorsichtig fuhr er mit dem Finger über die feuchte Stelle.

Es brannte sofort. Heiß und kalt, Eis und Feuer. Er zog die Hand weg und versuchte, die Flüssigkeit von den Fingern zu schütteln, dann untersuchte er seine Zeigefingerspitze: Ein dünner goldener Film war auf seiner Haut verblieben und zerfiel zu Asche und Rauch, als er daran rieb.

Blut und Knochen. Von diesem Zeug werde ich jedenfalls nichts trinken.

Annev stieg die steinerne Treppe wieder hinunter und ging im Raum auf und ab, um sich zu wärmen, bis die raue Bodenoberfläche seine Füße schmerzen ließ und er sich hinsetzen musste. Wärme suchend, kauerte er sich zusammen und wartete, dass die Zeit verstrich.

Ich muss tief unter der Akademie sein. Noch weiter unten als die Ebene mit dem Gewölbe, zu der mich Myjun hinabgeführt hat.

Myjun.

Jede Aussicht auf eine gemeinsame Zukunft mit ihr war in dem Moment vorbei gewesen, als sie seinen Stumpf gesehen hatte. *Der Ausdruck auf ihrem Gesicht …* Ein Schauder überlief ihn, als er sich daran erinnerte, wie entsetzt sie gewesen war.

Sie hat einfach nur Angst gehabt. Wenn sie Zeit gehabt hätte, über alles nachzudenken, wenn ich ihr zuvor davon erzählt hätte …

Aber er machte sich etwas vor. Der Anblick ihres Gesichts – der Ausdruck ihres durchaus echten Ekels und Abscheus – hatte bewiesen, was er die ganze Zeit über bereits befürchtet hatte: Myjun würde niemals über seine Missbildung hinwegsehen können, und sie würde ihm wahrscheinlich nie verzeihen, dass er sie belogen hatte.

Sein Leben war vorüber. Sein Arm war fort. Sodar hatte das Dorf verlassen, Myjun hatte mit ihm gebrochen, und es war nur noch eine Frage der Zeit, bis die Ältesten und Meister ihn hinrichten würden. Schlimmer konnte es nur werden, wenn Kenton ihn bezichtigte, magische Fähigkeiten zu besitzen und Gebrauch von Artefakten zu machen. Dann würde man ihn nicht steinigen, sondern blenden und foltern. Wenn er es überlebte, dass man ihm die Augen ausstach, wartete eine Vielzahl schrecklicher Tode auf ihn. Der Dorfbewohner, der zuletzt der Hexerei beschuldigt worden war, war in siedendem Öl gesotten worden, bevor er schließlich auf einer Stange aufgespießt worden war.

Annev krampfte sich zusammen, ihm wurde schlecht, und sein Mageninhalt stieg ihm in die Kehle. Er kroch durch die Zelle, um sich in den Abfluss zu übergeben, doch es kam nur Galle heraus, keine feste Nahrung. Er wischte sich mit dem Handrücken über den Mund und schleppte sich dann zum Fuß der Treppe hinüber.

Ich hätte mit Sodar fortgehen sollen. Er hatte in allem recht, und er hat mich trotzdem ziehen lassen. Er hat mich alles selbst herausfinden lassen. Myjun wird mich niemals als den annehmen, der ich bin, und die Akademie wird mir nie verzeihen, dass ich sie alle belogen habe.

»Hört auf zu jammern, Narach. Seid lieber dankbar, dass sie Euch einen neuen Meister der Flüche zugewiesen haben.«

»Kenton?«, fragte Narach und ließ das Schloss mit seinem Schlüssel aufspringen. »Er ist nutzlos. Bis er auch nur irgendetwas gelernt hat, werde ich tot sein.«

Die Stimmen weckten Annev. Er wischte sich über die Augen und rollte sich wieder zu einem Ball zusammen. Es folgte ein Quietschgeräusch, als draußen der Riegel angehoben wurde, woran sich ein zweites, noch viel lauteres Quietschen anschloss, als die Eisentür aufgerissen wurde.

Meister Brayan stand in der Tür und hielt eine Fackel in der Hand. Ihr helles Licht blendete Annev. Der Meister hob die Fackel in die Höhe und kam herein, während sich Annev den Arm vor die Augen hielt, bis sie sich an die Helligkeit gewöhnt hatten. Dann schaute er zu Brayans bärenartiger Gestalt empor und blickte in Titus' engelsgleiches Gesicht.

»Annev!« Der blonde Junge trug einen schweren Holzeimer in der Hand, aus dem bei jedem Schritt Wasser spritzte.

Brayan warf dem knochendürren Narach, der in der Tür stand, einen grimmigen Blick zu und musterte dann Annev. »So«, sagte er langsam, »dürstet es dich?«

Die Formulierung der Frage verwirrte Annev, aber er nickte.

»Dürstet es dich … nach Wasser?«

Ah, begriff Annev, *ich bin jetzt ein Sohn des Keos. Er fragt mich, ob ich Wasser oder Blut will. Und würde ich jetzt Blut sagen, was dann? Würden sie mir gleich das Genick brechen und mir die Schmach eines Gerichtsverfahrens ersparen, oder würde er Titus' Kehle aufschlitzen, damit ich trinken kann?*

»Wasser«, flüsterte Annev.

Brayan nickte Titus zu, der den Eimer auf den Boden stellte und eine flache Holzschale aus der Tasche seines Kittels zog. Mit gesenktem Blick reichte er Annev die Schale.

Annev nahm sie entgegen und begriff, dass Titus mit großen Augen auf seinen abgerundeten Stumpf starrte. Sein erster Instinkt war, ihn zu verbergen. Aber es gab keinerlei Möglichkeit dazu und auch keinen Grund mehr, es zu tun, daher streckte er den Arm aus, sodass Titus ihn sich anschauen konnte, während er mit dem anderen die Schale in das kühle Wasser tauchte und trank. Nachdem er das Gefäß gleich mit seinem ersten langsamen Schluck bis zur Neige gelehrt hatte, befüllte er es wieder und dann erneut, füllte hastig seinen Magen mit der kostbaren Flüssigkeit. Doch sobald sein Durst gestillt war, machte sich Verlegenheit in ihm breit.

»Danke für das Wasser«, sagte Annev und gab die Schale zurück.

»Gern geschehen.«

Es folgte befangenes Schweigen, während die beiden Jungen einander ansahen, der eine mit dem lohfarbenen Kastellansgewand bekleidet und der andere nackt auf dem Steinboden.

Narach, der draußen vor der Tür gestanden hatte, gab einen Laut des Ekels von sich und schlich sich durch den Gang davon. Annev beachtete ihn nicht weiter, dankbar, von ihm nicht mehr gestört zu werden. Er nickte seinem Freund zu. »Die Kastellansachen stehen dir gut.«

Titus lächelte. »Danke. Ich darf Meister Brayan bei den Tieren zur Hand gehen – den Pferden, den Hunden, sogar den Bienen –, und Meister Carbad hat mir die Wirtschaftsbücher der Akademie gezeigt und bringt mir bei, was es über unsere Vorratshaltung zu wissen gibt. Das macht nicht so viel Spaß wie die Arbeit mit den Tieren, aber es ist wichtig.«

Annev gelang es, ein Lächeln hervorzubringen. »Du wirst sicher ein großartiger Kastellan, Titus.«

»Das glaube ich auch. Meister Brayan meint, wenn ich mich gut mache, könnten sie mich zum Meisterkastellan für Landwirtschaft und Viehzucht ernennen, sodass ich dann statt lohfarbener Gewänder blaue tragen darf.«

»Du meinst … wie Meister Salbei? Der Meister der Küche?«

»Ja«, bestätigte Titus und hätte vor Aufregung um ein Haar seinen Eimer umgestoßen. »Ich wäre trotzdem noch ein Meisterkastellan und kein Avatar, aber es sind dennoch großartige Aussichten.« Er grinste. »Es ist definitiv besser, als Akolyth zu sein.«

Annev nickte und begriff, dass Tosan in Bezug auf Titus recht gehabt hatte. Das warf zugleich die Frage auf, in welchen anderen Punkten der Rektor ebenfalls recht gehabt hatte.

Brayan räusperte sich. Titus schaute auf, und der Quartiermeister deutete mit dem Kopf auf den Wassereimer. Titus verstand und nickte.

»Wir sollen dich waschen«, erklärte Brayan. »Für das Gerichtsverfahren.«

Annev nickte. Er hörte nur mit halbem Ohr zu. Es würde eine schnelle Sache werden, schließlich stand das Ergebnis bereits fest. Seltsamerweise kümmerte ihn das nicht: Er hatte immer um die Risiken seines Lebens gewusst, und er war sie bewusst eingegangen, als er sich entschieden hatte, ins Dorf zurückzukehren und womöglich alles aufs Spiel zu setzen.

Titus zog einen Lumpen aus der Tasche, tauchte ihn in das Wasser und machte sich daran, das Blut von Annevs Gesicht zu wischen. Annev saß still und stumm da und zwang sich, nicht aufzuschreien, als ihm der Junge das getrocknete Blut aus dem Haar kämmte.

»Kenton hat dich verteidigt. Er hat gesagt, du wärst gefangen gewesen und hättest dir deine eigene Hand abschneiden müssen, um einem Feuer zu entkommen«, flüsterte Titus.

Annev blickte überrascht auf. »Wenn das wirklich wahr wäre, wäre ich ein verdammt zäher Bursche.«

»Ich würde es glauben«, erwiderte Titus und lächelte schwach, »aber Ältester Tosan sagt, du hättest dich magischer Hilfsmittel bedient, um deinen Arm zu verbergen, schon seit du an die Akademie gekommen bist.«

Annev hämmerte das Herz in der Brust. *Wie hat er das erraten können?* Er sah Brayan an, doch der riesenhafte Meister blickte starr geradeaus und gab durch nichts zu erkennen, ob er zuhörte.

»Was tut das jetzt noch zur Sache?«

Titus tauchte den Lumpen in den Eimer und wrang ihn aus, woraufhin sich das Wasser rosa verfärbte. Er schrubbte Annevs Rücken und Schultern. »Sehr viel. Wenn du während des Beschlagnahmeeinsatzes verletzt worden wärst, dann hätte dich Keos jetzt erst gezeichnet. Aber wenn du deinen … deinen Arm versteckt hast …« Titus schluckte. »Es ist eine schlimme Geschichte, Annev. Sie haben den Avataren jede Menge Fragen gestellt. Auch den Meistern. Tosan ist unglaublich wütend, Myjun hat sich in ihrem Zimmer eingeschlossen, und Sodar …« Er brach ab.

»Sodar?« An die Stelle von Annevs Resignation und Verzweiflung trat sofort Sorge. »Sodar ist hier? Wo? Was machen sie mit ihm?«

Brayans Augen verengten sich. »Beeil dich«, bellte er. Dann fügte er leiser hinzu: »Wir haben nur wenige Minuten Zeit.«

Titus nickte und wrang den Lappen ein zweites Mal aus. Er machte sich daran, auch Annevs Arme und Beine zu waschen, dann kam er zu der missgestalteten Gliedmaße und hielt inne. Er starrte den Stumpf an, und das Wasser tropfte von dem feuchten Lumpen.

»Gib ihn mir«, sagte Annev und griff danach. »Ich kann mich selbst waschen.«

Titus zögerte, dann nickte er und reichte ihm den Lappen. Während Annev sich sauber schrubbte, wandte Titus den Blick ab.

»Bist du wirklich ein Sohn des Keos?«, flüsterte er, den Kopf abgewandt, damit Brayan nicht sehen konnte, dass er sprach.

Annev sackten die Schultern herab. *Selbst du, Titus?* Er tauchte den Lappen in den Eimer und fuhr fort, sich zu waschen. »Ich bin derselbe Mensch, der ich immer gewesen bin.«

Titus schien sich ein wenig zu entspannen. »Du bist nicht … kein …« Er ließ den Satz unvollendet in der Luft hängen.

»Böse? Ein Ungeheuer?«

Titus zuckte die Achseln. »Ja.«

Annev schüttelte seufzend den Kopf. »Ich bin nicht böser als du, Titus.«

»Aber du bist gezeichnet«, entgegnete der Junge unglücklich.

Annev warf den Lumpen auf den Boden, müde und angewidert. »Ich mag nur eine Hand haben, Titus, aber ich bin nach wie vor derselbe, der ich immer gewesen bin. Ich bin kein Ungeheuer.«

Durch die offene Tür war ein wahres Donnern von Schritten und Stimmen zu hören.

»… hat er mir gesagt, dass er seine Arbeit mache, und ich versuche nur, die meine zu machen.«

»Natürlich, Meister Narach. Ihr habt gut daran getan, mich in Kenntnis zu setzen. Meister Kenton kann mir von jetzt an helfen.«

»Es macht mir keine Umstände zu bleiben, Ältester Tosan.«

»Ihr könnt gehen«, blaffte Tosan. »Meister Kenton hat die Schlüssel.«

Narach brummte etwas Unverständliches und schlurfte den Gang hinunter.

Brayan reichte Titus die Fackel. »Zeit zu gehen.« Der Quartiermeister griff nach dem Eimer, machte zwei schnelle Schritte zu dem Abfluss hin und schüttete den Inhalt in das Loch.

»Viel Glück, Meister Annev.«

»Danke, Meister Brayan.«

Der massige Meister führte Titus zur Tür, doch ehe sie hinausgehen konnten, betrat Tosan den Raum. Einen Moment später tauchte Kenton hinter ihm auf und starrte finster über Tosans Schulter. Seine grimmigen dunklen Augen wanderten über Annevs Gesicht und dann zu seinem Stumpf hinab.

»Guten Morgen, Meister Brayan. Kastellan Titus.« Der Rektor nickte knapp. »Von Meister Narach habe ich gehört, dass Ihr die Zelle des Keokum gereinigt habt.«

»Ja, Ältester Tosan.« Brayan versuchte, sich am Ältesten der Ältesten vorbeizuzwängen, aber Tosan wich nicht von der Stelle.

»Wenn Ihr gerade die Zelle sauber gemacht habt, warum ist hier dann immer noch dieses verfluchte Höllenlicht?«

Brayan bewegte irgendwo in der Masse seines gewaltigen buschigen Bartes den Mund. »Wie ich bereits gesagt habe, Ältester Tosan. Das Lichtwasser sickert aus dem Gewölbe herein – und das wird es auch weiterhin tun, solange die Sache nicht an ihrer Quelle behoben wird.«

Tosan seufzte. »Und es ist wohl zu schwierig, die Falltür so zu versiegeln, dass nichts mehr hindurchdringen kann?«

Während der Älteste und der Meister ihr Zwiegespräch fortsetzten, bemerkte Annev die Schale, die Titus zurückgelassen hatte. Er nahm sie rasch an sich, ohne darüber nachzudenken, was er damit würde anstellen können, aber er hatte das Gefühl, dass er jede Gelegenheit nutzen sollte, die das Schicksal ihm bot.

»… wirklich alles versucht«, fuhr Brayan fort. »Ich muss mich ins Gewölbe begeben und mich dort umsehen, wenn Ihr unbedingt wollt, dass es aufhört.«

Annev schob sich langsam in die Ecke des Raums, wo die goldene Flüssigkeit herabsickerte, und eine Idee begann in ihm zu dämmern. Er klemmte die Holzschale in die Abflussöffnung, sodass nur noch ihr Rand sichtbar war, dann kroch er an seinen alten Platz zurück.

Tosan rieb sich die Schläfen. »Vielen Dank, Meister Brayan, aber nur Meister Narach und ich selbst – und natürlich der neue Meister der Flüche – dürfen im Moment das Gewölbe betreten. Vielleicht kann sich Meister Kenton um die Sache kümmern.«

Brayan verneigte sich. »Wie Ihr wünscht, Ältester Tosan.«

Tosan trat einen Schritt zurück, und sobald Brayan und Titus an ihm vorbei waren, bedeutete er Kenton, vor ihm einzutreten. Der junge Mann kam mit einer Fackel in der einen Hand und einem Schlüsselring in der anderen herein. Aufrecht stand er in den purpurroten Gewändern eines Meisteravatars da, und eine Anwandlung von Neid und Trauer überkam Annev.

Tosan schloss die Tür und starrte Annev an. »Wie lange hattest du die Sache schon verborgen gehalten?«, zischte der Älteste.

Annevs Blick schnellte zu Kenton hinüber, doch der Avatar wollte ihm nicht in die Augen sehen. Dann schaute Annev wieder Tosan an, überlegte, was er darauf antworten könnte, und zog es schließlich vor, nichts zu sagen.

Tosan grinste verächtlich. »Dein Schweigen kann Sodar nicht schützen. Und deine Lügen können es genauso wenig. Wenn du also deinen geliebten Mentor retten willst, solltest du mir besser die Wahrheit sagen.«

Annev biss sich auf die Lippen. Es schmerzte ihn, daran erinnert zu werden, dass sie Sodar in Gewahrsam genommen hatten, doch er wusste, dass die Wahrheit weder Annev selbst noch den alten Mann würde retten können. Sollte er es wagen zu lügen? Tosans besondere Fähigkeit, Wahrheit von Lüge zu unterscheiden, war allseits bekannt, und Annev argwöhnte, dass er sich dafür eines Artefakts – seines Rings – bediente. In diesem Wissen sah er keinen Vorteil darin, etwas zu sagen, und ließ sein Schweigen für sich sprechen.

Tosans Züge verdüsterten sich, und er zeigte auf Kenton. »Meister Kenton beteuert, du hättest dir während der Beschlagnahmeaktion gestern Nacht selbst die Hand abgeschnitten, um dadurch vor einem Feuer entkommen zu können. Meister Fyunai vertritt die Ansicht, dass Kenton die Wahrheit sagt – er behauptet, du seist an Duvareks Leichnam gekettet gewesen und hättest dich nicht befreien können.« Er stieß ein verächtliches Lachen aus, das keinen Hehl aus seiner Entrüstung über diese Aussage machte. »Sie haben dich beide für tot gehalten, und doch ist es dir irgendwie gelungen zu entkommen.«

Er wartete darauf, dass Annev antwortete, aber der Junge schwieg weiter.

»Ich soll mithin glauben, du hättest dir deine eigene Hand abgeschnitten, wärst dann den ganzen Weg hierher zurückgerannt und hättest unterwegs Fyn und Kenton, die zu Pferd unterwegs waren, auf wundersame Weise überholt.« Er wartete auf eine Reaktion, und seine Stimme wurde tiefer und leiser. »Und während dieser Zeit bist du dann wohl auf unerklärliche Weise geheilt worden?« Er deutete auf den abgerundeten Stumpf von Annevs Arm und wartete. Annev schwieg noch immer. Die Augen des Rektors loderten, und seine Lippen zuckten. »Ich glaube das keine Sekunde lang«, betonte er und ging im Raum auf und ab. »Das stinkt nach Magie …« Er bedachte Annev mit einem finsteren Blick. »Hast du einen Pakt mit Keos geschlossen? Hast du ihm als Gegenleistung für deine Heilung deine Seele versprochen?«

Annev schüttelte den Kopf. Der Vorwurf war lächerlich.

»Nein, das habe ich auch nicht geglaubt. Die Wahrheit ist viel einfacher … und viel finsterer.« Er musterte Annev, und in seinen Augen glitzerte Bosheit. »Du bist so geboren worden und hast dich magischer Mittel bedient, um es zu verbergen. Du hast diesen Arm schon immer abnehmen können, nicht wahr?«

Annev blinzelte. Unter anderen Umständen hätte ihn die Frage völlig überrumpelt, aber nach seinem Gespräch mit Titus hatte er sie bereits erwartet. Er starrte den Rektor durchdringend an.

»Habe ich nicht recht?«, schrie Tosan und schlug Annev ins Gesicht. Als sein nackter Gefangener immer noch nicht antwortete, trat ihm Tosan in die Rippen, sodass er gegen die Wand geschleudert wurde.

Annev streckte Halt suchend den Arm aus und tauchte dabei unabsichtlich seinen Stumpf in die goldene Flüssigkeit, die an der hinteren Wand herabrann. Ein Brennen überzog seine Haut, aber bevor er sich von der Wand wegbewegen konnte, versetzte ihm Tosan einen weiteren Tritt.

»Wie kannst du es wagen, meine Akademie in den Schmutz zu ziehen und selbst meine eigene Tochter!«

Annev sackte zusammen und erbrach das Wasser, das er gerade getrunken hatte.

Tosan hockte sich neben ihn. »Ich erinnere mich daran, wie wir deine Eltern getötet haben. Tuor und Aegen. Sie war ebenfalls ein Keokum gewesen, nicht wahr?«

Annev hustete, Speichelfäden hingen von seinen Lippen.

»Ich hätte es wissen sollen.« Er packte Annevs Haare und zog ihn näher zu sich heran. »Jetzt kenne ich dein Geheimnis. Der Priester hat dich die ganze Zeit über versteckt – einen Keokum, in meinem Haus. Meiner Tochter *versprochen*. Ausgebildet an meiner Akademie.« Er stieß Annev von sich, und seine Stimme war eiskalt. »Ich habe den Priester auf den Dorfplatz bringen lassen. Er befindet sich jetzt dort. Gefesselt. Er wartet auf uns. Ihr beide sollt gemeinsam sterben.«

Annev drehte langsam den Kopf, bis er dem Ältesten direkt ins Gesicht sah. In seinen Augen brannte eine heftige Eindringlichkeit, die stärker war als sein Schmerz, und all sein Zorn und seine Enttäuschung wurden in ihm wach, als er an das viele Unrecht zurückdachte, das er in der Akademie hatte erleiden müssen.

»Ich kenne auch Euer Geheimnis, Tosan«, zischte Annev. »Ich habe Euer Buch entdeckt … ich bin nicht der Einzige, der hier Magie verborgen gehalten hat.«

Der Älteste fuhr zurück, als sei er geschlagen worden, und er warf einen schnellen Blick in Richtung Kenton.

»Lügner!«, geiferte Tosan. Im gleichen Moment wurden Schritte laut, die über den Gang stapften. Jemand hämmerte gegen die Eisentür.

»Ältester Tosan!«, rief Carbad. »Ältester Tosan! Chaenbalu wird angegriffen!«

Kapitel 64

Kenton riss die Tür auf. Meister Carbad stand davor. Er schnappte keuchend nach Luft.

»Menschen«, stieß er zwischen zwei Atemzügen hervor. »Metall … entstellt … fürchterlich.«

»Meister Carbad! Wer greift das Dorf an?«

Carbad schüttelte den Kopf. »Ungeheuer. Dämonen aus Metall.«

»Aus Metall?« Tosans Augen traten aus den Höhlen, und er warf Annev einen bösen Blick zu. »Ist das dein Werk? Hast du die Feurog mit dir hergebracht? Steckst du mit dieser Hexe, Kelga, unter einer Decke? Lebt sie womöglich noch immer?«

Annev schüttelte den Kopf, obwohl es ihm bei Carbads Worten flau im Magen geworden war.

Wie haben sie nur ins Dorf gelangen können? Seine Gedanken überschlugen sich panisch. *Könnten sie mir gefolgt sein? Sodar hat gesagt, wir wären hier geschützt …*

»Die Meister kämpfen, so gut sie können, aber die Dorfbewohner werden in Stücke gerissen.«

»Bringt alle in die Akademie. Und dann verschließen wir alle …«

»Sie sind bereits bis in die Akademie vorgedrungen!«, schrie Carbad, der nun alle Ruhe und Gefasstheit verloren hatte.

»Was?« Der Rektor wirkte wie vor den Kopf geschlagen.

Neben Carbad tauchte Narach auf; seine spindeldürre Gestalt steckte in einem übergroßen Nachthemd, was einen ausgesprochen komischen Eindruck machte. »Was soll all das Geschrei?«, maulte er. Er warf einen spähenden Blick über Carbads Schulter hinweg. »Ist der Sohn des Keos ausgebrochen?«

Tosan schenkte ihm keine Beachtung. »Meister Carbad, findet und beschützt Myjun. Verstanden?«

»Was werdet Ihr tun?«

»Alldem ein Ende machen«, antwortete der Älteste, sein Tonfall düster und unnachgiebig.

Carbad drehte sich um und rannte durch den Flur davon.

Tosan wandte sich an Kenton. »Meister Kenton, Ihr werdet diese Zelle bewachen. Sollte der Keokum zu fliehen versuchen, tötet ihn.«

»Ja, Ältester Tosan.«

»Meister Narach, wir gehen den Höllenfeuerstab holen.«

»Den *Höllenfeuer*stab?« Narachs zerknittertes Gesicht blickte verblüfft drein. »Ihr wollt Dämonen mit Dämonenmagie bekämpfen? Daraus kann nichts Gutes erwachsen. Und der Höllenfeuerstab ist ein dunkler Stab; nur Keokum können von ihm Gebrauch machen.«

»Den *Stab*, Narach!«, schrie Tosan. »Sofort!«

Eifrig nickend, wich Narach von der Tür zurück. »Auf der Stelle, Ältester Tosan.« Der Meister der Geheimnisse machte, dass er aus dem Raum kam, und Tosan warf Annev einen letzten hasserfüllten Blick zu, als auch er die Zelle verließ.

Kenton blieb auf halbem Weg hinaus noch einmal stehen und sah zu dem nackten Jungen auf dem Boden hinab, um den herum sich eine Lache von Erbrochenem gesammelt hatte. Er klapperte mit dem Schlüsselring in seiner Hand. »Wenn Myjun etwas zugestoßen ist«, sagte er mit zusammengebissenen Zähnen, »werde ich dir mit bloßen Händen die Kehle aufreißen.«

Annev erwiderte seinen zornigen Blick, und seine eigene schäumende Wut brach sich mehr und mehr Bahn. »Du hast mich immer gehasst … weil sie sich für mich entschieden hat.«

»Sie hat mich geliebt!«, brüllte Kenton und machte einen

Schritt in die Zelle zurück. »Sie hat mich zuerst geliebt. Und weißt du, warum sich das geändert hat?« Er deutete auf seine Narbe. »Deswegen. Wegen deines dummen Freundes Titus!«

»Titus?«, echote Annev verblüfft.

Kenton machte einen weiteren Schritt auf Annev zu. »Er ist schon immer nutzlos gewesen. Er hätte von Anfang an Kastellan werden sollen. Aber Benifew und Grimm haben das nicht kapiert – sie haben ihn einfach immer weiter angespornt und versucht, Winsor dazu zu bringen, dass er ihn, obwohl er jünger ist als wir, in unseren Erntejahrgang aufnimmt. Den Meistern war das alles völlig egal. Sie haben versucht, die Unfähigkeit aus ihm herauszuprügeln. Und ich … ich war dumm. Ich habe mich einmal für ihn eingesetzt – ein einziges Mal –, und da ist dann das hier passiert.«

»Duvarek hat behauptet, es sei ein Trainingsunfall gewesen.«

»Ich hätte ihm niemals helfen dürfen«, fuhr Kenton mit leiser Stimme fort, »hätte Ather und den Rest ihn windelweich prügeln lassen sollen. Dann hätte sich nichts geändert.«

Annev sah zu ihm hoch, und das winzige bisschen an Mitgefühl, das er für Kenton empfunden hatte, löste sich in Luft auf. Er biss die Zähne zusammen und bewegte die Hand, um nach der Schale zu greifen, die er in der Abflussöffnung versteckt hatte.

»Sobald ich die Narbe hatte, wollte sie mich nicht mehr anrühren«, fuhr Kenton nichtsahnend fort. »Wollte nicht mehr mit mir reden.« Er bedachte Annev mit einem hässlichen Lächeln. »Jetzt kennt sie die Wahrheit … du bist weit schlimmer versehrt als ich.« Er spuckte Annev ins Gesicht. »Sie hätte mein sein können, wenn du sie nicht belogen hättest. Sie wäre zu mir zurückgekommen!« Er ließ den Fuß vorschnellen und trat gegen Annevs Stumpf. »Du Bastard des Keos!«

Annev riss den Arm nach vorn und spritzte Kenton die leuchtend goldene Flüssigkeit aus der Schale ins Gesicht. Der Avatar schrie auf, ließ die Fackel und die Schlüssel fallen und versuchte, sich die brennende Flüssigkeit aus den Augen zu wischen.

Annev rammte Kenton die Schulter in den Bauch, und der Junge krachte zu Boden. Er bückte sich, schnappte sich die Fackel und die Schlüssel und rannte durch die offene Zellentür hinaus.

Kenton schrie erneut, beide Hände immer noch aufs Gesicht gepresst, da drückte Annev gegen die schwere Eisentür, stemmte beide Füße gegen die Steinmauer hinter sich und schlug sie gerade noch rechtzeitig zu, bevor Kenton von der anderen Seite gegen sie krachte. Der Riegel fiel herab, Annev knallte das Fenster zu und drehte den Schlüssel im Schloss.

»Ainnevog!«, schrie Kenton hinter der Tür und hämmerte gegen das Metall. »Möge Keos deine Knochen verbrennen, ich werde dich umbringen. *Ich werde dich umbringen!*«

Annev löste sich zitternd von der Tür. Er war frei. Nackt und schutzlos. Aber frei. Er erschauderte, teils von der angenehmen Hitze der Fackel und teils von der neuen Energie, die ihn durchströmte. Wenn man ihn bemerkte, würde man ihn jagen. Aber jetzt, da er frei war, konnte er Sodar retten.

Er schaute den langen Korridor hinab und sah zwei Reihen von Eisentüren, ähnlich der, die er Kenton gerade vor der Nase zugeschlagen hatte. Der Gang zu seiner Linken war eine Sackgasse, aber zu Annevs Rechten befand sich eine steinerne Treppe, die aus den Kerkern der Akademie nach oben führte.

Er sprang die Treppe hinauf, indem er immer zwei Stufen auf einmal nahm, und ließ Kenton schreiend hinter seiner verriegelten Tür zurück. Er hielt die Fackel vor sich, bereit, jeden und alles anzugreifen, was sich ihm in den Weg stellte, und erreichte schließlich einen kleinen Treppenabsatz, der in ein anderes Stockwerk führte.

Das muss das Gewölbe der Verdammnis sein, begriff Annev. *Tosan hat gesagt, es befinde sich direkt über meiner Zelle.* Er schaute erst auf seinen Stumpf und dann auf die Tür, doch schließlich lief er weiter die Treppen hoch. Er wollte ins Freie gelangen; Sodars Rettung stand an erster Stelle. Der alte Mann war das einzig Wahre und Beständige in seinem Leben. Annev verstand nicht, warum der Priester zurückgekommen war, aber er wusste, dass dem wirklich so war. Er hatte Annev also doch nicht im Stich gelassen – und Annev wollte verdammt sein, wenn er nun ihn im Stich ließ.

Nur ein Dutzend Stufen weiter vernahm er Schlachtenlärm über sich – das Klirren von Metall auf Metall, das Schreien von Menschen, die brüllten und starben. Als der Lärm über ihm immer lauter wurde und näher kam, begann er Stück für Stück die Stufen hinunter zurückzuweichen, bis er wieder die Ebene unter sich erreicht hatte. Er rannte den Gang entlang, weg von den Geräuschen der Schlacht, suchte sich in Sicherheit zu bringen.

Er kam sich vor wie ein Feigling, weil er vor der Gefahr die Flucht ergriff. Er war ganz anders als Breathanas oder die mutigen halkyonischen Ritter aus Sodars Geschichten – sie hätten gekämpft, nackt und ruhmreich, hätten allein mit einer hölzernen Fackel gefochten, bis sie eine geziemendere Waffe gefunden hätten. Davon war Annev überzeugt. Breathanas wäre wahrscheinlich bis nach oben gestiegen, hätte sich einen Weg ins Freie gebahnt, seinen Mentor gerettet, das Dorf und die Frau, die er liebte, und sich dabei Lobpreis und Respekt derer verdient, die ihn verfolgten – ohne dabei auch nur eine Faser am Leib zu tragen.

Aber Annev war nicht Breathanas. Er war kein halkyonischer Ritter und nicht einmal der Schildknappe eines solchen Ritters. Er war ja nicht einmal mehr ein Meisteravatar. Er war einfach nur ein verängstigter einarmiger Junge.

Der Korridor wurde breiter und dann schmaler, beschrieb eine Biegung und wurde wieder breiter. Annev rannte immer weiter und blieb weder stehen, noch verringerte er sein Tempo, bis sich das Licht seiner Fackel plötzlich auf einer riesigen Eisenholztür am Ende des Ganges widerspiegelte.

Als er sich der Tür näherte, weitete sich der Gang zu einer großen Halle, und Annev sah, wie gewaltig die Tür wirklich war. Vollkommen rund und über sechs Meter im Durchmesser, war das dunkelgraue Eisenholz poliert worden, bis es glänzte. Eine riesige Glyphe von fast zwei Metern Höhe war in die Mitte der Tür geritzt worden. Annev blieb stehen, hielt die Fackel hoch und nahm das Symbol in Augenschein.

Die Glyphe hatte die Form eines X, das von einem umgekehrten V gekrönt wurde, das genauso breit, aber nur halb so hoch wie das X war, wobei die beiden Balken des V die Striche des X berührten und ein geschlossenes Dach darüber bildeten. Ein rundes O füllte die untere Hälfte des diamantförmigen Raums, der durch die beiden ersten Symbole gebildet wurde, was das Ganze wie ein geöffnetes Auge aussehen ließ, doch Annev kannte die wahre Bedeutung des Zeichens: *aqlumera.* Das X verkörperte zwei Stücke gespaltenen Holzes, die übereinandergestellt waren – *t'rasang* –; das auf dem Kopf stehende V stellte die Flammen dar, die das Holz verbrannten – *lumen* –; und das O im Inneren des Diamanten repräsentierte die Luft, die den Flammen Nahrung gab – *quaire.* Es war das Symbol von Schöpfung und Zerstörung, das Symbol für die Götter und für Luquatra, das alle Elemente zu einem einzigen vereinte.

Er suchte nach einem Griff oder einem Schloss – das Gewölbe versprach, womöglich einen sicheren Ort abzugeben, wo er sich verstecken oder zumindest eine Waffe würde finden können –, aber er fand nichts. Das Einzige, was zumindest ansatzweise vielversprechend aussah, war ein winziges Loch, das in die Mitte des *aqlumera*-Symbols hineingeschnitten war. Annev inspizierte den Schlüsselring in seiner Hand und bemerkte, dass sich unter all den Metallschlüsseln auch ein winziger Eisenholzstab verbarg. Es wies jedoch keinerlei Rillen und keine Fräsbearbeitung auf, was die Vermutung nahelegte, dass es sich vielleicht gar nicht um einen Schlüssel handelte. Er wandte sich wieder der Tür zu, untersuchte sie noch einmal und schob dann den Eisenholzstab vorsichtig in das Loch hinein. Sobald er ihn in voller Länge eingeführt hatte, gab die Tür ein Klicken von sich, und der Holzschlüssel rastete ein. Annev sprang zurück, neugierig, was jetzt geschehen würde.

Es geschah nichts.

Annev trat wieder an die Tür, umfasste den Schlüsselring mit der Faust und versuchte den Stab im Schloss zu drehen.

Nichts.

Was habe ich übersehen?, überlegte er. Er lauschte, um festzustellen, ob der Lärm der Schlacht näher kam. *Der Schlüssel gehört in dieses Schloss, aber er lässt sich nicht drehen. Was ist das für eine Art von Schlüssel, der sich nicht drehen lässt?* Er rieb sich das Gesicht, dann hielt er inne, und der Anflug eines Lächelns legte sich auf seine Züge.

Es ist gar kein Schlüssel, schoss es ihm durch den Kopf, und er legte seine Daumenkuppe auf das Ende des Eisenholzstabes. *Es ist ein ganz gewöhnliches Artefakt … so wie die Phönixlaterne.* Ohne den Stab loszulassen, konzentrierte er sich auf die Tür – darauf, dass sie sich öffnete.

Ein leises Surren vibrierte durch die Steine unter Annevs Füßen. Ein verhaltenes Brummen folgte; ein verborgener Mechanismus auf der anderen Seite der Tür begann zu sirren und zu summen, dann öffnete sich in der Mitte der Tür ein Spalt, der die Glyphe genau in ihrem Zentrum zerteilte und sich allmählich verbreiterte, bis diese Tür in der Tür schließlich nach innen aufschwang. Mitsamt dem Schlüsselring fiel der hölzerne Stab klappernd zu Boden.

Annev trat über die Schwelle, ließ seine Fackel fallen und riss die Schlüssel an sich. Als er sich den Schlüsselring übers Handgelenk streifte, begannen sich die Türen sofort wieder zu schließen.

Er trat ganz durch die Tür hindurch, um nicht zerquetscht zu werden, dann besann er sich auf seine auf dem Boden liegende Fackel. Bevor er sich jedoch umdrehen und das Licht wieder an sich nehmen konnte, schleiften es die Türen mit sich über den Boden und fegten die Fackel auf den Gang hinaus. Er versuchte noch, ihr nachzuhechten, doch zu spät, und er musste die Hand schnell wieder zurückreißen, da die Türen ruckartig zuschnappten.

Nun gut, dachte Annev und drehte sich langsam zum Raum hin um, *schauen wir mal, worauf ich mich da eingelassen habe.*

Kapitel 65

Eine Steinwand versperrte ihm die Sicht auf das Gewölbe, aber da war ein orangefarbenes Licht an der äußeren Wandkante, das seine Aufmerksamkeit erregte. Während er seinen Blick auf das eigentümliche grünlich gelbe Leuchten gerichtet hielt, wandelte es sich erst in ein helles Gelb, dann in ein gespenstisches Grün, um schließlich ein leuchtendes Violett anzunehmen. Annev trat an die Mauer und spähte um die Ecke.

Trotz der regenbogenartig schillernden Farben, die um die Mauer herum zu leuchten schienen, war die Mitte des höhlenartigen Raums von einem sanften weißen Licht erfüllt. Annev kniff die Augen zusammen, bis sich seine Augen an die Helligkeit gewöhnt hatten, und sah dann, dass eine gewaltige Kuppel die Decke des Raumes bildete. Sie war in der Raummitte etwa sechs bis sieben Meter hoch und erstreckte sich über Hunderte von Schritt in alle Richtungen; das Gewölbe verjüngte sich zu den Rändern hin und fiel dann steil zum Boden ab.

Unter der Kuppel waren, Reihe um Reihe, unzählige Regale aufgestellt, die sich bis jenseits der Umfassungsmauer erstreckten und sich rings um den breiten Raum herumzogen und um einen freien Bereich im Zentrum zusammenliefen. Das Licht kam von dort und ging von einem sanften weißen Leuchten in einen regenbogenfarbenen Lichtkranz über, der in der Luft schwebte.

»Meere und Himmel«, flüsterte Annev fast schon ehrfürchtig.

Die Regale waren übervoll mit allen möglichen Gegenständen, die teils ganz gewöhnlich wirkten, teils einen höchst wundersamen Eindruck machten: Schriftrollen und Bücher, Steine und Schmuck, Stäbe und Ziergegenstände, Waffen und Rüstungen. Das Ganze ähnelte den Schätzen in Janaks Arbeitszimmer, doch während der Händler lediglich die späteren Jahre seines Lebens darauf verwandt hatte, Artefakte zu sammeln, die ihm wertvoll erschienen, hatte die Akademie Jahrhunderte damit verbracht, Avatare auszusenden, um sämtliche bekannte magische Artefakte zu rauben, nur damit sie dann hier gehortet werden konnten.

Annev hatte nun schließlich doch das Gewölbe der Verdammnis betreten.

Zwei braune Stiefel am Ende einer nahen Reihe von Regalen erregten Annevs Aufmerksamkeit. Er huschte eilig auf sie zu, die Aussicht auf auch nur einen Fetzen Kleidung für seinen nackten Leib erfüllte ihn mit Hochstimmung. Und es kam noch besser: Als er die Stiefel erreichte, stieß er auf einen ganzen Gang voller Regale, die allein den unterschiedlichsten Kleidungsstücken gewidmet waren: Da waren Umhänge und Schals, Hosen und Stiefel, Hemden, Jacken, Handschuhe und Unterwäsche. Der Gang erstreckte sich durch den Raum wie eine Radspeiche, von der Wand am Raumende bis hin zu dem Licht in der Mitte des Gewölbes.

Gesegneter Odar, dachte Annev, als er sich eine dicke schwarze Hose und Unterwäsche schnappte. Hastig schlüpfte er hinein. Die staubigen braunen Stiefel kamen als Nächstes und passten einigermaßen. Bei den nun folgenden Kleidungsstücken war er wählerischer. Er schlich den Gang entlang, vorbei an einem mit Haaren bedeckten Hemd, einer Weste aus Knochen und an einem Hut, der wie ein Wolfskopf geformt war. Als er einen blutroten Umhang mit einer Kapuze aus winzigen Fischschuppen fand, blieb er stehen.

Nicht Fischschuppen, schoss es Annev durch den Kopf. *Drachenschuppen.*

Er streckte die Hand aus und berührte den Stoff. Überrascht stellte er fest, dass sich der Umhang unter seinen Fingerspitzen weich anfühlte. Er ließ die Hand einen Moment auf dem Stoff liegen und verspürte nun außerdem, dass er die Wärme seiner Haut zu ihm zurückstrahlte. Er nahm den Umhang und legte ihn sich über die Schultern und den nackten Rücken. Sofort durchflutete Wärme seinen Körper, und er bekam eine Gänsehaut. Erschaudernd zog er den Umhang fester um sich und war überrascht, zwei kleine Taschen in das Futter des Kleidungsstücks eingenäht zu finden. Er ließ den Schlüsselring von seinem Handgelenk gleiten und in eine der Taschen fallen und ging weiter auf das Licht zu.

Auf einem der Lagerregale entdeckte er ein goldbesticktes rotes Hemd, das säuberlich zusammengefaltet war, und blieb stehen, um es anzuziehen. Doch sobald der Stoff seinen Rücken berührte, schoss ihm ein bohrender Schmerz durch die Wirbelsäule. Er biss sich auf die Zunge, weil er befürchtete, aufschreien zu müssen, riss sich das Hemd vom Leib und schleuderte es zu Boden. Sobald es sich von seiner Haut gelöst hatte, war der Schmerz verschwunden.

Annev begutachtete das unauffällige Stück Stoff und schüttelte den Kopf. *Einige dieser Dinge haben es durchaus verdient, hier zu sein,* rief er sich ins Gedächtnis. *Ich muss mehr Vorsicht walten lassen.*

Und das tat er auch. Einen Moment später fand er ein Hemd in einem satten Blau, das aussah, als würde es ihm vielleicht passen, aber sobald er den Kragen mit seinem Hals in Berührung brachte, trübte sich seine Sicht, sein Atem wurde schwer, und ihn packte unvermittelt der Impuls, sich mit kaltem Wasser zu übergießen. Er musste eine ganze Weile suchen, bis er ein schlichtes weißes Hemd fand, das ihm harmlos erschien. Vorsichtig schlüpfte er hinein, und als er keinen Schmerz oder irgendwelche anderen unangenehmen Nebenwirkungen empfand, entschied er, dass er das Hemd wohl ohne weitere Gefahren behalten konnte.

Stimmen hallten durch den offenen Raum in der Mitte des Gewölbes.

Tosan und Narach!, erinnerte sich Annev im letzten Moment. Er floh einen Gang hinunter, der voller Flaschen war, und eilte dann hinter ein Regal mit Krügen, die eine durchscheinende orangefarbene Flüssigkeit enthielten. Dort wartete er ab, spähte zwischen den Krügen hindurch und beobachtete mit angehaltenem Atem, wie die beiden Männer näher kamen. Der Älteste und der Meister stritten über irgendetwas, gingen immer wieder einige wenige Schritte eine der Reihen entlang, um dann stehen zu bleiben, eine Abfolge von Streitworten auszutauschen und sich danach erneut in Bewegung zu setzen.

»… Fragen zu stellen«, schimpfte Tosan. »Wenn es Odars Wille ist, wird es auch klappen.«

Zwischen dem orangefarbenen Nebel der Glasflaschen sah Annev die beiden den mittleren Weg in Richtung Eingang entlangschreiten.

»Ältester Tosan, Ihr seid kein frommer Mensch. Warum sollte Odar …«

Tosan hielt einen pechschwarzen Stab in der Hand, der aus einem glasartigen Stein gefertigt war. »Ich bin der Älteste der Ältesten, und unsere Akademie wird angegriffen. Ich werde tun, was immer ich für nötig halte, um unsere Leute zu beschützen. Alles. Habt Ihr verstanden?«

Draußen vor dem Gewölbe erhob sich ein donnernder Knall, und die Erschütterung ließ den Boden erbeben und Staub von den uralten Regalen regnen. Die Flaschen vor Annev klirrten gegeneinander, und er duckte sich, damit er nicht gesehen werden konnte. Als er sich wieder erhob und hinausspähte, hatten Narach und Tosan ihre Aufmerksamkeit auf die Tür des Gewölbes gerichtet.

»Also gut«, murmelte Narach. »Aber versucht nicht, hier drinnen davon Gebrauch zu machen. Die Aufzeichnungen besagen, dass er ebenso leicht durch Stein hindurchbrennt wie durch Holz oder Fleisch – der ganze Raum könnte einstürzen. Wenn Ihr wirklich zu diesem Wahnsinn entschlossen seid, wartet, bis Ihr Euch außerhalb der Akademie befindet.«

»Ich bin kein Narr, Narach.« Tosan marschierte auf das Eisenholztor zu, und Narach beeilte sich, ihm zu folgen. Annev veränderte seinen Blickwinkel, sodass er Narach davonstürmen sah. Narachs Nachthemd bauschte sich hinter ihm, als er seine Schlüssel hervorzog. Er schob den schlanken Eisenholzstab in die Tür, murmelte etwas und zog ihn dann hastig wieder heraus. Erneut vibrierte ein leises Summen hallend durch den Boden, und die Türen schwangen nach innen auf. Narach trat beiseite und ließ den Rektor vorangehen. Tosan war bereits halb durch die Tür, als er einen letzten Blick über seine Schulter zurückwarf.

Er starrte direkt in Annevs Richtung, als sich die Türen zwischen ihnen schlossen.

Trotz der Wärme des Drachenschuppenumhangs überlief Annev ein kalter Schauder. Er drehte sich um und rannte in die entgegengesetzte Richtung davon. Er wollte sich verstecken, für den Fall, dass Tosan ihn gesehen hatte.

Nachdem er fast eine Minute lang gerannt war, blieb Annev am Ende eines der langen Regalgänge stehen. Es war kein Dröhnen von sich erneut öffnenden Türen zu hören gewesen, daher war es möglich, dass er in Sicherheit war. Vielleicht hatte Tosan ihn ja gar nicht gesehen. Oder vielleicht hatte der Älteste im Moment Wichtigeres zu tun, als ihm nachzujagen.

Annev machte einen Schritt aus dem Regalgang hinaus, trat in den offenen Bereich in der Raummitte, und alle Gedanken an Tosan waren sofort wie weggeblasen.

Die Quelle des seltsamen Leuchtens im Gewölbe befand sich vor ihm: ein Becken aus Lichtwasser – der gleichen Flüssigkeit, die in Annevs Zelle getropft war –, das über sechs Meter im Durchmesser maß.

Das hier ist kein Gewölbe und auch keine Höhle, begriff Annev. *Es ist eine Grotte.*

Die Flüssigkeit strudelte und kräuselte sich, als sei sie lebendig, bewegte sich erst in die eine Richtung und dann in die andere, ohne offensichtlichen Grund oder regelmäßiges Muster. An den Rändern des Beckens sank und hob sich der Spiegel des flüssigen Lichts, und dann flutete es über den Rand hinaus und sickerte in die Furchen, die, gleichmäßig verteilt, in den Boden gehauen worden waren. Diese flossen durch jeweils jeden zehnten Regalgang und erfüllten das Gewölbe mit einem gedämpften Hintergrundlicht. An manchen Stellen waren die Furchen rissig geworden, und das Lichtwasser war hinausgeströmt, hatte fein verästelte Linien über den Boden gezogen oder tropfte in unsichtbare Tiefen hinab.

Annev ging um das Becken herum. Das *aqlumera* erfüllte ihn mit Ehrfurcht, und für einen Moment vergaß er, warum er hierhergekommen war – aber dann nahm das Licht die nebelhafte Farbe von dunstigem Blut an, und er erinnerte sich an die Gewalttaten, die gerade einige Stockwerke über ihm stattfanden.

Sodar ist irgendwo dort oben. Er ist zu mir zurückgekommen, und Tosan wird ihn dafür bestrafen. Ich kann ihn nicht ohne Hilfe zurücklassen … und ich kann mich auch nicht ewig im Gewölbe verstecken. Er fluchte und bereute nicht zum ersten Mal, dass er nicht in Banok geblieben oder zusammen mit Sodar geflohen war, als er noch die Gelegenheit dazu gehabt hatte. Aber dazu war es jetzt zu spät. Jetzt musste er nach oben und aus der Akademie hinausgelangen, selbst wenn es bedeutete, dass er sich seinen Weg bis dorthin freikämpfen musste.

Kämpfen, dachte Annev. *Ich brauche eine Waffe!*

Er eilte einen der Gänge zwischen den Regalen entlang, an dem er zuvor schon vorbeigekommen war, und sein Blick fegte über die Gegenstände, die dort aufbewahrt wurden: Wurfspeere, Dolche, ein Hammer, ein Dreizack, ein beidhändiges Halbmondschwert. Als er ein in seiner Scheide steckendes Langschwert bemerkte, zog er das Schwert heraus und untersuchte die Klinge.

Eine Flamberge, auch Flammenschwert genannt. Guter Stahl. Scharf. Er versuchte, ein Gefühl für die Magie zu bekommen, die sich darin verbarg, und ihn durchströmte ein ähnliches Gefühl wie bei der Phönixlaterne – von Wärme und Licht. Er stellte sich vor, dass die Klinge glühte und wie ein Leuchtstrahl in der Nacht erstrahlte, aber die Klinge blieb in seiner Hand kühl und dunkel. Er zuckte die Achseln, schob das Schwert mit der gewellten, flammenförmigen Klinge zurück in die Scheide und gürtete es an seine Hüfte. Dann hielt er Ausschau nach einem Beil, kam jedoch nur zwei Schritte weit, bevor er erneut stehen blieb.

Was mache ich da? Ich kann nicht noch eine andere Waffe schwingen … Es sei denn, hier drin gäbe es irgendwo eine zweite Hand. Er ging im Raum umher und suchte nach magischen Gliedmaßen, und schließlich fand er zwei Regale voller Prothesen, darunter drei Hände, die am Handgelenk endeten, zwei zueinander passende Beine, einen linken Fuß und einen rechten Arm. Letzterer umfasste auch eine Schulter sowie Bizeps und Ellbogen statt nur Unterarm und Hand.

Keine weiteren Kampfwerkzeuge für mich, dachte er finster. Schlimmer noch, wenn er hier nichts finden konnte, würde er wahrscheinlich auch nirgendwo sonst je eine Ersatzhand finden. Der Gedanke schmerzte, aber Annev hatte keine Zeit für Selbstmitleid: Er musste sich darauf konzentrieren, aus der Akademie zu fliehen und die nächsten vierundzwanzig Stunden zu überleben.

Vielleicht kann ich irgendwie eine Art Ersatz für meine fehlende Hand finden, überlegte er und kehrte in den Gang mit den Waffen zurück. Als er nichts Nützliches ausmachen konnte, ging er zur nächsten Regalreihe weiter, wo er eine Ansammlung von Rüstungen entdeckte. *Vielleicht eine Armschiene … oder ein entsprechend umgeänderter Schild.* Er eilte zu den angrenzenden Aufbewahrungsregalen und entdeckte eine merkwürdige Stahlscheibe, die an einem langen Haken hing. Die nach innen gewölbte Scheibe war zu groß, um ein Faustschild zu sein, aber zu klein für einen echten Schild. Mitten auf der Außenseite prangte ein erhaben gearbeiteter Blitz. Annev hob den kleinen Schild auf, legte die Riemen um den Stumpf seines Unterarms und zog sie stramm. Er konnte den Griff am Rand der Scheibe nicht umfassen, aber er fühlte sich nun sicherer; der Schild würde ihm zumindest ein kleines bisschen zusätzlichen Schutz gewähren.

Ich glaube, ich bin so weit, dachte Annev, obwohl er sich eigentlich nicht wirklich bereit fühlte. Er rannte zurück in die Richtung, aus der er gekommen war, auf die Eisenholztür zu. Als er an einem Tisch vorbeikam, den er beim Betreten des Gewölbes übersehen hatte, bot sich ihm ein vertrauter Anblick.

Die Phönixlaterne … und Myjuns Handschuh!

Annev schnappte sich den geschnitzten Holzklotz und steckte ihn in die Tasche seines Umhangs. Er nahm auch den Handschuh mit, obwohl er wusste, dass er ihn nie wieder würde tragen können. *War Narach einfach blind davon ausgegangen, dass er magischer Natur sei, nur weil ein Phönix darauf war wie auf der Laterne?* Warum auch immer der Handschuh hier war, Annev freute sich jedenfalls darüber, ihn zurückzuerhalten. Er schaute sich auf dem Tisch nach seinen anderen Besitztümern um – nach Gnade, nach dem Banner des Breathanas, nach der Lampe, von der Janak behauptet hatte, es handele sich bei ihr um das Orakel –, doch keines dieser Dinge befand sich hier. Stattdessen lagen ein weißes Taschentuch, zwei Fingerringe und ein stumpfer Holzstab auf dem Tisch. Fast ohne nachzudenken, schob er diese Sachen zusammen mit Myjuns Handschuh in die Tasche, um sie später zu untersuchen. Die Entdeckung der Phönixlaterne hatte ihm Hoffnung gemacht, bedeutete das doch, dass die anderen Artefakte wahrscheinlich irgendwo in der Nähe waren.

Aber ich habe Gnade nicht im Regalgang mit den Waffen gesehen. Das Schwert war das Erste gewesen, wonach Annev dort gesucht hatte. Er dachte nach. *Kenton hat es in der Hand gehabt, als mich Myjun mit der Fackel geschlagen hat … also hat er es in der allgemeinen Verwirrung womöglich behalten.*

Nur dass Kenton, wenn er das Schwert noch immer bei sich trug, sich sofort aus der Gefängniszelle hätte freischneiden können – und er hätte auch nicht zum Meisteravatar ernannt werden können, ohne vorher das Artefakt abzuliefern.

Annev biss sich auf die Lippen und hätte am liebsten weitergesucht, wusste jedoch, dass jede Sekunde, die er im Gewölbe verbrachte, ein weiterer Moment war, in dem Sodars Leben auf Messers Schneide stand. *Ich werde ein andermal zurückkommen und es mir holen,* schwor er sich. *Im Moment braucht Sodar mich.*

Annev rannte den restlichen Weg bis zur Tür, schob den Eisenholzstab in das *aqlumera*-Symbol, das auch in die Innenseite der Tür geschnitzt war, und stellte sich vor, dass die Pforte sich öffnete. Genau in dem Moment, als die Glyphe sich teilte, zog er den Schlüssel wieder heraus, und die Tür in der Tür schwang nach innen auf.

Annev stockte der Atem.

Blut und Gedärm übersäten den ganzen Flur, waren über die Wände und den Steinboden verspritzt. Als sein Blick das Ende des Korridors erreichte, glitt ihm der Schlüsselring aus der Hand und fiel klirrend zu Boden.

Dort lag Narach. Tot.

Kapitel 66

Annev trat durch die Tür, ohne zu bemerken, wie sie sich hinter ihm schloss, bis sich Dunkelheit um ihn legte. Mit zitternder Hand zog er die Phönixlaterne aus seinem Umhang, klemmte sie zwischen die Knie und machte sie an. Er stellte sie so ein, dass sie einen Lichtstrahl in den Flur hinabwarf. Fast vierzig Schritte vor ihm, genau dort, wo der Flur eine Biegung beschrieb, sah er die zerrissenen Fetzen von Narachs grauem Nachthemd, der gebrechliche Leib darunter zerstückelt.

Als Annev näher kam, stieg ihm der Geruch von frischem Blut und Fäkalien in die Nase. Statt sich abzuwenden, zwang er sich, Narachs Leichnam genauer in Augenschein zu nehmen, um daraus seine Schlüsse ziehen zu können. Er kniete neben dem Mann nieder und fragte sich flüchtig, welches Zeichen von Respekt er ihm erweisen könnte. Da war nichts, womit er ihn hätte bedecken können – nicht solange Annev nicht auf seinen Umhang verzichten wollte, und den brauchte er schließlich dringender als der Tote. Am Ende machte Annev das Zeichen Odars und sprach ein stummes Gebet für die Seele des Mannes. Er hob die am Boden liegenden Schlüssel auf, dann griff er nach der Phönixlaterne.

Auf die gleiche Weise ist auch das Maultier Cenif getötet worden, überlegte er und erinnerte sich an die schauerliche Szene, die er und Crag im Wald vorgefunden hatten. Annev schüttelte den Kopf, zutiefst beunruhigt über diesen Beweis dafür, dass die Feurog tatsächlich nach Chaenbalu gekommen waren. *Metall. Entstellt. Fürchterlich.* Carbad hatte genau diese drei Wörter verwendet, um die Dämonen zu beschreiben, die die Akademie angegriffen hatten. Aber die Feurog waren keine Dämonen, nicht im eigentlichen Sinn. Sie waren gequälte Seelen, bemitleidenswerte Menschen, in deren Körper Metall und Stein verpflanzt worden war und die man gezwungen hatte, Kelga, der Waldhexe, zu dienen.

Aber sie ist tot, überlegte Annev. *Wer also hat sie dazu getrieben, das Dorf anzugreifen … und wie haben sie den Schutzkreis durchdringen können?* Annev kam der weibliche Feurog in den Sinn, den er im Dichtwald gerettet hatte – die Frau mit der zerschmetterten Luftröhre –, und plötzlich durchlief ihn ein Zittern. *Bin ich an alldem hier schuld? Habe ich das Leben einer einzelnen gequälten Seele gerettet und dadurch ungewollt den Tod Hunderter anderer verursacht?* Nur anderthalb Tage waren seither verstrichen. Konnte sie ihm hierher gefolgt sein und andere mitgebracht haben …?

Annev schüttelte unwillig den Kopf. Der Gedanke daran trieb ihn in den Wahnsinn, wo er sich doch jetzt keine Ablenkungen leisten konnte und alles tun sollte, um jene zu schützen, die er liebte, allen voran Sodar und Myjun.

Ein schreckliches Kreischen hallte vom oberen Ende der Treppe herab, und alsbald folgte das Getöse von klirrendem Metall.

Annev zwang sich die Stufen hinauf. Das Blut pochte ihm in den Ohren. Auf halbem Weg nach oben steckte er die Laterne ein, damit er die Flamberge aus der Scheide ziehen konnte. Er bedauerte es, nun kein Licht mehr zu haben, doch sobald die symmetrisch gebogene, knapp achtzig Zentimeter lange Klinge ihre Scheide verlassen hatte, stiegen von ihrem gewellten Metall bläulich weiße Flammen auf. Überrascht zog Annev das Schwert von seinem Gesicht weg, dann hob er die brennende Klinge wie eine Fackel über den Kopf.

Eine Flammenklinge! Welche anderen Überraschungen habe ich in diesem Gewölbe wohl sonst noch an mich gebracht?

Er brauchte nicht lange zu warten, um es herauszufinden. Als Annev die Wendeltreppe hinauflief, begannen seine Füße unter ihm zu wirbeln, die braunen Stiefel verschwammen und hoben ihn an, beförderten ihn bei jedem Schritt zuerst zwei und dann drei Stufen zugleich hinauf. Die ganze Zeit über fühlten sich seine Füße ganz leicht an, als laufe er bergab statt eine lange, steile Treppe empor.

Annev erreichte das obere Ende des Treppenhauses und fand sich vor einer verschlossenen Tür wieder. Er legte sein Schwert auf den Boden und verzog das Gesicht, als die Flammen sofort erstarben, dann fischte er den Schlüsselring aus seiner Tasche. Sobald er die Tür aufgeschlossen hatte, tastete er nach dem Schwert und frohlockte, als dessen Flammen wieder aufloderten.

Ich würde Gnade diesem Schwert trotzdem immer noch vorziehen, dachte er, *aber ich könnte mich auch an die Flamberge gewöhnen.* Zugleich ärgerte er sich darüber, dass es ihm nicht gelungen war, die Magie des Schwertes gleich beim ersten Mal zu wecken, als er es in die Hand genommen hatte. Warum hatte das Artefakt im Treppenhaus funktioniert, nicht aber im Gewölbe?

Mit der Schulter drückte Annev die Tür einige Zentimeter weit auf und sah, dass er in den Flur der Archive zurückgekehrt war. Als er die Tür weit genug geöffnet hatte, kroch er hinein und bemerkte den Kampf, der am anderen Ende des Korridors tobte.

Von den sechs anderen Türen, die den Gang säumten, waren zwei aus ihren Angeln gerissen worden. Ein einzelner Feurog lag tot im Flur, und Brayan hielt die Stellung, indem er einen schweren Kriegshammer schwang, um zwei der entstellten Feurog in Schach zu halten, die durch die Tür zum Archiv mit ihren Krallen nach ihm schlugen.

Annev eilte zu seiner Verteidigung, und sein roter Umhang flatterte hinter ihm her. Als er näher kam, entdeckte ihn der nächststehende Feurog, drehte sich um und schlug mit seinen langen Fingern zu, an deren Enden Eisenspitzen waren. Annev parierte den Angriff, schlitzte das Handgelenk des Feurog auf und stach dann mit seinem Flammenschwert zu. Die in Feuer getauchte Klinge glitt in die ungeschützte Brust des Ungeheuers, und es heulte vor Schmerz auf, schlug in einem vergeblichen Versuch, sich zu befreien, mit kratzenden Fingern gegen Hohlkehle und Schneide des Schwertes. Die Flammen loderten gleißend die Klinge entlang, und im nächsten Moment fiel die Kreatur auf die Knie, ihre Augen leer und leblos.

Annev riss dem Ungetüm das Flammenschwert aus dem Leib, während sein Blick bereits den zweiten Feurog ins Visier nahm. Im Gegensatz zum ersten stand er aufrecht da, war bekleidet und trug ein breites, rostfleckiges Schwert. Trotz dieser Vortäuschungen einer gewissen Menschlichkeit waren Gesicht und Scheitel auch dieses Feurog mit Stahlplatten überzogen, und aus seiner nackten Brust ragten erzgehärtete Rippen heraus, die nichts Menschliches hatten.

Als er seinen Gefährten sterben sah, trat der zweite Feurog von der Tür weg und wandte sich Annev zu. Brayan witterte seine Gelegenheit, schwang den Kriegshammer nach dem Kopf des Ungetüms, und das Metall gab unter der Wucht des Aufpralls nach und dellte sich nach innen. Blut spritzte aus Augen und Mund des Feurog, und er fiel schlaff und leblos zu Boden.

Brayan trat vor, seinen Hammer immer noch erhoben. »Du hast diese Dämonen nach Chaenbalu gebracht«, grollte er mit seiner tiefen Bassstimme. Er machte noch einen Schritt auf Annev zu und hob drohend die Waffe in seinen Händen.

Annev umfasste sein Schwert fester und hielt seinen Faustschild vor sich. »Ich bin nicht Euer Feind, Meister Brayan. Ich habe Euch nichts Böses getan, und ich habe diese Ungeheuer nicht hierhergebracht.« Er hoffte, dass Letzteres auch tatsächlich der Wahrheit entsprach.

Brayan versetzte dem Feurog, den Annev erstochen hatte, einen Tritt mit dem Fuß, ließ seinen Hammer jedoch nicht sinken.

»Wo sind Meister Kenton und Meister Narach? Und Ältester Tosan?«

»Narach ist tot – die Feurog haben ihn umgebracht. Ich glaube, dass Kenton noch lebt. Und Tosan habe ich nicht mehr gesehen, seit er das Gewölbe verlassen hat.«

Brayan kniff die Augen zu Schlitzen zusammen. »Du bist aus deiner Zelle entkommen und hast Artefakte aus dem Gewölbe der Verdammnis gestohlen – genau das, was ein Sohn des Keos tun würde.« Da war nichts Fragendes in seiner Stimme.

»Ich bin kein Sohn des Keos, und ich bin gekommen, um die Akademie an Eurer Seite zu verteidigen.«

Brayan knirschte mit den Zähnen. Sein Bart glänzte nass vor Schweiß. »Na schön. Du magst kämpfen, aber sobald alle in Sicherheit sind, wirst du dich für deine Verbrechen verantworten müssen.« Er ließ seinen Kriegshammer sinken. »Und versuch keine Tricks, sonst schlage ich dir den Schädel ein. Verstanden?«

Annev nickte und spähte in das Archiv hinter Brayan hinein. »Ist Titus dort drinnen bei Euch?«

Brayans Gesicht wurde lang. Die Falte zwischen seinen Brauen vertiefte sich, und seine Augen wurden dunkel. »Titus ist geflohen, als die Ungeheuer angegriffen haben. Sie sind direkt durch diese Türen gekommen.« Er deutete auf die beiden Räume, deren Türen aus den Angeln gerissen worden waren.

Annev schlug vor Entsetzen das Herz bis zum Hals, als er sich vorstellte, dass sein Freund vielleicht gerade eben von Metallungeheuern durch die Tiefen der Akademie gejagt wurde – Ungeheuern, die Annev womöglich selbst nach Chaenbalu geführt hatte. Ohne ein weiteres Wort rannte er an dem bulligen Quartiermeister vorbei den Flur entlang. Brayan folgte ihm, aber Annevs magische Stiefel trugen ihn schneller voran. Er bog nach links ab und entdeckte eine Handvoll toter Feurog, die am Fuß der mysteriösen Treppe lagen, die er und Myjun hinabgestiegen waren. Beißender Rauch erhob sich von den Leichen. Ihre

Glieder und Leiber waren in Stücke gerissen worden – entweder durch eine der raffinierten Fallen, die Meister Murlach gelegt, oder durch ein chemisches Mittel, das Ältester Denithal zusammengebraut hatte.

Annev eilte an ihnen vorbei zu der großen Eisentür, die Myjun für ihn geöffnet hatte. Die Tür war wieder verschlossen worden, aber ihre verrostete Unterseite war aus dem Boden gerissen und nach oben zusammengebogen worden, wodurch ein Loch entstanden war, gerade groß genug, dass sich jemand in geduckter Haltung hindurchschlängeln konnte. Ein weiterer Feurog lag tot auf Annevs Seite der Tür, aber in dem Raum dahinter konnte er keine weiteren Körper mehr erkennen. Er zwängte sich mit vor ihm ausgestrecktem Schwert durch das Loch und fand zwei weitere tote Feurog auf der anderen Seite, ihre Hände und Metallarme unter die Tür gekeilt. Sie waren genau in dem Moment gestorben, als sie versucht hatten, die eiserne Pforte zu durchbrechen. Außerdem entdeckte er zwei tote Avatare – Hans und Colven. Sie waren an den langen Eisenspitzen aufgespießt, die die Oberfläche der Tür überzogen. Auch die ramponierte Tür selbst hatte Dutzende von Beulen und Kratzern davongetragen. Annev machte einen Bogen um das hier angerichtete Blutbad, nur um im nächsten Moment den abgetrennten Oberkörper von Folum, dem Zollmeister, vor sich zu entdecken.

Annev rannte an dem schauerlichen Anblick vorbei und die gewundene Rampe auf der anderen Seite der Tür hinauf. Nach einem Dutzend Schritten fand er die andere Hälfte von Folums Leichnam, aber er stürmte weiter, hielt den Atem an und achtete darauf, auf den vom Blut glitschigen Stufen nicht auszurutschen.

Als der gekrümmt aufsteigende Boden flach auslief, trat Annev in den Gang mit der kurzen Treppe hinein. Er erinnerte sich an Myjuns Warnung, hier nur hintereinander zu gehen. *Halt dich ganz auf der rechten Seite und überspring jede dritte Stufe.*

Nun war offensichtlich, dass Myjun die Wahrheit gesagt hatte. Fast jede Stufe der Treppe war etwa zur Hälfte abgebrochen und in einem klaffenden Abgrund im Boden verschwunden. Nur die rechte Seite der Treppe war unversehrt geblieben. Annev lief dort hinauf und übersprang mühelos die Löcher, die sich zwischen den Steinen aufgetan hatten, bis er im obersten Stockwerk der unterirdischen Etagen der Akademie angelangt war. Während er durch den langen Flur eilte, flatterte sein Umhang wild hinter ihm her, und das feurige Licht seines Schwertes flackerte in der Dunkelheit. Schon bald erreichte er die erste Kreuzung im Korridor und blieb stehen. Er schaute nach links, nach rechts und geradeaus, aber die dunklen Gänge sahen alle gleich aus, und ganz egal, wie lange er die drei Flure in Augenschein nahm, er konnte sich einfach nicht mehr daran erinnern, durch welchen ihn Myjun geführt hatte.

In der Nähe hörte er jemanden schreien. Annev erstarrte und neigte den Kopf zur Seite. Nach einigen Sekunden vernahm er es wieder.

»Nein! Ist da jemand …? SO HELFT MIR DOCH!«

Es war Titus.

Annev rannte den rechten Gang entlang, auf die Stimme des jungen Kastellans zu. Er erreichte eine Biegung im Flur und lief dann zu einer Reihe von geschlossenen Türen weiter. Er hatte sie gerade passiert, als hinter ihm Titus erneut brüllte. Annev wirbelte suchend herum, bis er sah, dass eine der eisenbeschlagenen Türen einen Spaltbreit offen stand. Er drückte sie mit seinem Faustschild weiter auf und trat ein, sein Schwert zum Angriff bereit.

Im Inneren des Raums beleuchtete die bläulich weiße Flamme seines Schwertes Hunderte von übereinandergestapelten Mehl- und Getreidesäcken. In der Mitte war ein schmaler Durchgang freigelassen worden, um den Zugang zu einer zweiten Tür an der rückwärtigen Raumwand zu ermöglichen. Neben dieser Tür stand hinter einem brusthohen Stapel von Getreidesäcken ein Feurog.

Das Monstrum drehte sich um und wandte Annev den Blick zu. Seine muskulöse Brust war von roten Metallstreifen überzogen, in denen sich das Licht von Annevs Schwert widerspiegelte. Arme und Kehle des Wesens waren mit dem gleichen Metall bedeckt, genauso der obere Teil des Schädels, aber der Rest von Kopf und Gesicht war nicht entstellt, was das Wesen weniger wild und grausam erscheinen ließ als die anderen Ungeheuer, denen Annev bisher begegnet war.

Als der Feurog mit der Kupferhaube Annev sah, lächelte er und zeigte Zähne, die weiß und unversehrt waren – und viel zu menschlich wirkten. Annev machte einen Schritt auf ihn zu, und Kupferhaube hob die rechte Hand über den Getreidestapel, vollführte eine Drehung und ließ das dünne Rapier aufblitzen, das er in seinen metallenen Fingern hielt. Annev klappte die Kinnlade herunter, als das Ungeheuer leicht in die Knie ging und das Schwert ausstreckte – der Feurog erweckte durchaus den Eindruck, dass er mit der Klinge in seiner Hand umzugehen wusste.

»Duuu«, knurrte Kupferhaube. »Finde diiiech. Diiiech gefuuunden.«

Meere und Himmel, dachte Annev. *Das Ding kann sprechen!*

»Kenton?«, wimmerte Titus hinter dem Getreidestapel. »Hilf mir bitte!«

»Ich bin's, Titus!«, brüllte Annev und machte einen weiteren Schritt in den von Säcken gesäumten Durchgang hinein.

»Annev!«

Der Feurog bewegte sich auf Annev zu. Er zog sein hinteres Bein nach, und sein Schwert leitete ihn voran.

»Kommmm mit miiiier«, rief Kupferhaube. »Bluuuute mit miiiier.«

Annev schwirrte der Kopf.

»Du willst mich?«, fragte er, senkte seinen Faustschild und hob sein Schwert. »Dann komm her und hol mich.«

»Jaaaa«, knurrte Kupferhaube und ließ seine freie Hand auf seinen Gürtel sinken. »Hol diiiech.« Kaum hatte er es ausgesprochen, da schleuderte der Feurog ein Messer nach Annevs Brust.

Annev riss den Faustschild hoch und wehrte den Angriff ab. Das Messer knallte gegen die Stahlplatte und prallte vom Metall ab. Im gleichen Moment ließ sich ein lautes elektrisches Knistern vernehmen, gefolgt von einem gedämpften Schlag, als das Messer zurückflog und eine Delle in die metallene Brust des Feurog schlug.

Kupferhaube starrte erschrocken auf die am Boden liegende Waffe, seine Augen voller Hass. »Duuu … steeerben.«

Annev machte einen vorsichtigen Schritt vorwärts, sein Schild mit dem Blitz darauf vorangereckt. Das Ungeheuer reagierte, indem es seinen linken Fuß in den Boden stemmte und einen Satz in Annevs Richtung machte. Annev hob seinen Schildarm und wehrte das Rapier ab. Dessen Spitze kratzte über die Oberfläche des Faustschilds und ließ einen Funkenregen durch den Raum stieben, um sich dann in Annevs linke Schulter zu bohren. Ächzend trat Annev einen Schritt zurück, und Kupferhaube attackierte erneut. Annev versuchte, mit seiner Flamberge zu parieren und selbst zum Angriff überzugehen, aber das flammende Langschwert war zu langsam. Er schaffte es zwar, das Rapier von seiner Brust wegzuschlagen, doch der Feurog drehte sein Handgelenk, löste sich von Annev und ließ eine weitere Attacke folgen. Es gelang ihm, Annevs rechte Schulter zu treffen. Ein zweiter schmerzhafter Nadelstich, der Blut über Annevs weißes Hemd fließen ließ.

Wie kann es möglich sein, dass er mich besiegt?, fragte sich Annev und trat noch einen weiteren Schritt zurück. *Er ist nur so etwas wie ein wildes Tier!* Oder irrte er sich da? Annev schalt sich selbst dafür, dass er seinen Feind als etwas Geringeres als einen

Menschen behandelte. Wenn er dieses Geschöpf besiegen wollte, durfte er es auf keinen Fall unterschätzen.

Es ist das Rapier, schoss es ihm durch den Kopf. *Es ist zu schnell für meine Flamberge, und mein Faustschild bietet mir nicht genug Schutz.*

Bevor Annev eine Lösung für sein Problem finden konnte, hatte der Kupfermann einen Mehlsack aufgeschlitzt und dessen Inhalt mit einem Fußtritt in Richtung Annev befördert. Eine Wolke aus weißem Pulver erfüllte die Luft. Annev musste husten. Er trat wieder einen Schritt zurück, hob instinktiv den Faustschild vor Gesicht und Brust und zog den Kopf ein.

Das Rapier des Feurog durchstach die Wolke und rammte sich in den Schild. Es folgte ein dumpfer Knall, und ein hell leuchtender Blitz ging von dem Schild aus, der Kupferhaubes Schwert zurückwarf.

Annev erkannte, dass sich ihm eine Gelegenheit zum Angriff bot, trat vor und versuchte einen von oben geführten wuchtvollen Hieb gegen den Kopf seines Gegners zu landen. Der Kupfermann wich dem Hieb der Schwertklinge seitwärts aus und stach auf Annevs Füße und Beine ein, was Annev zurückspringen ließ. Seine magischen Stiefel halfen ihm, der herabstoßenden Waffe des Feurog auszuweichen.

Hinter den Getreidesäcken trat zögerlich Titus hervor, seine blonden Locken zerzaust, eine seiner runden Wangen aufgeschlitzt und blutend. Mit tränenüberströmtem Gesicht hob der Junge das zu Boden gefallene Wurfmesser vom Boden auf, schrie und schleuderte die Waffe in Kupferhaubes Rücken.

Der Feurog wirbelte überrascht herum und griff nach dem Stachel, der sich da in seine Lenden gebohrt hatte. Er stöhnte, krümmte sich nach vorn, umklammerte die Wunde und ließ das Rapier fallen.

Abrupt wurde die Tür hinten im Raum aufgerissen, und Fyn erschien, in der einen Hand eine Fackel und in der anderen einen blutigen Streitkolben. Der Avatar starrte auf das Geschehen im Raum, und sein Blick schoss zwischen dem verletzten Feurog und Annevs flammendem Schwert hin und her.

»Duuuu ...«, stöhnte der Feurog, drehte sich zu Annev um und fiel dann gegen einen Getreidesack.

Fyn ließ seinen Blick von Annevs Feuerklinge zu dem verletzten Ungeheuer schweifen, und seine Augen waren groß und anklagend. »Verfluchter Sohn des Keos«, knurrte er und machte einen Schritt in Annevs Richtung.

»Halt!«, rief Titus und sprang vor. »Er hat mir geholfen, Fyn!«

Kupferhaube riss sich den Dolch aus dem Unterleib und sank auf die Knie. Eine Hand noch immer auf die Wunde gepresst, hob er das blutige Messer und schickte sich an, es Titus in den Rücken zu rammen.

»Nein!« Annev machte einen Satz vorwärts, fiel auf die Knie und stieß seine Flamberge in den nur dünn gepanzerten Rücken des Feurog. Er drehte das Schwert und ließ seine gewellte Klinge gegen Metall und Fleisch schrammen. Kupferhaube stöhnte auf, und sein Arm sank kraftlos herab.

Fyn stieß Titus aus dem Weg und hob seinen Streitkolben über Annevs Kopf. »Verfluchter Sohn des Keos!«, zischte er.

Instinktiv riss Annev seinen Faustschild hoch und hoffte, dass dessen Magie ausreichen würde, um ihn vor Fyns Angriff zu retten, aber tief in seinem Herzen wusste er, dass er nicht über die Kraft verfügte, den Schlag abzuwehren.

Fyn schwang seine Waffe, hieb mit voller Wucht zu, und die scharf zugeschliffenen Schlagblätter seines Streitkolbens zerschmetterten den Schädel des Feurog. Kupferhaube zuckte zusammen, sein Messer fiel ihm aus der Hand, und der Feurog sackte tot zu Boden.

Kapitel 67

Fyn spuckte auf die entstellte Masse, die vom Gesicht des Feurog übrig geblieben war, wischte sich über die Stirn und richtete seine blutverschmierte Keule auf Annev.

»Hast du Narach und Brayan getötet?«, fragte er ohne Umschweife.

Annev schüttelte den Kopf, erhob sich langsam vom Boden und ließ die erloschene Flamberge im Rücken des Ungeheuers stecken. »Brayan lebt noch. Er ist hinter mir her die Treppe heraufgekommen. Narach wurde von den Feurog getötet.«

»Die Feurog. Sind das die Schattendämonen?«

Die Härchen in Annevs Nacken stellten sich auf. »Schattendämonen? Nein.« Annev zeigte auf Kupferhaube. »Das da sind die Feurog – diese Ungeheuer, denen Metall und Steine aus den Leibern wachsen. Von welchen Dämonen redest du da?«

Fyn holte tief Luft. »Von schwarzen Geschöpfen mit langen Armen und Krallenhänden. Sie kommen aus den Schatten und packen einen. Sie haben sich Jasper geschnappt. Haben ihn mitten durch eine Mauer gezogen. Ich habe ihn um Hilfe schreien hören, aber ich konnte nichts für ihn tun. Konnte ihn nicht einmal sehen.«

Titus blickte Annev an, seine Augen geweitet. »Da war einer von denen bei Meister Brayan, als diese Ungeheuer hier durch die Türen gebrochen sind. Das Wesen hat versucht, mich zu fassen zu kriegen, und da bin ich weggerannt … direkt in den da hinein.« Er zeigte auf Kupferhaube.

Annev griff nach seiner Flamberge, hielt aber inne, als ihn Fyn mit der Spitze seiner Keule anstieß. »Hast du diese Ungeheuer hierhergebracht, wie Tosan behauptet hat?«

»Heilige Silberstange«, fluchte Annev. »Nein, habe ich nicht. Zumindest nicht absichtlich.«

Fyns Augen wurden zu schmalen Schlitzen. »Was soll *das* denn heißen?«

Annev seufzte. »Erinnerst du dich an diesen Schatten auf den Dächern in Banok? Den, den ich auf dem Weg zu Janak gesehen habe?« Fyn nickte. »Nun, er ist gleich wieder verschwunden, aber ich habe ihn wiedergesehen, als ich mich auf den Rückweg gemacht habe. Er hat mich gejagt.«

»Und du glaubst, er ist dir hierher gefolgt?«, fragte Fyn. »Warum?«

Annev zögerte und überlegte, wie er darauf am besten reagieren sollte. Es war sinnlos, Breathanas zu erwähnen oder auch die Prophezeiung hinsichtlich der Tötung des Keos, insbesondere da er ja selbst nichts von alledem glaubte; aber wie sonst konnte er die Ungeheuer erklären, die ihn jagten? Er dachte an den Schatten, der ihn vor den Toren von Banok verfolgt hatte, erinnerte sich daran, wie erregt er gewesen war, sobald er Annevs fehlenden Arm gesehen hatte, und plötzlich wusste er, was er zu tun hatte.

Annev seufzte und schnallte sich den stählernen Faustschild vom Arm. Er reichte Titus den Schild und hob den Arm, damit Fyn ihn sehen konnte. Der Avatar machte mit entsetzter Miene einen Schritt zurück.

»Blut und Knochen«, hauchte Fyn. »Dann ist es also wahr. Du bist ein Sohn des Keos.«

Annev schüttelte den Kopf und drückte seinen verkrüppelten Unterarm wieder an seine Seite. »Ich bin kein Dämon, und ich huldige Keos nicht. Ich habe bei Janak meine Handprothese verloren. Als der Schatten meinen Armstumpf sah, hat er mich verfolgt. Ich bin mir nicht sicher, warum, aber ich glaube, es besteht eine Beziehung zwischen beidem.«

Fyn schnaubte. »Bist du dumm? Er ist gekommen, um dich für Keos zu beanspruchen!« Wieder schüttelte Annev den Kopf, aber Fyn war noch nicht fertig. »Was ist mit den Metalldämonen? Den Feurog?«

»Ich habe sie zum ersten Mal am Abend vor zwei Tagen gesehen, als ich mit dem Hausierer im Dichtwald gewesen bin. Sie haben uns angegriffen, und wir haben die meisten von ihnen getötet. Einer konnte entkommen.« Annev zögerte, und ihm war flau im Magen. »Dieser Feurog könnte mir hierher gefolgt sein.«

Fyn stieß einen halblauten Fluch aus. »Du sagst also nichts anderes, als dass du jedes Mal, wenn du das Dorf verlässt, ein Ungeheuer mit zurückbringst.« Er umfasste seine Waffe fester. »Wieso sollte dich das nicht zu einem Sohn des Keos machen?«

Annev riss der Geduldsfaden. »Verdammt, Fyn!« Er griff nach der Flamberge und riss sie mit einer fließenden Bewegung aus dem toten Feurog heraus. Sofort war die Klinge von hellen Flammen erleuchtet. Fyn machte einen Schritt zurück, und Annev deutete mit seinem Schwert auf den toten Feurog. »Ich bekämpfe sie, Fyn; ich helfe ihnen nicht. Wenn du zu dumm bist, um das zu erkennen, greif mich an und bring die Sache hinter dich. Aber verschwende nicht länger meine Zeit.«

Fyn straffte sich. Die Veränderung in Annevs Tonfall ließ ihn unsicher werden. Er musterte den roten Umhang und die braunen Stiefel, die lodernde Flamberge und die blutigen Kratzer auf Annevs Schultern. Zu guter Letzt betrachtete er blinzelnd Annevs Unterarm. »Nun gut«, schnaubte er, »wenn du kein Sohn des Keos bist, bist du eben ein vom Pech verfolgter Mistkerl.« Er deutete mit dem Kopf auf das Flammenschwert. »Wo hast du das da überhaupt her? Von Janak?«

Annev schüttelte den Kopf. »Aus dem Gewölbe. Ich musste mir das eine oder andere dort ausborgen, Kleider zum Beispiel. Ich hatte keine große Wahl.«

Fyn nickte, während er weiter die blauweißen Flammen der Flamberge begutachtete. »Das Ding könnte uns nützlich sein. Die Schatten … sie sind vor den Flammen zurückgewichen. Ich glaube, das ist auch der Grund gewesen, warum sie sich Jasper geschnappt haben und nicht mich.«

»Wenn das stimmt, sollte jeder von uns eine Lichtquelle bei sich tragen.« Annev legte seine Waffe beiseite und zog die Phönixlaterne aus seinem Umhang, um sie Fyn zu reichen. »Zeig Titus, wie man mit ihr umgeht.«

Fyn legte seinen Streitkolben und seine Fackel auf den Boden und erklärte Titus, wie man die Laterne an- und ausmachte. Die Augen des blonden Jungen weiteten sich beeindruckt, dann griff er nach der Schnitzarbeit, um es selbst auszuprobieren.

»Was hast du jetzt vor?«, fragte Fyn, den Blick immer noch auf Titus gerichtet.

»Sodar retten.«

»Meister Aog hat gesagt, sie hätten den Priester oben beim Brunnen gefesselt.« Während Fyn sprach, drückte Titus auf die beiden verborgenen Knöpfe des Schnitzwerks und drehte sie. Licht erstrahlte aus den Federn und Flammen des Phönix und machte den fackelbeleuchteten Raum noch heller. »Ich könnte dich vermutlich zu ihm bringen.«

»Bitte tu das«, erwiderte Annev. Er zeigte mit dem Kopf auf den Faustschild, den Titus immer noch trug. »Du solltest ihn dir auch festschnallen, Titus. Er kann bei dir einen größeren Teil des Körpers verdecken als bei mir, und du kannst die Laterne in deiner Schildhand halten, während du in der anderen eine Waffe trägst.«

»Wirklich?«, fragte Titus und klemmte sich die Laterne unter den Arm. »Und wie hast du es hingekriegt, dass Blitze von dem Schild abstrahlen?«

»Setz das Ding einfach genau so ein, wie du auch einen normalen Schild benutzen würdest. Der Rest kommt dann von allein – es ist ein gewöhnliches Artefakt, so wie die Laterne.«

Der Junge mit dem runden Gesicht nickte, legte vorsichtig den Riemen um den Arm und zog ihn stramm. »Danke, Annev.«

»Gern geschehen. Schnapp dir auch noch dieses Rapier da.« Er wandte sich zu Fyn um. »Was ist der schnellste Weg?«

Unter Fyns Anweisung bahnten sich die drei Jungen einen Weg durch die Keller und kamen unterwegs an einer Handvoll toter Feurog vorbei.

»Was meint ihr, wo alle hingegangen sind?«, erkundigte sich Titus, als sie die Küche im Erdgeschoss erreichten.

»Ganz ehrlich«, antwortete Fyn, »ich glaube, die meisten von ihnen sind tot.«

»Warum meinst du das?«

Fyn zuckte die Achseln. »Die Akolythen und Avatare waren im Speisesaal versammelt, als es zu dem Angriff kam, und ich habe keinen von ihnen seither gesehen. Jasper war mit mir im Keller. Wir haben gehört, wie dich die Leute einen Sohn des Keos genannt haben, und wollten mehr darüber in Erfahrung bringen. Kenton hat gesagt, sie hätten deinen Priester aufgegriffen, als er aus dem Dichtwald zurückgekommen ist, und wollten ihn hinrichten, und dann bin ich einem der Weismädchen begegnet, das irgendetwas Verrücktes über tote Säuglinge in der Kinderstube erzählt hat … und dass die Weisfrauen einander umbringen würden.«

»Sie haben *was* getan?«, fragte Annev schockiert. »Das ist doch verrückt.«

»Klang für mich auch nicht gerade vernünftig. Ungefähr da hat dann das Geschrei angefangen, und diese Ungeheuer haben sich Jasper geschnappt, und daher habe ich gedacht, es seien die Dämonen, die alle töten.«

»Das ist ja schrecklich«, wisperte Titus und biss sich auf die Lippen. »Ich hoffe, Therin hat es hinausgeschafft – und auch Kenton und Meister Brayan.« Er gab Annev einen Stoß. »Kenton war bei dir und dem Ältesten Tosan, nicht wahr?«

»Das stimmt«, antwortete Annev, der allerdings nicht erklären wollte, wo er Kenton zurückgelassen hatte. »Er ist immer noch unten … und beschützt das Gewölbe.« Die Lüge wäre Annev beinahe in der Kehle stecken geblieben. »Tosan ist wieder heraufgekommen«, fuhr er fort und wechselte das Thema. »Hast du ihn gesehen?«

Titus schüttelte den Kopf. »Meister Carbad ist an uns vorbeigelaufen. Er war es, der uns angewiesen hat, nach unseren Waffen zu greifen, um die Akademie zu verteidigen. Danach sind wir angegriffen worden, aber ich habe Tosan nicht gesehen. Ich war davon ausgegangen, dass er immer noch unten bei dir und Kenton wäre.«

Das ist seltsam, überlegte Annev. *Ich frage mich, wohin er gegangen ist.*

Die drei eilten die Flure entlang zum Vordereingang. Trotz des Gemetzels, das sie unten gesehen hatten, waren die hohen Doppeltüren immer noch verschlossen, unberührt und ohne erkennbaren Schaden. Fyn trat auf die Pforte zu, schob seine Keule neben seinen zweiten Streitkolben in das Halfter und steckte seine Fackel in eine leere Halterung an der Wand neben dem Eingang. Ohne die anderen um Hilfe zu bitten, stemmte er die Schultern gegen den Querbalken und drückte. Die kantige Pfahlkonstruktion löste sich aus ihrer Halterung und balancierte auf seiner Schulter. Fyn schlurfte einen Schritt nach vorn und rollte den gewaltigen Balken ächzend von seiner Schulter. Ohne auch nur einen Moment aus dem Tritt zu geraten, riss er die eisenbeschlagene Doppeltür auf.

Helles Mittagslicht flutete in die Akademie und bestrahlte den Durchgang. Annev schob sein Schwert in die Scheide und löschte die Flammen, und gemeinsam traten sie hinaus auf den Treppenabsatz mit Blick über das Dorf. Von ihrem Aussichtspunkt oben auf den Stufen der Akademie sahen sie das ganze Ausmaß der Zerstörung, die über Chaenbalu hereingebrochen war.

Die alte Mühle war in den Teich gestürzt, nur die zerstörten Steinfundamente waren geblieben. Weiter im Süden und Osten waren die Bauernhöfe des Dorfes überfallen und verwüstet worden, die Heerschar unzähliger Feurog hatte die Felder zu Schlamm aufgewühlt, und überall lagen die zerfetzten Leiber der Bauern und ihrer Familien. In der Dorfmitte war die Zerstörung sogar noch schrecklicher: Dutzende wilder, verwachsener Feurog streiften durch die Straßen und setzten Häuser, Läden und Werkstätten in Brand. Die entstellten Geschöpfe hatten sich zu Rudeln zusammengetan, um Jagd auf die Dorfbewohner zu machen, sie aus ihren Häusern zu zerren und dann zu zerfetzen und zu verschlingen. Um die Bäckerei und die Schmiede herum hatten sich einzelne versprengte Nester des Widerstands gebildet. Bewaffnet mit Speeren, Bogen und pfeilgefüllten Köchern führten Lorn und Rafela die den Jungen nächste dieser Gruppen an – eine Schar von etwa zwanzig Handwerkern und Ladenbesitzern, die sich mit landwirtschaftlichen Geräten bewaffnet hatten.

Einige Straßen weiter brüllte der einäugige Schmied Sraon einer kleineren Schar um seine Schmiede herum Befehle zu, organisierte die Leute und ließ sie in Angriffsstellung gehen. Als zwei Feurog attackierten, führte er den Gegenangriff und schwang seine kurzstielige Hellebarde mit tödlicher Wirksamkeit. Eine Handvoll jüngerer Avatare kämpfte an seiner Seite, und als Annev die Treppe der Akademie hinunterrannte, erkannte er einen von ihnen.

»Da ist Therin!«, rief Titus und gestikulierte mit seinem Rapier. »Wir sollten ihm zu Hilfe eilen.«

»Die hier zuerst«, entschied Annev und deutete auf die Traube von Dorfbewohnern in ihrer Nähe, um die sich immer mehr Feurog sammelten. »Sraon und die Avatare können für sich selbst sorgen, aber der Bäcker und diese Handwerker werden abgeschlachtet.« Während Annev sprach, sah er, wie Elias, der Gerber, einen Feurog angriff, der am Arm einen Eisenhammer anstelle einer Hand hatte. Elias ließ sein Messer, mit dem er sonst Leder schnitt, durch die Luft sausen, traf das Ungeheuer am Hals und verpasste ihm eine tiefe Schnittwunde. Beinahe im gleichen Moment hob der Feurog seine schwere Hand, schlug Elias gegen den Kopf und zerschmetterte ihm den Schädel. Beide fielen zu Boden, tot oder sterbend, und während sogleich ein neuer Feurog den Sterbenden ersetzte, nahm niemand Elias' Position im Kreis der Dorfbewohner ein. Die Schlinge um die kleine Gruppe zog sich immer weiter zu.

»Bleibt dicht beieinander!«, rief Annev und lief die Treppe hinunter. »Titus, gib uns mit dem Schild Rückendeckung. Fyn, übernimm die linke Seite, dann können wir uns zu den Dorfbewohnern durchschlagen.«

»In Ordnung!«, sagte Titus und folgte Annev.

Fyn zögerte zuerst, dann beeilte er sich, die beiden einzuholen. »He!«, rief er, als er zu Annev aufschloss. »Wieso übernimmst überhaupt du die Führung? Das hier ist nicht Banok.«

Annev biss die Zähne zusammen und machte bewusst keinen Gebrauch von der Magie seiner Stiefel, um schneller vor Fyn und Titus herlaufen zu können. »Du bist ein Krieger, Fyn, kein Taktiker. Lass mich dafür sorgen, welche Position du übernimmst, und du sorgst dafür, wie du die Biester vor dir töten kannst. Im Moment musst du meine Flanke schützen. Mein linker Arm ist nutzlos.«

Der Meister der Waffen schnaubte unwirsch, tat aber wie geheißen. Mit einer einzigen schnellen Bewegung zog er beide Keulen hervor, sprang nach links und griff einen Feurog an, der ihm den Rücken zuwandte.

Annev zog sein Schwert aus der Scheide, und erneut loderten die blauweißen Flammen auf. Er warf einen raschen Blick hinter sich, sah, dass Titus ihnen pflichtbewusst Rückendeckung gab, und richtete seine Aufmerksamkeit wieder auf die Dorfbewohner.

Rafela stand mitten in der vorderen Reihe der Gruppe und schoss Pfeil um Pfeil auf die Horde der Monster ab. Die Frau des Bäckers fügte den Ungeheuern häufiger nur Wunden zu, als dass sie wirklich welche tötete, aber sie fuhr unermüdlich damit fort, ihre Widersacher zu attackieren, und der Ansturm der Feurog stockte jedes Mal, wenn sie ihren Bogen hob.

Lorn stand neben seiner Frau, eine robuste Saufeder in der Hand. Als Rafela einen weiteren Pfeil an die Sehne legte, preschte ein Feurog vor und versuchte, sie zu überrumpeln. Lorn machte einen Satz nach vorn und spießte dem Ungeheuer seine Waffe durch die Brust. Er stieß den tödlich getroffenen Feurog zurück und riss ihm den Speer aus dem Leib. Direkt hinter dem Bäcker versuchten die gertenschlanke Edrea und ihr Mann Greusik, nur mit einem Halbmondmesser zum Lederschneiden und einem Schusterhammer bewaffnet, drei Feurog abzuwehren.

Annev sah eine Möglichkeit, ihnen zu helfen, und so preschte er vor und hackte auf die ungeschützte Kehle des nächsten Ungeheuers ein. Es kippte blutspritzend zur Seite, und die beiden anderen Ungetüme wirbelten zu Annev herum. Der eine Feurog schwang seinen dürren Steinarm gegen Annevs Kopf. Der Junge wich aus, duckte sich und ließ sein Schwert tanzen. Seine Flammenklinge klirrte gegen die scharfen Steinzacken, die den Rücken des Untiers bedeckten. Der Feurog heulte vor Zorn, und Annev reagierte, indem er sein Schwert über die Wirbelsäule des Ungeheuers riss. Es kreischte auf, krümmte sich nach hinten und ließ seinen weichen Bauch ungeschützt. Doch bevor sich Annev diese Schwäche zunutze machen konnte, stürzte sich der dritte Feurog auf ihn. Annev wich aus, wirbelte von seiner Eisenkralle weg, sprang, sein Schwert schwingend, zurück und rammte es seinem vorherigen Widersacher in den Unterleib. Der Steinfeurog schlug zappelnd um sich, als sich die magischen Flammen tief in sein Fleisch brannten, und Annev trieb die gewellte Klinge in einer Sägebewegung nach oben, suchte das Herz des Ungeheuers und drehte seine Waffe herum. Das Ding zuckte noch einmal zusammen und starb.

Annev riss sein Schwert wieder heraus und wirbelte zu dem letzten Feurog herum, der sich immer weiter an ihn herangeschlichen hatte. Dunkle Adern aus Eisenerz, die mit seinem steingehärteten Fleisch verwoben waren, schützten das Gesicht und die lebenswichtigen Organe des Ungeheuers. Während er versuchte, sich das Ding vom Leib zu halten, bemerkte Annev, dass sich Greusik dem Biest von hinten näherte. Der Schuster trat bis auf einen Schritt an den Feurog heran und hob seinen Hammer.

Annev schüttelte den Kopf, wobei er versuchte, die Aufmerksamkeit des Feurog nicht auf den Schuster zu lenken, aber zu spät; schon ließ Greusik sein Schuhmacherwerkzeug auf den Schädel des Ungetüms krachen. Der metallgepanzerte Kopf des Geschöpfs hallte von der Wucht des Schlages wider, und seine Augen verdrehten sich nach oben. Statt jedoch zu Boden zu fallen, wirbelte der Feurog herum, stieß ein unmenschliches Wutkreischen aus und schlug dem wie gelähmt dastehenden Schuster den Hammer aus der Hand.

Annev hieb mit seiner Flamberge nach dem Rücken des Ungetüms und suchte verzweifelt nach einer Schwachstelle in der Panzerung. Doch die Spitze des Schwerts fand keinen Halt und rutschte von der metallenen Haut des Ungeheuers ab.

Das Eisenmonstrum beugte sich vor und schlang Greusik seine dicken Krallenfinger um die Kehle. Der Mund des Schusters öffnete sich zu einem lautlosen Schrei, während der Feurog noch fester zudrückte und Greusiks Hals schüttelte, bis Blut seine Augen rot verfärbte. Edrea schrie auf, und Annev stach erneut nach dem Rücken des Ungetüms und noch einmal und noch einmal. Das Biest wand sich unter seinen Hieben und scheute vor der Hitze des Schwertes zurück, hielt die Hände aber fest um Greusiks Hals geschlungen. Annev zielte nun tiefer unten in den Rücken, auf die Nieren des Feurog, aber sie waren von Erz und Eisen umgürtet, genau wie der Rest seines Rückens. Also ließ er vom Nierenbereich ab und hieb stattdessen auf die grauen Füße des Ungeheuers ein, auf seine Beine und Arme, auf seinen Hals und seinen Kopf.

Das Ungeheuer warf Greusiks erschlafften Leib beiseite und schritt zielstrebig auf Edrea zu.

Kapitel 68

Die Witwe des Schusters hielt ihr Halbmondmesser zitternd vor sich hin und weinte ungehemmt, als ihr das Metallwesen seine eisernen Krallen um die Kehle schlang.

»NEIN!«, schrie Annev. Er rannte los, schob sein Schwert zwischen Edrea und den Feurog und drosch auf das Gesicht des Ungeheuers ein.

Vom hellen Licht der Flammen geblendet, kniff der Feurog die Augen zusammen. Er ließ seine Beute los und wandte sich Annevs Schwert zu, und Edrea war klug genug, ihre Gelegenheit zur Flucht zu nutzen.

Noch bevor das Geschöpf nach der Flamberge greifen konnte, wirbelte Annev weg und stach zu. Die Klinge glitt über die Nase des Ungeheuers, säbelte ihr die aus schwieligem Fleisch bestehende Spitze ab und ließ den Feurog erzürnt aufbrüllen. Sofort attackierte Annev erneut und rammte dem Biest seine feurige Klinge in den offenen Mund. Blut und Feuer ließen das Metallungeheuer husten und würgen, aber es gab dennoch nicht auf und versuchte den einarmigen Meister der Sorgen zu fassen zu bekommen. Annev drehte das Schwert in der Hand, zwang es dem tobenden Monster tiefer in die Gurgel hinab, während es seine verkrümmten Arme ausstreckte, um ihn zu fassen zu bekommen. Als es seinen knotigen Steingliedmaßen nicht gelang, ihr Ziel zu erreichen, konzentrierte sich das Wesen darauf, nach den fünf Handspannen Stahl zu greifen, die ihm aus dem Schlund ragten. Seine Krallenfinger umklammerten die Flammenklinge und bemühten sich, das Schwert entzweizubrechen.

Annevs linker Arm begann zu kribbeln. Er umfasste das Heft der Flamberge fester und konzentrierte sich auf die bläulich weiße Flamme, die die Klinge umhüllte. Dabei versuchte er, sich wieder ins Gedächtnis zu rufen, wie es gewesen war, Gnades Magie wachzurufen und in den Raum hinein zu erweitern, sodass sich die Luft um die Klinge herum schärfte: Er erinnerte sich an die abgeschlagene Ecke von Sodars Tisch, an den Stein, den er in zwei Hälften geteilt hatte, an die Furche, die er unbeabsichtigt in den Boden gegraben hatte. Er hielt lebhaft an diesen Erinnerungen fest, während er seine Konzentration auf die Flammen seines Schwertes richtete und sich vorstellte, dass sie heißer, greller und intensiver wurden.

Der Feurog umfasste die Schwertklinge fester und drückte sie mit aller Gewalt nach unten. Das Metall begann sich zu biegen.

Brenne, dachte Annev und ließ reglose Stille in seinem Innern einkehren. *Schmilz. Stirb!*

Die Flammen loderten auf, und die Metallfinger des Feurog lösten sich von seinen Händen und fielen herab, glatt an der Stelle durchtrennt, wo sie die Flamberge umfasst hatten. Das Ungeheuer schrie gellend auf, und Blut und geschmolzenes Metall brodelten aus seinem Mund.

Annev stieß das Schwert tief in den Feurog hinab, ließ die weiß glühende Klinge zischend durch den Schlund des Feurog fahren, sich eine Bahn durch seinen eisernen Brustkorb brennen und die steingehärteten lebenswichtigen Organe des Ungetüms über die Erde verteilen. Mit einem letzten Seufzen kippte der Dämon nach hinten um, tot.

Ja! Annev wirbelte wieder zu Edrea herum, nur um feststellen zu müssen, dass er zu spät kam: Der schlanke Körper der Frau lag reglos auf ihrem toten Mann, ihre Kehle aufgeschlitzt von einem vorbeieilenden Feurog, der inzwischen schon wieder unter denen verschwunden waren, die gegen Lorn und Fyn kämpften.

Annev fuhr herum, um nach Titus Ausschau zu halten, und

fluchte. *Wo haben wir versagt?*, fragte er sich. *Wie haben sie den Schutzring durchbrechen können?* Er entdeckte den kleinen Kastellan ein Stück weiter. Er kämpfte gegen einen rasenden Feurog, der sich immer wieder gegen den verzauberten Faustschild in Titus' Hand warf. Der funkenstiebende Stahl des Schildes klirrte und summte, doch das Ungeheuer drosch mit seinen beilförmigen Fäusten unerbittlich weiter auf den Faustschild ein. Dessen Magie war in Titus' Händen irgendwie weniger stark. Der Kastellan trat einen Schritt zurück und brachte seinen Schildarm besser in Stellung, ganz auf diesen einzelnen Feurog konzentriert statt auf die vielen anderen, die die kleine Gruppe von Menschen umwogten.

Wir verlieren. Annev schaute auf die Leichen von Greusik und Edrea hinab und fühlte sich geschlagen. *Ich bin auch kein besserer Taktiker als Fyn. Es sind zu viele von ihnen, und allmählich gehen uns die Kräfte aus, und Erschöpfung greift um sich.*

Erschöpfung.

Das Wort ließ eine Erinnerung in ihm aufsteigen: *»Ich bin immer schneller erschöpft als du«*, hatte er einmal zu Sodar gesagt. *»Das ist einfach ungerecht.«*

»Du hast das schon gewusst, als wir angefangen haben, also ist es nur zu gerecht«, hatte Sodar geantwortet. »Du hättest mich gleich am Anfang stärker unter Druck setzen und mir dadurch meinen Vorteil nehmen müssen. Du musst den Kampf beenden, bevor er überhaupt richtig begonnen hat. Verstanden?«

Er verstand.

Annev hob die weiß leuchtende Flamberge und nahm die Haltung eines geduckten Wolfes an. Er sprang in die Luft und ließ sich von seinen verzauberten Stiefeln höher und weiter emporschrauben, als es eigentlich möglich war, bis er inmitten der angreifenden Horde der Feurog landete.

Die Ungeheuer umzingelten ihn, überrascht von dem einzelnen Menschen, der sich da von seinem Rudel getrennt hatte. Die drei Feurog, die Titus ins Visier genommen hatten, wichen zurück, angezogen von der neuen, viel wehrloser wirkenden Beute.

Annev weitete sein Bewusstsein aus. Ein Kribbeln durchzog seinen Arm, und statt es zu übergehen oder nur passiv davon Notiz zu nehmen, gab er sich dem Gefühl freudig hin. Energie strömte in seinen Körper, Kraft füllte seine Glieder, und sein Geist öffnete sich ganz den magischen Utensilien, die er in seinen Besitz gebracht hatte.

Drachenwelpenumhang: hitzebeständig und feuerfest. Bietet auch einen gewissen Schutz vor Verletzungen. Annev zog sich die Kapuze des Umhangs über den Kopf.

Flammenschwert: magisch verstärkter Kern und geschärfte Schneide. Annev ließ seinen konzentrierten Zorn in die Flammen fließen, deren Farbe nun von bläulich weiß zu fast schon ultraviolett wechselte.

Ein muskelbepackter, über zwei Meter großer Feurog attackierte Annevs Kopf mit einer seiner sichelähnlichen Extremitäten. Annev schwang wuchtvoll seine Flamberge und traf den stahlummantelten Arm des Ungeheuers. Die magische Klinge brannte durch Fleisch und durchschnitt Metall, trennte den Arm des Feurog von seinem Körper ab. Das völlig unvorbereitet von dem Hieb getroffene Geschöpf blieb abrupt stehen und starrte fassungslos auf die Stelle der fehlenden Gliedmaße um den ausgebrannten Armstumpf. Die anderen Feurog, die Annev umkreisten, heulten vor Wut, rissen Händevoll die Erde aus dem Boden und schlugen die Fäuste zusammen, sodass sich ein donnernder Lärm aus aufeinanderschlagendem Metall und Stein erhob.

Annev machte sich den Schwung seines ersten Schwertstreichs zunutze, ließ seinen Arm durch die Luft wirbeln, hieb sein violett brennendes Schwert in die Lenden des Kolosses und zertrennte ihn glatt in zwei Teile. Der gespaltene Leib des Riesen fiel auseinander, und die beiden Hälften plumpsten rechts und links von Annev zu Boden.

Die Feurog verstummten und verfolgten mit offenem Mund das Spektakel. Eine Sekunde verstrich. Dann zwei.

Und dann griffen sie an.

Die Stiefel der Flinkheit: vermehrte Kraft und Schnelligkeit.

Annev schlug einen Salto über die ersten der Angreifer, was die vorderen Feurog mit den hinter ihnen nachfolgenden zusammenstoßen ließ. In der sich daraus ergebenden Verwirrung drehte er sich in der Luft, enthauptete einen der Feurog und landete weich inmitten einer neuen Gruppe kreischender Ungeheuer. Ein Junge mit Reißzähnen und goldenen Krallen ließ seine Hände über Annevs Hose harken, doch ohne dass der Stoff riss.

Die Hose des Schutzes: außerordentliche Widerstands- und Strapazierfähigkeit, beugt Schürfwunden vor.

Das Ungeheuer schlug erneut zu, aber diesmal rammte Annev dem Jüngling sein Schwert in die Brust. Im Gegenzug schlitzte der junge Feurog Annevs Schwertarm auf, lächelte über seinen kleinen Sieg, erschauderte dann und glitt leblos von Annevs Klinge.

Annev wirbelte herum, um es mit dem nächsten Gegner aufzunehmen, doch musste er feststellen, dass sich die Ungeheuer außer Reichweite seines Schwertes zurückgezogen hatten. Statt anzugreifen, umkreisten sie ihn, suchten nach einem Schwachpunkt. Annev spürte, wie ihm das Blut warm den Arm hinuntertroff, und hielt sein Schwert vor sich ausgestreckt, für mögliche Überraschungsangriffe gewappnet. Zugleich sah er mit einem Auge auf den dunkelroten Fleck hinab, der sich unter seinem weißen Hemd ausbreitete. Als das Blut in den Stoff sickerte, spürte Annev, wie das Kleidungsstück darauf reagierte.

Hemd der Wiederherstellung: vermehrte Durchhaltekraft und schnelle Heilung.

Erst da fiel Annev auf, dass die Wunden, die ihm Kupferhaube zugefügt hatte, bereits verheilt waren; auch wenn seine Schultern noch immer mit getrocknetem Blut überzogen waren, spürte er dort jedoch weder Schmerzen noch eine Beeinträchtigung ihrer Beweglichkeit.

Vier Feurog griffen ihn gleichzeitig an, streckten ihre gekrümmten Metallhände, schwere Steinfäuste und rostige, zerbrochene Waffen aus. Annev wirbelte in einem breiten Kreis herum, ließ seine Waffe einen weiten Bogen beschreiben. Er stellte sich vor, von einer unsichtbaren Kugel umgeben zu sein, die seine Angriffe lenkte und den Schwung eines jeden Hiebes mitnahm. Er tanzte zwischen den Ungeheuern umher und trug seine rollende Kugel der Bewegung mit sich, und sobald ein Feurog in diese Kugel eindrang, änderte Annev mit dem Stumpf seines linken Arms, dem schwungvollen Tritt seiner Füße oder der Flammenklinge seines Schwertes deren Bewegungsrichtung. Immer mehr der Geschöpfe stürzten sich auf ihn – die Wirkungslosigkeit ihres Angriffs hatte sie in Rage versetzt.

Annev hielt im Zentrum von alledem die Stellung und bewegte sich absichtlich so, dass er immer mehr der Feurog in die Schlacht einbezog. Er fühlte sich stark, seine Sinne waren scharf und wachsam, und obwohl die Ungeheuer nach seinem Kopf und nach seinem Rücken schlugen und Annevs schutzlose Extremitäten übel zugerichtet wurden und bluteten, machte sich seine jahrelange Kampfausbildung bezahlt, und seine magischen Schuhe und das magische Hemd ließen ihn weiterkämpfen, wo ihm ansonsten längst die Kräfte ausgegangen wären.

Während Annev kämpfte, fühlte er sich gleichzeitig voller Leben und irgendwie körperlos; voller Macht, wenn er verstümmelte und tötete, aber zugleich auch von seinem Erleben losgelöst, erfüllt von dem Wissen, dass diese Feurog seine Freunde und Bekannten getötet, ihr Dorf angegriffen und sein Zuhause zerstört hatten.

Annev wirbelte nach links und nach rechts, enthauptete ein Untier mit knirschenden Rasierklingen anstelle von Zähnen im

Mund und schwang dann seine Flamberge nach oben, um einen springenden Feurog aufzuspießen, der sich ihm von hinten näherte. Er fing mit seinem Schwert den metallenen Hakenarm eines dritten Ungeheuers auf, schnitt ihn am Ellbogen ab und versengte die Wunde, dann wirbelte er wieder davon. Immer war er in Bewegung, hielt seine rollende Kugel aus wildem Schwung und flammendem Metall aufrecht. Am Rand seines Gesichtsfelds sah Annev, wie sich Fyn, Titus und der Rest der Dorfbewohner einen Weg zu Sraon und den anderen Avataren bahnten.

Gut. Jetzt kann ich mich darauf konzentrieren, nach Sodar zu suchen. Annev verlagerte seinen wirbelnden Radius des Todes hin zur Südseite der Akademie, richtete seine Aufmerksamkeit nicht mehr allein auf die attackierenden Feurog, sondern nun auch auf den Brunnen. Als er sich fortbewegte, sah Annev, dass einige der Ungeheuer hinter ihm langsamer wurden und sich davonschlichen, ihm nicht folgen wollten. Die Schar der Feurog begann sich auszudünnen, und Annev konnte einen flüchtigen Blick auf den Brunnen zwischen den brennenden Ruinen der Häuser, Läden und Werkstätten rund um den Platz werfen. Er kämpfte wie ein Dämon und hoffte inbrünstig, Sodar neben dem Brunnen stehen zu sehen, von den Ungeheuern unbemerkt und unversehrt von der Schlacht. Die Zahl der angreifenden Kreaturen verringerte sich immer weiter, und fast ein Dutzend seiner vormaligen Angreifer fielen von ihm ab, um sich leichtere Beute zu suchen. Als ein heulender Feurog mit scharfkantigen Obsidianarmen vor Annev hintrat, enthauptete er ihn, ohne einen Gedanken zu verschwenden und ohne den Blick auch nur für eine Sekunde von seinem eigentlichen Ziel abzuwenden. Das Geschöpf stürzte zu Boden, und Annev konnte den Brunnen deutlich sehen.

Von dem Priester keine Spur.

Annev brüllte auf, wollte es nicht wahrhaben, wollte nicht akzeptieren, was seine Augen sahen. Die Geschöpfe, die ihm noch folgten, zögerten, als hätte sein Kriegsschrei auf irgendeiner wilden, animalischen Ebene zu ihnen gesprochen. Mehrere weitere ließen sich zurückfallen, und Annev rannte in Richtung Brunnen.

Ein dicker Feurog sprang aus den Schatten eines Gebäudes und rammte Annev eine schartige Axt in die linke Schulter. Die Klinge prallte von seinem Drachenschuppenmantel ab, aber Annev spürte irgendetwas unter dem Stoff des magischen Tuchs brechen. Er schrie vor Schmerz und schlug mit seinem Schwert um sich, stach dem Ungeheuer in seinen von marmornen Adern durchzogenen Bauch. Das Monstrum kippte nach hinten um, und Annev rannte weiter, beschwor die Magie seines Hemdes, um seinen Arm zu heilen, und befahl seinen Stiefeln, ihn noch schneller zum Brunnen zu tragen. Wenige Augenblicke später hatte er sich von den verbliebenen Feurog befreit und konnte sich zum ersten Mal einen Eindruck von der Schlacht verschaffen, die in der Osthälfte von Chaenbalu tobte. Auf der gegenüberliegenden Seite des verlassenen Brunnens stand, in der Mitte des Ganzen, Tosan.

Der Älteste der Ältesten ließ den Höllenfeuerstab dahin und dorthin schießen und beschützte verbissen und hartnäckig den breiten Flecken Erde zwischen den Ställen und der Akademie. Die geschmolzenen Leichen von Menschen und Monstern lagen in weitem Kreis um ihn herum, und jede entstellte Kreatur, die in Sicht kam, wurde von ihm mit flüssigem Feuer überzogen. Hinter Tosans hagerer Gestalt hatten sich Carbad und der Großteil der Meister und Ältesten der Akademie versammelt. Sie alle hatten entweder Angst oder waren unwillig, sich neben ihren Rektor zu stellen. Die einzige Ausnahme bildete Myjun, die ihr Nachthemd inzwischen gegen die Erntekleidung der Weisfrauen ausgetauscht hatte.

Da er befürchtete, dass Tosan den Höllenfeuerstab vielleicht auch gegen ihn richten könnte, wich Annev zurück und ging um die Akademie herum, auf der Suche nach Sodar. Er warf einen Blick zurück, um sicherzustellen, dass er nicht noch von weiteren Feurog verfolgt wurde, und er war überrascht, als er das ganze Ausmaß der Zerstörung hinter sich sah.

Die leblosen Körper von Mensch und Monstrum übersäten den Boden wie trockene Blätter nach einem spätherbstlichen Sturm. Durch das Zentrum von alledem schnitt sich Annevs eigene Schneise der Verwüstung, rechts und links von je einer Bahn aus entstellten Leichen gesäumt. Weiter im Süden und Westen sah Annev Dutzende von Feurog durch die geschändete Landschaft rennen und auf die Sicherheit des umliegenden Waldes zustürmen.

Gepriesen sei Odar!, sandte Annev ein stilles Stoßgebet zum Himmel und schaute zum Brunnen zurück. Doch als er sich ihm näherte, entdeckte er eine Blutlache auf der gepflasterten Brunnenumfassung. Sein Herz verkrampfte sich, und sein Gebet wandelte sich von Jubel in Flehen.

Bitte sei dort, dachte er. *Bitte sei am Leben.*

Er eilte bis auf ein Dutzend Schritte an den Brunnen heran und sah den zerfetzten Haufen von blutigem blauem Stoff auf der anderen Seite.

»Nein!«, schrie er auf. »Nein! Bitte. Sodar!« Tränen strömten ihm über die Wangen und malten Streifen auf sein blutverschmiertes Gesicht. Er ließ sich auf die Knie sinken, und sein Blickfeld verschwamm, als er auf den geschundenen Leib seines Mentors starrte. »Nein!«, schluchzte er, und das schmerzvolle Wissen, selbst der Grund für Sodars Tod gewesen zu sein, erfüllte ihn mit Kummer und Pein. »Ich hätte mit dir gehen sollen – ich hätte auf dich hören sollen. Es ist meine Schuld …« Er weinte vor bitterer Qual und streckte zärtlich die Hand aus, um die blutdurchtränkten nachtblauen Gewänder zu berühren, schluchzte und wimmerte … nur um unvermittelt festzustellen, dass kein Körper in der Kleidung steckte.

»Ainnevog!«

Die Stimme hallte aus dem Inneren des Brunnens herauf, und Annev sprang hastig an seinen Rand. Das Seil, das von der Handkurbel herunterhing, war abgewickelt worden und schwang tief in den dunklen Schacht unter ihm hinab. Annev hob sein Flammenschwert und spähte nach unten.

Ein nackter Mann war mit gefesselten Handgelenken an das hin und her schwingende Seil gebunden. Er hob seinen Kopf mit dem schneeweißen Haar und blickte mit zusammengekniffenen Augen in das Licht hinauf.

Es war Sodar.

Kapitel 69

Annev ließ sein Schwert fallen und griff nach der Handkurbel. Er drückte sie herunter, legte sein ganzes Körpergewicht und all seine Kraft hinein, dann trat er gegen den Riegel, durch den die Kurbel festgehalten wurde. Sofort zerrte Sodars volles Gewicht an seinem Arm, und die Kurbel drohte außer Kontrolle zu geraten. Annev brüllte auf und drehte mit seiner ganzen Kraft an der Kurbel. Der Priester war viel schwerer als das Wasser, das er normalerweise aus dem Brunnen heraufzog – und bisher hatte er immer zwei Hände gehabt, um die Kurbel zu betätigen. Annevs Muskeln schrien förmlich vor Überlastung, aber statt klein beizugeben, stieg er auf den Brunnenrand, zwang die Kurbel herunter und zog sie dann wieder herauf.

»Eins!«, rief er, während er den Kurbelgriff heftig herumriss. Er wechselte den Griff und drückte die Kurbel hinunter, wechselte erneut und zog sie herauf.

»Zwei!«

Neunzehnmal – so oft musste er kurbeln. Noch siebzehn weitere Mal. Nur noch siebzehnmal. Er zerrte, drückte, wechselte und zog erneut.

»Drei!« Annevs Arm brannte vor Anstrengung, und seine Muskeln drohten zu reißen. Er hatte so etwas noch nie zuvor gemacht – nie mit nur einer Hand, und noch nie hatte er es mit dem Gewicht eines ausgewachsenen Mannes zu tun gehabt, der am anderen Ende des Seils baumelte. Es hatte sich bisher immer nur um einen Eimer gehandelt, einen einzigen Eimer Wasser.

»Vier!«, schrie Annev, und Speichel glänzte auf seinen Lippen. Er ächzte und zog erneut. Die Kurbel glitt ihm aus den Fingern und kreiselte zurück. »Nein!« Annev warf sich der wild drehenden Kurbel in den Weg. Sie schlug gegen seine Schulter, brach ihm das Schlüsselbein und blieb stehen, von Annevs Körper festgehalten. Er stöhnte auf, wie betäubt von dem Schmerz, der von seinem gebrochenen Schlüsselbein ausstrahlte, doch dann verspürte er ein bittersüßes Gefühl der Erleichterung, als die Magie seines Hemdes den Knochen wieder zusammenfügte.

Ich kann das schaffen, dachte Annev. *Odar, steh mir bei, ich* werde *es schaffen.* Er verlagerte sein Gewicht und griff erneut nach der Kurbel. Dann stemmte er die Füße fest gegen den Boden und drehte. Zurück. Nach unten. Nach vorn. Nach oben.

»Eins!«

Es verstrich eine Ewigkeit, bis Annev Sodar endlich aus der Dunkelheit des Brunnens gezogen hatte. Außer Atem und vom Schmerz der Entkräftung geschüttelt, schaffte Annev das neunzehnmalige Kurbeln, ohne erneut wegzurutschen, und trat zum Schluss den Riegel, durch den die Handkurbel festgehalten wurde, in seine Arretierposition zurück. Die Kurbel rührte sich nicht mehr von der Stelle, und Annev beugte sich über den Brunnenrand, schob seinen Arm unter Sodars Achsel und zog den Priester über die Brunnensteine. Als Sodar zu Boden taumelte, bemerkte Annev die blutigen Striemen auf dem nackten Rücken des Mannes.

»Sie haben dich ausgepeitscht?«, stieß Annev mit erstickter Stimme hervor. Was waren das für Ungeheuer, die einen alten Priester folterten, noch dazu einen, der sein ganzes Leben Chaenbalu und seinen Bewohnern gewidmet hatte? Ein wilder Zorn stieg in seiner Brust auf, eine heiße Glut, die ihn vom Brennen seiner Lunge ablenkte.

Unter Mühen versuchte Sodar aufzustehen. Annev half ihm hoch und nahm dann seine abgelegte Flamberge wieder an sich.

Als sich seine Hand um das Heft schloss, entzündeten sich die Flammen von Neuem, und Sodar kippte nach hinten um. Mit großen Augen hielt er sich an der Mauer des Brunnens fest und fand das Gleichgewicht wieder.

»Du hast dir … eine neue Art von Magie angeeignet?«

Annev schüttelte den Kopf. »Es ist nur ein Artefakt aus dem Gewölbe.«

Sodar lächelte schwach. »Vor zwei Tagen konntest du noch keine Münze aus einem Sack ziehen. Jetzt beschwörst du Flammen aus einem Stück Stahl.«

Annev zuckte die Achseln. »Es ist ein gewöhnliches Artefakt. Jeder könnte davon Gebrauch machen.«

Sodars Lächeln wurde breiter. »Vielleicht. Trotzdem wüsste ich gern, ob du schon einen Namen für das Ding hast.«

Annev ging nicht auf seine Neckereien ein und ließ die Spitze seines Schwertes unter Sodars Fesseln gleiten. »Halt still.« Der Priester nickte, und Annev ließ die Klinge nach oben schnippen und zertrennte das Hanfseil, als sei es aus Butter. Die Fesseln fielen von Sodars Handgelenken, und die aufgeschürfte, blutende Haut darunter wurde sichtbar. Mit schmerzverzogenem Gesicht rieb der Priester seine Verletzungen.

»Meine Kleider?«

Annev stieß das Schwert in den Boden und eilte zur anderen Seite des Brunnens hinüber. Er hob den zerfetzten Priesterrock auf, dann half er Sodar, ihn sich über den Kopf zu ziehen.

Der alte Mann stöhnte, nickte jedoch zum Zeichen seines Dankes und hüllte sich fest in sein zerlumptes Gewand. Er drehte sich zu Annev um und ließ seinen Blick auf seinem Armstumpf ruhen, an dem nun die Hand fehlte. »Sie ist also weg.« Annev nickte, und der Priester stieß einen Seufzer aus.

»Du hast gesagt, du würdest fortgehen.«

»Und ich bin fortgegangen. Sobald ich mit meiner letzten Regaleuspredigt fertig war, bin ich nach Osten aufgebrochen –

nicht um dich im Stich zu lassen, sondern um dir deinen Freiraum zu geben und um mehr darüber zu erfahren, wer und was da Jagd auf dich gemacht hat. Ich hatte gehofft, erst einmal Kelgas sterbliche Überreste zu finden und mir dann Klarheit darüber zu verschaffen, was für eine Rolle sie bei dem allen gespielt hat. Stattdessen habe ich noch eine zweite Nachricht von Crag gefunden.«

Annev gefror das Blut in den Adern. »Eine *zweite* Nachricht?«

Sodar nickte. »Sie befand sich in der Nähe eines flachen Grabes, in dem ein verstümmeltes Tier lag. Außerdem befand sich dort ein Altar, der umgeworfen worden war … und Arnors Bogen lag auf einem Steinhaufen.«

»Arnor … der Mann, der dich besucht hat?« Sodar nickte. »Du glaubst, er ist tot.«

Wieder nickte Sodar. »Da war kein Toter, aber dafür jede Menge Blut – sein Blut – und ein Überrest dunkler Magie, etwas aus dem Schattenreich.«

Schatten …

»Crag hat Arnor gekannt«, fuhr Sodar fort, »und er hat vermutet, dass ihn etwas Grauenhaftes getötet hat.« Er verzog das Gesicht. »Er hat mich außerdem wissen lassen, dass Dortafola – der erste Vampir und ein treuer Diener des Keos – versucht habe, einen seiner Erfüllungsgehilfen nach Chaenbalu zu bringen.«

»Was? Warum hat er das in seinem ersten Brief ausgelassen?«

»Weil er sich einige meiner schlechten Angewohnheiten zu eigen gemacht hat.« Sodars Gesicht nahm einen verdrießlichen Ausdruck an. »Ich bin mir sicher, dass er geglaubt hat, uns irgendwie zu beschützen, indem er einige Details ausließ.«

»Klingt bekannt«, bemerkte Annev. Ihm war Sodars Ironie nicht entgangen. »Hat er geschrieben, wer da ausgeschickt worden ist?«

Sodar nickte ernst. »Ein Meuchler. Ein Geist. Er ist früher einmal ein Schattenwerfer aus Krocirun namens Oyru gewesen.

Jetzt ist er ein Siänar – einer der sechs Keokum, die Dortafola dienen.«

Ein Geist … ein Schatten. Annev erinnerte sich an den Mann, der den Mantel des Todes getragen hatte, und ein Schauer lief ihm über den Rücken. »Ein Mann, gehüllt in Licht und Schatten?« Sodar nickte. »Ich glaube, er ist mir von Banok hierher gefolgt«, bekannte Annev. »Von Janaks Burg aus.«

»Das könnte passen. Ich meine, ich hätte sogar darauf hingewiesen, dass etwas Derartiges geschehen könnte, wenn du das Dorf verlässt.«

Annev senkte den Kopf, schämte sich wieder einmal, weil er nicht auf seinen Mentor gehört hatte.

Sodar zuckte vor Schmerz zusammen, als er den Arm hob und Annev die Hand auf die Schulter legte. »Es tut mir leid. Du hast deine Sache gut gemacht, als du ihm entkommen bist, aber wir sollten selbst jetzt noch zusehen, dass wir von hier wegkommen. Der wiedergeborene Schatten ist ein übernatürlicher Gegner – viel mächtiger als Tosan –, und ich nehme an, dass er seinen Anteil daran hatte, diese Ungeheuer hierherzubringen.«

»Aber warum?«, fragte Annev kopfschüttelnd. »Warum gerade Jagd auf *mich* machen?«

»Ist das nicht offensichtlich? Er sucht nach dir, Annev. Keos sucht nach dir.«

Annev ließ den Blick über das zerstörte Dorf und die weithin verstreuten Leichen der Feurog und Menschen schweifen. »Er will die Blutlinie des Breathanas auslöschen … und er wird jeden hier töten, um an mich heranzukommen.« Sodar nickte, und die Worte der verrückten Kelga hallten in Annevs Kopf wider: *Der Schattenwerfer jagt ihn. Der Schattengott will ihn. Der Gefallene Gott braucht ihn.*

Es gab so vieles, was Annev nicht verstand. War Kelga eine Dienerin des Keos gewesen? Sie war wahnsinnig gewesen, aber ihre Worte … sie hatte einen der Jüngeren Götter erwähnt. Und

Janak hatte gesagt, dass Cruithear Jagd auf Annev mache – der Gott der Steine und Erze hatte dem Kaufmann als Gegenleistung für die Gefangennahme Annevs sogar neue Beine versprochen –, aber Annev sah nicht, wie die einzelnen Teile zusammenpassen sollten.

Zuerst Kelga und Janak … und jetzt Oyru.

»Wir sollten verschwinden«, betonte Sodar. »Das Dorf ist verloren, und hier ist kein Platz mehr für uns. Wir müssen gehen, bevor der Schatten dich findet – oder bevor Tosan es tut.«

Der Schrei einer Frau zerriss die Luft, und Annev drehte sich zur Quelle des Geräusches um. Die Menschen aus der Gruppe von Dorfbewohnern neben Sraons Schmiede huschten verwirrt und verängstigt hin und her.

»Sie brauchen unsere Hilfe, Sodar.«

Der Priester hielt inne und schaute in die Richtung, aus der der Aufruhr kam. »Ich habe versprochen, dich zu beschützen, Annev. Sraon ist bei ihnen, genauso wie deine Avatarfreunde, und die Ungeheuer sind auf dem Rückzug. Wir sollten verschwinden, ehe man uns sieht oder der Schatten uns ausfindig macht.« Sodar entfernte sich schlurfend von den Schreien. »Ich würde gern zuerst noch einmal in die Kapelle zurückkehren. Ich habe Zahnbrecher dort für dich zurückgelassen – der Schild passt nicht in meinen Sack ohne Boden hinein –, aber jetzt können wir ihn mitnehmen.« Sodar plapperte weiter, ohne Annevs Zögern zu bemerken.

Diese Ungeheuer sind meinetwegen hier, dachte Annev. *Wenn ich jetzt weglaufe und die Dorfbewohner allein kämpfen lasse, werde ich tatsächlich das Ungeheuer sein, für das sie mich halten.*

»… und den ganzen Rest habe ich in den Sack gepackt«, fuhr Sodar fort. »Ich habe sogar die Speur-Dún-Manuskripte mitgenommen.« Er brach ab, als er bemerkte, dass Annev ihm gar nicht zuhörte. »Beeil dich, Junge.«

Annev schüttelte den Kopf. »Ich kann nicht.«

Sodar runzelte die Stirn. »Du schmachtest doch nicht immer noch diesem Mädchen hinterher, oder? Meister Aog konnte den Mund nicht halten, als er mich ausgepeitscht hat. Myjun hat dich angegriffen, als sie deine Hand gesehen hat. Sie liebt dich nicht, Annev. Sie *kennt* dich nicht einmal.«

Annev biss die Zähne zusammen, und die bläulich weißen Flammen seines Schwerts färbten sich wieder violett. Es kostete ihn große Anstrengung, nicht zu schreien. »Ich weiß, dass sie mich nicht liebt. Sie will …« Was hatte sie eigentlich gewollt? Er schüttelte den Kopf. »Ich kämpfe nicht für sie. Ich tue es für all diese Menschen.« Er deutete auf die Avatare und die Dorfbewohner rund um Sraons Schmiede. »Sie brauchen uns.«

Sodar schüttelte den Kopf. »Annev, du kannst unmöglich …«

»Würdest du sie wirklich sterben lassen, genau wie meine Eltern?«, blaffte Annev.

Sodar klappte den Mund zu und starrte Annev mit kaltem Blick an.

Annev schluckte und rang nach Worten. »In der Schlacht im Vosgar hat Breathanas den Stab von Odar ergriffen, obwohl der Stab ihn hätte vernichten können. Er hatte den Mut zu helfen, auch wenn es bedeutete, sich selbst zu opfern.« Annev machte eine gewichtige Pause. »Menschen sterben ringsum, und wir haben die Macht, ihnen zu helfen. Früher konntest du es nicht tun, aber jetzt kannst du es.«

Sodars Unterlippe zitterte plötzlich, und ein bebender Seufzer entrang sich seiner Kehle. »Du hast recht«, sagte er langsam und mit erstickter Stimme, von seinen Gefühlen überwältigt. »Ich bin ein Feigling.« Er richtete den Blick auf die Dorfbewohner, die Sraons Werkstatt umringten. »Geh. Ich werde dir folgen und helfen. Beeil dich!«

Schnell wie der Blitz setzte sich Annev in Richtung Schmiede in Bewegung. Sein Umhang mit den roten Schuppen flatterte im Wind, während seine magischen Stiefel ihn vorantrieben. Er raste durch die Straßen, lief um die ausgebrannten Ruinen von Häusern, Läden und Werkstätten herum und trat dann unter das große Dach der offenen Schmiede.

In den Schatten unter dem Vordach stach Lorn, der Bäcker, immer wieder mit seiner Saufeder in die Erde hinein, spie dabei Flüche aus und schrie. Die Avatare und Dorfbewohner wimmelten um ihn herum. Einige von ihnen versuchten, den Bäcker zu beruhigen, andere hielten sich so weit wie möglich von ihm fern. Letztere schienen es gar nicht erwarten zu können, die Flucht zu ergreifen, wagten es jedoch nicht, die Gruppe zu verlassen.

Therin stand direkt außerhalb des Schattens des Vordaches und sah Lorn mit leerem Blick an. Annev trat vor ihn hin, und der magere Junge zuckte zurück und nahm schützend die Affenfausthaltung ein. Als Annev ihn nicht angriff, blinzelte er und schien ihn zu erkennen, ließ die Hände aber dennoch nicht sinken.

»Annev? Was …?«

»Ich bin hier, um zu helfen.« Er deutete auf den schluchzenden Bäcker. »Was ist passiert?«

Therin erhob sich langsam aus seiner geduckten Position und trat von einem Fuß auf den anderen. »Ein Schattendämon«, sagte er schließlich. »Mit langen, dünnen Armen. Er hat Rafela gepackt und sie … mit sich in den Erdboden hinabgerissen.« Er schüttelte den Kopf. »Das Gleiche ist auch in der Akademie passiert. Vier von ihnen sind plötzlich aus den Mauern hervorgekommen. Kellor war direkt neben mir im Speisesaal, und sie haben ihn unter den Tisch gezerrt.« Ein Schauder überlief ihn. »Ich wäre um ein Haar nicht lebend herausgekommen.«

Annev ließ seinen Blick über die Gruppe der versammelten Dorfbewohner schweifen und zählte die Avatare, Kastellane und Meister. Von Fyn, Titus und Therin abgesehen, waren nur vier entkommen. Annev erkannte den sommersprossigen Alisander, den pummeligen Chedwick mit seinen flaumigen Koteletten, den stiernackigen Lemwich, der sich, Sraons Schmiedehammer in der Hand, schützend vor Titus gestellt hatte. Brinden war mit einem schweren eisernen Schürhaken bewaffnet und stand mit Fyn ein wenig abseits. Annev konnte keinen einzigen Akolythen, kein Kleinkind und keine Weisfrau entdecken.

Der normalerweise so schweigsame und zurückhaltende Lorn war außer sich, wühlte den Boden auf, warf Erdklumpen in die Luft und schrie nach den Dämonen, forderte sie auf, herzukommen und gegen ihn zu kämpfen.

Sraon stand mit den meisten anderen überlebenden Dorfbewohnern neben seinem Schmiedeamboss. Er redete leise auf die verwitwete Näherin Alanna ein, während Nikum, der Zimmermann, und Yohan, der Kerzenmacher, darüber debattierten, was sie gesehen hatten. Da fiel Yohans Blick auf Annev.

»Er ist es, der für das alles verantwortlich ist!«, schrie der Kerzenmacher und tupfte sich sein schweißglänzendes Gesicht ab. »Der Sohn des Keos. Er hat die Dämonen zu uns gebracht. Er hat uns den dunklen Mächten geopfert.« Er spuckte Annev an.

Annev wurde schwindlig vor Zorn, er schwenkte die lodernde Flamberge vor Yohans Gesicht und zwang den Kerzenmacher zurückzuweichen. »Ich bin hier, um euch zu helfen! Ich bin kein Diener der …«

»Ahhhgh!«

Annev wirbelte zur Quelle des Schreis herum und sah voller Entsetzen vier spindeldürre Arme aus den Schatten unter dem Vordach der Schmiede herausgreifen. Ihre Krallenhände schlangen sich um Lorns Arme und Beine. Der Bäcker schrie, schlug nach den Schatten, die ihn festhielten, und stach auf das Ungeheuer ein, das ihm am nächsten war.

Die Speerspitze glitt glatt durch den Dämon hindurch, ohne irgendeine Wirkung zu zeigen, und die dünnen grauen Arme versanken langsam in der Erde und zogen den Bäcker mit sich.

Alanna schrie, Yohan fluchte, und Annev machte einen Satz

nach vorn, der ihn mit Leichtigkeit die sechs Meter zwischen ihm und Lorn überwinden ließ. Er schwang seine Flamberge nach dem nächsten Arm des Dämons, und sein flammendes Schwert zerschnitt eine schattige Schulter. Grauer Nebel strömte aus der Wunde, und eine der Hände, die den Bäcker festhielten, löste sich in nichts auf. Die Flammen auf Annevs Schwert loderten kurz schwarz und rot auf, dann brannten sie wieder bläulich weiß.

Ein Gesicht mit flacher Nase, Reißzähnen und leeren Augenhöhlen barst aus dem Boden und kreischte Annev einen schrillen Schrei entgegen. Er versuchte, nach dem Gesicht des Dämons zu hacken, aber der Kopf des Ungetüms schnellte sogleich wieder in die Schatten zurück. Im selben Moment zerrten die drei Hände, die Lorn festhielten, den Bäcker nach unten, in den Raum zwischen den Schatten hinein und in den Erdgrund hinunter.

Annev schlug mit seiner Klinge noch einmal zu, aber es war zu spät. Lorn war verschwunden.

Bevor Annev das Geschehene verarbeiten konnte, schrien weitere Dorfbewohner vor Entsetzen auf. Annev wirbelte herum und sah, wie die Arme von einem halben Dutzend Schattendämonen Avatare und Dorfbewohner gleichermaßen umklammerten. Ein Paar knochiger Arme packte Alisander und zerrte ihn in die dunklen Schatten rund um Sraons kalten Schmiedeofen. Brinden schwang sein Schüreisen nach den Dämonen, ohne jedoch das Geringste ausrichten zu können, und Alisander ver schwand im Boden.

Wieder schrie Alanna auf. Zwei Krallenhände streckten sich aus dem Erdreich und legten sich um ihre Knöchel. Eine flache Lache aus Dunkelheit breitete sich auf dem Boden unter dem Vordach der Schmiede aus. Annev schnappte nach Luft, erkannte er das Gebilde doch als einen der Schattenteiche aus dem Dichtwald, und dann fiel Alanna auch schon hinein, glitt aus den Fingern des Schmieds und verschwand in die Erde. Sraon starrte mit offenem Mund auf die Stelle, wo Alanna soeben noch gestanden hatte, seine Hellebarde ohnmächtig in der Hand.

»Weg von den Schatten!«, brüllte Sodar, der plötzlich neben Annev aufgetaucht war. »Die Eidolon-Phantome leben in den Schatten. Geht ins Licht, ihr Narren!«

Die Dorfbewohner rannten auf die Straße. Einer stolperte und wurde von Yohan und Brinden niedergetrampelt, und als Lemwich und Titus stehen blieben, um dem jungen Zimmermann zu helfen, schoss ein spindeldürrer grauer Dämon hinter Sraons Amboss hervor, stürzte sich auf sie und warf sie zu Boden. Noch während der Dämon mit den beiden rang, stach ihm Annev seine Flamberge mitten durch die Brust. Das Eidolon wand und krümmte sich an seiner Schwertspitze, und erneut loderte die Flamme schwarz und rot auf. Lemwich und Titus rappelten sich hoch und halfen Nikum, sich in Sicherheit zu bringen, und die zerfetzte dürre Gestalt des Phantoms löste sich in Rauch und Schatten auf.

Annev fuhr herum und hielt Ausschau nach einem weiteren Dämon, gegen den er kämpfen konnte. Er sah Chedwick an dem Wasserfass vorbeilaufen, in dem Sraon immer sein geschmiedetes Stahl härtete, und bemerkte zwei lange graue Arme, die sich von der Seite auf den Avatar stürzten. Annev machte einen Satz nach vorn, stach durch das Fass hindurch und ließ es bersten. Blaue Flammen zischten durch das Wasser und ließen eine Dampffontäne aufsteigen. Wasser ergoss sich auf den Boden.

Aber für Chedwick war es zu spät. Sowohl der Avatar als auch der Dämon waren verschwunden.

»Sodar!«, schrie Annev. »Es sind zu viele!«

»Alle auf den Dorfplatz!«, rief Sodar. »Haltet euch von den Mauern und auch von allem anderen fern, was einen Schatten wirft. Ich werde einen Schutzzauber um uns legen.«

Annev rannte auf die Straße hinaus, auf der sich die überlebenden Dorfbewohner und Avatare versammelt hatten. »Lauft zum Dorfplatz!«, brüllte er. »Folgt mir und haltet euch von den Mauern fern!«

»Ich will verdammt sein, wenn ich das tue!«, brüllte Yohan zurück. »Der Sohn des Keos versucht, uns für die Ungeheuer einzupferchen. Er ist einer von ihnen! Lauft stattdessen in den Wald.« Er ging mit eigenem Beispiel voran, rannte die Straße hinunter, in die entgegengesetzte Richtung, zum Dichtwald.

Annev fluchte, als ihm der Schlachter und seine Familie folgten und dann der Barbier und der Weber. Duane, der Fuhrmann, zögerte kurz, bevor auch er hinter ihnen hereilte. Die verbliebenen vormaligen Schüler – Fyn, Brinden, Titus, Lemwich und Therin – blieben bei Annev, ebenso wie Sraon.

Der Schmied hob seine Hellebarde und schrie den davoneilenden Dorfbewohnern hinterher: »Ihr seid ein Haufen Schwachköpfe! Der Junge versucht doch nur, euch zu helfen.«

Nikum, der Zimmermann, zögerte und schaute zu Annev, Sraon und dem Rest hinüber.

»Der Schmied steckt mit den Teufeln unter einer Decke!«, schrie Yohan zurück. »Er hat uns in seine Schmiede gelockt, damit sie uns abschlachten konnten. Keos hat auch ihn gezeichnet!« Yohan tippte sich mit dem Finger ans Auge, dann rannte er weiter.

Nikum sah zwischen Sraon und Yohan hin und her und zögerte noch immer, dann entschied er sich und stürmte hinter dem Kerzenmacher und den anderen Dorfbewohnern her.

»Verdammte Schwachköpfe!«, fluchte Sraon. Er richtete seinen Blick auf die noch übrigen Avatare, schüttelte den Kopf und spuckte auf den Boden. »Geh voran, Meister Annev. Wir können sie nicht retten, wenn sie sich nicht retten lassen wollen.«

Kapitel 70

Als die Gruppe den Dorfplatz erreichte, fand sie Sodar bereits dort vor. Der Priester hielt in einer Hand das Halbmondmesser zum Lederschneiden, das Edrea hatte fallen lassen, und kroch auf Händen und Knien über den Boden, um ein großes Symbol in die Erde neben dem Brunnen zu ritzen. Als Sraon, Annev und die Übrigen eintrafen, schaute er auf.

»So wenige?«

»Yohan hat sie gegen uns aufgewiegelt«, berichtete Sraon.

»Sogar Alanna?«

»Wir haben sie an der Schmiede verloren.«

Sodar seufzte und erhob sich. »Es tut mir leid, Sraon. Wenn wir früher dort gewesen wären …«

Der Schmied runzelte die Stirn. »Dann ist sie also wirklich verloren. Und Ihr könnt nichts dagegen tun?«

»Nein. Das Schattenreich entzieht sich vollständig meiner Macht. Selbst wenn es nicht so wäre«, Sraon zögerte, »bin ich mir sehr sicher, dass dir nicht gefallen würde, was du dort vorfinden würdest.«

Sraon nickte. Er holte tief Luft und drehte die Hellebarde in seinen Händen. »Sie ist mir einfach durch die Finger geschlüpft. Sie hat noch gesagt …« Er schüttelte den Kopf. »Wie auch immer.«

Sodar klopfte auf seinen blutverschmierten Priesterrock und zog seinen hellgrünen magischen Sack hervor. Er griff hinein, holte einen prall gefüllten Trinkschlauch heraus und reichte ihn Annev. »Gieß das hier in das Symbol.«

Annev steckte sein Schwert in die Scheide, griff nach dem Schlauch und legte ihn sich über den Unterarm. Als er seinen Inhalt in die Rillen schüttete, die Sodar in den Boden geritzt hatte, bemerkte er überrascht, dass der Schlauch statt Wasser Salz enthielt. Er streute das Salz in die fünf Meter lange Glyphe. Es war ein großes V, das in ein breites O eingeschrieben war, und Sodar, Sraon und die anderen Avatare hatten sich in der Mitte der Glyphe aufgestellt.

Ein markerschütternder Chor schauerlicher Schreie erfüllte die Luft, als Annev fertig war. Er wirbelte in die Richtung herum, aus der der Lärm kam, und schaute die lange Straße hinab, die zum Ostrand des Dorfes führte.

Am Ende der Landstraße, neben den Schatten eines eingestürzten Wohnhauses, rangen Yohan und Jori, der jüngste Sohn des Schlachters, mit drei Eidolon-Phantomen – die anderen Dorfbewohner waren sämtlich verschwunden. Die Dämonen kämpften mit dem Jungen, der schrie und um sich trat, und zogen ihn erbarmungslos in die Dunkelheit hinein. Yohan ergriff panisch die Flucht, aber noch bevor er aus dem Schatten des eingestürzten Gebäudes heraus war, wurde er an den Knöcheln gepackt und mit Gewalt in die Tiefe gezerrt.

Annev lief ein Schauer über den Rücken, und er trat in den Schutz von Sodars Zauber zurück.

Brinden leckte sich nervös die Lippen, den Blick auf die Stelle geheftet, an der der Kerzenmacher verschwunden war. »Also … sind wir hier in Sicherheit?«

Aller Augen richteten sich auf Annev, der seinerseits Sodar ansah.

Der Priester neigte den Kopf und schloss die Augen. *»Solus. Soillse.«*

Die salzgefüllte Glyphe leuchtete auf, ließ Licht emporstrahlen und löste dadurch selbst die Schatten der darin befindlichen Menschen auf.

Der Priester öffnete die Augen und blickte sich um. »Wir sind in Sicherheit … jedenfalls vorläufig. Doch wir können nicht ewig hierbleiben. Sobald die Nacht hereinbricht, sind wir wieder verwundbar.«

Lemwich kratzte sich am Kopf. »Was sollen wir also tun?«

Schweigen. Die Avatare, der Schmied und der Priester sahen einander an, auf der Suche nach Antworten. Niemand sagte ein Wort.

»Gebt mir den Jungen, und ich werde euch ziehen lassen.«

Die Worte kamen aus der Richtung des Brunnens, und sie fuhren alle gleichzeitig zu der Stimme herum.

Ein großer Mann in flatternden grauen Gewändern stand in den Schatten, die das Dach und der hüfthohe Brunnen warfen. Obwohl es erst früher Nachmittag war, verschluckten seine Kleider das Umgebungslicht und verliehen ihm den Anschein, im dunkelsten Schatten zu stehen.

Oyru, dachte Annev, *der wiedergeborene Schatten. Er hat also in der Tat hinter dem Angriff gesteckt.*

Wie schon in Banok war das Gesicht des Meuchlers von einem schwarzen Umhang bedeckt, und seine Augen waren ausdruckslos. Er trat aus den Schatten des Brunnens ins Sonnenlicht und kniff grimmig die Augen zusammen.

Er mag das Licht nicht, begriff Annev, *aber er kann ihm standhalten.*

Oyru trat an den Rand von Sodars Glyphe. Während er die eine Hand schützend über die Augen legte, beugte er sich vor und begutachtete den Schutzzauber. »Gebt mir den Jungen«, wiederholte der Meuchler, seine Stimme bar jeden Gefühls, »und ich werde euch ziehen lassen.«

Titus zupfte an Annevs Umhang. »Von wem spricht er denn?«

»Von mir.«

Brinden stotterte hastig: »Nun gut, dann geh mit ihm. Uns am Leben zu lassen ist das Mindeste, was du tun kannst.«

Fyn versetzte seinem ehemaligen willfährigen Lakaien eine Kopfnuss. »Idiot! Glaubst du denn, nachdem dieses Ding das halbe Dorf getötet hat, wird es den Rest von uns gehen lassen?« Er zeigte mit seinem Knüppel auf die schattenhafte Gestalt. »Sobald er Annev hat, wird er auch die Übrigen abschlachten. Oder er wartet, bis es dunkel ist, und schickt dann diese Schattendämonen aus, damit sie uns den Rest geben.«

Brinden senkte, von Fyns Worten eingeschüchtert, den Kopf.

Der Meuchler in seinem Gewand aus Schatten ließ sich etwa fünfzehn Meter von ihnen entfernt auf dem Boden nieder. Er saß mit überkreuzten Beinen da, hielt die Hände vor sich im Schoß gefaltet und schloss die Augen.

»Was zum Teufel tut er da?«, fragte sich Lemwich laut.

»Er meditiert«, flüsterte Titus. »Zumindest sieht es danach aus.«

Annev drehte sich zu Sodar um. »Was machen wir jetzt?«

Der Priester sah seinen Schüler an, dann starrte er quer über den Platz zu Oyru hinüber. »Ich bin mir nicht sicher.« Er sprach sehr leise, sodass nur Annev ihn hören konnte. »Ich habe den Verdacht, dass er die Glyphe überqueren könnte, doch er hat sich dafür entschieden, es nicht zu tun. Warum? Nicht weil er sich bedroht fühlt oder zögert, Blut zu vergießen. Nein, wenn er einen Kampf vermeidet, dann deshalb, weil er es muss.« Sodar tippte sich nachdenklich ans Kinn.

»Vielleicht braucht er mich lebend«, sagte Annev und erinnerte sich an sein merkwürdiges Gespräch mit Janak. »Vielleicht ist er nicht hier, um mich zu töten. Er ist hier, um mich … abzuholen.«

Sodar nickte, den Blick auf den meditierenden Meuchler gerichtet. »Das könnte es sein. Oyru ist einer von Dortafolas sechs Meuchlern; wenn er sich deiner bemächtigen will, dann also deshalb, weil Keos – oder Neruacanta, der sich als Keos ausgibt – ihn hergeschickt hat, um dich für sich einzufordern.«

Der Schattenwerfer jagt ihn. Der Schattengott will ihn. Der Gefallene Gott braucht ihn. Die Worte der alten Hexe verfolgten Annev.

»Du nennst ihn den wiedergeborenen Schatten. Warum?«

»Weil er gestorben ist und durch einen Pakt mit Keos wieder zum Leben erweckt wurde. Er ist weder der mächtigste der Siänar noch der schlauste oder böseste, aber mit Sicherheit der tödlichste. Er ist zu Lebzeiten ein Meuchelmörder gewesen – ein Schattenwerfer, der Dorchnok angebetet hat –, und jetzt ist er etwas Schlimmeres. Ein Geist, mehr Schatten als Fleisch, aber nicht an dieselben Gesetze gebunden wie die Eidola.« Sodar löste den Blick von Oyru und sah Annev an. »Es gibt Tricks, wie man Menschen bekämpfen kann, und es gibt Tricks, wie man Schatten bekämpfen kann, aber wie soll man gegen etwas kämpfen, das sowohl beides zugleich wie auch keins von beiden ist?«

Oyrus Augen öffneten sich wieder. Die Hände immer noch vor sich verschränkt, erhob sich der Meuchler. Er sah Sodar mit kalten Augen an. »Gib mir den Jungen.«

Sodar schürzte nachdenklich die Lippen und schwieg. Hinter ihm trat Sraon von einem Fuß auf den anderen und hob seine Hellebarde, Lemwich schwang seinen sechzig Zentimeter langen Schmiedehammer, und Titus machte Faustschild und Rapier bereit. Sekunden verstrichen. Niemand bewegte sich, und der Blick des Meuchlers wanderte seelenruhig von einem zum anderen, um ihn schließlich auf Annev ruhen zu lassen.

»Also gut.«

Der Schatten nahm die Hände auseinander und schleuderte wirbelnde Sterne aus schwarzem Metall in Sodars Richtung. Dem Priester gelang es, dem ersten auszuweichen – der Wurfstern hatte auf seine Kehle gezielt –, doch der zweite bohrte sich in sein Bein. Er schrie auf und hielt sich den verletzten Oberschenkel.

Oyru drehte erneut die Handgelenke und schleuderte Stern um Stern nach der dicht zusammengedrängten Gruppe von Avataren. Einer prallte von Titus' Schild ab, während ein anderer Brinden an der Stirn traf und den Avatar zu Boden stürzen ließ. Sraon wirbelte seine Hellebarde schützend vor sich herum, lenkte einen Wurfstern von sich ab, während ein zweiter seine Schulter traf.

Eine Salve von Metall flog in Richtung des grau gekleideten Meuchlers zurück, als Fyn seine Wurfdolche schleuderte. Der Meuchler wich einem aus, riss den zweiten aus der Luft und warf ihn zu Fyn zurück. Fyn sprang zur Seite, aber zuvor hatte er bereits ein drittes Messer geworfen. Der Dolch mit der schweren Klinge knallte in den Leib des Meuchlers hinein und ließ ihn einen Schritt zurücktaumeln.

Oyru schaute auf die Waffe hinab, die aus seiner Brust ragte. Er schloss die Augen, und sein Körper begann zu schimmern und verblasste langsam, wurde genauso grau und substanzlos wie die Eidolon-Phantome. Der Dolch glitt Stück für Stück durch die Brust des Meuchlers, durchdrang widerstandslos seinen Körper und fiel schließlich mit einem dumpfen Aufprall zu Boden.

»Blut und Knochen«, fluchte Therin.

Die Sache klappt so nicht, wurde sich Annev bewusst. Er ließ seinen Blick über die Wunden von Sodar und Sraon wandern und dann weiter zu Brindens leblosem Körper. *Wenn wir innerhalb des Schutzkreises bleiben, sind wir vor Oyrus Angriff nicht geschützt, und unsere Gegenschläge können ihm nichts anhaben.*

»Sraon, kannst du über Sodar wachen?«

Der Schmied nickte. Er zog sich den Wurfstern aus der Schulter und inspizierte die Wunde. »Jawohl. Ich kann immer noch kämpfen, wenn es das ist, was du wissen willst.«

Annev nickte und drehte sich wieder zu dem Meuchler um. Oyru hatte den Dolch, der ihn getroffen hatte, vom Boden aufgehoben. Er drehte die schwere Klinge in den Händen und prüfte ihre Schneide, dann warf er das Messer gleichgültig zurück auf die Erde.

Es gibt Tricks, wie man Menschen bekämpfen kann, und es gibt Tricks, wie man Schatten bekämpfen kann, aber wie soll man gegen etwas kämpfen, das sowohl beides zugleich wie auch keins von beiden ist …

Oyru schenkte den Avataren nicht die geringste Beachtung und betastete seine Brust, untersuchte die Stelle, an der ihn der Dolch getroffen hatte. *Er sieht nach, wie schwer er verletzt worden ist,* überlegte Annev, *was bedeutet, dass Stahl ihn durchaus verletzen kann … aber nicht, solange er mehr Schatten als ein Wesen aus Fleisch und Blut ist. Vielleicht ist das der Grund, warum er nicht innerhalb des Schutzkreises kämpfen will.*

Der Meuchler machte einen Schritt in den schwachen Schatten zurück, den das Dach über dem Brunnen sowie dessen Mauern warfen.

Das Licht tut ihm nicht so weh wie den Eidola, überlegte Annev weiter, *aber es macht ihn verwundbar. Er hat vor, mit seinem nächsten Angriff zu warten, bis die Sonne tiefer steht … was bedeutet, dass jetzt für uns der beste Moment ist, um loszuschlagen.*

»Lem«, sagte Annev und wandte sich zu dem etwa einen Meter achtzig großen Avatar um. »Nimm das Schüreisen von Brinden. Du kannst den Hammer behalten, aber du brauchst eine größere Reichweite. Titus, gib Therin dein Rapier, damit du die Phönixlaterne hinter deinem Faustschild halten kannst.«

Die Avatare wechselten Blicke. Annevs Anweisungen machten sie neugierig. Als Titus Therin seinen Degen gab, zuckte Lemwich die Achseln und gehorchte ebenfalls. Fyn trat auf Annev zu und zog beide Streitkolben von seinem Rücken. »Sollen wir uns alle auf ihn stürzen?«

Annev schüttelte den Kopf und drehte sich wieder zu Oyru um. Auf der anderen Seite des Platzes hatte der Meuchler beide Hände von sich weggestreckt. Fäden aus schwarzem Rauch strömten von seinen Fingerspitzen empor, begannen miteinander zu verschmelzen und eine feste Form anzunehmen.

»Licht tut den Schatten weh«, erklärte Annev, »aber Stahl kann den Menschen verletzen. Wir brauchen beides zugleich.«

Fyn deutete auf Annevs Flammenschwert. »Sieht ganz so aus, als hättest du bereits beides.«

»Ja, aber ich brauche Hilfe.«

Fyn schüttelte den Kopf. »Nicht von uns. Ich habe gesehen, wie du ganz allein all diese Metallungeheuer getötet hast. Ich weiß nicht, was du da aus diesem Gewölbe mitgenommen hast, aber du bist jetzt auf einmal ein viel besserer Kämpfer.« Die anderen Avatare hatten sich um Annev geschart und nickten zustimmend.

Annev zuckte die Achseln. Er wollte nicht erklären, dass – auch wenn die Artefakte ihm geholfen hatten – seine wahre Macht sich erst dann entfaltet hatte, als es ihm gelungen war, zu der Magie *im Inneren* dieser Artefakte vorzustoßen. Das war etwas, worauf er sich nicht verlassen konnte und was er erst allmählich zu verstehen begann; im Gegensatz zu der daritischen Magie, die Sodar ihn so oft zu lehren versucht hatte, erforderte diese Form von Magie keine Glyphen oder Zauberworte, sondern nur ein Gefühl der Notwendigkeit und ein Bewusstsein der Magie, über die er da verfügte.

»Zwei Hände sind stärker als eine«, sagte Annev, »und was ein Finger aufhalten kann, kann eine Faust zerschmettern.« Er sah seine Mitstreiter der Reihe nach an. »Ich benötige eure Hilfe, um gegen dieses Ding zu kämpfen.«

Die Avatare musterten einander unsicher, aber dann trat Titus vor, die Phönixlaterne fest an die Brust gepresst. »Ich bin dabei.«

Therin wechselte Blicke mit Fyn und Lemwich, dann zuckte er die Achseln. »Ich denke mal, wenn Titus ohne ein Schwert kämpfen kann, kann ich mit einem kämpfen.«

»Ich danke euch«, sagte Annev und nickte seinen Freunden zu. Dann sah er die anderen Avatare an. »Kämpft ihr mit mir?« Einer nach dem anderen nickten sie. »Gut. Ihr sollt ihn zu mir hertreiben. Wenn er sich in den Schatten in Sicherheit bringt, müssen wir uns vielleicht zurückziehen, aber solange wir ihn auf dem Platz festhalten, dürften wir es mit ihm aufnehmen können.« Er wandte sich an Titus. »Ich will, dass du den Lichtstrahl der Laterne auf Oyru richtest. Das sollte ihn für alle anderen verwundbar machen. Verstanden?«

Lemwich und Therin nickten. Titus umklammerte die Phönixlaterne mit beiden Händen und drehte sie, ließ das Licht aufscheinen und bündelte es zu einem schmalen Strahl.

»Wohin soll ich damit leuchten?«

Annev sah wieder zu Oyru hinüber. Der Meuchler war aus den Schatten getreten und hielt nun zwei gefährlich aussehende Flyssa-Schwerter in den Händen: Sie waren lang und schmal, mit einem geraden Rücken, einer leicht gebogenen Schneide und einer scharf zulaufenden Spitze. Von den schwarzen Klingen stieg grauer Rauch auf, als Oyru sie herumwirbeln ließ. Er ging auf und ab, blinzelte mit zusammengekniffenen Augen ins Licht und hielt sich dicht am dunklen Schatten des Brunnens.

»Direkt in seine Augen«, antwortete Annev und musterte den Meuchler. »Aber halt die Laterne hinter deinem Schild verborgen, bis wir näher herangekommen sind. Und passt alle auf euch auf. Wenn irgendjemand etwas aus den Schatten kommen sieht – und selbst wenn es euer eigener Schatten ist –, ruft nach mir oder nach Titus.«

Annev schaute zu Sraon hinüber und sah, dass der Schmied neben Sodar kniete und mit ihm sprach, während er seine Wunde untersuchte. Er hatte den Wurfstern herausgezogen, und Sodar wies den Schmied an, wie er sein verletztes Bein zu verbinden hatte. Annev holte tief Luft und umfasste sein Schwert fester. Er konzentrierte sich auf die Flammen und stellte sie sich kühler und heller vor, dann erweiterte er sein Bewusstsein in das Schwert hinein: Das bläulich weiße Lichtspektrum veränderte sich, das Blau wurde gelb, und das Weiß wurde zu einem beinahe blendend grellen Schein.

»Folgt mir.«

Annev lief auf Oyru zu, verließ die Sicherheit von Sodars Zauberkreis. Die anderen Avatare folgten und verteilten sich hinter Annev, während sie versuchten, mit seiner durch magische Mittel erhöhten Geschwindigkeit mitzuhalten.

Oyru legte den Kopf schräg und verfolgte das Heranrücken seiner vorwärtsstürmenden Angreifer. Er trat von dem Brunnen weg und ging in die Hocke, während er seine beiden langen Klingen bereithielt.

Als sich Annev dem Meuchler näherte, öffnete er seine Sinne und bemächtigte sich der Magie, die durch ihn hindurchflutete, beschwor seine magischen Kleidungsstücke, ihn schneller zu machen, ihn zu stärken und zu beschützen. Er riss die Augen weit auf, nahm das Licht ringsum sowie all die Einzelheiten der Szenerie tief in sich auf.

Als Annev bis auf weniger als zehn Schritte an Oyru herangekommen war, setzte sich der Meuchler in Bewegung und wich zur Seite aus, um Lemwich anzugreifen, der sich ihm von links genähert hatte. Annev machte einen Satz nach vorn, versuchte, den Meuchler abzufangen und den schlecht bewaffneten Avatar zu beschützen, doch dann erwies sich Oyrus Attacke als Finte, und er wirbelte nach rechts herum, um sich stattdessen Titus vorzunehmen. Der blonde Junge hob reflexhaft seinen Faustschild und wappnete sich gegen den bevorstehenden Angriff des Meuchlers.

»Die Laterne, Titus!«

Im Vertrauen auf Annev widerstand Titus seinem natürlichen Schutzinstinkt und ließ seinen Faustschild sinken, um das helle Licht der Phönixlaterne direkt in das Gesicht des in Schatten gekleideten Meuchlers leuchten zu lassen.

Oyru heulte auf, hielt sich die Augen zu und wich vor dem so sanftmütigen Kastellan zurück. Zum ersten Mal ließ er erkennen, dass er Schmerz empfand. Als er zurückfuhr, schwang Fyn seinen Streitkolben und schlug auf den Ellbogen des Meuchlers. Erneut heulte der Schatten auf und stürzte sich auf Fyn, versuchte, den Avatar mit seinem Flyssa zu durchbohren, aber Titus stand bereit und blendete ihn abermals.

Als er Oyrus Verwundbarkeit bemerkte, ließ Fyn seine rechte Keule nach vorn sausen, wehrte die Klinge des Meuchlers ab und schmetterte ihm dann seinen zweiten Streitkolben mitten ins Gesicht. Er traf genau die Stelle, auf die Titus' Laterne leuchtete. Diesmal schien Stahl auf Fleisch zu treffen. Das schwarze Tuch, das das Gesicht des Meuchlers verhüllte, wurde weggerissen und mit ihm ein großes Stück von Oyrus Nase.

Der wiedergeborene Schatten taumelte zurück und presste sich die linke Hand auf die blutende Verletzung in seinem Gesicht. Schwaden grauen Rauchs stiegen von der Wunde empor. Oyru schaute zwischen Fyn und Titus hin und her, dann drehte er sich wieder zu Annev, Therin und Lemwich um. Er wirkte benommen.

Annev nahm seine ursprüngliche Position in ihrem Halbkreis wieder ein und näherte sich Oyru von vorn, während die anderen Avatare von links und rechts vorrückten und den Meuchler zu umzingeln versuchten. Oyru begann zurückzuweichen, als sie näher kamen, steuerte den kleinen Schattenteich rund um den nahen Brunnen an.

Annev, der die Absicht des Meuchlers ahnte, machte einen Sprung nach vorn, schlug mitten in der Luft über Oyrus Kopf ein Rad und hieb mit seiner Flamberge nach unten.

Der wiedergeborene Schatten duckte sich und rollte sich nach rechts, entkam mit knapper Not der flammenden Klinge, um dann vor Lemwich taumelnd wieder auf die Beine zu kommen. Der bärenstarke Avatar schlug mit seinem eisernen Schürhaken zu, zielte auf den Kopf des Meuchlers. Statt den Hieb abzuwehren, sprang Oyru vor und ließ seine beiden Flyssas mit tödlicher Wucht durch die Luft schneiden. Im gleichen Moment krachte ihm Lemwichs Schürhaken seitlich gegen den Schädel. Oyru zappelte und zuckte, als das Metall durch seinen Kopf glitt, auf der einen Seite hinein und auf der anderen wieder hinaus. Blut spritzte aus dem Loch in seinem Gesicht und rann feucht in die schmale Linie seiner grauen Lippen hinein.

Lemwich starrte sprachlos auf die Waffe in seiner Hand, dann sah er zu dem Meuchler auf, dessen Schwert ihn getroffen hatte. Blut breitete sich rot über seine Kehle und seine Brust aus, dann kippte Lemwich nach vorn. Er war tot.

An Oyrus linker Flanke blickte Therin zwischen dem Leichnam des anderen Avatars und der bedrohlichen Gestalt des blutverschmierten Schattens hin und her. Doch war Therin zugutezuhalten, dass er trotzdem sein zitterndes Rapier vor sich erhob und keinen Zentimeter zurückwich, als Oyru seine Klingen für einen zweiten Angriff bereitmachte.

Dann war Annev zur Stelle, und sein leuchtendes Schwert warf die beiden dünnen Klingen des Meuchlers mit einem schwarz-weißen Funkenregen zurück. Oyru knirschte mit den Zähnen, die Augen zu Schlitzen zusammengekniffen, um sich vor dem weißen Licht zu schützen, während er gleichzeitig geschickt jeden von Annevs Hieben parierte. Doch kein einziges Mal attackierte er seinerseits seinen einarmigen Gegner. Stattdessen wich er zurück und schaute wachsam zwischen Annevs blitzendem Schwert und Titus' immer näher kommender Laterne hin und her. Wieder arbeiteten sich Therin und Fyn von den Seiten an ihren Gegner heran, aber diesmal hielten sie sich dicht bei Annev, Titus und ihren jeweiligen Lichtquellen.

Oyru knurrte und zog sich weiter in Richtung Brunnen zurück. Diesmal folgte Annev ihm nicht, sondern blieb dicht bei Therin, und als die vier nahe genug an Oyru herangekommen waren, dass sie zuschlagen konnten, leuchtete Titus Oyru mit der Phönixlaterne an und sorgte dafür, dass ihr heller Schein über die Brust des Meuchlers tanzte. Therin machte einen Satz nach vorn, und Oyru hob sein Schwert, um ihn abzuwehren. Sein Flyssa wurde von Annevs Flamberge abgefangen, und deren gewellte Klinge kratzte mit einem unschönen Geräusch über die Schneide des schwarzen Schwertes, ließ eine Wolke grauer Funken aufsprühen. Titus' Laterne beleuchtete den Arm des Meuchlers, und im gleichen Moment durchdrang ihn die Spitze von Therins Rapier.

Oyru schrie auf und fiel gegen die Mauer des Brunnens hinter ihm. Als er in den grauen Schatten am Fuß des Brunnens trat, begannen Schwaden aus schwarzem Rauch aus seinem verwundeten Arm, seiner Nase und seinem Kopf zu quellen. Das Blut verschwand, und das Fleisch begann sich selbst zu heilen. Der Meuchler entspannte sich sichtlich, und ein Grinsen legte sich über sein Gesicht. Dann trat er tiefer in das fahle Licht hinein und hieß freudig die dortigen Schatten willkommen.

Blut und Knochen, dachte Annev, während er zusah, wie sich die zertrümmerte Nase des Meuchlers von selbst heilte.

Das Lächeln schwand aus Oyrus Zügen, und seine Augen wurden wieder kalt. Mit einer knappen Handbewegung ließ er die beiden Flyssas sich in Rauchschwaden und Schatten auflösen, dann holte er tief Luft und hob die Hände nach oben. Die Dunkelheit um den Brunnen herum vertiefte sich und dehnte sich aus, bis sie die Füße der um den Brunnen herumstehenden Avatare erreicht hatte. In der nächsten Sekunde schossen Dutzende spindeldürrer grauer Gliedmaßen aus der Schwärze und packten Fyn und Therin.

»Nein!«, schrie Therin und schlug vergebens mit seinem Schwert nach den Krallenfingern. Annev eilte dem Jungen zu Hilfe, schwang seine Feuerklinge und trennte die Hände der Eidolon-Phantome an den Gelenken ab.

Einige Schritte weiter hatte Titus mit seiner Laterne ähnlichen Erfolg. Er leuchtete mit dem Auge des Phönix auf die Arme, die Fyn in die Dunkelheit zogen, und ließ ihr graues Fleisch rauchen und brutzelnd aufzischen. Die langen Finger öffneten sich, und die Eidola gaben ihre Beute mit einem schrillen Heulen frei, während sie ihre dürren Arme wieder in die Schatten zurückzogen.

Oyru trat von einem Fuß auf den anderen, zog einen dünnen Metallstern aus der Luft und schleuderte ihn nach Titus, bevor irgendeiner der Jungen reagieren konnte.

Ein Strahl geschmolzenen Feuers schoss durch die Luft, zerstörte den Wurfstern und sprengte das Schutzdach des Brunnens weg. Gleichzeitig drehten sich der Meuchler und die vier Jungen gen Norden, hin zu der Quelle der magischen Flammen.

Tosan stand an der nordöstlichen Ecke der Akademie, den Höllenfeuerstab vor sich ausgestreckt. Er richtete ihn auf Oyru und schrie irgendetwas, und ein weiterer Feuerschwall schoss aus dem Stab.

Blitzschnell tauchte Oyru kopfüber in den Brunnen und entging nur knapp dem auf ihn zurasenden Flammenmeer. Unter der Hitze der Höllenfeuerflammen schmolzen die Pflastersteine rund um den Brunnen und zerkrümelten, sodass seine Mauern nach innen einstürzten, der Brunnen darunter dicht verschlossen wurde und von der Brunnenöffnung nur noch eine unansehnliche Vertiefung aus glühender Schlacke und Schutt blieb.

Der flüssige Feuerstrahl, der aus Tosans Stab quoll, versiegte, und es folgte ein langes Schweigen. Nur allmählich begriffen die Jungen, was geschehen war … und dann erhob sich ein rauer Jubel aus den Kehlen der Avatare.

Der wiedergeborene Schatten war verschwunden.

Kapitel 71

Tosan und sein Gefolge kamen auf die kleine Gruppe zugeschritten. Wachsam hielt der Rektor nach weiteren Dämonen Ausschau. Myjun ging neben ihrem Vater, dicht gefolgt von einem Zug von Ältesten und ranghohen Meisteravataren. Brayan ging dieser letzten Gruppe voran, seinen gewaltigen Kriegshammer über die Schulter gelegt. Er beschirmte mit der Hand die Augen, um sie vor der Sonne zu schützen, und blinzelte aus schmalen Schlitzen zu den um den Brunnen Herumstehenden hinüber. Als er Titus entdeckte, rief er ihm einen Gruß zu und winkte.

Schlecht vorbereitet auf eine Konfrontation mit dem Ältesten der Ältesten, drückte Annev das Heft seiner Flamberge Fyn in die Hand, und die magischen Flammen erloschen. Fyn starrte verwirrt auf die Waffe.

»Halt sie bitte mal für mich.« Er wandte sich an Titus. »Mach die Laterne aus.« Fyn und Titus nickten beide, und Annev ging zu Sodar hinüber, um nach ihm zu sehen.

Als Annev die salzbestreute Glyphe erreichte, ging er auf Zehenspitzen um deren weiße Linien herum, um ihre Symmetrie nicht zu stören. Er schritt an Brindens leblosem Körper vorbei und sah, dass der Wurfstern aus seiner Stirn entfernt worden war. An seine Stelle war ein Stück Tuch getreten, das aus dem Hosenbein des Jungen geschnitten und dann um seinen Kopf gewickelt worden war, sodass es seine tödliche Verletzung verdeckte.

Sodar lag in der Mitte der Glyphe, den Kopf gegen den Sack mit dem Salz gestützt, seine Füße in Richtung der Reihen von rauchenden Häusern ausgestreckt. Neben ihm hockte Sraon, eine Hand fest auf den verwundeten Schenkel des Priesters gedrückt. Als Annev näher kam, bemerkte er, dass Sodar das Halbmondmesser des Schusters in der Hand hielt und damit Stoffstreifen von dem herunterschnitt, was von Brindens Hosenbeinen noch übrig geblieben war. Als er Annev näher kommen sah, ließ er sein Messer sinken und hob den Kopf.

»Du lebst.« Sodar stieß einen Seufzer der Erleichterung aus. »Ich wusste nicht … ich bin mir nicht sicher gewesen, ob …«

Annev kniete sich neben seinen verletzten Mentor auf den Boden. »Mit mir ist alles in Ordnung. Oyru hat seine Klingen kein einziges Mal gegen mich erhoben.«

»Er ist tot?«

»Das glaube ich nicht. Wir haben ihn verletzt, aber er ist in den Brunnen entkommen, und Tosan hat den Brunnen mit dem Höllenfeuerstab versiegelt. Er könnte einen anderen Weg hinausfinden.«

Sodar gab ein Schnauben von sich. »Das wird er, da bin ich mir sicher. Aber das wird seine Zeit brauchen, und bis dahin werden wir längst über alle Berge sein.« Er legte sein Messer beiseite und stemmte sich in eine sitzende Position hoch. Dann warf er einen Blick über seine Schulter und zählte die herannahenden Avatare. »Als ihr fortgegangen seid, war es noch einer mehr.« Annev nickte. »Wer ist gefallen?«

»Lemwich.«

Die Erinnerung an den muskulösen Avatar, wie er tödlich getroffen nach vorn umgekippt war, schoss Annev durch den Kopf. Er versuchte, nicht daran zu denken, aber was an die Stelle dieser Erinnerung trat, war nicht besser: Brindens verbundenes Gesicht, dann Chedwick und Alisander, wie sie in der Dunkelheit schrien. *So viele Tote …* Abgesehen von Sraon und den drei Avataren hinter ihm war seine ganze Avatarklasse zusammen mit allen Bauern, Handwerkern und Geschäftsleuten von Chaenbalu getötet worden. Hatte irgendeiner der Bewohner der Akademie überlebt? Annev hatte keine einzige Weisfrau und keinen Akolythen gesehen, und Myjun war die einzige Frau, die aus der Akademie gekommen war. Konnten die Übrigen wirklich alle tot sein – konnten sie wirklich gegeneinander gekämpft haben? Was war mit den anderen Erntejahrgängen? Annev wurde übel bei dem Gedanken daran, dass so viele Unschuldige gestorben sein könnten.

Sodar nickte. »Du hast deine Sache gut gemacht. Du hast einen einzigen Jungen von fünf im Kampf gegen Keos' gefährlichsten Meuchler verloren.«

»Einer ist einer zu viel«, antwortete Annev. »Und vor ihm hat es noch andere Opfer gegeben.«

Sodar schob ernst die Lippen vor und nickte. »Ja. Natürlich.« Er schlang den langen Stoffstreifen um seine Wunde, zog den Verband stramm, verknotete ihn und schob das lose Ende dann darunter.

»Warum heilst du dich nicht selbst?«

Der Priester lächelte müde. »Weil es der schnellste Weg wäre, meinen Körper von allem *quaire* zu entleeren, und ich habe schon allzu viel davon verbraucht, um meine Prügel überleben zu können.«

Annev zuckte zusammen, denn er fühlte sich für das Geschehene direkt verantwortlich, doch Sodar tätschelte seine Hand.

»Ist schon gut, Annev. Mein Körper wird von allein heilen, und meine magischen Reserven werden sich wieder auffüllen. Ich werde mich nur für ein Weilchen meinem Alter entsprechend benehmen müssen.«

Darüber musste Annev lächeln. »Kannst du aufstehen?«

»Das schaffe ich.« Sodar lehnte sich zurück, griff nach dem Beutel mit dem Salz, verknotete ihn und warf ihn dann in seinen Sack ohne Boden, sah ihm nach, wie er in den Tiefen des grünen Beutels verschwand. Er faltete den scheinbar leeren Sack zusammen und steckte ihn zurück in die Tasche seines Priesterrocks.

Aus der Ferne kam Tosan immer näher. Fyn, Titus und Therin gingen zu Tosan hinüber und gesellten sich zu den anderen Meistern und Avataren. Als die Gruppe nahe genug herangekommen war, konnte Annev hören, wie Titus Brayan seine Version der Ereignisse auf der Südseite der Akademie erzählte.

Als sich Tosan Sodars Schutzkreis bis auf etwa fünfzig Meter genähert hatte, hieß er die Gruppe, stehen zu bleiben. Er starrte zu Sodar, Annev und Sraon hinüber und begutachtete mit kritisch vorgestülpten Lippen die in den Boden geritzte Glyphe. Das von ihr aufsteigende Licht ließ den Ältesten die Stirn in Falten legen.

»Wer hat das gemacht?«

Sraon und Annev sahen beide Sodar an und suchten Rat, wie sie wohl am besten antworten sollten. Doch der Priester hielt seinen Blick allein auf Tosan gerichtet.

»Das ist mein Werk, Tosan. Gefällt es Euch? Leistet gute Arbeit, wenn es darum geht, die Schatten fernzuhalten.« Sodar zeigte mit dem Kopf auf Tosans Stab. »Ich sehe jedoch, dass Ihr etwas anderes für diesen Zweck aufgetan habt.«

Eines von Tosans Augen begann zu zucken, und er riss den Kopf zu Sraon herum. »Verkehrt Ihr etwa mit diesen Keokum, Schmied?« Der mühsam beherrschte Tonfall des Rektors deutete darauf hin, dass unter seinem kalten Äußeren schäumender Zorn kochte.

Sraon sah den verletzten Priester an. »Ist es jetzt schon ein Verbrechen, jemanden zu heilen?«

Tosan hob die Hand und winkte jemanden aus dem hinteren Teil der Reihe herbei. »Bringt ihn mir.«

Meister Carbad eilte mit einem blutverschmierten Jutesack herbei. Er stellte den Sack zwischen Tosan und der Grenze von Sodars Zauberkreis auf den Boden.

»Macht ihn auf.«

Carbad gehorchte, öffnete den Sack, packte ein Büschel wirres, schmutzig blondes Haar und zog einen abgetrennten Kopf heraus. Der Kopf schwang hin und her und drehte sich in Carbads Hand.

Blut bedeckte die scharfen Zähne und die zerfetzten Lippen der Frau. Eine lange, entstellende Schnittwunde lief über die ganze Länge ihres Gesichts, aber Annev konnte den hölzernen Pfeifenstiel erkennen, der aus ihrem durchtrennten Hals ragte: Es war der weibliche Feurog, den er und Crag im Dichtwald gerettet hatten.

Annev schluckte. Die Angst, die er empfunden hatte, als er sich tief im Inneren der Akademie Tosan gegenübergesehen hatte, stieg wieder an die Oberfläche und wühlte in seinem Magen.

Tosan zeigte auf die grausige Trophäe und knurrte mit zusammengebissenen Zähnen: »Irgendjemand hat diesen Ungeheuern geholfen. Irgendwer hat sie hierhergebracht, in unser Dorf.« Er schwang die Hand in Annevs Richtung, und seine Finger zitterten. »Du! Bastardsohn des Keos! Du hast das getan. Du hast das alles über uns gebracht.« Er deutete auf den Priester. »Und Ihr … Ihr habt ihm geholfen. Ihn unterwiesen. Ihn versteckt!« Mit einem Brüllen machte der Rektor einen Schritt vorwärts und trat den schauerlichen Kopf aus Carbads Faust, sodass er über Annev und den Innenhof hinwegflog. Tosan wirbelte herum, senkte den Arm und zielte mit dem Höllenfeuerstab auf Sraon. »Also gut. Ich frage Euch noch einmal, Schmied. Habt Ihr mit diesen Keokum verkehrt?«

Sraon sah Sodar an, der fast unmerklich den Kopf schüttelte.

Der Schmied seufzte. »Nein, Ältester Tosan. Das habe ich nicht.«

»Gut.« Der Rektor drehte das Handgelenk in Sraons Richtung und bedeutete dem Schmied, sich zu den Avataren und Ältesten hinter ihm zu gesellen. »Dann macht, dass Ihr aus diesem höllischen Zauberkreis herauskommt.«

Wieder sah Sraon den Priester hilfesuchend an, und Sodar scheuchte den Schmied weg. »Ich komme schon klar«, flüsterte er.

Sraon nickte, ließ Sodars verbundenes Bein los und stemmte sich hoch. Annev beobachtete, wie der Mann nach seiner Hellebarde griff, und bemerkte dann, dass Sodar eine Hand in sein Gewand schob, um den grundlosen Sack hervorzuholen. Sraon sah es ebenfalls und bewegte sich so, dass er Tosan die Sicht auf den Priester versperrte. »Weitere Tricks?«, flüsterte er.

Sodar nickte und zog den Beutel mit dem Salz wieder heraus. »Wir werden sehen, ob es reicht.« Der Schmied verließ den Kreis der Glyphe, um zu Tosan hinüberzugehen, während Sodar das Salz an Annev weiterreichte. »Hör gut zu«, flüsterte er. »Wenn ich es dir sage, will ich, dass du das hier auf der Lichtfeuerglyphe verstreust. Zieh drei Linien, die sich an den Winkeln berühren, sodass sie ein Dreieck bilden. Verstanden?«

Annev nickte. »Die Schildglyphe.«

»Genau. Das muss dann sehr schnell gehen.«

Sraon hatte inzwischen Tosan und den Rest der Gruppe erreicht, und der Rektor beäugte ihn mit einer Mischung aus offenem Abscheu und Feindseligkeit.

»Gebt Eure Waffe Meister Kiesel«, zischte Tosan.

Sraon senkte unterwürfig den Kopf und reichte seine Hellebarde an den untersetzten Meister der Fälschung weiter.

»Priester – falls Ihr es denn immer noch wagt, Euch so zu nennen –, Ihr habt zugegeben, mit Dämonen zu verkehren, Gebrauch von Magie zu machen und einen Sohn des Keos zu verstecken. Streitet Ihr es ab?«

Sodar lachte leise. »Das ist doch eine Farce, Tosan.«

»Ihr leugnet es!«

Sodar runzelte die Stirn. »Und wenn ich das tue?«

»Dann würde ich Euch einen Lügner nennen.«

Sodar nickte seufzend. »Ich hatte nie Anlass, mit Dämonen zu verkehren, und genauso wenig habe ich je einen Sohn des Keos versteckt, beherbergt oder verheimlicht. Aber soweit sich die Anklage auf Magie bezieht, dann – ja. Ich bin ein wahrer Priester Odars. Ein Bruder des Ordens der Dionach Tobar, gesegnet mit Odars Gabe – von der Gebrauch zu machen ich ausgebildet wurde.« Er deutete auf die lichtgetränkte Glyphe, die er in den Erdboden geritzt hatte. »Und heute habe ich diese Gabe eingesetzt, um Eure Avatare zu retten.«

»Der Sohn des Keos ist schuldig!«, rief Dorstal von ganz hinten in der Meute. Die anderen Ältesten murmelten zustimmend. »Steinigt ihn!«, verlangte Denithal. »Schickt ihn zur Hölle hinab!«, schrie ein anderer.

Tosan hob Schweigen gebietend seinen Zeigefinger. »Die Gesetze von Chaenbalu sind eindeutig.« Ein verzerrtes Hohngrinsen umspielte seinen Mund, eine Art Lächeln, aber kein richtiges. »Meister, begebt Euch zu dem Schutt und den Ruinen und geht Steine sammeln.«

Die Meister Aog, Dher, Ather und Murlach lösten sich sofort aus der Menge und machten sich auf den Weg zu dem nächstbesten eingestürzten Gebäude, um ihre Arme mit Steinblöcken, zerbrochenen Ziegeln und grobem Geröll zu füllen. Nachdem Ältester Benifew ihm einen Stups gegeben hatte, reichte Meister Kiesel Sraons Hellebarde an Edra weiter und folgte ihnen. Brayan zögerte. Er sah zu Titus, Fyn und Therin hinüber, von denen sich keiner gerührt hatte, und trat von einem Fuß auf den anderen, während er den Blick zwischen Benifew, Tosan und den jungen Avataren hin und her schweifen ließ. Nach einer langen Pause stellte er sich neben Titus, und auch als Ältester Benifew ihn stirnrunzelnd musterte, rührte sich Brayan nicht von der Stelle.

Falls Tosan Brayans Verhalten mitbekam, ließ er es sich jedenfalls nicht anmerken. Er hielt seinen Blick weiterhin starr auf die beiden Männer in der Mitte der leuchtenden Glyphe geheftet.

Sodar griff nach dem hornbesetzten Halbmondmesser, das neben ihm lag, und kroch damit auf den Rand des Zauberkreises zu. »Ältester Tosan, bitte. Lasst mich die Sache in Ordnung bringen.« Sodar verzog das Gesicht, als er sich vorwärtsschleppte. Seine Verletzungen bereiteten ihm sichtlich Schmerzen. »Ich kann die Magie wieder aufheben. Es besteht keinerlei Notwendigkeit für derartige Maßnahmen.« Er erreichte das untere Ende der fünf Meter langen Glyphe und zog das gekrümmte Messer des Schusters durch die Erde, um einen Strich über die Öffnung des »V« zu ziehen.

»Halt!«, rief Tosan und deutete mit dem Stab auf Sodar. Doch als das Licht der salzgefüllten Linien schwächer wurde und dann ganz erlosch, ließ Tosan die Hand sinken. Sobald Sodar fertig war, warf er sein Messer beiseite und hob beide Hände, zum Zeichen, dass er nichts Böses im Schilde führte. Tosan musterte den Priester argwöhnisch und schnippte den Stab in seine Richtung. »Zurück mit Euch. Ihr könnt den Schaden nicht wiedergutmachen, den Eure Taten angerichtet haben, ganz gleich wie viele Linien Ihr in den Dreck kritzelt.« Tosan deutete auf die ringsum verstreuten Toten, menschliche wie nicht menschliche, auf die abgebrannten Häuser und ihre verkohlten, rauchenden Überreste. »Das hier habt Ihr zu verantworten. Eure Schuld ist bereits bewiesen und Eure Strafe festgelegt worden.« Tosan richtete seinen Blick auf Annev. »Und du: Du bist aus deiner Zelle entflohen und hast Artefakte aus dem Gewölbe der Verdammnis entwendet. Leugnest du das?«

»Ich bin aus meiner Zelle entflohen, nachdem ich zu Unrecht eingekerkert worden war. Dann habe ich das Gewölbe auf der Suche nach einem Ort betreten, wo ich vor den Kämpfen Zuflucht nehmen konnte, und mir diese Artefakte geliehen.« Annev legte die Hand auf seinen Drachenschuppenumhang. »Artefakte, die ich sodann dazu verwendet habe, um gegen das Dämonengezücht zu kämpfen und andere zu beschützen.« Er deutete auf Tosans Stab. »Ihr habt genau das Gleiche getan. Ihr habt den Höllenfeuerstab an Euch genommen, um unser Dorf zu verteidigen – aber das ist ein *dunkler* Stab, und dunkle Stäbe leisten ihre Dienste nur demjenigen, der über magische Fähigkeiten verfügt.« Annev richtete seinen Blick auf die Ältesten in der Menge. »Tosan besitzt die gleiche Gabe wie Sodar! Wenn Ihr den Priester steinigen wollt, weil er sich der Magie bedient hat, dann müsst Ihr auch den Ältesten der Ältesten steinigen.«

Tosans Gesicht färbte sich dunkelrot. »Wie kannst du es wagen, mich anzuklagen! Du bist ein verkrüppelter Sohn des Keos, und der Fürst des Blutes hat dich als sein Eigen gezeichnet, bevor du geboren wurdest.« Tosan deutete auf Sodar, hielt seinen Blick allerdings weiter auf Annev gerichtet. »Er hat dich mit Lügen und Verrat genährt. Du hast dich magischer Mittel bedient, um deine Sünden zu verbergen, und jetzt trachtest du danach, meine Tugenden gegen mich zu verwenden.« Tosan wandte sich zu den acht Ältesten um, die hinter ihm versammelt waren. »Ich besitze keinerlei Anlage für Magie und konnte diesen Stab nur durch die Barmherzigkeit Odars einsetzen! Seine Macht allein ist es gewesen, die mich in die Lage versetzt hat, die Ungeheuer zurückzuschlagen, die uns belagert haben.«

Die fünf Meisteravatare kehrten zurück, die Arme voller Steine, die sie nun in der Menge verteilten.

»Aber Ihr habt von Magie Gebrauch gemacht, um durch die Mauern der Akademie hindurchzugehen!«, platzte es aus Annev heraus.

Die Ältesten und die Meister hielten alle gleichzeitig inne und starrten Annev an, als sei ihm plötzlich ein drittes Auge gewachsen. Tosan stotterte. »Was … wovon redest du da?«

»Meister Brayan.« Annev erhob die Stimme. »Ist Ältester Tosan an Euch vorbeigekommen, als Ihr im Keller gekämpft habt?«

Der bärtige Riese wandte den Blick ab und zog die Schultern hoch, als sich aller Augen auf ihn richteten. Schließlich schüttelte er den Kopf. »Nein. Aber Meister Carbad. Er ist auf seinem Weg hinaus an mir vorbeigekommen. Kurz danach haben die Ungeheuer angegriffen.« Er legte seinen Kriegshammer auf seine Schulter und kratzte sich im Nacken. »Ich habe das Archiv bis zu Meister Annevs Eintreffen gegen die Ungeheuer verteidigt – aber ich habe Ältesten Tosan zu keiner Zeit gesehen und Meister Narach übrigens auch nicht.«

»Narach wurde getötet«, erklärte Annev und lenkte damit die Aufmerksamkeit der Menge wieder auf sich. »Ich habe seinen Leichnam am Fuß der Wendeltreppe gefunden.« Annev zeigte auf den Rektor. »Ich habe Tosan auf meinem Weg hinaus nicht gesehen, und andere Ausgänge gibt es nicht. Die Feurog sind an Brayan vorbeigekommen und haben Narach getötet. Aber Tosan ist geflohen. Er hat von seinen magischen Fähigkeiten Gebrauch gemacht, um durch den Stein der Mauern zu gelangen und aus dem Kellerbereich der Akademie herauszukommen.«

»Lügen!«, brüllte Tosan. »Spekulationen und Lügen. Du hast keinen Beweis für diesen Wahnsinn und willst einfach nur ablenken, damit …«

»Es gibt da ein Buch«, überschrie Annev den Protest des Rektors, »in Tosans Arbeitszimmer! Es unterrichtet über den Gebrauch von Magie, und Tosan hat es gelesen. Er hat sich sogar Notizen gemacht: ›*Ignis temperare. Mentiri deprehendatur. Terra trans…*‹«

»Hör auf damit!« Tosan trat vor, streckte den Arm aus und wedelte mit dem Stab in Annevs Richtung. »Noch ein Wort, und ich werde dich zu verkohlter Asche verbrennen!« Tosan warf einen Blick zu den zusammengedrängten Ältesten und Meistern, und sein Gesicht glänzte vor Schweiß. »Er belegt uns mit einem Zauber!«, blaffte er. »Hört nicht auf seine Worte. Sie sind voller Magie und vergiften euch für die Wahrheit. Wir müssen ihm die

Zunge herausreißen. Auf der Stelle!« Der Älteste zeigte auf den dunkeläugigen Meister Aog, der sich gerade seines letzten Ziegelsteins entledigt hatte. »Meister Aog. Schneidet ihm die Zunge heraus!«

Aog trat vor, um zu gehorchen, aber er war noch keine zwei Schritte weit gekommen, als Brayan dem Meister der Strafe die Hand auf die Schulter legte.

»Haltet ein!«, grollte Brayan.

Aog sah den massigen Quartiermeister an, die Brauen zu einer stummen Frage hochgezogen.

»Ich würde dem Jungen zuerst gern noch eine Frage stellen«, erklärte Brayan. »Er sagt, er habe Meister Narach tot am Fuß der Treppe liegen sehen … aber ich habe im Flur des Archivs gekämpft und unbeirrt meine Stellung gehalten. Keines der Ungeheuer hat es an mir vorbeigeschafft. Ich schwöre es bei meinem Leben und bei meiner Ehre als Meister der Akademie.« Er wandte sich an Annev: »Wie erklärst du dir dann Narachs Tod?«

Annev schaute zwischen Brayan, Tosan und Sodar hin und her. Er schüttelte verständnislos den Kopf. »Ich weiß nicht … Was wollt Ihr damit andeuten?«

Brayan ließ die Schultern kreisen, trat noch einen Schritt vor und stellte sich zwischen Aog und Tosan. »Ältester Tosan, Meister Narach war bei Euch, als der Kampf begann, doch Ihr seid aus der Akademie entkommen, während ihm das nicht gelungen ist.«

Tosan geriet erneut ins Stammeln. »Ich … Wir wurden angegriffen. Ich habe es nicht gewagt, den Höllenfeuerstab innerhalb der Akademie zu benutzen. Die Mauern wären über uns eingestürzt. Also bin ich geflohen.«

Brayan nickte. »Wie habt Ihr das geschafft, und woher sind die Ungeheuer gekommen?«

Tosan schüttelte den Kopf. Er wirkte jetzt verärgert. »Ich brauche mich Euch gegenüber nicht zu rechtfertigen, Quartiermeister.

Nicht ich stehe hier vor Gericht.« Er deutete auf Annev und Sodar. »Sondern diese beiden.« Tosan richtete seinen Blick zu den Ältesten und Meistern. »Steinigt sie!«

»Haltet ein!«, brüllte Brayan erneut und hob seinen Kriegshammer. Mit seiner freien Hand zeigte er auf Tosan. »Eure Unschuld ist noch nicht erwiesen worden. Leert Eure Taschen, Ältester Tosan.«

»Wie bitte?«

Myjun baute sich vor dem über zwei Meter großen Meister Brayan auf. »Dämonenfreund! Lasst meinen Vater in Ruhe!«

Brayan kniff die Augen zusammen, und seine Züge verhärteten sich. »Annev sagt, er glaube, Narach sei von den Metalldämonen getötet worden, aber er hat sie selbst nicht bei der Tat beobachtet. Tosan sagt, er habe gesehen, wie die Metallungeheuer Narach getötet haben, es ist jedoch keiner dieser Dämonen an mir vorbeigekommen.« Brayan schob Myjun mit Gewalt beiseite und trat einen Schritt auf Tosan zu. »Habt Ihr ein blutverschmiertes Messer in Eurem Gewand, Ältester Tosan?«

Tosan schaute hilfesuchend zu den Ältesten und Meistern hinüber, aber alle schwiegen und schienen über die Worte des Quartiermeisters nachzudenken.

Da ergriff aus dem hinteren Teil der Menge Sraon das Wort. »Durchsucht ihn!«

Ältester Denithal zog seine buschigen Brauen zusammen und schüttelte den Kopf, aber die Ältesten Edra und Benifew nickten beide.

»Es ist vielleicht das Beste so«, sagte Benifew. »Ihr habt nicht beantwortet, wie …«

»Ich stehe hier nicht vor Gericht!«, schrie Tosan und deutete wild gestikulierend mit dem Stab auf die Gruppe. »Steinigt sie!«, brüllte er. Speichel flog von seinen Lippen. »Steinigt sie *auf der Stelle*!« Er zeigte mit dem Stab auf Aog, dann auf einen Brocken roter Schlacke, der vor seinen Füßen lag. »Schleuder diesen verfluchten Stein nach ihnen! Brecht den Söhnen des Keos die Knochen! *Zerschmettert* sie.«

Aog blinzelte. Dann bückte er sich, las den Stein auf und hob den Arm.

»Jetzt, Annev!«, zischte Sodar.

Annev sprang vor und schüttete das Salz in die Furche, die Sodar in den Boden geritzt hatte. Noch bevor er fertig war, warf Aog seinen Ziegelstein, und er krachte gegen Annevs linken Ellbogen. Der Drachenschuppenmantel bot keinen Schutz gegen die stumpfe Schlagverletzung, mit der Folge, dass sich Annevs Gelenk verdrehte und ein scharfes Knacken zu hören war.

»Autsch!« Er bemühte sich, den Salzsack nicht loszulassen, als ihm eine Welle aus allzu vertrautem Schmerz durch den Leib tobte – sofort gefolgt von einem seltsamen Kribbeln, als sich das Hemd daranmachte, die Verletzung zu heilen.

Tosan schwenkte den Höllenfeuerstab und wies auf den Rest der Gruppe. »Jetzt! Werft eure Steine. Jeder von euch!« Die Ältesten Dorstal, Jerik und Denithal traten vor, zusammen mit den Meistern Kiesel, Dher, Ather und Murlach.

»Schnell, Annev!«, rief Sodar.

Annev unterdrückte den Schmerz und stöhnte auf, als er spürte, wie die Magie versuchte, seine Knochen wieder zusammenwachsen zu lassen, doch an seiner Verletzung scheiterte. Seine Sicht trübte sich, aber es gelang ihm gerade noch, den Rest des Salzes in die letzte Rille der Glyphe zu streuen. Er schloss die Linie in dem Moment ab, als die Ältesten und Meister ihre Steine warfen.

»Sgiath-cruinn na dér!«, rief Sodar.

Eine Welle lief durch die Luft, und die fliegenden Steine prallten gegen eine unsichtbare Schutzwand und fielen zu Boden.

Tosan fluchte und schwang den Höllenfeuerstab wieder in Sodars und Annevs Richtung. »Dämonenmagie! Söhne des Keos!«

Schäumend vor Wut ließ er den Stab in seiner Hand in ihre Richtung schnellen. *»Loisg!«*

Ein Strahl aus flüssigem Feuer spritzte aus dem Stab und klatschte gegen die unsichtbare Kugel, die Annev und Sodar umgab. Ihr Schutzschild erbebte, als die Flammen auf ihn einhämmerten. Wellen von Gelb, Orange und Bernstein wogten über Annev hinweg und tauchten ihre rettende Blase in flüssige Hitze. Die Luft im Inneren wurde rasch wärmer.

Sodar hustete und rang nach Atem. »Annev«, keuchte er, »ich brauche Wasser.«

Annev ließ den Salzsack fallen und eilte zu seinem Mentor hinüber. Sodars Lippen waren rissig und bluteten, und sein Gesicht wirkte ausgezehrt und erschöpft. Mit seinem gesunden Arm legte Annev den Priester auf den Rücken, aber als er die Hand wegnahm, war sie voller Blut. Sodars Wunden waren wieder aufgeplatzt.

»Was soll ich tun?«, schrie Annev über das Tosen der Flammen hinweg. Die Luft war so heiß geworden, dass er nur noch mit Mühe atmen konnte.

»Der Sack …«, röchelte Sodar und klopfte auf den Boden. »Wasser …«

Annev fand den grünen Sack, der am Rand ihres Schutzkreises lag, und brachte ihn zu Sodar.

»Wasser … da drinnen …«

Annev öffnete den Sack und schob seine rechte Hand hinein. Er stellte sich einen Behälter voller Wasser vor – eine Glasflasche, einen irdenen Krug, einen ledernen Trinkschlauch –, aber wann immer er die Hand aus dem Sack zog, war sie leer.

»Es funktioniert nicht!«, rief Annev, und Tränen stiegen ihm in die Augen. Er hatte sich im Laufe der vergangenen Tage so vieler Artefakte bedient, doch der Sack ohne Boden weigerte sich immer noch, ihm zu gehorchen. Nach wie vor umschlangen Flammen die Kugel, und die Luft darin war inzwischen sengend heiß geworden. Annevs Gesicht war gerötet, trocken und glühend. Er zog sich die Kapuze des Drachenschuppenumhangs über den Kopf, und die Luft wirkte sogleich merklich kühler.

»Kann nicht atmen …« Sodar stöhnte. »Kann den … Schutzkreis … nicht aufrechterhalten … *quaire* aufgebraucht …« Sein Atem ging schnell und hechelnd.

»Nein!« Annev legte den Stoff seines Umhangs um den Priester, und langsam wurde Sodars Atmung wieder gleichmäßiger und ruhiger, doch seine Stimme klang immer noch heiser und ausgedörrt.

»Gib mir … den Sack …«

Annev schob Sodar den Sack zu, und der Priester steckte die Hand hinein. Er schloss die Augen. Als er sie wieder öffnete, strömten ihm Tränen über die Wangen. Er schüttelte den Kopf.

»Kein Wasser.«

Zum ersten Mal verspürte Annev echtes Entsetzen. Er schaute zur Seite und sah den toten Brinden in der infernalischen Hitze braten. Seine Kleider schwelten, und seine Haut qualmte. Annev spürte, wie ihm Sodars runzlige Hand übers Gesicht strich, und wandte sich wieder dem Priester zu. Sodars Kopf zuckte. Er biss die Zähne zusammen, während seine blasigen Lippen aufrissen und sich tiefe Spalten in ihnen bildeten.

»Vergib mir, Annev!« Er hustete. »Tuor … Aegen … vergebt mir.« Seine Augen rollten in ihren Höhlen nach oben, er zitterte noch einmal … und lag dann still und reglos da.

Die Luft erbebte, und Annev spürte, wie ein gewaltiger Windstoß aus dem Körper des Priesters fuhr. Beinahe im gleichen Moment strömte eine Hitzewelle herein und füllte den Raum zwischen ihm und Sodar. Annev blickte hinab und bemerkte, dass die Röcke des Priesters Feuer gefangen hatten.

Instinktiv rollte sich Annev zur Seite und zog den magischen Umhang fest um sich. Er hörte einen Knall und sah, wie der unsichtbare Schutzschild rund um die Glyphe zusammenbrach.

Schockartig brauste kühle Luft herein, während die Hitze aus der Blase nach draußen wogte. Einen Sekundenbruchteil später krachten die Flammen von Tosans Höllenfeuerstab in Sodar hinein und verschlangen seinen Körper.

»Nein!«, schrie Annev auf, zu spät.

Sodar – der rätselhafte Priester, Annevs mürrischer Vormund und treuer Freund – war tot.

Kapitel 72

Tränen strömten Annev über die Wangen. Er kauerte sich unter den Schutz seines Umhangs, außerstande, sich zu bewegen, außerstande nachzudenken. Keine zwei Meter entfernt verbrannte der geschwärzte Leichnam des Priesters unter dem gebündelten Feuer von Tosans Stab. Einen Moment später versiegten die Flammen.

Verwirrt über die unvermittelte Galgenfrist, die ihm da eingeräumt wurde, sah Annev auf und bemerkte, dass Tosan am Rand des Zauberkreises stand und mit dem Höllenfeuerstab direkt auf ihn zeigte.

»Hast du dich endlich entschieden, die Wahrheit zu gestehen, Keokum? Gibst du den Pakt zu, den du mit Keos geschlossen hast?«

Annev blinzelte die Tränen weg, die ihm noch immer über seine roten Wangen rannen, und starrte den Ältesten der Ältesten mit leerem Blick an, unfähig zu sprechen und kaum in der Lage zu denken.

Sodar ist tot. Er hat Sodar umgebracht.

Myjun stand neben ihrem Vater. Ihre hohen Wangenknochen und die weichen, vollen Lippen waren gerötet, und ein eindringliches Funkeln lag in ihren hellgrünen Augen. Sie musterte Annev finster, doch sie sah immer noch hinreißend aus.

So wunderschön, dachte Annev, *und so voller Hass. Sie hat mich einmal geliebt, und ich habe ihre Küsse Sodars guten Ratschlägen vorgezogen.* Ein jähes Schluchzen erschütterte ihn. Es war alles seine Schuld – die Ungeheuer, die Todesfälle, all die Zerstörung –, das alles hätte sich vermeiden lassen, wenn er das Dorf mit Sodar verlassen hätte. Aber er war geblieben und hatte gekämpft … für sie.

Annev umklammerte den Sack ohne Boden in seiner rechten Hand noch fester, hatte Angst, Sodars so wertvollen Sack zu verlieren. Ohne nachzudenken, hob er seinen gebrochenen linken Arm in Myjuns Richtung und flehte sie wortlos an. Sie verzog nur in offenem Abscheu das Gesicht.

»Lass den Arm sinken, du Monstrum!«, blaffte Tosan. Annev tat wie geheißen. »Du darfst meine Tochter nicht berühren, nicht auf sie zeigen, ja sie nicht einmal ansehen!«

Annev nickte stumm. Er war allein und hatte Angst, und als er seinen Blick über die Menge schweifen ließ und sie nach freundlichen Gesichtern absuchte, waren die meisten feindselig und einige misstrauisch und auf der Hut. Unter der Handvoll Gesichter, auf denen vielleicht Mitgefühl zu finden wäre, starrten Therin und Fyn zu Boden, während Titus, Brayan und Sraon gequält wirkten. Niemand eilte ihm zu Hilfe.

»Also«, hob Tosan zu sprechen an. »Sag es mir. Sag es uns allen. Wer hat diese Ungeheuer hierhergebracht? Wenn du uns die Wahrheit berichtest, wird dein Tod schnell und schmerzlos sein. Und wenn du lügst, werde ich es bemerken.«

Annev fühlte sich wie von dichtem Nebel umgeben und war kaum imstande, den Worten des Ältesten einen Sinn abzuringen. *Wer hat die Feurog und die Eidolon-Phantome nach Chaenbalu gebracht?* Oyru hatte sie hergebracht … aber Annev hatte Oyru hergebracht.

»Ich …« Annevs Mund war trocken. Er hustete und leckte sich die Lippen. »Ich …«

Tosans Warnung zum Trotz wanderte Annevs Blick unwillkürlich langsam wieder empor, bis er Myjuns Gesicht erreicht hatte. Er sah die Schönheit des Mädchens … und ihren Abscheu, ihr Entsetzen und ihren Verrat.

Nein, dachte Annev. *Sie darf mich nicht so ansehen. Nicht nachdem ich alles für sie aufgegeben habe … und nachdem ich nichts getan habe, um sie zu verletzen.*

Annevs Gefühle waren ein chaotisches Wirrwarr, und er spürte den bitteren Schmerz von Myjuns Verrat, seinen tiefen Kummer über den Verlust Sodars und seine wilde Wut angesichts von Tosans Scheinheiligkeit. All diese Emotionen brodelten und kochten in ihm, wollten herausgelassen werden. Er hob die Hand in Myjuns Richtung.

Tosans Augen traten aus den Höhlen. *»Schau meine Tochter nicht an!«* Er ließ den Stab in Annevs Richtung vorschnellen. *»Loisg!«*

Ein Feuerstrahl donnerte auf Annev zu. Er duckte sich, zog Kapuze und Umhang über sich und spürte eine gewaltige Hitze über sein Rückgrat rollen. Er kauerte sich unter dem Umhang auf den Boden, seine Hand und seine Füße schützend unter seine Kleidung gezogen, während das Feuer gnadenlos gegen seinen Rücken brandete. Annev spürte, dass die Flammen nicht auf den Umhang hatten übergreifen können, aber er konnte trotzdem fühlen, wie die Hitze den dünnen Stoff durchdrang. Blasen bildeten sich auf seinem Rücken, und der Boden unter ihm wurde glühend heiß.

Annev erweiterte instinktiv sein Bewusstsein und konzentrierte sich auf den Drachenschuppenumhang und das Hemd der Wiederherstellung. Er vervielfachte die Macht beider Kleidungsstücke, hüllte sich in ihre Magie und spürte, wie die Hitze nachließ, spürte, wie die Haut auf seinem versengten Rücken versuchte, sich selbst zu heilen.

Aber es war alles zu viel. Wenn er nichts unternahm, würde er sterben. Er brauchte Hilfe. Er brauchte Sodar.

Vom Schmerz des Verlusts seines Mentors erfüllt, streckte Annev die Hand in Sodars Sack ohne Boden, auf der Suche nach irgendetwas, das ihm zu helfen versprach, etwas, das ihn vielleicht beschützen oder ihm Beistand dabei leisten würde, sich zur Wehr zu setzen.

Kaltes Metall schloss sich um Annevs Handgelenk, klammerte sich um seinen Arm und biss in sein Fleisch. Ein durchdringendes Krachen schüttelte ihn. Annev schrie auf und spürte, wie sein Arm noch einmal brach.

Noch einmal?, dachte Annev, sein Denken von Schmerz getrübt. *Mein Arm … mein linker Arm.* Erst da begriff er, dass er seinen Stumpf in den Sack gesteckt hatte. Eine Gliedmaße ohne Hand, die nach einem Gegenstand suchte, der ihn zu retten vermochte.

Mit einer langsamen Bewegung zog Annev den Arm wieder aus dem Sack ohne Boden heraus. Vage erinnerte er sich daran, wie ihm Sodar die Funktionsweise des rätselhaften Artefakts erklärt hatte. Dass er ihm erzählt hatte, wie es seinen Weg nach Chaenbalu und in das Gewölbe der Verdammnis gefunden hatte. Und dass Sodar in das Gewölbe eingebrochen war und das Artefakt an sich gebracht hatte. Für jene, die wüssten, wonach sie suchen mussten, so Sodar, seien unermessliche Geheimnisse darin verborgen.

Als Annevs Ellbogen aus dem hellgrünen Sack auftauchte, sah er, dass der gebrochene Knochen sich wieder zusammengefügt hatte und nun nahtlos mit einem hellgoldenen Schimmer verschmolzen war, das seinen Unterarm überzog. Dann kamen auch seine Hand und seine Finger hervor, sodass der prächtige goldene Arm sichtbar wurde, der sich mit ihm verbunden hatte.

Die Magie von Annevs alter Prothese war von relativ bescheidener Natur gewesen – hatte sich etwa darin gezeigt, wie sie sich verändern konnte, um sich in Form, Größe und Farbe ihrem Besitzer anzupassen. Im Vergleich dazu war das hier ein Kunstwerk: Grazile Filigranarbeiten und verschlungene Ornamente waren in das kostbare Metall eingraviert worden und füllten jeden Zentimeter mit detaillierten Feinheiten; dicke goldene Kappen verstärkten die Fingerknöchel, und ein funkelndes weißgoldenes Armband wand sich um das Handgelenk.

Annev starrte voller Schreck und Ehrfurcht auf das magische Artefakt und krümmte und streckte die Finger. In der Mitte der Handfläche fand sich in gebogenen Kursivbuchstaben die Inschrift: *»MEMENTO SEMPER. NUMQUAM OBLIVISCI«*. Er drehte das Artefakt um, erfüllt von Angst davor, was er dort womöglich finden würde, und sah das Bild eines exotischen Hammers – ein sogenannter Kriegsfalke –, der über einem rauchenden Amboss schwebte.

»Keos«, hauchte Annev, kaum imstande, den Namen auszusprechen.

Für einen Moment hatte Annev über alldem die Flammen vergessen, die ihm gegen Kopf und Rücken schlugen, doch nun riefen sie sich plötzlich wieder in sein Gedächtnis zurück. Der Umhang konnte mit Tosans beständigem Flammenstrom nicht mehr mithalten, und Annev spürte, dass das Hemd der Wiederherstellung zu schwelen begann. Der Schmerz ließ ihn aufschluchzen, und er biss die Zähne zusammen, um einen Schrei zu unterdrücken, dann hob er die goldene Hand in die Flammen. Ein Feuerschwall krachte gegen seine Handfläche, umhüllte sie und warf ihn zurück. Annev stemmte sich gegen die Wucht des Flammenansturms, seine Finger unter dem sengenden Feuer ganz taub geworden. Dann sah er zu Tosan hinüber.

Der Arm des Ältesten zitterte unter der Gewalt des tosenden Höllenfeuerstabs, den er kaum mehr unter Kontrolle halten konnte. Orangefarbene und gelbe Flammen quollen aus dem dunklen Stab und strömten zu Annevs Arm hinüber – und wurden dort aufgehalten, von der Magie der goldenen Hand gebändigt.

Tosan zitterte vor Zorn und ließ all seinen Ärger, all seine Energie in den dunklen Stab hineinfließen. Er legte die Stirn in Falten, und sein Gesicht verzerrte sich zu einem stummen

Zähnefletschen. Er suchte zu ergründen, wie Annev dem Feuer trotzen konnte, doch es blieb ihm völlig unverständlich.

Annev, am anderen Ende der Flammen, war seinerseits ebenfalls erstaunt, dass er sich immer noch aufrecht hielt. Seine neue Hand saugte die Hitze und das Licht aus den Flammen, die Filigranarbeiten glühten immer kräftiger, und das Metall leuchtete hell. Er spürte die Macht von Tosans Magie, spürte die Wut, die sie nährte. Er ließ das alles auf sich wirken, ließ es seine Hand füllen und sah zu, wie sich eine Kugel aus feurig gelbem Licht in seiner Handfläche bildete. Die Kugel wuchs immer weiter, ein Leuchtstrahl aus gleißender Helligkeit.

Auf der anderen Seite des Platzes stand Myjun neben ihrem Vater.

»Töte ihn!«, drängte sie, ihre großen Augen auf die leuchtende Kugel gerichtet, die sich in Annevs Hand auftürmte. »Töte den Sohn des Keos!«

Irgendetwas tief in Annevs Innerem zerbrach. Der Schleier, der einen Teil seines Wesens bedeckt und ihn von seiner angeborenen Magie getrennt hatte, wurde entzweigerissen. Versunkene blasse Bilder fluteten sein Bewusstsein und verschmolzen mit der Szenerie vor ihm: An der Stelle von Tosan sah Annev einen hochgewachsenen Mann über sich stehen, der einen leuchtenden Silberstab in der Hand hielt; anstelle Myjuns war da eine junge Frau mit hellgelbem Haar, die den Blick voller Kummer gesenkt hielt. Annev blickte noch einmal auf seine Hand hinab und sah, wie sich zwei Bilder überlagerten: Eine goldene Prothese bewegte sich in Übereinstimmung mit einer echten Hand aus Fleisch und Blut.

Annev kämpfte gegen die Bilder an und versuchte, jenen Teil seines Wesens wieder zu verschließen, der sich ihm da plötzlich eröffnet hatte. Seine Hand zitterte, zog alle Kraft aus Tosans Stab und nährte sich an den Flammen. Die Feuerkugel, die seine Hand umgab, schwoll weiter an und wuchs, bis sie seinen gesamten Arm umfasste, doch sein Fleisch brannte nicht. Stattdessen erstrahlte sein Leib, von Licht erfüllt, zog Annevs eigene angeborene Magie aus den Tiefen seines Seins und ließ die Kugel sich mit Macht aufladen, bis sie ihn ganz und gar umgab. Annev mühte sich, die Magie im Zaum zu halten, während er gleichzeitig mit den Bildern kämpfte, die sich seiner bemächtigen wollten.

Verbrenne sie alle.

Der Gedanke war nicht sein eigener. Doch Annev spürte alles so deutlich wie vor ein paar Tagen in Dorstals Klassenzimmer, als er den Eschenstab in der Hand gehalten hatte: Da war ein Hunger nach Zerstörung, ein Verlangen, die in ihm aufgestaute Energie freizusetzen.

Verbrenne sie. Zerbreche sie. Töte sie.

Annev schüttelte den Kopf und kämpfte dagegen an, auch wenn er zugleich spürte, wie ihm sein Wille zunehmend entglitt. Er sah die Ältesten und Meister hinter Tosan auseinanderspringen, weil sie den unausweichlichen Höhepunkt des Wettstreits zwischen Tosan und Annev erwarteten.

Myjun schaute Annev an, sah ihren Vater zaudern und schrie: »Ich hasse dich!«

Verbrenne sie alle.

Annev ließ all die Macht los und schleuderte sie voller Wucht gegen Tosan zurück. Der Älteste hatte keine Zeit zu reagieren, als die Welle sengender Flammen auf ihn zurollte und nach ihm griff, aber Myjun sprang schreiend beiseite, als die Feuerwand krachend gegen Tosan schlug und ihn verschlang.

Kiesel, Dorstal und Benifew standen direkt hinter dem Ältesten. Sie waren entweder zu langsam oder zu dumm, um mit den anderen zu fliehen, und so wurden sie von flüssigem Feuer umhüllt, das ihnen das Fleisch von den geschwärzten Knochen sprengte.

Verbrenne sie alle.

Das Feuer hörte nicht auf, aus Annevs Hand zu strömen, suchte nach neuen Zielen, um sie zu verschlingen.

Annev schrie auf, außerstande, die Feuersbrunst zu stoppen. Die Flammen glitten über die Leichen der Gefallenen und trafen die Häuser auf der anderen Seite des Platzes, schmolzen Stein und Schiefer. All die sinnlose Zerstörung ließ Annev zusammenzucken, und er drehte die Hand zur Seite, aber das Feuer folgte der Bewegungsrichtung seines Arms und krachte in die Rücken der Ältesten Jerik, Peodar und Maiken, als sie sich in die scheinbare Sicherheit der Akademiemauern flüchten wollten. Die Männer gingen in Flammen auf, und die Feuersbrunst wogte weiter und schlug in die grauen Fundamente der Akademie, ließ Gestein und Mörtel schmelzen.

Erschrocken riss Annev die Hand hoch, und das Flammenmeer brach durch die Stockwerke der Akademie. Feuersalven schossen in den Himmel empor und flogen in hohem Bogen wieder zur Erde hernieder, prasselten auf die Häuser am Dorfrand. Annev versuchte, die Flammen mit Gewalt zum Erlöschen zu bringen, riss die Hand zur Seite, zurück zum Boden, doch die Bewegung schwächte die Stabilität des riesigen Gebäudes nur weiter, knickte Strebebogen um, fuhr sengend durch tragende Pfeiler und zersiebte die Grundmauern der Akademie.

Da er keine Stelle fand, gegen die er die Flamme richten konnte, ohne Schaden zu verursachen, drehte sich Annev wieder um und konzentrierte den schrecklichen Feuerstrahl auf die Überreste des Brunnens. Flammen tosten aus seiner Handfläche, krachten durch den geschmolzenen Stein und bohrten sich in die Erde, ließen einen Springbrunnen aus Dampf explosionsartig in die Luft emporsteigen.

Annev hielt die Hand starr auf den Brunnen gerichtet und schloss die Augen. Statt gegen die Flammen zu kämpfen, widmete er sich nun dem Schleier, der über seinem Bewusstsein lag, und bemühte sich, sich gegen die Magie zu verschließen. Er kämpfte gegen das Gefühl von Zorn und Vertrauensbruch, kämpfte gegen das Bild eines Mannes in blauem Gewand, der mit einem silbernen Stab in der Hand über ihm stand, und begann, die Öffnung zu schließen, die sich in seinem Wesen aufgetan hatte. Aber wann immer er nah daran war, sie ganz zu versiegeln, hörte er das gequälte Heulen einer Frau.

Annev öffnete die Augen und sah Myjun vor den sterblichen Überresten ihres Vaters knien und schreien. Die rechte Seite ihres Gesichts war verbrannt und blutverschmiert.

Ohne nachzudenken, richtete Annev seine flammende Hand auf sie und verfolgte dann voller Entsetzen, wie sich die magischen Flammen in die Erde bohrten, Gestein und Erde aufwühlten und einen Spalt im Boden entstehen ließen, der sich bis hin zu Myjun erstreckte.

Er zwang seine Hand, in ihrer Bewegung innezuhalten; der Spalt war bis auf wenige Meter an Myjun herangedrungen. Dann bebte der Boden, und ein Abgrund tat sich in der Erde auf, der immer tiefer wurde, während Annev die Hand weiterhin reglos ausgestreckt hielt, ohne ihre Position zu verändern. Der Rand des Spaltes breitete sich aus und verästelte sich, zog sich spinnennetzartig bis zu Myjuns Füßen hinüber, und ein Riss öffnete sich auch im Boden unter ihr.

Myjun hörte auf zu schreien und sah Annev an, blankes Entsetzen in den Augen.

Er brüllte auf, griff nach der Macht in seinem Inneren und zwang sie tief hinunter, sperrte sein bewusstes Wesen gegen sie ab. Die Flammen, die aus seiner Hand schossen, flackerten auf, wurden schwächer und erloschen schließlich ganz. Erleichtert ließ sich Annev auf die Knie fallen.

Der Spalt zwischen Myjuns Füßen klaffte weit offen. Sie balancierte taumelnd am Rand des Abgrunds und starrte in die dunkle Grube hinab. Da bewegte sich die Erde ein letztes Mal, erzitterte im Nachbeben der Zerstörung, und Myjun wurde in die Tiefe gestürzt.

»Annev!«

Annev starrte in das Loch hinab, das er selbst in den Untergrund gegraben hatte, und hörte das Echo ihres Schreis in den dunklen Tiefen des Abgrunds, bis da schließlich nur noch Schweigen war. Er erschauderte; ihm graute angesichts dessen, was er alles gesehen hatte, was er getan hatte, und blieb am Boden, nahm nur bruchstückhaft wahr, dass sich Menschen um ihn herum regten, dass Sraon ihn auf die Beine zog und ihn drängte, vom Abgrund wegzugehen. Er bewegte sich unbeholfen und wie betäubt, als er sich von der zerstörten Akademie und den brennenden Gebäuden wegführen ließ.

Kapitel 73

Annev saß grübelnd in seinen roten Meisteravatarkleidern auf einer der nicht verkohlten Bankreihen in Sodars ausgebrannter Kapelle. Er musterte die schwarzen Brandflecken, die die Wände und das hölzerne Podest überzogen, und schüttelte den Kopf.

Es war seltsam: Die Räumlichkeiten von Annev und Sodar waren unversehrt geblieben, aber die Küche, der Übungsschuppen und die Versammlungshalle der Gemeinde in der Kapelle waren in Schutt und Asche gelegt worden. Eine ähnliche Geschichte könnte man über so ziemlich jedes andere Haus in Chaenbalu erzählen: Die Feurog hatten alles in Brand gesteckt, was zu brennen versprach, und zerstört, was immer gerade zur Hand war, und waren dann weitergezogen.

Annev schaute zum Himmel über dem offenen Dach der Kapellenhalle auf und sah zu, wie die Sonne tiefer sank, je mehr der Abend herannahte.

Titus und Sraon saßen Annev gegenüber auf dem erhöhten Altarpodest, und die Füße des kleineren Jungen baumelten vom Rand der geschwärzten Fläche. So verblieben sie für sehr lange Zeit. Die Distanz zwischen ihnen war so groß, dass sie gar nicht auszumessen war. Nach einer Weile kamen Fyn und Therin durch die zerstörten Türen der Kapelle herein, beide mit aus den Nähten quellenden Jutesäcken auf dem Rücken.

»Hallo, Titus«, sagte Therin und stellte seinen Sack auf eine der Bänke. »Schmollt der Phönix noch immer?« Sraon räusperte sich, und Titus drehte sich um und entdeckte Annev in der Ecke des Raums.

Fyn schüttelte den Kopf und blaffte: »Idiot«, was Sraon ein leises Lachen entlockte und Therin erröten ließ. Fyn schritt durch die Gemeindehalle, kletterte über einen herabgefallenen Dachbalken und schlug einen Bogen um eine umgekippte Bank, um seine Tasche dann neben Sraon abzustellen.

Der Schmied spähte auf den Sack hinab. »Irgendwas Brauchbares?«

Fyn zuckte die Achseln. »Eigentlich nicht. Der größte Teil der Wintervorräte ist aufgebraucht, und die Felder sind noch nicht einmal eingesät.«

»Was ist mit den Lagerräumen in der Akademie?«

Fyn schüttelte den Kopf. »Sie sind unzugänglich. Wir haben etwas Mehl, aber der Rest sind Körner zur Aussaat – das Säen sollte diese Woche beginnen. Alles keine Sachen, die wir unterwegs brauchen könnten. Allerdings haben wir ein paar Rübenkeller ausfindig gemacht.« Er klopfte auf den Sack. »Nichts sonderlich Verlockendes – harte Rüben, schimmlige Kartoffeln, etwas Knoblauch und Zwiebeln –, aber immer noch besser als Wurzeln und Dornenranken.«

Sraon nickte. »Das bekommen wir schon hin. Es sind keine zwei Tage bis nach Luqura, und ich verstehe ein wenig vom harten Leben da draußen.« Er rieb sich über seinen stacheligen schwarzen Bart, und seine Finger strichen beiläufig über die Narbe, die unter der Klappe über seinem linken Auge hervorlugte. »Als ich jünger war, bin ich die Handelsrouten im nördlichen Quiri entlanggereist. Ich habe sogar einige Wanderungen ins westliche Ilumea unternommen. Dort gibt es jede Menge Urwald.« Er lächelte. »Die Straßen hier sind jedoch besser. Wir werden schnell vorankommen. Wahrscheinlich könnten wir die ganze Reise auch ohne etwas zu essen hinter uns bringen.«

Annev schob die Füße auf die Bank und zog die Knie eng an sich. »Was ist in Luqura?«, fragte er, seine Stimme kaum mehr als ein Flüstern.

Sraon sah Annev über Fyns Schulter hinweg an. »Im Moment gar nichts, aber ein Mann namens Reeve wird dort in einigen Tagen zu uns stoßen. Er gehört zu Sodars Orden, daher wird er wissen, wie er uns helfen kann.«

Annevs Kopfschmerzen stachen ihm durch den Schädel, und er griff sich an die Schläfe, als er den Kopf schüttelte. »Warum sollte ich nach Luqura gehen?«, fragte er, seine Stimme immer noch leise.

»Wie ich gerade gesagt habe. Wegen Reeve. Er wird dort warten, bis …«

»Warum sollte *ich* nach Luqura gehen«, wiederholte Annev, diesmal mit lauterer Stimme. Er schloss die Augen und rieb sich beide Schläfen, dann riss er die eine Hand zurück, als das kalte gelbe Metall seiner linken seine Haut berührte. Er fluchte, stand auf und schüttelte seine goldene Prothese, ruderte mit dem Arm, als hätte ihn ein wildes Tier gepackt. Die anderen blieben in der gegenüberliegenden Ecke des Raums und bewegten sich nach hier und nach dort, darauf bedacht, nie an der Stelle zu sitzen oder zu stehen, wo Annevs Hand hinwies.

Annev ballte die Faust und bekam sich endlich wieder unter Kontrolle. Fand sich damit ab, wieder einmal, dass er die Prothese nicht entfernen konnte. Er atmete durch die Nase und zwang sich, sich zu beruhigen. »Ihr könnt gehen, wohin ihr wollt«, betonte er mit kalter Stimme, »aber ich bleibe hier.« Er kehrte zu seiner Bank zurück, verschränkte die Arme vor der Brust und setzte sich wieder.

Sraon und Fyn wechselten Blicke, aber Therin war der Erste, der aufstand. Er schlenderte zu Annev hinüber, dann ließ er sich auf eine Bank auf der anderen Seite des zerstörten Mittelgangs plumpsen.

»Warum würdest du bleiben wollen?«, fragte er in unbekümmerter Ahnungslosigkeit. »Wir sind seit einer Ewigkeit in der Akademie eingepfercht gewesen – und jetzt können wir fort!

Gehen, wohin immer wir gehen wollen. Tun, was immer wir wollen.« Er lehnte sich zurück und legte die Füße auf die umgekippte Bank vor sich. »Hier gibt es nichts mehr, Annev. Das ganze Dorf ist zerstört. Falls irgendwer überlebt hat, ist er zur selben Zeit von hier abgehauen wie diese Metallungeheuer.«

Titus räusperte sich. Therin schaute auf und sah, dass der Junge ihm einen tadelnden Blick zuwarf. Er zog fragend die Augenbrauen hoch, aber als sich Titus nicht näher äußerte, zuckte er nur die Achseln und sprach weiter.

»Brayan sucht die Akademie nach Überlebenden ab. Er hat bisher weder Frauen noch Kinder gefunden, doch er glaubt, dass einige der Meister ins Innere gerannt sind, als die Kämpfe zu Ende waren. Aber wenn du mich fragst, war das wirklich dumm von ihnen. Ich meine, das Ding *zerfällt.*«

Wieder räusperte sich Titus bedeutungsvoll.

Therin überkreuzte die Beine und machte es sich noch etwas bequemer. »Nicht dass irgendetwas von alledem deine Schuld gewesen wäre, Annev. Ich meine, zum Teil war es das natürlich schon. Aber es waren doch in erster Linie die Feurog, die das Dorf zerstört haben.« Er rieb sich das Kinn. »Die Akademie allerdings, *das* war …«

»Therin!«, rief Titus.

Der Junge nahm die Füße von der Bank. »Was denn?«

»Halt die Klappe!«

Therin runzelte die Stirn und schaute zwischen Titus, Sraon und Fyn hin und her.

Fyn schüttelte den Kopf. »Idiot.«

Annev musterte die Gesichter aller vier: Die drei neben dem Podest zeigten alle ernste Mienen, aber als Annev Therin ansah, wirkte der Junge lediglich gekränkt, als könne er nicht begreifen, was er falsch gemacht haben sollte. Obwohl er sich so elend fühlte und trotz all der schrecklichen Dinge, die geschehen waren, spürte Annev, dass ein Grinsen seine Mundwinkel umspielte. Das schien

Sraon, Titus und Fyn nur umso mehr zu beunruhigen, aber Therin erwiderte sein Grinsen, und Annev schüttelte den Kopf.

Die Lage war übel, wirklich übel, doch Therin machte das Beste daraus. Er wagte es, sich Annev zu nähern, während die anderen zögerten; ihre freundschaftlichen Gefühle wurden durch die Angst vor etwas zurückgehalten, das sie nicht verstanden und das auch Annev nicht besser verstand als sie.

Er seufzte und schaute auf seine goldene Prothese hinab: Die Hand schimmerte und glänzte, und es ging ein unheimliches Leuchten von ihr aus, das man selbst zu dieser frühabendlichen Zeit sehen konnte. Er wollte die anderen nicht belasten oder gefährden – weder mit dem goldenen Arm, den er nicht verbergen konnte, noch mit der Magie, die er nicht kontrollieren konnte, oder dem Schicksal, das er nicht verstand –, doch sie hatten sich dafür entschieden, bei ihm zu bleiben. Schon bei dem bloßen Gedanken daran fühlte er sich schuldig, was ihn dazu zwang, auf Abstand zu gehen und abzuwägen, wie groß wohl seine Aussichten waren, allein überleben zu können. Doch wann immer er in Erwägung zog, sie zu verlassen, hatte er keinen blassen Schimmer, wohin er dann gehen oder was er tun sollte.

Annev stand langsam auf und zwang sich, sich den anderen bis auf ein Dutzend Schritte zu nähern. Niemand schreckte zurück, aber er spürte ihr stetig wachsendes Unbehagen, daher blieb er stehen.

»Woher weiß Reeve, dass wir kommen?«

Der Schmied schien zu wissen, welche Überwindung es Annev kostete, diese Frage zu stellen.

»Nach deiner Prüfung des Urteils hat ihm Sodar eine Nachricht zukommen lassen«, antwortete Sraon. »Er hat sich Sorgen gemacht. Ich glaube, er hat Pläne geschmiedet, von hier fortzugehen.«

Annev nickte, im Wissen, dass das der Wahrheit entsprach. »Gut, wenn Sodar wollte, dass ich mich mit Reeve treffe, dann werde ich genau das tun. Das bin ich ihm schuldig.« Er machte eine Pause und richtete den Blick auf die versammelte Gruppe. »Ich bin mir nur nicht sicher, ob es klug ist, wenn ihr alle mit mir kommt.«

Fyn schnaubte. »Es interessiert mich einen feuchten Dreck, was du tust. Mir geht es allein darum, dass ich von diesem von den Göttern verlassenen Ort wegkomme.« Er drehte sich um und zeigte auf Sraon. »Er sagt, er kenne einige Leute in Luqura, die uns für unsere Avatarfähigkeiten bezahlen würden. Das ist der einzige Grund, warum ich mit ihm gehe. Wir reisen nur zufällig in die gleiche Richtung.«

Therin beschrieb einen Kreis um die Kapelle herum, dann setzte er sich Annev und den anderen gegenüber auf eine verkohlte Bank.

Annev richtete den Blick von ihm zu Titus hinüber. »Was ist mit euch beiden?«

Therin zuckte die Achseln. »Wenn wir nach Luqura kommen, will ich mir einen Überblick verschaffen, wie ich dort hineinpasse.«

Annev nickte, denn dagegen ließ sich wohl kaum etwas einwenden. »Titus?«

Der pausbäckige Junge lächelte. »Ich gehe mit dir, Annev. Genau wie Meister Brayan. Wir haben schon mit Sraon gesprochen, und wir glauben, dass wir helfen können … wenn du es uns erlaubst.«

Annev seufzte und schaute auf seinen Arm hinab. »Ich weiß nicht, ob ich das will. Fast alle in diesem Dorf sind meinetwegen gestorben.«

»Das ist nicht wahr«, ertönte eine donnernde Stimme aus dem rückwärtigen Teil der Gemeindehalle.

Annev drehte sich um und sah Meister Brayan in der Tür stehen, seinen schweren Kriegshammer in der Hand. Der ehemalige Quartiermeister schritt durch die Halle auf sie zu und hob dabei ganz beiläufig eine Bank aus seinem Weg. Er erreichte den Fuß des Altarpodests und trat in den Halbkreis, den Annev und die Übrigen bildeten. Er starrte Annevs goldene Hand wachsam an, dann zwang er sich, Annev in die Augen zu sehen. »Ich habe einen Weg ins Innere der Ruinen aufgetan. Keine Überlebenden, gleichwohl habe ich ein paar Antworten gefunden.« Er blickte Annev in die Augen. »Du bist nicht verantwortlich für das, was hier geschehen ist.«

»Aber …«

»Warte ab und lass mich ausreden.« Er griff in seinen Kittel, zog einen zerknitterten Umschlag hervor, der mit schwarzem Wachs versiegelt war, und hob ihn über seinen Kopf. »Ich habe ein halbes Dutzend davon im Westflügel gefunden, zusammen mit den Leichen der meisten unserer Weisfrauen … und Weisschülerinnen.«

»Was?«, fragte Annev ungläubig. Er sah die anderen an, auf der Suche nach Antworten, doch sie schienen nicht weniger geschockt als er.

Brayan senkte die Hand mit dem Umschlag wieder. »Carbad hat gesagt, die Weisfrauen hätten sich vor dem Angriff zu einem Treffen dort versammelt, daher habe ich gesucht, bis ich den Raum gefunden habe – ich bin davon ausgegangen, dass einige von ihnen überlebt haben müssten.« Er schüttelte den Kopf. »Sie haben sich gegenseitig getötet. Sie sind alle tot. Bis zur letzten.«

»Warum?« Das kam von Titus. In seinen Augen glänzten Tränen.

Brayan schüttelte den Brief. »Ich bezweifle, dass ich diese Nachricht vor den Angriffen verstanden hätte, aber jetzt ist ihre Bedeutung offensichtlich.« Er reichte den Brief an Annev weiter. »Lies es vor, Junge. Lies es laut vor, damit wir Übrigen es hören können.«

Annev schluckte, fingerte an dem grauweißen Stück Pergament herum, bis er es geöffnet hatte, und begann dann zu lesen.

Das Gefäß ist gefunden worden. Die letzte Ernte ist hier, und die Gefallenen werden versammelt und gesalbt. In einer Stunde werde ich die Tunnelschächte öffnen, und sie werden das Dorf säubern. Richtet Eure Mündel nun hin und gesellt Euch zu uns in den Westflügel, genau drei Stunden nach Einbruch der Morgendämmerung. Wenn wir versammelt sind, werden wir aus dem Becher des Schicksals trinken, und die unvorbereiteten Bräute werden ihrem Herrn begegnen.

Annev blickte auf. »Das Schreiben ist mit ›WMK‹ unterzeichnet. Wer ist das? Weismeisterin Kiara?«

Brayan nickte. »Das vermute ich ebenfalls.« Er sah die anderen an. »Es erschüttert mich, das zu sagen … aber ich denke, unsere Weisfrauen haben diese Ungeheuer hierhergebracht.«

Annev schüttelte den Kopf. »Der Meuchler Oyru ist wegen mir hergekommen. Ihr alle habt gehört, dass er nach mir gefragt hat.«

»Ja«, sagte Sraon, »aber dieser Brief erzählt eine zweite Geschichte – und noch dazu eine sehr dunkle.«

»Das ist noch nicht alles«, fuhr Brayan fort. Er griff hinter seinen Rücken und zog ein langes, spitzes Stück geschmolzenen Metalls hervor. Er reichte es Sraon. »Was hältst du davon?«

Sraon nahm das Stück Metall und drehte es in seinen schwieligen Händen. »Sieht aus wie ein Messer. Vielleicht eine Ochsenzunge.«

Brayan nickte. »Das glaube ich auch.« Er sah Annev an. »Ich habe das hier bei Tosans sterblichen Überresten gefunden, doch ich habe mit den Schlussfolgerungen, die daraus zu ziehen waren, erst einmal gewartet, bis ich einen Weg in den Keller hinunter gefunden hatte. Es war nicht einfach, aber letzten Endes habe ich Narachs Leichnam gefunden.« Er zeigte auf die geschmolzene Ochsenzunge. »Tosan hat den Meister der Geheimnisse mit genau diesem Messer getötet. Dessen bin ich mir sicher.«

Annev schüttelte den Kopf und begriff, dass er dem Falschen die Schuld an Narachs Tod gegeben hatte. Er ließ die Finger seiner goldenen Hand spielen, ließ seinen Blick über die zerstörte Kapelle schweifen und richtete ihn dann wieder auf Brayan. »Ihr habt einen Weg in den Keller hinunter gefunden?« Brayan nickte. »Habt Ihr dort unten auch Kenton entdeckt?«

Der Quartiermeister schüttelte den Kopf. »Nein. Alle Überlebenden, die ich gesehen habe, haben sich auf der Südseite der Kapelle versammelt.«

»Wer? Wie viele?«

»Sieben bisher, darunter die Meister Dher, Murlach, Aog, Ather und Carbad. Dazu kommen die Ältesten Edra und Denithal, die auch bei ihnen waren.«

Annev biss sich nachdenklich auf die Unterlippe und kaute. *Die Meister der Heimlichkeit, der Bauten, der Strafe, der Lügen und der Arbeit … aber kein Meister der Flüche.*

»Um die Wahrheit zu sagen, keiner von ihnen sieht danach aus, als wüsste er, was er jetzt mit sich anfangen soll.« Brayan kratzte sich seinen dicken Bart. »Wir Meister … wir haben unser ganzes Leben in diesem Dorf verbracht. Wir kennen nichts anderes.«

Sraon stand auf und schlug Brayan auf die Schulter. »Ich aber schon, Meister Brayan. Ich habe früher außerhalb von Chaenbalu gelebt, und es ist dort nicht schwerer als das Leben im Dorf.« Er wandte sich der Gruppe zu. »Packen wir unsere Sachen, Jungs. Nehmt mit, was immer ihr braucht – was immer ihr tragen könnt –, und seid in einer Stunde wieder hier. Denkt besonders an Waffen, Kleider, Nahrung und Geld. Wir werden all das und noch mehr für Luqura brauchen.«

Alle Jungen nickten und eilten in unterschiedliche Richtungen davon. Brayan umfasste Sraons Hand, murmelte ein paar Worte des Dankes und verschwand dann ebenfalls. Als sie alle fort waren, wandte sich Sraon an Annev. Annev wartete verlegen und rieb sich die Stelle unterhalb seines Ellbogens, wo Gold und Fleisch ineinander übergingen.

»Wenn es dich so sehr stört, warum nimmst du das verdammte Ding dann nicht ab?«

Annev hörte auf, sich den Arm zu reiben, und spürte, wie Tränen in seinen Augen aufstiegen. Sie waren schwerer zu kontrollieren, sobald Annev auf einen Anflug von Mitgefühl stieß. Er presste die Fäuste zusammen, zwang den Mund zu einer schmalen Linie und rang darum, nicht zu weinen, aber die Tränen kamen trotzdem, rannen ihm heiß und unerwünscht über die Wangen. »Ich kann nicht«, schluchzte er. »Ich habe es versucht! Ich habe es schon die ganze Zeit über versucht. Die Prothese geht nicht ab. Sraon … ich habe Angst vor ihr.«

Sraon schürzte mitleidig die Lippen und schüttelte den Kopf. »Tut mir leid, Junge. Das wusste ich nicht.« Er schaute zu der Tür hinter dem Altarpodest hinüber. »Aber vielleicht können wir sie ja verdecken, hm? Dann brauchst du sie nicht mehr ständig anzusehen.«

Annev nickte und wischte sich dankbar über die Augen.

»Dann komm mit. Ich habe meine Sachen griffbereit, und ich habe auch ein paar Kleider für dich eingepackt, aber ich nehme mal an, es gibt Dinge von Sodar, die du gerne mitnehmen willst.«

Kapitel 74

Annev starrte auf die zerwühlten Decken des Priesters und machte eine Bestandsaufnahme der Gegenstände, die auf der Federmatratze lagen: Da waren die Phönixlaterne, die Kleidungsstücke, die er aus dem Gewölbe gestohlen hatte, die Flamberge, die er zwischenzeitlich Fyn gegeben hatte, und Sodars Schnürsack, dessen Magie ihn irgendwie vor Tosans Flammen geschützt hatte.

Annev griff nach der Laterne und warf sie in den Sack ohne Boden. Er schickte sich an, das Gleiche auch mit den anderen Dingen zu machen, als ihn Panik überfiel. Er steckte seine rechte Hand hinein und fischte darin herum, fühlte aber nichts als den Boden des Sacks. Sein Herz schlug schneller, und ihm wurde übel bei dem Gedanken, dass die Laterne für immer verloren sein könnte. Er schluckte, zwang sich zu einem tiefen Atemzug und schloss die Augen. Als er wieder ausatmete, stellte er sich vor, wie sich seine Finger um das geschnitzte Stück Holz legten.

Als Annev die Hand schloss, spürte er die raue Oberfläche der Holzlaterne unter ihr, und er zog sie mit einem erleichterten Seufzer aus dem Sack.

Ich kann die Artefakte noch immer benutzen, dachte er. *Ich komme nur einfach nicht dahinter, wie ich diesen gottverfluchten Arm herunterbekommen kann.*

Annev begutachtete die gefalteten Kleidungsstücke auf dem Bett. Er schnupperte daran und war wenig überrascht festzustellen, dass sie noch immer nach Rauch, Schweiß und Blut rochen. *Da werde ich wohl einiges waschen müssen,* überlegte er. *Ich hätte mir einen Stab des Waschens aus dem Gewölbe stehlen sollen.* Annev lächelte, doch dann hielt er inne, und er erinnerte sich an die anderen Gegenstände, die er in den Drachenschuppenmantel gesteckt und dort vergessen hatte. Er wühlte in der Manteltasche und zog den hölzernen Stab, die beiden Ringe und das weiße Taschentuch hervor, außerdem den roten Phönixhandschuh. Schnell stopfte er den Handschuh in den Sack, weil er seinen Anblick nicht ertragen konnte, aber er ließ sich einen Moment Zeit, die übrigen Artefakte zu begutachten, bevor er sie alle in den Schnürsack fegte.

Das sind Rätsel für einen anderen Tag, dachte er. Er rollte die schwarze Hose zusammen und schob sie mit den Stiefeln und der Unterwäsche, die er hatte mitgehen lassen, in den Sack. Als er zum Hemd der Wiederherstellung kam, stutzte er. Es war stark versengt, der Rücken und die Ärmel so zerlumpt, dass praktisch nur noch Fetzen übrig waren. Er erwog, das Hemd wegzuwerfen, dann jedoch besann er sich eines Besseren und schob das Stück Stoff zu den anderen magischen Gegenständen hinein.

Daraus lässt sich vielleicht eines Tages ein guter Verband machen.

Er griff nach dem blutroten Umhang, aber statt ihn in den Sack zu stopfen, legte er ihn sich über die Schultern. Die feinen metallischen Schuppen glitzerten, als er den Kragen schnürte. Schließlich drückte er Sodars magischen Sack platt, legte ihn zusammen und schob ihn in die Tasche seines Kittels, in der er normalerweise sein Werkzeug zum Knacken von Schlössern aufbewahrte. Er sah sich in Sodars Zimmer um und fragte sich, was er vielleicht sonst noch mitnehmen sollte. Wie Annevs eigenes Zimmer war auch dieses recht spärlich eingerichtet und enthielt nur Sodars Kleidertruhe, einen kleinen, mit Flecken übersäten Tisch mitsamt Stuhl sowie Sodars zerwühltes Bett.

Annev ging zum Tisch, auf dem eine aufgeschlagene Abschrift des Buches Odar lag. Er fuhr mit der Spitze seines Zeigefingers über die Gravuren auf den Metallseiten des Buches, dann hob er den lackierten Holzeinband und klappte das Buch zu. Er ging zu Sodars Kleidertruhe hinüber und ließ den Deckel aufspringen.

Darin lag eine Vielzahl gefalteter blauer Kittel. Er durchstöberte sie, bis er den nachtblauen Rock fand, den Sodar immer bei den Gottesdiensten am Siebttag getragen hatte. Er warf ihn aufs Bett, zog dann weitere Kleidungsstücke aus der Truhe, ließ sie auf den blauen Rock fallen, bis er plötzlich etwas Scharfes spürte, das ihn in den Finger stach. Annev riss die Hand zurück, untersuchte die Verletzung und stellte fest, dass sich ein runder Blutstropfen auf seiner Fingerkuppe gebildet hatte. Neugierig geworden, zog er ein weiteres Gewand vom Boden der Truhe und wurde mit dem Anblick von Sodars silbernem Faustschild belohnt.

Zahnbrecher, schoss es Annev durch den Kopf, als er die rechteckige, umgewandelte Armschiene aus der Truhe zog. Es war eine geraume Weile her, dass er die Waffe gesehen hatte, aber er erinnerte sich gut daran: Statt rund zu sein wie ein traditioneller Schild, war Zahnbrecher lang und schmal, ungefähr dreißig Zentimeter breit und doppelt so lang. Oben und unten waren zwei schmale Kerben in die Armschiene geschnitten worden, die genau um Handgelenk und Ellbogen des Trägers passten. Die vier spitzen Ecken, die einige Zentimeter länger waren als der eigentliche Schild, waren auf beiden Seiten geschärft worden. So wie es Sodar erklärt hatte, konnte jeder, der die Mischung aus Schild und Armschiene trug, mit diesen Spitzen auf denjenigen einstechen, mit dem er kämpfte, während sein Arm dabei trotzdem geschützt blieb.

Ein leises Klopfen war an der Tür zu hören, und Sraon streckte den Kopf in den Raum.

»Aha. Ich sehe, du hast Sodars Geheimnis entdeckt.«

Annev lächelte und drehte die ungewöhnliche Armschiene in den Händen. »Zahnbrecher war kein Geheimnis – zumindest nicht für mich. Sodar hat ihn mir einige Male gezeigt. Er wollte zurückkommen, um ihn mitzunehmen, wenn wir von hier fortgingen … aber ich habe ihn dazu gebracht hierzubleiben. Hätte ich das nicht getan, wäre er noch am Leben.«

»Und wir Übrigen wären tot«, erwiderte Sraon und trat in den Raum hinein. »Sodars Magie hat uns gerettet, daher hat es keinen Sinn, es sich anders zu wünschen. Aber ich bin froh, dass du Zahnbrecher gefunden hast. Ich denke, er war Sodar von all seinen Besitztümern am liebsten. Er hat ihn noch mehr gemocht als das Buch Odar. Sogar noch mehr als seine Speur-Dún-Manuskripte, und das will etwas heißen. Er hätte gewollt, dass du ihn bekommst.«

Annevs Brauen zuckten in die Höhe. »Die Manuskripte!« Er legte die Armschiene auf das Bett und durchwühlte, was in Sodars Kleidertruhe zurückgeblieben war. Als er sie geleert und die Papiere immer noch nicht gefunden hatte, ließ er sich auf Hände und Knie nieder und durchsuchte den Kleiderhaufen, den er auf dem Boden verstreut hatte.

Sraon verschränkte die Arme vor der Brust und klopfte mit dem Fuß auf den Boden. »Was genau machst du da eigentlich?«

»Die Manuskripte«, wiederholte Annev, ohne aufzuschauen. »Sodar hat Jahre darauf verwandt, sie zu übersetzen! Ich kann sie nicht hierlassen. Ich muss sie finden.«

»Und wo, meinst du, hätte Sodar etwas so Kostbares wohl aufbewahrt?«

Annev warf den Kleiderhaufen, den er in den Armen gehalten hatte, beiseite und hockte sich auf den Boden. Nach kaum einer Sekunde verdrehte er die Augen und zog den grünen Sack aus der Kitteltasche. Er griff hinein und förderte einen unordentlichen Haufen Pergamentbögen zutage. Er untersuchte die Blätter und drückte sie sich erleichtert an die Brust.

Sraon warf Annev ein dickes Stück Leder zu.

Annev schnappte es sich aus der Luft und betrachtete es forschend, dann begriff er, dass es sich um einen stabilen, rußgeschwärzten Handschuh handelte. Lang und am Ellbogen geweitet, extra für die linke Hand gefertigt.

Annev sah zu dem Schmied auf. »Stammt der aus deiner Schmiede?«

»Ja. Ich bezweifle, dass ich viel zum Schmieden kommen werde, sobald wir das Dorf verlassen haben, und er dürfte dich daran hindern, ständig deine Keos-verdammte Hand anstarren zu müssen.«

Annev hob die Augenbrauen. »*Mich* daran hindern oder dich?«

Sraon leckte sich die Lippen. »Vermutlich beide.« Er deutete mit dem Kopf zur Küchentür. »Komm. Ich habe gewartet, bis ich den Eindruck hatte, dass du wieder stark genug bist, um diese letzte Pflicht zu erfüllen.«

Sie begruben, was von Sodar übrig geblieben war, an der Stelle, wo der Holzschuppen gestanden hatte, nachdem sie zuvor auf einem Stück Boden die Asche und die verkohlten Trümmer weggeräumt hatten. Anschließend steckten sie dort den Stab des Priesters in die Erde, um seine letzte Ruhestätte zu markieren.

Als sie fertig waren, nickte Sraon Annev zu. »Nun gut, du bist der Meister der Sorgen – das einem Priester Nächste, was wir im Moment haben. Würde es dir etwas ausmachen, ein paar letzte Worte des Abschieds zu sprechen?«

»Nein, kein Problem.«

Annev kniete sich vor die frisch umgegrabene Stelle, legte die rechte Hand auf den Boden und zerdrückte Erde und Asche mit den Fingern, spürte ihre Weichheit auf der Haut. Erinnerte sich.

»Vergeltung«, sagte er, nachdem er eine ganze Weile geschwiegen hatte. »Du hast wissen wollen, ob ich dem Schwert schon einen Namen gegeben habe – der Flamberge. Ich habe mir überlegt, es Vergeltung zu nennen.« Er runzelte die Stirn und kämpfte gegen die Tränen an, die ihm übers Gesicht zu rinnen drohten.

»Ich habe das Schwert Gnade verloren. Ich glaube, du hattest es dir schon gedacht … aber du warst so freundlich, mich nicht deswegen zu schelten.« Er schluckte. »Wie dem auch sei, ich hatte mir vorgenommen, es dir zu sagen … wenn ich einen Namen gefunden habe.«

Er erstickte ein Schluchzen, den Blick starr auf den im Boden steckenden Stab geheftet. Es war nicht der silberne Stab, den der Priester während seiner Regaleuspredigten getragen hatte, sondern die ramponierte Waffe, mit der Sodar so oft während ihrer Übungskämpfe gefochten hatte. Es schien Annev passend, sie zu verwenden, um damit das Grab zu kennzeichnen, denn Sodar war ebenso ein Krieger gewesen wie ein Priester, Zauberer, Gelehrter und Betreuer.

Sraon trat hinter Annev. Wartete.

Annev räusperte sich und versuchte, seine Gefühle unter Kontrolle zu bekommen. »Ich bin mir immer noch nicht sicher, ob ich an all deine Prophezeiungen glaube, Sodar. Doch ich weiß, dass du an sie geglaubt hast, und du hast dein Leben dem Schutz meiner Familie gewidmet. Das muss etwas zählen … also werde ich gehen, um Reeve zu suchen. Ich werde mit ihm reden. Ich werde mich darüber ins Bild setzen, ob er irgendwelche Lösungen weiß, wie man Göttern und Dämonen davonlaufen und diese verfluchte Hand wegbekommen kann, aber das ist es dann auch schon. Selbst wenn Keos persönlich mich jagt – ich bin nicht der Gottestöter, der Breathanas gewesen ist, und ich werde auch nicht versuchen, es zu werden.« Er schaute auf die dunkle Erde hinab, in der Sodars Knochen lagen. »Ich wünschte, du wärst hier, Sodar. Ich brauche Hilfe – ich brauche Antworten –, aber du bist nicht hier, um mir beides zu geben … also werde ich wohl meinen eigenen Weg finden müssen.« Annev stand auf, küsste seine Finger und schlug damit das Zeichen Odars. »Geh mit Gott, alter Mann. Du hast das Leben vieler Seelen gerettet. Du warst ein guter Priester.« Er schluckte. »Du warst auch ein guter Freund. Warst mir wie ein Vater.« Dann brachen die Tränen doch noch durch, diesmal jedoch ließ Annev sie kommen.

»Leb wohl, Sodar.«

Annev und Sraon waren gerade in das Gebetshaus zurückgekehrt, als sich auch die so unterschiedlichen Mitglieder ihrer Reisegruppe langsam einfanden. Brayan und Therin kamen als Erste, und Sraon machte sich sofort daran, dem Quartiermeister zu helfen, einen Wagen mit einem gebrochenen Rad zu reparieren. Bis sie einen Ersatz dafür gefunden hatten, war Fyn mit einer ganzen Armladung von Messern zurückgekehrt, außerdem brachte er noch einen Bogen samt Köcher und einige größere Hieb- und Stichwaffen mit. Er verteilte die Waffen, behielt mehrere Wurfmesser für sich und gab Sraon Bogen und Pfeile. Als Fyn zu Annev trat, musterte er den Armschienenschild, den sich Annev an den Rücken gegürtet hatte.

»Willst du damit kämpfen?«

»Ja. Er hat Sodar gehört.«

Fyn nickte zustimmend. »Ist er magisch?«

»Nein. Nur gewöhnlicher Stahl.«

Als er das hörte, schien sich Fyn zu entspannen. »Das ist gut. Du brauchst etwas weniger Protziges und Auffälliges als dieses Schwert da – und der funkelnde Umhang hilft auch nicht gerade.« Annev lachte, außerstande, seinem früheren Gegner zu widersprechen.

Titus erschien, gerade als der Wagen repariert war. Er trug einen kleinen Sack voller Münzen bei sich und überraschte alle, indem er eine schwarze Stute hinter sich herzog.

»Sie hat sich in der Nähe des Mühlteichs versteckt«, berichtete er, während Brayan das Pferd an den Karren spannte.

Ungefähr eine Stunde später hatte die Reisegruppe die Kammhöhe des hohen Hügels erreicht, der Chaenbalu im Westen überragte. Ohne dass irgendjemand ein Wort zu sagen brauchte, blieben alle stehen und warfen einen letzten Blick auf ihr Dorf.

Unter dem Handschuh ließ Annev die Finger seiner linken Hand spielen und fand Trost in dem Wissen, dass der geheimnisumwobene gelbe Schein der Prothese unter dem dicken, rußgeschwärzten Leder verborgen blieb. Er blickte ein letztes Mal über das Dorf hinaus und kniff die Augen zusammen, um im Licht der Abenddämmerung die schwachen Umrisse der Kapelle ausmachen zu können.

Nach einigen Minuten des Schweigens wandte sich die Gruppe wieder um und machte sich daran, auf der anderen Seite des Hügels hinunterzutrotten, die Gesichter dem westlichen Rand des Dichtwaldes und der dahinter liegenden Hauptstadt zugewandt.

»Was meint ihr, wie es in Luqura sein wird?«, fragte Titus, als sie in den Wald kamen.

Annev dachte darüber nach. »Ich bin mal einem Mann begegnet, der behauptet hat, dass die Diebe in Quiri alle Soutanen tragen würden, während sie in Luqura Kniehosen trügen.«

Titus verzog das Gesicht. »Und was soll das bedeuten?«

»Für uns? Ich glaube, es heißt, dass wir uns anpassen müssen. Wir müssen uns damit abfinden, dass die Dinge in Luqura anders sein werden und dass wir uns vielleicht verändern müssen, wenn wir überleben wollen.«

»Überleben?« Der Junge runzelte die Stirn. »Versucht denn jemand, uns etwas anzutun?«

Annev blickte zum rötlich blauen Himmel empor, an dem allmählich die ersten Sterne erschienen. »Genau das möchte ich herausfinden.«

Epilog

Oyru starrte in die Dunkelheit, und seine Augen durchdrangen den Lehmuntergrund und die Steine tief unter der Erdoberfläche. Er brauchte kein Licht mehr, um zu sehen – früher hatte er dazu Licht nötig gehabt, aber das war zu einer anderen Zeit gewesen, in einem anderen Leben. Jetzt musste Oyru nur die Augen öffnen und konnte direkt in das Schattenreich hineinsehen. Die materiellen Dinge wie Erde und Stein wurden verschwommen und unwirklich, als würde man durch ein schmutziges Glasfenster blicken.

In diesem Moment galt Oyrus Aufmerksamkeit zwei hellen Lichtpunkten innerhalb der Schatten. Beide waren nah, weniger als hundert Meter entfernt, und beide verkörperten die Seelen junger, gesunder Menschen, die Kummer und Schmerzen litten. Für Oyru war eine reine Seele, die ungeheure Qualen zu erdulden hatte, die leuchtendste und anziehendste Art von Licht überhaupt … und eine solche Seele konnte zu so vielen Dingen geformt werden; sie war wie ein weicher Ball aus Lehm, der förmlich darum bettelte, zu etwas geformt zu werden … zu etwas, das eine größere Macht besaß.

Und Schmerz und Qualen waren nützlich. Sie machten den Leidenden gefügiger, und die Beschäftigung damit, dieses Licht zu formen, war eines der wenigen Dinge, die den Meuchler noch immer interessierten. Als ein Halbschatten kannte er keine echten körperlichen Begierden – weder Hunger noch Durst, weder Zorn noch sinnliches Verlangen –, aber helle weiße Lichter zu scharfen schwarzen Messern zu formen … das erregte ihn.

Oyru kroch durch die engen Tunnel unter der Erde und bewegte sich auf die beiden Lichter zu. Auf dem Weg dorthin wateten seine Füße und Beine durch Wasser, das niemals seine Haut befeuchtete, nie seine Kleider durchnässte. Er schwamm durch weichen Schlamm, schob sich durch loses Geröll, und als ihn eine massive Felswand aufhielt, schlüpfte er in das Schattenreich hinüber und zwang sich durch das Hindernis hindurch. Es war keine leichte Aufgabe, und bequem war es auch nicht – er war schließlich immer noch zur Hälfte menschlich –, aber hier kam ihm, wie überall sonst auch, die Dunkelheit zu Hilfe.

Oyru tauchte aus der Felswand auf und trat zwischen die beiden Lichter. Das linke war weiter entfernt und nicht ganz so hell wie das rechte, aber es hatte etwas Besonderes an sich: zwei winzige Funken regenbogenfarbenen Lichts, die sich wandelten und veränderten, wenn sich die Gestalt bewegte. Der Reiz des Außergewöhnlichen erregte die Neugier des Meuchlers. Er erwog, der Sache nachzugehen, machte sogar einen Schritt in diese Richtung, aber dann fiel Oyru das Gefäß wieder ein – der Junge mit nur einem Arm, der ihn in den Brunnen getrieben hatte: Auch er war von einem seltsamen Licht umgeben gewesen – der Verderbnis des *aqlumera* –, und ebendieser Junge hatte Oyru zu besiegen vermocht.

Der Meuchler richtete seine Aufmerksamkeit auf das hellere, lieblichere Licht – das Licht einer jungen Frau, die von Feurog gepeinigt wurde. Die drei Ungeheuer standen in der Nähe eines herabrieselnden Rinnsals von *aqlumera*, und ihre Aufmerksamkeit wechselte zwischen der leuchtenden Flüssigkeit und dem Gesicht des Mädchens hin und her. Die junge Frau schrie, doch ihre körperliche Pein war geringer als der seelische Schmerz, den sie fühlte.

Ihre Qual zog ihn an.

Der Meuchler konzentrierte sich, ließ seine Gestalt eher ätherisch als körperlich wirklich erscheinen und tauchte dann in die

Felswand zu seiner Rechten ein. Seine Bewegungen verlangsamten sich, wie immer, wenn er in das Schattenreich eintrat, und dann barst sein Körper wieder aus dem Fels. Er stand in einem neuen Tunnel und hörte ihre Schreie nun deutlich über den Stein hallen. Schreie nach Hilfe, um Gnade, nach Vergeltung.

Oyru rannte in ihre Richtung und beschwor im Laufen seine beiden Flyssa-Schwerter herauf. Er bog um eine Ecke des gewundenen Ganges, sah ein schwaches Licht vor sich und lief weiter, bog um eine scharfe Kurve im Fels – und was er sah, ließ ihn stehen bleiben.

Die junge Frau saß auf einem der Ungeheuer und zerschmetterte ihm mit einem Stein den Schädel. Die beiden anderen Feurog umkreisten sie, auf der Hut vor dieser gefährlichen Frau. Der ihr am nächsten befindliche schlich von hinten auf sie zu und streckte seine sensenartigen Arme nach dem Rücken des Mädchens aus. Oyru erwog, ihn daran zu hindern, beschloss dann aber, zu warten und zu beobachten.

Gerade als die Metallklinge auf den ungeschützten Rücken des Mädchens zuschoss, drehte die junge Frau sich um, packte den Arm des Feurog und stieß ihm seine eigene Sichel direkt ins Hirn. Das Biest kreischte auf, ein grelles, metallisches Geräusch, das sich seiner Kehle entrang, und stürzte tot zu Boden.

Der letzte Feurog brach beim Anblick seines toten Gefährten in Heulen aus und floh in den dunklen Gang hinein. Oyru schaute ihm nach und betrachtete dann die junge Frau, die zwischen den beiden toten Ungeheuern stand: Herrliche, rot gesprenkelte Striemen überzogen die rechte Seite ihres Gesichts; ihr langes braunes Haar floss in sanften Wellen herab, ihre Lippen waren rosig und voll, ihre Augen von einem verblüffenden Hellgrün.

Sie bemerkte Oyrus Schattengestalt und brüllte auf, warf sich zu Boden und suchte nach einer Waffe. Sie ergriff ihren Stein und schleuderte ihn nach dem Meuchler.

Als er durch Oyru hindurchflog und durch den Tunnel rollte, warf sich das Mädchen auf die Knie und stieß ein frustriertes, gequältes Wehklagen aus. Oyru musterte ihre zerrissenen Kleider und ihre blutverschmierten Hände und Knie. Die Verletzungen schienen ihm überraschend leicht, und Oyru sah schnell, woran das lag: Die Feurog hatten *aqlumera* auf ihre Verletzungen gegossen.

Oyru umfasste ihr Kinn, und ihre Augen weiteten sich vor Entsetzen. Das weiße Licht, das sie umgab, wurde heller, ihre Angst und Panik stärker, als er ihr Gesicht zur Seite drehte und ihre Narben untersuchte: In den Vertiefungen ihres verbrannten Fleisches spiegelten Perlen aus goldenem Metall das regenbogenfarbene Licht wider, das von oben herabrieselte. Oyru konnte zusehen, wie die goldene Flüssigkeit anfing, Blasen zu werfen und sich neu zu formen, um sich der Struktur des Wangenknochens der jungen Frau anzupassen. Gleichzeitig quoll ihr Fleisch auf und begann zu rauchen und mit dem Gold zu verschmelzen. Oyru sah gebannt zu, wie ihr Gesicht sich selbst wiederherstellte.

Wunderschön.

Nach einigen Sekunden wurde das Regenbogenlicht schwächer und verschwand dann ganz, hinterließ leuchtend goldene Metallbänder auf ihrem Gesicht, die sich in ihre ansonsten makellose Haut eingegraben hatten. Ähnliche goldene Streifen zogen sich auch vielfach über ihren Körper.

Vorzüglich.

Oyru ließ sie los, und die junge Frau griff sich sofort mit der Hand an ihr eben noch von Striemen entstelltes Gesicht. Als ihre Finger die Metallbänder berührten, die sich über die rechte Seite ihres Gesichts zogen, schrie sie auf. Oyru wandte den Blick nicht von ihr ab, als ihr strahlendes Licht nun eine Intensität erreichte, wie er sie noch nie zuvor erlebt hatte. Die Dunkelheit um sie herum vertiefte sich, und er spürte ihre Pein, spürte, wie sie in ihr immer größer wurde und Linderung suchte, während sie Worte des Zorns vor sich hin schluchzte.

Mit einem qualvollen Wehklagen legte sie den Kopf in den Nacken, während Oyru jeden einzelnen Bestandteil ihres Schmerzes in sich aufnahm: Verlassensein, Treulosigkeit, Verachtung, Selbstekel, Hass, Zorn, Frustration, Wut, Kummer, Traurigkeit, Selbstmitleid und sogar Wahnsinn.

Sie war bereit. Und Oyru war zur Stelle.

»Ich kann dir deinen Schmerz nehmen.«

Auch wenn seine Stimme leise war, durchschnitt sie doch ihren irrsinnigen Schrei. Sie erstickte die Flut ihrer Tränen, die ihr feuchte Bahnen übers Gesicht gruben, und sah zu dem Meuchler auf.

»Was willst du von mir?«

»Alles und nichts«, antwortete der Meuchler. »Ich will deine Gefolgschaft. Als Gegenleistung werde ich dich … heilen.«

»Mich *heilen*«, sagte sie und spie das Wort förmlich aus.

Oyru nickte. »Ich sehe, dass dein Herz schmerzt, dass du verraten worden bist. Ich spüre, dass dich die Menschen, die du geliebt hast, belogen und verlassen haben.« Ein Zittern legte sich um die Lippen der jungen Frau, aber Oyru ließ sich davon nicht beirren und fuhr fort. Sie war bereits gebrochen. Jetzt musste er ihr nur einen neuen Daseinszweck geben. »Ich sehe, dass dich Keos gezeichnet hat«, flüsterte er.

Sie schlug sich mit der Hand auf die Wange und krallte sich die Finger ins Gesicht, zerrte an den goldenen Bändern, die mit ihrem Fleisch verschmolzen waren, bis ihre Finger voller Blut waren und Oyru schließlich ihre Handgelenke festhielt.

»Du bist entstellt«, sagte er. »Du bist gezeichnet. Du bist *sein*. Aber du brauchst dich nicht von deinem Schmerz fesseln zu lassen. Du brauchst nicht zu leiden, wenn du nach Rache trachten kannst.«

Die junge Frau schniefte und blinzelte blutige Tränen aus ihren Augen. »Ja! Ich will, dass sie sterben … sie alle.«

Oyru ließ ihre Handgelenke los, griff in seine Schattengewänder und zog eine filigrane goldene Maske hervor. Er zeigte sie dem Mädchen und drehte die Maske so, dass die junge Frau deren perfekt ausgeführte Züge sehen konnte, dann legte er sie auf ihre geöffneten Handflächen.

»Du hast zwei Möglichkeiten«, wisperte Oyru. »Du kannst verstümmelt und gezeichnet leben, von deinen Freunden verraten … oder du kannst diese Maske aufsetzen. Deine Verunstaltung verbergen und schön bleiben.«

Die junge Frau betrachtete das fein gearbeitete Artefakt, drehte das lebensechte Stück Metall in ihren Händen. »Was wird es mit mir tun?«, flüsterte sie.

»Etwas Zerbrochenes nehmen und es in etwas Nützliches verwandeln.«

»Etwas Zerbrochenes?«

»Deine Gefühle – deine Qual. Die Maske wird dir deinen Schmerz und deine Trauer nehmen und diese Gefühle dann dazu benutzen, deine körperlichen Verletzungen zu heilen.« Er hielt einen Moment lang inne. »Ich habe nicht vor, dich zu belügen. Dein Schmerz wird niemals verschwinden – nicht ganz –, aber die Maske bündelt diese Energie und lenkt sie in deinen Körper hinein. Macht dich schneller, stärker, wachsamer.«

»Sie heilt mich?«, wiederholte sie. »Nimmt sie mir auch meinen …« Sie zeigte auf ihr vergoldetes Gesicht. »Das da. Kann sie mir das wegnehmen?«

»Nein«, sagte er, seine Stimme kalt und teilnahmslos. »Nichts kann das da wegnehmen. Sie wird deine Verunstaltung verbergen. Sie wird deinen Schmerz zu einer Waffe machen, die zu benutzen ich dich lehren kann, um jene zu jagen, die dir wehgetan haben.« Oyru legte seine Hände unter ihre und half dem Mädchen, die Maske näher ans Gesicht zu bringen. »Sie wird verhindern, dass man dir noch einmal wehtut.«

Die junge Frau hielt inne, die Maske einige Zentimeter von ihrer Haut entfernt, und sah in die Augen des wiedergeborenen Schattens. »Wirst du mir helfen, ihn zu töten?«

»Ja.«

Das Mädchen sah hinab auf die Innenseite der Maske und betrachtete deren wunderschöne Kurven. Dann hob sie sie ans Gesicht und drückte sich das gelbe Metall auf die Haut. Ein Lichtblitz zuckte auf, und ihr Körper krampfte sich zusammen. Ihre Finger krümmten sich und kratzten, um die Maske wieder herunterzureißen.

Aber es war zu spät.

Sie schloss vor Schmerz fest die Augen, und Blutstropfen traten ihr aus den Augen und besudelten die goldene Maske. Die beiden Tropfen rannen über das Metall und erstarrten dann auf ihren Wangenknochen, ein bleibendes Mal auf der ansonsten makellosen Maske.

Oyru weidete sich an dem Anblick. Kostete ihn genüsslich aus. Ließ das Bild sich in sein Gedächtnis einbrennen. Es war die Art von Moment, für die er lebte, die Art, die er genoss, wenn sich die Erinnerungen an sein früheres Leben seiner zu bemächtigen trachteten. Für einige wenige Sekunden verspürte er etwas Ähnliches wie Wonne.

Sie war kein Mädchen mehr. Sie würde sein Messer sein, ein Instrument der Leidenschaft, das er schleifen konnte, bis es scharf wie eine Rasierklinge war. Ein gefährliches Werkzeug, durch die Maske und den Schmerz, der sie nährte, nur noch gefährlicher gemacht.

Nach Jahren des Suchens, nach einem halben Dutzend Fehlschlägen, hatte der wiedergeborene Schatten endlich seine wahre Schülerin gefunden.